BASTEI LÜBBE

Von Jason Darks Sonderausgaben sind bisher folgende B… erschienen:

73901 Willkommen in der Hölle
73902 Zeit der Monster
73903 In Satans Diensten
73904 Flüche aus dem Jenseits
73905 Kämpfer gegen die Hölle
73906 Dämonenbrut
73907 Geister, Zombies und Vampire
73908 Gegen Tod und Teufel
73909 Alptraum Atlantis
73910 Im Bann der Schwarzen Magie
73911 Vampir-Schrecken
73912 Monster aus der Schattenwelt

JASON DARK

JOHN SINCLAIR

Monster aus der Schattenwelt

Acht spannende Grusel-Abenteuer

BASTEI LÜBBE

BASTEI-LÜBBE-TASCHENBUCH
Band 73 912
Erste Auflage: Juni 1997

Titelbild: Luis Royo / Norma Agency, Barcelona
Umschlaggestaltung: Quadro Grafik, Bensberg
Satz: VID Verlags- und Industriedrucke GmbH & Co. KG,
Villingen-Schwenningen
Druck und Verarbeitung: Elsnerdruck, Berlin
Printed in Germany

ISBN 3-404-73 912-4

Der Preis dieses Bandes versteht sich einschließlich der gesetzlichen Mehrwertsteuer

Inhalt

Der gelbe Satan

Durch die blinden Scheiben fiel kaum Licht in den düsteren Anbau des alten Hauses. Die Gegenstände, die in dem Raum verteilt standen, waren nur schwach zu erkennen.

Und das war gut so.

Nicht jeder sollte sehen, was Huang hier aufbewahrte.

Es waren Särge!

Einfache, billige Totenkisten, aus Fichtenholz gebaut und primitiv zusammengenagelt. Särge für die Armen, für die, die sich nicht den Luxus einer teuren Bestattung leisten konnten. Deshalb standen die Särge auch in einem Anbau und nicht in den Auslagen des Beerdigungsinstitutes, denn Huang zählte zu den größten Bestattern in Hongkong.

Hier starben zahlreiche Menschen, und das Geschäft florierte.

Aus Platzmangel standen die Särge zum Teil übereinander. Die windschiefe Totenkisten-Pyramide sah aus, als würde sie jeden Augenblick umfallen.

Nichts unterbrach die Ruhe in dem kleinen Anbau. Alles war still.

Wirklich still?

Einem Beobachter hätten die Haare zu Berge gestanden, hätte er sehen können, was plötzlich mit einem der Särge geschah.

Der Deckel des obersten Sarges bewegte sich!

Er schabte mit den Seiten über das Unterteil, bis ein kleiner Spalt entstanden war.

Im nächsten Augenblick drang ein schauriges Ächzen aus dem Sarg, und plötzlich schob sich eine gelbweiße Hand mit ungeheuer langen Fingernägeln aus dem Spalt.

Die Finger bewegten sich. Sie krallten sich in das Holz, und von innen drückte eine Schulter gegen den Deckel der Totenkiste und schob ihn weiter.

Der Spalt wurde größer.

Die Finger ließen den Rand des Unterteils los und bewegten sich wie Schlangen, als würden sie ihre Geschmeidigkeit genau prüfen.

Dann ertönte ein zufriedenes Lachen, und es hörte sich an, als wäre es in den Tiefen der Hölle geboren.

Der Gelbe Satan war erwacht!

Ich schnippte meine Zigarettenkippe weg. Sie überschlug sich zweimal in der Luft und landete im Rinnstein.

Ich befand mich in Hongkong. Und Suko war ebenfalls mit von der Partie. Sogar im Auftrag von Scotland Yard. Sir Powell, mein Chef, hatte das durchgesetzt. Seit er geadelt worden war, tat er Dinge, die er früher mit dem Wort unmöglich bezeichnet hätte.

Nun sollte man das alles natürlich nicht überbewerten, denn aus reiner Freundschaft hatte er Suko nicht mitfahren lassen. Schließlich war mein Freund Suko Chinese. Und was lag näher, als ihn in Hongkong, der britischen Kronkolonie, mitmischen zu lassen.

Suko kannte die Mentalität der Asiaten, er wußte, wie man mit den Leuten umzugehen hatte.

Trotzdem hatten wir uns getrennt.

Er recherchierte woanders, und ich stand in New Kowloon inmitten des Hongkonger Trubels.

Ich hatte immer gedacht, in London wäre der Verkehr besonders dicht. Weit gefehlt. Hongkong übertraf alles, was ich bisher in meinem Leben gesehen hatte.

Vom Straßenkreuzer bis zur altmodischen Rikscha quälte und drängte sich alles durch die Straßen, was Räder hatte. Hupen, Sirenen, Klingeln und Stimmen vereinigten sich zu einem Wirrwarr, das für einen Nicht-Hongkonger zum reinsten Streß wurde. Die Menschen schoben sich förmlich über die Gehsteige rechts und links der Fahrbahn. Zahlreiche europäische Touristen waren darunter, die nach Bangkok gefahren waren und für wenige Tage mal kurz rüberjetteten, um sich Hongkong anzuschauen und sich dabei noch billig einzukleiden.

Schneidereien und Schuhmacherwerkstätten lagen eingekeilt zwischen Massage-Salons und Juwelierläden. Aus unzähligen Restaurants drangen exotische Düfte. Kinos und Sex-Shows protzten mit grellen Reklamen. Farbige Glühbirnen rannten hintereinander her, wurden zu Figuren oder zu leuchtenden Werbespots.

Nightclubs hatten schon am Tage geöffnet. Portiers schrien sich die Kehlen heiser, um Kunden anzulocken. Taschendiebe und Bettler waren ebenso unterwegs wie Jugendbanden, Schwerverbrecher oder Touristen. Der Trubel dieser ungeheuer bunten Vielfalt war unübersehbar.

Ich mußte die Eindrücke erst einmal verdauen, bevor ich an meine eigentliche Arbeit ging.

Es ging um Vampire!

Hongkong gehört bekanntlich zur britischen Krone, und alles, was dort geschieht, wird auch in London bekannt. So kam es, daß ich eines Tages zu meinem Chef gerufen wurde und Sir Powell mir eine Zeitung unter die Nase hielt.

»Lesen Sie«, sagte er.

VAMPIRE IN HONGKONG

Die Überschrift sprang mir förmlich ins Auge, und sofort war ich alarmiert.

Der Schreiber berichtete, daß eine uralte Sekte ihre Auferstehung feierte, deren Anführer sich der Gelbe Satan nannte. Er hatte vor Jahrhunderten mit seinem Schiff die Meere unsicher gemacht, war aber dann gefangen und ausgeschaltet worden. Wie das geschehen war, darüber schrieb der Reporter nichts.

Der Mann hieß Mike Kilrain und war Engländer.

Als ich die Zeitung sinken ließ, schaute mich Sir Powell bitterböse an. »Sie werden zwar hier gebraucht, aber der Gouverneur unserer Kronkolonie hat mich gebeten, Sie nach Hongkong zu schicken.«

»Er kennt meinen Namen?«

»Natürlich. Schließlich liest auch er die Polizeiberichte. Unser Kontakt zur Polizei der Kronkolonie ist optimal.«

»Und wann soll ich fahren?«

»Nicht allein.«

Ich grinste. »Suko soll mit.«

»Genau.«

»Na, das wird ihn freuen.«

So kam es, daß Suko und ich uns am anderen Tag in die Maschine setzten und in Richtung Asien flogen.

Jetzt waren wir in Hongkong.

Und ich wartete auf Mike Kilrain, während Suko einen alten

Freund besuchen sollte, der in Hongkong ausgezeichnet Bescheid wußte. Von ihm erhoffte sich Suko wichtige Informationen.

Vom Hotel aus hatte ich Kilrain angerufen. Nach einigen Mühen erreichte ich ihn zu Hause. Seine Stimme klang matt, als er mir sagte, daß er mich vor dem Haupteingang des Kaufhauses Wu-Ling treffen wollte, um mit mir zu einem gewissen Huang zu gehen.

Und da stand ich nun.

Nicht direkt vor dem Eingang, denn dort herrschte ein Betrieb, als würde es etwas umsonst geben. Die Menschen schoben sich gegenseitig hinein, und für mich war es ein Rätsel, wie Kilrain mich trotz des Fotos, das er von mir hatte, finden wollte.

Ich hatte mich etwas abgesetzt, stand jetzt dort, wo der Betrieb nicht mehr so schlimm war.

Oft wurde ich angestoßen und angerempelt, doch als ich die schmale Hand in meiner Gesäßtasche spürte, war ich voll da.

Eine blitzschnelle Drehung, und ich hatte den Knaben gepackt.

Ein Halbwüchsiger starrte mich an. Sein rechtes Handgelenk hielt ich fest. Obwohl der Taschendieb zerrte, kam er mir nicht davon.

»Und jetzt?« fragte ich.

Er redete in einem Kauderwelsch auf mich ein, von dem ich kein Wort verstand.

Ich ließ ihn laufen.

Innerhalb von zwei Sekunden war er in der Menge verschwunden. Typen wie ihn gab es in Hongkong zu Tausenden.

Mike Kilrain war schon längst überfällig.

Wir waren für siebzehn Uhr verabredet. Jetzt zeigte meine Rolex siebzehn Uhr fünfzehn.

Langsam wurde ich unruhig.

Es hatte keinen Zweck, den Blick kreisen zu lassen, um Kilrain zu suchen. Ich kannte ihn gar nicht.

Und die Minuten verrannen.

Dann – ganz genau um siebzehn Uhr dreißig – blieb ein Mann neben mir stehen. »John Sinclair?« fragte er.

Ich wandte den Kopf.

Der Mann mußte Mike Kilrain sein. Er hatte brandrotes Haar, ein von der Sonne gerötetes Gesicht und ungeheuer viele Sommersprossen. Er trug einen zerknitterten Leinenanzug und einen Strohhut auf dem Kopf. Seine Augen wirkten wässerig, wie die eines Trinkers. Die fleischigen Lippen zuckten beim Sprechen, und das fliehende Kinn fiel bis zum Hals hin ab.

Insgesamt machte der Knabe auf mich einen unsympathischen Eindruck, aber ich konnte mir meine Geschäftspartner nicht aussuchen.

»Ich bin John Sinclair.«

»Kilrain«, sagte er.

Er stand so dicht vor mir, daß ich seinen Schweißgeruch wahrnehmen konnte. Unbewußt trat ich einen halben Schritt zur Seite.

Der Reporter holte aus seiner Tasche eine bereits gestopfte Pfeife. Gelassen zündete er sie an, rauchte zwei, drei Züge, und der Wind blies mir den Qualm ins Gesicht.

Der kokelnde Tabak roch wie Bahndamm-Verschnitt. Kilrain hatte sich an das Zeug gewöhnt. Er qualmte auf Lunge und grinste zufrieden, während er mit dem Zeigefinger die Pfeife nachstopfte. Er hatte dort soviel Hornhaut wie ich an den Füßen.

»Sie haben die Vampire gesehen?« fragte ich, um ein Gespräch anzufangen.

Er nickte.

»Und wo?«

»Ich führe Sie hin.«

»Zu den Vampiren?«

Kilrain schaute mich von der Seite an. »Natürlich. Sind Sie überrascht?« Er bewegte beim Sprechen kaum die Lippen.

»Das kann man wohl sagen.«

Kilrain hob die Schultern. Seine Stimme klang spöttisch, als er sagte: »Ich denke, Sie sind so etwas wie ein Geister- oder Vampirjäger. Da dürfte Ihnen doch so etwas gar nichts ausmachen.«

»Das schon. Nur ist es eben bei uns in London nicht üblich, daß man so mir nichts, dir nichts zu einem Vampirnest geführt wird.«

»Hongkong ist eben anders.«

»Da sagen Sie was.«

Kilrain blickte über die Straße, auf der noch immer endlose Kolonnen von Fahrzeugen aller Art an uns vorbeizogen. »Wir müssen rüber. Sehen Sie da hinten die schmale Gasse?«

»Ja.«

»Dort ist es.«

Mir kam das alles wie ein Traum vor. Ich fuhr nach Hongkong, traf mich mit einem Reporter, und der sagte mir frank und frei, er werde mich zu den Vampiren führen.

Ich zweifelte daran. Während meiner Laufbahn hatte ich mir immer ein gesundes Mißtrauen bewahrt. Ich kannte Leute, die erzählten mir wer weiß was, und als es dann soweit war, stellte sich alles als Finte heraus.

War es hier ähnlich?

Kilrain lachte, was ihn mir keineswegs sympathischer machte. »Sie trauen mir nicht, wie?«

»Das kann man nicht so sagen. Ich bin zumindest ein wenig überrascht, wenn ich ehrlich sein soll.«

»Sie müssen die Hongkonger Lebensart verstehen, Sinclair. Hier prallen Europa und Asien aufeinander. Zwei verschiedene Mentalitäten begegnen sich. Die eine nimmt von der anderen etwas an und umgekehrt. Daß sich die Fronten dabei verwischen, ist mehr als nur natürlich. Hongkong ist ein Schmelztiegel. Was meinen Sie, auf welchem Raum hier die Leute hausen? Mit zehn, zwölf Personen in einem kleinen Zimmer. Von sanitären Anlagen gar nicht zu reden. Das sind Buden, in denen die wohnen. Und auf der anderen Seite der unheimliche Luxus. Sehen Sie sich die Villen und Prachthäuser an, die im Norden an den Berghängen stehen. Was da allein ein Quadratmeter Boden kostet, das verdient ein Kuli in seinem ganzen Leben nicht. Und die Leute wissen, wer dort oben haust. Daß sie neidisch werden, ist klar. Das ist der Boden, auf dem die Tongs, die Geheimbünde, gedeihen. In Hongkong wimmelt es nur so von diesen Banden. Zahlreiche sind darunter, die sich dem Teufel verschworen haben. Die asiatische Mythologie ist ungeheuer vielfältig. Sie als Europäer werden kaum einen Einblick darin haben. Sie kennen nur Ihre Werwölfe, Vampire und was weiß ich noch für Schattenwesen. Aber bei uns leben die Gestalten der Mythologie weiter, und sie manifestieren sich sogar. Das ist der Unterschied.«

Ich enthielt mich einer Antwort. Ganz so schlimm, wie Kilrain es annahm, war es nun doch nicht. Auch ich hatte nicht nur mit Werwölfen zu kämpfen oder mit Vampiren, aber warum sollte ich mich streiten? Ich brauchte ihn, damit er mich zu den Vampiren führte.

Die Straße überquerten wir als Zickzackläufer. Eine Ampel gab es nicht, auch keinen Polizisten, der den Verkehr regelte. Nebeneinander schritten wir auf die Einmündung der Gasse zu.

Auch hier sah ich nur Geschäfte. Die Häuser standen sich dicht gegenüber, so daß die Sonne nur spärlich in die schmale Zeile schien. Offene Garküchen verströmten penetrante Gerüche, die meinen Magen schwer strapazierten.

Vor kleinen Geschäften saßen Händler und boten ihre Waren an. Wir schritten an einem Schaufenster vorbei, in dem, durch Rotlicht angestrahlt, Mädchen saßen und strickten. Der Kunde konnte sich hier die Girls aussuchen, ging dann hinein, sagte die Zahl, die das Mädchen auf ihrem Gewand trug, und konnte mit der Kleinen nach oben verschwinden.

Ein Bordell, wie es Hunderte gab.

Nur noch Touristen blieben stehen und gafften. Einige »Herren« gingen auch hinein.

Wir aber drängten uns weiter, umgingen eine Schlägerei zwischen vier Jugendlichen, durchquerten eine Einfahrt, landeten auf einem winzigen Hof, gingen durch eine offene Tür und standen in einer anderen Gasse.

Ich wußte nicht mehr, wo wir uns befanden.

Am Arm hielt ich Mike Kilrain fest. »Moment, Mister. Ich dachte, unser Ziel läge in der ersten Gasse?«

Kilrain runzelte die Stirn. »Habe ich das gesagt?«

»Laut gedacht bestimmt nicht.«

»Sorry, dann habe ich mich vertan.«

John, sei auf der Hut, sagte mir meine innere Stimme, und ich lockerte sicherheitshalber meine mit Silberkugeln geladene Beretta, die ich im Gürtelholster trug. Mein Einsatzkoffer lag wohlverstaut im Tresor der Hotels, der nach Angaben der Direktion absolut einbruchsicher war.

Mike Kilrain schien mir nervöser zu sein als noch wenige Minuten zuvor. Hastig saugte er an seiner Pfeife, stieß Qualmwolken aus wie eine alte Dampflock und sah sich immer wieder verstohlen um.

Ich beobachtete ihn von der Seite her. Die Gasse, in der wir uns befanden, war noch enger als die zuvor. Hier gab es kaum Läden oder Geschäfte, und wenn, dann waren sie so mies, daß ich mich gehütet hätte, auch nur einen Schritt über die Schwelle zu tun. Die Hausfassaden wirkten brüchig und uralt. Nichts Farbiges war zu sehen. Hier begann das Armenviertel von Hongkong.

Ich sprach Kilrain darauf an, doch der lachte nur. »Armenviertel? Nein, Sinclair, das ist hier normal, die Armenviertel liegen woanders. Wenn Sie die sehen...« Er sprach nicht mehr weiter, denn wir hatten unser Ziel erreicht.

Es lag am Ende der Gasse, genau dort, wo sie in eine breitere Straße mündete.

Vor einem Schaufenster blieben wir stehen. Ich warf einen Blick durch die Scheibe und sah Urnen in allen Größen und Preisklassen auf kleinen Podesten stehen, die mit roten Samttüchern verdeckt waren.

Das zweite Schaufenster befand sich auf der breiteren Straße, wo wieder mächtig viel Trubel herrschte.

Hinter der Scheibe sah ich zwei prunkvolle Särge, die mit wertvollen Schnitzereien und Intarsienarbeiten versehen worden waren.

Immer, wenn ich Särge anschaute, lief mir eine Gänsehaut über den Rücken, denn dabei wurde ich an einen schlimmen Fall erinnert, den ich vor etwa einem Jahr erlebt hatte.

Mike Kilrain stand vor der Tür.

Ich zeigte auf den Laden.

»Und dort leben Ihre Vampire?« fragte ich ihn.

»Es führt zumindest eine Spur zu diesem Beerdigungsunternehmer.« Er deutete mit dem Daumen nach oben.

Über der schwarzen Holztür mit dem goldenen Griff las ich den Namen des Bestatters.

HUANG

»Hat er mit den Vampiren einen Pakt geschlossen?« fragte ich.

»Möglich. Jedenfalls haben die Opfer, mit denen ich noch sprechen konnte, seinen Namen erwähnt.«

»Dann lassen Sie uns hineingehen«, schlug ich vor.

»Ich bleibe lieber hier.« Kilrain grinste gequält. »Es ist so, Sinclair, Sie fliegen wieder nach London zurück, doch ich muß hierbleiben. Und wenn die Leute herausfinden, daß ich Ihnen die Informationen gegeben habe, wird man mich irgendwann mit durchgeschnittener Kehle aus der Bay fischen.« Er führte seine Hand zum Hals. »Und das ist auch nicht das Wahre.«

So gesehen hatte er recht, aber ich traute ihm nicht über den Weg. Trotzdem, da ich schon mal vor diesem Beerdigungsinstitut stand, wollte ich auch diesen Huang kennenlernen.

Ich nickte. »Gut, dann gehe ich allein. Warten Sie hier?«

»Mal sehen.«

Davon hatte ich nichts, aber eine andere Antwort konnte ich von dem Typ nicht erwarten.

Eine Klingel entdeckte ich nicht, und so blieb mir nichts anderes übrig, als unangemeldet den Laden zu betreten.

Ich drückte die schwere Klinke nach unten und stieß die Tür auf. Über meinem Kopf erklang ein Glockenspiel mit seltsam fremden Tönen. Ich betrat ein Geschäft, das bereits nach dem ersten Schritt über die Schwelle einen gruseligen Eindruck auf mich machte.

Die Wände waren schwarz dekoriert. Auf dem Stoff sah ich Gestalten und Ungeheuer aus der chinesischen Mythologie. Vor allen Dingen kehrte das Drachenmotiv immer wieder. Es war in den verschiedensten Variationen zu sehen.

Rechts befand sich eine Verkaufstheke. Ebenfalls in Schwarz, jedoch mit einer Glasplatte bedeckt, unter der eine moderne Leuchtstoffröhre brannte. Sie war, außer zwei brennenden Kerzen, die einzige Lichtquelle.

Im Hintergrund des Raumes bewegte sich ein Vorhang. Ich drehte den Kopf und hielt im nächsten Moment die Luft an.

Die Frau, die den Verkaufsraum betrat, war eine Wucht. Unhörbar kam sie auf mich zu. Ihr Gesicht schälte sich aus der Dunkelheit und schlug mich mit seiner Ebenmäßigkeit und vollendeten Form in den Bann.

Zwei Schritte vor mir blieb die Chinesin stehen. Sie verbeugte sich leicht, lächelte und sagte: »Willkommen in unserem bescheidenen Haus, John Sinclair!«

Leichtfüßig schritt Suko die gewundene Treppe hoch. Er lächelte, als er sah, daß sich seit seinem letzten Besuch vor fünf Jahren nichts verändert hatte. Noch immer dekorierten Seidentapeten die Wände, und noch immer brannten die Lampen hinter Pergamentwänden und in kleinen holzgetäfelten Nischen.

Suko ließ die Atmosphäre des eleganten Speiselokals hinter sich und geriet an einen dunkelblauen Samtvorhang, der den Weg in die oberen Räume markierte.

Der Vorhang war neu.

Suko schlug ihn auseinander, trat durch den Zwischenraum und spürte plötzlich die Gefahr.

Der Chinese wirbelte herum.

Aus den beiden Nischen links und rechts neben dem Vorhang waren zwei Männer getreten. Sie trugen lange Gewänder und hatten kahlgeschorene Köpfe. Die Hände waren in den Falten der Gewänder versteckt. Suko konnte sich vorstellen, daß sie dort eine Waffen umklammerten.

Der etwas größere Mann sprach ihn an. »Zu wem möchtest du, Bruder?«

»Zu meinem Freund Li-Shen.«

»Bist du angemeldet?«

»Nein.«

»Dann Bruder, gehe wieder, und lasse dir einen Termin geben, denn der große Li-Shen ist sehr beschäftigt.« Für die beiden Aufpasser war die Sache damit erledigt. Für Suko nicht.

»Ich will ihn aber jetzt sprechen.«

»Wir haben dir einen Rat gegeben.« Jetzt klang die Stimme des Wächters drohend.

Suko schüttelte den Kopf. »Es tut mir leid, daß ich deinen Rat nicht annehmen kann«, erwiderte er.

Die beiden Männer starrten ihn an. Obwohl sie wie Suko Chinesen waren, unterschieden sie sich fast wie Tag und Nacht von ihm. Suko war europäisch gekleidet, er hatte längst die Sitten und Gebräuche des Westens angenommen, während die beiden anderen noch in der Tradition verharrten.

»Wir haben dich gewarnt«, sagte der Größere und nickte seinem Kumpan zu.

Der reagierte blitzschnell und zauberte aus den Falten des Gewands eine Schurigin hervor. Eine tödliche Waffe.

Zwei starke Holzgriffe waren durch eine Eisenkette an der Oberkante miteinander verbunden.

»Wir werden dich nach unten schleifen!« zischte der Unbewaffnete und gab dem zweiten Chinesen damit das Startsignal.

Der Kerl sprang vor. Er stieß dabei einen Schrei aus, bewegte gedankenschnell beide Arme, die Kette wirbelte durch die Luft und hätte sich um Sukos Hals geschlossen.

Hätte...

Doch Suko war ein As.

Ebenso schnell tauchte er unter dem Mordinstrument hinweg und stieß die Karatefaust vor.

Der Mann mit der Schurigin geriet aus dem Kampfrhythmus, wurde um die eigene Achse gewirbelt und ging in die Knie. Sein Atem pfiff.

Der zweite Mann griff an. Sein Fußtritt sollte Suko voll treffen, doch der Chinese nahm den Kopf zur Seite, und die nackten Zehen rasierten an seinem Kinn vorbei.

Die Hände folgten.

Suko wehrte ab. Es klatschte, als die Gelenke gegeneinanderprallten. Mit großer Kraftanstrengung schleuderte Suko seinen Gegner zurück, der sich prompt in den Falten des Vorhangs verhedderte.

Zum Atemholen kam Suko nicht, denn der zweite Kerl hatte die sich bietende Chance ergriffen und war mit einem wahren Raubtiersatz hinter Sukos Rücken auf ihn zugesprungen. Mein Freund sah noch etwas vor seinen Augen vorbeihuschen, und im nächsten Moment umschlang die Kette seinen Hals.

Hinter ihm zog der Chinese die beiden Holzstäbe über kreuz. Und der zweite Kerl kam von vorn.

Er war zu unvorsichtig, denn Sukos Karatetritt traf ihn hart und warf ihn zurück.

Dann kümmerte sich mein Freund um den Kettenmann. Er warf die Arme nach hinten, bekam den Kerl zu fassen und nahm ihn in einen schulmäßigen Judogriff. Suko bückte sich und hebelte den Chinesen gekonnt über seine Schulter.

Der Mann krachte auf den Rücken, ließ aber nicht los, und Suko wurde mit nach vorn gerissen.

Bevor sich die beiden Männer jedoch weiter bekämpfen konnten, klang eine leise, aber befehlsgewohnte Stimme auf.

»Laßt ihn in Frieden. Er ist mein Gast.«

Der Mann war uralt. Dazu war er von einer zwergenhaften Gestalt, aber das greise Gesicht mit dem Ziegenbart und den klaren, wissenden Augen strahlte soviel Weisheit aus, daß man vor diesem Menschen Ehrfurcht empfinden mußte.

Und die hatte Suko auch.

Er verneigte sich. »Ich grüße dich, großer Li-Shen. Mögen dir die Götter allzeit wohlgesonnen sein und dich sowie deine Schwestern und Brüder immer beschützen.«

Li-Shen antwortete: »Das gilt auch für dich, mein Freund. Doch nun erhebe dich, damit ich dich anschauen kann.«

Suko stand auf.

Li-Shen trat auf ihn zu, reckte sich und legte beide Hände auf seine breiten Schultern. »Prächtig siehst du aus, Suko. Sehr prächtig sogar. Ich sehe, daß sich meine Schulung bezahlt gemacht hat. Wie kommst du mit John Sinclair zurecht?«

Suko staunte. »Du weißt?«

Li-Shen lächelte weise. »Ich weiß sehr viel, mein Freund. Nichts bleibt mir unbekannt. Nur ist es schade, daß meine alten Freunde dabei gestorben sind. Aber du hast überlebt, und nur das ist wichtig im Moment. Gedulde dich einen Augenblick.«

Li-Shen schritt an Suko vorbei und schaute die beiden Chinesen strafend an. »Schleicht euch«, sagte er dann. »Tretet mir heute nicht mehr unter die Augen.«

Wie geprügelte Hunde trotteten sie davon.

Der greise Chinese aber wandte sich um und lächelte Suko an.

»Du wirst mir viel zu berichten haben, mein Freund. Komm, damit du dir deine Sorgen von der Seele reden kannst.«

Sie betraten ein durch eine Stahltür gesichertes Zimmer. Nie hätte man so etwas in diesem Haus vermutet, und auch die Einrichtung des Raumes überraschte.

Bastmatten lagen auf dem Boden, auch ein Altar mit Räucherkerzen war vorhanden sowie ein niedriger Tisch und kunstvoll geschnitzte Lampen, aber das war nur die Hälfte.

Die andere Hälfte des Raumes zeigte eine supermoderne Anlage. Telefon, Fernschreiber, TV-Geräte und ein Minicomputer mit Sichtschirm machten deutlich, daß hier ein moderner Industriemanager arbeitete.

In der Tat war Li-Shen so etwas wie ein Manager. Er zählte zu den reichsten Männern Hongkongs. Nicht nur, daß ihm zahlreiche Speiselokale gehörten, nein, er war auch Eigentümer einiger Wäschereien und Herstellerfirmen von Oberbekleidung. Zusätzlich gehörten ihm zahlreiche Häuser. Auch ins Filmgeschäft hatte er sein Geld gesteckt. Für ihn arbeiteten zahlreiche Menschen. Er hatte seine Hand am Puls der Zeit, und in Hongkong geschah nichts, was ihm nicht zu Ohren gekommen wäre. Er wußte genau, welche Schiffe einliefen und was sie geladen hatten. Er kannte aber auch die Heroinschmuggler und Rauschgift-Dealer. Die Polizei verdankte ihm manch heißen Tip.

Li-Shen war der ungekrönte König von Hongkong und Sukos Lehrmeister aus früherer Zeit.

Und er freute sich, seinen besten Schüler zu Gast zu haben. Man sah es deutlich an seinen Augen, die blitzten wie die eines jugendlichen Helden.

»Die Schale Tee steht, und das habe ich dir beim Abschied damals gesagt, immer für dich bereit, Suko. So soll es auch heute sein.« Li-Shen klatschte in die Hände, und eine seiner Töchter trug ein Tablett, auf dem zwei duftende Teetassen standen, herbei.

Suko wartete erst, bis sein Lehrmeister auf der Matte Platz genommen hatte, und setzte sich dann ebenfalls. Nie hätte er es gewagt, das Gespräch zuerst zu beginnen, und als Li-Shen die Schale anhob, da nahm Suko auch seine.

Sie tranken langsam, in kleinen Schlucken, setzten dann die Schalen wieder ab und schwiegen.

Nach einer Weile eröffnete Li-Shen das Gespräch. »Weiß John Sinclair, daß du bei mir bist?«

»Nein, großer Li-Shen.«

»Du hast ihm nie von mir erzählt, Suko?«

»So ist es.«

»Warum?«

»Ein Mann muß auch schweigen können, großer Li-Shen. Außerdem ist John nie so neugierig gewesen, mich danach zu fragen. Er kennt mein Vorleben überhaupt nicht.«

Li-Shen lächelte. »Und dabei ist es rätselhaft genug.«

»Ja.«

Sie schwiegen wieder. Dann fragte Li-Shen Suko, wie es ihm in der Fremde ergangen war. Suko erzählte offen und frei. Vor diesem Mann hatte er keine Geheimnisse.

»Und geheiratet hast du auch nicht«, sagte Li-Shen.

»Nein.«

»Meine Töchter sind bereit, einen Mann wie dich zu nehmen, Suko. Sie würden sich freuen. Jede einzelne von ihnen.«

»Ich weiß, großer Li-Shen, aber ich möchte mich nicht binden. Noch nicht.«

»Das Wort eines Mannes. Du bist gereift, Suko. Doch nun berichte, was dich in mein bescheidenes Haus führt.«

»Es ist ein Auftrag, großer Li-Shen. In London haben wir gehört, daß es hier in Hongkong Vampire geben soll. Und wie du weißt, haben wir uns dem Kampf gegen die Mächte der Finsternis verschworen.«

»Ja, das ist mir bekannt«, erwiderte Li-Shen. »Ihr habt große Erfolgte errungen, denen meine aufrichtige Bewunderung gilt. Aber hier warten Dinge auf euch, denen ihr kaum gewachsen seid. Es gibt sie, die Vampire. Hier in Hongkong, denn *er* ist dabei, ein neues Reich aufzubauen.«

»Wer ist dabei?«

Suko platzte mit der Frage heraus. Früher hätte er das nie gewagt, aber die westlichen Einflüsse waren an ihm nicht spurlos vorübergegangen, obwohl er sich in den letzten Minuten stark zusammenriß.

»Der Gelbe Satan!«

Für Sekunden schloß Suko die Augen. Er hatte von dem Gelben Satan gehört. In der Schule war oft darüber gesprochen worden.

»Ich sehe dich überrascht, mein Freund«, sagte Li-Shen.

»Das bin ich auch, großer Meister.«

Der greise Chinese nahm einen Schluck Tee. »Ich weiß nicht, ob er schon durch die Stadt geistert, aber man sagte mir, daß alle Vorzeichen dafür sprechen. Es sind Vampire aufgetaucht. Sie sind wahrscheinlich von seiner Insel hergeflogen, um hier in Hongkong die menschliche Gestalt anzunehmen. Denn sie werden es sein, die den Gelben Satan an seinen Heimatort bringen.«

»Und das kann man nicht verhindern?«

»Man müßte es versuchen.«

»Du hast es nicht getan.«

»Nein, noch nicht. Es ist auch für mich sehr, sehr schwer, denn meine Männer haben Angst. Aufrechte Kämpfer sind selten geworden, das kannst du mir glauben. Wir leben in einer Zeit, in der die jungen Leute über ihre Eltern und Großeltern lachen und nicht mehr an die Mahnungen und Warnungen der Alten glauben. Das ist sehr schlimm. Noch nie war der Acker so fruchtbar, um die Saat des Bösen zu säen.«

Suko schluckte. Der Gelbe Satan hatte einmal ganz China beherrscht. Es war ein grausamer Vampir, der als unsterblich galt, denn in ihm, so hieß es, lebe der Geist des Fu-Man-Chu weiter.

»Kann man ihn noch stoppen?« flüsterte Suko.

»Schwer, mein lieber Freund. Er sammelt bereits seine Freunde.« Der Blick des weisen Chinesen glitt an Suko vorbei in unendliche Fernen. »Die Ratten haben sich schon eingefunden«, sagte er. »Und wenn so etwas geschieht, ist es nicht mehr weit bis zu seinem Erscheinen.«

»Weißt du, wo man ihn finden kann?« wollte Suko wissen und beugte sich gespannt vor.

»Genau nicht, aber ich habe einen Verdacht«, antwortete der alte Chinese.

»Ich höre.«

»Sein größter Helfer soll der Beerdigungsunternehmer Huang sein. So spricht man.«

Suko sprang auf. Seine Augen schienen plötzlich in Flammen zu stehen. Er ballte die Hände.

»Was ist mit dir, mein Sohn?«

»Mein Freund John Sinclair ist zu ihm gegangen.«

»Zu Huang?«

»Ja, großer Li-Shen.«

Der weise Chinese umklammerte seine Teeschale. »Dann ist John Sinclair verloren«, flüsterte er so leise, daß Suko es kaum verstehen konnte…

Ich war perplex.

Woher kannte die Schöne meinen Namen? Gleichzeitig spürte ich, wie die Alarmklingeln in meinem Hirn immer greller anschlugen.

Trotzdem quälte ich mir ein Lächeln ab. »Sie – Sie haben mich erwartet?«

»Ja.«

Teufel, den Schock mußte ich erst einmal verdauen. Am liebsten hätte ich mir eine Zigarette angezündet, doch ich fand dies plötzlich unpassend.

Statt dessen sah mich die Frau an. Sie war ein Traum. Irgendwie mußte ein europäischer Vorfahr in ihrer Ahnenreihe gewesen sein, denn die Mongolenfalte um ihre Augen herum war längst nicht so stark ausgeprägt wie bei reinrassigen Chinesen. Ihr Haar war lang, normalerweise würde es bis zu den Hüften reichen, doch die Frau hatte es mit Hilfe eines Kammes hochgesteckt.

Das Gesicht war fantastisch geschnitten. Die Haut hatte die Farbe eines frischen Pfirsichs, die Lippen glänzten naturrot. Eindrucksvoll und groß präsentierten sich die Augen, und das enge Kleid mit den hohen, bis zu den Waden reichenden Schlitzen bestätigte, daß sie eine vollendete Figur besaß.

An dieser Frau war wirklich alles dran.

»Sind Sie mit der Musterung zufrieden, John Sinclair?« fragte sie mich.

»Sehr. Aber darf ich wissen, wie Sie heißen, schöne Frau?« Ich formulierte meine Frage bewußt etwas lässig, vielleicht auch, um meine Verlegenheit zu überspielen.

»Aber natürlich dürfen Sie meinen Namen erfahren. Ich heiße Shao.«

»Sind Sie verwandt mit Huang?« stellte ich sofort die nächste Frage.

»Ich bin seine Tochter.«

Das hätte ich mir denken können. Ich blickte in die Runde. Dabei beobachtete ich das Girl aus den Augenwinkeln, aber in ihrem Gesicht zeigte sich keine Reaktion. »Eine Frage haben Sie mir immer noch nicht beantwortet«, sagte ich. »Woher wissen Sie meinen Namen?«

»Man hat ihn mir gesagt.«

»Aha. Und wer, bitte schön?«

»Ein Freund.«

Mit der Antwort konnte ich überhaupt nichts anfangen. Wer mochte dieser Freund sein, und vor allen Dingen, wer wußte überhaupt, daß ich mich in Hongkong aufhielt? Vielleicht Mike Kilrain? Möglich war es. Ich wollte es herausfinden.

»Dann wissen Sie sicherlich, weshalb ich Ihr Haus aufgesucht habe?« Zum Teufel, jetzt fing ich auch schon an, so geschwollen zu reden. Das hätte mein Freund Bill Conolly hören müssen. Der wäre vor Lachen nicht mehr in den Schlaf gekommen.

»Ja, ich weiß es ebenfalls«, antwortete das schöne China-Girl.

Jetzt kam es darauf an. »Und? Wie stehen Sie dazu?«

Sie lächelte nur.

Es war wieder still geworden. Deshalb hörte ich das Rascheln, das mir vor einigen Minuten bereits aufgefallen war, um so deutlicher. Es klang hinter den Wänden auf, und manchmal hatte ich das Gefühl, als würde es lauter werden, dann aber wieder abklingen.

»Was ist das?«

»Es sind die Ratten«, sagte Shao.

Ich schluckte. Das Mädchen gab die Antwort mit solch einer Selbstverständlichkeit, die mich schockierte.

Ratten.

»Was haben die Ratten mit diesem Beerdigungsinstitut zu tun?« erkundigte ich mich, als ich meine erste Überraschung überwunden hatte.

»Mit dem Institut gar nichts.« Shao lächelte geheimnisvoll und faßte mich an der Hand. »Kommen Sie mit, Mr. Sinclair. Ich möchte Ihnen etwas zeigen.«

Ihr Englisch war ausgezeichnet. Sie mußte es im Mutterland selbst gelernt haben. Auch die Berührung überraschte mich. Ich hatte eine kalte Haut erwartet, ähnlich der eines Dämons oder eines Vampirs, doch ihr Händedruck war angenehm warm und fest. Neben dieser Frau konnte man nicht ruhig bleiben. Ich fühlte, wie mein Blut durch die Adern raste.

Gewaltsam riß ich mich zusammen. Ich durfte nicht vergessen, aus welchem Grund ich hierhergekommen war.

Wir schritten in den Hintergrund des Raumes. Dieser Verkaufsraum war in der Tat größer, als es den ersten Anschein hatte. Ich sah mehrere schwarzlackierte Türen, die zu anderen Räumen abzweigten, aber wir passierten die Türen.

Wo wollte mich Shao hinführen?

Sie blieb stehen. »Sind Sie nicht aus einem bestimmten Grund zu uns gekommen?«

»Ja.«

»Sehen Sie, Mr. Sinclair. Sie sollen nicht enttäuscht werden.«

Ich fühlte mich plötzlich unwohl. Vielleicht ging mir auch das Rascheln, das nach wie vor aus den Wänden drang, auf die Nerven. Auf jeden Fall fragte ich schärfer als beabsichtigt: »Sie wollen mich zu den Vampiren bringen?«

»Das hatte ich vor.«

Meine nächste Frage klang etwas lauernd. »Wenn ich Vampire sehe, muß ich sie bekämpfen, verstehen Sie, warum?«

Sie lächelte nur geheimnisvoll.

Teufel, ich wurde aus dem Mädchen nicht schlau. Was hatte Shao vor? Auf welcher Seite stand sie? Wenn sie mich tatsächlich zu den Blutsaugern brachte, und ich ließ das zu, dann lief ich mit offenen Augen in die Falle. Wieder einmal war ich auf Vampire getroffen. In der letzten Zeit waren diese Ungeheuer wieder aktiv. Mir schien es fast, als würde Kaluracs Geist über der Welt schweben. Dabei hatte ich Draculas Neffen im Zweikampf getötet.

»Sie sind so nachdenklich«, sagte Shao. »Was ist?«

»Würden Sie an meiner Stelle jubeln?«

Darauf gab sie mir keine Antwort. Statt dessen schritt Shao weiter, ohne sich um mich zu kümmern.

Ich folgte ihr.

Vor einer Schwingtür blieb sie stehen. Die Tür hatte zwei Hälften. Das Mädchen drückte den rechten Flügel auf und bedeutete mir mit einem Blick über die Schulter, ihr zu folgen.

Ich schritt über die Schwelle.

Ein makabrer Raum nahm mich auf. Schwarzweiße Fliesen bedeckten den Boden und bildeten ein Schachbrettmuster. Der Raum war so groß, daß er schon die Bezeichnung Halle verdiente.

Doch wir waren nicht die einzigen Personen.

Auf den beiden Bahren inmitten des Raumes lagen zwei Leichen!

Leblose, starre Gestalten, deren Augen verdreht und zur Decke gerichtet waren. Shao hatte Licht gemacht, und im Schein der runden Leuchtstoffröhren erkannte ich jede Einzelheit.

Die Särge für die Leichen standen bereit. Die Deckel lagen neben den Totenkisten. An der Wand sah ich große Becken und lange Holztische, auf denen ein Mensch Platz hatte.

Hier wurden die Toten gewaschen.

Ich konnte nicht behaupten, daß ich mich besonders wohl fühlte. Der Raum strahlte eine Aura aus, die mich abstieß. Meine Nackenhaut spannte sich.

Und auch hier hörte ich hinter den grüngestrichenen Wänden das widerliche Rascheln und Tappen unzähliger kleiner Füße.

Die Ratten waren überall.

Shao lächelte weiter. »Das ist unser Arbeitsraum. Ich sehe schon, er gefällt Ihnen nicht. Ich hatte gedacht, Sie wären abgebrühter, Mr. Sinclair.«

»Ist das unser Ziel?«

»Nein. Oder sehen Sie hier die Geschöpfe, die Sie suchen?«

Ich schüttelte den Kopf.

»Dann folgen Sie mir bitte. Wir möchten Sie nicht lange im unklaren lassen.«

»Wer ist wir?«

»Das werden Sie noch früh genug erfahren.« Sie lachte spöttisch. »Es muß doch für Sie wie im Märchen sein, Mr. Sinclair. Sie sind kaum einige Stunden in der Stadt, und schon stehen Sie vor der Lösung des Falles.«

»Bis jetzt habe ich noch keinen Vampir gesehen.«

»Abwarten.«

Himmel, auf was hatte ich mich da eingelassen! Wenn nur Suko hiergewesen wäre. Aber er war unterwegs, wollte alte Freunde besuchen, und ich hatte mich allein in die Höhle des Löwen gewagt.

Die Frau öffnete eine Schiebetür an der linken Seite der Halle, wo sich die Waschbecken befanden.

Wir gelangten in einen Flur.

Er war düster. Das aus der Leichenhalle fallende Licht verlor sich bereits nach wenigen Schritten.

Ich starrte nach vorn.

Shao blieb plötzlich stehen. Ich konnte nicht rasch genug stoppen und stieß gegen sie.

Die Entschuldigung blieb mir glatt im Hals stecken, als ich nach vorn schaute und den Lichtball sah, der in der Luft schwebte. Er pendelte hin und her, suchte irgendein Ziel, fand es und blieb stehen.

Der Lichtball riß ein Gesicht aus der Dunkelheit.

Ein Gesicht, das ich kante.

Es gehörte Mike Kilrain!

»Kilrain«, flüsterte ich. Neben mir trat das Mädchen einen Schritt zur Seite. Ich beachtete sie nicht, denn Kilrain öffnete den Mund.

Überdeutlich sah ich die beiden langen Vampirzähne!

Suko vergaß sämtlichen Respekt vor der chinesischen Lebensart und Mentalität.

»Woher weißt du, daß John Sinclair verloren ist?« rief er.

Li-Shen machte eine beschwichtigende Handbewegung. »Setz dich erst wieder hin«, sagte er ruhig. »Dann will ich es dir erklären.«

»Aber ich muß zu ihm.«

Li-Shen schaute Suko an. »Ich verstehe die Besorgnis um deinen Freund, doch wir müssen das Orakel befragen.«

»Welches Orakel?«

Li-Shen schüttelte den Kopf. »Du bist zu ungeduldig, mein Freund. Die Zeit in Europa hat dir nicht gutgetan. Nur die Geduld ist die Macht des Starken.«

»Aber ich muß ihn retten!«

Li-Shen erhob sich mit einer geschmeidigen Bewegung, die für sein Alter erstaunlich war. Dann forderte er Suko auf, mitzukommen. Der Alte schritt elastisch voran, ging in den modernen Teil des Raumes, blieb vor der Wand stehen und drückte einen versteckten Knopf.

Augenblicklich wanderte ein Teil der Wand zur Seite und gab den Blick auf einen kleinen Lift frei.

»Steig ein!«

Suko schritt an seinem Lehrmeister vorbei. Als auch Li-Shen eingestiegen war, schloß sich die Tür, und der alte Chinese drückte auf einen weißen Knopf.

Der Aufzug glitt in die Tiefe.

Nach wenigen Sekunden hielt er. Li-Shen lächelte und blickte Suko an.

»Es erstaunt dich, nicht wahr?«

»Ja, sehr.«

»Warum sollen wir nicht die Vorzüge der modernen Technik nutzen?« Li-Shen drückte die Tür auf, und die beiden Männer betraten ein weiträumiges Kellergewölbe.

Licht brauchte Li-Shen nicht anzuknipsen, denn der Raum war in ein düsteres Rot getaucht. Suko mußte einige Sekunden verstreichen lassen, bevor sich seine Augen an die Verhältnisse gewöhnt hatten.

Er betrat einen schwarzen, glänzenden Boden. Was an den Wänden stand, konnte er nicht erkennen, es interessierte ihn auch nicht, denn der alte Chinese deutete nach unten.

Ein riesiger weißer Kreis war auf den Boden gezeichnet worden. Zwölf Linien durchschnitten ihn und trafen sich jeweils in der Mitte.

Diese Linien bildeten zwölf Dreiecke, und jedes Dreieck stand für ein Tierkreiszeichen.

Suko hatte einen astronomischen Kalender vor sich.

»Geh nicht weiter«, sagte Li-Shen und hielt Suko am Arm fest. »Warte hier.« Er selbst entfernte sich, und als er zurückkam und neben Suko stehenblieb, hielt er drei weiße Kugeln in den Händen.

»Ich werde versuchen, die Beschwörung des Gelben Satans durchzuführen«, sagte er leise. »Verhalte dich ruhig und störe auf keinen Fall den Ablauf.«

Suko nickte nur.

Der Alte betrat den Kreis. Mit Hilfe der Kugeln baute er ein weiteres Dreieck in der Mitte des Kreises. Dann holte er aus den Taschen seiner dunklen Jacke drei silbrigglänzende Stäbe hervor und legte sie auf die Kugeln. Seine Hände zitterten nicht, als er diese Arbeit verrichtete.

Er selbst erhob sich, blieb neben dem neuen Dreieck stehen und beugte seinen Oberkörper vor, wobei er die Hände ausstreckte, damit sie ein Dach über dem Dreieck bildeten.

Dann begann er zu sprechen.

Li-Shen besaß die Weisheit seiner Vorfahren. Und sein Wissen war phänomenal. Er hatte ungeheuer viel gelernt, die Bücher der Philosophen, Magier und Propheten gelesen und all die Vorzeichen richtig zu deuten gewußt. Er redete in einer unbekannten Sprache, einem chinesischen Dialekt, der längst ausgestorben war.

Gebannt schaute Suko auf das aus Kugeln und Stäben gebildete Dreieck. Noch tat sich nichts. Bei einer Beschwörung mußte man Geduld aufbringen. Und sie klappte auch nicht immer.

Die Stimme des Alten wurde lauter. Kehlige Laute drangen aus seinem Mund, er führte seine Arme in rasendem Wirbel über das Dreieck, das plötzlich von innen heraus zu leuchten anfing.

Gleichzeitig glühte der Kreisrand auf, es schien, als hätte er sich mit kosmischer Energie gefüllt.

Gebannt verfolgte Suko das Geschehen. Er hatte die Hände zu Fäusten geballt, die Nägel bohrten sich ins Fleisch. Sein Herz hämmerte wild gegen die Rippenbögen. Er spürte, daß die Entscheidung dicht bevorstand, daß etwas in der Luft lag…

Seine Gedanken wurden unterbrochen, denn das Dreieck mit den Kugeln hob vom Boden ab.

Es schwebte!

Glitt höher und höher, dabei beugte der alte Chinese seinen Oberkörper zurück, und das Dreieck blieb etwa in Hüfthöhe in der Luft hängen, wie von einem unsichtbaren Faden gehalten.

Dann dehnte es sich aus.

Die Kugeln glitten nach drei Seiten auseinander. Gleichzeitig wuchsen die Stäbe um das Doppelte ihrer Länge an, das Dreieck nahm einen viel größeren Raum ein als zuvor.

Innerhalb der Fläche entstand ein Bild. Zuerst nur verschwommen, doch von Sekunde zu Sekunde wurde es klarer, nahm Formen und Konturen an, zeigte einen Vorder- und einen Hintergrund.

Einen Raum oder einen Gang. Dunkel, schwarz wie die Nacht. Dann ein Licht. In der Lichtfülle schwamm ein Gesicht. Das Gesicht eines Europäers, hellhäutig, mit weit aufgerissenem Mund, der zwei nadelspitze Vampirzähne zeigte.

Ein Blutsauger!

Davor ein Mann. Blondhaarig, überdurchschnittlich groß. Der Mann starrte auf das Gesicht, sah nicht die beiden Gestalten, die sich hinter seinem Rücken näherten…

Lautlos.

»John!« schrie Suko, denn er hatte den blondhaarigen Mann erkannt. »John, so…!«

»Sei ruhig!« peitschte die Stimme des Alten. »Die Beschwörung wird gefährlich. Der Gelbe Satan! Er ist…«

Li-Shen sprach nicht mehr weiter, denn im selben Augenblick fuhr ein Blitz von unten her in das schwebende Dreieck hinein, fetzte es auseinander.

Die Kugeln sirrten durch den Raum. Die Stäbe wirbelten durch die Luft. Sie brachen wie von kräftigen Händen geknickt. Eine gewaltige schwarze Wolke schoß aus dem magischen Kreuz, in dessen Mittelpunkt sich ein gräßliches Gesicht herauskristallisierte.

Der Gelbe Satan!

Im nächsten Augenblick war die Wolke verschwunden.

Li-Shen aber schrie: »Wir müssen hier raus! Der Gelbe Satan ist stärker. Flieh!«

Zu spät!

Suko hatte plötzlich das Gefühl, von einer Riesenfaust gepackt zu werden. Mit elementarer Wucht flog er raketengleich quer durch den Raum, sah für Bruchteile von Sekunden Li-Shens entsetztes Gesicht, dann krachte er schwer gegen die Wand.

Ein feuriger Schmerz schoß durch seinen Kopf. Im nächsten Moment verlöschte auch er, und Suko fiel in einen unendlich tiefen, völlig schwarzen Schacht...

Mir fiel es wie Schuppen von den Augen. Jetzt wußte ich, wer der Verräter war.

Mike Kilrain!

Der Reporter, der mich mit seinem Artikel erst auf die Vampirbrut von Hongkong aufmerksam gemacht hatte.

Wie war das möglich?

Hinter mir hörte ich Shaos Lachen. »Jetzt wundern Sie sich, Mr. Sinclair.«

»Das kann man wohl sagen.«

»Okay, dann werde ich Sie nicht länger im unklaren lassen und Ihnen eine Erklärung geben. Als wir merkten, was dieser Kilrain mit seinem Artikel angerichtet hatte, nahmen wir ihn uns vor. Wir suchten ihn auf, luden ihn zu einem Drink ein, in den wir Schlafpulver schütteten. Als er erwachte, hatte sich der Gelbe Satan seiner angenommen. Mike Kilrain war zu einem Vampir geworden, zu einem Diener des Gelben Satans. Jetzt arbeitet er für uns. Er lockte Sie, Sinclair, in die Falle, und Sie fielen prompt darauf herein.«

Ja, ich war auf die Blutsauger hereingefallen, aber ich war noch längst nicht kampfunfähig.

Noch hatte ich meine Beretta.

Und Kilrain kam näher. Das Gesicht bewegte sich auf mich zu. Von seinem Körper sah ich fast nichts. Er wurde von der Finsternis regelrecht verschluckt.

Kilrain öffnete den Mund. Weit, so daß ich seine Zähne deutlich erkennen konnte.

In diesem Augenblick überkam mich eine eiskalte Ruhe. Ich wußte, welch einen Gegner ich vor mir hatte, und mir war auch bekannt, wie ich ihn bekämpfen konnte.

Mit einer geweihten Kugel!

Ich zog meine Beretta.

Shao hatte ich vergessen, und das war mein Fehler.

Ihre Handkante fegte aus der Dunkelheit heran und traf wuchtig mein rechtes Gelenk. Ob ich wollte oder nicht, ich mußte die Waffe fallen lassen. Zu groß war der Schmerz.

Kilrain lachte.

Mir lief ein Schauer über den Rücken. Auf der Stelle wirbelte ich herum, bekam die Frau an der Schulter zu fassen und schleuderte sie hinter mir in den Gang hinein.

Sie schrie.

Aber in ihren Schrei mischte sich ein gefährliches Fauchen. Es warnte mich, denn nun wußte ich, daß auch hinter mir mindestens ein Gegner lauerte.

Kilrain war schon da. Ich spürte seine tastenden Finger an meinen Schultern, ging in die Knie, fegte beide Arme von unten nach oben und sprengte den Griff. Dann packte ich seine Beine, riß daran und schleuderte den Blutsauger zu Boden.

Ich selbst hechtete hinterher. Meine Hände fuhren über den kalten Stein. Verzweifelt suchte ich nach meiner Beretta, als harte Hände mich hochreißen wollten, um mir den Rest zu geben.

Ich schlug wild um mich. Kämpfte verzweifelt, denn ich wußte nicht, mit wie vielen Gegnern ich es zu tun hatte.

Ich hörte nur das Keuchen, Fauchen und Knurren.

Immer wieder wirbelten meine Fäuste. Ich traf die Gegner, sie wurden zurückgeschleudert, aber waren im nächsten Moment wieder bereit zu einer neuen Attacke.

Es gelang mir, auf die Knie zu kommen. Plötzlich spürte ich eine kalte Hand, die meine Kehle umklammerte und mich gegen die Gangwand drängte.

Blitzschnell riß ich mein Knie hoch. Ich traf, ein erstickter Laut, und der Druck war verschwunden.

Instinktiv zog ich den Kopf ein. Das war mein Glück, denn der Schlag mit der Pistole hätte mich sonst am Schädel getroffen. So aber ratschte das Metall nur über die Wand.

Wie ein Tiger sprang ich vor. Meine Hände faßten zu, und ich hatte Glück.

Ich bekam die Waffenhand zu packen, drehte sie herum. Der Kerl, der die Pistole hielt, machte einen halben Salto, und dann hatte ich meine Beretta wieder zwischen den Fingern.

»Weg!« kreischte Shaos schrille Stimme. »Er hat die Pistole!«

Demnach hatten die Blutsauger doch Respekt vor meiner Kanone.

Das sollten sie auch.

Ich hörte Schritte, die rasch leiser wurden. Dann klappte eine Tür – es wurde still.

Ich stand allein in der Finsternis. Nur mein keuchender Atem war zu hören – und das Trappeln und Rascheln hinter den Wänden.

Die Ratten!

Mit gezogener Waffe schritt ich den Weg zurück, den ich gekommen war. Die Tür zur Leichenkammer war zwar geschlossen, aber nicht verschlossen.

Ich betrat den Raum.

Auf der Schwelle blieb ich stehen, nachdem ich zuvor der Tür einen Tritt gegeben hatte, so daß sie herumschwang. Meine Blicke suchten den Raum ab, die Beretta in meiner rechten Hand beschrieb einen Halbkreis.

Der Raum war leer!

Keine Leichen mehr zu sehen. Aber waren das überhaupt echte Leichen, die ich bei meinem ersten Besuch entdeckt hatte? Oder handelte es sich ebenfalls um Vampire?

Die grelle Beleuchtung war ausgeschaltet worden. Nur über den Waschtischen brannte ein bläuliches Licht, das einen geisterhaften Schein verbreitete.

Ich wußte, daß noch längst nicht alles vorbei war, blieb ungeheuer vorsichtig, trat einen Schritt nach vorn, einen zweiten und einen dritten.

Einen Herzschlag später wurde mir klar, daß ich nicht vorsichtig genug gewesen war.

Ich vernahm noch den Luftzug, etwas wischte an meinen Augen vorbei und legte sich gedankenschnell um meinen Hals...

Suko erwachte.

Er schlug die Augen auf und spürte sofort den bohrenden Kopfschmerz. Der Chinese verzog das Gesicht, hob den rechten Arm und tastete sich zum Zentrum des Schmerzes vor.

Seine Fingerspitzen fühlten das eingetrocknete Blut und dann erst die Platzwunde, die bereits verkrustet war. Demnach war Suko voll gegen die Wand geprallt.

Er lag halb auf der Seite, wälzte sich jetzt auf den Bauch und blieb erst einmal liegen, weil ein stechender Schmerz seinen Kopf durchschnitt. Suko atmete ein paarmal tief ein und aus und konzentrierte sich auf alles andere, nur nicht auf das bohrende und hämmernde Gefühl im Schädel.

Er hatte diese Gabe. Sie war ihm ebenfalls vor Jahren von Li-Shen beigebracht worden, wie so viele andere Dinge auch.

Li-Shen! Suko fiel der weise Chinese plötzlich wieder ein. Was mochte mit ihm geschehen sein?

Suko hob den Kopf, stützte sich an der Wand ab, half mit dem Körper nach und stand.

»Li-Shen?« rief er. »Wo bist du? Gib Antwort!«

»Hier bin ich!«

Suko zuckte zusammen, als er die Stimme des Meisters ganz in seiner Nähe hörte.

Li-Shen trat aus dem Halbdämmer eines roten Lichtkreises in Sukos Blickfeld und blieb dicht vor meinem Freund stehen.

Der alte Mann war nicht verletzt. Er lächelte sogar, als er sagte: »Ich habe gewartet, bis du wieder aus der Bewußtlosigkeit erwacht bist, Suko.«

»Ich danke dir.« Suko schämte sich vor seinem Lehrmeister, daß er eine Niederlage hatte einstecken müssen.

»Aber was ist geschehen?«

Li-Shen deutete dorthin, wo sich der Kreis befunden hatte. Da war nichts mehr. Nur schwarzer, wie verbrannt wirkender Boden. Das Feld der Weißen Magie war aufgehoben worden. Der Gelbe Satan hatte gesiegt.

»Jetzt weißt du Bescheid«, meinte Li-Shen. »Es hat Jahre gedauert, bis ich diesen Beschwörungsplatz aufgebaut hatte, und innerhalb von Minuten ist er zerstört worden. Daran magst du ermessen, Suko, wie stark der Gelbe Satan ist.«

»Dann kann ihn auch John Sinclair nicht stoppen?«

»Ich fürchte – nein.«

Suko atmete tief ein. Er spürte wieder die Schmerzen und biß die Zähne zusammen. »Ich muß zu ihm, man darf einen Freund nicht im Stich lassen. Ich...« Sukos Stimme versagte, weil ihn ein Schwindelgefühl packte. Mit der rechten Hand hielt er sich an der Wand fest. »O verdammt!« preßte er hervor.

»Du wirst dir eine leichte Gehirnerschütterung geholt haben«, sagte der Alte.

»Ja. Und was macht man da?«

Wieder lächelte Li-Shen weise. »Fahr mit nach oben. Ich habe dort Salben und Kräuter, die dir bestimmt helfen werden, mein Freund.«

»Ich danke dir, großer Meister.«

Li-Shen winkte ab. Sein Ring, den er am kleinen Finger der linken Hand trug, blitzte für einen kurzen Augenblick feurig auf.

Der Fahrstuhl war nicht beschädigt worden. Ebenso wenig wie die übrige Einrichtung des Raumes. Es hatte auch keine direkte Explosion gegeben, sondern nur eine Druckwelle, deren Ursprung in der Kraft der Schwarzen Magie lag.

Der Lift brachte die beiden Männer rasch hoch. Eines der zahlreichen Mädchen des Hauses hatte inzwischen den niedrigen Tisch abgeräumt. Li-Shen führte Suko durch eine schmale Tür, und sie betraten den Badetrakt.

Es gab mehrere Schwimmbecken und Wannen. Sie waren durch Pergamentwände voneinander getrennt. Suko sah die Schattenrisse zahlreicher Mädchen hinter den Wänden. Wasser plätscherte. Die Stimmen der Badenden klangen freudig und hell.

Li-Shen lächelte. »Alle Freuden der Welt würden dir offenstehen, Suko«, sagte er.

Der Chinese hob die breiten Schultern. »Vielleicht später einmal, großer Meister.«

»Du bist immer willkommen!«

Suko sah auch Diener und Angestellte des greisen Millionärs. Wenn die Leute ihnen begegneten, so verbeugten sie sich und deuteten damit den Respekt an, den Li-Shen bei ihnen genoß.

Ein schmaler Japaner trat mit einer Mappe unter dem Arm auf Li-Shen zu. Er war westlich gekleidet, trug einen dunkelblauen Maßanzug mit feinen Streifen, ein blütenweißes Hemd und eine moderne Krawatte. Die Augen wurden durch die Goldrandbrille vergrößert.

»Nicht jetzt, Kashiko«, sagte Li-Shen. »Ich werde mir später die Unterlagen ansehen.«

»Sehr wohl.« Der Japaner verbeugte sich und verschwand.

»Mein Privatsekretär«, erklärte Li-Shen. »Ein tüchtiger Mann.«

Dann betraten sie das Behandlungszimmer. Suko mußte sich auf eine Bahre legen, während ein lächelndes Mädchen die Wunde reinigte und hinterher eine Salbe darüberstrich. Die Salbe kühlte, und Suko glaubte sogar, daß die Schmerzen bereits nachließen.

»Es tut gut«, sagte er.

Li-Shen lächelte.

Fünfzehn Minuten später klebte auf Sukos Kopf ein großes Pflaster. Fragend schaute er Li-Shen an.

Der weise Chinese nickte. »Ich weiß, was dir auf dem Herzen brennt, mein Freund. Ja, wir fahren.«

Da hielt es Suko nicht länger auf der Bahre aus. Keine Sekunde durfte jetzt noch verloren gehen.

Ich bekam keine Luft mehr. Sie wurde mir im wahrsten Sinne des Wortes abgepreßt.

Ich öffnete den Mund, keuchte und atmete röchelnd, doch der Druck an meinem Hals war zu stark.

Die Schurigin hatte in der Politik des alten China immer wieder eine Rolle gespielt. Mancher Herrscher war dieser Waffe zum Opfer gefallen. Und gerade die Lautlosigkeit und die Heimtücke machten die Waffe so gefährlich.

Mein Widersacher war nicht allein. Ich sah auch die zweite lebende Leiche. Sie hatte zuvor ebenfalls auf dem Holztisch gelegen, war aufgestanden und hatte sich lange weiße Tücher um den nackten Körper gewunden.

Und der Untote kam näher. Schleichend, siegessicher. Er hielt die Arme ausgestreckt, bleich schimmerten seine Hände. Die Fingernägel wirkten wie helle Perlmuttstäbe.

Aber der Typ war im Augenblick noch zu weit von mir entfernt. Ich mußte mich um meinen Hintermann kümmern, der nichts anderes wollte als meinen Tod.

Ich verlor den Boden unter den Füßen. Panik schoß in mir hoch. Wenn ich vollends stürzte, dann war ich verloren.

In einem wilden Kraftakt warf ich meinen Oberkörper nach vorn, stemmte mich gegen den Griff des Vampirs und führte meine rechte Hand mit der Beretta über die linke Schulter.

Ich drehte die Pistole so weit es ging nach links und drückte ab. Zweimal zog ich den Stecher durch. Es war eine letzte, verzweifelte Aktion, um mein Leben zu retten.

Hinter mir hörte ich ein Röcheln, dann einen erstickten Schrei und im nächsten Augenblick einen Fall.

Der zweite Vampir war stehengeblieben. Das blaue Licht badete ihn in seinem Schein. Er sah aus wie eine Figur aus einem Sciencefiction-Film.

Der Druck an meiner Kehle ließ nach. Die Schurigin rutschte dem Untoten aus den Fingern.

Ich konnte wieder atmen und torkelte zur Seite. Erschöpft und fast am Ende.

Rote Nebel wallten vor meinen Augen auf. Immer wieder schnappte ich nach Luft.

Der Angriff hatte mich geschafft. Ich sah nicht, wie der Vampir zu Staub zerfiel, sondern taumelte auf die Waschbänke an der Wand des Raumes zu und stützte mich dort mit beiden Händen ab.

Ich wollte Ruhe.

Doch die ließ man mir nicht.

Der zweite Vampir war noch da.

Und er kam näher. Seine nackten Füße klatschten auf den Steinboden, und bei jedem Schritt wurde die Gefahr für mich größer.

Ich drehte mich halb und führte die linke Hand zur Kehle hoch. Noch immer hatte ich im Hals das Gefühl, als hätte ich mit Sandpapier gegurgelt.

Zwei Schritte vor mir stieß sich der Untote ab. Er flog auf mich zu. Ich konnte nicht schnell genug ausweichen, und der Vampir prallte gegen mich. Aber irgendwie war es mir gelungen, ein Bein hochzureißen. Mein Knie stoppte ihn.

Er kam nicht an meine Kehle heran.

Dicht vor mir sah ich sein verzerrtes Gesicht mit den rotumränderten Augen. Ich brachte unter Mühen meine linke Hand hoch und preßte sie dem Untoten unter das Kinn.

Langsam drückte ich den Kopf zurück, und ich setzte dabei all meine Kraft ein.

Ein zähes Ringen begann.

Ich brauchte nur etwas Platz, um meine Beretta anheben zu können, dann war es um den Blutsauger geschehen.

Der Untote besaß die doppelte Kraft eines normalen Menschen. Verbissen fightete er, denn er wollte sein Opfer. Das Gesicht war unnatürlich bleich. Sicherlich befand sich kein Tropfen Blut mehr in seinem Körper.

Langsam ging es mir besser.

Dann griff ich zu einem Trick. Ich gab dem Druck des schlitzäugigen Vampirs etwas nach, ließ ihn dicht herankommen und sprang zur Seite.

Der Untote prallte gegen die Kante.

Ich aber stand in seinem Rücken.

Wütend fauchend wirbelte er herum.

Da traf ihn mein Silbergeschoß.

Weit riß der Vampir die Augen auf. Sie schienen aus den Höhlen quellen zu wollen, während er langsam in die Knie sackte und der Auflösungsprozeß an seinen Füßen begann.

Ich aber wankte zu der Bahre, auf der die beiden Untoten zuvor gelegen hatten, und setzte mich.

Ich wollte nicht sehen, wie der Vampir verging. Schon oft hatte ich diese Szenen miterleben müssen. Für mich war es vorrangig, daß ich meine Kräfte zurückgewann.

Mein Hals brannte wie Feuer. Ich holte einen kleinen Taschenspiegel hervor und betrachtete mich.

An die Vampire dachte ich nicht mehr. Von ihnen war nur noch Asche geblieben. Mich interessierte es, wie der Fall nun weiterging. Also an die Zukunft denken.

Sollte ich zurückgehen und versuchen, dieses Mädchen Shao und ihren Vater zu stellen? Ich spielte mit dem Gedanken, verwarf ihn jedoch wieder, da ich allein nicht viel ausrichten konnte. Ich wollte Suko holen und mit ihm zusammen dem Beerdigungsinstitut einen zweiten Besuch abstatten.

Das Rascheln in den Wänden hatte aufgehört. Waren die Ratten verschwunden, oder hatte die Frau mich nur geblufft? Ich wußte es nicht, und es war mir auch im Moment egal.

Ich schritt auf die Doppeltür zu und blieb überrascht davor stehen, als ich Stimmen vernahm.

Sie drangen aus dem Verkaufsraum.

Deutlich hörte ich Shaos Organ heraus.

Ein kaltes Lächeln kerbte meine Lippen. Na, die Frau würde sich wundern.

Ruckartig stieß ich die Tür auf.

Shao war in ein Verkaufsgespräch vertieft. Unwillig wandte sie den Kopf, als ich den Raum betrat. Dann sagte sie mit einem entschuldigenden Lächeln zu dem älteren Ehepaar, das sich einen Sarg aussuchen wollte, irgend etwas auf chinesisch.

Shao hatte sich umgezogen. Das dunkelgraue Kleid war von bestechender Eleganz. Ihren Hals schmückte eine Perlenkette.

»Wo kommen Sie denn her, Mister?« erkundigte sie sich.

Ich grinste und zeigte mit Daumen über meine Schulter. »Aus der Leichenkammer.«

Sie blickte an mir vorbei und runzelte die Stirn. »Soll das ein Scherz sein? Oder sind Sie ein Einbrecher?«

Ich holte tief Luft. Wenn die Süße mich hier auf den Arm nehmen wollte, dann sollte sie sich einen anderen aussuchen, aber nicht mich, der ich froh war, gerade noch mit dem Leben davongekommen zu sein.

Sie spielte mir hier ein Theater vor, auf das ich nicht reinfiel. Wenigstens nicht mehr. Hart faßte ich das Handgelenk der Frau an.

»Lassen Sie mich!« zischte sie. »Sie – Sie tun mir weh!«

»Jetzt hören Sie mir einmal genau zu.« Ich ließ mich nicht aus dem Konzept bringen. »Ich bin aus dieser verdammten Aufbewahrungshalle gekommen, das stimmt. Aber die Leichen, die ich vorher noch gesehen habe, und an denen Sie mich vorbeiführten, waren auf einmal lebendig. Sie wollten mich sogar töten. Und so etwas habe ich nicht gern. Wenn Sie verstehen, was ich meine.«

»Nein, ich verstehe nichts.« Ihre Stimme klang hart wie brechendes Eis.

Ich holte tief Luft, um erneut meine Vorwürfe gegen sie zu formulieren, doch dann ließ ich es bleiben. Wir waren hier nicht in London. Auch ich als Polizist hatte hier kaum mehr Rechte als ein normaler Tourist. Weshalb also lange darum herumreden? Und sich höchstwahrscheinlich noch lächerlich machen?

Ich ließ das Gelenk der Frau los. Die Kunden schauten verwundert zu uns herüber.

»Entschuldigung«, sagte ich, als ich an ihnen vorbeischritt. »Aber es war nicht so gemeint.«

Das Ehepaar sagte nichts.

Wütend verließ ich den Laden.

Ich wandte mich nach rechts und suchte nach einem freien Taxi. Es kam tatsächlich eins. Bevor es ein anderer rufen konnte, stellte ich mich an den Straßenrand und winkte.

Der Chevy hielt.

Als ich die Beifahrertür öffnete, lispelte der Chinese: »Bitte in den Fond steigen.«

Ich warf mich in die zerschlissenen Polster. Der Fahrer gab sofort Gas, ohne daß ich mein Ziel genannt hatte.

Mich darüber zu wundern, dazu kam ich nicht mehr. Ich hörte noch etwas zischen, die Trennscheibe zwischen Vorder- und Rücksitz wurde vor meinen Augen zu einer breiigen Masse, und ich bekam auf einmal keine Luft mehr.

Eine Falle! schoß es durch meinen Kopf.

Dann wußte ich nichts mehr.

Li-Shen besaß mehrere Wagen. Prunkstück seiner Sammlung war ein goldfarbener Rolls-Royce.

Und diese Luxuskarrosse war in Hongkong bekannt wie ein bunter Hund. Wenn der Wagen lautlos durch die Straßen rollte, machten die meisten Fahrer freiwillig Platz. Niemand wollte den großen Li-Shen verärgern.

Er lenkte den Rolls nie selbst. Für diese Aufgabe hatte er einen Fahrer.

Der Mann hieß Kai tak.

Er war ein Hüne.

Noch größer als Suko und noch breiter in den Schultern. Ein menschliches Denkmal mit einem Gesicht, das aus schwachgelbem Marmor zu bestehen schien. Kai tak trug die Haare nicht normal geschnitten, sondern zu einem Zopf gebunden, der bei jeder Gehbewegung lustig hin- und herpendelte.

Seine Uniform bestand aus strapazierfähiger Leinenkleidung, meist in dunkelblau. Sie ähnelte dem Mao-Look, aber Kai tak wollte von dessen Lehren nichts wissen. Er hatte nur einen Boß. Das war Li-Shen. Für ihn wäre Kai tak mitten in die Hölle gesprungen und hätte den Teufel beim Schwanz herausgezogen.

Allerdings besaß er ein Geheimnis. Niemand wußte, welche Waffe er unter seiner Kleidung versteckte. Und das sagte er auch nicht. Allerdings waren seine hornhäutigen Karatefäuste schon Waffen genug, wie manche behaupteten. Aber Kai tak konnte nicht nur fahren. Er war auch sonst für das Wohl seines Chefs verantwortlich. Hin und wieder spielte er den Vorkoster, denn Li-Shen hatte mehr Todfeinde als Finger an beiden Händen.

Auch die Polizei hätte sich gern näher mit Kai tak beschäftigt. Schließlich fand sie hin und wieder Tote in der Bay.

Es gab Zeitgenossen, die behaupteten, daß Kai tak für diese Toten verantwortlich war.

Li-Shen empfand so etwas als böse Gerüchte und tat sie mit einem Handwinken ab.

Jetzt stand Suko diesem Baum von Mann gegenüber.

»Ich möchte, daß ihr Freunde werdet«, sagte Li-Shen, der zwergenhaft wirkte neben den beiden Männern.

Kai tak nickte und streckte seine rechte Hand aus. Suko wußte, was kam, er machte trotzdem mit und schlug ein.

Kai tak drückte zu.

Wie ein Schraubstock.

Aber auch Suko hielt sich nicht zurück, während Li-Shen danebenstand und lächelte.

Die beiden Männer maßen ihre Kräfte. Nichts war von ihren Gesichtern abzulesen, sie blieben glatt und unbewegt. Beide setzten das ein, was sie zu bieten hatten.

Nun zeigte sich eine Reaktion. Bei Suko und Kai tak schwollen die Stirnadern an. Ihr Atem ging schneller, doch niemand gab nach.

Eine Minute standen die Männer sich unbeweglich gegenüber, dann griff Li-Shen ein.

»Es reicht«, sagte er, »ich bin zufrieden.«

Plötzlich lächelte Kai tak. Er schlug Suko auf die rechte Schulter, daß es nur so krachte. »Wir verstehen uns, Freund!«

Suko schlug zurück, und damit war die Freundschaft besiegelt. Er wußte jetzt, daß er sich hundertprozentig auf Kai tak verlassen konnte. Und umgekehrt war es auch so.

Nur hatte diese Begegnung Zeit gekostet, und das paßte Suko gar nicht in den Kram.

Er wußte mich, seinen besten Freund, in Gefahr, doch in Hongkong galten andere Gesetze. Suko mußte sich erst wieder an die Mentalität seiner Landsleute gewöhnen.

Wenig später rollte der goldfarbene Wagen aus der Garage. Li-Shen saß im Fond, während Suko es sich auf dem Beifahrersitz bequem gemacht hatte.

Natürlich gab es Telefon und eine Klimaanlage sowie ein gutgetarntes Versteck für Waffen aller Art. Scheiben und Reifen waren kugelsicher, und die Karosserie bestand aus einem besonderen Stahl.

Nur eine Bar hatte der Wagen nicht. Li-Shen verachtete den Alkohol. Er trank Tee oder Wasser, wenn er Durst hatte.

Fond und Fahrerteil des Wagens waren durch eine Scheibe voneinander getrennt, die allerdings eine Schiebeklappe in der Mitte hatte, damit sich der Fahrer mit den im Fond Sitzenden unterhalten konnte.

Suko lernte etwas von dem Verkehr in Hongkong kennen, der sich in den letzten Jahren noch gesteigert hatte. Als Europäer würde man hier glatt untergehen.

Doch Kai tak fuhr unbeirrt weiter.

Und der Rolls war bekannt.

Wagen fuhren zur Seite. Rikschafahrer blieben ehrfurchtsvoll stehen, wenn das Auto heranrollte.

Li-Shen nahm es hin. Grüßte wie ein König, lächelte und genoß es, bewundert zu werden.

Auch Suko staunte. In einem Schmelztiegel wie Hongkong hätte er so etwas nie für möglich gehalten.

Sie kamen zügig voran.

Trotzdem dauerte es fast zwanzig Minuten, bis sie ihr Ziel erreicht hatten.

Huangs Beerdigungsinstitut!

Natürlich gab es vor dem Haus keinen Parkplatz, aber Kai tak fuhr kurzerhand in die Gasse hinein und stellte den schweren Wagen mitten auf die Fahrbahn.

Ein Mann wie Li-Shen konnte sich so etwas erlauben. Kein Polizist würde ihn deswegen aufschreiben.

Suko und Kai tak stiegen aus.

Dann öffnete Kai tak den hinteren Wagenschlag und ließ seinen Meister aus dem Wagen steigen.

Li-Shen dankte mit einem Kopfnicken.

Kai tak warf den Wagenschlag zu, während Suko bereits leicht nervös an der Tür wartete.

Die Männer traten ein.

Kai tak zuerst, es folgte Li-Shen, und den Schluß bildete Suko.

Das Glockenspiel über der Tür ertönte, und aus dem hinteren Teil des Raumes trat Shao hervor.

Suko und Kai tak schwenkten zur Seite und überließen Li-Shen die Initiative.

»Womit kann ich Ihnen dienen?« fragte Shao. »Haben Sie besondere Wünsche, was das Aussehen der Särge betrifft?«

»Nein, schöne Blume Chinas«, erwiderte Li-Shen. »Wir suchen einen Mann.«

Shao zeigte sich überrascht. »Ich weiß nicht, ob Sie da bei mir an der richtigen Stelle sind...«

»Doch, das wissen wir.« Li-Shens Stimme wurde plötzlich schneidend. »Wo befindet sich John Sinclair?«

»Wer, bitte?«

Li-Shen blieb überrascht stehen. »John Sinclair. Ein Engländer. Er hat Ihr Geschäft aufgesucht.«

»Ich habe ihn nie gesehen. Tut mir leid.«

»Sie sind Huangs Tochter?« fragte Li-Shen.

»Ja.«

»Ist Ihr Vater in der Nähe?«

»Nein.«

»Gut, dann werden wir jetzt Ihr Geschäft durchsuchen, und Sie können uns nicht daran hindern.« Li-Shen schob Shao kurzerhand zur Seite und kümmerte sich nicht um ihr Protestgeschrei.

»Was erlauben Sie sich? Das ist Hausfriedensbruch, was Sie hier machen. Verschwinden Sie!«

Sie wollte Kai tak festhalten, doch der riesenhafte Chinese faßte sie mit einer Hand an der Hüfte, hob sie hoch und stellte sie kurzerhand zur Seite.

Suko war schon vorgelaufen. Er gelangte an die Tür, durch die auch ich zweimal gegangen war, stieß den rechten Flügel auf und betrat den Waschraum, in dem die Leichen gewaschen wurden.

An der Decke brannte eine helle Lampe. Ihr Licht leuchtete den Raum voll aus.

Sukos Blicke wanderten im Kreis.

Da sah er die Asche auf dem Boden liegen.

Grauschwarz...

Der Chinese überlegte. Jemand hatte hier etwas verbrannt oder aber...

Vampire zerfielen zu Asche!

Hatte er es hier vielleicht mit den Resten von Blutsaugern zutun? Hinter Suko betraten Li-Shen und sein Leibwächter den Raum. Suko deutete auf die beiden Aschehäufchen. »Ich habe das Gefühl, daß wir es hier mit Vampiren zu tun haben. Vielmehr mit deren Überresten.«

»Und du meinst, daß John Sinclair…?«

Suko nickte heftig und ließ Li-Shen nicht aussprechen. »Ja, das meine ich.«

Li-Shen wandte sich an Kai tak. »Hol mir die Frau her.«

Der hünenhafte Leibwächter machte auf der Stelle kehrt. Suko und Li-Shen hörten Shao schreien und schimpfen. »Lassen Sie mich los. Verdammt, ich werde dir…«

Kai tak trat mit dem Mädchen durch die Tür. Er hatte sie einfach angehoben und trug sie vor sich her wie eine Puppe. Sie strampelte mit Armen und Beinen, doch das kümmerte Kai tak nicht. Mit unbewegtem Gesicht stellte er sie ab.

Li-Shen deutete auf die beiden Aschehäufchen. »Was ist das?« fragte er scharf.

»Asche, was sonst?«

»Das sehen wir. Aber von wem?«

»Jemand hat etwas verbrannt.« Die Frau stellte sich stur.

»Und was, bitte?«

»Keine Ahnung.«

Jetzt mischte sich Suko ein. »Hören Sie«, sagte er, »ich kann unterscheiden, ob es Asche von Holz oder von Papier ist. Dieser Rückstand gehört zu keinem der beiden. Was also ist hier verbrannt worden?«

»Ich weiß nichts.«

Suko bückte sich, nahm etwas Asche auf und zerrieb sie zwischen den Fingern. Dabei schaute er Li-Shen und Kai tak an. »Das ist Vampirasche«, stellte er fest.

Shao begann, hysterisch zu lachen. »Vampirasche. Geht die Fantasie mit Ihnen durch?«

»Nein, das ist Realität.«

Li-Shen nickte. »Durchsuchen, das ganze Haus!« befahl er.

Darauf hatten die beiden Männer nur gewartet. Während Kai tak das Mädchen vor sich her stieß, hielt Suko bereits die Tür zum nächsten Raum auf.

Er gelangte in den Flur, in dem ich gekämpft hatte. Am Ende befand sich eine Tür.

Schwarz gestrichen.

Sie war offen.

Suko betrat als erster das Sarglager. Die Totenkisten standen übereinander. Es waren keine Prunksärge, die stammten aus einer Massenproduktion, das sah man sofort.

Sonst war der Raum leer.

Kein Vampir oder sonstiger Dämon begegnete ihnen. Kai tak nahm den obersten der flachen Särge herunter, stellte ihn auf den Boden und hob den Deckel ab.

Der Sarg war leer.

Die Frau hatte sich wieder gefangen. »Glauben Sie, daß Ihr Freund in einem der Särge liegt?« fragte sie spöttisch.

»Vielleicht«, erwiderte Suko knapp. Er machte sich jedoch nicht die Mühe, die Särge einzeln herunterzuholen, sondern klopfte nur dagegen. An dem dabei entstehenden Laut erkannte er, ob jemand in der Totenkiste lag oder nicht.

Sukos Methode zeigte einen negativen Erfolg. Die beiden anderen Männer beobachteten Suko bei dieser Arbeit und achteten nicht auf die Frau. Sie näherte sich unbemerkt der Tür und huschte dann mit zwei gewaltigen Sprüngen nach draußen.

Blitzschnell rammte sie die Tür zu. Sofort schloß sie ab.

»Verdammt!« fluchte Suko, als er das höhnische Gelächter der Frau hörte.

Kai tak winkte ab. »Die Tür sprengen wir mit der linken Hand«, sagte er lächelnd.

Doch das Lachen verging ihm.

Urplötzlich verloren sie den Halt unter den Füßen. Der gesamte Boden war eine riesige Falltür. Bevor die Männer sich irgendwo festklammern konnten, fielen sie mitsamt den Särgen in die Tiefe.

Das letzte, was sie hörten, war das triumphierende Lachen der Frau!

Hart schlug Suko auf. Doch er hatte sich noch während des Falles zusammengerollt und den Aufprall somit gemildert. Instinktiv riß er die Arme hoch, und das war sein Glück, denn einer der Särge hätte ihn genau am Kopf erwischt. So aber fing Suko die Totenkiste auf und warf sie hinter sich. Ein zweiter Sarg streifte seine Schulter, bevor er zu Boden fiel und dort zersplitterte.

Kai tak hatte mit ähnlichen Schwierigkeiten zu kämpfen wie Suko. Nur deckte er noch dabei seinen Meister Li-Shen.

Schließlich standen alle drei Männer inmitten der Sargtrümmer. Keinem war etwas passiert, nur der alte Chinese blutete an der Stirn. Es war jedoch eine kleine Wunde. Mit einem Taschentuch tupfte er die Blutstropfen ab.

Die Decke über ihnen schloß sich wieder. Die Falltür schwang wie von Geisterhand bewegt wieder nach oben, und selbst Kai tak gelang es nicht, durch einen verzweifelten Sprung den Rand zu erreichen.

Sie waren Gefangene.

»Mist!« fluchte Suko und ballte die Hand.

Li-Shen und Kai tak blieben gelassen.

»Am meisten ärgert es mich, daß uns die Frau hereingelegt hat«, schimpfte Suko. »Wir waren zu vertrauensselig. Das wird mir beim nächstenmal nicht passieren.«

»Falls es ein nächstes Mal gibt«, erwiderte Kai tak trocken.

»Wie meinst du das?«

»Schau mal da!«

Kai tak deutete auf die Wände des Verlieses, und Sukos Augen weiteten sich entsetzt.

Die breiteren Seitenwände ihres Gefängnisses rückten langsam zusammen. Sie bewegten sich aufeinander zu. Und es würde nicht mehr lange dauern, bis die Wände sie zerquetschten…

Mir ging es mehr als mies. Und man hatte mich gefesselt.

Aber wie!

Unter mir rauschte das Wasser. Abwasser. Demnach befand ich mich in der Kanalisation der Riesenstadt am Südchinesischen Meer.

Ich hing über dem Kanal.

Man hatte mich an einen Pfahl gefesselt, der an zwei gegenüberliegenden Gangwänden in den dafür vorgesehenen Halterungen feststeckte. Während Hände und Füße mit Hanfstricken am Pfahl zusammengebunden waren, hing mein Unterkörper durch. Etwa drei Handbreiten tiefer schäumte die schmutzige Brühe vorbei. Hin und wieder spritzte sie hoch und benetzte meine Kleidung.

Auf Bildern hatte ich mal gesehen, wie Negerstämme ihre Gefangenen abführten. In der gleichen hängenden Lage wie sie befand ich mich.

Es stank erbärmlich hier unten. Hongkong hatte zwar eine Kanalisation, aber an die waren längst nicht alle Stadtteile angeschlossen. In den Armenvierteln gab es so etwas nicht. Dort warfen die Menschen ihren Abfall und Unrat kurzerhand auf die Straße oder kippten ihn ins Meer.

Es war nicht völlig dunkel, denn in unregelmäßigen Abständen brannten Lampen in diesem unterirdischen Labyrinth. Doch die Lichthöfe wurden rasch von der Dunkelheit verschluckt.

Naß glänzten die Steinwände. Über mir wölbte sich eine Decke. Von der Rundung tropfte es ununterbrochen. Ich lag dabei so ungünstig, daß das Wasser meine Kleidung an der Schulter völlig durchnäßte und in einen stinkenden Lappen verwandelte.

Ich hatte keine Ahnung, wie ich hierhergekommen war. Erinnern konnte ich mich noch an das Taxi und daran, daß ich plötzlich das zischende Geräusch hörte.

Danach war Sendepause.

Und jetzt hing ich hier in dieser unmöglichen Lage. Nicht nur im Kopf hatte ich ein dumpfes Gefühl – das waren noch die Folgeerscheinungen des Gases –, nein, auch meine Beine und Arme waren langsam eingeschlafen. Die Blutzirkulation wurde drastisch reduziert. Ich versuchte, die Finger und die Zehen zu bewegen, doch die verdammten Fesseln saßen so eng, daß mir dies kaum möglich war.

Ich dachte an Suko.

Sicher würde er sich die größten Sorgen um mich machen, nur, wo sollte er mit der Suche beginnen? Er konnte nicht ganz Hongkong auf den Kopf stellen, das war unmöglich. In dieser Stadt verschwand jemand schneller als in New York.

Hongkong war die Hölle.

Wie sollte Suko überhaupt darauf kommen, daß man mich in den Abwässerkanälen gefangenhielt?

Nein, ich mußte mich aus dieser Lage schon selbst befreien.

Die Frage war nur wie?

Etwas Positives konnte ich meiner Situation jedoch abgewinnen. Vorerst sollte ich wohl nicht getötet werden, denn das hätten meine Feinde ohne Schwierigkeiten erledigen können, als ich bewußtlos war. Sie hatten also etwas mit mir vor.

Klatsch!

Wieder fiel ein Tropfen auf meine Kleidung. Es glich schon einer Folter, wenn in regelmäßigen Abständen immer wieder die Tropfen auf die gleiche Stelle trafen.

Zuerst geht das ja noch, man nimmt es hin, aber nach Stunden wirkt jeder Aufprall wie ein Hammerschlag. Mit solchen Methoden hatten die Menschen früher ihre Feinde zum Wahnsinn getrieben. Allerdings klatschten die Wassertropfen dann auf die Stirn des Bedauernswerten. Vor allen Dingen in Asien wurde diese Methode praktiziert.

Bei mir war es wohl nur ein Zufall, daß das Wasser immer auf die gleiche Stelle traf.

An den Gestank hatte ich mich mittlerweile gewöhnt, und auch die Luft konnte ich atmen, ohne daß es mir übel wurde. Ich mußte nur zusehen, daß ich mich irgendwie aus der vertrackten Hängelage befreite.

Das war jedoch leichter gesagt als getan.

Die massive Holzstange steckte mit beiden Enden fest. Genau in der Mitte hing ich. Unter mir schäumte das Wasser, und am Stab hielten mich die Stricke fest wie Draht.

Eine verdammt miese Karte hatte ich erwischt. Auch die Beretta, die noch in meinem Holster steckte, nutzte mir nichts. Sie war im Augenblick nicht mehr wert als eine Spielzeugwaffe.

Aber vielleicht konnte ich den Stab aus einer der Halterungen lösen. Ich drehte den Kopf ein wenig nach rechts und versuchte zu erkennen, wie der Pfahl an der Wand befestigt worden war.

Ohne Erfolg.

Es war zu dunkel, ich sah nichts. Die nächste Lichtquelle war zu weit entfernt, als daß der Schein meine unmittelbare Umgebung erhellt hätte.

Also auf gut Glück versuchen.

Ich ruckte vor und zurück, so wie es meine Lage zuließ. Versuchte dabei, meinen Körper zu drehen, um so den Pfahl hin und her zu bewegen.

Nichts.

Er steckte fest.

Mein Fluch war nicht druckreif.

Auch die Fesseln rutschten auf dem Holz nicht weiter. Sie hielten all meinen Bemühungen stand.

Es war zum Heulen.

Eine Minute gönnte ich mir zum Atemholen. Da probierte ich es noch einmal.

Wieder ohne Erfolg.

Ich war und blieb unbefangen!

Unter mir rauschte weiterhin die schmutzige Brühe durch den Kanal. Hin und wieder flossen Gegenstände mit, und manchmal glaubte ich, die fetten Körper einiger Wasserratten an der Oberfläche treiben zu sehen.

Das erinnerte mich wieder an das Trappeln und Rascheln hinter den Wänden des Beerdigungsinstitutes. Dort mußten sie zu Hunderten gehaust haben.

Es gibt wenige Dinge, vor denen ich mich ekele. Ratten gehören dazu. Wieso, weiß ich auch nicht. Es ist nun mal so.

Die Zeit verging.

Mein Kreislauf wurde immer schwächer. Arme und Beine waren längst eingeschlafen. In den Zehen und auch in den Fingerspitzen hatte ich kein Gefühl mehr.

Die Glieder wurden taub.

Immer stärker machte sich das Gewicht meines Körpers bemerkbar. Es zog mich nach unten, doch der Pfahl bestand aus stabilem Holz. Er bog sich nicht durch.

Die Chancen sanken.

An das Rauschen des Wassers hatte ich mich mittlerweile gewöhnt. Es war für mich zu einer monotonen Begleitmusik geworden. Meine Armgelenke begannen zu schmerzen. Zusätzlich war der verdammte Druck aus meinem Schädel noch nicht verschwunden.

Ich biß die Zähne zusammen und gab mir selbst die Durchhalteparolen!

Aber was nützte das? Meine Gegner hatten mich. Wie ein Gimpel war ich ihnen ins Messer gelaufen. Jetzt konnten sie mit mir machen, was sie wollten.

Obwohl es mir so mies ging, war die Neugierde jedoch nicht verschwunden. Ich war mir sicher, daß ich irgendwann diesen Gelben Satan kennenlernen würde, und ich war gespannt darauf.

Was war er? Ein Vampir? Ein Dämon? Vielleicht sogar einer der höheren Rangstufe?

Dann konnte ich mit meiner Silberkugel-Beretta einpacken. Die zweite wirksame Waffe, die Dämonenpeitsche, die wir Myxin abgenommen hatten, lag in meinem Koffer.

Der stand wohlbehütet im Tresor des Hotels.

Verkehrte Welt.

Wie lange ich schon an dem Pfahl hing, wußte ich nicht, denn es war mir nicht möglich, auf die Uhr zu schauen. So weit konnte ich die Hände nicht bewegen. Mit einer Stunde rechnete ich mindestens.

Plötzlich wurde das Rauschen des Wassers von einem anderen Geräusch unterbrochen.

Trappeln von unzähligen Füßen.

Die Haare standen mir zu Berge.

Ich wußte, was das Geräusch zu bedeuten und wer es verursacht hatte.

Die Ratten kamen!

Kai tak hatte die Worte kaum ausgesprochen, als er über zwei zerstörte Holzsärge hinwegsprang und sich gegen die linke Hälfte der zusammenrückenden Wand stemmte.

Er setzte all seine Kraft ein.

Und diesmal sah Suko auch bei ihm eine Reaktion. Kai tak begann zu schwitzen, er stöhnte, die Muskeln unter seiner Haut zitterten, aber er schaffte es nicht, die Wand aufzuhalten.

Die höllische Mechanik war stärker.

Suko warf einen Blick auf Li-Shen. Wie unbeteiligt stand der greise Chinese zwischen den zersplitterten Särgen, als würde ihn das alles nichts angehen.

Seine Geduld war zu bewundern.

Kai tak trat zurück und schüttelte den Kopf. »Nichts«, sagte er, »so schaffen wir es nicht.«

Li-Shen nickte.

Inzwischen bewegten sich die Wände weiter. Der Raum wurde schmaler. Beängstigend schmaler. Das Holz der zerbrochenen Särge schleifte über den Boden, als es voranbewegt wurde. Bald würde es ebenso zerquetscht werden wie die Menschen.

»Versucht es gemeinsam!« schlug der Alte vor.

Suko und Kai tak stemmten sich mit vereinten Kräften gegen das drohende Unheil.

Die Arme der Männer zitterten. Schwer und keuchend ging ihr Atem, doch das Verhängnis war nicht aufzuhalten.

Um ein Drittel hatte sich der Raum bereits verkleinert.

Und es ging weiter.

Suko warf einen Blick nach oben. Unerreichbar befand sich die Decke über ihm, in deren Mitte eine schmale Lampe brannte, die soviel Helligkeit abgab, daß die drei Gefangenen genau mitbekamen, wie sehr sich das Verhängnis näherte.

»Eine teuflische Konstruktion«, murmelte Suko. Der Stein war nur eine Attrappe. Dahinter befanden sich massive Stahlwände. Keine Chance, sie zu durchbrechen.

Suko wischte sich mit dem Handrücken über die Stirn. »Jetzt wird's kritisch!« keuchte er.

Wenn er sich in die Mitte stellte und beide Arme ausstreckte, konnte er mit den Fingerspitzen die Wände bereits berühren.

Und sie drängten weiter zusammen.

Die Sargtrümmer wurden aufeinander zugeschoben. Manchmal

brach das Holz. Es waren die einzigen Geräusche außer dem Atem der eingeschlossenen Menschen.

»Es wird Zeit«, sagte Li-Shen mit emotionsloser Stimme.

»Ja, Herr«, erwiderte Kai tak. Auch jetzt verlor er seine Ruhe und Übersicht nicht.

Niemand wußte, was er unter seiner zu weiten Kittelkleidung verbarg. Jetzt verschwanden seine Hände unter der Jacke. Mit zwei Stöcken kamen sie wieder zum Vorschein. Beide Stöcke wurden durch die Kette gehalten.

Auch Kai tak trug eine Schurigin.

Li-Shen schüttelte den Kopf. »Die Stöcke sind zu kurz. Außerdem würden sie brechen.«

»Es war nur ein Versuch, Meister.«

Kai tak ließ die Waffe wieder verschwinden. Suko blieb auch nicht untätig. Er nahm einen noch heilen Sarg, drehte ihn quer und kantete ihn zwischen den beiden Wänden fest.

Der Sarg zersplitterte.

Die Kräfte waren zu groß.

Suko lächelte entschuldigend.

Immer kleiner und schmaler wurde der Raum, der ihnen noch blieb. Die ersten querstehenden Sarglatten zerbrachen. Splitter flogen umher.

Suko preßte sich mit dem Rücken gegen eine Wand, hob seine Beine und drückte mit den Füßen vor die gegenüberliegende Wand.

Er hielt sie nicht auf.

Sukos Knie wurde nach oben gedrückt. Er selbst rutschte an der Wand entlang und fiel zu Boden.

Immer weniger Raum hatten sie zur Verfügung. Den Männern stand der Schweiß auf der Stirn. Fieberhaft suchten sie nach einem Ausweg. Aber niemand schrie, niemand verfiel in Panik.

Näher rückten die Wände zusammen. Sie waren jetzt nur noch eine Schulterbreite entfernt.

Kai tak konnte schon nicht mehr normal stehen, denn die Wände hätten ihm die Schultern eingedrückt. Und auch Suko gelang es nicht mehr.

»Es wird Zeit!« sagte Li-Shen abermals. In seinen Augen blitzte es.

»Ja«, erwiderte Kai tak.

Diesmal griff er hinter den Gürtel und holte eine Eisenstange hervor. Er konnte sie teleskopartig auseinanderziehen und so um das Doppelte verlängern.

»Wenn das nicht hilft, sind wir verloren«, sagte er.

»Versuch es!« Noch immer klang Li-Shens Stimme ruhig.

Kai tak klemmte die Eisenstange zwischen die beiden Wände.

Sollte sie jetzt zum letzten Rettungsanker werden?

Kai tak klemmte sie etwa in der Mitte zwischen die sich aufeinander zubewegenden Wände.

Hielt sie, war alles klar. Wenn nicht – dann…

Es knirschte.

Das Mauerwerk arbeitete. Putz bröckelte heraus, fiel zu Boden. Dazwischen brach und knackte das Holz. Staub wölkte auf, reizte zum Husten.

Die Wände fuhren weiter.

Dann traf die Stange auf den Stahl.

Jetzt kam es darauf an. Würde sie dem ungeheuren Druck der beiden Mauern standhalten können?

Die drei Eingeschlossenen hatten sich schräg hingestellt. Anders konnten sie nicht mehr stehen. Ihre Blicke fraßen sich förmlich an der Stange fest.

Schon wurden sie von den beiden Mauerhälften berührt. Noch wenige Sekunden blieben ihnen…

Die Stange bog sich, unmerklich zwar, aber der Druck war so groß, daß sie ihm kaum standhalten konnte.

Ungeheure Kräfte prallten aufeinander. Mechanische Kräfte, die magisch nicht beeinflußt werden konnten.

Suko spürte das Mauerwerk an seinen Armen. Ein Schauer rann ihm über den Rücken.

Er glaubte nicht mehr daran, daß die Stange hielt. Jetzt konnte sie nur noch ein Wunder retten…

Das Wunder geschah. Die Stange brach nicht.

Sie hielt!

Und sie setzte durch ihren Gegendruck die andere Mechanik außer Kraft.

Suko, Li-Shen und Kai tak waren gerettet.

Vorerst wenigstens.

Eine letzte Holzplatte zerplatzte. Das Geräusch hörte sich an wie das Startzeichen ins neue Leben.

Geschafft.

Suko schaute Li-Shen und Kai tak an. Und zum erstenmal sah er ein Lächeln über die Mundwinkel seines Lehrmeisters huschen.

Er hatte also doch Gefühle!

Suko atmete tief ein. Er legte den Kopf in den Nacken und schaute nach oben.

Ein schmaler Spalt war geblieben. Das Licht der Lampe stach hinein. Ein paar Zoll weiter, und die Lampe wäre ebenfalls zertrümmert worden. Was spielte das alles noch für eine Rolle? Sie lebten, und nur das zählte.

Noch waren sie nicht in Sicherheit. Wenn die Frau Helfer hatte und diese wiederum am Rand der schmalen Luke auftauchten, würde es für die drei Männer lebensgefährlich.

Deshalb mußten sie aus dem Gefängnis heraus, koste es, was es wolle.

Li-Shen deutete hoch. »Schaffen wir es?« fragte er.

Kai tak blickte erst Suko an, dann seinen Meister und nickte. »Es müßte gehen.«

Li-Shen wandte sich an Suko. »Du weißt, was wir vorhaben?«

Mein Freund und Partner lächelte. »Wir müßten wohl eine Pyramide bauen.«

»Genau.«

Kai tak machte die Stütze. Es war gar nicht einfach für Suko, bei der herrschenden Enge auf dessen Schultern zu steigen. Er mußte sich drehen und wenden, bis er es geschafft hatte.

Den Rand konnte er noch längst nicht erreichen.

»Schaffst du es?« fragte Suko schweratmend.

»Sicher!«

Li-Shen, der Alte, der Weise, aber auch der Sportliche, machte den

Schluß. Gewandt wie eine Katze kletterte er an den beiden stärkeren Männern hoch und stellte sich auf Sukos Schulter.

Dann streckte er die Arme aus.

Zu knapp!

Zwei Handbreiten fehlten dem alten Chinesen vom Rand der Mauer. Eine lächerliche Distanz – aber entscheidend.

An Aufgabe dachte Li-Shen nicht. Er stieg kurzerhand auf Sukos Kopf.

Mein Freund spürte das Gewicht auf seinem Schädel. Noch immer bedeckte das Pflaster die Platzwunde, die er sich bei seinem Fall gegen die Mauer zugezogen hatte. Explosionsartig breiteten sich die Schmerzen in seinem Kopf aus, doch Suko war ungeheuer hart. Er verzog keine Miene, denn er wußte, daß es keine andere Möglichkeit für seinen Lehrmeister gab, wenn sie hier herauskommen wollten.

Und Li-Shen schaffte es.

Seine Fingerspitzen krallten sich um den Mauerrand. Eine Sekunde blieb er noch stehen, konzentrierte sich und zog sich dann nur an den Fingern hängend hoch.

Der Druck auf Sukos Kopf verschwand.

Mein Freund atmete auf. Er verdrehte die Augen, schaute nach oben und sah, wie Li-Shen sein linkes Bein auf die Wand schwang. Flach blieb er liegen.

Das mußte er, denn zwischen der Mauer und der Decke befand sich ein winziger Zwischenraum, in dem nur ein schmaler Mann wie Li-Shen Platz hatte.

Noch waren sie nicht gerettet. Die Männer hofften darauf, daß Shao zurückkam, um sich davon zu überzeugen, daß die drei tot waren.

Suko sprang wieder von Kai taks Schulter. Er hatte kaum den Boden erreicht, als die Mechanik wieder in Bewegung geriet. Aber jetzt zur entgegengesetzten Seite.

Die Mauern öffneten sich.

Langsam fuhren die beiden Wände auseinander. Auf der rechten Krone lag Li-Shen. Die Falltür klappte zur gegenüberliegenden Seite auf. Noch war Li-Shen nicht gerettet. Wenn die Frau wirklich nachschaute und sah, daß den Gefangenen nichts geschehen war, und sie zudem noch eine Waffe bei sich trug, konnte es verdammt gefährlich werden.

Die Wände ruckten noch einmal und standen dann still. Sie hatten nicht die gesamte Distanz überwunden, sondern nur einen Teil, der ausreichte, um die Falltür nach unten klappen zu lassen.

Und sie fiel.

Dann tauchte Shao am Rand der Luke auf. Sie kniete sich hin, warf einen Blick in die Tiefe und zuckte im nächsten Moment mit einem heiseren Schrei zurück.

Aus der Tiefe wirbelte die Eisenstange hervor, überschlug sich einige Male und traf ihr Ziel genau.

Shaos Kopf.

Kai tak hatte geworfen. Und zwar mit solch dosierter Wucht, daß der Treffer ausreichte, um die Frau ins Reich der Träume zu schicken. Sie fiel zur Seite und blieb neben der Falltür liegen.

Von seinem Standort aus konnte Li-Shen bequem den Rand der Luke erreichen.

Er kletterte hinaus und blieb neben der Bewußtlosen stehen. Damit sie ihm nicht im Weg lag, zog er sie zur Seite. Hastig schaute sich der alte Chinese um. Er suchte nach einem Seil, das er in die Tiefe lassen konnte, damit die anderen beiden Männer daran hochkletterten.

Nach einigem Suchen fand Li-Shen das Gewünschte. Und dann war es keine Schwierigkeit mehr, bis auch Suko und Kai tak neben dem Alten standen.

Suko grinste. »Wir hätten es auch einfacher haben können«, meinte er.

Li-Shen nickte. »Ich weiß, was du damit sagen willst. Wir hätten abwarten sollen, bis die Frau erschien. Dann hätte ich mir die Kletterei sparen können.«

»Genau.«

Li-Shen lächelte. »Ein wenig Gymnastik tut den alten Knochen ganz gut.«

Alter Tiefstapler, dachte Suko.

Kai tak hatte inzwischen seine Wurfstange wieder verschwinden lassen. Jetzt kümmerte er sich um die Frau. Er hob die immer noch

Bewußtlose hoch und trug sie auf den Armen aus dem ehemaligen Sarglager. Die Falltür ließen sie offen.

Kai tak legte die Frau in der Leichenkammer auf den Waschtisch. Er sprengte ihr Wasser ins Gesicht, um sie rascher wieder in die Gegenwart zurückzuholen.

Shao schlug die Augen auf. Als sie die drei Männer um sich stehen sah, erschrak sie.

Li-Shen lächelte. »Überrascht?«

Die Frau gab eine Antwort, die niemand verstehen konnte.

»Ich möchte mit Ihnen reden«, sagte der alte Chinese, »aber nicht hier. Woanders. Hier ist es uns allen zu ungemütlich. Wir finden die Atmosphäre unpassend. Darf ich Sie dann einladen, mit in mein bescheidenes Haus zu kommen?«

Höflich war der Alte. Höflich und bestimmt. Shao blieb nichts anderes übrig.

Suko war von dieser Frau fasziniert. Sie besaß die eindrucksvollsten Augen, die er je in seinem Leben bei einer weiblichen Person gesehen hatte. Auch das Gesicht und die Figur stimmten. Nur schade, daß die Frau eine rabenschwarze Seite hat, dachte Suko.

Shao schaute ihn an.

Der Blick ging meinem Freund unter die Haut. Er spürte, wie sein Herz schneller schlug. So etwas war ihm in seinem Leben noch nie passiert. Hatte er sich etwa verliebt?

Verstohlen musterte Suko die beiden Männer. Sie hatten zum Glück nichts von seinem Zustand bemerkt.

Kai tak tupfte der Chinesin das Blut von der Schläfe. Li-Shen nickte, als Kai tak mit seiner »Arbeit« fertig war.

»Dann darf ich jetzt bitten«, sagte er höflich wie ein jugendlicher Tanzschüler.

Shao mußte gestützt werden, als sie zum Ausgang schritten. Das übernahm Suko.

Zum erstenmal spürte er die Nähe der Frau. Und er fühlte dieses Wesen. Durch den Stoff des Kleides merkte er, wie warm ihre Haut war. Er warf ihr einen Blick von der Seite zu und sah, daß auch sie ihn anschaute.

Rasch nahm Suko den Kopf zur Seite und bemerkte nicht mehr das stille Lächeln, das um Shaos Mund spielte.

Sei vernünftig! hämmerte sich Suko ein. Sie ist keine Frau für dich. Sie steht auf der anderen Seite. Sie wollte dich töten!

Und doch war etwas an dieser Person, was Suko faszinierte und ihn an seinen Vorsätzen zweifeln ließ.

Shao wußte längst, wie es um Suko stand. Sie gab sich schwächer, als sie tatsächlich war, und ließ sich gegen ihn fallen.

»O mein Kopf!« stöhnte sie.

Suko hielt sie fest.

Wieder trafen sich ihre Blicke. Suko glaubte, Vertrauen darin zu lesen und auch Hingabe.

Er atmete tief ein. »Kommen Sie«, sagte er, »wir müssen zum Wagen. Li-Shen hat einige Fragen an Sie.«

»Vergiß ihn doch.« Sie duzte ihn plötzlich.

Suko drängte sie weiter.

Auf der Straße hatten sich zahlreiche Menschen um den Rolls versammelt. Vor allen Dingen Kinder und Jugendliche interessierte der Prunkwagen. Jeder wollte ihn berühren, wollte mit seinen Fingerspitzen über den Lack fahren, doch Kai tak scheuchte die Jugendlichen weg.

Als sie seine hünenhafte Gestalt sahen, liefen sie fast von allein fort.

Er öffnete die Fondtür an der rechten Seite und ließ Shao einsteigen. Suko mußte auf der anderen Seite in den Wagen klettern, während Li-Shen neben dem Fahrer Platz nahm.

Kai tak startete. Lautlos rollte der Wagen an. Er war in der Tat ein fahrendes Wohnzimmer.

Shao aber ließ sich in die Polster sinken und legte ihre linke Hand auf den Sitz.

Wie eine Statue hockte Suko neben ihr.

Die Chinesin lächelte, als ihre Hand auf Wanderschaft ging und nach Sukos Fingern suchte.

Sie fand sie.

Im ersten Augenblick zuckte Suko zurück. Dann aber ließ er es geschehen, daß Shao seine Hand nahm.

Er sah nicht, wie geheimnisvoll die schöne Chinesin lächelte…

Die Ratten waren da!

Zu Hunderten, zu Tausenden krochen sie aus ihren Verstecken und Schlupfwinkeln.

Eine durcheinanderquirlende, sich bewegende Masse, die rechts und links des unterirdischen Kanals vorbeiströmte. Ich hörte das Trappeln der zahlreichen kleinen Füße, das widerliche Fiepen, das Kreischen. Sie stürzten übereinander, sprangen aufeinander, und die Schwächeren wurden in die schäumende Brühe des Abwasserkanals gedrückt, dort von dem reißenden Wasser erfaßt, herumgewirbelt, hochgeschleudert, untergetaucht, in die Tiefe gedrückt und weitergetragen.

Es war ein Bild des Grauens.

Und es wurden immer mehr. Ich hatte das Gefühl, als würde der Strom nicht mehr arbeiten.

Unbeirrt wälzte sich die Masse der Leiber voran.

Ich hing gefesselt an dem verdammten Pfahl.

Wehrlos...

Ich bekam es mit der Angst zu tun. Ratten griffen auch Menschen an, wenn sie hungrig waren. Doch zum Glück beachteten sie mich nicht.

Sie walzten weiter.

Irgendwann wurde der Tierstrom schmäler. Es fielen auch nicht mehr so viele Tiere in den Kanal. Die Schwächeren waren ertrunken.

Ich warf keinen Blick nach unten, aber instinktiv spannte ich den Rücken an, weil ich damit rechnete, daß mich irgendwann eines dieser Biester doch noch anspringen würde.

Immer wieder klatschte es, wenn die fetten Leiber in die schmutzige Flut gedrückt wurden. Das Abwasser schäumte unter mir weiter, dem Meer entgegen, in das der Kanal sicher mündete.

Mit der Rattenplage.

Demnach hatte diese Frau recht gehabt.

Sie waren die Begleiter des Gelben Satans. Seine Vorboten.

Mir wurde angst und bange.

Ich rechnete damit, daß der Gelbe Satan jeden Augenblick erscheinen würde...

... und hatte mich nicht getäuscht.

Er kam...

Vier Männer trugen ihn.

Vier Vampire...

Er selbst saß in einer Art Sänfte. Sie sah mehr aus wie das Unterteil eines Sargs, an dem zwei Stangen befestigt waren, die vorn und hinten weiterragten, so daß er von den Leuten getragen werden konnte.

Als sich der Gelbe Satan etwa auf gleicher Höhe mit mir befand, wurde die Sänfte abgesetzt.

Die vier Untoten traten zurück und stellten sich mit dem Rücken zur Wand.

Sie selbst sahen schon schlimm aus mit ihren bleichen, blutleeren Gesichtern, den tief in den Höhlen liegenden Augen und den langen, bis zum Unterkiefer wachsenden Zähnen.

Ich hatte noch nie asiatische Vampire gesehen – bis auf die zwei in der Leichenhalle, die ich getötet hatte –, aber sie schienen mir vom Äußerlichen noch grausamer auszusehen als die mir bekannten.

Doch das war nichts gegen die Scheußlichkeit des Gelben Satans.

Als die Sänfte abgestellt wurde, drehte er den Kopf in meine Richtung. Sein gesamter Körper schimmerte weißgelb. Nur die Augen zeigten eine rote Umrandung. Sein Mund war breit und häßlich. Lange, nadelspitze Zähne stachen wie Dolche daraus hervor. Er hatte kein einziges Haar auf seinem Schädel, und am meisten widerten mich seine Hände an.

Die zehn Finger besaßen lange, gekrümmte Nägel. Als er die Hände hob, wurde ich an den Struwwelpeter erinnert. Auch diese Fantasiegestalt hatte lange Fingernägel.

Doch im Gegensatz zu der Märchenfigur existierte der Gelbe Satan. Er bewegte seine rechte Hand und zeigte auf mich.

Die vier Vampire nickten.

Jetzt hat dein letztes Stündlein geschlagen, Sinclair! dachte ich mir, doch die vier machten keinerlei Anstalten, sich mir zu nähern. Sie warteten ab.

Auf wen, sah ich ein paar Minuten später. Die Zeit hatte sich gedehnt wie Kaugummi, doch dann schälten sich aus dem Dunkel des Ganges zwei hünenhafte Gestalten mit nackten Oberkörpern hervor. Einer der begleitenden Vampire sprach mit ihnen.

Die Neuankömmlinge nickten.

Der erste sprang mit einem Satz über den Kanal, während der zweite auf der anderen Seite blieb.

Die Sänfte wurde wieder angehoben, und die Träger gingen weiter. Die Männer mit den nackten Oberkörpern aber machten sich an die Arbeit. Sie waren keine Vampire, das hatte ich bereits auf den ersten Blick erkannt.

Sie standen jedoch im Bann des Gelben Satans. Ihre Bewegungen wirkten eckig, marionettenhaft, so als hätten die Männer keinen eigenen Willen mehr.

Das Heer der Ratten war verschwunden, als der Pfahl an der einen Seite aus der Halterung gelöst wurde. Im ersten Moment hatte ich Angst, der Kerl würde mich ins Wasser fallen lassen, doch er hielt eisern fest.

Auch das zweite Ende wurde aus der Halterung gezogen. Dann legten sich die Männer das Holz jeweils auf die Schulter. Mißtrauisch beobachtete ich ihre Arbeit und zuckte zusammen, als einer der beiden plötzlich über den Kanal sprang und ich dabei herumgeworfen wurde, aber nicht ins Wasser klatschte.

Dann hatte der Träger Halt gefunden und folgte seinem Vordermann.

Die Männer gingen nicht im Gleichschritt. Ich wurde durchgeschaukelt und hatte das Gefühl, mein Magen würde immer höher wandern. Ich atmete durch den Mund und schluckte oft, um den Brechreiz zu unterdrücken.

Es gelang mir, obwohl das miese Gefühl immer noch blieb.

Der röhrenförmige Kanal führte schnurgerade unter der Erde entlang. Es mußte der Hauptkanal sein, denn hin und wieder mündeten kleine Abwasserbäche in diesen Lauf.

Ich war gespannt darauf, wo man mich hinschleppen würde. Vielleicht wurde ich durch einen Gully irgendwo ans Tageslicht geschafft. Tageslicht war gut. Die Sonne befand sich sicherlich schon jenseits des Horizonts, und die Dunkelheit hatte den heißen Tag abgelöst.

Meine beiden Träger sprachen kein Wort miteinander. Sie hatten ihre Aufgabe, und die führten sie auch durch. Egal, was geschah.

Meine Knochen spürte ich kaum noch. Der Körper fühlte sich völlig taub an, so als würde er gar nicht mehr zu mir gehören. Ich kam mir vor wie ein Scheintoter, konnte zwar noch sehen, hören und sprechen, nahm auch alles wahr, was um mich herum geschah, aber ich war nicht in der Lage, selbst aktiv zu werden.

Wieder und wieder wurde ich durchgeschüttelt. Wenn die beiden Träger schneller gingen, schwang auch ich hin und her. Ein paarmal berührte ich links von mir die feuchte Wand.

Ich achtete weiter auf die Ratten. Von den Tieren sah ich kaum noch etwas. Hin und wieder noch schwammen ein paar Körper auf den Wellen des Schmutzwassers.

Auch den Gelben Satan und seine Vampire hatte ich aus den Augen verloren. Sie befanden sich weit vor mir.

Dann aber glaubte ich, daß die Luft frischer wurde.

Ich schnupperte wie ein Hase, der die Witterung eines Feindes aufgenommen hatte.

Tatsächlich, ich täuschte mich nicht.

Wir näherten uns dem Ausgang.

Und die Frischluft kam nicht von oben, sondern von vorn. Der Kanal mußte demnach direkt ins Freie führen.

Hoffnung keimte in mir auf. Ich meinte auch, daß die Träger schneller gingen. Wahrscheinlich waren sie froh, die Unterwelt verlassen zu können.

Ich drehte den Kopf etwas und hob ihn an, um an dem vorderen Träger vorbeischauen zu können.

Etwas schimmerte hell.

Das war keine Kanalbeleuchtung, sondern ein Schimmer, der aus dem Freien hereindrang.

Ich atmete auf. Obwohl es mir körperlich ebenso mies ging wie zuvor. Aber der Mensch klammert sich auch an einen Strohhalm.

Mit jedem Schritt, den meine Träger zurücklegten, wurde die Luft besser. Sie roch nach Salz, Meer und Ozean. Der Wind der Freiheit wehte mir entgegen.

Dann verließen wir die Unterwelt. Zuletzt mußten die Träger die Köpfe einziehen, um ins Freie treten zu können.

Wir befanden uns tatsächlich an der Küste. Aber an einem verlassenen, unbewohnten Streifen.

Wild schäumte das Meer gegen die dem Küstenstreifen vorgelagerten Klippen, wurde gebrochen und lief dann in langen Wellen auf dem steinigen Strand aus. Die Füße der Träger wurden naß, als sie mit mir am Wasser entlangschritten. Links erhob sich eine wilde und zerklüftete Felsenregion. Die von Wind und Wasser ausgewaschenen Steine bildeten seltsame Figuren und Formen. Sie wirkten wie Geschöpfe aus einer fantastischen Welt, und als jetzt der Mond hinter einer Wolke hervortrat und sein Licht auf die Küste warf, erinnerte mich die Felsstruktur an gewaltige ausgebleichte Knochen.

Es war ziemlich stürmisch. Der Wind heulte und jammerte um vorspringende Steinnasen und verbiß sich in meiner Kleidung, so daß die Hosenbeine flatterten. Den Trägern mit ihren nackten Oberkörpern machte der Wind nichts aus. Stoisch schritten sie weiter.

Das Licht, das ich vorhin gesehen hatte, stammte von einer Sturmlaterne. Der Wind hatte sie inzwischen erfaßt und zwischen die Steine geworfen, wo sie zerbrochen war.

Ein dämonisches Wolkenspiel jagte über den Nachthimmel. Hin und wieder strahlten die Ränder der Wolkenberge fahlweiß auf, je nachdem, wie das Mondlicht sie traf.

Nach ungefähr hundert Yards wurde der Strand breiter, und die Felsen traten etwas zurück. Der vordere Träger wandte sich nach links. Das Wasser lief dort als breite Zunge in einen natürlichen Felsenhafen ein. Es wurde ruhiger, da zahlreiche Klippen die Wellen schon zuvor brachen.

Die Träger schritten mit mir am Rand der Mulde entlang. Ich warf einen Blick nach rechts auf die Wasserfläche.

In der Ferne schimmerten – kaum zu erkennen – einige helle Lichter. Vielleicht Positionsleuchten von Schiffen. Oder sie stammten von einer der zahlreichen kleinen, dem Festland vorgelagerten Inseln, mit denen das Südchinesische Meer reich gesegnet war.

Die anderen warteten schon.

Die Sänfte stand im Schatten einer überhängenden Felswand, und der Körper des Gelben Satans leuchtete fahl in der Dunkelheit. Die vier Vampire umstanden seine Sänfte wie Statuen.

Unbeweglich, aber immer bereit, sofort einzugreifen.

Die Nähe der Blutsauger machte mich nervös. Zu viele von ihnen gingen schon auf mein Konto.

Nicht umsonst gab man mir den Spitznamen Geisterjäger. Dieser Name war inzwischen auch bei meinen Gegnern bekannt, und auf ihrer Abschußliste stand ich ganz oben.

Ich fragte mich nur, weshalb der Gelbe Satan mich noch nicht getötet hatte. Wahrscheinlich jedoch wollte er mich für irgend etwas anderes benutzen. Vielleicht spielte er mich auch meinem ärgsten Feind, dem Schwarzen Tod, zu.

Aber der Schwarze Tod befand sich zum Glück im Clinch mit Myxin, dem Magier. In der letzten Zeit war ich ihm persönlich nicht mehr begegnet, hatte aber auf einer Insel, deren Prunkstück ein steinerner Garten war, sein Ebenbild gesehen und es zerstört.

Danach war noch keine Reaktion seinerseits erfolgt.

Und dann sah ich das Boot!

Mit der Hälfte des Kiels lag es auf dem Land, während die Wellen um das Heck leckten.

Es war sogar ein ziemlich großes Ruderboot, das von mehreren Männern gerudert werden konnte. Vier Stangen zählte ich. Ich traute dem Kahn durchaus Seetüchtigkeit zu.

Der Schreck durchjagte mich wie eine Flamme. Wollten die Kerle mich aufs Meer hinausbringen, um mich dort zu ertränken?

Verdammt, ich konnte mir einen angenehmeren Tod vorstellen.

Die Träger brachten mich in die Nähe des Gelben Satans. Bisher hatte er noch kein Wort mit mir gesprochen, er starrte mich nur an. Seine Arme hatte er vor der Brust verschränkt, die langen Fingernägel waren verdreckt.

Schräg fiel das Mondlicht auf den Strand und zeichnete jede Kontur nach.

Niemand sagte etwas. Nur der Wind fuhr mir ins Gesicht. Er brachte Sand und Erde mit.

Dann öffnete der Gelbe Satan seinen häßlichen Mund. Er sprach mit einer guttural klingenden Stimme einige Sätze, von denen ich nichts verstand. Sie waren an die vier Vampire gerichtet, denn sie hoben die Sänfte an und trugen sie zum Boot.

Auch mein Marsch ging weiter.

Ziel: das Boot.

Die Vampire und der Gelbe Satan kletterten zuerst hinein. Die beiden Träger und ich folgten.

Ich wurde zu Boden gelegt. Eine Sitzbankkante stieß mir unangenehm hart in den Rücken, und oberhalb meines Körpers lastete das Gewicht des Pfahls.

Die beiden Träger nahmen Platz. Der Pfahl ragte noch mit seinem vorderen Ende über den Bug des Bootes hinaus. Zwei Vampire gingen zum Heck, bückten sich und schoben das Boot auf die anlaufenden Wellen zu.

Die beiden Träger legten sich in die Riemen. Die Ruderblätter stießen in das Wasser, und das Boot nahm Fahrt auf.

Die Wellen liefen uns entgegen. Sie klatschten gegen die Bordwand, und als wir in die Brandung gerieten, spritzte Wasser über. Das Meer war eine grünschwarze Fläche, auf der hin und wieder Wellenkämme wie Diamanten aufblitzten.

Ich machte mich auf eine lange Reise gefaßt.

Vielleicht auf eine ohne Wiederkehr…

Shao sprach während der Fahrt kein Wort. Sie hielt aber nach wie vor Sukos Hand fest und warf ihm hin und wieder einen Blick zu, der dem Chinesen unter die Haut ging.

Auch Suko rührte sich nicht. Sein Blick war starr geradeaus gerichtet. Er nahm nichts von der Umgebung wahr, sah nicht das vielfältige Gewimmel auf den Straßen. Ausdruckslos und glatt blieb sein Gesicht.

Niemand merkte ihm an, welch einen Kampf er in seinem Innern ausfocht. Suko wurde hin und her gerissen. Bisher war er nie eine festere Bindung mit einer Frau eingegangen, doch plötzlich war diese Shao in sein Leben getreten.

Ein Vollblutweib. Eine Frau, von der Suko nur träumen konnte. Er war ein Mann wie jeder andere, hatte Wünsche, Hoffnungen und Ziele.

Bis jetzt war Suko zu sehr in den Kampf gegen Geister und Dämonen eingespannt gewesen, doch nun saß die Frau neben ihm, die ihm nicht unsympathisch war, die aber – verdammt noch mal – zu seinen Gegnern gehörte.

Sie hatte ihn ermorden wollen!

Doch so seltsam es klang, Suko hegte keine Haßgefühle gegen sie. Im Gegenteil.

Als Suko sich mit diesen Gedanken beschäftigte, erschrak er vor sich selbst.

Nein, das durfte nicht sein. Er konnte und durfte seine Freunde nicht enttäuschen.

Die Fingerspitzen der Frau strichen über seinen Handrücken, und Suko merkte, wie ihm eine Gänsehaut über den Rücken lief. So etwas passierte ihm sonst nicht einmal, wenn er seinen Gegnern aus der Finsternis gegenüberstand.

Diese Frau hatte ihn verhext.

Ja, das war es.

Shao war eine Spinne, und sie hatte Suko in ihrem Netz gefangen. Noch bestand für ihn die Chance, das unsichtbare Netz zu zerreißen, doch Suko fand nicht die Kraft dazu. Seine Gedanken drehten sich nur darum, wie schön es doch sein würde, wenn er mit der Frau zusammen war.

Der goldfarbene Rolls-Royce stoppte. Sie hatten Li-Shens Haus erreicht. Kai tak lenkte den schweren Wagen durch die Einfahrt und fuhr auf einen düsteren Hof.

Er wurde von den Rückseiten alter Häuser begrenzt und diente gleichzeitig als Abstellplatz für zahlreiche Kisten, Fässer und Tonnen.

Suko zog hastig seine Hand zurück, als Kai tak Anstalten machte auszusteigen.

Er lief um den Wagen herum und hielt Li-Shen die Tür auf.

Suko hatte seine Tür ebenfalls aufgestoßen. Er verließ den Wagen, während Kai tak darauf achtete, daß die Chinesin keine Dummheiten machte.

Dann stand sie auf dem Hof und strich ihr Kleid glatt. Ein spöttisches Lächeln kerbte ihre Lippen. Sie kam sich vor wie die große Siegerin. Und das war sie auch.

Suko wagte nicht, den anderen in die Augen zu schauen. Er hatte Angst, sie könnten seine Gedanken lesen, obwohl dies Unsinn war, aber Suko plagte das schlechte Gewissen.

Er fühlte sich wie ein Verräter.

Li-Shen sprach ihn an. »Führe du sie ins Haus!«

»Ja, Meister.«

Suko faßte Shao am rechten, angewinkelten Arm. Küchendünste wehten über den Hof. Für einen Europäer waren es fremdartige Gerüche, doch Suko lief das Wasser im Mund zusammen. Er verspürte plötzlich einen Bärenhunger.

Kai tak klopfte in einem bestimmten Rhythmus gegen die graue Hintertür.

Einer der Bediensteten öffnete. Er verbeugte sich, als er Li-Shen erkannte, und ließ die Männer ein. Auf der Frau blieb sein Blick länger haften.

Li-Shen bemerkte es und fragte: »Kennst du sie?«

»Ja, sie ist die Tochter von Huang, dem Totenbestatter. Man sagt, sie sei gefährlich wie eine Sandviper, Herr!«

»Da hast du sicher nicht unrecht«, erwiderte Li-Shen.

Shao lachte.

»Führ sie hoch!« befahl der greise Chinese.

Suko brachte die Frau zur Treppe. Sie war aus edlen Hölzern gefertigt, und gemeinsam schritten sie in die obere, mit wertvollen Teppichen ausgelegte Etage, wo sich die Privaträume Li-Shens befanden.

Kai tak öffnete eine Tür.

Der Raum war völlig kahl. Die Wände bestanden aus Beton. Glatt und fugenlos.

Suko wunderte sich. Dieses Haus mußte zahllose Verstecke und Schlupfwinkel bergen. Es schien ein regelrechtes Labyrinth zu sein.

Roh zog Kai tak die Chinesin von Suko weg und stellte sie an die Wand.

»Hier sind früher Menschen erschossen worden!« sagte er.

»Willst du mich töten?« fragte die Frau.

»Verdient hättest du es!«

Li-Shen betrat den Raum. Er schloß die Tür hinter sich. Fest schaute er Shao an.

»Was hast du uns zu sagen?«

»Nichts!«

»Du weißt, daß wir Mittel und Wege kennen, dich zum Sprechen zu bringen!«

»Dafür wird der Gelbe Satan euch vernichten.«

»Wie John Sinclair?«

Bei Nennung des Namens zuckte Suko zusammen. Danach straffte sich seine Haltung. An mich, seinen Freund, hatte er in der letzten Zeit nicht gedacht.

Er hatte nur Augen für die Frau gehabt.

Und Shao wußte, daß sie eine schöne Frau war. Sie stellte sich so hin, daß ihre Figur voll zur Geltung kam, doch der alte Li-Shen schüttelte den Kopf.

»Auch damit erreichst du nichts, Weib!«

»Aber der Gelbe Satan hat etwas erreicht.« Ihr Gesicht verzerrte sich zu einer triumphierenden Grimasse. »Er, den ihr längst tot geglaubt habt, ist zurückgekommen. Habt ihr die Anzeichen nicht bemerkt? Habt ihr nicht gesehen, wie sich die Ratten sammelten? Kennt ihr nicht die Weissagungen der alten Schriften? Wenn die Blutsauger und die Ratten sich sammeln, dann ist seine Stunde nah. Dann flieht, solange ihr es noch könnt.«

Li-Shen nickte. »Ich kenne die Schriften«, erwiderte er. »Aber ich weiß auch, daß man den Gelben Satan bekämpfen kann.«

»Du irrst dich, Li-Shen. Er ist stärker als je zuvor.«

»Woher willst du das wissen?«

»Weil ich ihm diene.«

Der greise Chinese strich mit zwei Fingern durch seinen Bart. »Warum dienst du ihm, Frau?«

»Weil ich es muß!«

Li-Shen schüttelte den Kopf. »Niemand muß etwas. Es gibt keine Leibeigenschaft mehr, und der Gelbe Satan hat auch nicht deinen Willen beeinflußt. Was also ist der Grund?«

Plötzlich senkte die Frau den Kopf. »Er – er hat sich meinen Vater ausgesucht.«

»Wofür?«

Shao schluckte. »Nachts im Traum ist er ihm erschienen. Sein Geist war es, der meinem Vater ins Gewissen redete und ihn schon damals zu seinem Diener machte. Er mußte die Vorbereitungen treffen, damit der Gelbe Satan zurückkehren konnte.«

»Dein Vater hat sich nicht geweigert?«

»Nein, sonst hätte man ihn getötet!«

»Aber was hattest du damit zu tun?« wollte Li-Shen wissen.

»Ich liebe meinen Vater.«

»Das berechtigt dich noch lange nicht, Verbrechen zu begehen. Denn der Gelbe Satan will die Vernichtung. Er ist ein Dämon und ein Verbrecher.«

»Aber er belohnt die, die zu ihm halten«, erwiderte Shao.

»Was sind Geld und Macht gegen die wahren Werte des Lebens?«

Shao lachte leise. »Ich weiß beides sehr zu schätzen.« Sie deutete mit dem Finger auf Li-Shen. »Das müßtest du doch am besten wissen, denn du gehörst zu den reichsten Leuten in der Stadt.«

»Das stimmt«, gab Li-Shen zu. »Aber ich habe mir noch Menschlichkeit bewahrt und habe nach den Lebensregeln der alten Philosophen gelebt. Diese weisen Männer trennten Gut und Böse voneinander. Sie wußten genau, was für die Menschen förderlich und recht war und was nicht. Das ist der Unterschied. Überlege es dir genau, Shao.«

Sie schwieg.

Li-Shen fuhr fort. »Und jetzt möchte ich von dir wissen, was mit John Sinclair geschehen ist! Er war doch in eurem Geschäft?«

»Ja.«

»Wie mir Suko berichtete, hat ihn Mike Kilrain, ein Reporter, zu euch geführt.«

»Das stimmt.«

»Und wo ist Kilrain jetzt?« fragte Li-Shen.

»Ich weiß nicht.« Shao lächelte wieder. Diesmal hintergründig. »Aber eins ist sicher. Mike Kilrain ist einer von uns. Erst hat er uns bekämpft, aber dann ist er in unsere Falle gelaufen. Und jetzt lebt er als Diener des Gelben Satans. Er wird inzwischen zu einem Vampir geworden sein wie die meisten von uns.«

»Wer denn noch?«

»Das werde ich nicht sagen.«

»Gut.« Li-Shen nickte. »Noch einmal: Wo befindet sich John Sinclair?«

Shao hob die Schultern.

Li-Shen schaute das Mädchen an. »Ich sehe es in deinen Augen, daß du lügst. Du weißt zwar nicht genau, wo sich John Sinclair befindet, aber du könntest uns einen Tip geben.«

»Wie käme ich dazu?«

»Es würde deine Lage verbessern.«

»Darauf pfeife ich.« Shao blieb hart. Sie änderte ihre Meinung auch nicht, als sie Sukos beinahe flehenden Blick bemerkte.

Auch Li-Shen hatte sich entschieden. Er gab Suko und Kai tak ein Zeichen. Die beiden Männer verließen den Raum. Li-Shen wartete noch. »Wir kommen wieder«, sagte er auf der Schwelle stehend. »Dann fragen wir dich noch einmal. Ich hoffe, du hast dir bis dahin eine Antwort überlegt.«

Shao spie aus.

Li-Shen ließ die Tür schließen.

»Es sieht schlecht aus für John«, meinte Suko.

Der greise Chinese gab ihm recht. »Ja, du hast es erfaßt.«

»Und jetzt?« fragte Kai tak.

Li-Shen strich durch seinen Bart. Das tat er immer, wenn er nachdachte. »Ich setze meine Hoffnungen auf dieses Mädchen. Shao ist nicht so schlecht, wie sie sich gibt.«

»Der Meinung bin ich auch.« Suko schlug in die gleiche Kerbe. »Sie hat nur Angst um ihren Vater.«

»Sicher.« Plötzlich lächelte Li-Shen. Er legte Suko seine schmale, aber dennoch kräftige Hand auf den Arm. »Ich weiß, mein Sohn, wie es in dir aussieht. Du empfindest mehr als nur Sympathie für diese Frau. Nicht wahr?«

»Nein, ich…« Suko wurde tatsächlich rot.

Li-Shen ließ sich nicht beirren. »Ich habe Augen im Kopf und bemerkt, daß du ihre Hand gehalten hast. Halte mich nicht für so alt, daß ich so etwas nicht sehe.«

»Du hast recht, Li-Shen, sie ist mir nicht gleichgültig. Ich habe noch nie eine Frau getroffen, die mich so fasziniert hat. Es ging schlagartig.«

»So ist das nun mal im Leben. Trotzdem, Suko, du darfst deine Aufgabe nicht vergessen. Ein Freund, dein bester Freund sogar, befindet sich in höchster Gefahr. Und es liegt auch an dir, mein Sohn, ihn zu befreien. Wenn der Freund deine Hilfe braucht, darfst du dich durch nichts ablenken lassen.«

Suko nickte.

Li-Shen hielt ihm die Hand hin. »Versprichst du mir das?«

Der Chinese schlug ein.

»Ich danke dir.« Li-Shen wandte sich um. »So«, sagte er, und damit meinte er Suko und Kai tak. »Ihr beide werdet diesem Mike Kilrain einen Besuch abstatten. Vielleicht findet ihr ihn noch in seiner Wohnung. Ruft bei der Zeitung an und laßt euch seine Adresse geben.«

Die beiden machten sich sofort an die Arbeit.

Der alte Li-Shen aber blickte ihnen nach. Seine Stirn hatte sich in sorgenvolle Falten gelegt.

Wie lange die Fahrt mit dem seetüchtigen Ruderboot dauerte, wußte ich nicht. Ich hatte das Gefühl verloren. Alle anderen Gefühle ebenfalls.

Ich spürte meinen Kreislauf nicht mehr und meinte, keine Finger oder Zehen zu haben.

Alles war wie abgestorben.

So konnte man auch jemanden umbringen.

Die Männer am Ruder sprachen ebenso wenig wie der Gelbe Satan oder die vier Vampire. Letztere behielten mich nur scharf im Auge, obwohl das eigentlich Unsinn war, da ich mich kaum rühren konnte.

Und auch von dem Gelben Satan hörte ich nichts. Ich hatte das

Gefühl, als müßte er noch seine Kräfte sammeln, um erst zu voller Aktivität aufblühen zu können.

Die lange Dünung der See rollte uns weiter. Ich hoffte darauf, daß irgendwann ein Boot der Küstenwache vorbeifahren und uns entdecken würde, aber das konnte ich mir abschminken. Niemand begegnete uns.

Einmal sah ich einen hellen Schein in der Dunkelheit oben am Himmel kreisen. Der Schein strich alle fünf Sekunden durch die Nacht. Ich nahm an, daß er von einem Wachturm auf der rotchinesischen Seite abgegeben wurde.

Ich dachte auch darüber nach, wo die Ratten wohl sein konnten. Ins Wasser gesprungen waren sie nicht. Dort wären sie ersoffen. Wahrscheinlich hatten sie sich verteilt und waren in andere Schlupfwinkel gekrochen.

Die Geräusche wiederholten sich immer. Das Quietschen der Ruder, das Klatschen der Wellen gegen den Bootsrumpf und das sanfte Schaukeln des Boots.

Ich dachte an Suko. Sicherlich würde er Himmel und Hölle in Bewegung setzen, um mich zu finden. Er krempelte bestimmt ganz Hongkong um, aber wer konnte schon wissen, daß ich hinaus aufs Meer gebracht worden war?

Irgendwann tauchte eine hohe Wand vor dem Bug unseres Kahns auf.

Ein Schiff!

Hatten wir unser Ziel erreicht?

Anscheinend, denn die vier Vampire wurden unruhig, und die beiden Träger zogen ihre Ruderstangen ein.

Vom Schiff her hörte ich halblaute Stimmen. Die Träger erhoben sich und packten zwei Taue, die von Bord des wartenden Schiffes herabhingen.

Mich drehten sie so, daß ich die Bordwand sehen konnte.

Ein primitives Tragegestell wurde herabgelassen. Es war eine breite Holzplatte, die in zwei Tauschlaufen hing. Damit sollten wir an Bord gehievt werden. Die Winde auf dem Schiff quietschte erbärmlich.

Es war gar nicht einfach, unseren Kahn in der Nähe des Schiffes zu halten, denn immer wieder spielte die Dünung der See uns einen Streich und trieb das Boot wieder ab.

Ich stellte mir vor, daß der Gelbe Satan während des Anlegemanövers ins Wasser fiel und mußte trotz meiner besch...eidenen Lage grinsen.

Leider erfüllte sich mein Wunsch nicht. Die Tragestangen wurden in die Schlaufen gelegt – und, o Wunder, es klappte sogar beim ersten Versuch.

Die beiden Träger gaben Handzeichen.

Die Winde quietschte lauter, und wenig später schwebte die Sänfte mitsamt ihrem Inhalt über dem Wasser.

Dann war ich an der Reihe.

Zuvor jedoch wurde unser Kahn noch einmal abgetrieben, und die Träger schafften es erst im zweiten Anlauf, die Stange in die Schlaufe zu hängen.

Ich war gespannt darauf, ob man mich wenigstens an Bord losbinden würde.

Ich schwebte hoch.

Das große Schiff wiegte sich auf den Wellen. Hin und wieder kam ich der Bordwand verdammt nah, einmal schrammte ich sogar mit dem Arm an dem rostigen Metall entlang.

Das Boot blieb unter mir zurück, und wenig später befand ich mich an Bord des Seelenverkäufers. Die Winde drehte sich um hundertachtzig Grad. Zwei Männer nahmen mich in Empfang. Sie lösten den Pfahl aus der Schlaufe und ließen mich auf Deck fallen. Ich stöhnte.

Von dem Gelben Satan sah ich nichts. Wahrscheinlich hatte man ihn unter Deck geschafft.

Die Planken waren schmutzig. Wie ein Film lag der Schmier darauf. Ich drehte mich etwas zur Seite, damit ich die beiden Männer erkennen konnte, die mich hier an Bord in Empfang genommen hatten.

Sie waren keine Vampire. Das erkannte ich sofort. Aber viel vertrauenerweckender sahen sie auch nicht aus.

In jeder Hafenkneipe wären sie aufgefallen. Der eine trug ein Ringelhemd, hatte blauschwarze, schulterlange Haare und ein Gesicht, das von zahlreichen Schlägereien gezeichnet war. Er trug eine dunkle Hose und hatte sich wie ein Bandit aus dem Wilden Westen einen Coltgurt umgebunden. Der Holzknauf eines 45ers ragte aus dem Holster.

Der zweite Kerl war ein sehniger Chinese mit einem stupiden Ausdruck in den Augen. Sein Kinn war völlig verschwunden. Dort wuchsen nur noch Knorpel.

Ich hörte Schritte.

Der Kapitän kam.

Normalerweise hätte ich über ihn gelacht, aber in meiner Lage hatte ich nichts zu grinsen. Der Kapitän war unnatürlich klein, hatte ein Vollmondgesicht und einen Kugelbauch. Er war ein Europäer, zumindest ein Weißer.

Als er sich zu mir hinunterbeugte, sah ich den verschlagenen Ausdruck in seinen Augen.

Von dem Mann hatte ich alles zu erwarten – nur nichts Gutes.

Das Gesicht des Kapitäns verzog sich zu einem Grinsen. »Beschissene Lage, wie?«

Er sprach Englisch. Am Dialekt erkannte ich, daß er aus der Waliser Gegend stammen mußte.

»Habe mich schon schlechter gefühlt, Landsmann«, erwiderte ich.

Er kicherte. »Hör mir auf mit Landsmann. Das zählt hier nicht. In Hongkong ist sich jeder selbst der nächste.« Er rülpste und verschwand. Ich roch noch seinen nach billigem Fusel stinkenden Atem.

Zuletzt wurden die beiden Träger an Bord gehievt. Sie bauten sich sofort neben mir auf, während die anderen Personen mich überhaupt nicht beachteten.

Der Kapitän stand mitschiffs, hatte beide Hände in die Hüften gestützt und schaute den vier Vampiren zu, die sich wie auf ein geheimes Kommando hin verwandelten.

Sie wurden zu riesigen Fledermäusen.

Die Arme verwandelten sich in Schwingen, der Körper bildete die Form eines Dreiecks, und der Mund wurde zu einer spitzen Schnauze mit ungeheuer starken Zähnen.

Dann erhoben sie sich in die Luft. Es rauschte, als sie die Schwingen ausbreiteten. Dicht über mir segelten sie hinweg, und der Luftzug streifte mein Gesicht.

Dann waren sie verschwunden.

Um mich aber kümmerte sich die Besatzung. Der Chinese säbelte die Stricke durch, die mich am Pfahl festhielten. Beine und Arme blieben nach wie vor gebunden.

Die Träger zogen den Pfahl weg.

War das eine Erleichterung für mich, als ich das verdammte Holz nicht mehr spürte.

Ich atmete auf.

Doch viel besser ging es mir auch nicht, denn ich wurde gepackt, ein Stück über das Deck getragen, und der Kapitän höchstpersönlich öffnete den Deckel einer Luke.

Dunkelheit gähnte mir entgegen.

»Guten Rutsch«, sagte er hämisch.

Dann ließen mich die beiden Kerle los, und ich fiel in den Bauch des Schiffes.

Kai tak war nicht Li-Shen und demnach auch nicht so bekannt wie er. Ihm würde man nicht Platz machen, wenn er mit einem Wagen durch die Straßen fuhr.

»Wir nehmen meine Maschine«, sagte er zu Suko.

Die Augen meines Freundes begannen zu glänzen. »Du hast einen Feuerstuhl?«

»Wie?«

Suko lachte. »Das sagt man in Europa für Motorrad.«

»Ach so.«

»Was ist es denn für ein Fabrikat?«

»Eine Kawasaki.«

Suko nickte anerkennend. »Ich habe eine Harley Davidson. Auch ein heißer Ofen.«

Diesmal ging Kai tak nicht auf die Bemerkung ein. Auf Lederkleidung verzichteten sie, setzten nur die signalroten Sturzhelme auf. Die Maschine stand in einem Schuppen. Kai tak schob sie heraus, und Suko lächelte selig.

»Gut in Schuß, die Rakete«, kommentierte er. Suko prüfte noch einmal den Sitz seines Helmes und nahm dann auf dem Sozius Platz.

Kai tak hatte die Maschine schon bestiegen. Er startete. Der satte Sound des Motors war Musik in Sukos Ohren. Er selbst hatte seine Harley lange nicht mehr gefahren, aber nun sprang ihn jenes Gefühl von Freiheit und Ungezwungenheit an, das wohl jeder Motorrad-Fan empfindet, wenn er auf seiner Maschine hockt.

Weit beugte der gewichtige Kai tak seinen Oberkörper vor. Seine behandschuhten Fäuste umspannten die Griffschalen des Lenkers, während Suko sich an Kai tak festklammerte.

Dann gab er Gas.

Die Kawasaki startete wie eine Rakete. Kai tak fuhr über den Hof, in eine schmale Einfahrt hinein und bremste dann ab, bevor er auf die Straße einbog.

Mike Kilrain besaß ein kleines Haus in den Bergen. Das heißt, er hatte es sich gemietet, soviel hatten die beiden Männer inzwischen erfahren. Und wer dort – wo die weiße Prominenz von Hongkong lebt – den Wohnzins bezahlen konnte, der mußte schon gut verdienen.

Wie ein alter Profi reihte sich Kai tak in den fließenden Verkehr ein. Sie mußten erst aus dem Innenstadtgewühl der City hinaus. Dann lief es besser.

Die Sonne sank bereits dem Horizont entgegen, und bald würde die Dämmerung über die Stadt an der Küste fallen.

Der Verkehr hatte sich noch mehr verdichtet. Es war Feierabend. Aus den Geschäftshäusern und Läden strömten die Menschen. Viele quollen in die U-Bahn-Schächte, aber zahlreiche Berufstätige fuhren auch mit ihrem eigenen Wagen.

Jeden Tag das gleiche Chaos.

Ampeln schafften den Verkehr nicht mehr. Polizisten gaben auf, Hupen gellten.

Kai tak war da abgebrühter. Er schlängelte sich mit seiner Kawasaki durch die kleinsten Lücken, rollte durch Hinterhöfe und nahm einmal einen ganzen Kistenstapel mit, als er zwei spielenden Kindern auswich.

Was Suko kaum für möglich gehalten hatte, trat ein. Sie schafften den City-Verkehr.

In der Nähe des Carlton-Hotels fuhren sie auf die Küstenstraße, die sich fast dreißig Meilen an der Küste entlangzog, dann einen Schwenk nach Norden machte, das Gebirge durchstieß, nahe der chinesischen Grenze nach Osten abbog, in Richtung Süden weiterführte und am Lion-Rock-Tunnel wieder die Innenstadt erreichte.

Diese Straße war eine der schönsten der Welt. Wenigstens behaupteten das die Reiseveranstalter.

Zwar war auch diese Route nicht gerade leer, aber Suko und Kai tak kamen doch besser voran.

Der hünenhafte Chinese drehte auf.

Sie überholten rechts die fahrenden Familienwagen. Kai tak legte sich wie ein Rennfahrer in die Kurven, und er beherrschte seine Maschine trotz der Geschwindigkeit traumhaft sicher.

Das merkte Suko sofort.

Links der Straße kippten die Klippen zum Meer hin steil ab. Suko sah zehn Meilen entfernt die Lichter von Tsing Yi Island blinken. Nach drei Meilen Fahrt hatten sie die absolute Höhe der Straße erreicht. Jede Bucht hier an der Küste hatte ihren bestimmten Namen. Da gab es den Approach Beach, den Lido Beach oder den Gemini Beach, und jedes Fleckchen Erde hatte seinen eigenen Reiz.

Der Himmel war grau. Kai tak hatte das Licht eingeschaltet, damit er besser gesehen wurde.

Dann mußte er bremsen, da ein hochbeladener Lastwagen lebensgefährlich um die Kurven schwenkte. Als Kai tak ihn endlich überholen konnte, breiteten sich vor ihnen die grünen Berge aus.

Wie Nester klebten die schneeweißen Villen inmitten des satten Grüns der Mountains. Ein Sportflugzeug kreiste über den Gipfeln und nahm dann Kurs nach Süden, auf den Kai Tak Airport zu.

Der Flughafen hatte den gleichen Namen wie Li-Shens Leibwächter. Suko mußte darüber lächeln.

Es war nicht mehr weit bis zu ihrem Ziel. Ein Schild in englischer und chinesischer Sprache kündigte an, daß fünfhundert Yards weiter eine Straße in eine Berg-Wohnsiedlung abzweigte.

Und in diese Straße bog Kai tak ein.

Sie war gut asphaltiert und führte in Windungen hoch.

Die ersten Häuser tauchten auf. Die meisten bestanden aus einer Mischung zwischen dem europäischen und asiatischen Baustil. Pagodendächer und Betonfronten.

Nichts für Sukos Geschmack.

Zu den einzelnen Häusern führten schmale Wege. Sie endeten als Sackgassen.

Kai tak hatte sich die Nummer des Hauses gemerkt, in dem Mike Kilrain wohnte.

Sie bogen nach links in die zweite Gasse ein. Hinter ihnen befand sich ein brandroter Ford, der das gleiche Ziel hatte. Nur stoppte der Wagen zwei Häuser zuvor.

Insgesamt befanden sich sechs Häuser auf jeder Seite. Mike Kilrain wohnte im letzten. Erbaut im Bungalow-Stil, hatte es nur eine Etage. Die Sonnenjalousien verdeckten zwei große Scheiben. Die Haustür bestand aus dunklem Holz.

Es sah aus, als wäre niemand zu Hause.

Kai tak drehte seine Maschine und bockte sie in Fahrtrichtung hin auf. Er und auch Suko nahmen die Helme ab. Suko tastete sicherheitshalber nach seiner mit Silberkugeln geladenen Waffe. Sie steckte in dem weichen Holster aus Ziegenleder. Suko hätte noch gern die Dämonenpeitsche mitgenommen, aber die Zeit, um noch ins Hotel zu fahren, war ihm nicht geblieben.

Kai tak übernahm die Führung. Einen Schritt vor der Haustür blieb er stehen und suchte nach einem Klingelknopf.

Er fand ihn in der Wand eingelassen.

Kai tak schellte.

Beide Männer hörten den Widerhall der Klingel im Haus, doch es erschien niemand, um zu öffnen.

Beim Haus gegenüber bewegte sich die Gardine. Eine Frau stand hinter dem Fenster im Erdgeschoß, verschwand jedoch wieder, als Suko sich umwandte und sein Blick sie traf.

»Der hat Lunte gerochen und ist verschwunden«, sagte Suko zu Kai tak gewandt.

Sein Partner erwiderte nichts. Er legte noch einmal seinen Daumen auf die Klingel.

Wieder keine Reaktion.

»Die Tür aufbrechen«, sagte Kai tak. Er ging schon einige Schritte zurück, um Anlauf zu nehmen, doch Suko hielt ihn an der Schulter fest.

»Nein, nicht.«

»Wieso?«

»Erstens ist dies ungesetzlich. Wir sind keine Polizeibeamten und besitzen auch keinen Hausdurchsuchungsbefehl, und zweitens werden wir hier beobachtet.«

Kai tak grinste. Er zögerte noch, hob dann die Schultern und sagte: »Meinetwegen. Aber hast du einen anderen Vorschlag?«

»Wir gehen um das Haus herum.«

Damit war auch Kai tak einverstanden.

Kurzgestutzter Rasen umgab das Haus als großes Rechteck. Als Suko und Kai tak an der Schmalseite vorbeischritten, schauten sie in den hinter dem Haus liegenden Garten, der sich direkt an die kleine Terrasse anschloß. Zum Nebenhaus hin war die Sicht durch eine hohe Milchglasscheibe verwehrt. Dahinter sahen sie die Umrisse eines Menschen und hörten helles Kinderlachen.

Suko und Kai tak betraten die Terrasse.

In der breiten Scheibe des Terrassenfensters spiegelte sich das Licht der untergehenden Sonne. Die letzten Strahlen verwandelten das Glas in eine rote Lichtwand.

Aus diesem Grunde war es schwierig für die beiden Männer, überhaupt etwas zu erkennen.

Suko sah die Bewegung trotzdem.

»Da ist jemand«, warnte er Kai tak.

Im nächsten Augenblick zerbrach die Glasfront unter einem Höllenlärm.

Der Krach des splitternden Glases war noch nicht verhallt, als die Schüsse aufpeitschten.

»Deckung!« schrie Suko und gab Kai tak einen Stoß.

Der hünenhafte Chinese flog nach rechts, doch er war nicht schnell genug.

Der Kerl hinter der Scheibe schoß in rasender Folge. Kai tak erhielt einen Schlag gegen den linken Arm, fluchte wild und rollte sich weiter.

Die anderen Geschosse waren zu schlecht gezielt. Sie sirrten gegen den Steinboden der Terrasse und pfiffen als Querschläger durch den künstlich angelegten Garten.

Suko kannte Kilrain von den Beschreibungen her. Er war der Mann hinter der Scheibe.

Mein Partner kam nicht mehr dazu, zurückzufeuern, denn Kilrain verschwand ebenso hastig, wie er zuvor aufgetaucht war.

Vom Nachbargrundstück her ertönten erschreckte Rufe und Schreie. Ein Kind lief in den Garten, wurde aber von seinem Vater eingeholt und zurückgerissen.

»Bleiben sie, wo Sie sind!« schrie Suko.

Der Mann nickte hastig und verschwand.

Suko kümmerte sich um Kai tak. Aus der Einschußwunde rann ein schmaler Blutsstreifen am Arm entlang.

Kai tak fluchte.

»Kannst du aufstehen?« fragte Suko.

»Natürlich«, ächzte der Mann.

Trotz des verletzten Armes stemmte er sich hoch. Kai tak mußte einen ungeheuren Willen besitzen und eine ebenso starke Kondition.

Suko war schon vorgelaufen. Mit dem rechten Fuß fegte er lange Splitter aus der Scheibe, um sich Platz zu verschaffen. Geduckt drang er in den dahinterliegenden Raum ein. In der rechten Hand hielt er schußbereit die Silberkugel-Beretta.

Mein Freund stand in einem Livingroom. Ohne großen Geschmack eingerichtet. Kaufhausware. Natürlich fehlte der auf einem Drehständer stehende Farbfernseher nicht.

Aber wo steckte Mike Kilrain?

Suko sah dicht neben der Ausgangstür die nach unten führende Treppe. Hatte sich Kilrain vielleicht im Keller verkrochen?

Es schien so. Außerdem ist ein Keller ein beliebtes Versteck für Vampire.

Suko wartete, bis Kai tak auch im Raum stand. In der rechten

Hand hielt er einen Dolch, dessen Klinge die Form eines Halbmondes hatte. Man bekam Angst, wenn man die Waffe sah.

Fragend schaute Kai tak Suko an.

Mein Freund zeigte auf die Treppe, und Kai tak nickte. Er hatte verstanden.

Die Wunde an seinem linken Arm blutete nicht mehr. Außerdem hatte Kai tak sich selbst verbunden. Er verzog keine Miene, wahrscheinlich konnte er den Schmerz sogar kontrollieren.

Suko stand vor der Treppe. Sie war wendelförmig, und wenn Suko den Kopf neigte, konnte er bis in den Keller schauen.

Kilrain sah er nicht.

»Worauf wartest du noch?« zischte ihm Kai tak ins Ohr.

»Ich möchte mir keine unverhoffte Kugel einfangen«, erwiderte mein Freund.

»Unsinn, der ist geschockt.«

Suko nahm die ersten Stufen. Er hielt sich dabei dicht an der Wand, und die Waffe lag schußbereit in seiner rechten Hand. Die andere glitt über den rauhen Putz der Wand, und Sukos Hüfte streifte am Kunststoffgeländer entlang.

Im Keller war es dunkel.

Mein Freund suchte und fand einen Lichtschalter, den er umkippte und dann sofort zur Seite sprang, um nur kein Ziel zu bieten.

Nichts geschah.

Niemand schoß auf die beiden Männer.

Der Keller war ziemlich klein. Sie gelangten in ein Geviert, von dem zwei Türen abzweigten.

»Du die linke, ich die rechte«, flüsterte Suko.

Kai tak nickte.

Gemeinsam legten sie ihre Hände auf die Klinken, und gemeinsam rissen sie die Türen auf, stießen sie in den Raum hinein und blieben selbst auf der Schwelle stehen.

Niemand sprang sie an, keiner schoß auf sie. Alles war völlig normal.

Suko ging in den vor ihm liegenden Raum hinein. Es standen ein paar Gartengeräte herum. Mehr nicht.

Und Kai tak entdeckte nur ein altes Sofa und zwei Stühle, bei denen die Sitzfläche fehlte.

»Nicht mal Einkellerkartoffeln«, sagte Suko in einem Anfall von Humor.

Genau da hörte er das Klappen der Tür.

Von oben!

»Verdammt«, schrie Suko, »der hat uns reingelegt!« Er hatte die Worte kaum ausgesprochen, als er die Treppe schon wieder hochhetzte. Drei Stufen nahm er auf einmal.

Im Livingroom sah er die Bescherung. Wie zum Hohn stand die große Schranktür sperrangelweit offen. Dort hatte sich der Bursche also versteckt gehabt.

Kai tak lief durch die Haustür, durchquerte den Vorgarten und blieb vor dem Ford stehen.

Eine Frau wollte soeben in den Wagen steigen und abfahren, doch Mike Kilrain, der Vampir, riß sie zurück und schleuderte sie hart auf die Straße. Dann hechtete er hinter das Lenkrad.

Der Schlüssel steckte. Der Mann hatte ihn zuvor nicht abgezogen.

Mike Kilrain, der Vampir, hatte ein unverschämtes Glück.

Suko rannte zu Kai taks Maschine.

»Ich fahre!« rief er seinem neuen Partner zu. »Mit deinem Arm ist das zu riskant.«

Kai tak war einverstanden. Er schwang sich hinter Suko auf den Feuerstuhl, und mein Freund startete. Er kannte sich mit Motorrädern aus, konnte jede Maschine fahren.

Der Ford war schon weg.

Mit kreischenden Reifen hatte der Vampir gewendet. Jetzt jagte er bereits die Straße hinunter, ließ kurz das rechte Blinklicht aufleuchten und bog auf die Küstenstraße ein.

»Du entkommst mir nicht!« knirschte Suko. Er gab Gas. Wie eine Rakete schoß die Maschine davon.

Die heiße Jagd begann…

Der Seelenverkäufer hatte bestimmt schon seine fünfzig Jahre auf dem Buckel. Danach sah er auch aus. Spötter behaupteten, er würde nur noch vom Rost zusammengehalten. Das mochte sogar irgendwie stimmen, aber Käpt'n Harper kümmerte sich nicht darum. Er fand immer wieder Leute, die bei ihm anheuerten und für einen schnellen Dollar hart arbeiteten.

Harper war bekannt dafür, daß er sich einen Teufel um die Gesetze scherte. Ihm war es egal, ob er Leichen, Gold, Falschgeld, Rauschgift oder Hemden transportierte. Hauptsache, er wurde gut bezahlt. Deshalb hatte er auch nicht nein gesagt, als eines Tages der Bestattungsunternehmer Huang zu ihm kam und ihm einen Job anbot.

Er sollte den Gelben Satan fahren.

»Wer ist das denn?« hatte Harper gefragt.

»Ein Dämon.«

»Ich transportiere alles«, erwiderte Harper. »Und wohin soll die Reise gehen?«

»Das wird man Ihnen unterwegs mitteilen.«

»Meinetwegen auch das.«

Harper hatte sich nur erschrocken, als er hörte, daß auch vier Vampire diese Reise mitmachten. Wie viele Seeleute war er abergläubisch, doch es wurde ihm in die Hand versprochen, daß die Untoten ihn und seine Mannschaft in Ruhe lassen würden.

Da war Harper zufrieden.

Er hatte auch nach einigem Hin und Her seine Mannschaft davon überzeugen können, daß die Vampire harmlos waren, und als er den Leuten tausend Dollar Vorschuß gab, da hätten sie auch den Teufel höchstpersönlich mitgenommen.

Dabei war der Unterschied zwischen dem Gelben Satan und dem eigentlichen Teufel gar nicht so groß.

Der Gelbe Satan hatte eine eigene Kabine auf dem alten Dampfschiff erhalten. Sie war besonders präpariert worden. Beleuchtet wurde sie durch zwei dicke Kerzen, die auf einer hüfthohen Bank standen. Der Gelbe Satan nahm hinter der Bank Platz. Sein häßlicher Schädel befand sich jetzt genau zwischen den beiden Kerzen und wurde von zwei Seiten beleuchtet.

Der gelbe Schimmer wandelte sich in einen rötlichen um. Und als der Gelbe Satan seine Hände um die beiden Kerzen klammerte, sie leicht anhob und aufeinander zuführte, da stieg aus dem Rauch plötzlich das Gesicht des Teufels hervor.

Diese Ziegenbock-Physiognomie mit den beiden Hörner, dem Dreiecks-Gesicht und dem häßlichen breiten Maul.

Sekundenlang schwebte das Gesicht zwischen den beiden Kerzen, dann öffnete sich der Mund, und eine wie aus der Unendlichkeit kommende Stimme sagte:

»Du wirst bald den Platz einnehmen, der dir zusteht. Ich habe dich nicht vergessen. Was vor Jahrhunderten begonnen wurde, soll nun beendet werden!«

Noch wenige Sekunden blieb das Gesicht und vermischte sich mit dem des Gelben Satans zu einer Fratze.

Dann verschwand die Erscheinung wieder.

Der Gelbe Satan aber lachte krächzend. Er stellte die Kerzen zurück an ihre Plätze und hockte sich auf dem Boden nieder. Alles war prächtig gelaufen – und bald, ja bald, da würde er genügend Kraft haben, um den einzigen Mann zu töten, der ihm noch gefährlich werden konnte.

Das war ich!

Suko mußte ebenfalls stoppen, bevor er auf die Küstenstraße einbog. Dadurch gewann der Ford einen großen Vorsprung. Endlich waren die beiden Busse vorbei, die Suko und Kai tak aufgehalten hatten.

Mein Freund konnte Gas geben.

Er legte die Maschine rasant in eine Kurve und spürte Kai taks Griff an seiner Hüfte.

Flach lag Suko über dem chromblitzenden Lenker. Er wollte so wenig Luftwiderstand bieten wie nur möglich.

Eine weit gezogene Rechtskurve lag vor ihnen. Suko sah den Ford schon am Ende der Kurve. Er jagte auf der Seite dahin, überholte alles, was ihm im Weg war.

Aber Suko blieb ihm auf den Fersen. Er hielt den Abstand noch gleich, doch als er aus der Kurve heraus war und eine gerade Strecke vor ihnen lag, drückte er auf die Tube.

Die Kawasaki röhrte auf.

Und dann zeigte sie, was in ihr steckte. Die Häuser rechts am Hang wischten nur so vorbei. Autos wurden von ihren Fahrern zur Seite gelenkt, als diese im Innenspiegel die schwere Maschine sahen. Wenn sie jetzt einer Polizeistreife in die Finger fielen, dann waren sie verloren. Aber daran dachte Suko nicht. Sondern nur daran, daß Mike Kilrain eine ungeheure Gefahr darstellte.

Und zwar für die Allgemeinheit.

Denn wenn es ihm gelang zu entkommen, konnte er durch sein Vampirgebiß andere unschuldige Opfer infizieren und diese ebenso zu Blutsaugern machen.

Suko hatte dies schon öfter erlebt. Es wurde meist eine Kette ohne Ende.

Deshalb setzte er alles auf eine Karte.

Sie *mußte* stechen!

Suko holte auf. Yard für Yard schob er sich an den signalroten Ford heran. Mike Kilrain mußte ihn bemerkt haben, denn er gab noch mehr Gas.

Gegenverkehr!

Der Vampir lenkte den Wagen auf die linke Seite, weg von der Überholspur.

Das kostete Zeit.

Der Wagen rauschte vorbei.

Wieder freie Fahrt. Aber nur für wenige Augenblicke, doch die reichten, denn Suko hing bereits zwanzig Yards hinter dem Ford.

Kein Wagen war dazwischen.

Mein Freund setzte zum Überholen an. Die Kawasaki lag wie ein Brett auf der Straße. Der Fahrtwind zerrte und riß an der Kleidung der beiden Männer. Die Helme hatten sie sich Sekunden nach dem Start aufgesetzt, als sie an der Straße halten mußten.

Die Fahrbahn führte wieder näher an die Klippen heran. Weit unten brandete das Meer gegen die Felsen. Dort schäumte die Gischt, wurde das Wasser an einem Prellbock hochgeschleudert und zu skurrilen Figuren geformt.

Doch für die Naturschönheiten hatte Suko jetzt keinen Blick. Auch nicht für die untergehende Sonne, die wie ein glühender Ball weit vor ihnen im Westen am Himmel schwebte.

Suko und Kai tak hörten nur das Dröhnen des Motors und das Pfeifen des Fahrtwindes.

Wieder eine Kurve.

Der Ford wurde langsamer. Suko auch, weil ein Bus entgegenkam. Er verlor wieder etwas an Boden, doch als der Bus vorbei war, drehte er voll auf.

Zwei Atemzüge später befand er sich bereits am Heck des Ford. Rechts vorbei.

In Fahrerhöhe jetzt...

Mike Kilrain warf einen Blick zur Seite. Suko und Kai tak sahen sein verzerrtes Gesicht. Er riß den Mund auf, schimpfte und fluchte, und die Männer konnten deutlich die beiden spitzen Zähne des Untoten sehen.

Nun hatten sie den letzten Beweis.

Aber Kilrain dachte nicht im Traum daran, aufzugeben. Er kämpfte und tat dies mit einer eiskalten Entschlossenheit.

Er wartete den Gegenverkehr ab und zog dann den Wagen nach rechts. Wenn Suko jetzt weiter auswich, dann krachte er mit seiner Maschine voll gegen die Felsen.

Sekundenbruchteile entschieden.

Achtzig Meilen betrug die Geschwindigkeit.

Wahnsinn...

Suko bremste. Fiel zurück. Die Schnauze des roten Fords verfehlte die Kawasaki um Haaresbreite.

Mein Freund atmete auf.

Aber die Jagd war noch nicht beendet. Noch längst nicht, denn auch Mike Kilrain war ein ausgezeichneter Fahrer, der den Wagen mit einem blitzschnellen Schlenker wieder in die Spur brachte.

Stoff und dranbleiben, so lautete Sukos Devise. Seine Maschine schien über die Straße zu fliegen, aber auch der Ford erhöhte die Geschwindigkeit.

Kilrain setzte alles ein.

Suko fuhr wieder neben den dahinrasenden Ford. Und jetzt griff Kai tak in das Geschehen ein. Trotz seiner Verletzung schaffte er es, die Eisenstange, die ihm und den anderen bereits einmal das Leben gerettet hatte, unter seiner Kleidung hervorzuholen. Er löste dabei eine Hand von Sukos Hüfte, nahm die Stange in die linke Faust, und mein Freund lenkte die Kawasaki so dicht an den roten Ford heran, wie er es gerade noch verantworten konnte.

Kai tak drosch zu.

Die Stange klatschte gegen die rechte Scheibe an der Fahrerseite. Im Nu zeigte sie tausend Risse.

Noch ein Schlag.

Die Scheibe zerbröselte.

Mike Kilrain schrie wütend auf. Suko und Kai tak hörten den Schrei trotz der lauten Fahrgeräusche.

Ein drittes Mal trat die Eisenstange in Aktion.

Und nun traf sie den Vampir!

Der Untote fiel zur Seite, sein Fuß rutschte von den Pedalen, der Ford geriet ins Schleudern, und, da Kai tak den Moment abgepaßt hatte, als kein Gegenverkehr herrschte, konnte er dieses Manöver ruhig riskieren. Er gefährdete im Augenblick keinen anderen.

Der Ford rutschte quer über die Fahrbahn.

Um nicht mitgerissen zu werden, mußte Suko sein gesamtes fahrerisches Können aufbieten.

Er bremste ab, drehte die schwere Maschine nach rechts und ließ den Ford dicht an dem Vorderrad der Kawasaki vorbeischießen.

Auf die Felsen zu!

Suko bremste. Hart schleuderte die Kawasaki herum. Für einen winzigen Moment sah es so aus, als würde sie kippen, doch mein Freund bekam sie rasch wieder in seine Gewalt. Er war eben ein Könner.

Die Maschine stand.

Und der Ford raste voll mit der langen Kühlerschnauze gegen die Felswand.

Hinter Suko und Kai tak bremsten die Wagen. Reifen radierten über den Asphalt, ein Lieferwagen stellte sich quer, und ein anderer rauschte in seine Flanke, wo er nur Blechschaden verursachte.

Den Ford jedoch hatte es voll erwischt. Wie eine Ziehharmonika wurde die Schnauze des Wagens zusammengedrückt. Die Haube sprang auf und blieb wippend in der Senkrechten stehen.

Eine unsichtbare Kraft wirbelte sämtliche Türen auf und zerblies auch die noch heil gebliebenen Scheiben. Wie eine Puppe wurde Mike Kilrain auf die Straße geschleudert. Dort überschlug er sich einige Male, blieb jedoch nicht liegen, sondern sprang blitzschnell hoch und rannte auf die andere Straßenseite zu, um über die Leitplanke hinwegzuspringen und dann die Felsen hinunterzuklettern.

»Verdammt!« schrie Suko und rannte ebenfalls los. Er wollte Kilrain den Weg abkürzen, doch er kam zu spät.

Der Vampir hatte sich schon mit einem eleganten Sprung über die Leitplanke hinweg abgesetzt.

Suko jagte ihm nach.

Hinter ihm liefen die Neugierigen zusammen, die sich auf all das keinen Reim machen konnten. Sie ahnten, daß etwas in der Luft lag und daß sie hier Zuschauer einer hautnahen Action wurden.

Hinter der Leitplanke ging es nicht direkt steil ab, sondern es kam erst eine mit zahlreichen Büschen bewachsene Böschung, die jedoch an ihrem Ende übergangslos zum Meer hin abstürzte. Suko vernahm das Rauschen der Brandung, er sah die weiße Gischt schäumen und den Sprühregen, der die letzten, schon waagerecht fallenden Sonnenstrahlen brach.

Mike Kilrain hatte ungefähr einen Vorsprung von zehn Yards gewonnen. Er schaute über die Schulter zurück, während er lief, sah Suko und schrie eine Verwünschung.

Mein Freund blieb ihm auf den Fersen. So leicht ließ sich ein Mann, wie er es war, nicht abschütteln.

Der Pfad verlief in Kurven. Mal wurde er enger, dann wieder breiter. Suko sprang über Buschzweige, lief aber ansonsten fast parallel zur Straße entlang.

Er war schneller als der Vampir.

Kilrain schaffte es nicht.

Wie ein Tiger, so hetzte Suko dem Vampir nach. Mit langen, weiten Sprüngen.

Er dachte nicht daran, wie groß die Absturzgefahr war, er wollte nur den Blutsauger.

Dann – ein letzter Sprung.

Waagerecht flog Suko durch die Luft. Er streckte seine Arme aus.

Die Hände glitten an den Oberschenkeln des Vampirs ab, doch wie eine Klammer griffen die Finger zu.

Sie verkrallten sich in Kilrains Hosenstoff.

Der Vampir flog nach vorn, verlor das Gleichgewicht und fiel zu Boden.

Einen Atemzug später war Suko über ihm.

Doch Kilrain war mit allen Wassern gewaschen. Er machte einen Buckel wie eine Katze und schleuderte Suko so über seinen Körper hinweg. Doch der Chinese rollte sich geschickt ab, konnte aber nicht verhindern, daß er auf dem schmalen Pfad abrutschte und seitwärts in die Büsche fiel, wo ihn dornige Zweige hielten und vor einem Absturz in die Tiefe bewahrten.

Mike Kilrain brüllte im Siegestaumel auf. Er griff unter die Achsel und zog seinen Revolver.

Sofort drückte er ab.

Doch Kilrain schoß zu überhastet. Die Kugel wischte dicht an Sukos Kopf vorbei und fetzte einige Blätter vom Strauch.

Zu einem zweiten Schuß ließ mein Freund den Untoten nicht mehr kommen.

Er feuerte zurück.

Das Silbergeschoß jagte aus dem Lauf und traf den Vampir mitten in die Brust.

Mike Kilrain, der Untote, riß die Arme hoch. Er taumelte einen Schritt zurück und fiel mit dem Rücken gegen die zur Straße hochführende Böschung.

Die Waffe rutschte ihm aus der Hand und blieb mitten auf dem Weg liegen.

Suko wühlte sich mit beiden Händen aus dem Gebüsch. Er sprang auf den Vampir zu, packte ihn an beiden Schultern und schüttelte ihn durch.

»Wo ist John Sinclair?«

Das Gesicht verzerrte sich. Die Haut wurde kalt und runzlig. Die Lippen verwelkten.

Mit dem Untoten ging es zu Ende.

»Wo ist er?« schrie Suko Kilrain an.

»Fahr... fahr... zur Hölle!« gurgelte der Vampir. Er wollte nichts mehr sagen.

Suko ließ ihn los, trat zurück und wandte sich ab.

Schwer fiel Mike Kilrain zu Boden. Mit ihm geschah das, was schon mit dem Urvater aller Vampire, mit Dracula, geschehen war.

Mike Kilrain löste sich auf.

Zurück blieb – Asche.

Suko wollte dies nicht mit ansehen. Er schritt einige Yards weiter und kletterte dann die Böschung zur Straße hin hoch. Als er über die Leitplanke schwang, sah er schon den Verkehrsstau auf beiden Seiten der Fahrbahn und das zuckende Rotlicht der Polizeiwagen. Geisterhaft strich die Warnbeleuchtung durch die Dämmerung. Uniformierte sperrten die Straße ab.

Sie wollten Suko nicht durchlassen, doch mein Freund blieb eisern. »Ich gehöre zu dem Motorradfahrer«, sagte er. Man ließ ihn passieren.

Der signalrote Ford war inzwischen mit einer Schicht Löschschaum bedeckt. Er brannte zwar nicht, aber man wollte vorbeugen.

Drei Polizisten wollten sich auf die Suche nach dem Fahrer machen. Sie waren mit Taschenlampen bewaffnet und trugen auch ihre Dienstpistolen. Suko wollte erst etwas sagen, doch dann hielt er den Mund. Die Beamten würden nichts von Kilrain finden, und wer achtete schon auf ein Aschehäufchen am Wegesrand.

Kai tak wurde verhört. Der Einsatzleiter persönlich beschäftigte sich mit ihm. Es war ein Weißer. Er trug die Khakiuniform der Hongkonger Polizisten und eine kurze Hose. Den Engländer sah man ihm schon aus drei Meilen Entfernung an. Hager, hoch aufgeschossen und ein buschiger Schnäuzer, der wie festgeklebt auf der Oberlippe hing.

»Da ist mein Freund. Er kann meine Aussage bestätigen«, sagte Kai tak soeben.

Der Polizist wandte sich um. Er schaute Suko streng an und verlangte erst einmal die Personalien. Als er hörte, daß Suko aus London kam, legte er seine Stirn in Falten, sagte jedoch nichts.

»Captain Harris meint, daß wir etwas von dem Fahrer des Fords wollten«, erklärte Kai tak, wurde jedoch von Harris barsch unterbrochen. »Ich frage Ihren Freund selbst.«

»Sorry, Captain.«

Kai tak sprach ein hartes Englisch, das kaum zu verstehen war.

Suko spielte natürlich den Harmlosen. Kai taks Hinweis hatte ihm gereicht. Er würde den Teufel tun und etwas zugeben. Das kam nicht in Frage.

»Der Mann muß verrückt gewesen sein«, erklärte Suko. »Wir wollten ihn überholen, als er plötzlich vor uns mit seinem Wagen ausscherte. Vielleicht hat er etwas gegen Motorradfahrer. Für uns jedenfalls sah es so aus, als wollte er uns rammen. Ich fuhr die Maschine, habe gebremst, und wir sind so einem Zusammenstoß entgangen. Dabei konnte ich nicht verhindern, daß der Autofahrer seinen Wagen gegen die Felswand setzte. Tut mir leid. Er ist dann aus dem Wagen gesprungen und weggelaufen. Ich hinterher, habe ihn aber verloren. Er war zu schnell für mich. Aber Ihre Beamten werden ihn sicherlich finden. Davon bin ich fest überzeugt, Sir!«

Captain Harris musterte Suko mißtrauisch. Es war ihm am Gesicht abzulesen, daß er den Aussagen nicht traute, doch er konnte Suko das Gegenteil nicht beweisen.

Schließlich senkte er den Blick und meinte: »Ihre Aussagen sind gehört worden und werden überprüft. Vielleicht finden meine Leute den Fahrer noch. Sie haben nicht zufällig zwei Schüsse gehört?« fragte er blitzschnell.

Suko hatte sich in der Gewalt. »Wieso?«

»Man hat mir berichtet, daß zweimal geschossen worden wäre.«

»Sorry, Sir. Das habe ich wohl überhört.«

»Sie können gehen!«

Der Captain war knurrig. So ganz traute er den Aussagen nicht, das war ihm deutlich anzumerken.

Kai tak erkundigte sich, ob sie fahren konnten. »Sie wissen ja, wo Sie uns finden können.«

»Ja, bei Li-Shen.«

Wie Harris den Namen aussprach, daran war zu erkennen, daß er den Chinesen nicht gerade ins Herz geschlossen hatte.

Suko und Kai tak gingen zu ihrer Maschine, setzten die Helme auf und starteten. Captain Harris starrte ihnen finster nach.

Schon nach wenigen Minuten Fahrt lenkte Suko die Maschine in eine Straßenausbuchtung, die wegen der besonders schönen Aussicht geschaffen worden war.

Sie war weit genug entfernt, um von den Polizisten nicht mehr eingesehen werden zu können.

Mein Freund bockte die Maschine auf und nahm seinen Helm ab. Kai tak tat das gleiche.

»Du warst gut, Suko«, sagte er und lächelte.

Suko winkte ab. »Alles Routine. Ich hatte mir denken können, was dich Harris gefragt hat. Und jetzt können seine Männer suchen, bis sie schwarz werden. Sie finden nichts.«

»Auch keine Asche?«

Suko kniff ein Auge zu. »Wer achtet schon darauf?«

»Du hast ihn töten müssen?«

»Ja. Es blieb mir keine andere Möglichkeit. Er schoß zuerst auf mich. Die Polizisten haben in der Tat recht gehabt. Es sind zwei Schüsse gefallen. Der erste aus seiner Waffe, der zweite aus meiner.«

»Hat er etwas gesagt?«

»Nein. Er wünschte mich nur zur Hölle.«

»Die Polizisten werden seine Waffe finden«, gab Kai tak zu bedenken.

»Daran habe ich nicht gedacht.«

Kai tak winkte ab. »Sollte es Schwierigkeiten geben, wird sich Li-Shen einschalten. Darauf kannst du Gift nehmen.«

»Welche Spur haben wir noch zu John Sinclair?« fragte Suko bitter. »Doch nur das Mädchen Shao.«

»Sie wird nicht reden«, meinte Kai tak.

»Richtig. Aber da ist noch ihr Vater. Dieser Beerdigungsunternehmer.«

»Huang?«

»Genau.«

Kai tak krauste die Stirn. »Ihn müßten wir finden. Vielleicht weiß seine Tochter, wo er steckt?«

»Hongkong ist groß«, gab Suko zu bedenken. »Und manchmal habe ich das Gefühl, daß sich John Sinclair gar nicht mehr in dieser Stadt befindet.«

»Wir werden sehen«, sagte Kai tak und zeigte auf die Maschine. »Fahr los, wir haben schon zuviel Zeit vertrödelt.«

Ergeben schloß ich die Augen und wartete auf den Aufprall. Der blieb aus.

Zu meiner Überraschung fiel ich weich. Ich landete auf irgendwelchen Säcken.

Über mir wurde die Luke geschlossen.

Dunkelheit.

Absolut. Nicht die berühmte Hand konnte ich vor den Augen sehen. Ich kam mir vor wie in einem Sarg, in dem ich ja schon einmal gelegen und die Angst meines Lebens ausgestanden hatte.

Nur konnte ich mich diesmal besser bewegen. Man hatte mich in den Schiffsbauch geworfen, in irgendeinen Laderaum, in dem man Säcke aufbewahrte.

Ich lag auf dem Rücken, die Hände waren mir vorn auf dem Bauch gefesselt. Das war ein winziger Pluspunkt für mich, an den meine Gegner nicht gedacht hatten.

Haben Sie schon mal Stricke mit Ihren Beißerchen durchgebissen? Ich auch noch nicht, aber ich hatte so etwas schon im Kino gesehen, und da ging ja immer alles leicht. Ich hatte schon Mühe, überhaupt die Arme anzuwinkeln und sie in die Höhe meiner Lippen zu bringen.

Mein Blut schien eingefroren zu sein, der Kreislauf war überhaupt nicht mehr vorhanden. Immer wieder winkelte ich die Arme an und bewegte sie. Dabei hatte ich das Gefühl, in meinen Adern würden sich Hunderttausende von Ameisen bewegen.

Es kribbelte und juckte und schmerzte.

Endlich verspürte ich wieder Gefühl in den Armen.

Ich gönnte mir eine kleine Pause. Atmete ein paarmal die muffige

Luft ein und wischte mir mit dem Handrücken den Schweiß von der Stirn.

Es war still um mich herum. Ich lauschte nach oben und hörte auch vom Deck her kaum Geräusche. Hin und wieder einen Schritt, das war alles.

Und dann erschrak ich bis ins Mark.

Meine Beretta war weg!

Sie mußte mir während des Falls aus dem Holster gerutscht sein. Verdammt, das hatte mir noch zu meinem Glück gefehlt. Diese Tatsache war jedoch Ansporn für mich, weiterzumachen. Ich brachte meine gefesselten Hände dicht an die Lippen und begann, mit den Zähnen die Stricke zu bearbeiten.

Es war eine Schinderei. Die Stricke stanken. Sie strömten einen widerlichen Geruch aus, und es kostete mich Überwindung, überhaupt mit den Zähnen daranzugehen. Doch mir blieb keine andere Wahl. Wer sich in solch einer Situation befand, der ging über manches hinweg.

Auch ich…

Ich riß und zerrte. Die einzelnen Fäden waren verflixt widerstandsfähig. Sie stachen mir in die Lippen, so daß ich anfing zu bluten.

Das machte mir nichts.

Ich biß, zerrte und zog. Versuchte die Hände gegeneinander zu bewegen, drehte meine Gelenke, versuchte sie zu biegen und so die Stricke weiter zu lockern.

Wieviel Zeit verging, wußte ich nicht. Ich verlor das Gefühl dafür. Ich dachte nur an meine Aufgabe.

Dann riß der erste Faden.

Ich hätte jubeln können vor Freude, doch ich beherrschte mich und machte statt dessen weiter.

Noch eifriger, noch verbissener.

Irgendwann fiel ich erschöpft zur Seite. Ich konnte einfach nicht mehr.

Doch die Fesseln saßen noch.

Würde ich sie jemals sprengen können?

Ich mußte wohl etwas zuviel Schwung gehabt haben, denn ich

rutschte über die Säcke hinweg und fiel auf die Planken. Dabei spürte ich einen harten Druck an meiner Hüfte.

Die Beretta! Ich hatte sie wieder.

Das gab mir neuen Mut. In meiner Rückenlage arbeitete ich weiter. Biß, zerrte und zurrte.

Wann endlich würden diese verdammten Dinger fallen? Gelockert hatten sie sich schon. Es mußte mit dem Teufel zugehen, wenn ich die Stricke nicht abbekam.

Wieder zerrte ich, bog beide Arme in entgegengesetzte Richtungen.

Irgendwo riß wieder ein Faden.

Na also...

Ich machte weiter. Längst war ich in Schweiß gebadet und keuchte wie eine alte Lokomotive. Auf meinen Lippen spürte ich das Blut. Sie waren angeschwollen und schmerzten, aber darum konnte ich mich im Augenblick nicht kümmern.

Noch einmal legte ich alle meine Kraft in den Befreiungsversuch. Und die Fesseln fielen.

Tatsächlich.

Plötzlich hatte ich die Hände frei. Durch die Bewegungen war mein Kreislauf munter geworden. Und trotzdem tat es noch höllisch weh, als das Blut wieder in die Hände schoß.

Aber ich hatte es geschafft.

Nun mußten noch die Fußfesseln fallen.

Um sie zu lösen, brauchte ich nicht meine Zähne, das schaffte ich mit den Händen. Ich setzte mich aufrecht hin, beugte mich vor, massierte noch ein paarmal meine Gelenke und steckte erst einmal die Beretta ein.

Mitten in der Bewegung hielt ich inne.

Der Boden unter mir begann zu vibrieren. Dann hörte ich ein Stampfen und Knirschen. Der gesamte Kahn wurde durchgerüttelt, und im nächsten Augenblick merkte ich, wie das Schiff langsam Fahrt aufnahm.

Meine Reise ins Ungewisse begann!

Kai tak lag auf einer Matte. Neben ihm kniete ein kleiner Mann, der einen weißen Kittel trug.

Es war der Arzt.

Und er hatte Kai tak die Kugel aus dem Arm geholt. Ohne Narkose ließ der hünenhafte Chinese diese Operation über sich ergehen. Dieser Mann war wirklich außergewöhnlich. Er ertrug die Schmerzen, als wären sie nichts.

Dann wurde eine desinfizierende Salbe auf seine Wunde geschmiert und ein Preßverband um den Arm gewickelt.

»Sei in den nächsten Tagen etwas vorsichtig mit deinem Arm«, sagte der Arzt.

Kai tak versprach es.

Dann wandte sich der Weißkittel an Li-Shen und verbeugte sich. »Es war mir eine Ehre, für dich arbeiten zu dürfen«, sagte er.

»Was bekommst du?«

»Nichts.«

Der Arzt verbeugte sich wieder. »Ich danke dir für deine Güte, großer Li-Shen.«

Ein Diener führte ihn danach aus dem Haus.

Suko hatte wieder Grund, sich über Li-Shens Macht und seinen Einfluß zu wundern. Wenn er pfiff, dann tanzten die anderen. Und nicht einmal aus Angst, sondern weil sie Li-Shen respektierten.

Das war der Unterschied zu anderen Mächtigen, zum Beispiel den Mafiabossen.

Kai tak setzte sich auf. Ein Lächeln spielte um seine Lippen. Dann zeigte er auf seine Wunde. »Der Kerl hat einfach geschossen. Wenn Suko mich nicht zur Seite gestoßen hätte, wäre ich jetzt tot.«

Mein Freund winkte ab. »Nun übertreibe nicht«, erwiderte er.

»Es stimmt aber.«

Li-Shen sagte: »Allgemein gesehen habt ihr keinen Erfolg gehabt. Mike Kilrain ist tot, ohne einen Hinweis darauf gegeben zu haben, wo sich John Sinclair befindet. Bleibt uns nur Shao. Ich werde sie holen lassen.«

Suko wagte nicht zu widersprechen, und Li-Shen sagte zwei Dienern Bescheid.

Die Männer verschwanden. Als sie zurückkamen, schritt Shao zwischen ihnen.

Li-Shen bot dem Mädchen einen Platz an.

»Nein, ich bleibe stehen.«

»Wie du willst.«

Suko konnte seinen Blick nicht von ihrem Gesicht lösen. Noch immer fand er diese Frau faszinierend, und als sie ihn jetzt anschaute, senkte er den Kopf, als hätte er ein schlechtes Gewissen.

Li-Shen begann zu reden. »Ich appelliere an deine Vernunft, Shao. Du hast Zeit genug gehabt, dir alles durch den Kopf gehen zu lassen, und ich hoffe für dich, daß du vernünftig geworden bist. Es geht hier nicht um deines Vaters oder um mein Schicksal, sondern es steht das Leben von Tausenden auf dem Spiel. Das solltest du immer überlegen, Shao. Ich will auch offen zu dir sein. Wir haben John Sinclair nicht gefunden. Und dieser ehemalige Reporter, der Vampir, er ist tot. Suko hat ihn mit einer Silberkugel umgebracht. Ich finde, du solltest das wissen, bevor wir dich fragen, denn du bist im Augenblick unsere einzige Verbindung zum Gelben Satan. Wir rechnen mit deiner Hilfe.«

»Ich weiß nichts.«

Die Antwort klang trotzig, und danach herrschte einige Sekunden Schweigen.

Dann sagte Li-Shen: »Wir haben auch andere Mittel, um dich zum Reden zu bringen, Shao.«

»Wenn ich etwas sage, wird man mich töten«, flüsterte das Mädchen.

»Nicht, wenn wir dich beschützen. Und das tun wir. Vor allen Dingen Suko, denn du bist ihm nicht gleichgültig, wie du vielleicht schon bemerkt hast.«

Shao lächelte. Dieses Lächeln war es, das Suko Auftrieb gab und ihn hoffen ließ.

»Hilf uns«, flüsterte er. »Bitte…«

Shao hob die schmalen Schultern. In diesen Augenblicken sah sie aus wie ein kleines, hilfloses Kind. Impulsiv trat Suko auf sie zu. Niemand hinderte ihn daran, als er seinen Arm um sie legte. »Es ist alles vergessen, Shao«, sagte er, »auch das, was du uns angetan hast. Wir verstehen dich, haben gelernt, deine besondere Lage zu respektieren.«

»Ihr seid sehr großzügig. Das habe ich nicht verdient.«

»Doch, Shao, das hast du. Und ich bin sicher, daß auch du nicht willst, daß dieser grausame Dämon aufersteht und seine Herrschaft antritt.«

»Aber er ist auferstanden.«

»Berichte von Beginn an.«

Shao nickte. »Er hat meinen Vater in der Hand, das habe ich bereits erzählt. Vater erklärte sich also bereit, für den Gelben Satan zu arbeiten, das heißt, ihm zu dienen. Ich mußte solange das Geschäft weiterführen. Ich stand unter einem ungeheuren Druck, denn nicht nur mein Vater wußte davon, daß der Gelbe Satan bei uns im Geschäft sein Versteck hatte. Dann erschien dieser Bericht in der Zeitung. Wir machten uns an Kilrain heran. Er gehörte dann zu uns. Aber sein Artikel blieb nicht ohne Folgen. Dieser Sinclair kam. Ich erwartete ihn und lockte ihn auch in die Falle. Er sollte ebenfalls ein Vampiropfer werden, doch er durchschaute den Trick und tötete die beiden Vampire. Danach stellte er mich zur Rede. Ich tat, als würde ich ihn nicht erkennen, und Sinclair verließ wütend unser Geschäft. Doch mein Vater hatte inzwischen schon die zweite Falle aufgestellt. Sinclair stieg in ein präpariertes Taxi. Durch Gas wurde er bewußtlos gemacht. Das ist die Geschichte.«

»Und wo ist er jetzt?« fragte Suko.

»Wahrscheinlich in der Nähe des Gelben Satans. Ich weiß, daß er auf ein Schiff wollte, um zu seiner Insel zu fahren. Oder zu seinem Land. So genau habe ich das nicht verstanden.«

»Weißt du den Namen des Schiffes?«

»Nein.«

»Kennt ihn dein Vater?«

»Ich – ich glaube.«

»Wo finden wir ihn?«

»Er ist nicht mehr in Hongkong.« Die Antwort klang ehrlich. Suko glaubte ihr.

»Aber wo finden wir ihn?« Mein Freund hatte eine Engelsgeduld mit dem Mädchen. Er ahnte, wie es in Shao aussah, deshalb wollte er ihr Zeit geben.

»Sie haben ihn abgeholt. Er sollte an den Ort, wo auch der Gelbe Satan hingeschafft wird, und dort alles vorbereiten. Ich weiß nicht, wo man ihn hingebracht hat, aber in Hongkong wird er nicht sein.«

Suko löste sich von dem Mädchen und ging auf Li-Shen und Kai tak zu. »Welche Möglichkeiten gibt es noch?«

»Der Norden ist schlecht. Dort liegt China. Aber es gibt zahlreiche Inseln in der unmittelbaren Umgebung und auch weiter draußen auf dem Südchinesischen Meer. Dort wäre unter Umständen ein Versteck.«

»Die aber abzusuchen, bedeutet eine Heidenarbeit«, sagte Kai tak.

»Bleibt uns eine andere Möglichkeit?« fragte Suko.

»Wir müßten das Schiff finden, mit dem der Gelbe Satan gefahren wird.« Li-Shen wandte sich wieder an das Mädchen. »Gibt es denn keine Möglichkeit, schnell einen Hinweis zu finden? Weißt du wirklich nichts? Überlege genau.«

»Nein, er hat mir nie viel gesagt und mich nie ins Vertrauen gezogen«, sagte Shao.

»Gut.« Li-Shen nickte. »Dann bleibt uns nur noch eine Chance. Ich werde all unsere Leute und Spitzel mobilisieren. Sie sollen jedem Hinweis nachgehen. Vielleicht hat irgend jemand etwas gesehen und gemerkt, was uns weiterhilft. Wenn nicht…«, er hob die Schultern, »weiß ich mir auch keinen Rat…«

Suko hatte die rettende Idee. »Du weißt doch sehr viel über den Gelben Satan, Li-Shen. Du hast Bücher und Schriften gelesen. Vielleicht findet man darin einen Hinweis auf sein Versteck.«

»Wir werden es versuchen«, sagte Li-Shen. »Wartet auf mich, ich bin gleich wieder zurück.«

Er verließ den Raum.

Suko ging zu Shao. »Wie sieht es aus?« fragte er. »Glaubst du daran, daß John Sinclair noch lebt?«

»Du willst eine ehrliche Antwort, Suko?«

»Ja.«

»Ich glaube nicht, daß dein Freund noch eine Chance hat…«

Doch, ich lebte. Zwar ging es mir nicht gerade blendend, aber wenn ich meine jetzige Lage mit der in den letzten Stunden verglich, konnte ich zufrieden sein.

Meine Handfesseln war ich los.

Nun stampfte das Schiff durch die Wellen. Das Meer mußte rauh geworden sein, ich merkte es am Schlingern des Seelenverkäufers, der natürlich keine Stabilisatoren hatte, wie dies bei modernen Schiffen der Fall ist.

Ich wußte nicht einmal, welchen Kurs der Kahn nahm. Aber das konnte mir eigentlich egal sein. Mit meiner optimistischen Lebenseinstellung sagte ich mir, daß es eigentlich nur noch besser werden konnte.

Und dafür wollte ich auch selbst einen Teil beitragen, indem ich versuchte, meine Fußfesseln zu lösen.

Das war leichter gesagt als getan. Die Dinger saßen verdammt stramm. Noch immer war ich nicht ganz auf der Höhe. Ich schaffte es kaum, im Sitzen mit meinen Fingerspitzen an die Stricke zu gelangen, deshalb legte ich mich auf die Seite und winkelte die Beine an.

Schon beim zweiten Versuch brach mir ein Fingernagel ab. Doch kein Grund, locker zu lassen. Ich schuftete weiter. Verbissen und wütend. Ich wollte die verdammten Stricke loswerden.

Und ich schaffte es.

Meine Fußfesseln fielen.

Jetzt schlug ich mir selbst auf die Schulter. Irgendwie mußte ich erleichtert grinsen. Es war doch nicht so einfach, die alte Frau Sinclair auszuschalten.

Ich begann damit, meine Taschen zu durchwühlen. Was hatte man mir genommen?

Nichts.

Ich fand meine Zigaretten, mein Geld, was mir überhaupt nichts nutzte momentan, dann fühlte ich die Kugelschreiberlampe zwischen den Fingern, die Beretta steckte im Holster.

Zum erstenmal seit langer Zeit stand ich auf. Jawohl, ich stellte mich auf die eigenen Füße – und sank sofort wieder in die Knie.

Ich hatte mir zuviel zugemutet in meinem Übermut. Ich massierte die Fußknöcheln.

Die Füße schmerzten. Das Blut schoß hinein, dabei vermeinte ich, daß meine Füße um das Doppelte anwachsen würden.

Der zweite Versuch.

Diesmal blieb ich stehen.

Wer sagt's denn!

Wie ein Baby machte ich die ersten Schritte. Ging im Kreis, schritt vor und zurück und spürte die innerliche Freude, mich wieder bewegen zu können.

Dabei war meine Lage trotz allem mehr als bescheiden, denn ich stand allein gegen zahlreiche Gegner. An das Schlingern des Schiffes und an das Stampfen der Motoren hatte ich mich mittlerweile gewöhnt. Es war eine begleitende Geräuschkulisse, und aus diesem Grunde fiel mir auch das andere Geräusch auf, das so gar nicht in diese Umgebung passen wollte.

Es war ein Scharren und Klatschen und hatte innerhalb meines Gefängnisses den Ursprung.

An das Naheliegendste denkt man oft immer erst zuletzt. Ich holte meine Kugelschreiberlampe hervor und knipste sie an.

Der Strahl war dünn, aber mir reichte er aus, um erkennen zu können, wie mein Gefängnis aussah.

Ich leuchtete im Kreis.

Holzwände. Nackt und kahl. Ich ging nach rechts, wich den Säcken aus, auf die ich gefallen war und deren weichen Inhalt ich immer noch nicht kannte.

Dann erreichte ich die Querwand und sah eine in die Wand eingelassene hüfthohe Tür.

Aber daher war das Geräusch nicht gekommen.

Ich nahm mir die der Tür gegenüberliegende Seite vor.

Ziemlich schnell schritt ich los, schwenkte die Lampe dabei – und hatte das Gefühl, von einem Hammerschlag getroffen zu werden.

Die Hälfte der Wand wurde von einem Maschendrahtgitter eingenommen. Und dahinter tummelten sich – Tausende von Ratten!

Nacheinander rannen mir Schauer über den Rücken. Der Lampenstrahl traf auf kleine, tückische Augen, in denen ich Mordlust schimmern zu sehen glaubte.

Die Tiere purzelten und wühlten übereinander. Sie waren unruhig, und sie drängten gegen den Maschendraht.

Das Gitter bog sich im gleichen Rhythmus, wie der Rattenberg hin und her schwang. Es war schlecht am Holz befestigt. Mit Schrecken erkannte ich, daß es an einer Nahtstelle schon gerissen war.

Die Zähne der Nager blitzten. Sie hackten in das Gitter, versuchten, es durchzubeißen. Die Schwächeren wurden einfach nach unten gedrückt und zertrampelt.

Nur die Stärkeren blieben übrig.

Und das waren immer noch zu viele...

Mit einem sirrenden Geräusch sprang am oberen linken Winkel des Maschendrahtgitters ein Stück Draht zur Seite.

Ich leuchtete mit der Lampe dorthin.

Die Ratten wußten genau, wo sie ihr Gefängnis verlassen konnten.

Sie krabbelten an dem Draht hoch, und die erste zwängte sich durch die freie Stelle, während die anderen von unten gegen den Maschendraht drückten.

Nur noch Sekunden, dann würde das ganze Gitter aus dem Rahmen gefetzt.

Da sprang die erste Ratte zu Boden.

Und sofort griff sie mich an...

ENDE

Horror-
Kreuzfahrt

Die erste Ratte sprang mich an.

Es war ein dickes, widerliches graubraunes Biest. Seine höllisch scharfen Zähne funkelten im Licht meiner Bleistiftlampe.

Und es hatte mich als Beute ausgemacht.

Gegen Ratten hatte ich schon immer etwas. Besonders gegen ausgehungerte.

Ich sprang zur Seite, und das Tier verfehlte mich. Es klatschte auf den Boden, wirbelte sofort wieder herum, um einen zweiten Angriff zu starten.

Diesmal war mein Fuß schneller.

Der Karatetritt traf voll. Die Ratte quiekte, wurde quer durch das stinkende Verlies geschleudert und landete an der Wand. Sie würde nie mehr jemand angreifen.

Aber das Biest war nicht allein. Hinter dem Maschendraht bewegten sich Hunderte dieser Bestien.

Wo Suko sich herumtrieb, das wußte ich nicht. Ich hoffte, daß er irgendwann meine Spur fand und mich aus meiner miesen Lage befreite.

Alles Stöhnen half nichts, ich mußte sehen, wie ich damit fertig wurde. Das Schiff hatte längst Fahrt aufgenommen. In der kurzen Zeit auf dem Deck hatte ich einen flüchtigen Eindruck von dem Seelenverkäufer gewonnen und das Gefühl gehabt, daß der Kahn nur noch vom Rost zusammengehalten wurde.

Doch das waren Dinge, die mich nichts angingen.

Die Lampe hielt ich in der linken Hand und ließ sie zweimal kreisen. Die Ratten gebärdeten sich wie wild. Sie tanzten und krabbelten an dem Gitter hoch, drängten von unten her immer wieder nach, schoben die anderen weiter und versuchten so, die aufgerissene Stelle zu erweitern.

Es gelang.

Zwei Ratten purzelten zu Boden.

Ich hätte sie erschießen können, aber ich wollte Munition sparen, war blitzschnell am Gitter und schaffte die erste Ratte, bevor sie zubeißen konnte.

Die zweite hackte ihre Zähne in den Hosenstoff meines linken Beins.

Verdammt.

Rasch bückte ich mich, ergriff den Rattenkörper, riß das Tier hoch und schleuderte es gegen die Wand.

Von der Ratte drohte mir keine Gefahr mehr.

Aber ich konnte hier nicht ewig bleiben und Ratten töten. Ich mußte mir etwas einfallen lassen.

Da fiel mir die schmale, kaum hüfthohe Tür ein, die ich bei der Durchsuchung des Verlieses entdeckt hatte. War sie ein Fluchtweg?

Rasch lief ich hin, kniete mich nieder und drückte die Holzklinke. Hinter mir pfiffen und fiepten die Ratten. Mir lief eine Gänsehaut nach der anderen über den Rücken. Ich betete, daß die Tür offen war.

Sie war es.

Dunkelheit gähnte mir entgegen. Ich leuchtete in das Loch, doch der schmale Strahl verlor sich in der Finsternis.

Hinter mir klatschten mehrere Ratten auf einmal zu Boden. Das war für mich das Startsignal. Egal, wo ich landete, ich mußte jetzt alles auf eine Karte setzen.

Ich quälte mich durch die winzige Tür und hämmerte sie sofort hinter mir zu.

Das war mein Glück, denn einen Herzschlag später klatschten die Körper gegen das Holz.

Ich konnte mir ein Grinsen nicht verkneifen. Da hatten die lieben Tierchen Pech gehabt.

Zum Glück konnte ich mich wieder aufrichten, trat einen Schritt nach vorn in die Dunkelheit – und fiel!

Unwillkürlich schrie ich auf und rollte mich noch in der Luft zusammen, wie ich es im Training gelernt hatte.

In diesen Sekunden des freien Falls stand ich eine schreckliche Angst aus. Ich wußte nicht, wo ich landen würde, und hatte das Gefühl, mein Herz müßte stehenbleiben.

Abermals fiel ich weich.

Doch diesmal wurde ich nicht von Säcken gebremst, sondern von mehreren Taurollen, die nebeneinander aufgestapelt lagen.

Mir fiel ein Stein vom Herzen. Trotz meiner miesen Lage schien ich doch ein Glückspilz zu sein.

Stellte sich nur die Frage, wo ich jetzt gelandet war. Von einem Gefängnis im anderen, soviel wußte ich.

Die kleine Lampe mußte herhalten. Soweit ich es im dünnen Strahl erkennen konnte, befand ich mich in einem gewaltigen Laderaum. Ich hörte die Wellen gegen die Bordwand klatschen.

Der Laderaum war sehr groß, aber nicht leer.

Ich sah eine Holzleiter, die zu einer gewaltigen Luke führte, die förmlich dazu einlud, hinaufzuklettern.

Mit langen Überlegungen hielt ich mich erst gar nicht auf, sondern machte mich sofort daran, die Leiter zu besteigen.

Die Sprossen waren mehr als morsch. Sie ächzten in allen Fugen, und ich hatte Angst, daß sie unter meinem Gewicht zerbrächen.

Doch sie hielten.

Auf halber Strecke legte ich eine Pause ein. Ich glaubte, etwas entdeckt zu haben, und leuchtete mit der Lampe gegen die innere Verkleidung der Bordwand.

Dort sah ich kurz über dem Deck mehrere viereckige Luken, die durch Schiebebretter verdeckt waren. Unterhalb der Luken zog sich parallel zur Bordwand ein Holzsims hin, auf dem ein Mensch, wenn er gelenkig genug war, gerade noch Platz fand.

Aber wie hingelangen?

Die Taue!

Jetzt kamen sie mir gerade recht.

Hastig kletterte ich die Leiter hinunter und rollte ein Tau auf.

Die Dinger waren dick wie drei Finger, dazu schmutzig, und außerdem stanken sie noch. Ich rollte ein Tau so aus, daß es ungefähr die Länge hatte, die ich benötigte, säbelte es mit dem Messer durch und stieg dann damit die Leiter wieder hoch.

Im Schein der Lampe erkannte ich, daß die Leiter an der Luke befestigt war.

Fantastisch. Damit hatte ich einen festen Punkt.

Ich schlang einen Dreifachknoten über die drittoberste Sprosse der Leiter, prüfte die Festigkeit, nickte zufrieden und drückte mir selbst die Daumen.

Dann zog ich das untere Ende des Taus hoch und nahm es fest in die rechte Hand, während ich die kleine Lampe mit dem Mund hielt.

Jetzt mußte ich Tarzan spielen. Sie haben längst erkannt, liebe Leser, was ich vorhatte. Ich wollte mich von der Leiter aus auf die Luken zuschwingen und dabei versuchen, auf dem schmalen Holzsims Halt zu finden, um eine der Klappen zu öffnen.

Ein gewagtes Unterfangen, aber was blieb mir anderes übrig? Zuviel Schwung durfte ich mir auch nicht geben, denn dann prallte ich gegen die Verkleidung.

Ich stieß mich ab.

Das Seil schwang mit seiner lebenden Last durch den gewaltigen Laderaum, und ich hoffte inständig, daß die Leiter hielt. Im Licht der Lampe sah ich kaum etwas, dann aber war plötzlich die Wand vor mir.

Und ich prallte dagegen.

Mist, verdammter.

Ich verlor die Übersicht. Der Stoß hatte mich bis in die Zehenspitzen erschüttert. Eisern hielt ich fest, während das Seil wieder zurückschwang.

Rasch löste ich die rechte Hand, streckte den Arm zur Seite und bekam gerade noch den Leiterbalken zu fassen, so daß ich mich an die Stiege heranziehen konnte.

Mit den Füßen hangelte ich mich auf eine Sprosse, blieb dort stehen und dachte erst einmal nach.

Es war ganz einfach. Ich hatte zuviel Schwung gehabt. Das sollte mir beim zweiten Versuch nicht passieren. Im stillen gab ich mir die Kommandos und pendelte auf mein Ziel zu.

Gut kam ich an, wirklich gut. Dann der Aufprall. Längst nicht so heftig wie beim ersten Versuch.

Die rechte Hand vom Seil lösen, zupacken – der Sims…

Ich hatte ihn.

Hielt eisern fest, krallte meine Finger um das Holz, löste auch die linke Hand und griff zu.

Das Seil pendelte zurück, und ich hing am Sims.

Teil eins war geschafft.

Aber es ging weiter. Ich habe nie übermäßig viel gewogen, aber nun merkte ich mein Gewicht doch. Und alles hing an den Fingerspitzen. Lange hielt ich das nicht aus. Das hatte ich auch gar nicht vor.

Ein Klimmzug.

Himmel, war das eine Schufterei. Ich keuchte und war schweißgebadet, kam aber langsam höher, brachte mein Gesicht sogar bis an die Luke heran und setzte nun alles auf eine Karte.

Blitzschnell ließ ich die linke Hand los, packte den Griff der Luke und schob das Brett hastig zur Seite. Dann mußte ich wieder nach dem Sims greifen.

Ich hatte die Luke einen Spalt geöffnet.

Frischer Seewind blies in den Laderaum und kühlte angenehm mein Gesicht.

Beim zweiten Versuch schaffte ich es, die Luke zur Hälfte aufzustoßen, so daß ich mich schon mit der linken Hand an deren unteren Rand festklammern konnte.

Was nun kam, war im Gegensatz zu vorher ein Kinderspiel. Ich stieß das Fenster völlig auf, klammerte auch die rechte Hand um den Lukenrand und zog mich hoch, wobei ich mir mit den Knien Schützenhilfe gab.

Schließlich hing ich zur Hälfte mit dem Oberkörper aus dem Schiff. Wenn jetzt jemand über die Reling schaute und mich sah, war alles umsonst.

Doch ich hatte Glück.

Fast schwarz präsentierte sich die unendliche Wasserfläche. Hin und wieder blitzten die Schaumkronen der Wellen auf. Der Mond hatte sich hinter Wolken versteckt. Lichter entdeckte ich überhaupt nicht, obwohl es im Südchinesischen Meer von Inseln nur so wimmelte. Wir mußten eine verdammt wenig befahrene Route entlangdampfen.

Dampfen war in der Tat der richtige Ausdruck, denn man hielt mich auf einem Dampfschiff gefangen.

Tief unter mir rauschte und gurgelte das Wasser. Man konnte schon ein komisches Gefühl bekommen, wenn man hinunterschaute. Ich vernahm auch das Mahlen der Schraube und das Klatschen der Wellen gegen die Bordwand.

Mein Blick wanderte nach rechts, zum Heck des Schiffes hin. Dort wurde das Wasser zu einer hellen Gischtfront hochgewirbelt. Aber ich sah noch etwas.

Ein Boot!

Unser Boot, in dem man mich zum Schiff gebracht hatte. Es befand sich im Schlepptau des Kahns, und soweit ich sehen konnte, waren die Riemen noch vorhanden.

Vor Freude machte mein Herz einen Sprung. Wenn ich das Boot erreichte, war viel gerettet. Ich konnte das Tau kappen und zurückrudern.

Aber um abzuspringen, mußte ich mich noch weiter aus der Lukenöffnung hangeln.

Das versuchte ich. Nun kam mir meine schlanke Figur zustatten. Zwar schrammte ich ein paarmal an den Rändern entlang, aber das waren keine Probleme.

Achtgeben mußte ich auf die Schiffsschraube. Ich durfte ihr nicht zu nahe geraten.

Schon bekam ich das Übergewicht. Der Oberkörper neigte sich. Ich zog die Beine etwas an, holte noch einmal tief Luft, stieß mich mit dem rechten Fuß ab – und sprang.

Im Kreisbogen flog ich durch die Luft. Ich hielt beide Arme vorschriftsmäßig ausgestreckt. Rasend schnell näherte ich mich der schwarzen, irgendwie drohend wirkenden Wasserfläche.

Dann tauchte ich ein.

Plötzlich befand ich mich in einer anderen Welt. Das kalte Wasser traf mich wie ein Schock. Raketengleich glitt ich in die Tiefe, um dann wieder aufzutauchen. Ich wollte mich nicht zu weit vom Schiff entfernen. Soviel Fahrt wie der alte Seelenverkäufer machte, so rasch konnte ich nicht schwimmen.

Ich schoß wie ein Korken an die Oberfläche und bekam einen Schreck.

Der Kahn war schon fast an mir vorbei. Das war ein kleiner Vorteil, ich geriet nicht in den direkten Sog der Heckschraube. Das große Boot, das mein Ziel war, schaukelte auf den Wellen. Hin und wieder spritzte Wasser über, wenn die lange Dünung gebrochen wurde.

Es ist gar nicht einfach, im Meer zu schwimmen, die Wellen haben doch eine andere Kraft als im Pool.

Die ersten Yards schwamm ich unter Wasser, tauchte dann auf und kraulte auf das Boot zu.

Ich vergaß dabei nie, die Augen zu öffnen, sondern schaute mich um, so gut es ging.

Ich hielt nach den Vampiren Ausschau, die sich in riesige Fledermäuse verwandeln konnten, doch von ihnen entdeckte ich nicht die Spur.

Dafür sah ich etwas anderes.

Spitze, dreieckige Flossen.

Ich hatte das Gefühl, mein Herz würde stehenbleiben, und ich verlor wertvolle Sekunden.

Haie!

Das Schiff wurde von Haien begleitet.

Sie hatten mich eingekreist und kamen von Sekunde zu Sekunde näher…

Kai tak stieß mit einem wuchtigen Fußtritt die Tür auf und sprang in kampfbereiter Karatehaltung in die primtiv gebaute Hütte dicht am Hafen.

Der magere Chinese auf der Matte schlotterte vor Angst. Vor ihm stand ein junger Bursche, der einen Coltrevolver in der rechten Hand hielt.

Kai tak wandte sich ab. »Du kannst gehen, Sen. Danke.«

Sen verneigte sich, steckte die Waffe weg und verließ das Haus. Er machte Platz für den eintretenden Suko, der mit seinem Freund Kai tak dieses Haus aufgesucht hatte.

Suko schloß die Tür.

Der magere Chinese begann zu jammern. »Ich weiß nichts, ich weiß nichts…«

Kai tak ging einen Schritt vor, baute sich breitbeinig vor dem Knaben auf und schaute ihn nur an.

Für den Chinesen mußte der hochgewachsene und bärenstarke Kai tak wie ein Riese wirken.

Der Mann begann zu zittern.

»Weißt du wirklich nichts?« fragte Kai tak. Seine Stimme klang nicht einmal drohend, doch es lag eine gefährliche Sanftheit darin, die den mageren Chinesen schaudern ließ.

Er wollte noch weiter zurückkriechen, doch da war die Wand in seinem Rücken, die ihn aufhielt.

»Los, raus mit der Sprache!«

»Es ist… in der Nacht ein Schiff abgefahren.«

»Name des Schiffes!« forderte Kai tak.

»Ocean Steamer!«

»Wie heißt der Kapitän?«

»Keine Ahnung, ein Engländer, glaube ich.«

Kai tak wandte sich zu Suko um. »Wenn das stimmt, finden wir es heraus.«

»Wohin ist das Schiff gefahren?« wollte Suko wissen.

»Das – das kann ich nicht sagen.«

Kai tak bückte sich und hob den mageren Chinesen mit einer Hand hoch. »Ich will den Zielort wissen.«

»Nein – ich… aahhh!« Plötzlich verzerrte sich das Gesicht des Mannes. Eine Scheibe klirrte, und schon war es um den Chinesen geschehen. Das Geräusch des Abschusses war kaum zu hören, aber im nächsten Augenblick steckte eine Stahlnadel in der Brust des Mannes. In Höhe des Herzens.

»Deckung!« schrie Suko und lag schon am Boden, wobei er blitzschnell seine Waffe zog.

Auch Kai tak ließ sich fallen. Die nächste, heimtückisch abgeschossene Stahlnadel wischte haarscharf an seinem linken Ohr vorbei und blieb in der Wand stecken.

Suko rollte sich zur Tür, sprang hoch und trat sie auf, während Kai tak einen leichten Hocker auf das zerstörte Fenster schleuderte.

Doch der unheimliche Schütze war bereits verschwunden, untergetaucht in dem Wirrwarr der Häuser, Buden und Baracken.

Mit schußbereiter Waffe stand Suko vor der Tür und hielt vergebens Ausschau nach dem Mörder um.

Kai tak trat zu ihm.

Suko sagte: »Der Gelbe Satan scheint hier mehr Freunde zu haben, als wir annehmen.«

Kai tak nickte bestätigend. »Ja, es wird eine Geheimorganisation geben, und ich frage mich wirklich, wie groß deren Mitgliederzahl wohl ist.«

»Was machen wir jetzt?«

Kai tak hob die breiten Schultern. »Zeugen zu befragen hat keinen Sinn. Niemand würde uns etwas sagen.«

Suko nickte. »Es ist überall gleich. Ob in London, New York oder Hongkong. Die Leute haben Angst.«

Kai tak machte eine Handbewegung. »Sieh dich mal hier um. Die Menschen, die hier hausen, leben von einer halben Handvoll Reis am Tag. Die sind für Geheimbünde sehr empfänglich, wenn sie hungrig sind.«

Suko ließ seinen Blick wandern.

Was er zu sehen bekam, bezeichneten viele als exotisch und romantisch, doch für Suko waren es Armut und Depression.

Schiffe, Boote und Kähne bildeten ein Durcheinander, das seinesgleichen suchte.

Kai tak und Suko befanden sich nicht im offiziellen Teil des Hafens, an dessen Kais Kriegs- wie auch Handelsschiffe anlegten, sondern sie irrten in jenem Teil herum, in dem niemand die genaue Übersicht hatte.

Suko sah flache kanuartige Schiffe, dann Sampans und Dschunken. Manche Häuser standen auch nur auf einfachen Flößen. Andere wiederum hatten nicht einmal ein Dach. Überall war die Armut zu spüren, mit der die Bewohner der Schiffe reich gesegnet waren.

Straßen oder Wege gab es nicht. Man sprang kurzerhand von Schiff zu Schiff, um weiterzukommen. Täglich wuchs die Masse der Boote weiter ins Meer hinein, und es wurde endlich Zeit, daß die Behörden eingriffen.

Auf dem Wasser wimmelte es wie in einem Ameisenhaufen. Da waren die fahrenden Händler mit ihren langen flachen Booten. Übereinandergestapelte Gemüsekisten waren zum Platzen voll, und die Händler priesen mit lauten Stimmen ihre Waren an.

Hin und wieder wurde ihnen was gestohlen. Besonders geschickt stellten sich dabei die Kinder an. Dann begannen die Händler jedesmal zu zetern und zu schreien. Kriegten sie einen der jugendlichen Diebe zu fassen, setzte es Hiebe.

Und das nicht zu knapp.

Suko hob die Schultern. »Pech gehabt«, meinte er. »Wir wissen nicht einmal, wie der Schurke aussieht.«

»Den wirst du auch nicht finden«, sagte Kai tak.

»Und jetzt?«

»Wir müssen wieder zurück.«

Suko schlug in seine offene Handfläche. »Das paßt mir überhaupt nicht«, schimpfte er.

»Aber was willst du machen?«

»Du hast doch Beziehungen. Freunde oder Bekannte hier im Hafenviertel. Kannst du die nicht mal ansprechen? Vielleicht haben sie etwas gesehen?«

»Ich habe keine Freunde«, erwiderte Kai tak. »Hier leben höchstens bezahlte Spitzel.«

»Noch besser. Für Geld rücken die schneller mit Informationen raus.«

»Nein.« Die Antwort klang endgültig.

»Was macht dich so sicher?« Suko ließ nicht locker.

»Die Leute haben Angst vor dem Gelben Satan und seinen Freunden«, flüsterte Kai tak, als hätte er Furcht, den Namen laut auszusprechen. »Dieser Dämon muß bereits eine gewaltige Macht besitzen, und ich frage mich, ob wir sie brechen können.«

»So pessimistisch kenne ich dich gar nicht.« Suko wunderte sich.

»Du warst lange nicht mehr hier, Freund. Hongkong ist anders als London.«

Suko nickte. »Da hast du recht.«

Die beiden Männer standen auf einem Holzsteg, der weit ins Wasser hinausführte. Auch auf dem Steg hausten Menschen. Sie hatten sich Verschläge gebaut. Aus mancher Öffnung schaute mißtrauisch ein Gesicht.

»Wie auf einem Präsentierteller«, murmelte Suko. Er hatte den Satz kaum ausgesprochen, als es geschah.

Suko hörte im letzten Augenblick das feine Sirren, gab Kai tak einen Stoß und warf sich zu Boden. Hart prallte er auf die Planken. Er spürte einen stechenden, scharfen Schmerz an der rechten Schulter. Die verdammte Stahlnadel hatte ihn gestreift. Es war nur eine kleine Wunde, aus der ein paar Blutstropfen quollen.

Der Gegner war noch in der Nähe.

Suko warf einen Blick auf Kai tak. »Bist du okay?«

»Ja.«

Die Männer erhoben sich wieder, blieben aber geduckt stehen. Stellte sich die Frage, woher der Schuß gekommen war. Er mußte von irgendeinem der Boote abgefeuert worden sein.

Die lagen jedoch ruhig und friedlich auf dem Wasser.

Kai tak entdeckte den Kerl zuerst. »Dahinten!« rief er.

Als Suko den Mann sah, der plötzlich vor den Aufbauten eines alten Kahns auftauchte, war Kai tak schon unterwegs. Mit kraftvollen Sätzen rannte er über den Steg, sprang kurzerhand über ein schmales Boot hinweg auf eine alte Dschunke, hinter deren Aufbauten der unheimliche Schütze gelauert hatte.

Doch der Kerl war schon weg.

Allerdings hatte er nicht den Weg zum Land hin eingeschlagen, sondern sein Fluchtweg setzte sich über die Boote hinweg fort. Und er geriet in Sukos Nähe.

Mein Freund startete ebenfalls.

Suko verließ den Steg, orientierte sich ebenfalls nicht zum Ufer hin, sondern sprang wie Kai tak über die Boote.

Die Menschen dort kümmerten sich nicht um die Männer. Sie schienen so etwas gewöhnt zu sein und gingen weiterhin ihren Beschäftigungen nach. Sie kochten, bastelten oder schliefen. Nur die Kinder waren neugierig.

Kai tak jagte den Schützen von der Rückseite. Suko kam von links.

Und er war bereits gefährlich nahe.

Vier Boote höchstens trennten ihn von dem Mörder.

Der sah die Gefahr, blieb stehen und hob seine klobige Waffe.

Eiskalt drückte er ab.

Suko hechtete zur Seite. Er warf dabei zwei Körbe mit Abfall um und sah, wie die Nadel zitternd in einer Planke steckenblieb. Sofort war der Chinese wieder auf den Beinen.

Aber auch der heimtückische Schütze gab Fersengeld. Und er änderte seine Taktik.

Er bewegte sich mit Riesensätzen auf die Landseite zu. Dabei hüpfte er wie ein Känguruh von Boot zu Boot.

Kai tak gab Suko ein Zeichen.

Mein Freund hatte verstanden. Er änderte ebenfalls die Richtung. Er hatte den Vorteil, näher am Ufer zu sein als der Mordschütze.

Mit drei Sätzen überwand Suko die letzten beiden Hindernisse und sprang auf den Kai.

Auch hier war die schmale Straße überladen. Händler stellten ihre Waren aus.

Es gab Goldschmiede, Perlensticker, Obst- und Gemüseverkäufer, Textilienhändler, Leute, die Vögel und Hamster verkauften, und dann die winzigen Garküchen, die einen für europäische Nasen penetranten Geruch verströmten.

Hinzu kam das Menschengewimmel, das in den schmalen Gassen und Straßen rund um den Hafen herrschte.

Der Mordschütze sprang an Land.

Suko war in der Nähe.

Nur zehn Schritte trennten ihn von dem Mann.

Aber zwischen den beiden befanden sich Käufer und Spaziergänger, Touristen und Einheimische.

Suko warf sich nach vorn. Er schleuderte die Gruppe vor ihm auseinander. Wie Puppen flogen die Menschen zur Seite, doch Suko kam zu spät. Der Typ vor ihm war gewitzt.

Er warf kurzerhand einen Stand mit Obstkisten um. Plötzlich rollten Apfelsinen, Mangofrüchte und verschiedene Gemüsesorten vor Sukos Füße. Der Chinese konnte kaum so rasch hochspringen. Wie ein Tänzer lief er zwischen dem auf der Erde liegenden Obst herum und kümmerte sich nicht um das Zetern des Händlers.

Der Killer gewann Vorsprung.

Er war ein kleiner, drahtiger Bursche, trug ein blaues Hemd und eine weite Hose. Seine Waffe hielt er in der rechten Hand.

Und er war schnell.

Wie ein Wiesel huschte er zwischen den vielen Menschen hindurch. Links, rechts, dann wieder rechts, links.

Er war wendiger als Suko. Außerdem kannte er sich aus.

Doch dann tauchte Kai tak auf.

Er sprang von einem Boot, huschte durch die schmale Gasse zwischen zwei Stände und stand plötzlich vor dem Mörder.

Der entdeckte Kai tak sofort. Er riß nicht die Waffe hoch, wie Suko schon befürchtet hatte, sondern drehte sich halb und verschwand nach links.

Die schmale Einfahrt zwischen den beiden baufälligen Häusern war kaum zu sehen. Von einem Augenblick zum anderen war der Kerl darin verschwunden.

Suko blieb ihm auf den Fersen.

Hinter ihm schimpften und zeterten die Menschen, doch darum kümmerte sich mein Freund nicht.

Er mußte den Killer fassen. Nur er konnte ihn zum Gelben Satan führen.

Die Gasse war so schmal, daß Suko mit seinen Schultern fast die Wände links und rechts berührte. Über sich hörte er plötzlich grelles Kreischen.

Hastig schaute er nach oben und sah in einem großen Käfig drei Papageien sitzen. Der Käfig hing an einem Gerüst von der Hauswand ab.

Wer hatte die Tiere aufgeschreckt?

Suko oder der Mörder?

Mein Freund ging weiter. Er gelangte in einen Hinterhof, der so unübersichtlich war, daß Suko nicht wußte, wohin er zuerst gehen sollte. Barackenähnliche Anbauten, Treppen, Eingänge, Häuser auf halber Höhe, mit und ohne Dächer. Überall winzige Vorsprünge und kleine Erker. Das Durcheinander war nicht zu durchschauen.

In der Mitte des Hofes befand sich etwas Platz. Suko schritt hinein. Langsam und konzentriert. Das Gefühl der Gefahr wurde überdeutlich. Suko merkte, wie sich seine Magenmuskeln zusammenzogen. Der oder die Gegner mußten ganz in der Nähe sein.

Da sah er sie.

Sie stürmten aus ihren Schlupfwinkeln. Sie standen auf den Vorsprüngen, Erkern oder winzigen Balkonen. Vorne, rechts, links und auch hinten.

Und sie waren bewaffnet.

Und etwas hatten sie gemeinsam.

Auf ihren Brustkörben schimmerten gelbe Teufelsfratzen. Die Männer waren die Diener des Gelben Satans.

Zwölf Gegner gegen Suko.

Kai tak war nicht zu sehen...

Suko war in der Gasse verschwunden, und Kai tak wollte ihm nach.

Doch ein Rikschafahrer versperrte mit seinem Gefährt den Eingang. Der Mann grinste Kai tak unverschämt an.

Der hünenhafte Chinese schob den Knaben kurzerhand zur Seite. Er protestierte noch, aber das kümmerte Kai tak nicht.

Er tauchte in die Gasse ein.

Auch ein Mann wie Kai tak hatte im Rücken keine Augen. Deshalb sah er nicht, wie sich aus der Rikscha eine Gestalt schob, die einen lederüberzogenen Bleiknüppel in der Hand hielt.

Mit lautlosen Sprüngen hetzte der Kerl hinter Kai tak her. Den rechten Arm hielt er schlagbereit erhoben.

Kai tak ahnte die Gefahr, aber es war bereits zu spät, um noch wirkungsvoll zu reagieren.

Er wandte sich um, doch in der Drehung traf ihn der Schlag.

In seinem Kopf schienen tausend Sonnen gleichzeitig zu explodieren. Kai tak machte noch zwei zögernde Schritte und brach dann zusammen. Schwer fiel er auf die Knie. Mit seinem festen Willen kämpfte er gegen die aufsteigende Bewußtlosigkeit an. Der Boden vor seinen Augen verwandelte sich in ein hin und her wogendes Meer. Ein anderer wäre schon längst ohnmächtig geworden, doch Kai tak hatte eine Bombenkondition.

Da traf ihn der zweite Hieb.

Und der löschte sein Bewußtsein auf der Stelle aus.

Er rührte sich nicht mehr. Diesmal war er endgültig ins Reich der Träume eingegangen.

Plötzlich war auch der Rikschafahrer da. Gemeinsam mit dem Schläger schleppte er Kai tak zu der Rikscha und lud ihn ein. Es war ein gehöriges Stück Arbeit, denn Kai tak wog fast zwei Zentner. Aber sie schafften es.

Sekunden später war die Riksсha im Straßenverkehr verschwunden…

Das hatte mir gerade noch gefehlt.

Haie!

Die Killer der Meere, sagen die einen. Andere wiederum behaupten, Haie seinen harmlos.

Mir fiel der Film »Der weiße Hai« ein. Die Erinnerung daran trug auch nicht gerade dazu bei, meinen Optimismus zu stärken.

Ich verhielt mich erst einmal still. Warf dann einen Blick in die Runde und zählte vier Dreiecksflossen, die wie scharfe Messer die Fluten durchschnitten.

Das Schiff dampfte inzwischen weiter. Aus dem Schornstein stieg eine schwarzgraue Rauchfahne, die vom Wind rasch zerfasert wurde.

Ich mußte mich beeilen, wenn ich das Boot erreichen wollte. Ich tauchte und schwamm unter Wasser in Richtung des Schiffes. Mit langen Armstößen trieb ich meinen Körper voran, tauchte nur zum Luftholen auf und ging wieder unter die Oberfläche.

Bis jetzt hatten die Haie noch nicht angegriffen. Ich hoffte, daß es so blieb. Ich wollte ihnen keinen Grund geben. Ausgehungert schienen sie nicht zu sein, denn sie hielten sich in respektabler Entfernung auf.

Urplötzlich schoß ein Schatten heran.

Ich sah ihn erst, als er dicht neben mir war. Der Hai riß sein Maul auf, und ich sah die gewaltigen Zähne blitzen. Vor Schreck hörte ich auf zu schwimmen und sackte ab.

Der Hai wischte vorbei.

Hastig tauchte ich auf.

Himmel, war das knapp.

Mein Kopf durchstieß die Oberfläche. Schaumkronen blitzten auf den Wellen. Ich war dem Schiff kaum näher gekommen. Wie ein Wilder kraulte ich weiter. Meine Arme schlugen das Wasser. Ich kämpfte gegen die Entfernung und gegen die Dünung des Meeres an – und hatte die gefährlichen Haie im Rücken.

Langsam schmolz die Distanz.

Das Beiboot schaukelte hin und her. Tief tauchte der Bug in das von der Schiffsschraube aufgewirbelte Wasser. Dicht in der Nähe des Bootes sah ich eine der Flossen.

Ein Schauer lief mir über den Rücken.

Der Mond hatte sich hinter den Wolkenbänken hervorgeschoben. Er warf sein fahles Licht auf das Meer und ließ die Konturen des Schiffes klar und deutlich hervortreten.

Ich schwamm wie ein Berserker.

Dabei schluckte ich Wasser, keuchte und spuckte, mobilisierte letzte Kräfte und feuerte mich selbst an.

Nur nicht aufgeben, nur nicht aufgeben!

Ich war froh, daß meine Handgelenke nicht mehr bluteten. Denn der Blutgeruch hätte die Haie in meiner Nähe verrückt gemacht.

Aber…

Die Krusten platzten. Das Seewasser hatte sie aufgeweicht. Plötzlich bekam ich Angst.

Blut im Wasser.

Und die Haie…

Mein Gott, wenn ich es in den nächsten Sekunden nicht schaffte, das Beiboot zu erreichen, dann war ich verloren.

Dicht am Boot sah ich zwei Flossen. Die anderen waren nicht zu sehen. Aber die beiden Tiere lauerten auf mich.

Dann waren sie plötzlich verschwunden. Kamen die Haie jetzt von unten, um mich zu schnappen?

Fünf Yards noch.

Fünf lächerliche Yards trennten mich von dem rettenden Boot. Ich warf meinen Körper förmlich nach vorn, schleuderte mit den Armen, peitschte die Wellen und geriet in den gefährlichen Sog der Schraube. Es gelang mir tatsächlich, ihm zu entgehen.

Ein rascher Griff, und ich hatte die Kante am Heck des Bootes gepackt.

Hinter mir peitschten zwei Haie das Wasser. Die Tiere waren unruhig geworden.

Raus aus dem Wasser!

Mit letzter Kraft warf ich mich hoch, drehte mich über die Bordwand und zog das linke Bein nach. Es war kaum aus dem Wasser, als der Hai zuschnappte.

Die Zähne verfehlten mich um Haaresbreite.

Erschöpft ließ ich mich in das Boot fallen. Ich landete zwischen den Ruderbänken und war kaum fähig, ein Glied zu rühren, so fertig war ich.

Völlig geschafft und klatschnaß lag ich auf dem Rücken. Wie Blasebälge arbeiteten meine Lungen. Dann erhielt das Boot einen Stoß. Backbord schrammte etwas an der Bordwand entlang. Die Haie hatten nicht aufgegeben. Spuren meines Blutes mußten sich noch immer im Wasser befinden.

Der Kahn schwankte. Ein zweiter Angriff erfolgte nicht, und das beruhigte mich einigermaßen.

Allmählich kam ich wieder zu Kräften. Ich riskierte einen Blick über die Bordwand und sah die Flossen durch das Wasser schneiden. Aufgegeben hatten die Biester noch nicht.

Aber mich sollten sie nicht kriegen, das schwor ich mir.

Durch die Rettungsaktion hatte ich an die andere Gefahr gar nicht mehr gedacht. Ich erinnerte mich wieder daran, als ich den vertrauten Druck der Beretta spürte.

Völlig wehrlos war ich nicht.

Mein Blick glitt über das Tau, mit dem der Kahn am Heck des Schiffes befestigt war. Mit dem Taschenmesser würde ich das Tau in wenigen Minuten zerschnitten haben.

Die Riemen lagen im Boot, und so konnte eigentlich nicht mehr viel schieflaufen.

Dachte ich...

Doch das Schicksal hatte die Karten schlecht verteilt. Als ich einen Blick zum Deck des Schiffes hochwarf, sah ich die beiden Fledermäuse auf der Reling stehen.

Übergroß und drohend hoben sie sich vor dem Schein des Mondes ab. Sie breiteten die Schwingen aus und stießen in die Luft. Sekundenlang verfolgte ich ihren Weg mit meinen Blicken.

Die Vampire flogen über das Schiff hinweg, drehten dann und steuerten das Heck an.

Sie mußten schon völlig blind sein, wenn sie mich nicht bemerkten. Den Haien war ich mit knapper Not entronnen, aber die nächste Gefahr war nicht weniger schlimm...

Suko riskierte einen Blick zurück.

Auch hinter ihm standen zwei Kerle. Sie waren mit Schlagstöcken bewaffnet, in ihren Gesichtern regte sich kein Muskel. Auch auf ihren Körpern schimmerten die Fratzen des Gelben Satans.

Es sah verdammt mies aus für Suko.

Noch griff ihn niemand an. Es breitete sich eine beinahe tödliche Stille aus, und Suko verglich sie mit der berühmten Ruhe vor dem Sturm. Selbst die Papageien hatten aufgehört zu lärmen.

Niemand sprach ein Wort. Schweigend setzten sich Sukos Gegner in Bewegung. Den Killer mit seiner Stahlnadelwaffe entdeckte mein Freund nicht. Bestimmt lauerte er irgendwo im verborgenen, um aus dem Hinterhalt einzugreifen.

Suko war bewaffnet. Seine Beretta steckte im Holster. Aber die wollte er nur als letztes Mittel einsetzen, wenn wirklich nichts mehr ging.

Hinzu kam, daß seine Gegner keine Dämonen waren, sondern Menschen. Irregeleitete Individuen, die vielleicht selbst nicht wußten, was sie taten.

Auf jeden Fall wollten sie Suko ans Leder.

Mein Freund bückte sich und hob eine Holzlatte vom Boden auf. Sie war ziemlich stabil. Damit konnte man sich schon einige Gegner vom Hals halten.

Der erste griff an.

Er stand erhöht auf einem kleinen Vorbau und ließ sich einfach fallen. Suko sah in seiner Hand eine Messerklinge blitzen.

Mein Freund drehte sich einmal um die eigene Achse.

Gleich zwei Gegner gingen zu Boden. Nicht der Mann mit dem Messer, der war dem Hieb gedankenschnell ausgewichen, sondern die hinterlistigen Kerle, die sich in Sukos Rücken anschlichen. Sie wurden beide von der Holzlatte getroffen.

Die Wucht des Aufpralls warf sie zu Boden, wo sie auch liegenblieben.

Dann aber war der Messerheld heran. Er glitt schlangengleich auf Suko zu und schnellte vor.

Suko machte es wie ein Stabhochspringer. Er ließ die Holzlatte auf dem Boden stehen und stieß sich ab.

Der Diener des Gelben Satans rammte die Klinge in das Holz. Er selbst prallte auch noch dagegen.

Suko gab ihm eine Nuß à la Bud Spencer.

Daraufhin legte sich der Messerheld schlafen, und für Suko war der Weg nach rechts frei. Er nahm sich noch die Zeit und riß das Messer aus dem Holz.

Den Balken in beiden Fäusten haltend, hetzte er eine Stiege hoch, drehte sich auf der letzten Stufe um, hielt den Balken quer und ließ seine Gegner auflaufen.

Sie purzelten die Stufen hinab und blieben erst einmal liegen.

Suko jagte die Stiege weiter hoch. Sie führte nach außen an der Hauswand entlang, hatte nur ein Geländer an der linken Seite, das noch dazu wackelte.

Das jedoch kümmerte Suko nicht.

Ssstt...

Suko hörte das Geräusch und zog den Kopf ein. Dicht neben seinem Ohr jagte eine Stahlnadel in die Wand.

Der Killer schoß wieder.

Suko wandte den Kopf.

Er sah den heimtückischen Mörder auf einem Dach stehen. Sofort ging Suko in die Knie und schleuderte das Messer, das er dem ersten Angreifer abgenommen hatte.

Mein Freund war ein sicherer Messerkämpfer. Die Klinge überschlug sich zweimal in der Luft und zwang den schußbereiten Mörder zu einem gewaltigen Sprung in Deckung.

Suko aber hetzte weiter. Nur noch wenige Yards trennten ihn von dem Dach, das er unbedingt erreichen wollte.

Unter ihm hatten seine Gegner die Verfolgung wieder aufgenommen. Sie näherten sich von allen Seiten, auch über die Dächer der übrigen Häuser hinweg. Aufgeben wollten sie auf keinen Fall.

Noch zwei Yards, dann hatte Suko es geschafft.

Da tauchte am Dachrand einer der Kerle auf. Sein Oberkörper war nackt und speckig. Zusätzlich hielt er ein Krummschwert in der rechten Faust. Suko standen die Haare zu Berge, als er in das grimmige Gesicht schaute und sah, wie der bärenstarke Chinese zum Schlag ausholte.

Es gab nur noch eine Möglichkeit. Und die erforderte Sukos ganze Schnelligkeit.

Bevor die scharfe Klinge auf ihn niedersausen konnte, schnellte Sukos rechte Hand vor und krallte sich in den linken Knöchel des Mannes.

Der Kerl schlug.

Suko riß das Bein nach vorn.

»Uaahh...!« Ein gellender Schrei löste sich aus dem Mund des Chinesen. Er verlor das Gleichgewicht und kippte nach hinten, wo er schwer auf das Dach schlug. Seine Waffe machte sich selbständig. Sie fegte durch die Luft und landete irgendwo auf einem anderen Hausdach.

In zwei Sekunden überwand Suko die Distanz zum Dachrand. Er stand, als sich der Säbelschwinger gerade wieder erhob.

Sukos Tritt kam gezielt. Der Mann verdrehte die Augen und blieb liegen.

Unterhalb des Dachs hörte Suko seine Verfolger lärmen. Er drehte sich um, sah, daß die Leiter am Rand verankert war, und hob sie kurzerhand aus der Fassung.

Dann kippte er die Leiter hintenüber.

Zum zweitenmal innerhalb weniger Minuten fielen die Verfolger übereinander. Suko hatte die Jäger abgeschüttelt – nur von dem heimtückischen Stahlnadelkiller hatte er nichts mehr gesehen.

Mein Freund schaute sich um.

Freie Bahn, auch der Mörder war verschwunden.

Leichtfüßig lief Suko bis zum gegenüberliegenden Rand des Dachs, schaute auf das etwas tiefer liegende nächste Flachdach und sprang. Von dort war es ein Kinderspiel, auf die Straße zu gelangen.

Suko kam gut auf und kümmerte sich nicht um die erstaunten Blicke der Menschen.

Er suchte Kai tak.

Doch von seinem Begleiter war keine Spur zu sehen.

Unruhig schritt Suko hin und her. Ein Junge fiel ihm auf, der am Straßenrand hockte und bettelte.

Neben ihm blieb Suko stehen und spielte auffordernd mit einem Schein. Zehn Hongkong-Dollar waren für den bettelnden Jungen ein Vermögen. Er sah den Schein, und ein gieriges Leuchten trat in seine Augen.

Suko steckte von vornherein die Grenzen fest. »Umsonst bekommst du ihn nicht«, sagte er, »ich möchte erst etwas von dir wissen.«

»Fragen Sie!«

»Siehst du mich jetzt zum erstenmal?«

»Nein.«

»Du hast mich also schon vorher beobachtet, als ich in der Gasse verschwand.«

»So ist es.«

Der Knabe schien gewitzt zu sein. Suko mußte über seine Antworten lächeln. »Dann hast du sicherlich auch meinen Freund gesehen. Den großen Mann.«

»Auch das habe ich.«

Suko ging in die Knie. »Weißt du, was mit meinem Freund geschehen ist? Ich habe ihn nicht mehr gesehen, nachdem ich in die Gasse gegangen bin.«

»Er ist Ihnen gefolgt.«

»Wunderbar. Und dann?«

»Zwei Männer sind ihm ebenfalls gefolgt. Einer davon fuhr eine Rikscha.«

»Und?«

»Als sie zurückkamen, war Ihr Freund bewußtlos oder tot. Sie schleiften ihn über die Erde.«

»Was geschah weiter?«

Der Junge schielte auf das Geld, und Suko gab ihm den Schein. Der Bettler antwortete auch prompt. »Sie haben ihn in die Rikscha geschafft und sind abgefahren.«

»Hast du gesehen, wohin?«

»Die Straße hinunter.«

»Damit kann ich nichts anfangen. Kennst du vielleicht die beiden Männer?«

»Ja.«

Suko stieß einen Pfiff aus, obwohl er sich sonst immer sehr in der Gewalt hatte. »Dann weißt du sicherlich, wo sie wohnen, wenn du ihre Namen kennst.«

»Die sind mir nicht bekannt. Aber ich weiß, daß sie für Huang arbeiten.«

»Für den Beerdigungsmann?«

»Ja, für ihn.«

Suko fiel ein Stein vom Herzen. Wenn das keine Spur war, wollte er sein ganzes Leben lang nur noch Cornflakes essen, die er ganz und gar nicht mochte.

Suko legte noch einen Schein darauf und bedankte sich bei dem Jungen.

Dann hatte er es auf einmal furchtbar eilig. Er erwischte ein freies Taxi und gab Li-Shens Adresse an.

Für Sukos Geschmack rückte der Uhrzeiger jetzt viel zu schnell vor…

Falco Faretti machte in Mode!

Es gab von ihm Blusen, Tücher, Jacken, Hosen, zarte Dessous – eigentlich alles, was die Damenwelt sich wünschte. Und er hatte im vergangenen Jahr sogar eine neue Pflegeserie kreiert. Werbespruch: »F – der Duft, der Männer wild macht!«

F stand für Faretti.

Geboren war er in Rom. Allerdings da, wo es mies und dreckig ist. Er hatte schon immer den Hang zum Höheren gehabt, schlug sich auf die Seite der Mafia, doch die »Ehrenwerte Gesellschaft« konnte keine Schlappschwänze gebrauchen. Sie zog Faretti von der Front zurück. Eines Tages erkannte man sein Talent, Kleidungsstücke zu entwerfen. Und sofort entschloß sich die Mafia, aktiv in den Modemarkt einzusteigen.

Dafür war Faretti genau der richtige Mann. Mit dem notwendigen Startkapital im Rücken schaffte er es, sich in zwei Jahren an die Spitze zu setzen.

Faretti war in.

Fünfzig Prozent seines Gewinns flossen wieder in die Kassen seiner Sponsoren, aber der Rest, der ihm blieb, war so gewaltig, daß er sich jeglichen Luxus erlauben konnte.

Zum Beispiel eine Riva-Jacht.

Dieses Schiffchen, aus edlen Hölzern gefertigt, kostete unter Brüdern einige hunderttausend Dollar. Das machte Faretti nicht die Bohne. Er hatte es ja.

Was er nicht besaß, war eine normale Körpergröße. Faretti war ein Zwerg. Er maß gerade einen Meter und sechzig. Auch Spezialschuhe machten ihn nur wenig größer. Ein schöner Mensch war er ebenfalls nicht. Die dicken Augen, das schüttere schwarze Haar und die Tränensäcke im Gesicht ließen bei ihm eher an einen Streuner denken als an den großen italienischen Modefürsten.

Dabei war er so eitel.

Bonbonfarben waren seine Anzüge. Mal rosa, dann wieder blau oder zartlila. Die Farbe, die im Augenblick in war.

Die Winterkollektion für die neue Saison war bereits vorgestellt worden, und Farettis Geschäfte liefen. Auch seine Duftwässerchen fanden reißenden Absatz.

Und so konnte sich Falco Faretti auf die faule Haut legen. Zwei Monate wollte er ausspannen.

Natürlich nicht allein. Nein, Faretti umgab sich immer mit den schönsten Girls. Er brauchte sich dabei gar nicht mal anzustrengen, die Mädchen kamen zu ihm, und wenn er einer einen Job verschaffte, war die durchaus bereit, beide Augen zuzudrücken und mit ihm ins Bett zu steigen.

So lief das eben.

In diesem Jahr erfüllte sich Faretti einen Jugendtraum. Er wollte mit seiner Jacht eine Asien-Kreuzfahrt machen. Ausgangspunkt Hongkong, das auch wieder Zielhafen sein würde.

Er hatte eine Besatzung angeheuert und auch Gäste eingeladen. Dazu gehörten erst einmal Mädchen. Von der blonden Schwedenmaid bis zur dunkelhäutigen Perle aus Costa Rica. Sechs Girls, drei Männer. Genau die richtige Mischung. Und wenn er die Mädchen leid wurde, würde er sie irgendwo absetzen und ihnen das Geld für den Rückflug und noch ein kleines Trostpflaster in die Hand drücken.

Probleme hatte es da nie gegeben.

Kurz nach Mitternacht lief die Jacht aus. Kurs: Südost. Zielort: Japan. Von dort sollte es dann weitergehen in Richtung Formosa und dann zu den Philippinen.

Zwei Monate wollte sich Faretti Zeit lassen. Acht Wochen Nichtstun, sich nur mit den Girls beschäftigen.

Wenn das kein Spaß war...

Kabinen gab es genug auf dem Schiff. Und jede einzelne war luxuriös eingerichtet. Mahagoniholz, getäfelte Wände, Bars, Duschen, eine Sauna und natürlich Betten.

Im Augenblick machten sich die Girls für den Abend zurecht. Falco Faretti hatte sich ein wenig zurückgezogen und lag – nur mit seinem seidenen Hausmantel bekleidet – auf dem Bett. In der rechten Hand hielt er ein Whiskyglas.

Faretti war müde. Der vergangene Abend war ihm schwer in die Knochen gegangen, und so war es nicht verwunderlich, daß er einnickte. Dabei kippte das Glas nach links. Faretti merkte nichts, bis ihm der Whisky ins Gesicht lief.

Fluchend fuhr er hoch. Der Alkohol brannte in seinem linken Auge. Er sah auf das leere Glas in seiner Hand und schleuderte es wütend gegen die Wand, wo es zerbrach.

»Shit!«

Falco Faretti hatte es sich angewöhnt, international zu fluchen. Diesmal war die englische Sprache an der Reihe.

Er schwang sich von seinem französischen Bett, preßte eine Hand vor das Auge und verschwand im Waschraum. Faretti war ein Weichling. Er konnte alles ertragen, nur keine Schmerzen. Das Brennen im Auge machte ihn fast verrückt.

Die Wasserhähne in seiner Kabine waren vergoldet. Er drehte sie auf, schöpfte Wasser in die hohlen Hände und klatschte es sich ins Gesicht.

Langsam ließ das Brennen nach.

Er sah nicht, daß die Tür geöffnet wurde und die barbusige Sandra ihren schwarzhaarigen Lockenkopf in die Kabine steckte. »Hallo, Falco-Darling, wo steckst du?«

Als Faretti die Stimme hörte, drehte er durch. Er packte einen Zahnputzbecher aus Kunststoff und schleuderte ihn durch den Türspalt in Richtung des Girls.

Sandra bekam den Becher gegen den Kopf.

Sie schrie: »Aua!« Und Faretti brüllte: »Hau ab, du Nutte!«

Ohne ein Wort zu sagen, schloß Sandra die Tür.

Falco Faretti trocknete sich ab und verließ den schmalen Duschraum. Dem Becher gab er einen Tritt, daß er auf das Bett flog.

Als es klopfte, lief Farettis Gesicht rot an. »Wer ist da, zum Teufel?«

»Gordon!«

»Komm rein.«

Gordan Gray war ein Spinner. Er selbst nannte sich ein Genie. Gray malte. Er entwarf die Figuren, die hinterher auf den Modellkleidern des Modezaren zu sehen waren.

Gray behauptete von sich, der Schönste zu sein. Er trug eine hautenge rote Lederhose und die dazu passende Jacke. Auf ein Hemd hatte er verzichtet. Er liebte es, das Leder auf der nackten Haut zu spüren.

»Störe ich?« fragte er und kämmte mit seinen fünf Fingern der rechten Hand das wellige Blondhaar.

»Kaum.«

Gray kicherte und schloß die Tür. Dann sagte er: »Hier riecht es nach Whisky.«

»Besser als nach…«

Gray lachte. »Hör auf, Falco, ich weiß, was du sagen willst. Aber ich bin ein Kulturmensch, und so etwas stößt mich ab.«

»Meinetwegen.«

Gray nahm Platz. Mit einer weibischen Bewegung schlug er beide Beine übereinander.

»Hör zu, Gray«, sagte Faretti. »Wir machen eine Fahrt mit heißen Girls, und du hast oft genug mit einer Perle rumgemacht. Deshalb wirst du dich auch hier beherrschen oder leben wie ein Eremit.«

Gray schüttelte den Kopf. »Ich weiß gar nicht, was du hast, Falco.

Es ist doch alles in Ordnung. Was meinst du, wie scharf ich auf die schwarze Sandra bin.«

Falco Faretti lächelte unecht. »Gut, Gordon, dann sind wir uns einig. Und weshalb besuchst du mich?«

Gordon Gray fuhr mit einem Finger seinen schmalen Nasenrücken entlang und ließ die Spitze auf der Unterlippe kleben. Ohne den Finger wegzunehmen, sagte er: »Ich habe mich vorhin zwei Stunden in meiner Kabine eingeschlossen und Karten gelegt.«

»Hör auf mit dem Mist.« Der Modezar winkte hastig ab.

»Das ist kein Mist.«

»Okay, erzähle schon.«

»Die Karten lagen schlecht. Sogar sehr schlecht. Wie ich sie auch legte und aufdeckte, weißt du, welche zum Schluß immer oben lag?«

»Nein.«

»Der Tod!« sagte Gordon Gray mit Grabesstimme, und es war ihm furchtbar ernst mit den Worten.

»Was hat der Sensenmann mit uns zu tun?« fragte Faretti.

»Ja, bist du denn des Wahnsinns, Falco? Wir dürfen nicht mehr weiterfahren. Wir müssen die Reise abbrechen, das ist es. Sofort.«

Falco Faretti nickte. »Wunderbar, Gordon. Du kannst die Reise abbrechen. Spring sofort über Bord, die Haie werden sich freuen, und deine Karten haben recht gehabt.«

Gray rang die Hände. »Du verstehst mich nicht, Falco, oder du willst mich nicht verstehen.«

»Ich verstehe nur, daß du Schiß hast.« Faretti stand auf und trat dicht an Gordon Gray heran. »Weißt du was, mein Lieber, ich ärgere mich jetzt schon, daß ich dich überhaupt mitgenommen habe. Ich hätte wissen sollen, was für eine Memme du bist.«

»Die Karten lügen nicht, Falco.«

Faretti begann zu singen. Es sah lächerlich aus, wie er dabei in der Luxuskabine auf und abschritt. »Wenn dir die Karten einmal bitteres Unheil künden… so heißt es doch in der Oper ›Carmen‹, oder nicht?«

»Du solltest nicht spotten.«

»Und du solltest dir einen hinter die Binde gießen, mein Lieber.« Faretti schlug sich gegen die Stirn. »Da tummeln sich sechs heiße

Girls auf dem Schiff herum, die darauf warten, daß man sich mit ihnen beschäftigt. Und was machst du? Du legst dir deine Karten und denkst an den Tod. So etwas ist für mich unbegreiflich. Tut mir leid, Gordon, aber deiner Logik kann ich nicht folgen.«

»Dann fahren wir eben in unser Unglück.« Gordon Gray stand auf. »Sorry, daß ich dich belästigt habe, Falco, aber denke an meine Warnung, wenn es soweit ist. In der nächsten Nacht schon wird der Tod an Bord kommen.«

»Jetzt reicht's!« zischte Faretti.

»Okay, ich gehe schon.«

Gordon Gray huschte zur Tür und war rasch verschwunden.

Falco Faretti, der Modezar aus Rom, schickte einen Fluch hinter ihm her. Die ganze Stimmung konnte einem der Kerl verderben. Dann aber dachte er an die Mädchen, und ein Lächeln glitt über sein Gesicht. Frou Frou aus Costa Rica wartete sicherlich schon.

Falco Faretti trat an das in der Wand eingelassene Klingelbrett und drückte einen bestimmten Knopf. Für das Girl das Zeichen, sich unverzüglich auf den Weg zu machen.

Zwei Minuten später war Frou Frou da. Nur mit einem beigen weitschwingenden Leinenkleid bekleidet, das wie ein Vorhang ihre Figur umhüllte. Das Kleid war an den Seiten bis zum den Hüften geschlitzt, und Faretti konnte erkennen, daß die schokoladenbraune Schönheit nur die nackte Haut darunter trug.

Falco wurde es trocken in der Kehle. Die Kleine schaute ihn an. Sie hatte unwahrscheinlich große Augen, eine Afrolook-Frisur, und ihre Lippen waren blaßrosa geschminkt.

Lässig öffnete sie den Knoten über der hoch angesetzten Brust, der das Kleid zusammenhielt.

Der Stoff fiel im nächsten Moment ineinander wie ein Luftballon, dem die Luft ausgegangen war.

Falco Faretti begann zu schwitzen, als er die Frau in ihrer paradiesischen Nacktheit vor sich sah. Er hatte jetzt nur noch Augen für Frou Frou.

An die Warnung seines Freundes dachte er nicht mehr.

Der kleine Lastwagen rumpelte durch die Kurven. Er wurde scharf gefahren, so als könnte der Fahrer es kaum erwarten, zu seinem Ziel zu gelangen.

Hin und wieder gingen ein paar Millimeter Profil an den Reifen verloren, doch das störte weder den Fahrer noch die Leute, die auf der Ladefläche hockten.

Sie bewachten einen Gefangenen.

Kai tak!

Steif lag er auf dem Rücken. Bewegungslos – wie ein Brett. Zusätzlich waren seine Hände an Haken gebunden, die in der Rückseite des Fahrerhauses steckten. Kai tak lag in einer unbequemen Lage, doch das störte ihn nicht.

Ihn kümmerte gar nichts.

Er sah wohl, was um ihm herum vorging, sah die Männer mit ihren Teufelsfratzen auf den Oberkörpern zu beiden Seiten der Ladefläche, aber Kai tak konnte dieses Wissen nicht umsetzen.

Er war gelähmt.

Die Kerle hatten ihm eine Injektion verpaßt, die selbst einen Mann wie Kai tak auf die Bretter warf.

Niemand sprach während der Fahrt ein Wort. Ausdruckslos starrten Kai taks Begleiter sich an. Der Gefangene interessierte sie gar nicht. Er war ihnen sowieso sicher.

Der Wagen fuhr die Küstenstraße entlang und bog dann ab in die Berglandschaft und eine vornehme Villengegend.

Hier hatte Huang, der Beerdigungsunternehmer, sein Haus.

Und das war das Ziel des Wagens.

Immer höher fuhren sie in die Berge, und Kai tak rührte sich weiterhin nicht. Steif und unbeweglich blieb er liegen. Über seinen Augen lag ein seltsamer Glanz, den man mit dem Wort Schatten bezeichnen konnte.

Irgendwann bog der Wagen nach links in einen schmalen Weg ab. Es war die Zufahrt zum Haus.

Der Wagen stoppte, ein Torgitter schwang auf, und durch einen blühenden exotischen Garten rollte der kleine Lastwagen auf die schneeweiße Villa des Beerdigungsunternehmers zu.

Das Fahrzeug fuhr am Haus vorbei, ging in eine scharfe Kurve und wurde an der Rückseite abgebremst. Mit einem leisen Nachlaufen erstarb der Motor.

Sie hatten ihr Ziel erreicht.

Die Männer mit den Fratzen des Gelben Satans auf den Oberkörpern erhoben sich.

Niemand brauchte eine Anweisung zu geben. Jeder wußte genau, was er zu tun hatte.

Zwei Männer lösten Kai taks Fesseln. Dann hoben sie ihn hoch. Diesmal zu sechst.

Sie trugen Kai tak aus dem Wagen und schritten mit ihm auf eine schmale Treppe zu, die an der Hauswand entlang in die Tiefe führte. Die Treppe endete vor einer grau gestrichenen Kellertür.

Von innen wurde die Tür geöffnet. Schwacher Lichtschein fiel auf die ersten Stufen. Er schimmerte rötlich-violett und ließ etwas von der geheimnisvollen Atmosphäre ahnen, die in diesem Kellergewölbe herrschte.

Und als Gewölbe konnte man es durchaus bezeichnen, denn von der Größe her stimmte es.

Mit ihrem Gefangenen schritten die Bewacher durch hallenartige Räume, deren Wände rötlich-violett leuchteten, ein Licht, das aus dem Gestein drang und eine unheimliche Aura schuf. Verstärkt wurde diese Aura durch zahlreiche Kultgegenstände, die auf Sockeln oder kleinen Altären standen.

Diese Gegenstände zeigten Fabelwesen aus der chinesischen Mythologie, Drachen, Vögel, Monster und Ungeheuer. Im Lichtschein wirkten sie so, als würden sie leben.

Die Männer durchquerten mit ihrem Gefangenen den Raum und betraten übergangslos ein anderes Gewölbe.

Hier wartete Huang.

Klein von Statur, war er nicht der Typ des großen Siegers oder Herrschers. Er trug ein bis zum Boden reichendes violettes Gewand, auf dessen Vorderseite das Gesicht des Gelben Satans abgebildet war: die weiße Fratze, die leicht lila schimmerte und deren Augen blutunterlaufen waren.

Ein häßliches Gesicht.

Die Züge des Beerdigungsunternehmers wirkten wie aus Stein

gehauen. Nur die dunklen, schmalen Augen in seinem Gesicht lebten. Die Blicke saugten sich an Kai taks Gestalt fest, und plötzlich glitt ein siegessicheres Lächeln über das schmale Gesicht mit den messerscharfen Lippen.

»Das wird Li-Shen gar nicht gefallen!« preßte Huang hervor. Er machte eine knappe Handbewegung, und seine Diener wußten, was sie zu tun hatten.

Sie gingen vor bis zur Wand.

In das Gestein waren röhrenförmige Nischen hineingesprengt worden, in denen Menschen lagen. Nur die Köpfe schauten aus den Röhren hervor. An jedem Kopf waren zwei Elektroden befestigt, deren Drähte zu einer Steinfigur liefen, die im Halbdämmer des Kellers kaum zu erkennen war.

Die Männer schoben Kai tak auf dem Rücken liegend in eine noch freie Röhre hinein. Sofort waren zwei Diener mit Elektroden da, die sie gegen Kai taks Schläfen preßten.

Dann nahm jeder einen Draht und schritt damit auf die schwach zu erkennende Steinfigur zu, die, je näher die Männer kamen, immer heller wurde.

Die Umrisse schälten sich aus dem Dämmer, und dann war klar und deutlich eine Nachbildung des Gelben Satans zu erkennen.

Die Enden der Drähte wurden am Kopf der Steinfigur angeschlossen. Kai tak war jetzt ebenso mit dem Gelben Satan verbunden wie die anderen Gefangenen auch.

Huang war zufrieden. Seine Lippen bewegten sich kaum, als er flüsterte: »Jetzt sieh dich vor, Li-Shen, denn der Austausch des Geistes deines Dieners mit dem Gelben Satan wird auch dich treffen.«

Das Gelächter, das seinen Worten folgte, hallte schaurig von den kahlen Wänden wider…

Ich machte mich so flach wie möglich, preßte mich zwischen den beiden Sitzbänken zu Boden und zog die Beine an. Die Beretta hatte ich längst gezogen. Kühl und sicher lag sie in meiner Hand.

Mit angehaltenem Atem wartete ich ab.

Noch tat sich nichts. Ich hatte den Kopf etwas gedreht und schaute nach oben, suchte mit meinen Blicken den Nachthimmel ab und wartete darauf, daß sich die Körper der Riesenfledermäuse vor dem fahlen Mond abhoben.

Noch sah ich sie nicht. Sie mußten irgendwo anders ihre Kreise ziehen. Ich hörte auch kein Flügelschlagen, denn das Rauschen der Wellen übertönte jedes Geräusch.

Minutenlang tat sich nichts. Der Seelenverkäufer dampfte weiter und zog das Beiboot hinter sich her.

Allmählich wurde mir meine Lage unbequem. Die Beine schliefen ein, und auch sonst ging es mir nicht gerade blendend. Ich fror. Die Kleidung war naß und klamm. Das Seewasser hatte auf meiner Haut eine Kruste hinterlassen.

Gewaltsam unterdrückte ich einen Niesreiz.

Ich gab noch eine Minute dazu, und als sich bis dahin wieder nichts getan hatte, hob ich den Kopf ein wenig an und peilte über die Bordwand.

Eine querlaufende Welle klatschte gegen den Rumpf, wurde gebrochen und mir ins Gesicht geschleudert.

Mist, verdammter. Ich wischte mir das Wasser aus den Augen und hatte endlich freie Sicht.

Eine Fledermaus entdeckte ich.

Sie schwebte über dem Schiff und zog dort ihre Kreise. Es sah schaurig aus, wie sie die riesigen Flügel bewegte und dann vom Aufwind getragen wurde. Manchmal verdunkelte sie den Mond, dann wieder hob sie sich vor dem Erdtrabanten ab wie die skurrile Figur eines surrealistischen Malers.

Von ihr drohte mir vorerst keine Gefahr.

Aber wo steckte der zweite Vampir?

Ich drehte mich vorsichtig und ging dabei auf die Knie. Dann schaute ich über die Backbordseite hinweg.

Ich bekam einen Schreck.

Der zweite Riesenvampir flog dicht über der Wasseroberfläche dahin. So nah, daß ich das Gefühl hatte, seine Schwingen würden die Wellen berühren.

Und das Biest hatte ein Ziel.

Mein Boot.

Sofort machte ich mich klein. Schon hörte ich das Rauschen der gewaltigen Flügel. Es übertönte sogar das Klatschen der Wellen gegen den Schiffsrumpf.

Nicht, daß ich Angst hatte, nein, mit Flugvampiren hatte ich oft genug gekämpft, aber hier war die Umgebung anders. Ich konnte nicht fliehen, mich verstecken oder Deckung suchen. Mein Aktionsradius war auf das kleine Boot begrenzt.

Und das ärgerte mich.

Die Fledermaus schien mich noch nicht entdeckt zu haben, denn sie flog sehr ruhig und fegte in etwa fünf Yards Entfernung an meinem Boot vorbei.

Ich atmete auf.

Große Lust, mich auf einen Kampf einzulassen, hatte ich nicht. Eine Auseinandersetzung würde sicherlich vom Schiff aus bemerkt werden, und die Leute dort waren nicht gerade meine Freunde. Zwar hatte ich es bei der Besatzung nicht mit Dämonen zu tun, aber die Kerle waren üble Verbrecher, die für Geld alles taten, auch mordeten.

Ich peilte über die Bordwand und sah außer der Fledermaus noch die dreieckigen Flossen der Haie.

Ich fragte mich, aus welchem Grund die Vampire über dem Wasser kreisten und nicht auf dem Schiff blieben. Vielleicht waren sie Aufpasser, sollten das Nahen einer Gefahr melden und den Gelben Satan vor irgendwelchen Feinden abschirmen.

Wieder stieg das Riesenbiest in die Luft. Pfeilschnell wie eine Rakete. Ich verfolgte sie, drehte dabei den Kopf und bemerkte im letzten Moment die zweite Fledermaus, die sich von der Backbordseite meinem Boot näherte.

Hastig zog ich den Kopf ein und warf mich auf die Planken.

Mein Glück.

Hautnah fegte der Vampir über mich hinweg. Ich spürte den Luftzug, der an meinen Haaren zerrte.

Der Vampir drehte.

Jetzt galt es.

Er kam von vorn.

Wuchtig, unheimlich in seiner Größe und blitzschnell. Weit war das Maul geöffnet. Die nadelspitzen Zähne schimmerten.

Ich kniete im schaukelnden Boot. Breitbeinig, so daß ich einigermaßen die Balance halten konnte.

Da war die Fledermaus heran.

Ich warf mich nach links, riß gleichzeitig den rechten Arm mit der Pistole hoch und schoß.

Die Silberkugel flirrte durch die Luft. Ich hatte dicht unterhalb des Vampirkopfes auf die breite Brust des fliegenden Monsters gezielt und voll getroffen.

Der Blutsauger jagte an mir vorbei. Sein rechter Flügel streifte mich. Ich erhielt einen harten Schlag gegen die Hüfte und wurde zur Seite geworfen. Dabei stieß ich mir schmerzhaft die Schulter. Doch das war unwichtig.

Mich interessierte nur die Bestie und was aus ihr geworden war.

Sie war noch über das Boot hinweggeflogen und versuchte, in den nachtdunklen Himmel zu steigen.

Auf halbem Weg wurde der Steigflug gestoppt. Plötzlich klappten die Flügel ein, wurden brüchig, und ich sah die Hälfte des linken Flügels abbröckeln und auf das Wasser klatschen.

Der Vampir stieß einen klagenden Schrei aus, der mir einen Schauer über den Rücken jagte.

Dann fiel er wie ein Stein in die Tiefe, schlug auf die Oberfläche des Wassers und war verschwunden.

Sofort schossen die Haie heran. An der Einsturzstelle begann das Wasser zu brodeln.

Sehen konnte ich nichts. Ich wußte jedoch, daß auch die Haie kein Opfer finden würden, denn der Vampir löste sich auf.

Er wurde zu Asche.

Ich drehte mich und warf einen Blick zum Schiff hinüber. Die zweite Fledermaus hatte bemerkt, was geschehen war. Sie setzte dicht hinter dem Heck zu einer weichen Landung an und verwandelte sich bereits während des Fluges.

Laute Stimmen drangen an meine Ohren. Wahrscheinlich hatten die anderen meine Flucht erst jetzt entdeckt.

Plötzlich sah ich einen Chinesen an der Reling stehen. In seinen

Fäusten schimmerte etwas, das ich im ersten Augenblick nicht erkannte, dann jedoch als Maschinenpistole identifizierte.

Wollten die Hundesöhne mich abschießen?

Angst überfiel mich, und im nächsten Augenblick begann die Waffe zu rattern...

Li-Shen blickte Suko ernst an. Er mußte hochsehen, um dem Chinesen überhaupt in die Augen sehen zu können.

»Du weißt also nicht, wo Kai tak steckt?« fragte er.

»Nein.«

Li-Shen senkte den Blick. Obwohl er sich Sorgen machte, war in seinem Gesicht davon nichts zu sehen. Kein Muskel zuckte. Li-Shen zeigte sich äußerst beherrscht.

»Sie werden ihn überwältigt und in ihr Hauptquartier geschleppt haben«, vermutete Suko. »Etwas anderes kann ich mir nicht vorstellen.«

»Aber wo finden wir das?«

»Wir sollten Shao fragen«, schlug Suko vor.

»Du denkst, daß Huang hinter dieser Entführung steckt!«

»Für mich kommt kein anderer in Frage, Li-Shen. Der Gelbe Satan ist frei. Wir wissen, daß er zu irgendeiner geheimnisvollen Insel geschafft werden soll, von der niemand von uns die genaue Lage kennt. Auch John Sinclair befindet sich in der Gewalt des Gelben Satans. Dieser Dämon hat aber auch hier in Hongkong seine Diener und Freunde. Demnach muß es jemand geben, der die Leute führt. Und da kommt für mich nur Huang in Frage.«

»Aber Shao sagte, daß er unter Druck stünde.«

»Ich weiß nicht, ob wir ihr glauben sollen.«

Li-Shen leistete sich ein Lächeln. »Diese Antwort überrascht mich, Suko. Ich habe genau gesehen, wie es zwischen euch beiden steht. Du hast etwas für sie übrig, und auch du bist ihr nicht ganz gleichgültig. Glaube einem weisen Mann, der sehr viel Erfahrung besitzt.«

Suko nickte. »Ich stimme dir zu, großer Meister. Laß mich zu ihr, dann werden wir weitersehen.«

»Einverstanden. Ich bin gespannt, ob eure Zuneigung größer sein wird als Shaos Liebe zu ihrem Vater.«

»Aber er ist ein Verbrecher!«

»Sage das einer Tochter, die ihren Vater liebt«, erwiderte Li-Shen weise.

»Ich muß es versuchen. Es ist die einzige Chance. Shao muß einfach auspacken!«

»Dann geh, mein Sohn. Du weißt ja, wo sie sich aufhält. Und laß dir nicht zuviel Zeit. Die Magie des Gelben Satans wird von Minute zu Minute stärker. Ich spüre dies. Vielleicht werden wir bald nicht mehr in der Lage sein, sie zu stoppen.«

»Ich werde deinen Ratschlag befolgen, Li-Shen«, sagte Suko mit ernster Stimme.

Er verneigte sich und verließ den Raum.

Shao wartete in einem anderen Zimmer. Hundertprozentig trauten Li-Shen und Suko ihr nicht. Schließlich hatte sie versucht, ihnen das Leben zu nehmen. Und zwar auf eine sehr teuflische Art und Weise. Kai tak hatte sie in letzter Minute gerettet, sonst wären sie von den zusammenrückenden Stahlwänden zerquetscht worden.

Suko hatte mit Shao geredet, und er hatte auch etwas von ihrer Wandlung gespürt, aber daß man ihr vertrauen konnte, davon war er nicht so sehr überzeugt.

Er blieb vor der Zimmertür stehen. Suko hatte den Schlüssel und schloß auf.

Shao hob den Kopf nicht, als mein Freund den Raum betrat. Erst als Suko die Tür leise schloß und vor dem Mädchen stehenblieb, schaute es hoch.

Mein Freund sah sofort, daß es geweint hatte. Die rotumränderten Augen sagten genug.

»Darf ich mich setzen?« fragte Suko. Er hatte sich vorgenommen, behutsam vorzugehen.

»Bitte.«

Mit gekreuzten Beinen nahm Suko auf der anderen Seite der Matte Platz. Sekundenlang herrschte Schweigen, dann fragte das Mädchen: »Weshalb bist du gekommen?«

»Ich möchte dich um etwas bitten.« Suko konnte seinen Blick nicht von ihr lösen.

Shao war eine besonders hübsche Frau. Das feingeschnittene Gesicht mit den mandelförmigen Augen strahlte einen Liebreiz aus, der Suko faszinierte. Die langen, dunklen Haare fielen weit über den Rücken bis fast zur Taille.

Shao strahlte mehr Sex und Sinnlichkeit aus als die meisten Hollywood-Stars, die ihre Schönheit mit Hilfe der Kosmetikindustrie stabil hielten oder zu halten glaubten.

»Weshalb bist du gekommen?« fragte sie noch einmal.

»Kannst du dir das nicht denken?«

»Es geht um meinen Vater, nicht wahr?«

»Ja.«

Shao tupfte sich mit einem kleinen Tuch die Augenwinkel ab. »Ich habe in den letzten Stunden Zeit gehabt, um nachzudenken. Über alles, über meine Beziehungen zu dir, über unsere Situation – und über meinen Vater.«

Suko war von der Ehrlichkeit dieser Frau überrascht. Sie sprach von den Beziehungen zwischen ihnen, als wäre schon alles klar. Der Chinese war ein wenig durcheinander. Deshalb stellte er auch keine Gegenfrage, sondern ließ das Mädchen weiterreden.

»Ich habe meinen Vater immer sehr geliebt und bin ihm auch dankbar, denn nur durch ihn wurde ich das, was ich jetzt bin. Er hat mich auf die besten Schulen in Europa geschickt und hat nach dem Tode meiner Mutter so für mich gesorgt, daß mir nichts fehlte. Ich konnte immer zu ihm kommen, wenn ich Probleme hatte, und er hatte jedesmal ein offenes Ohr für meine Sorgen. Mein Vater wurde für mich zu einem Vorbild.«

»Aber er hat sich geändert«, sagte Suko. »Er ist zu einem Verbrecher geworden.«

»Ich weiß«, erwiderte Shao leise. Ihre Augen füllten sich mit Tränen. »Aber begreifen kann ich es nicht. Er hat niemand etwas zuleide getan, sondern immer nur gearbeitet. Sein Geschäft ging gut. Er war ein geachteter Mann.«

»Vielleicht ging sein Geschäft gerade deshalb so gut«, vermutete Suko.

»Wie meinst du das?«

Suko holte etwas weiter aus, als er die Antwort gab. »Es gibt Menschen, die alles tun, um an Geld und Macht zu gelangen. Sie verkaufen nicht nur ihren Körper, sondern auch ihre Seele. Letzteres ist noch schlimmer. Ein Verbrecher kann immer noch zurück, er kann bereuen, findet vielleicht Gnade vor den Augen der irdischen Richter. Aber wenn jemand seine Seele dem Satan verkauft hat, ist der Zug abgefahren. Für ihn gibt es kein Zurück mehr. Er bleibt für immer und alle Zeiten Gefangener der Hölle.«

»Ist das wahr?« flüsterte Shao. Ihre Augen waren groß geworden. Ihr Blick hing gebannt an Sukos Lippen.

»Ja, es ist wahr«, sagte mein Freund. »Er hat im Anfang vielleicht Vorteile, um die ihn viele beneiden. Er scheffelt Geld und erhält damit automatisch die Macht, aber er muß bereitstehen, wenn der Satan ihm die Rechnung präsentiert. Einen Seelenfrieden findet er nie. Oft ist es so, daß er noch als Toter aus dem Grab steigt und ruhelos umherwandert, oder daß sein Geist in den Dimensionen des Grauens gefangen ist und dort all das erfährt, was uns die Schriften als ewige Qualen übermittelt haben.«

Shao atmete tief ein. »Und du meinst – du meinst, daß mein Vater zu diesen Menschen gehört?«

»Das meine ich.«

Shao schüttelte den Kopf. »Ich kann es nicht begreifen«, sagte sie. »Ich habe von all dem nichts bemerkt.«

»Nein, vordergründig nicht, das kann ich mir denken«, sagte Suko. »Aber du bist ohne dein Wissen in den teuflischen Kreis hineingeraten. Du wolltest uns töten, denke daran.«

»Dann – dann bin ich auch so eine…?«

Jetzt lächelte Suko. Er hatte die Angst in ihrer Stimme herausgehört.

»Du, Shao, stehst erst am Anfang. Das heißt, du hättest vielleicht eine Dienerin des Satans werden können, aber wir – oder ich – haben dies verhindert. Daß du nicht mit den Mächten des Bösen paktierst, habe ich bemerkt. Es ist etwas dazwischengetreten, was stärker ist.«

Shao schaute Suko an. Ihre Lippen formten ein Wort, das Suko freudig erregte.

»Du!«

Mein Freund stand auf. Er spürte plötzlich sein Herz klopfen. Etwas, das noch nie vorgekommen war, wenn er vor einer Frau gestanden hatte. Gut, er hatte einige Abenteuer mit Mädchen hinter sich, wie jeder normale Mann, aber daß ihn eine Frau so faszinierte, daß ihm ihr Anblick so tief ins Herz schnitt, das hätte er nie für möglich gehalten.

Suko war verliebt!

Und er hätte alles für diese Frau gegeben. Er konnte seine Gefühle kaum in Worte fassen. Zuviel stürmte auf einmal auf ihn ein. Es war wie ein Sturmwind, der alles hingwegfegte.

Ihm wurde schwindelig.

»Suko!« Wie aus weiter Ferne hörte er die Stimme des Mädchens. Sie erschien ihm so klar, so hell und rein, daß er die Welt um sich herum vergaß.

Shao erging es ähnlich.

Urplötzlich lagen sie sich in den Armen, und es hatte den Anschein, als würden sie sich nie wieder loslassen.

Ihre Lippen suchten und fanden sich zu einem Kuß, in dem die ganze Welt um sie herum verschmolz.

Suko spürte, daß er sich beeilen mußte. Es kostete ihn eine ungeheure Überwindung, das Mädchen von sich zu drücken.

»Was ist?« fragte Shao. »Willst du mich nicht mehr?«

Suko atmete schwer. »Wir müssen vernünftig sein, noch ist es nicht soweit.«

»Ja, du hast recht.« Sie trat einen Schritt zurück.

Suko schaute sie an. »Wenn alles vorbei ist, Shao, dann werde ich dich etwas fragen, und ich hoffe, daß du mir eine positive Antwort geben wirst.«

»Frag es mich jetzt, und ich sage ja.«

»Nein, ich warte so lange. Du kannst es dir noch genau überlegen.« Suko lächelte. »Wir dürfen uns jetzt nicht von unseren Gefühlen leiten lassen.«

Über das Gesicht der hübschen Chinesin flog ein Schatten. »Du hast recht«, sagte sie. »Erst muß das andere ausgestanden sein.«

Suko steuerte nun direkt sein Ziel an. »Wie stehst du zu deinem Vater, Shao?«

»Ich – ich liebe ihn noch immer, wenigstens sagt mir dies mein Gefühl. Aber sollte er wirklich seine Seele an den Satan verkauft haben, dann bin ich seine Tochter gewesen.«

»Das wollte ich nur wissen.« Suko war beruhigt. »Wo können wir ihn finden?«

Die Antwort kam zögernd, war aber freimütig und bar jeglicher Hintergedanken. »Ich habe dich belogen, denn ich weiß, wo mein Vater ist. In seinem Haus. Er ist nicht zu der unbekannten Insel gefahren, sondern hält sich hier in Hongkong auf. Ich habe das andere nur gesagt, um seine Spur zu verwischen. Es tut mir leid.«

Suko strich dem Mädchen über das Haar. »Ist ja schon gut. Es war nicht so gemeint.«

»Trotzdem…«

»Wo liegt das Haus?«

Shao beschrieb den Weg.

Suko nickte. »Schön, dann werde *ich* dorthin fahren.«

Sie schüttelte den Kopf. »Nein, Suko. Ich begleite dich.«

»Um Himmels willen, das ist zu gefährlich.«

Doch Shao blieb dabei. »Ich möchte ihm unter die Augen treten und ihm die richtigen Fragen stellen. Er soll mir ins Gesicht sagen, daß er sich zu dem Bösen bekannt hat. Dieses Recht habe ich. Niemand wird mich daran hindern. Auch du nicht.«

Suko gab sich geschlagen. Er hatte die Entschlossenheit aus der Stimme des Mädchens gehört und wußte, daß niemand sie von dem Entschluß abbringen würde.

Selbst er nicht.

Er versuchte einen letzten Einwand. »Es kann gefährlich werden, denn wir treffen dort bestimmt auf die Diener des Gelben Satans.«

»Ich habe keine Angst.«

Suko nickte. »Gut, dann laß uns gehen.«

Gordon Gray war sauer. Er fühlte sich von Falco Faretti verschaukelt, an der Nase herumgeführt. Einfach rausgeschmissen hatte ihn der Kerl.

Gray fluchte.

Die Karten lügen nicht. Niemals hatten sie ihn bisher betrogen. Sie zeigten genau an, was die Zukunft brachte. Man mußte nur darin lesen können, das war alles. Aber heutzutage glaubte man nicht mehr an die alten Weisheiten der Philosophen. Man war überheblich geworden, und irgendwann, da war sich Gray sicher, würde diese Überheblichkeit wie eine Bombe platzen und die Menschheit in Angst und Verderben stürzen.

Gordon Gray war von Natur aus ein pessimistischer Typ. Nur wenn er entwarf – und dazu mußte er in Stimmung sein –, wurde er zu einem Optimisten. Da befand er sich dann in einer nahezu euphorischen Stimmung, dann spornte er seine Mitarbeiter und sich selbst zu Leistungen an, die ihm Anerkennung in aller Welt verschafften.

Fast wie ein Betrunkener ging er den Kabinengang entlang, von dessen Wänden das edle Mahagoniholz glänzte. Der Messinghandlauf sah aus wie frisch poliert, und die in die Holzdecken eingelassenen runden Lampen verstreuten ein gedämpftes Licht.

Gordon Gray hielt es unter Deck nicht mehr aus. Er wollte raus und frische Luft atmen. Draußen war sicherlich schon die Dämmerung hereingebrochen, die den schwindenden Tag ablöste und sich langsam in das Dunkel der Nacht verwandelte.

Da öffnete sich eine Tür.

Gordon Gray blieb stehen, sonst wäre ihm das Holz gegen die Stirn geschlagen.

Der Dritte im Bunde verließ seine Kabine. Oder vielmehr stürzte er hinaus und fing sich an der gegenüberliegenden Wand.

Gray mochte Harry van Dyck nicht. In seinen Augen war er ein ungehobelter Klotz ohne Manieren. Er war Holländer und ein Topverkäufer. Wenn er nüchtern war.

Er stützte sich weiterhin mit der linken Hand ab und drehte sich halb um. Die kleinen Augen in seinem sonnengebräunten Speckgesicht funkelten belustigt auf. »Sieh da, der schöne Gordon«, sagte er, löste sich von der Wand, blies Gray eine Alkoholfahne ins Gesicht und legte dann den Arm um seine Schulter. »Komm her, du Künstler, laß uns einen nehmen.«

Gordon Gray drehte den Kopf zur Seite. »Nein, ich habe keine Lust. Laß mich durch.«

»Ach, Unsinn. Für die Weiber bleibt noch genügend Zeit. Aber hinterher sind die Flaschen leer, und dann siehst du lecker aus, mein Kleiner.«

»Saufen kann ich auch zu Hause!« zischte Gray.

Harry van Dyck grinste dümmlich. Der fette Bauch hing weit über seinen Hosengürtel. Er trug zu der hellen Hose noch ein knallrotes Hemd, das an einigen Stellen große Schwitzflecken zeigte. »Stell dich nicht so an. Komm endlich.«

Gordon Gray ging einen Schritt zurück. »Nein«, sagte er. Er blieb hart.

»Kacker!« zischte der Betrunkene und lachte albern. Dann zog er sich wieder in seine Kabine zurück. Gray hörte ihn noch durch die geschlossene Tür mit sich selbst reden.

Er ging weiter.

Am Ende des Kabinenganges befand sich eine Schwingtür. Dahinter begann der Aufgang zum Deck. Unterhalb des Kabinendecks lagen die Mannschaftsräume, die schweren Dieselaggregate und die Vorratslager.

Gordon Gray kletterte die Leiter hoch. Als er das Deck betrat, kam ihm ein Mann von der Besatzung entgegen. Er grüßte höflich und ging vorbei.

Der Wind hatte aufgefrischt. Das Meer war etwas bewegter geworden, doch die Stabilisatoren der Jacht hielten das Schiff im Gleichgewicht.

Es war inzwischen düster geworden. Die Dunkelheit nahm von Minute zu Minute zu. Am Himmel funkelten die ersten Sterne, und auch der Mond war bereits zu sehen. Wie eine fahle Scheibe klebte er am Firmament.

Das Deck war pieksauber. Auch das Wasser im kleinen Pool war so klar, daß man bis auf den Grund sehen konnte.

Weiß wie die Brücke leuchtete auch die Reling. Gordon Gray warf einen Blick zur Brücke hoch und sah hinter den getönten Scheiben die Umrisse des Kapitäns. Die Radarantenne funkelte wie ein modernes Kunstwerk aus Silber.

Ruhig zog die Jacht ihren Kurs. Der scharfe Bug schnitt die anlaufenden Wellen wie ein Messer in zwei Hälften und ließ das gischtende Wasser an der Bordwand entlangströmen.

Gordon Gray stellte sich an die Reling und schaute auf das Wasser, dessen blitzende Wellenkämme und gefährliche Strömungen und Strudel ihn faszinierten.

Sein Tief verschwand.

Er dachte wieder an seine Modezeichnungen. Sah das Wasser, die Wellen und malte sich im Geiste aus, wie dies umgesetzt als Muster auf einem Kleid aussehen würde.

»Fantastisch«, murmelte er und spielte mit dem Gedanken, die Idee in die Tat umzusetzen. Seine Arbeitsutensilien hatte er zum Glück mitgebracht und in seiner Kabine eingeschlossen.

»Wellen und Wind. Mal verspielt, dann wieder herausfordernd und aggressiv, das müßte eine Moderichtung werden.« Er beschloß, mit Faretti darüber zu reden.

Gordon Gray war so in Gedanken vertieft, daß er die Schritte nicht hörte, die über das Deck tappten.

Plötzlich legten sich zwei Frauenhände vor seine Augen, und um ihn wurde es dunkel.

»Rate mal, wer da ist?« hauchte eine weibliche Stimme in sein linkes Ohr.

Da brauchte Gray nicht lange zu überlegen. Er wußte, wer hinter ihm stand.

»Sandra«, sagte er nur.

»Richtig, woher weißt du das?« Die Hände vor seinen Augen verschwanden.

Gordon Gray drehte sich um.

Sandra hatte sich einen weitmaschigen Strickmantel übergeworfen, den der Wind wie eine Fahne aufblähte. Darunter trug sie ein glänzendes Kleid mit ovalem Ausschnitt. In der rechten Tasche des Mantels steckte eine Flasche Champagner, in der linken zwei Gläser.

»Ich wollte mit dir einen Schluck trinken«, sagte die schwarzhaarige Sandra, und ihre Kirschenaugen leuchteten dabei. »Hast du Lust?«

Gordon Gray befand sich augenblicklich wieder in guter Laune und stimmte zu.

»Klasse!« rief Sandra und klatschte in die Hände.

Gray zog die Flasche aus der Tasche. Er drehte den Drahtverschluß auf und hielt ihn kaum in der Hand, als der Überdruck den Korken aus der Öffnung trieb.

Mit einem Knall schoß er in die Höhe. Der Sekt sprudelte hinterher, und lief schaumig am Hals der Flasche entlang.

Sandra hielt die Gläser schon bereit. »Schenk ein!« rief sie übermütig und lachte.

Gordon Gray tat ihr den Gefallen.

Der Champagner schäumte über, aber das machte beiden nichts. Während die Brückenbeleuchtung eingeschaltet wurde, standen sie an der Reling und prosteten sich zu.

»Cheerio«, rief Sandra.

»Auf dein Wohl.«

Das Mädchen leerte das Glas in einem Zug. Sie schlürfte den Sekt in sich hinein. Wie sie das machte, ließ auf Routine schließen.

»Ah, das tut gut.«

»Noch einen Schluck?« fragte Gray, der weniger getrunken hatte.

»Sicher.« Sandra funkelte ihn an. Diese Frau war eine geballte Ladung an Sex. Sie war nicht schlank, aber die Pfunde waren gut verteilt. Irgendwie erinnerte sie an die junge Liz Taylor.

Gordon Gray füllte ihr Glas noch einmal.

Sandra wurde lustiger und die Flasche leerer. Dann hing das Girl schon an Gordons Hals.

»Darling, wir beide haben noch eine tolle Nacht vor uns«, kicherte sie ihm ins Ohr.

Gray grinste. »Kann schon sein. Aber wenn du zuviel trinkst, schläfst du vorher ein.«

»Wer sagt das?«

»Die Erfahrung.«

»Nein, ich bin anders.«

Gray hob die Schultern. »Du mußt es wissen.«

Längst war die Dunkelheit hereingebrochen, und am Himmel tauchten gewaltige Nachtwolken auf, die hin und wieder den Mond verdeckten. Als Gordon Gray einmal zufällig einen Blick zur Brücke warf, sah er einen Mann von der Besatzung die weißgestrichene Treppe zum Deck hinunterlaufen. Er schien in Eile zu sein.

»Was ist los?« rief Gray.

»Nichts, Sir. Wir haben nur in unmittelbarer Nähe ein Schiff gesehen, das ohne Positionsleuchten fährt.«

»Und?«

»Vielleicht ein Schmugglerkahn.«

Die gute Stimmung war plötzlich wie weggeblasen. Gordon Gray mußte auf einmal an die Karten denken. Ein Schmugglerkahn. Vielleicht sogar mit Rauschgift beladen. Gray mußte an die zahlreichen Berichte denken, die in den Zeitungen gestanden hatten und in denen es darum ging, daß moderne Piraten Kreuzfahrtschiffe gekapert und die Passagiere getötet hatten.

Sollte hier auch so etwas passieren?

Sandra merkte, was mit ihm los war. »Hast du was?« fragte sie.

Gordon Gray schüttelte den Kopf. »Eigentlich nicht. Nur was der Knabe von der Besatzung da gesagt hat, macht mich doch etwas stutzig.«

»Du meinst das unbeleuchtete Schiff?«

»Ja.«

Sandra lachte. »Vielleicht sind es Schmuggler auf ihrer gefährlichen Fahrt. Ich finde das ungeheuer romantisch!«

»Ich aber nicht!« Die Antwort klang schroff. Für Gordon Gray war das Thema Sandra beendet. Er drehte sich aus ihrem Griff. Gebannt starrte er auf das Wasser und versuchte, die Konturen des Schiffs auszumachen.

Ohne Erfolg.

Von der Brücke her hörte er Stimmen. »Wir werden sie anleuchten!« Das war das Organ des Kapitäns.

»Aye, aye, Sir.«

»Aber dazu fahren Sie am besten noch näher ran.« Der Kapitän gab die entsprechenden Kommandos.

Die Jacht nahm einen leichten Kurswechsel vor. Sie hielt sich jetzt etwas mehr backbord.

Gordon Gray war auf den Ausgang des Manövers gespannt. Er

beobachtete, schaute angestrengt in die Dunkelheit und über die Wasserfläche hinweg.

Sandra dagegen sah direkt über die Reling nach unten. Sie war leicht seekrank.

Aus den rechteckigen Kabinenfenstern fiel Licht und legte sich in hellen Streifen auf das Wasser. Plötzlich stieß Sandra einen Laut aus. »Da, sieh, Gordon, da schwimmt was. Direkt an der Bordwand. Meine Güte, sind das viele Fische.«

Auch Gordon Gray senkte jetzt den Blick. Seine Augen weiteten sich, er stöhnte.

»Was ist los?« rief Sandra bestürzt.

»Das – das sind keine Fische, sondern – Ratten!«

Gelbweiße Mündungsblitze tanzten vor dem Lauf der Maschinenpistole und erhellten die Dunkelheit.

Die Zeichen des Todes.

Das Mündungsfeuer blendete mich für einen Moment. Als ich mich auf die Planken warf, pflügte die erste Garbe bereits das Wasser vor dem Bug meines Bootes auf.

Die Projektile klatschten hinein. Kleine Fontänen spritzten hoch.

Ich lag wieder zwischen der hinteren Ruderbank und dem Heck und wagte nicht, den Kopf zu heben und zurückzuschießen.

Im nächsten Augenblick sägten die Geschosse in das Holz des Kahns.

Splitter fuhren heraus, ich hörte die Einschläge, und jeder einzelne trieb mir einen heißen Schauer über den Rücken.

Aber warum wanderten die Garben nicht weiter? Ich sah nur, wie sie in den Bug des Bootes hämmerten und dort alles zerstörten.

Die Maschinenpistole verstummte so plötzlich, wie sie aufgeklungen war. Nach dem häßlichen Tak-Tak der Waffe war es still, bis auf ein Schlürfen und Gurgeln.

Ich wußte, woher das Geräusch kam.

Von meinem Boot.

Und nun war mir auch klar, weshalb der Kerl nicht auf mich gefeuert hatte.

Er hatte das Boot zerschossen.

Wasser drang ein. Die Kugeln hatten das morsche Holz zum Teil zerfetzt.

Ich mußte mich retten.

Und zwar auf das Schiff. Damit geriet ich in Teufels Küche. Im wahrsten Sinne des Wortes.

Die Kugeln hatten Löcher gerissen. Manche so groß wie eine Faust. Durch die Löcher sprudelte das Wasser in meinen Kahn.

Verdammt...

Es gurgelte und schmatzte. Ich erhob mich aus meiner Deckung, blieb aber in der hockenden Stellung. Ein Blick zum Schiff zeigte mir, daß der MPi-Schütze noch immer an der Reling stand und mich beobachtete. Deutlich sah ich den Chinesen ohne Kinn im Schein einer hin- und herbaumelnden Laterne.

Das Wasser umspülte bereits meine Beine.

Und es stieg weiter.

Synchron dazu sank das Boot. Schon klatschten die ersten Wellen über die Bordwand, und meine Lage wurde von Sekunde zu Sekunde bedrohlicher. Es gab keine andere Möglichkeit mehr. Meinen Vorsatz, das Tau zu kappen, konnte ich mir von der Backe schminken. Im Gegenteil, ich war froh, daß es noch hing, denn so konnte ich mich auf den alten Seelenverkäufer hangeln.

Wer hätte das gedacht!

An diesem Tag ging auch alles schief. Seit meiner Ankunft in Hongkong machten die anderen mit mir, was sie wollten. Ich fühlte mich wie eine Schachfigur, die man nach Belieben hin und her schob.

Langsam mußte ich mir etwas einfallen lassen. Ich stellte mich hin. Das Wasser umspülte meine Knie.

Plötzlich sah ich etwas, das mich zutiefst erschreckte. Von der Steuerbordseite des Schiffes sprangen graubraune Körper ins Wasser.

Die Ratten!

Zu Hunderten klatschten sie in die See. Die fetten Körper bildeten einen regelrechten Teppich auf der Oberfläche, und ich war froh, jetzt nicht schwimmen zu müssen.

Was hatten die Nager vor?

Im Moment war das für mich uninteressant. Meine Aufmerksamkeit wurde von einigen Lichtern abgelenkt, die auf der Backbordseite meines sinkenden Bootes aufleuchteten.

Ein Schiff!

Mein Herz schlug plötzlich schneller.

War das die Rettung?

Dann aber dachte ich daran, in welche Richtung die Ratten schwammen. Ihr Ziel war das Schiff, und ich nahm an, daß sie es kapern wollten.

Meine Güte, wie sollte das noch alles enden?

Das Rauschen und Gurgeln wurde stärker. Mein Kahn stand dicht vor dem Untergang.

Ich mußte jetzt von Bord.

Ich arbeitete mich zum Bug vor und packte das Tau mit beiden Händen.

Das Tau war naß und rutschte mir durch die Finger. Es bereitete mir Schwierigkeiten, mich daran hochzuhangeln, aber mir blieb keine andere Möglichkeit.

Unter mir sackte das Boot weg.

Da hing ich bereits am Tau. Die Wellen klatschten gegen meine Beine, ich zog die Knie an und hangelte mich weiter. Stück für Stück kam ich voran.

Am Heck stand der Chinese und beobachtete mich. Am liebsten hätte ich ihn über Bord gezogen, aber da blieb der Wunsch Vater des Gedanken.

Unter mir gurgelte und schäumte das Wasser der Heckschraube. Wenn ich jetzt abrutschte, geriet ich unweigerlich in den Sog des großen Propellers. Was dann mit mir geschah, brauche ich wohl nicht zu erwähnen.

Rechte Hand, linke Hand.

So ging es weiter. Immer mehr näherte ich mich dem Schiff, auf dem meine Feinde schon lauerten.

Die Hälfte der Strecke hatte ich bereits geschafft. Zum Aufatmen kam ich nicht, denn plötzlich flammte von dem zweiten Schiff her ein Scheinwerfer auf, der im Nu einen Teil des Decks des alten Seelenverkäufers in gleißendes Licht tauchte.

Auf einmal schien die Zeit stehenzubleiben…

Sandra schrie.

Spitz und grell hallte der Schrei über Deck. Das Mädchen trat einen Schritt zurück und preßte die Hände in einer sinnlosen Geste gegen die Ohren.

Gordon Gray aber stierte fassungslos auf die Wasseroberfläche. »Die Karten«, flüsterte er, »die Karten haben es gezeigt. Ich wußte es!«

Er wandte sich um.

Sandra schrie noch immer.

Da schlug er ihr ins Gesicht. Eine rauhe, aber wirkungsvolle Methode.

Das Mädchen verstummte.

Von der Brücke erschallte eine Stimme. »Was ist da los, zum Teufel?«

Sandra und Gray gaben keine Antwort. Das Mädchen starrte den Zeichner aus panikgeweiteten Augen an. Die beiden Gläser und die Flasche waren aufs Deck gefallen und zerbrochen.

»Was – was machen wir jetzt?« flüsterte sie.

»Ich weiß es nicht.« Gordon drehte sich und warf einen Blick auf das Wasser.

Es wurden immer mehr. Wie ein brauner Teppich schwemmten die Ratten auf das Schiff zu. Dicht an dicht…

Grauenhaft…

Die Bordwand war zwar glatt, aber Gray glaubte, daß es den Ratten nicht schwerfallen würde, daran hochzuklettern. Irgendwie schafften sie es bestimmt.

»Wir müssen weg!« schrie Sandra.

Gray lachte. »Und wohin?«

Das Mädchen hob die Schultern.

Im selben Augenblick sah sie etwas, das sie für einen Moment ihren Schrecken vergessen ließ.

Von der Brücke her durchschnitt ein breiter Lichtstrahl die Dunkelheit. Er berührte die Wasseroberfläche, breitete sich dort wie ein heller Teppich aus, wanderte weiter und erfaßte das Schiff, von dem die Ratten gekommen waren.

Der Kahn lag höchstens eine halbe Meile entfernt. Beide Schiffe, der Seelenverkäufer wie auch die Jacht, hatten die Fahrt gedrosselt.

Der Lichtstrahl schwenkte über das Deck des Seelenverkäufers. Er riß verrottete Aufbauten aus der Dunkelheit und traf die auf dem Deck stehenden Menschen.

Ein zweiter Scheinwerfer flammte auf. Er folgte dem ersten, glitt über Bordwand hoch und erhellte die zweite Hälfte des Decks.

Noch immer sprangen die Ratten umher.

Gordon Gray sah noch etwas anderes.

Einen Mann, der hinter dem Heck des Schiffes an einem Tau hing.

»Was hat das zu bedeuten?« fragte Sandra mit kaum zu verstehender Stimme.

Sie erhielt keine Antwort.

Gordon Gray dachte nur an die Karten und an die Folgen.

»Die Ratten sind bereits an der Jacht, Käptn!« gellte eine Stimme über das Deck.

Gordon Gray riß den Kopf herum. Ein Mann der Besatzung lief zum Heck. Er schrie: »Verdammt, sie kommen aufs Schiff! Was sollen wir machen?«

Plötzlich war die Panik da. Die unzähligen Ratten hatten die Jacht eingekreist. Es war unerklärlich, wie sie es schafften, die Bordwand hochzuklettern.

Jetzt noch die Flucht zu ergreifen, dazu war es zu spät.

Gordon Gray schaute sich um. Noch waren keine Ratten in der Nähe. Ein Gedanken zuckte durch seinen Kopf. Gray riß Sandra an der Schulter herum.

»Komm«, rief er, »unter Deck!«

Das schwarzhaarige Mädchen folgte ihm. Sie liefen zur Treppe und stolperten die Stufen hinab. Gordon Gray drückte als erster die Schwingtür auf und erreichte den schmalen Kabinengang.

Sandra knickte um. Sie trug hochhackige Schuhe und konnte darin kaum laufen.

Gordon Gray packte sie am Arm. »Los, reiß dich zusammen. In meine Kabine.« Er sprach abgehackt und schnell. Auch ihm saß die Angst im Nacken, vielleicht noch mehr als dem Mädchen, denn er hatte die Todeskarte aufgedeckt.

Vor ihnen sprang die Tür auf. Plötzlich verbaute ihnen Falco Faretti den Weg. Sein Gesicht war gerötet.

»Was ist da oben los?« knurrte er.

Gordon Gray gelang es, einen Blick über die Schulter des Schiffseigners zu werfen. Frou Frou, das Girl aus Costa Rica, saß auf dem Bett. Sie trug nicht einen Faden am Leib.

»Die Hölle«, erwiderte Gray hastig. »Ratten greifen unser Schiff an. Ich habe dir doch gesagt, die Karten...«

»Iiihhh – Ratten!« schrie Frou Frou und wickelte sich in die Bettdecke.

»Spinnst du?« fuhr Faretti seinen Freund an. »Wo sollen die denn herkommen?«

»Von einem anderen Schiff. Bleib in deiner Kabine und schließ die Tür.«

Gordon Gray drückte sich an Faretti vorbei. Er zog die humpelnde Sandra hinter sich her.

Der Modekönig sah ihm fassungslos nach. Gray kümmerte sich nicht darum, was sein Freund machte. Er riß die Kabinentür auf und schlüpfte in den Raum.

Sofort eilte er zu dem kleinen Fenster, starrte durch die dicke Scheibe und fuhr unwillkürlich zurück.

Dicht vor sich – und nur durch die Scheibe getrennt – sah er das aufgerissene Maul einer Ratte.

Gordon Gray war mit seinen Nerven am Ende.

Auf dem Deck war der Teufel los!

Die Ratten hatten einen Großteil des Schiffs erobert. Backbord, Steuerbord, am Heck, am Bug, überall quollen die Tiere über die Reling und verteilten sich blitzschnell. Ihre Füße trappelten über die blankgescheuerten Planken. Sie drangen in jeden Spalt, in jede Ritze ein, besessen von dem dämonischen Auftrag, das Schiff in Besitz zu nehmen.

Britt, die hellblonde Schwedin mit den kurzgeschnittenen Haaren, erwischte es zuerst.

Sie hatte sich mit dem Steuermann heimlich getroffen. Zusammen waren sie in die Kabine des Mannes gegangen und verließen sie erst wieder, als die Unruhe immer größer wurde.

Sie trennten sich, weil sie nicht zusammen gesehen werden wollten.

Britt machte einen Fehler. Anstatt in ihre Kabine zu gehen, stieg sie hoch zum Deck. Falls man sie sah, konnte sie die Ausrede eines Spaziergangs benutzen.

Plötzlich sah sie die Ratten.

Die Woge aus Leibern bewegte sich vor ihr. Sie schrie. Gellend und markerschütternd. Ihr Schrei hallte über das Deck, wurde zwar gehört, doch niemand reagierte. Jeder hatte mich sich selbst genug zu tun.

Ein halbes Dutzend Ratten sprangen sie auf einmal an.

Die Schwedin versuchte zu fliehen, sie drehte sich um, spürte das Gewicht der Tiere in ihrem Rücken und taumelte auf die Reling zu. Sie hatte die Arme erhoben, den Mund weit aufgerissen, und aus ihren Augen leuchtete die Panik.

Die Angst trieb sie weiter.

Britt prallte gegen das Geländer, starrte in die Tiefe, sah die anderen Ratten, die am Bootsrumpf hochkletterten, und ihr Schrei erstickte in einem Wimmern.

Dann fiel sie vornüber.

Die Schwedin klatschte ins Wasser. Augenblicklich schlugen die Wellen über ihr zusammen.

Harry van Dyck wurde das zweite Opfer der Ratten. Er hatte viel getrunken, taumelte durch seine Kabine und sang ein uraltes Shanty. Die Flasche hielt er in der rechten Hand. Als er den Arm hob, da sah er, daß die Flasche leer war.

»Shit auch«, fluchte van Dyck und schleuderte die Flasche gegen die Wand.

Nachschub hatte er nicht mehr. Er wußte jedoch, wo er welchen bekommen konnte.

Harry van Dyck steuerte die Tür an, riß sie auf und stolperte in den Gang.

Mit unsicheren Schritten torkelte er den Kabinengang entlang, lallte unverständliche Worte, erreichte den Aufgang, verfehlte die erste Sprosse und stieß sich das Knie.

Er fluchte. Unsicher bückte er sich und rieb sich die schmerzende Stelle.

»Scheißschiff.« Er zog die Nase hoch und wischte mit dem Hemdsärmel über die Lippen. Dann machte er sich bereit, die Stufen hochzusteigen. Am Handlauf hielt er sich fest.

Van Dyck kam genau zwei Stufen weit.

Dann sah er die Ratten.

Sie ballten sich am Ende des Aufganges und starrten ihn tückisch an.

Harry van Dyck glaubte an eine Halluzination. Auch die Schüsse regten ihn nicht weiter auf.

»Andere sehen weiße Mäuse, wenn sie breit sind, und ich sehe eben Ratten«, murmelte er. »Egal.« Er machte eine unsichere Handbewegung. »Platz da, ihr süßen Tierchen...«

Da sprangen die ersten Nager auf ihn zu.

Ihre Körper wirbelten durch die Luft, klatschten gegen Harry van Dyck und warfen ihn zurück.

Plötzlich waren sie überall.

Ich hing noch immer an dem Tau und hatte meinen Kopf so weit gedreht, daß ich das zweite Schiff sehen konnte.

Die beiden Scheinwerfer blendeten aber so sehr, daß ich Einzelheiten nicht erkennen konnte. Dafür hörte ich Schüsse und hin und wieder einen spitzen Schrei.

Welches Drama mochte sich dort abspielen?

Ich erstickte fast an meiner Wut. Hilflos mußte ich mit ansehen, wie meine Gegner das Steuer an sich rissen. Das machte mich so rasend. Auch auf dem Seelenverkäufer blieb es nicht mehr ruhig. Die Besatzung hatte sich an der Reling versammelt und diskutierte lautstark.

Hin und wieder hörte ich ihr Lachen.

Die Ratten hatten das Schiff verlassen. Jedenfalls sah ich keinen

Körper mehr ins Wasser klatschen. Mir wurden langsam, aber sicher die Arme lahm. Mein eigenes Körpergewicht zog an mir, die Finger begannen steif zu werden, und ich wußte genau, daß ich es nicht mehr lange aushalten würde.

Das war auch nicht nötig. Der Chinese mit seiner Maschinenpistole erinnerte sich wieder an mich. Er baute sich am Heck auf und rief etwas in seiner Heimatsprache. Ich verstand zwar seine Worte nicht, doch seine Geste war deutlich.

Ich sollte hinüber zu ihm.

Dabei fragte ich mich, was sie mit mir vorhatten. Erschießen oder mich den Ratten zum Fraß vorwerfen? Oder sollte ich dem Gelben Satan geopfert werden?

Das eine war ebenso schlimm wie das andere. Eine Wahl hatte ich nicht. Aber ich beschloß, mich zu wehren. Einfach würde ich es den Brüdern nicht machen. Darauf konnten sie jetzt schon Gift nehmen.

Ich hangelte mich weiter. Immer dem Heck des Seelenverkäufers entgegen.

Rechts, links – links, rechts…

Eine schweißtreibende Arbeit. Das Tau wurde durch mein Gewicht stark belastet. Es dehnte sich. Und zwar so weit, daß die Wellen gegen meine Füße klatschten. Hoffentlich kamen die Haie nicht auf die Idee, nach mir zu schnappen.

Sie taten es nicht.

Der Chinese hielt weiterhin seine Maschinenpistole auf mich gerichtet. Auch er wurde von den beiden Scheinwerfern erfaßt. In seinem kinnlosen Gesicht bewegte sich kein Muskel. Er stand wie eine Statue, und nur die Augen verrieten, daß er lebte.

Von ihm und von seinem hellhäutigen Kumpan, der mit einem umgeschnallten Colt herumlief, hatte ich keine Gnade zu erwarten. Ebensowenig von dem Kapitän, für den nur Geld zählte.

Von den beiden Trägern, die mich aus dem Abwasserkanal geschafft hatten, ebenfalls nicht, und der Vampir wartete förmlich darauf, mir das Blut aussaugen zu können.

Ich erreichte die Reling und umklammerte den oberen Handlauf. Der Rost fraß sich in meine Handfläche. Der Chinese machte keine

Anstalten, mir behilflich zu sein, und so quälte ich mich allein auf das Deck.

Prompt fiel ich auf den Bauch. Als ich mich herumdrehen wollte, spürte ich die Waffenmündung am Hals.

Mir lief es kalt über den Rücken. Ich traute dem Chinesen durchaus zu, daß er abdrückte, aber er hielt sich zurück. Ich vernahm Schritte. Dann hörte ich die barsche Stimme des Kapitäns.

»Steh auf!«

Der Befehl galt mir. Die kalte Mündung verschwand von meinem Hals, und ich quälte mich auf die Beine.

Harper hieß der Kapitän. Er war Engländer, wenn ich ihn beim ersten Besuch recht verstanden hatte. Aber darauf sollte ich nicht hoffen. Von landsmännischer Verbundenheit hielt er nichts.

»Wie bist du entkommen?« herrschte er mich an.

»Durch die Tür.«

Für einen Moment funkelte es in den Augen des Burschen. Dann gab er dem Chinesen einen Wink.

Der holte aus. Die Waffe hätte mich in Höhe der Hüfte getroffen, doch rasch ging ich einen Schritt zurück.

Der Kerl mit der Waffe verfehlte mich und bekam leichte Gleichgewichtsstörungen.

Ich trat ihm voll in die Kehrseite, so daß er nach vorne flog und gegen die Reling prallte.

Harper griff unter sein schmutziges Jackett.

Da hielt ich die Beretta längst in der Hand. »Hier spielt die Musik, Käptn«, sagte ich…

Gordon Gray ließ sich auf das breite Bett fallen und vergrub sein Gesicht in beide Hände. Ein lautloses Schluchzen schüttelte seinen Körper. Die Nerven wollten nicht mehr mitspielen.

Der schwarzhaarigen Sandra ging es um keinen Deut besser. Sie hatte auf der Bettkante Platz genommen und starrte Löcher in die Luft, während ihr der Schweiß von der Stirn lief.

Sandra hatte einen Schock erlitten. An der Bordwand und am Fenster hörten sie das Trappeln und Kratzen der unzähligen Füße.

Immer mehr Ratten schienen das Schiff zu stürmen. Schreie – in der Kabine nur gedämpft zu hören – ertönten auf dem Deck. Dort kämpfte die Besatzung heldenhaft gegen die Rattenplage, doch die tapferen Männer mußten unterliegen.

Da halfen auch keine Waffen, es waren zu viele vierbeinige Gegner.

Gordon Gray hielt sich die Ohren zu. Verzerrt war sein Gesicht. Er konnte das Fiepen nicht mehr hören.

Auf dem viereckigen Tisch lagen noch die Tarockkarten. Die Karte mit dem Tod als Symbol lag abseits.

Die Weissagung würde sich erfüllen, davon war Gordon Gray fest überzeugt.

Jemand hämmerte gegen die Tür.

Gray rührte sich nicht. Er hatte abgeschlossen.

»Gordon, mach auf! Öffne! Ich – ich kann nicht mehr. Schnell!« Es war Falco Faretti, der so schrie.

»Geh in deine Kabine!« schrie Gray.

»Neiinnn!« heulte Falco. »Ich bitte dich, öffne! Sie – sie sind alle tot. Auch Harry. Schrecklich…«

Gordon Gray zuckte zusammen, als Faretti den Namen ihres gemeinsamen Freundes nannte. Er stand auf und schritt in Richtung Tür.

Wieder hämmerte Faretti dagegen. »Öffne, bitte…«

Gray drehte den Schlüssel herum.

Sofort stieß Falco Faretti die Tür nach innen. Er war nicht allein. Frou Frou schleifte er am Handgelenk gepackt hinter sich her. Ohnen einen Blick in den Gang zu werfen, schmetterte Gordon Gray die Tür wieder zu. Dann drehte er sich um.

Frou Frou war zu Sandra gelaufen und sprach auf die Freundin ein.

Falco Faretti, der große Modezar, stand wie ein begossener Pudel mitten im Raum.

Er sah erbärmlich aus. Man merkte ihm die Schrecken an, die hinter ihm lagen. Sein Gesicht war aufgedunsen. In seinen Augen lag ein leerer Ausdruck.

»Was – was ist da passiert?« stotterte er.

»Ich weiß es nicht.« Flüsternd kam Grays Antwort.

Falco Faretti wußte auch nicht mehr, was er sagen, geschweige denn tun sollte.

Er sah die Flasche in der fahrbaren Hausbar. Alter französischer Cognac.

Auf ein Glas verzichtete er. Faretti trank aus der Flasche. »Vielleicht der letzte Drink in meinem Leben«, sagte er mit einer Spur von Galgenhumor.

»Gib mir auch einen Schluck«, bat Frou Frou.

Er gab ihr die Flasche.

Faretti setzte sich und wischte sich die feuchten Lippen trocken. Dann holte er aus der Außentasche seiner Jacke eine zweiläufige Derringer-Pistole. An zwei Fingern hielt er die Waffe hoch.

»Zwei Kugeln«, sagte er, »eine ist für mich. Wer ist scharf auf die andere?«

Niemand meldete sich.

Falco Faretti schaute die Leute der Reihe nach an. »Los, meldet euch. Freiwillige vor. Ist doch sowieso alles beschissen. Ratten haben das Schiff besetzt.« Er lachte hart.

»Hör auf!« schrie Frou Frou und schüttelte sich. »Ich kann es nicht mehr hören.«

Sandra stand plötzlich auf. »Seid doch mal still«, sagte sie.

Die Männer schwiegen.

Es war ruhig geworden. Keine Schüsse mehr, keine Stimmen vom Deck. Gerade weil es so still war, klang das Rascheln und Kratzen so überdeutlich.

Es gab keinen Zweifel: Die Ratten waren an der Tür!

Der Kapitän war überrascht. Nie hätte er es für möglich gehalten, auf Widerstand zu stoßen. Er ging unwillkürlich einen Schritt zurück.

»Bleiben Sie stehen!« befahl ich.

Er gehorchte.

Aus den Augenwinkeln sah ich, daß der Chinese die Maschinenpistole fest umkrampfte und sich umdrehen wollte, um mich vor die Mündung zu bekommen.

Ich schwenkte den Arm mit der Beretta. »Laß es!« warnte ich ihn.

Der Chinese stand still.

»Und jetzt die Waffe weg!«

Die Maschinenpistole prallte auf die Planken.

Ich war zufrieden. Vorerst. Ich wußte allerdings nicht, wie es weitergehen sollte. Zwar stand der Kapitän des Schiffes vor meiner Mündung, aber den Kahn steuern, das konnte ich nicht. Ich mußte ihn zwingen, einen anderen Kurs einzuschlagen oder über Funk die Küstenwache zu alarmieren. Mit einer Pistole im Rücken würde der Kerl mir bestimmt gehorchen.

Er schien meine Unsicherheit zu bemerken, denn ein breites Grinsen flog über sein Gesicht.

»Und jetzt?« fragte er.

»Das lassen Sie mal meine Sorge sein. Ich kriege Sie schon dahin, wo ich Sie haben will.«

»Da bin ich aber gespannt.«

»Dürfen Sie auch. Und jetzt umdrehen!«

Er kam dem Befehl nach und zeigte mir seinen Rücken. Sorgen bereitete mir der Chinese. Er hatte die Waffe zwar fallen lassen, aber er sah nicht so aus, als hätte er schon aufgegeben. Wenn ich jetzt mit dem Kapitän losmarschierte, hatte ich den Chinesen im Rücken.

Ich sprach ihn an. »Komm her!«

Er rührte sich nicht. Entweder verstand er mich nicht, oder er wollte mich nicht verstehen.

Der Kapitän lachte. Er ahnte etwas von meinen Nöten. Die Arme hielt er halb erhoben, um mich in Sicherheit zu wiegen. Von den anderen sah ich noch nichts. Besonders schwer lag mir der Bursche mit seinem umgeschnallten Colt im Magen. Dieser nachgemachte Cowboy schien verdammt gefährlich zu sein.

»Kapitän, dann machen Sie ihm klar, daß er zu mir kommen soll«, sagte ich.

Harper zögerte. Mich erinnerte diese Szene an ein Abenteuer, das etwa anderthalb Jahre zurücklag und mich auf die Totenkopf-Insel geführt hatte.

Harper sagte irgend etwas zu dem Chinesen. Was, verstand ich nicht. Der Mann nickte und trat einen Schritt nach vorn auf mich zu.

Ich hatte vor, ihn bewußtlos zu schlagen, damit er mir nicht mehr in den Rücken fallen konnte.

Doch es kam anders.

Beim nächsten Schritt spielte mir der Bursche noch etwas vor, aber dann fegte sein Karatetritt mir die Waffe aus den Händen. Der Mann war so schnell, daß ich die Bewegung nicht verfolgen konnte. Hinzu kam noch ein Handikap. Ich mußte zusätzlich den Kapitän im Auge behalten.

Ich spürte einen ziehenden Schmerz in der Hand – zum Glück hatte der Chinese sie nicht voll getroffen.

Da sprang mich der Chinese schon an.

Diesmal segelte ich zurück. Mit ihm zusammen. Ich prallte mit dem Rücken gegen die Reling. Zwei Hände griffen nach meiner Kehle. Ich nahm den Kopf nach vorn, und die Fingernägel schrammten an meinem Kinn entlang.

Dann riß ich mein Knie hoch.

Zum Teufel mit aller Fairneß, hier ging es um mein Leben.

Der Chinese stieß pfeifend die Luft aus. Ich drehte mich, um Platz für meine Linke zu bekommen. Doch plötzlich hatte ich das Gefühl, meine Hand wäre in einen Schraubstock geraten. Mein Gegner hielt sie fest und drehte sich.

Ich mußte die Bewegung mitmachen, doch ich kannte einen Gegengriff.

Ein Tritt von mir fegte dem Burschen die Beine weg.

Er fiel auf die Planken und ließ vor Schreck meine Hand los. Sofort war er wieder auf den Beinen, gab aber nicht acht und lief voll in meine Gerade.

Der Chinese spielte Flieger.

Die Reling war nicht hoch genug für ihn.

Ein Schrei, und dann war der Körper verschwunden.

Instinktiv sprang ich zur Seite, wollte weg aus dem Lichtschein. Es war schon zu spät.

Harper stand da.

Beinahe lässig hielt er die Maschinenpistole in den Händen. Der Finger lag am Abzug. In seinen Augen tobte die Wut.

»Noch eine Bewegung, Sinclair, und es hat dich gegeben. Darauf kannst du dich verlassen.«

Ich hob die Arme und atmete schwer. Der kurze Kampf hatte mich angestrengt. »Und nun?« fragte ich. »Wollen Sie mich erschießen?«

Harper wurde einer Antwort enthoben, denn im selben Moment nahm das Schiff Fahrt auf...

Es war eine fantastische Nacht.

Der Himmel hatte eine dunkelblaue Farbe angenommen. Sterne schimmerten wie kostbare Diamanten, und die Luft war lau und von besonderen Duftstoffen durchzogen.

Suko glaubte, sich in einem riesigen Garten zu befinden, der jedoch leicht zu einer tödlichen Falle für ihn werden konnte, darüber war er sich ebenfalls klar.

Huangs Haus lag weit oben in den Bergen. Im Norden befand sich China. Von dort schimmerte ein Licht herüber, doch im Süden, wo Hongkong lag, breitete sich die Lichterflut wie ein riesiger Teppich unter den Augen des Betrachters aus.

Es war ein fantastisches Panorama, und wer dies jeden Tag genießen wollte und sein Haus in den Bergen baute, der mußte ein Vermögen ausgeben.

Suko und das Mädchen waren in Shaos kleinem Datsun hergefahren. Sie hatten das Gefährt in einer Schneise geparkt, so daß es vom Weg aus nicht so rasch gesehen werden konnte.

Der Verkehr hatte merklich nachgelassen. Nur noch vereinzelt fuhren Wagen die ins Innere des Landes führende Straße hoch. Wer hier lebte, wollte seine Ruhe haben.

Meist waren es Europäer, die sich das Häuschen am Berg hingesetzt hatten, doch im Laufe der Zeit, als Hongkong sich immer mehr zu einer Film- und Industriestadt entwickelte und die Einheimischen ebenfalls ins Geschäft einstiegen, hatte der Reichtum auch einige chinesiche Familien überschüttet.

Klar, daß die Leute ihre Häuser in die beste Gegend hinsetzten.

Aber auch Gangster hatten hier ihre Privatdomizile. Von Shao hatte Suko einiges über die Hongkonger Unterweltszene erfahren.

Sie unterschied sich kaum von der in New York oder London. Allerdings waren hier neben den reinen Profigangstern auch noch die Tongs, die Geheimbünde, am Werk. Sie trugen oft blutige Kriege untereinander aus.

Suko und das Mädchen gingen zu Fuß weiter. Bis dicht vor das Haus zu fahren, war ihnen zu risikoreich.

Es war ein Vorteil, daß Shao die Gegend hier wie ihre Handtasche kannte. Sie führte Suko nach rechts in die Büsche hinein und fand mit traumwandlerischer Sicherheit einen schmalen Pfad, der sich durch den dichten Wald zum Haus hochschlängelte, allerdings am Grundstück vorbeiführte, wie das Mädchen sagte.

Shao ging voran.

Der Blütenduft war betörend. Überall raschelte es. Die Tiere der Nacht waren erwacht und machten sich bemerkbar. Der Boden unter ihnen war weich und nachgiebig.

Hin und wieder schimmerten Lichter durch die Dunkelheit. Es waren Parklampen oder erhellte Fenster.

Li-Shen sammelte inzwischen seine Männer. Sie sollten eine Stunde später einen Ring um das Haus ziehen, um im Notfall eingreifen zu können.

Suko und Shao hofften, daß dies nicht nötig war, doch auf eine Sicherheit konnten sie nicht verzichten. Mein Freund war zusätzlich mit einem Sprechfunkgerät ausgerüstet, das eine Reichweite von fünf Meilen hatte.

Shao blieb stehen.

»Was ist?« fragte Suko.

»Wir sind da«, sagte sie und deutete nach vorn in die Dunkelheit, wo der dichte Wald begann. »Dort müssen wir noch durch, und dann erreichen wir das Grundstück.«

Suko hoffte sehr, in Huangs Haus auch Kai tak wiederzutreffen. Er hoffte, daß seinem Partner nichts geschehen war.

Sie drangen in den Wald ein. Diesmal fanden sie keinen Weg, sondern mußten sich um die Bäume förmlich herumwinden. Unter ihren Füßen knackte das Unterholz.

»Hat dein Vater Wachen aufgestellt?« flüsterte Suko.

»Ich weiß nicht.«

Zehn Minuten später erreichten sie den Zaun, der das Grundstück an der Waldseite abgrenzte. Es war ein einfacher Maschendrahtzaun, der leicht zu überklettern war.

Suko ging in die Hocke und peilte erst einmal die Lage, während sich Shao hinter einem Baumstamm versteckt hielt.

Das Garten war dunkel. Keine der aufgestellten Laternen brannte, auch im Haus sah Suko kein Licht.

Es schien, als wäre niemand da.

Mein Freund machte Shao ein Zeichen.

Das Girl huschte auf ihn zu. Shao hatte sich umgezogen. Sie trug jetzt eine enge lange Hose und einen dunklen Rollkragenpullover.

Neben Suko ging sie in die Knie.

»Wir können es riskieren«, sagte der Chinese und legte Shao seine Hand auf die Schulter. »Warte bitte hier, ich mache den Anfang.«

»Okay.«

Suko erhob sich und kletterte gewandt wie eine Katze an dem hohen Zaun hoch. Der Zaun bog sich zwar durch, aber er hielt. Suko schwang sich geschickt hinüber und bedeutete Shao, ihm zu folgen.

Er half ihr dabei, doch bevor Shao es geschafft hatte, tauchten aus der Dunkelheit plötzlich zwei Gestalten auf. Sie hatten irgendwo im verborgenen gelauert. Es waren Diener des Gelben Satans, denn auf ihren Oberkörpern schimmerten die Fratzen. Bewaffnet waren sie mit handlichen Holzknüppeln, und sie machten auch nicht viel Federlesens, sondern schlugen sofort zu, nachdem sie Suko in die Zange genommen hatten.

Mein Freund duckte sich.

Der erste Schlag pfiff über seinen Kopf hinweg, doch der zweite traf schmerzhaft seine Schulter.

Suko taumelte zurück.

Sofort setzten seine Gegner nach.

Mit der Handkante stoppte Suko einen herabsausenden Arm. Der Knüppel flog aus der Faust des Schlägers und wirbelte davon. Suko packte den Mann und warf ihn gegen seinen heranstürmenden Kumpan.

Beide fielen hin.

Suko war blitzschnell über ihnen, und zwei Atemzüge später waren die Schläger bewußtlos.

Shao sprang zu Boden, als Suko sich aufrichtete.

»Habe ich eine Angst um dich gehabt«, flüsterte sie.

Suko rieb sich die Schulter. »Da muß dein Vater schon Männer schicken, um mich zu überwältigen.« Er deutete auf das Haus. »Ich hoffe, daß der Weg jetzt frei ist.«

Shao hob die Schultern.

Von Nachteil war, daß wenig Bäume oder Büsche auf dem Gelände wuchsen. Die Strecke bis zum Haus war gut zu überblicken.

Geduckt liefen die beiden los. Diesmal übernahm Suko die Führung. Sie überquerten einen schmalen Plattenweg und erreichten einen kleinen Gartenstreifen, der an der Ostseite des Hauses entlangführte.

Shao besaß einen Schlüssel. Sie holte ihn aus der Hosentasche und lief leichtfüßig bis zur Haustür vor.

Sie passierten die Garage und den Parkplatz und blieben dann vor der gläsernen Eingangstür des fünfeckigen Bungalows stehen.

»Panzerglas«, raunte das Mädchen.

Shao schob den Schlüssel ins Schloß.

Suko drückte die Tür auf und betrat das Haus. Seine Hand hing in der Nähe der Waffe, doch er brauchte sie nicht zu ziehen. Niemand griff sie an.

Huang hatte eine Überwachungsanlage in sein Haus einbauen wollen, damit er von einem Monitor aus sehen konnte, wer ihn besuchen wollte. Bisher hatte er das Vorhaben aber noch nicht realisiert. Zum Glück für Suko und das Mädchen.

Sie betraten eine weiträumige Halle, deren Wände gefliest waren. Sie zeigten Motive aus der Geschichte Chinas. Sitzkissen und kleine Tische luden zum Verweilen ein, aber deshalb waren Suko und Shao nicht hier.

»Das Haus hat einen sehr tiefen Keller«, wisperte Shao. »Wir haben ihn schon oft als Lager benutzt für unsere Särge.« Sie zeigte auf eine schmale Holztür. »Dort geht es hinunter.«

Suko schritt voran. An der Tür blieb er noch einmal stehen. »Du bleibst am besten hier.«

»Nein!« Shao schüttelte den Kopf.

Mein Freund runzelte die Stirn und hob die Schultern. »Okay, wie du willst.« Verschlossen war die Tür nicht. Vorsichtig zog Suko sie auf und sah im schwachen, von unten heraufscheinenden Licht eine Wendeltreppe, die in die Tiefe führte.

Die Wand links und rechts bestand aus rauhem Putz.

Rötlich-violett schimmerte das Licht, und es wurde von zahlreichen kleinen Lampen abgestrahlt, die unter der Kellerdecke zu kleben schienen.

Kein Stein knirschte unter Sukos Sohlen, als er die Treppe hinunterschlich. Kein Geräusch verriet ihn und Shao. Auch im Keller war es ruhig. Nichts deutete auf die Anwesenheit von Menschen hin.

Am Ende der Treppe wandte Suko den Kopf.

Shao machte ihm ein Zeichen. Geradeaus, bedeutete dies. Links und rechts zweigten zwar Türen ab, aber die dahinterliegenden Räume waren uninteressant, wie das Mädchen Suko mit wispernder Stimme zu verstehen gab. Der Gang führte in ein mächtiges Gewölbe hinein. Der glatte Beton verschwand und wurde von natürlich gewachsenem Stein abgelöst. Manchmal tropfte Wasser von der Decke und fiel klatschend auf den Boden.

Der Gang endete vor einer breiten, zweiflügeligen Holztür, die oben rund zulief.

Shao brachte ihre Lippen dicht an Sukos Ohr. »Hinter der Tür liegt das Lager.«

Suko nickte.

Er spürte die Spannung, die ihn erfaßt hatte, und wußte, daß in den nächsten Minuten etwas geschehen würde.

Der Chinese zog die mit silbernen Kugeln geladene Beretta. Er hoffte, daß die geweihten Kugeln auch hier in Asien die Dämonen der niederen Stufe ausschalteten.

Die große Tür war mit einem einfachen Eisenschloß versehen. Da Suko bisher sämtliche Türen offen gefunden hatte, nahm er an, daß auch diese nicht verschlossen war.

Er hatte sich nicht getäuscht.

Der Chinese zögerte jedoch.

Was lauerte hinter der Tür?

Er spürte, wie sich das Mädchen an ihn drückte. Der warme Atem streifte seine Wange, und Suko wünschte sich, nicht in diesem Keller zu sein.

Irgendwie fühlte er bereits die magische Aura, die von dem hinter der Tür liegenden Raum ausging.

Eine gefährliche Aura, der Atem der Hölle...

Mein Freund drückte die Tür auf. Vorsichtig, einen Spalt nur, damit er hindurchschauen konnte.

Rotviolettes Licht, das aus den Wänden kam, mehr sah er nicht. Teile des Kellers lagen im Finstern. Kein Mensch war zu sehen, auch kein Dämon. Es schien keine Gefahr zu drohen.

Suko wand sich durch den Spalt.

Shao folgte ihm.

Jetzt wurde es kritisch.

Der erste Schritt, der zweite. Sukos rechter Arm beschrieb einen Halbkreis, die Waffe wanderte mit. Dabei suchte die Mündung nach einem Gegner, nach einem Angreifer.

Es blieb ruhig.

Zu ruhig...

Wo lauterte die Gefahr?

Suko wandte den Kopf nach links. Er sah die Felswand und die Gebilde, die dort in die zylinderartigen Öffnungen geschoben waren.

In den Röhren steckten Menschen. Nur die Köpfe schauten daraus hervor. Einen der Gefangenen kannte Suko. Es war – Kai tak!

Sukos Herz setzte einen Schlag lang aus. Für einen Moment blieb er stehen und schloß die Augen. Er öffnete sie wieder und sah das gleiche Bild. Es war keine Halluzination. Kai tak lag in der Tat in einer der Röhren.

Hinter ihm atmete Shao gepreßt aus. »Das – das ist doch nicht möglich«, raunte sie.

Suko gab keine Antwort, sondern schritt lautlos auf die Röhren zu. Es waren drei. Kai tak lag in einer von ihnen.

Suko erkannte in der lebensgroßen Figur den Gelben Satan.

Schaurig war sie anzusehen. Sie hockte auf einem Stein und schimmerte weiß bis violett. Sechs Drähte endeten an ihrem Körper. Über der Figur schwebte – kaum sichtbar und an einen Gazestreifen erinnernd – eine gelbe Wolke. Sie umflorte den Kopf wie ein Schein.

»Ist er das?« fragte Suko.

»Nur eine Abbildung«, erwiderte Shao. »Der echte Dämon muß sich auf dem Schiff befinden.«

»Wahrscheinlich stehen die beiden miteinander in Verbindung«, vermutete mein Freund.

Shao nickte.

Suko streckte die linke Hand vor, und seine Finger glitten über den Stein. Er fühlte sich seltsam warm an, und Suko glaubte, daß unter der Außenschale etwas lebte.

Die Steinfigur war dabei, zu einem dämonischen Leben zu erwachen. Suko dachte dabei an ein Abenteuer, das noch nicht lange zurücklag und ihn in den Alptraum-Garten mit seinen lebenden Steinfiguren geführt hatte.

Soweit sollte es hier nicht kommen. Ein Gelber Satan reichte. Der zweite mußte schon im Ansatz seines Entstehens vernichtet werden.

»Ich werde ihn zerstören«, sagte Suko fest.

»Dazu wird es wohl kaum kommen«, hörten er und Shao plötzlich eine kalte Stimme in ihrem Rücken.

Das Mädchen wirbelte herum und starrte den Mann an, der aus dem Hintergrund des Gewölbes hervortrat.

»Vater!« rief sie…

Die beiden Diener, die mich zum Schiff gebracht hatten, traten wieder in Aktion und fesselten mich an die Reling. Die Lederschnüre saßen fest, und ich sah keine Chance mehr zur Flucht.

Wenigstens vorläufig nicht.

Harper hatte die Kerle herbeigerufen, auch seinen besonderen

Freund, den Mann mit dem umgeschnallten Colt, diesen verhinderten Westernhelden.

Sein Haß auf mich mußte besonders groß sein, denn er starrte mich an, als wollte er mich fressen.

Ratten sah ich nicht mehr. Sie mußten alle ins Wasser gesprungen sein, um das andere Schiff zu entern.

Noch immer erhellten die beiden Scheinwerfer das Deck des Seelenverkäufers. Zum Glück befanden sie sich in meinem Rücken, so daß ich nicht geblendet wurde.

Das blieb aber auch die einzige Erleichterung. Von dem zweiten Vampir sah ich nicht einen Eckzahn. Der Untote schien sich verkrochen zu haben. Vielleicht gefiel ihm die Helligkeit nicht. Ich hoffte noch immer auf ein Schiff, das zufällig unseren Weg kreuzte und dessen Besatzung auf uns aufmerksam wurde.

Die Motoren liefen nur mit halber Kraft. Es würde – und da war ich mir sicher – ein schwieriges Anlegemanöver werden, denn die See war unruhig. Immer wieder trug der Nachtwind Wellen hoch und rollte sie als weite Dünung vor sich her.

Am Himmel zeigten sich die Sterne und sandten ihren Gruß aus unendlicher Ferne.

Vielleicht sah ich sie zum letzten Mal. Meine Gedanken drehten sich plötzlich um meine Freunde. Ich dachte an Suko, der jetzt in Hongkong nach Spuren suchte und sie wahrscheinlich nicht fand. Meine Chancen sanken. Harper hätte ich am liebsten ins Gesicht geschlagen, als er mir mit einem widerlichen Grinsen auf den Lippen die Beretta abgenommen hatte.

»Damit du keinen Unsinn mehr machst.« Seine Worte klangen mir in den Ohren nach.

Ich zerrte an meinen Fesseln. Man hatte mir die Riemen über die wunden Handgelenke gedreht. Nun spürte ich wieder den Schmerz.

Auf dem Seelenverkäufer breitete sich Hektik aus. Für mich ein Zeichen, daß wir bald anlegen würden.

Ich war gespannt.

Der Seelenverkäufer näherte sich der Jacht. Es wurde noch mehr Motorkraft zurückgenommen – dann verstummten die Maschinen ganz.

Ich drehte meinen Kopf.

Ein paar Yards nur entfernt sah ich die schneeweißen Aufbauten einer prächtigen Jacht, doch Menschen entdeckte ich auf dem Deck nicht.

War die Besatzung etwa...

Ich wagte gar nicht weiterzudenken, aber die Ratten auf dem fremden Schiff sagten mir genug. Sie rannten durcheinander, hatten das gesamte Deck besetzt und waren ungeheuer aufgeregt.

Die lange Meeresdünung hob beide Schiffe hoch und drückte sie aufeinander zu. Ich vernahm hinter mir ein häßliches Kreischen und Schaben, als sich die beiden Bootsrümpfe aneinander rieben.

Dann wurden die Schiffe wieder voneinander getrennt.

Kapitän Harper schrie Befehle. Seine Leute gehorchten. Plötzlich stand einer der Diener neben mir auf der Reling. Er hatte die Arme ausgebreitet und hielt so das Gleichgewicht. Ich hätte es nicht geschafft.

Als sich die Boote abermals einander näherten, sprang er.

Sein Körper flog fast waagerecht durch die Luft. Ich verdrehte den Kopf und verfolgte den Sprung. Für einen winzigen Augenblick hatte ich das Gefühl, der Mann mit dem nackten Oberkörper würde das Boot verfehlen, aber er fing sich und hechtete über die Reling der Jacht. Gut kam er auf, rollte sich über die Schulter ab und stand. Die Ratten griffen ihn nicht an.

Der Mann gab ein Handzeichen.

Sofort flog das erste Tau hinüber. Der Diener des Gelben Satans fing es geschickt auf und wickelte es ein paarmal um die Reling. Das gleiche geschah mit dem zweiten Tau.

Jetzt waren die beiden Schiffe miteinander vertäut.

Der Mann auf der Jacht hetzte leichtfüßig in Richtung Brücke und entschwand meinen Blicken.

Wenig später verlöschten die Scheinwerfer.

Dunkelheit...

Sie kam mir vor wie ein riesiges schwarzes Tuch, und es dauerte Sekunden, bis sich meine Augen daran gewöhnt hatten. Sternen- und Mondlicht reichten aber aus, um die einzelnen Deckaufbauten genau erkennen zu können.

Der Mann von der Jacht sprang wieder herüber auf den Seelenverkäufer. Er wurde gebraucht, denn Harper dirigierte ihn und seinen Kumpan zu einer Luke, in der sie verschwanden.

Ich wettete hundert zu eins, daß sie den Gelben Satan holten.

Die Wette gewann ich.

Die Träger tauchten schon bald mit der Sänfte wieder auf. Sie trugen sie so vorsichtig, als hätten sie Angst, der Gelbe Satan würde zerbrechen.

Auf dem Deck war es still geworden. Niemand sprach ein Wort. Jeder schaute auf den Gelben Satan, auf ihren Herrn und Meister, dem sie ihre Seele verkauft hatten.

Er wurde getragen. Die Diener schritten an dem alten Ladebaum vorbei und passierten das Ruderhaus.

Damit gerieten sie in meine Nähe.

Wollte der Gelbe Satan zu mir?

Mein mulmiges Gefühl steigerte sich noch.

Mit meinen Füßen konnte ich mich noch verteidigen, das war alles. Und das Kreuz hing vor meiner Brust. Es wurde jedoch von dem Rollkragenpullover verdeckt. Ich spürte nur, wie es leicht zu vibrieren begann und Wärmestrahlen aussandte. Ein Zeichen, daß sich etwas unvorstellbar Böses in der Nähe befand.

Die beiden Diener hatten mich in der Tat als Zielobjekt ausgesucht. Sie stellten die Sänfte so hin, daß mich der Gelbe Satan anschauen konnte.

Ein großer Schritt trennte uns nur.

Zum ersten Mal sah ich ihn aus der Nähe. Unsere Blicke fraßen sich ineinander. Nie würde ich sein Aussehen vergessen.

Er sah ungeheuer schaurig aus. Die weißgelbe Gestalt, die von einer flimmernden Aura umflossen wurde, die rotgeäderten Augen, die nach unten gebogenen Lippen, die in seinem Gesicht wie dunkle Striche wirkten, und der kahle Schädel. All dies ergab eine schreckliche Gestalt, wie sie nur die Hölle schaffen konnte.

Jetzt hob der Gelbe Dämon die Arme. Er zeigte mir die Finger.

Fast so lang wie die Finger präsentierten sich die langen Nägel. Sie waren nach innen gebogen und erinnerten mich an nadelspitze Dolche.

Blitzschnell schossen die Arme vor.

Ich drückte mich zurück, doch die Fesseln hielten mich.

Dicht vor meiner Brust kamen die Nägel zur Ruhe. Das Gesicht des Gelben Satans verzog sich zu einem grausamen Lächeln. Jetzt hatte er mich, und das wollte er auskosten.

Er beugte sich etwas weiter vor, und schon kratzten die Nägel über den Stoff meines Pullovers.

Dann passierte es.

Ein Schrei.

Gellend, markerschütternd. Weit riß der Gelbe Satan seinen Mund auf. Ein Blitzstrahl fegte zwischen seinen Lippen hervor und jagte in den Nachthimmel.

Die Hand zuckte zurück. Plötzlich fehlten an ihr drei Fingernägel. Sie waren zu einer klebrigen Masse zusammengeschmolzen, von der dünne Rauchsäulen emporstiegen, die penetrant rochen.

Die beiden Diener konnten im letzten Augenblick noch zufassen, sonst wäre der Gelbe Satan von seiner Sänfte gefallen.

Der Blitz aber jagte weiter in den Himmel. Ich hob den Kopf und sah ihn verschwinden, doch im nächsten Augenblick war er wieder da. Er raste mit ungeheurer Geschwindigkeit dem Schiff entgegen, wurde mit jedem Meter, den er zurücklegte, breiter. Er rundete sich vorn ab und hüllte den Gelben Satan ein.

Ein Gesicht erschien. Es legte sich wie eine transparente Maske über die Fratze des Dämons.

Das Gesicht kannte ich.

Es war die Fratze des Teufels.

Gelb erschien sie. Manifestiert als Schädel eines Ziegenbocks mit spitzen Hörnern und einer lang vorgezogenen Schnauze, deren bleckendes Gebiß mich anstarrte.

Der Teufel…

Er stand mit dem Gelben Satan in Verbindung, war gewissermaßen sein Schutzpatron.

Ich stand im übertragenen Sinn Asmodis gegenüber, dem obersten Höllenfürsten, meinem Erzfeind Nummer eins. Es gab viele Namen für die Ausgeburt des Bösen, für das Urböse gewissermaßen. Die einen sagten Teufel, die anderen Satan. Im Orient wurde er Scheitan genannt, im Griechischen Asmodeus oder Asmodis.

Das Böse hatte viele Namen.

Ich sah das Gesicht, und dann war es wieder verschwunden. Warum hatte sich Asmodis mir gezeigt? Wollte er mich warnen? Wollte er mir zeigen, unter welchem Schutz sich der Gelbe Satan befand?

Der Gelbe Satan setzte sich wieder aufrecht hin. Er schaute mich noch einmal haßerfüllt an und gab seinen Dienern dann ein Zeichen.

Sie brachten ihn weg. Geschickt kletterten sie auf die Reling und schafften es, ungehindert auf das andere Schiff zu gelangen.

Der Kapitän aber war neugierig geworden. Er kam zu mir und hob meinen Pullover hoch. »Will doch mal sehen, was den Gelben Satan so erschreckt hat«, sagte er. Er starrte auf das Kreuz. Plötzlich begann er zu lachen. »Ein Kreuz, mehr nicht.« Er faßte es an, und ich sah in seinem Gesicht, was er vorhatte.

»Das brauchst du bestimmt nicht mehr«, sagte er und riß an der Kette.

»Neinnn!« Ich schrie, setzte alles auf eine Karte und trat zu.

Harper wurde zurückgeschleudert. Er ließ das Kreuz los, verdrehte die Augen und fiel auf das Deck.

Harper rührte sich nicht mehr. Bewußtlos blieb er liegen.

Die anderen hatten von dem Vorfall nichts mitbekommen. Sie kletterten alle an Bord der Jacht. Auch der letzte Blutsauger befand sich unter ihnen.

Ich blieb allein auf dem Totenschiff zurück.

Und der Gelbe Satan wollte seine Rache. »Zur Hölle mit dir, Sinclair!« brüllte er, streckte seinen linken Arm aus, und im nächsten Augenblick schlugen lange Flammenzungen aus den Fingern hervor und wirbelten über das Deck.

Im Nu hatte das Holz Feuer gefangen, und vor mir befand sich eine wabernde Flammenhölle…

Frou Frou krallte ihre spitzen Fingernägel in Falco Farettis Jackenstoff. »Die Ratten!« kreischte sie. »Sie sind da. Hörst du sie nicht?«

Der Modezar schwitzte Blut und Wasser. Wütend fuhr er herum, umfaßte beide Handgelenke der Frau und schleuderte Frou Frou zur Seite. Sie verfehlte die Bettkante und blieb auf dem Boden liegen. Sofort war Sandra bei ihr. »Das hättest du nicht tun sollen!« fuhr sie Faretti an.

»Halt das Maul.«

Gordon Gray sagte gar nichts. Er saß in angespannter Haltung auf dem Stuhl und lauschte. Jedes Kratzen, jedes Nagen verursachte eine Gänsehaut auf seinem Rücken.

Sandra half der weinenden Frou Frou auf. »Komm, setz dich«, sagte sie.

Frou Frou schüttelte den Kopf. Ihre schwarzen, herrlichen Locken flogen. »Nein, nein… ich will hier liegenbleiben und sterben. Laß mich. Laß mich doch…«

Sandra hatte als einzige von ihnen die Nerven behalten. Sie legte Frou Frou kurzerhand aufs Bett.

Dann schlich sie zur Tür.

»Was willst du da?« schnappte Faretti.

Sandra wurde einer Antwort enthoben, denn Gordon Gray hatte sein Gesicht dem schmalen Fenster zugewandt.

»Sie entern das Schiff!« rief er.

Zuerst schauten sich die Anwesenden ungläubig an. Dann – wie auf ein geheimes Kommando – kam Bewegung in sie. Alles stürzten auf das schmale Fenster zu. Selbst Frou Frou.

Da sahen sie es.

Taue wurden auf die Jacht geworfen und an der Reling befestigt. Frou Frou begann zu beten. Sie sang dabei in ihrer Heimatsprache, was Faretti aufregte.

»Halt endlich deinen Rand!« fuhr er das Mädchen an.

»Da ist jemand an die Reling des Schiffes gefesselt«, sagte Gordon Gray plötzlich.

Wenig später erlebten die vier Menschen das Auftreten des Gelben Satans mit. Sie sahen, wie er mit dem Gefesselten sprach, und ihre Angst wurde noch größer. Dann raste ein Blitzstrahl in den Himmel und kam wieder zurück.

»Da, der Teufel!« krächzte Sandra und machte unwillkürlich ein Kreuzzeichen.

Frou Frou begann wieder zu beten. Niemand sagte ihr jetzt noch etwas.

Draußen vor der Tür kratzten weiterhin die Ratten. Ihre fetten Körper klaschten gegen die Verkleidung, und es war nur noch eine Frage der Zeit, wann sie das Holz durchnagt hatten.

Das Geschehen an Bord des Totenschiffes fesselte die vier Menschen auf eine dramatische Weise. Sie sahen, wie der Gelbe Satan auf ihr Schiff gebracht wurde und wie der blonde Mann an der Reling einen anderen zu Boden schickte. Der Kerl in der zerschlissenen Kapitänsuniform blieb auf dem Rücken liegen.

Dann geschah etwas, was den Eingeschlossenen auf der Jacht den Atem raubte. Von ihrem Schiff aus leckten Flammenzungen auf das Deck des Seelenverkäufers, das sofort Feuer fing. Im Nu brannte es lichterloh.

»Himmel, er verbrennt!« kreischte Sandra, und Frou Frou schlug die Hände vor die Augen.

Die beiden Männer aber senkten den Blick. Sie konnten nicht helfen, sie mußten den blondhaarigen Mann seinem Schicksal überlassen.

Fassungslos starrten sie durch das Fenster in die Flammen.

Wenig später fielen die Taue, die die beiden Schiffe miteinander verbanden.

Schon hatte die See freie Bahn und trieb die Boote wieder auseinander.

»Hört!« rief Sandra. »Schritte!«

Die Männer fuhren herum.

Wie hypnotisiert starrten Falco Faretti und Gordon Gray auf die Kabinentür.

Die Fremden, die die Rattenplage ausgelöst hatten, kamen bereits den Gang entlang. Außer den Tritten hörten sie das aufgeregte Fiepen der Ratten.

Mit einem Ruck wurde die Tür aufgestoßen.

Die Mädchen schrien und wichen bis in die äußerste Ecke der Kabine zurück.

Eine Armee von Ratten quoll in den Raum. Plötzlich waren sie überall. Auf dem Bett, der Couch, den Stühlen, sie hockten auf dem Tisch und huschten die Wände hoch.

Aber sie griffen nicht an.

Noch nicht...

Dann trat der Gelbe Satan ein. Er war aus seiner Sänfte gestiegen. Seine beiden Diener flankierten ihn. Es folgte der Mann mit dem umgeschnallten Colt. Nur den Vampir entdeckten sie nicht. Er war auf dem Deck zurückgeblieben.

Das Quartett der Hölle stand stumm und beobachtete nur. Bis der Gelbe Satan einen Befehl gab.

»Packt sie!«

Huang blieb stehen, und ein gefährliches Lächeln kerbte seine Lippen. Im diffusen Licht schimmerte seine Haut rötlich. Er trug einen ebenfalls rötlichen langen Mantel, der mit zahlreichen Zeichen bestickt war, die Suko aus der Mythologie des alten China kannte. Vor allen Dingen kehrte das Drachenmotiv immer wieder. Gerade die Drachen waren es, die auch in Europa die Mythen und Fabeln bestimmten. Selbst der Name Dracula leitete sich davon ab.

»Ich wußte, daß du gekommen bist, Tochter«, sagte er und behielt sein Lächeln bei. »Wir haben euch beobachtet.«

Er konnte guten Gewissens in der Mehrzahl sprechen, denn er war nicht allein. In seiner Begleitung befanden sich einige Männer, die Suko bereits unten am Hafen zu sehen geglaubt hatte. Sie alle waren bewaffnet und hatten sich im Raum verteilt. Die gelben Satansfratzen auf ihren Oberkörpern schimmerten.

Beschützend legte Suko einen Arm um das Mädchen, damit es wußte, zu wem es gehörte. Suko wollte für Shao kämpfen.

Er spürte, wie sich ihr Körper straffte. »Was geht hier vor, Vater?« fragte sie.

»Warum tust du so unschuldig, Shao? Du weißt es genau.«

»Nein. Ich weiß nur, daß du dich auf einen furchtbaren Weg begibst.«

»Begeben hast, meine liebe Tochter, denn ein Zurück gibt es nicht mehr.«

Suko hörte nicht zu. Er behielt die sechs Begleiter des Beerdigungsunternehmers im Auge.

Shao schüttelte den Kopf. »Ich begreife dich nicht, Vater«, sagte sie. »Warum hast du das getan? Hast du nicht genug Geld gehabt? Ging es dir nicht blendend? Warum hast du dich auf den finsteren Pfad begeben? Der Weg in die Hölle ist tödlich. Glaub mir, Vater!«

Über Huangs Lippen zuckte weiterhin das Lächeln. Seine Stimme hatte einen drohenden Unterton, als er sagte: »Du irrst dich, Tochter, mir ging es nicht um das Geld, sondern um die Macht. Und die kann mir nur der Gelbe Satan geben, so wie er es vor langen Zeiten schon mit seinen Dienern getan hat. Macht über Menschen, das ist es, was ich wollte. Er und ich, wir bauen sein Reich wieder auf, und dann gehören Hongkong und China uns. Wir werden die Herrschaft der Dämonen einführen und alle Menschen unterwerfen. Diejenigen, die sich gegen uns stellen, werden getötet. Ich frage dich ein letztes Mal: Bist du bereit, dich auf meine Seite zu stellen?«

Shao zuckte zusammen. Sie ging einen Schritt vor, und Sukos Hand sank von ihrer Schulter. Jetzt kam es darauf an. Welche Bindung war stärker? Die zu ihrem Vater – oder die zu ihm?

Doch Shao zögerte noch mit der Antwort. Sie wollte erst etwas anderes wissen und wies auf die Statue. »Weshalb hast du den Gelben Satan nachgebildet?«

Huang überlegte. Stille breitete sich aus. In den Augen des Chinesen glomm ein seltsames Licht. »Schön«, sagte er schließlich, »ich will dir eine Antwort geben. Der Gelbe Satan hat mir den Auftrag gegeben, ihn als Figur nachzubilden. Er selbst ist auf dem Weg zu seiner Insel, die ihm schon vor Jahrhunderten gehört hat. Dort hat er mit seinen Ratten gelebt und versucht, das Zeittor aufzubauen. Leider ist es ihm damals nicht gelungen. Die anderen waren zu stark. Mönche haben ihn davon abgehalten. Sie stürmten die Insel und brachten ihn weg. Ihre Religion verbot es ihnen zu töten. Deshalb haben sie den Gelben Satan nur magisch gebannt. Bis ich kam. Aus alten Schriften erfuhr ich, was damals geschehen ist. Ich habe geforscht und gesucht. Meine gesamte Freizeit habe ich geopfert. Du wirst dich erinnern, daß ich oft nicht zu Hause war. Ich befand mich nie auf geschäftlichen Besprechungen, sondern suchte das Versteck des Gelben Satans. Die Ratten wiesen mir den Weg. Ich führte eine Rattenbeschwörung durch und wußte plötzlich, wo der Gelbe Satan zu finden war. In den chinesischen Bergen, die dicht hinter der Grenze liegen. Ich schaffte es, in das andere Land hinüberzukommen, sprengte die Höhle, in der der Gelbe Satan dahinvegetierte, frei. Dann schaffte ich ihn nach Hongkong. Die Ratten warteten schon. Und langsam löste sich der Bann, der den Gelben Satan gefangenhielt. Nicht nur die Ratten waren seine Freunde, auch die Vampire. Sie tauchten plötzlich in Hongkong auf und suchten nach Opfern. Unser Geschäft wurde für sie ein Stützpunkt.«

Shao schüttelte den Kopf. »Daß du zu so etwas fähig bist«, flüsterte sie, »das hätte ich nie geglaubt.«

Huang lachte spöttisch. »Die Kraft der Hölle verändert die Menschen, glaub mir. Aber weiter. Wir wollten dafür sorgen, daß sich so etwas, was damals geschah, nicht wiederholte. Der Gelbe Satan sollte einen Doppelgänger bekommen. Eine Figur, die ihm ähnlich sah und die mit den Gehirnströmen der Menschen aufgeladen wird. Durch eine magische Brücke werden die Ströme geleitet und umgewandelt, damit die Figur etwas von dem übernimmt, was zuvor den Menschen gehörte. Sie wird leben, glaube mir. Und sie wird ein Ebenbild des Gelben Satans werden. In der nächsten Nacht wird die Endphase eintreten, dann beginnt die Herrschaft des Gelben Satans. Und niemand wird ihn und mich mehr aufhalten. Auch John Sinclair nicht.«

Als er meinen Namen nannte, zuckte Suko zusammen. Huang bemerkte es. Er lächelte. »Ja, dein Freund Sinclair befindet sich in der Gewalt des Gelben Dämons. Er ist jetzt schon so gut wie tot.« Damit war für Huang das Thema erledigt. Er wandte sich wieder seiner Tochter zu. »Ich frage dich noch einmal, Shao. Stellst du dich auf meine Seite?«

Das Mädchen wußte schon längst, was es antworten würde. »Nein, Vater, ich beteilige mich nicht an deinen Verbrechen!«

»Ist das dein letztes Wort?«

»Ja.«

»Gut.« Huang nickte, als wäre er bei einer geschäftlichen Besprechung. Mit einem raschen Seitenblick überzeugte er sich davon, daß seine Männer die Waffen weiterhin bereithielten. Mindestens zwei Pistolenmündungen waren auf Suko gerichtet.

»Es tut mir leid, Shao«, sagte er. »Wer nicht für mich ist, der ist gegen mich. Ich kann keine Rücksicht nehmen, auch nicht, wenn du meine Tochter bist. Das andere geht vor.« Seine Hand deutete auf die Röhre, in der Kai tak lag.

»Er wird euch töten«, sagte Huang…

Ich hatte Glück im Unglück.

Die Flammen waren über meinen Kopf hinweggeschossen und hatten zuerst die Backbordseite in Brand gesetzt. Aber das verdammte Höllenfeuer breitete sich rasend schnell aus. Es fraß sich durch die Planken und würde auch in den Maschinenraum eindringen.

Wieviel Zeit blieb mir?

Eine Minute, vielleicht zwei?

Ich zerrte und riß an meinen Fesseln, doch diesmal bekam ich sie nicht los.

Plötzlich hatte ich eine Idee. Sie war irre, aber die einzige Möglichkeit. Wenn mir einer helfen konnte, dann war es Kapitän Harper.

Er lag bewußtlos vor mir. Ich mußte ihn wecken.

Eine schwierige Angelegenheit.

Ich streckte meinen Körper, während dicke Rauchschwaden über das Deck zogen, die Sicht vernebelten und mich zum Husten reizten. Doch das war im Moment zweitrangig.

Mit dem linken Fuß stützte ich mich ab, den rechten hob ich an und trat Harper in die Hüfte.

Einmal, zweimal…

Er rührte sich nicht.

»Komm zu dir!« brüllte ich. »Los, wach auf!« Meine Stimme kippte über. Der Rauch biß in meine Augen, sie fingen an zu tränen.

Harper rührte sich nicht.

Ich gab nicht auf und trat fester zu. Plötzlich zeigte sich bei Harper eine Reaktion. Durch das Knistern und Prasseln der Flammen hörte ich deutlich einen Stöhnlaut.

Der Kapitän erwachte.

Wieder ein Tritt. »Aufwachen, Harper! Los, kommen Sie zu sich. Rasch, zum Teufel!«

Er setzte sich auf. Aus großen Augen starrte er mich an. Er erkannte mich nicht, seine Blicke waren noch von den Nachwirkungen der Bewußtlosigkeit umflort.

»Harper!«

Er hörte meine Stimme. Langsam verstand er, in welcher Lage er sich befand.

»Schneiden Sie mich los. Das Schiff brennt!« Ein Hustenanfall schüttelte mich. »Wir – wir beide werden Opfer des Feuers!« keuchte ich. »Sie müssen...«

Er setzte sich auf, drehte den Kopf, sah den Rauch und die Flammen und begann zu schreien.

»Binden Sie mich los!« brüllte ich.

Er kroch auf die Reling zu. Packte die Griffe und zog sich dicht neben mir hoch. Wankend stand er da.

»Warum sollte ich Sie losbinden?« kreischte er mich an. »Sie haben mich doch niedergeschlagen. Die anderen sind meine Freunde. Und ich gehe zu ihnen.«

Das konnte Harper. Die Schiffe lagen noch ziemlich dicht nebeneinander, aber ich war sicher, daß die Taue bald gekappt wurden.

»Sind Sie wahnsinnig?« fuhr ich ihn an. »Ihre Freunde haben doch das Schiff in Brand gesteckt. Es war der Gelbe Satan. Und ihn kümmerte es nicht, ob Sie noch an Deck waren oder nicht. Das sind Ihre Freunde, Harper.«

Ich hatte ihm meine Worte entgegengeschleudert und sah es seinem Gesicht an, wie er nachdenklich wurde.

»Überlegen Sie nicht lange. Schneiden Sie mir die Fesseln endlich durch!«

Irgendwo auf dem Schiff gab es eine Explosion. Brennende Holzteile wirbelten durch die Luft, und ich hatte Glück, daß ich nicht getroffen wurde. Das brennende Holz trudelte über die Reling und versank zischend im Meer.

Vielleicht war die Explosion der auslösende Punkt. Harper zog ein Messer hervor und näherte sich mir.

Sekundenlang schoß mir ein schrecklicher Gedanke durch den Kopf. Wenn er es sich jetzt anders überlegte und dich ermordet, dann...

Doch Harper säbelte an meinen Stricken. Er machte es so geschickt, daß er mich mit der scharfen Klinge nicht verletzte.

Die Stricke fielen.

»Danke!« keuchte ich und streckte meine Hand aus. »Jetzt die Pistole. Meine Beretta!«

Er gab sie mir.

Da wurden die Taue gekappt. Uns hüllten in dem Moment schwarze Rauchschwaden ein. Als ein Windstoß sie vertrieb, sah ich, wie die Taue ins Wasser klatschten.

»Los, rüber!« schrie ich Harper zu. »Wir dürfen keine Sekunde verlieren.«

Schon wurde der Seelenverkäufer abgetrieben. Eine Welle hob ihn von der Jacht weg.

Ich wartete auf die Gegenreaktion. Sie kam schnell. Schon kletterte ich auf die Reling.

Harper machte es mir nach. Deutlich las ich die Angst auf seinem Gesicht. »Keine Angst, wir schaffen es!« munterte ich ihn auf, schätzte die Entfernung ab und schrie: »Jetzt!«

Ich warf meinen Körper schwungvoll nach vorn. Wie Superman flog ich durch die Luft. Für einen schrecklichen Augenblick hatte ich die Vorstellung, die andere Reling zu verfehlen, denn die Entfernung schien mir auf einmal unheimlich weit zu sein.

Neben mir schrie Harper brüllend auf.

Er schaffte es nicht, war zu kurz gesprungen. Dicht unterhalb der Reling prallte er gegen den Rumpf der Jacht, suchte vergeblich Halt und klatschte in die Fluten.

Sein Schrei verstummte.

Ich aber hatte genügend Schwung. Wuchtig wurde ich gegen die Reling der Jacht geschleudert. Der Aufprall dröhnte in meinen Knochen wider. Meine Hände fanden den Handlauf und krallten sich daran fest.

Geschafft!

Ich kletterte an Bord.

Sofort warf ich einen Blick in die Tiefe. Ich wollte versuchen, Harper, meinen Lebensretter, herauszuholen.

Hastig schaute ich mich um und entdeckte die Haie.

Sie griffen Harper sofort an. Der Kapitän schrie noch, doch dann wurde er unter Wasser gezerrt, und außer dem brodelnden Wasser war nichts mehr zu sehen.

Ich schluckte hart, aber ich hatte keine Chance gehabt, Harper zu helfen.

Das andere Schiff war zu einer lodernden Fackel geworden. Obwohl es bereits weiter abgetrieben wurde, spürte ich die Hitzewelle, die mir der Wind entgegentrug. Ein Funkenregen stieg raketengleich in den dunklen Himmel. Es sah aus wie ein prächtiges Feuerwerk, und es war nur eine Frage der Zeit, wann das Feuer den Maschinenraum erfaßte und den Kessel zur Explosion brachte. Dicke Rauchschwaden hüllten den Seelenverkäufer ein und trieben wolkenartig über die See.

Das brennende Schiff mußte gesehen werden. Ich hoffte es, denn allein stand ich auf verlorenem Posten.

Schußbereit hielt ich meine Beretta in der rechten Hand. Das Kreuz hing jetzt auf dem Pullover, wurde nicht mehr von dem dunklen Stoff verdeckt.

Auf der Brücke brannte die Notbeleuchtung. Von der Besatzung entdeckte ich keinen mehr.

Der Widerschein des brennenden und immer weiter abtreibenden Schiffes erhellte auch noch das Deck der Jacht. Ich suchte nach den Ratten, denn irgendwo mußten die Biester sein.

Dann sah ich sie.

Sie hockten abwartend am Heck des Schiffes.

Sie griffen noch nicht an. Der Gelbe Satan hielt sich unter Deck verborgen. Mich interessierte zwar, was er dort anstellte, aber das Herbeirufen von Hilfe war jetzt wichtiger.

Ich lief auf die Brücke. Dieses Schiff hatte sicherlich ein modernes Funkgerät. Und mit diesen Dingern kannte ich mich aus. Ich fragte mich allerdings, wer die Jacht jetzt steuern sollte.

Rasch huschte ich den Aufgang hoch. Die Tür zur Brücke stand sperrangelweit offen. Ich konnte in das Innere schauen und sah auf dem Boden einen Toten liegen. Der grünliche Widerschein der Instrumentenbeleuchtung warf sein fahles Licht auf die Haut des Mannes und ließ ihn aussehen wie eine Figur aus einem SF-Film.

Noch hatte mich niemand gesehen, und ich war froh darum. Wenn es noch drei Minuten so blieb, dann würde mein Funkruf in den Äther rasen.

Das Brausen hinter mir hörte ich im letzten Augenblick, doch es war schon zu spät, um noch rechtzeitig zu reagieren. Etwas sprang mich mit ungeheurer Wucht von hinten an und schleuderte mich zu Boden.

Die Fledermaus.

Verflucht, an den zweiten Untoten hatte ich gar nicht mehr gedacht. Ich spürte die scharfen Krallen des Tieres und riß instinktiv den Kopf in den Nacken. Dann drehte ich mich ein paarmal um die eigene Achse. Soviel Kraft, um mich festzuhalten, besaß die Fledermaus nicht. Sie ließ los und flatterte in die Luft.

Blitzschnell zog ich meine Waffe.

Da stürzte die Fledermaus auf mich zu.

Ich drückte ab.

Das Geschoß klatschte in den Körper mit der lederartigen Haut, trotzdem fiel die Fledermaus mit ihrem gesamten Gewicht noch auf mich. Aus ihrem weit geöffneten Maul drang ein fast menschlich zu nennendes Ächzen. Sie schlug wild mit den Flügeln um sich. Es war das letzte Aufbäumen gegen den Tod.

Ich stemmte den schweren Körper von mir. Er lag kaum auf den Planken, als der Auflösungsprozeß begann.

Er interessierte mich nicht mehr. Ich wollte auf die Brücke.

Dazu kam es nicht.

Plötzlich hörte ich Stimmen, und im nächsten Moment sah ich den Gelben Satan den Niedergang hochkommen.

Gleichzeitig setzten sich auch die Ratten in Bewegung, und ich hörte den Schrei einer Frau…

Die beiden Diener des Gelben Satans sprangen vor. Sie kümmerten sich zuerst um die Männer.

Falco Faretti leistete keine Gegenwehr. Bewegungslos schaute er zu, wie die Finger seine Arme umklammerten und er dann weggeschafft wurde. Seine Hacken schleiften über den Boden. Die Augen waren weit aufgerissen und verdreht.

Dann kam Gordon Gray an die Reihe. Um ihn kümmerte sich der Kerl mit den umgeschnallten Colt.

»Fassen Sie mich nicht an!« schrie Gray.

Der Mann lachte blechern und zog seine Waffe. Er hielte die Mündung dicht vor das Gesicht des entsetzten Zeichners, und Grays Knie gaben nach.

Er fiel zu Boden.

Die Ratten spritzten auseinander. Sie griffen keine Menschen an, sondern lauerten nur.

Der »Cowboy« packte ihn am Arm und zog ihn hoch. Wie zuvor Faretti wurde auch er nach draußen in den Gang geschleift.

Inzwischen kümmerten sich die Diener mit den entblößten Oberkörpern um die Mädchen.

Frou Frou weinte und betete. Sandra zitterte wie Espenlaub. Sie war leichenblaß, aber sie hatte sich noch am besten in der Gewalt.

Vor der Horrorgestalt blieb sie stehen. »Was haben Sie mit uns vor?« fragte sie.

Der Gelbe Satan gab keine Antwort. Die überließ er dem Cowboy. »Ihr werdet nach oben an Deck geschafft und mit auf die Insel genommen.«

»Die – die Insel?«

»Ja, unser Stützpunkt.« Obwohl der Cowboy kein Dämon, sondern ein Mensch war, handelte und reagierte er nach den Gesetzen der Hölle. Der Einfluß des Gelben Satans war nicht ohne Folgen geblieben.

»Was sollen wir dort?«

Jetzt lachte der Cowboy. »Rate mal, Süße, was mit Frauen geschieht, die auf einer einsamen Insel sind!«

Sandra senkte den Kopf.

Der Cowboy sprach weiter. »Die Männer werden natürlich sterben. Wir werfen sie gleich über Bord. Das ist am besten. Was sollen wir mit ihnen anfangen?«

»Mörder!«

Der Cowboy lachte nur. Dann faßte er das Mädchen an der Schulter und zog es herum. Er trieb Sandra aus der Kabine.

Im Gang wartete Frou Frou. Sie lehnte an der Wand, und große Tränen rannen über ihr Gesicht. Sie warf sich an Sandras Brust. »Ich habe alles gehört!« flüsterte sie. »Ich will sterben. Lieber sterben, als diesen Menschen…«

»So leicht wirft man sein Leben nicht weg«, erwiderte Sandra tröstend, obwohl sie ebenso Trost und Hilfe gebraucht hätte. Von den Männern war nichts zu erwarten.

Harry van Dyck war tot. Und die beiden anderen steckten so in den Fesseln der Angst, daß sie keinen Ton hervorbrachten und erst recht nicht fähig waren, etwas zu unternehmen.

Memmen, dachte Sandra verächtlich. Widerliche Memmen, die nur stark waren, wenn es um die Freuden des Lebens ging. Kam es aber hart auf hart, dann waren sie die ersten, die jammerten und die Flinte ins Korn warfen.

»Reißt euch zusammen!« zischte Sandra ihnen zu. »Ich dachte immer, ihr wärt Männer!«

Faretti und Gray schauten das Girl nur an.

Der Gelbe Satan hatte seine Sänfte längst verlassen. Er war ein geschlechtsloses Wesen, ein schrecklicher Dämon und nur auf das Böse programmiert. In seinen Augen blitzte es gefährlich, als er befahl: »Bringt sie endlich an Deck.«

Wieder wurden die beiden Männer gepackt, den Kabinengang entlanggeschleift und über den Aufstieg hochgezogen.

Gordon Gray flehte und bettelte um Hilfe. Faretti, der Modefritze, sagte nichts.

Sandra schwor sich in diesen Augenblicken, es nie so weit kommen zu lassen. Lieber wollte sie sterben, als diesem Dämon und seinen Kreaturen zu Willen zu sein.

Zusammen mit dem Gelben Satan verließen auch die Ratten die Kabine. Eine graubraune Masse wälzte sich über den Gang, dann die

Leiter hoch, um sich mit ihren auf dem Deck zurückgebliebenen Artgenossen zu vereinigen.

Locker hielt der Cowboy seinen Colt in der Hand. Die fleckige Seemannsmütze paßte zu seinem Aufzug wie die berühmte Faust aufs Auge.

»Los, ihr Süßen, setzt eure hübschen Fahrgestelle in Bewegung. Ihr seid doch sonst nicht so ängstlich.« Er lachte, als hätte er einen besonders guten Witz gemacht.

Die Mädchen schritten voran. Frou Frou mußte von Sandra gestützt werden. Längst hatte sie sich an das Gewimmel auf dem Boden gewöhnt. Sie beachtete die Ratten kaum noch.

Sie erreichten den Aufgang, schritten hoch und standen dann auf dem Deck.

Der Wind ließ ihre Haare flattern und wühlte sie auf. Er trocknete aber auch ihre Tränen.

Weiter entfernt auf dem Meer brannte der alte Seelenverkäufer wie eine lodernde Fackel. Der Seegang hatte den Kahn bereits einige hundert Yards abgetrieben.

Die beiden Männer hatten an der Reling Aufstellung genommen. Der Gelbe Satan stand etwa fünf Schritte von ihnen entfernt. Die stummen Wächter hielten sich links und rechts von ihm auf.

Zum erstenmal hörten die beiden Mädchen die Stimme des Gelben Satans. Er sprach Faretti und Gray an.

»Ihr könnt wählen!« rief er deutlich, und seine Laute – in abgehacktem Englisch ausgestoßen – trafen die Männer wie Donnerschläge. »Entweder springt ihr freiwillig in die See, oder die Ratten werden euch…

Huangs Worte schwangen noch im Gewölbe wider, als eine kalte Mündung Sukos Nacken berührte.

Mein Freund blieb stocksteif stehen.

Shao aber sprang auf ihren Vater zu. »Du bist wahnsinnig!« schrie sie ihm ins Gesicht. »Du willst wirkliche deine eigene Tochter töten lassen?«

Kalt schaute Huang das Mädchen an. »Ich hatte dir die Wahl gelassen, aber du hast dich nicht auf meine Seite gestellt. Ich war sehr großzügig. Die Tochter muß ihrem Vater gehorchen, so steht es überall geschrieben. Du hast es nicht getan und verdienst für deinen Ungehorsam eine Strafe.«

Shao nickte heftig. Suko bewunderte sie. Ihren Mut, ihre Hartnäckigkeit, mit der sie ihrem Vater entgegentrat. Mit welcher Entschlossenheit sie das machte – sie schreckte auch nicht davor zurück, für ihre Ansichten in den Tod zu gehen.

»Eine Tochter soll ihrem Vater gehorchen. Ja, so steht es geschrieben. Aber die alten Zöpfe sind abgeschnitten. Wir leben in einer neuen Zeit, und da kannst du mir nicht mehr mit Sprüchen kommen, Huang.«

Sie sagte nicht Vater, sondern Huang. Das zeigte, wie sehr sie innerlich mit ihm gebrochen hatte.

»Du bedeutest mir nichts mehr, Huang. Ja, ich habe dich einmal geliebt. Aber jetzt liebe ich einen anderen. Er steht neben mir. Unsere Liebe wird stärker sein als der Tod.«

Huang lächelte spöttisch. »Ihr Narren«, sagte er, »ihr hirnverbrannten Narren. Nichts wird euch retten. Und eins sage ich dir. Die alten Zeiten, wo die Kinder wieder voller Hochachtung zu ihren Eltern aufschauen, werden wiederkommen. Verlasse dich darauf, Shao.«

»Möchtest du meine Antwort darauf haben?« erkundigte sich das Mädchen lauernd.

»Ja.«

Da schlug sie ihrem Vater ins Gesicht. Es klatschte, als die Hand seine Wange traf.

»So, das war meine Antwort, Huang!«

Zwei Gehilfen sprangen vor, um das Mädchen zu packen, doch Huang wehrte ab.

»Laßt sie«, sagte er kalt. »Sie entgeht ihrem Schicksal nicht. Der Tod ist ihr gewiß!«

»Lieber sterben, als in deiner Nähe zu leben«, schrie das Mädchen ihren Vater an.

Der schaute an ihr vorbei.

Die beiden anderen Kerle hatten Kai tak bereits aus der Röhe geholt.

Suko wurde noch immer bedroht. Er fragte sich, ob Kai tak wirklich so stark besessen war, daß er von Huang Befehle annahm, oder ob ihre Freundschaft stärker war.

Der Chinese machte einen letzten Versuch. Ohne sich zu bewegen, sagte er: »Lassen Sie Ihre Tochter leben, Huang. Ich bitte Sie inständig darum!«

Huang hörte gar nicht hin. Er war hinter die Steinfigur getreten und legte ihr die Hände auf den Kopf. So blieb er stehen. Das Gesicht erinnerte an eine Maske, nur die Augen lebten.

Die Männer, die Kai tak von den Elektroden befreit hatten, traten zur Seite. Sie behielten Suko nach wie vor im Auge. Eine Chance zur Flucht gab es nicht.

»Komm her, Kai tak!« erklang Huangs Befehl.

Der hünenhafte Chinese bewegte sich. Er drehte seine Schultern, um sich so aus der engen Röhre zu schieben.

Suko, der Kai tak ebenfalls anschaute, sah, wie der die Augen öffnete. Stumpf und glanzlos waren seine Pupillen. Da wußte Suko, daß er hier einen anderen Kai tak vor sich hatte.

Einen Roboter, der nur von einem Befehle annahm. Und das war Huang, der Besessene.

Kai tak ließ die Arme fallen und berührte mit den Fingerspitzen den Boden. Er schob auch noch das letzte Drittel seines Oberkörpers aus der Öffnung und ließ sich fallen.

»Steh auf!«

Kai tak gehorchte.

Marionettenhaft erhob er sich vom Boden. Er wandte Suko seine Vorderseite zu, auf der das Symbol des Gelben Satans schimmerte.

Kai tak hatte es voll erwischt.

Huang lächelte kalt.

Shao, seine Tochter, stand steif wie ein Denkmal. In ihrem Gesicht regte sich kein Muskel.

Kai tak war schaurig anzusehen. Der rotviolette Widerschein lag auf seinem Körper, das Gesicht wirkte maskenhaft bleich. Er wartete auf weitere Befehle.

Und die kamen.

Huang löste seinen rechten Arm von der Schulter der Steinfigur, schwang ihn herum und wies auf Suko.

»Töte ihn!« schrie er. »Töte ihn mit deinen bloßen Händen, und bringe dem Gelben Satan dein Opfer!«

Kai tak drehte sich zu Suko um.

Die beiden Männer – vor wenigen Stunden noch Freunde – starrten sich an.

Tu es nicht! sprachen Sukos Augen. Tu es nicht…

Keine Reaktion.

Das Band zwischen Kai tak und Suko war für alle Zeiten gerissen.

»Jetzt!« schrie Huang, und Kai tak setzte sich in Bewegung…

Die Ratten hatten nur ein Ziel!

Sie stürmten dorthin, wo sich der Gelbe Satan befand. Frou Frou schrie auf, rannte in sinnloser Panik weg, auf den Niedergang zu, verfehlte die oberste Stufe und polterte die Treppe hinunter.

Die Ratten aber interessierten sich nicht für die Frauen. Sie waren auf die anderen beiden Opfer programmiert.

Eine wirklich teuflische Wahl hatte der Gelbe Satan den beiden gelassen. Sprangen sie, dann wurden sie ein Opfer der immer noch kreisenden Haie, oder aber die Ratten würden sie umbringen.

Doch dagegen hatte ich etwas.

Bis jetzt war ich in der Deckung des Brückenhauses geblieben. Nun aber verließ ich sie und sprang vor.

Zuerst sah mich niemand. Bis dieser nachgemachte Cowboy schrie: »Da!«

Schon peitschte meine Stimme über das Deck. »Halt!« brüllte ich, zog mit der Rechten meine Beretta, stützte mich mit der Linken am Geländer ab, flankte hinüber und mitten hinein in den wirbelnden Rattenberg…

Der Druck der beiden Pistolenmündungen verschwand aus Sukos Nacken. Er war froh darüber, denn so hatte er mehr Bewegungsfreiheit, um Kai tak zu bekämpfen.

Suko fragte sich allerdings, wie er diesen Koloß von Mann besiegen sollte. Er hatte ihn mehr als einmal in Aktion gesehen und daher miterlebt, über welche Kräfte der Mann verfügte. Sie waren fast übermenschlich.

Kai tak hielt die Arme leicht vorgestreckt. Die Hände wirkten wie gewaltige Schaufeln.

Die rechte Faust flog heran. Trotz der marionettenhaften Bewegungen vorhin schlug Kai tak blitzschnell zu.

Suko aber war darauf vorbereitet. Gedankenschnell sprang er zur Seite und entging einem Volltreffer. Aus den Augenwinkeln sah er, daß zwei von den Kerlen Shao festhielten und ein dritter sie mit einer Waffe bedrohte.

Die Männer hatten den Kreis weiter gezogen. Huang schaute gespannt zu. Für ihn stand von vornherein fest, wer der Sieger war.

Und Kai tak griff an.

Dieses Bündel an kaum gebändigter Energie. Ziemlich leichtfüßig bewegte er sich voran. Auf seinem Gesicht zeichnete sich keine Gefühlsregung ab.

Suko wich zurück.

Die Bewegungen sahen tänzerisch aus, aber nur er wußte, welch ein Training all das gekostet hatte, so perfekt die Kunst der Selbstverteidigung zu beherrschen.

Und plötzlich hatte er die Figur im Rücken.

Ein gewaltiger Schlag.

Suko zog den Kopf ein und griff gleichzeitig an.

Seine Rechte fegte genau in das häßliche Gesicht der Steinfigur.

Dieser Schlag mußte irgendeinen Kontakt ausgelöst haben, denn Kai tak schrie auf.

Suko nutzte die Gelegenheit und warf ihn mit einem Hebelgriff zu Boden.

Der Koloß fiel. Seine rechte Hand sah aus, als wäre sie in ein Faß mit Teer gefallen. Überhaupt wurde die gesamte Figur pechschwarz. Und Sekunden später überstürzten sich die Ereignisse.

Huang merkte als erster, daß der Gelbe Satan dicht vor der Vernichtung stand.

»Schießt ihn zusammen!« brüllte er seinen Leuten zu und meinte Suko damit.

Gleichzeitig fuhr Kai tak wieder vom Boden hoch.

Schüsse peitschten. Mündungslichter zuckten durch den Keller. Suko wäre den Geschossen nicht mehr entkommen, wenn Kai tak sie nicht aufgefangen hätte.

Der Riese wankte.

Suko hechtete zu Boden.

Die Steinfigur platzte. Wie Schlangen wirbelten die Drähte durch das Gewölbe.

Mein Freund zog seine Waffe.

Da sprang die Tür auf.

Li-Shen und zehn seiner besten Männer stürmten in das Gewölbe. Im Nu war das Durcheinander perfekt. Huangs Leute versuchten noch, sich zu wehren, doch sie wurden überwältigt, da die Ankommenden das Moment der Überraschung auf ihrer Seite hatten.

Huang aber versuchte die Flucht. In dem allgemeinen Durcheinander kroch er in Richtung Tür.

Da aber stand Shao.

»Nein, Vater«, sagte sie.

»Du wagst es!« brüllte Huang und zog einen Dolch unter seinem Gewand hervor.

Shaos Augen weiteten sich in panischem Entsetzen. Sie riß in einer verzweifelten Geste die Arme hoch.

»Stirb!« schrie ihr Vater, und seine Klinge raste auf Shao zu.

Doch da hechtete ein Schatten durch die Luft.

Suko!

Sein Schlag riß den Chinesen von den Beinen. Huang, der Besessene, prallte zu Boden und überschlug sich mehrere Male. Suko aber packte Shao an den Schultern und drückte sie in den Kellergang. Sofort machte er wieder kehrt und kümmerte sich um Huang.

Der lag im Sterben.

Er hatte die Niederlage nicht überwinden können und sich mit seinem eigenen Dolch getötet. Noch lebte er, noch hatte er seine Augen geöffnet.

Suko ging neben ihm in die Knie.

»Ihr… ihr habt es geschafft«, flüsterte Huang. Plötzlich leuchteten seine Augen wieder klar. »Ich – ich gebe sie dir, Suko. Gib gut auf sie acht. Ich vertraue dir meine Tochter an. Sie – sie ist ein prächtiges Mädchen. Du hast sie verdient…«

Die Augen brachen.

Huang, der im Sterben noch bereut hatte, war tot.

Shao hatte die letzten Worte ihres Vaters mitbekommen. Weinend brach sie neben ihm zusammen. Während Suko seine Hand tröstend um sie legte, sah er, wie sie seinen toten Freund hinaustrugen.

Kai tak!

»Möge ein anderer seiner Seele gnädig sein«, murmelte der Chinese, und seine Gedanken wanderten zu einem Mann hin, bei dem noch längst nicht alles klar war.

Dieser Mann war ich!

Ich landete weich wie auf einem Teppich. Nur mit dem Unterschied, daß dieser Teppich sich bewegte und aus Hunderten von widerlichen Nagern bestand.

Der Cowboy riß seinen Colt hervor und wollte schießen. Aber er sah kein Ziel mehr, da ich mich trotz der lebenden Unterlage zu Boden warf, im nächsten Moment jedoch wieder hochschoß und im Zickzack über Deck spurtete.

Zwei Schüsse peitschten.

Hautnah jaulte das Blei an meinem Schädel vorbei. Ich blieb stehen und feuerte zurück. Ich traf ebensowenig wie der Cowboy.

Dann sprangen mich die Ratten an. Ich schleuderte sie zur Seite und hörte den Gelben Satan schreien.

Er hetzte seine Diener auf mich und den Cowboy.

Sie deckten ihn mit ihren Körpern. Vielleicht wußten sie, daß ich nicht auf Leute schoß, die mich nicht angriffen.

Ich befand mich etwa zehn Yards von dem Gelben Satan entfernt und mußte tatenlos zusehen, wie sich die Tiere sammelten, um zu einem Generalangriff anzusetzen.

Wenn ich in den nächsten Sekunden meinen Gegner nicht besiegte, war ich verloren. Ich bekam kaum mit, wie der Seelenverkäufer in die Luft flog. Aber die Druckwelle erreichte die Jacht und riß mich fast von den Beinen. Auch die anderen hatten Mühe, das

Gleichgewicht zu halten, und so erhielt ich ein paar Sekunden Vorsprung.

Vielleicht hätte ich es trotz allem nicht geschafft, wenn mir die schwarzhaarige Sandra nicht beigestanden hätte.

Sie hetzte über das Deck auf den schreckensstarren Modekönig zu. Sie packte ihn an der Schulter, riß ihn dabei hart herum, un ihre rechte Hand tauchte unter dessen Jacke.

Mit den Füßen schleuderte ich die anspringenden Ratten zur Seite und konnte zwangsläufig nicht so sehr auf meine Gegner achten.

Das nutzte der Cowboy aus.

Er hatte freies Schußfeld.

Ich hatte keine Chance.

Schüsse peitschten auf.

Aber nicht der Cowboy hatte geschossen, sondern Sandra. Sie hatte sich Falco Farettis Derringer genommen und beide Kugeln abgefeuert. Den Cowboy hob es auf die Zehenspitzen. Sein Gesicht verzerrte sich, dann kippte er steif wie ein Brett nach vorn.

Der Gelbe Satan schien nicht zu begreifen, was mit seinem Schießer geschehen war. Dumpfe, dann wieder kreischende Laute drangen aus seinem Maul, und die beiden letzten Diener walzten los.

Walzen war der richtige Ausdruck, denn sie traten alles nieder, was sich ihnen in den Weg stellte. Wie auf Kommando rissen sie ihre Krummschwerter aus den Scheiden.

Ich griff an.

In meiner Situation blieb mir nichts anderes übrig, und ich kam über sie wie ein Sturmwind. Zum Teufel mit den Ratten, jetzt wollte ich dem Gelben Satan an den Kragen. Und bei Gott, ich setzte alles ein, was ich zu bieten hatte.

Mit dem Lauf der Beretta schlug ich zu. Die Kerle kippten zur Seite weg. Ein Schwerthieb streifte meinen linken Arm, zerfetzte den Stoff und zog eine blutige Schramme über das Fleisch. Ich kümmerte mich nicht darum.

Mein Ziel war der Gelbe Satan.

Jetzt gab es nur noch uns beide!

Und ich hatte die Pistole – und das Kreuz!

Er öffnete sein Maul, riß die Hände hoch, und aus den Fingern schossen Blitze. Schnell tauchte ich darunter hinweg, und dann tat ich etwas, was mir eigentlich gar nicht bewußt war. Es war ein Reflex.

Ich sprang auf den Gelben Satan zu, faßte ihn an den Hüften, schrie auf und warf ihn mit voller Wucht gegen die Reling, um dann die Beine zu packen, ihn hochzuhieben und über Bord zu werfen.

Er klatschte ins Wasser.

Schweratmend stand ich auf dem Deck.

Plötzlich gebärdeten sich die Ratten wie toll. Da ihr Meister nicht mehr da war, gab es nur eins für sie.

Die Nager mußten ihm nach.

Wie die Lemminge stürzten sie sich in die Fluten. Und diesmal lauerten die Haie. Ich warf einen Blick nach unten, sah die Raubtiere des Meeres heranschießen, und plötzlich wurde das Wasser zu einer brodelnden, kochenden Hölle.

Ein paarmal sah ich den Gelben Satan noch auftauchen, aber diesmal half ihm niemand mehr.

Die beiden Diener waren noch am Leben. Ich sah auch sie zur Reling laufen, praktisch im Kielwasser des Rattenstroms.

Ich mußte sie retten.

Bevor sie über Bord hechten konnten, war ich bei ihnen und schickte sie ins Reich der Träume. Die Schwerter allerdings, die fegte ich über Bord.

Die letzten Ratten verließ das Schiff. Nicht das sinkende, sondern das Siegerschiff.

Ja, ich fühlte mich als Sieger. Ich hatte den Gelben Satan zur Strecke gebracht, bevor er seine grausame Herrschaft errichten konnte.

Und darauf war ich stolz.

Plötzlich hatte ich ein schwarzhaariges Wesen am Hals hängen.

Sandra!

Ich spürte weiche Lippen auf meinem Mund und erwiderte den Kuß, denn wir hatten uns gegenseitig das Leben gerettet.

In einer Atempause fragte mich der schwarzhaarige Wirbelwind. »Und wie darf ich meinen Helden nennen?«

»John«, erwiderte ich.

»Nur John?«

»Reicht das nicht?«

»Und wie.«

»Na bitte.« Jane Collins war weit vom Schuß, und mir machten die Dankesbeteuerungen des Mannequins nichts aus. Hätten Sie Ihnen auch nicht.

Wetten?

Es kamen gleich drei Polizeiboote.

Ich hatte einiges zu berichten, sorgte aber erst dafür, daß die Mädchen und die Männer weggebracht wurden. Der Cowboy war schwer verletzt. Aber er würde durchkommen.

Über das Schicksal der übrigen Besatzung redete ich Stunden später mit einigen hohen Vertretern der Stadt bei einem heißen Tee. Wir beschlossen, über die ganze Sache den Mantel des Vergessens zu decken. Es war besser für alle.

Im Hotel traf ich Suko.

Er strahlte wie eine ganze Kompanie Soldaten, die Sonderurlaub bekommen hatte.

Shao wurde rot, als sie mich sah. Sie hatte schließlich noch etwas bei mir im Salz liegen.

Wir schauten uns an.

Ich lächelte und reichte ihr die Hand. »Vergessen wir es«, sagte ich.

Ich habe selten einen Menschen gesehen, der so erleichtert ausschaute. Als Suko dann Shao in ihr Zimmer gebracht hatte, trafen wir uns in der Bar.

»Du hast doch was vor?« fragte ich.

»Ja.«

Ich spielte mit dem Strohhalm. »Willst du sie mit nach London nehmen?«

»Hast du etwas dagegen, John?«

»Nein, um Himmels willen. Daß du so lange unbeweibt herumgelaufen bist, hat vielen nicht gefallen. Vor allen Dingen deinen Fans nicht.«

Stimmt doch, nicht wahr, liebe Leser?

ENDE

Die
Geisterhand

Allmählich wurde es dunkler. Es war wie im Kino, kurz vor dem Film. Spannung und Nervenfieber hatten den kleinen Kreis der Auserwählten ergriffen. Denn sie warteten auf ihn – auf den Meister.

Dunkelheit.

Stille.

Nur hier und da ein unterdrücktes Hüsteln, ein schwerer Atemzug. Der kleine Theaterraum war bis auf den letzten Platz gefüllt. Die Luft war schlecht. Zu wenig Sauerstoff, dafür Parfümwolken, die unsichtbar unter der stuckverzierten Decke schwebten.

In den vorderen Reihen war es ein wenig kühler. Hin und wieder fächerte dort ein Luftzug vorbei.

Im Orchestergraben stand niemand. Denn derjenige, der heute auftrat, brauchte keine untermalende Begleitung. Er war Künstler genug.

Künstler? Nein, seine Anhänger bezeichneten ihn als Genie, als absoluten Top-Star, als jemand, dem niemand das Wasser reichen konnte.

Der schwarze Vorhang war mehr zu ahnen als zu sehen. Wenn an ihm der Luftzug vorbeistrich, bewegten sich die Stoffwellen wie bei einem Meer.

Der Meister ließ sich Zeit.

Die Spannung wuchs.

Flüstern. Dann eine zischende Stimme: »Ruhe! Sie verderben ja alles!«

Das Flüstern verstummte.

Wann endlich trat der Meister auf?

Da! Der Vorhang raschelte. Deutlich war es zu hören. Dann fuhren die beiden Hälften auseinander.

Zwei Punktstrahler durchschnitten die Dunkelheit. Ihr Ziel befand sich auf der Bühne und riß zwei in weißen Handschuhen steckende Hände aus der tintigen Schwärze.

Zehn Finger!

Finger, die sich bewegten, die kreisten, zeigten, aufforderten, und die dem Willen eines dämonischen Befehlshabers folgten.

Die Hände glitten in die Höhe, die Spotlights folgten, begleiteten sie, ließen sie nicht einen Augenblick los und machten das Spiel der Finger zu einer wahrhaft faszinierenden Schau.

Zwei Hände!

Teufelshände? Normale Hände? Hände eines Genies – oder alles zusammen...?

Ein Tusch!

Laut hallte er durch das kleine Theater. Die Zuschauer zuckten zusammen.

Lichterflut. Urplötzlich, übergangslos. Sie riß die Bühne aus der anonymen Schwärze, fast explosionsartig und schockierend.

Im Mittelpunkt stand der Meister.

Strahlend, lächelnd, sich seines Sieges und der Ovationen jetzt schon bewußt.

Beifall brandete auf. Die Zuschauer sprangen hoch, klatschten und trampelten mit den Füßen. Beifall und Trampeln steigerten sich zu einem wahren Orkan, der gegen die Decke des kleines Theaters stieg.

Der Meister wußte, daß er gern gehört wurde. Sein Name war weltbekannt. Er war es, der die Herzen der Musikliebhaber höher schlagen ließ. Ein Meister auf dem Klavier, ein Tasten-Virtuose, der Mann mit den Wunderhänden.

So hatte man ihn genannt.

Ihn – Antonio Scaramanga!

In Siegerpose stellte er sich auf und ließ den Beifall an sich vorüberrauschen. Die Arme hatte er hochgestreckt und die Hände über seinem Kopf zusammengelegt. Ein strahlendes Siegerlächeln zeichnete sein asketisch schmales Gesicht, doch die Augen erreichte das Lächeln nicht. Sie blieben kalt, wie dunkle Murmeln, die ihm jemand in die Augenhöhlen gesetzt hatte.

Doch das bemerkte keiner der Anwesenden. Denn die, die gekommen waren, glaubten an ihn. Sie wollten ihn sehen und spielen hören. Sie waren ihm hörig.

Der Dämon am Flügel, so hatte ihn einmal eine Zeitung genannt. Und das war nicht übertrieben, denn wenn er spielte, drang seine Musik in die Seelen der Menschen ein und verzauberte sie.

Schon als Kind erhielt er den Beinamen »der Wunderknabe«. Das

Klavierspielen war ihm mit in die Wiege gelegt worden. Er brauchte keinen Lehrer, er setzte sich hin und spielte.

Er gab Konzerte in allen Hauptstädten Europas. Als Zwanzigjähriger erlebte er den Ausbruch des Krieges mit und verschwand in der Versenkung.

Niemand wußte, wo er geblieben war. Nach dem Krieg tauchte er hier und dort wieder auf. Aber er trat nie mehr in öffentlichen Konzerten auf. Wenn er sich an den Flügel setzte, dann sammelte er einen kleinen Kreis Zuhörer um sich und berauschte sie mit seiner Musik.

Antonio Scaramanga war da und verschwand ebenso rasch.

Keiner wußte, wo er wohnte. Bis auf einen ständigen Begleiter hatte er keinen Freund.

Sein Diener, Leibwächter und Sekretär war ein Türke, taub von Geburt an und dem Meister absolut ergeben. Er begleitete ihn auf jedem Konzert.

Langsam verebbte der Beifall.

Der Meister trat zurück und gab ein Zeichen. Der große Lichtkreis wanderte weiter, bis er auf einem schwarzglänzenden Flügel hängenblieb.

Der Deckel war hochgeklappt. Ein Stab hielt ihn aufrecht. Das Licht wurde von dem glänzenden schwarzen Lack des Flügels reflektiert. Die weißen Tasten leuchteten wie Knochenfinger.

Antonio Scaramanga trat auf den kleinen Drehhocker zu. Geschickt warf er die langen Frackschöße zurück und nahm Platz. Sekundenlang blieb er in seiner leicht gebückten Haltung sitzen, und seine Finger in den weißen Handschuhen schwebten über der Klaviatur. So wie er da saß, wirkte er wie ein Kurzstreckenläufer am Start. Das weiße Gesicht mit dem scharfen Raubvogelprofil gab ihm eine ungeheuer männliche Note. Die Lippen waren zusammengepreßt. Hart und eckig sprang das Kinn vor.

Ein letzter Atemzug, dann fielen die Hände nach unten.

Antonio Scaramanga begann zu spielen...

Ted Kronos bezeichnete sich selbst als Menschenjäger.

Er nahm jeden Job an. Wollte ein Gangsterboß einen unliebsamen

Konkurrenten aus dem Weg haben, wandte er sich an Kronos. Brauchte eine Versicherung Informationen, die nur auf einem illegalen Weg beschafft werden konnte, bekam Kronos den Job. Und suchte irgendein obskurer Geheimdienst einen Mietkiller, der keine Fragen stellte, wurde Kronos angerufen.

Sein Vater war Grieche, die Mutter Schottin. Er wuchs in Athen und Glasgow auf, doch inzwischen war sein Arbeitsgebiet die ganze Welt geworden.

Und nun war er hinter Scaramanga her.

Im Auftrag eines Multimillionärs suchte er den Klavierspieler. Sein Klient gab Scaramanga die Schuld am Tode seiner Tochter und hatte Kronos angewiesen, Beweise und Scaramanga selbst zu beschaffen.

Hundertausend Dollar sollte der Job bringen.

Die Hälfte war bereits überwiesen.

Kronos hatte Scaramangas Spur gefunden. In einem kleinen Privattheater im Londoner Stadtteil Soho trat er an diesem Abend auf. Kronos wollte die Gelegenheit nutzen, um in die Garderobe des Meistes einzudringen. Sicherlich bewahrte er dort belastendes Material auf. Falls er keins fand, würde er sich an Scaramanga persönlich halten. Seine Methoden waren international bekannt. Um Aussagen von jemandem zu bekommen, kannte Kronos keine Skrupel.

Bewaffnet war er mit einem Colt Ruger und einem Stilett.

Das Theater lag in einer Seitenstraße, in der Nähe der Kingsley Street.

Der Stuckfassade nach schien es aus der Jahrhundertwende zu stammen. Über eine Mauer mußte Kronos klettern, um in den schmalen Hinterhof zu gelangen.

Dort preßte er sich an die Wand und blieb erst einmal stehen.

Es war dunkel. Nicht einmal eine Laterne brannte, und Kronos wartete, bis sich seine Augen an die Finsternis gewöhnt hatten.

Er war ein knochiger Typ mit leicht hervorquellenden Augen und einem eckigen Gesicht. Das Haar trug er links gescheitelt. Es fiel halb über die Ohren.

Bekleidet war er mit einem Jackett und einer engsitzenden Cordhose. Vor der Hintertür blieb er stehen, holte seine Punktleuchte hervor und besah sich das Schloß.

Ein geringschätziges Lächeln flog über sein Gesicht, als er erkannte, wie einfach es sein würde, das Schloß zu knacken. Mit einem Griff hatte er das hierzu erforderliche Werkzeug gefunden, ließ einen schmalen Stab teleskopartig ausfahren und werkelte einige Sekunden lang im Türschloß.

Es schnappte auf.

Kronos nickte befriedigt und drückte die Tür nach innen auf. Das war geschafft.

Der Killer hatte sich vorher genau über den Grundriß des kleinen Theaters informiert. Es machte ihm deshalb nichts aus, plötzlich in einem stockfinsteren Gang zu stehen. Er wußte genau, wo er langging.

Kronos ließ hin und wieder seine kleine Lampe aufblitzen, erreichte eine Treppe und schlich auf Zehenspitzen die Stufen hoch. Er glaubte, die Klaviermusik zu hören. Aber das konnte auch Einbildung sein. Er konzentrierte sich auf die Geräusche um ihn herum.

Still war es nicht.

Überall knackte und raschelte es. Das alte Haus lebte, das Holz arbeitete. Es bewegte sich wie die Stufen unter den Füßen des sich anschleichenden Killers.

Die Garderoben lagen in der ersten Etage des Theaters. Winzige Räume, kalt und feucht.

Man brauchte keinen Wert mehr auf Image zu legen. Wer hier gastierte, der hatte sowieso kaum eine Chance, einmal ganz nach oben zu kommen.

Es wurde viel Experimentiertheater gespielt. Für bestimmte Gruppen von Zuschauern, die so etwas toll fanden.

Um so erstaunlicher war es, daß Antonio Scaramanga in diesem Theater auftrat.

Dafür mußte es einen Grund geben.

Und Ted Kronos war entschlossen, ihn herauszufinden. Außerdem lockten noch weitere Fünfzigtausend. Und die waren nicht zu verachten.

Er erreichte die erste Etage.

Der Lampenschein huschte für einen Moment an der Wand entlang, und Kronos sah einen Pfeil, der in Richtung Bühne wies. Er schlug den entgegengesetzten Weg ein.

Dorthin, wo die Garderoben lagen.

Die Mauer des Ganges war nicht mehr neu verputzt worden. Das alte Zeug war abgeblättert und lag auf dem Boden herum. Es knirschte, wenn Kronos darüber schritt.

Er war sicher, daß man ihn nicht hörte. Der Stumme bestimmt nicht, und Personal gab es nicht, soviel er wußte. Überhaupt war Scaramangas Auftritt ziemlich rätselhaft, und Ted Kronos fragte sich, was er damit bezweckte.

Bestimmt nichts Gutes. Doch das war Kronos im Prinzip egal. Er kümmerte sich auch nicht um bestehende Gesetze. Hauptsache, die Mücken stimmten.

Es standen mehrere Garderobenräume zur Verfügung. Die meisten waren abgeschlossen. Der Eindringling fand nur zwei offene Türen.

Er schaute in den ersten Raum und sah im Strahl seiner Minilampe nur verstaubte Requisiten. Dort hielt sich sein »Opfer« bestimmt nicht auf.

Der zweite Raum war interessanter und auch größer. Er umfaßte zwei Zimmer, durch eine Schiebetür getrennt.

Über einem Schminkspiegel brannte eine einsame Lampe. Ihr Licht reichte kaum aus, um die Ecken auszuleuchten. Es roch nach einem herben Männerparfüm. Kronos bewegte witternd die Nasenflügel.

Er wurde plötzlich übervorsichtig und zog seinen Ruger Colt. Fest umspannte die Hand den Kolben.

Ted Kronos witterte förmlich die Gefahr. Etwas lag in der Luft. Aber was?

Was stimmte hier nicht?

War es der alte Holzschrank, der ihn so nervös machte? Oder lauerte die Gefahr hinter der Schiebetür?

Kronos dachte an die zweite Möglichkeit und bewegte sich auf Zehenspitzen vor. Sein Körper hatte sich in eine Maschine verwandelt. Ted Kronos war bereit, schon bei der geringsten Bewegung oder beim kleinsten verdächtigen Geräusch zu schießen.

Die Schiebetür stand so weit offen, daß er bequem hindurchschreiten konnte.

Dicht davor blieb er stehen.

Seine Augen hatten sich zu schmalen Sicheln verengt. Licht und Schatten bildeten einen verwirrenden Kontrast. Kronos spürte plötzlich etwas von der unheimlichen Aura, die dieser Raum ausströmte, und zum ersten Mal seit langem erfaßte ihn das Gefühl der Angst. Bisher war er bei all seinen Jobs eiskalt gewesen, doch nun sträubten sich ihm die Nackenhärchen.

Umkehren?

Vielleicht war dies sogar richtig, aber da lockten noch fünfzigtausend Dollar, und diese Summe gab schließlich den Ausschlag. Ted Kronos, der eisenharte Bursche, schüttelte das Gefühl ab wie ein nasser Hund die Wassertropfen.

Er wuchtete sich förmlich durch den Spalt und kreiselte mit angeschlagener Waffe sofort herum.

Da stand er.

Antonio Scaramanga!

Die Augen des Eindringlings weiteten sich. Ein Schauer jagte über seinen Körper.

Das durfte nicht sein. Das war unmöglich.

Antonio Scaramanga befand sich im Theater und spielte Klavier. Er hatte es doch gehört.

Scaramanga lachte. Es war ein widerliches, leises, aber auch gefährliches Lachen. Obwohl Kronos seine Waffe in der Hand hielt, fühlte er sich klein und schwach. Dieser unbewaffnete Scaramanga schien ihm haushoch überlegen zu sein.

Aber wieso? Er hatte doch die Waffe, und der Künstler stand waffenlos vor ihm. Deutlich sah er die Hände mit den weißen Handschuhen.

Antonio Scaramanga sprach ihn an. »Du wolltest mich töten?« fragte er.

Kronos schluckte. Was sollte er darauf antworten? Hastig schüttelte er den Kopf. »Nein, ich…«

»Ja, bitte?«

Die Frage klang überheblich. Scaramanga war sich seiner Lage und Situation sehr wohl bewußt, als könnte ihn nichts mehr auf dieser Welt erschüttern.

Und das ließ in Kronos die Galle hochsteigen. »Piano-Hengst!« flüsterte er. »Du mieser Caféhaus-Klimperer. Ich werde es dir zeigen. Ich weiß nicht, wer an deiner Stelle vor dem Flügel sitzt und spielt, aber ich weiß, daß du jetzt mit mir kommen wirst, und wenn du dich weigerst, dann pumpe ich dich voll Blei.«

»Narr«, erwiderte Scaramanga. »Hirnloser, überheblicher Narr. Ich bin stärker als du.« Er lachte wieder. »Denn wer den Teufel zum Freund hat, fürchtet keinen Menschen mehr.«

Die Sprache verstand Kronos. »Dann sind wir uns einig«, sagte er. »Auch ich habe den Schwarzen Bruder zum Freund. Ich verlasse mich immer auf ihn.«

Scaramanga hob die Hände.

Kronos war beruhigt. »Endlich wirst du vernünftig«, sagte er.

»Moment!« Scaramangas Stimme klang im Befehlston. »Ich möchte nur meine Handschuhe ausziehen.«

»Wenn's dir Spaß macht...«

»Danke.«

Kronos lächelte überheblich. Er war jetzt sicher, daß er den Kerl geschafft hatte. Die Mündung des schweren Colt-Revolvers wich um keinen Zoll ab.

Scaramanga sollte Angst haben.

Und von seinem heimtückischen Diener und Leibwächter war auch nichts zu sehen. Vielleicht hockte der sogar vor dem Flügel und klimperte auf der Klaviatur herum.

Antonio Scaramanga nahm erst den linken Handschuh. Mit Daumen und Zeigefinger der rechten Hand faßte er zu und lupfte den Handschuh ab.

Warum machte er davon soviel Wirbel? Kronos wunderte sich. Wenn jemand seine Handschuhe auszog, dann war das ein ganz normaler Vorgang, aber der Kerl hier tat, als wäre er ein Zauberer.

Oder hatte er einen schmutzigen Trick in der Hinterhand? Wenn ja, würde Kronos ihm den austreiben.

Der erste Handschuh fiel zu Boden. Deutlich hob sich der weiße Stoff von dem Dunkelrot der Dielen ab.

Der nächste Handschuh.

»Leg mal einen Zahn zu, Freund«, sagte Kronos. »Ich will hier keine Wurzeln schlagen.«

»Gemach, mein Lieber.« Scaramanga lächelte. »Du wirst noch früh genug sterben.«

»Was war das?« Kronos' Stimme klang drohend und lauernd zugleich.

»Augenblick.« Der Künstler gab sich sehr souverän, als er den zweiten Handschuh zu Boden fallen ließ.

»Okay, Freund«, sagte Scaramanga. »Bis hierher habe ich das Spiel mitgemacht. Doch jetzt läuft es nach meinen Regeln weiter. Sieh her!«

Im nächsten Augenblick streckte Scaramanga seinen rechten Arm aus und drehte die Hand so, daß Kronos dabei auf die Fingernägel schauen konnte.

Vier sahen normal aus.

Doch der fünfte…?

Ted Kronos hatte plötzlich das Gefühl, verrückt zu werden. Der Daumen zeigte keinen normalen Nagel mehr, sondern ein Bild.

Einen Mann.

Ted Kronos.

Wie auf einer Leinwand waren Kronos und Scaramanga auf dem Daumennagel zu sehen. Und er zeigte noch mehr. In seinem Rücken tauchte plötzlich eine Gestalt auf. Diese Gestalt hielt ein Messer mit langer, leicht gekrümmter Klinge, deren Spitze auf Kronos' Rücken zeigte.

Ted Kronos drehte durch. Das war reinstes Zauberwerk. Blendwerk des Teufels.

»Nein!« brüllte er. »Mit mir nicht!«

Ted Kronos schoß. Er jagte die Kugeln in den Körper des Klaviervirtuosen. Doch die Geschosse fegten einfach hindurch, klatschten in die Wand und blieben dort stecken.

Während sich Scaramangas Gesicht zu einem höhnischen Lächeln verzerrte, spürte Ted Kronos plötzlich einen beißenden Schmerz im Rücken.

Das Messer! dachte er noch...

Dann rutschte ihm die Waffe aus den Fingern, und er fiel schwer zu Boden.

Über die Leiche hinweg schauten sich Scaramanga und der Türke an. Sie lächelten. Scaramanga aber hob seine Handschuhe auf, streifte sie über, winkte seinem Leibwächter noch einmal zu und verschwand.

Er löste sich auf. Wie ein Nebelstreifen unter der Sonne.

Und im Zuschauerraum hallte der tosende Beifall von den Wänden wider.

Antonio Scaramanga feierte wieder einen Triumpf als Pianist.

Der Beifall rauschte durch den kleinen Zuschauerraum. Die Menschen waren aufgesprungen und huldigten dem Meister. Blumensträuße, Pralinenschachteln, Seidentaschentücher, Zettel mit Adressen und Pfundnoten wirbelten auf die Bühne und übergossen Antonio Scaramanga wie ein Regen.

Der Meister nahm dies lächelnd hin. Er war so etwas gewohnt. Nicht zum erstenmal gerieten die Zuhörer außer Kontrolle, und genau das wollte er. Niemand stieg zu ihm auf die Bühne, aber gestandene Männer und Frauen sprangen am Rand des Orchestergrabens wie Kinder hoch. Ihre Gesichter strahlten, in den Augen lag ein Leuchten, das nicht mehr weit vom Fanatismus entfernt war.

Es fiel auf, daß mehr Frauen als Männer die Vorstellung besuchten. Und das hatte seinen Grund. Frauen waren leichter zu beeinflussen. Wenigstens für Antonio Scaramanga.

Er hatte die Situation und die Frauen voll im Griff.

Beide Arme streckte er aus und bewegte die Finger in einem bestimmten Rhythmus vor und zurück, so als wollte er sagen: kommt zu mir, ich gebe euch alles.

Weiter brauste der Beifall.

Antonio Scaramanga trat zurück, legte die linke Hand auf den Flügel und verbeugte sich.

Immer wieder...

»Einen Augenblick bitte!« Er rief gegen den Beifall und den Jubelsturm an, und es dauerte, bis er sich Gehör verschafft hatte. Das Klatschen hörte völlig auf, die Stimmen wurden leiser – Ruhe...

»Liebe Freunde«, sagte Scaramanga, »Ihr Beifall ist für mich die Kraft des Lebens. Aber irgendwann muß auch ich mich erholen. Und so etwas geschieht in der Pause. Gönnen Sie mir diese Viertelstunde bitte, damit ich hinterher für Sie, für Sie und auch für Sie besser und noch schöner spiele.«

Bei jedem »für Sie« schaute er eine Dame an, und unter seinem Blick schmolzen die Herzen der meist betuchten Ladies. Es hatte schon etwas Verruchtes an sich, für einen Mann wie ihn zu schwärmen. Die Monotonie des Alltags wurde aufgelockert, ein Hauch von Sünde und Verworfenheit schlich sich in das oft langweilige Dasein ein. Man hatte hinter vorgehaltener Hand etwas zu tuscheln. Freundinnen und Bekannte wurden neugierig, man wurde selbst wieder interessanter. – Es hatte etwas für sich, mal aus dem Alltagsleben auszubrechen.

So dachte auch Lydia Linkerton, Gattin eines schwerreichen Importkaufmanns. Sie war allein zur Vorstellung gekommen. Ihr Mann hatte geschäftlich in Paris zu tun und würde den Abend sicherlich auf seine Weise verbringen.

Das hieß: Champagner, Wein und junge Mädchen.

Lydia hatte sich daran gewöhnt. Sie ging ihren eigenen Weg. Und der führte zu Antonio Scaramanga.

Noch einen Vorteil besaß sie. Sie war finanziell völlig unabhängig. Sie selbst hatte ein beträchtliches Vermögen mit in die Ehe gebracht, von dessen Zinsen sie leben konnte.

Ihr Hobby war Antonio Scaramanga!

Sie besuchte, wenn es eben ging, jedes seiner Konzerte. Ihr Mann hatte dafür nur ein mildes Lächeln übrig. Durch seinen Kopf schwirrten andere Dinge.

Die meisten Zuschauer hatten sich wieder gesetzt. Einige verschwanden auch durch eine Seitentür. Ein Theaterfoyer gab es zwar, aber es wurde nicht genutzt. Nicht für Empfänge, nicht für Ausstellungen und auch nicht für irgendwelche Treffen.

Mäntel und Jacken hingen an den Garderobehaken. Frauen, die auf die Kleidung achteten, gab es nicht. Alles wirkte trostlos und verstaubt, wie ein Relikt aus dem vergangenen Jahrhundert.

Niemand achtete auf die knapp vierzigjährige schlanke Frau, die durch das Foyer schritt, sich nicht nach rechts oder links umsah und auf eine schmale Tür zuging.

Vor der Tür schaute sich Lydia Linkerton noch einmal um und verschwand dann.

Sie fröstelte in ihrem langen blutroten und tief ausgeschnittenen Kleid, als sie den engen Gang hinter der Tür betrat. Die Notbeleuchtung verbreitete einen schwachen grünlichen Schimmer und ließ die Haut der Frau geisterhaft fahl aussehen.

Vor ihr lag eine Wendeltreppe.

Lydia Linkerton schritt die Stufen hoch und zuckte jedesmal zusammen, wenn sie das Echo ihrer eigenen Schritte hörte. Obwohl man sie erwartete, hatte sie Angst, irgend jemand könnte sie hören. Und sie bemühte sich, leise zu sein.

Die Treppe mündete in den Gang, der zu den Garderoben führte. Der Meister hatte ihr erklärt, wo seine Garderobe lag, trotzdem schaute sich die Frau vorsichtig um, als sie den Gang entlangschritt.

Ein Adrenalinstoß jagte durch ihren Körper, als sie vor der Tür stehenblieb. Sie bekam eine Gänsehaut.

Jetzt war es soweit.

Tief atmete sie ein.

Sie hob die Hand und krümmte den Zeigefinger. Plötzlich perlte Schweiß auf ihrer Stirn. Die Gedanken überschlugen sich. War das, was sie tat, überhaupt richtig? Begab sie sich nicht in eine große Gefahr, wenn sie jetzt zu ihm hineinging?

Aber er hatte sie gerufen. Er wollte, daß sie kam.

Sie klopfte dreimal, das war das Zeichen.

»Ja?« Die sonore Stimme des Pianisten jagte ihr jetzt schon einen Schauer über den Rücken. Ohne daß sie es beeinflussen konnte, bildeten sich hektische rote Flecken auf ihrer Wange.

Sie trat ein.

Der Meister saß vor dem Schminkspiegel. Er führte ein Glas mit

Wasser zum Mund und wandte sich erst um, nachdem er das Glas abgestellt und Lydia die Tür geschlossen hatte.

Er schaute sie an.

Sie senkte den Blick.

Antonio Scaramanga lächelte und stand auf.

»Da bin ich«, flüsterte sie.

Der Meister trat auf Lydia zu, nahm ihre rechte Hand und küßte sie. Ein Schauer durchlief die Frau. Sie fühlte sich unter seinem zwingenden Blick nackt und bloß. Ihre Brust hob und senkte sich unter schweren Atemzügen. Ein matter Schweißfilm lag auf ihren Hals.

»Haben Sie alles?« fragte er.

»Ja.«

»Dann nehmen Sie Platz.« Er wies auf einen mit Kunstfell bespannten Hocker.

Die Frau setzte sich.

Auch der Meister nahm Platz. Er lächelte weiter, und die Frau senkte den Blick. Mit zitternden Fingern öffnete sie ihre schmale Handtasche. Sie nahm einen prall gefüllten Briefumschlag hervor und übergab ihn dem Meister.

Er legte ihn neben das Wasserglas.

»Du liebst mich?« fragte er.

»Ja.«

»Bist du bereit, es mir zu beweisen?«

»Ja.«

»Würdest du auch für mich sterben?«

Zum erstenmal zuckte Lydia zusammen. Sie hob den Kopf, wollte mit der Antwort zögern, doch unter seinem zwingenden Blick wurde sie schwach. »Ich bin bereit.«

»Auch in dieser Nacht?«

»Für dich gehe ich in den Tod, Geliebter.« Ihre Gedanken waren plötzlich verschwunden. Dafür ertönte in ihrem Kopf der Widerhall des letzten Spiels, und sie hörte zwischen den Tönen eine flüsternde Stimme, die sagte: »Tu es jetzt. Beweise ihm deine Liebe. Er wird dich führen. Er wird deinen Geist aufnehmen…«

Die Stimme war einschmeichelnd und fordernd zugleich. Und sie gehörte *ihm*. Er beeinflußte ihre Gedanken. Lydia Linkerton dachte nicht darüber nach, wieso das der Fall war, sie nahm es hin.

Als der Meister seine Hände hob, schaute die Frau fasziniert auf die weißen Handschuhe.

Langsam zog er sie aus.

Erst den linken, dann den rechten Handschuh. Er streckte den rechten Arm aus und drehte die Hand so, daß Lydia auf seine Finger schauen konnte – und auf die Nägel.

Ihr Blick weitete sich.

Diese Nägel – sie waren nicht normal. Sie zeigten Bilder, Gestalten, Menschen, Situationen…

Auf dem Nagel des Zeigefingers entdeckte Lydia etwas, das ihr einen Schock versetzte. Das Monster sah aus wie ein Wolf. Weit hatte es die Schnauze aufgerissen, ließ scharfe Zähne sehen und schien anklagend den Mond am Himmel anzuheulen.

Aber sie sah noch mehr, als ihr Blick weiterwanderte. Einen blondhaarigen Mann mit sympathischen Gesichtszügen, dann eine Frau mit ebenfalls blonden Haaren. Außerdem zeigte der Daumennagel das Gesicht des Pianisten, allerdings perspektivisch so verzerrt, daß es schon zu einer Grimasse entartete.

Am meisten schockte sie das fünfte Bild.

Das war sie selbst!

Lydia erkannte sich sehr deutlich. Hinter ihr Dunkelheit. Dazwischen ein Funkeln oder Glitzern.

Jetzt drehte sie sich um, schritt wie eine Schlafwandlerin weiter und war verschwunden.

»Würdest du wirklich für mich in den Tod gehen?« Abermals hörte sie die Stimme, und sie konnte nicht anders, als zuzustimmen. Wie hypnotisiert klebte ihr Blick an der Hand fest. Die anderen Figuren verschwanden, machten wieder den normalen Nägeln Platz. Nur das Bild, das Lydia zeigte, blieb.

Es wurde größer.

Wuchs um das Doppelte, das Dreifache seines ursprünglichen Maßes – und…

Sie fühlte auf einmal einen kalten Luftzug, der über ihr erhitztes Gesicht streifte.

Wo kam der Wind her? In der Garderobe war es schwül und stickig gewesen, jetzt fröstelte sie auf einmal.

An ihrem linken Arm verspürte sie den vertrauten Druck einer führenden Hand.

Der Meister war bei ihr.

»Würdest du für mich in den Tod gehen...?«

Wie Glockenschläge klangen die Worte in ihrem Hirn nach. Ja, sie würde sich hineinfallen lassen in das Reich ohne Wiederkehr. In den Tunnel des Vergessens...

Der Wind blies jetzt von vorn, drückte das Kleid gegen ihren schlanken Körper und zeichnete die Proportionen deutlich ab.

Antonio Scaramanga hatte dafür keinen Blick. Er schaute nach vorn, dorthin, wo das flache Dach des kleinen Theaters zu Ende war...

Die Frau hatte sich nicht getäuscht. Sie befanden sich in der Tat im Freien. Ohne daß sie es gemerkt hatte, war sie von dem Pianisten aus der Garderobe geführt worden.

Noch vier Schritte...

»Weiter, geh weiter«, hörte sie die fordernde Stimme.

Lydia Linkerton gehorchte. Immer näher kam sie dem Rand. Mit jedem Schritt wurde das Verlangen, diesem dämonischen Pianisten alles zu geben, größer.

Zwei Schritte.

Einer noch...

»Bald«, raunte der Meister dicht neben ihrem linken Ohr. »Bald hast du es geschafft...«

Der letzte Schritt.

Lydia Linkerton blieb stehen. Direkt vor dem Dachrand. Es schien, als wäre eine Sperre in ihrem Unterbewußtsein zugefallen und hätte gleichzeitig den dunklen Vorhang vor ihrem eigenen Willen zur Seite gerissen.

»Geh weiter, Lydia...«

Ein tiefer Atemzug. Lydia Linkerton öffnete die Augen, sie senkte den Kopf, schaute auf ihre Zehenspitzen, sah die Tiefe vor sich, die in der herrschenden Dunkelheit nicht auszuloten war.

Plötzlich arbeitete ihr Verstand wieder klar und deutlich.

Scaramanga wollte sie umbringen!

Ganz entfernt glaubte sie, die Klänge des Flügels zu hören. Aber das war nicht möglich, der Meister stand ja neben ihr.

Oder war es nur eine Halluzination?

»Nein!« schrie Lydia. Sie wollte sich herumwerfen, doch da war die Hand in ihrem Rücken.

Ein harter Stoß – ein Schrei…

Der nächste Schritt – ins Leere.

Lydia Linkerton fiel. Der Schrei verstummte. Der Aufschlag – aus…

Antonio Scaramanga hatte gesiegt. Und wieder löste sich seine Gestalt auf wie ein Nebelstreif.

Leer und verlassen lag das Dach im fahlen Mondlicht. Und von irgendwoher drang die fantastische Interpretation eines Chopin-Stückes durch die Nacht…

Der Türke hieß Achmed Yürosch.

Kalt starrte er auf den Toten zu seinen Füßen. Es hatte ihm nichts ausgemacht, den Mann umzubringen. Ein Gewissen besaß der Mann schon lange nicht mehr. Vielleicht hatte er auch nie eines besessen. Wer wollte das wissen?

Yürosch war ein gedrungener Typ. Er reichte seinem Meister gerade bis zu den Schultern. Seine braune Gesichtshaut, die dunklen Augen und die buschigen Brauen unterstrichen noch den exotischen Ausdruck dieses Menschen.

Muskeln hatte er wie ein Ringkämpfer. Diese jedoch verschwanden wie auch die übrige Haut unter einem dichten Haarpelz, der direkt unter dem Hals begann und sich über den gesamten Körper ausbreitete. Selbst auf den Fingern sprossen die feinen Härchen, und sie wuchsen sogar aus den breiten Nasenlöchern.

Der Türke trat an den Schrank, öffnete die Türen und kramte einen alten Jutesack hervor. Er war so groß, daß die Leiche bequem hineinpaßte.

Achmed Yürosch mußte sich beeilen. Er wußte warum, denn es gab etwas, das sich nicht aufhalten ließ…

Er hob den Toten an, brachte ihn in die sitzende Stellung und zog dann den Sack über dessen Kopf.

Wenig später war die Leiche des Killers völlig verschwunden. Yürosch band den Sack zu, lächelte und rieb sich die Hände. Dann überzeugte er sich, ob die Luft rein war.

Keine Gefahr.

Auch Yürosch hatte das Spiel entzückt. Obwohl er nie etwas hörte, so ahnte er doch, daß dieses Spiel mehr als nur Musik war. Er sah es an den Gesichtern und Bewegungen der Zuhörer, wenn sie die Vorstellungen verließen.

Yürosch ließ die Tür offen, als er die Leiche packte und sich den Sack über die linke Schulter schleuderte. Das geschah kraftvoll, ohne die geringste Anstrengung. Leise schloß er die Tür hinter sich, als er die Garderobe verließ und auf den Gang hinaustrat.

Das alte Theater hatte zahlreiche Schlupfwinkel und Gänge. Dazu gab es Nischen, verborgene Kammern, versteckte Türen und zugemauerte Zimmer. Die wechselvolle Geschichte dieses Hauses spiegelte sich auch in seiner räumlichen Aufteilung wider.

Es sah leichtfüßig aus, als der Türke mit seiner Last die Stufen einer brüchigen Steintreppe hinunterschritt und mit dem Fuß eine alte Holztür aufkickte, um ins Freie zu gelangen.

Er lief über den Hof und stand dann auf der Straße.

Als zwei Betrunkene an der Mauer entlangtorkelten und schmutzige Lieder sangen, zog er sich zurück.

Er ließ die Männer vorbei und riskierte es dann, auf den kleinen Lieferwagen zuzulaufen, der einsam am Straßenrand parkte.

Auf der anderen Straßenseite standen zum Teil leere, abbruchreife Häuser. Hin und wieder dienten sie Pennern und Fixern als Unterschlupf. In diesem Teil von Soho konnte man höchstens ahnen, daß nur ein paar Straßenzüge weiter das perfekte Vergnügen angeboten wurde. Hin und wieder zuckte der Schimmer einer Leuchtreklame über den Himmel, aber er war nicht in der Lage, das Licht des Vollmonds zu überdecken.

Und gerade der Mond war es, der heute fahl am Himmel stand. Dessen Licht sich auf die Erde ergoß und als reiche, nie versiegende Quelle für dämonische Wesen aller Art diente.

Auch für Achmed Yürosch.

Denn er war ein Geschöpf der Nacht.

Ein Werwolf.

Immer wenn der Vollmond hoch am Himmel stand, drang das Andere, das Böse durch. Dann verwandelte er sich in diese schaurige Bestie, die auf der Suche nach Opfern durch Straßen und Gassen schlich.

Der Meister wußte das, denn er hatte ihn vor einer Meute wilder Dorfbewohner gerettet.

Vor Jahren, im Hochland von Anatolien. Fast hätten ihm die Menschen ein Ende bereitet, aber da war Antonio Scaramanga. Im letzten Augenblick hatte er dem Bürgermeister das silberne Schwert aus der Hand geschlagen, mit dem dieser den Unhold köpfen wollte.

Seit dieser Zeit diente Yürosch nur seinem Meister. Er war ihm dankbar, daß er ihm das dämonische Leben erhalten hatte. Deshalb führte er jeden Auftrag aus.

Der Türke erreichte den Lieferwagen. Den Schlüssel für die Hecktür hielt er griffbereit. Seine Finger zitterten ein wenig, als er aufschloß.

Er war nervös. Das Mondlicht machte ihn nervös und verwirrte ihn. Er fühlte das Kribbeln in seinen Adern. Die dämonische Macht, die in ihm steckte, versuchte mit aller Gewalt, aus ihm hervorzubrechen.

Er knallte die Hecktür zu und lief zum Fahrerhaus. Rasch stieg er ein und startete.

Der Wagen bockte. Yürosch war kein Meister der Fahrkunst, aber um zur Themse zu gelangen, reichte es.

Er kannte in der Nähe der Waterloo Bridge einige Uferstreifen, die kaum von Menschen besucht wurden, weil das Gelände dort sehr sumpfig war. Und nachts kam sowieso niemand dorthin.

Der Türke hatte die Schleichwege im Kopf. Er fuhr durch Sohos enge Straßen und Gassen, ohne das Vergnügungsviertel zu tangieren.

Aber die Sucht wurde stärker!

Immer wieder beugte sich Achmed Yürosch während der Fahrt zur Seite, um den Mond sehen zu können. Dieser Erdtrabant beeinflußte sein Leben. Achmed spürte, wie sich seine Haare sträubten, ein Schauer rann ihm über den Körper.

Verzweifelt preßte er die Lippen zusammen. Tief in seinem Innern ahnte er, daß er es heute nicht mehr schaffen konnte. Die Verwandlung setzte zu früh ein.

Noch fast zwei Stunden bis Mitternacht…

Er überlegte, ob er umkehren sollte, aber das hätte auch nicht viel geholfen.

Nein, durchstehen!

Wieder ein Blick zum Himmel.

Vor ihm bog ein Wagen in die Straße ein. Achmed sah die Scheinwerfer, deren grelle Lichtflut in seinem Schädel schmerzte. Er zog den Wagen, da er so unbequem saß, zu weit nach rechts.

Der andere hupte.

Hastig kurbelte der Türke an dem Lenkrad. Haarscharf fuhren die beiden Wagen aneinander vorbei.

Das war knapp.

Achmed Yürosch warf einen Blick auf seine Hände. Ein dichter Haarpelz bedeckte sie bereits. Die erste Stufe zur Verwandlung hatte er überstanden.

Jetzt konnte ihn nichts mehr aufhalten.

Er schrie und drückte den Oberkörper durch. Schon schaute er auf die Krallenhände mit den langen Nägeln. Der Stoff riß. Sein Körper wurde breiter und größer. Wild warf er sich in dem Führerhaus hin und her. Hin und wieder tauchte sein Gesicht im Innenspiegel auf. Das war kein Gesicht mehr.

Es war eine Werwolffratze!

Ein Maul, scharfe Reißzähne und breite Nasenlöcher. Ein grauenhaftes Monster.

Aber er fuhr weiter. Die Schuhe waren auseinandergeplatzt. Sein rechter Fuß drückte auf das Gaspedal.

Der Wagen wurde schneller.

Zu schnell…

Im Fünfzig-Meilen-Tempo raste er auf eine Kreuzung zu. Noch lag sie leer und verlassen, doch von rechts näherte sich ein Wagen. Und der hatte Vorfahrt.

Der Lichtteppich seiner Scheinwerfer hätte den Türken warnen müssen. Aber Achmed Yürosch war so mit seiner Verwandlung in einen Werwolf beschäftigt, daß er darauf nicht mehr achtete.

Es kam, wie es kommen mußte.

Beide Wagen trafen sich.

Mitten auf der Kreuzung.

Achmed wurde von dem hellen Lichtschein geblendet, wußte nicht mehr, was er tun sollte, hörte das schrille Hupen, trat instinktiv das Bremspedal, doch da war es bereits zu spät.

Die Schnauze des Rovers bohrte sich in die Flanke des Lieferwagens. Das Fahrzeug wurde von der Wucht des Aufpralls herumgedriftet, fegte mit radierenden Reifen quer über die Kreuzung, geriet auf den Gehsteig der gegenüberliegenden Straßenseite, drehte sich noch einmal und klatschte mit dem Heck gegen eine Hauswand.

Kreischend riß das Metall oder wurde ineinandergedrückt. Die Ladetür flog auf, und im selben Moment stieß auch der Türke die Fahrertür auf und sprang auf die Straße.

Ihm war nichts passiert. Und den Scheinwerfern des Lieferwagens auch nicht. Ein dritter Wagen hatte hinter dem Rover gestoppt. Er war bei dem Bremsmanöver über die Fahrbahn geschleudert und stand so, daß seine Lichtlanzen den Lieferwagen anleuchteten.

Der Fahrer sah genau, wie der Werwolf aus dem Wagen sprang, durch die Lichtschranke lief und in der Dunkelheit untertauchte…

»True Love« und »Love me tender«, das waren die Musikstücke, die während des Abends am meisten gewünscht wurden. Und die Band spielte sie immer wieder.

Man konnte so schön eng nach diesen Melodien tanzen. Ich nutzte das aus. Hätten Sie auch getan, wenn Ihre Partnerin Jane Collins gewesen wäre…

»Und zum Abschluß auf vielfachen Wunsch einer einzelnen Dame spielen wir noch einmal True Love«, sagte der Bandleader, verdrehte dabei leicht die Augen und ging in die Knie.

Ihm hing die wahre Liebe wahrscheinlich schon zum Hals heraus, aber es gab genügend Leute, die klatschten.

Ich grinste nur, und Jane stieß mich an.

»Du benimmst dich mal wieder unmöglich«, schimpfte sie.

»Wieso? Ich...«

Meine Antwort mußte ich vorerst hinausschieben, denn Jane legte mir mit einem zuckersüßen Lächeln die Arme um den Hals, preßte sich an mich und bewegte sich im Rhythmus der Musik.

Kinder, mir wurde der Kragen wieder eng, denn Jane trug unter ihrem weit fallenden ziegelroten Kleid nur...

Na ja, einen BH trug sie nicht. Das andere können Sie sich ja denken. Jetzt möchten Sie sicherlich wissen, wie wir zu diesem Tanzvergnügen gekommen waren. Ganz einfach. Jane hatte dem Besitzer einer Tanzschule aus der Verlegenheit geholfen. Eine jugendliche Rockerbande hatte versucht, Schutzgebühren zu erpressen. Jane Collins holte sich den Anführer und machte ihn fertig. Auf der Tanzfläche, vor den versammelten Rockern, putzte sie ihn herunter und bewies ihm anschließend, daß auch eine Frau Karate beherrschte. Sie erhielt dafür nicht nur ihr Honorar, sondern auch zwei Freikarten für eine schulische Tanzveranstaltung.

Ich war dann ihr »Opfer«. Tanzflächen in Tanzschulen haben ja etwas Unangenehmes an sich. Sie sind meistens sehr groß, und es fällt auf, wenn man nicht tanzen kann.

Ich sehe den Tanzlehrer jetzt noch vor mir, als er mir lächelnd zu verstehen gab: »Sie könnten auch gut einen Auffrischungskursus vertragen.«

Ich konterte aber geschickt. »Ich war doch Eintänzer«, sagte ich im Brustton der Überzeugung.

»Ach ja?« Interesse blitzte in seinen Augen auf. »Und wo?«

»Drei Ecken weiter. In der Fischbratküche.«

Daraufhin schaute mich der Knabe den ganzen Abend nicht mehr an, und Jane sprach zehn Minuten lang kein einziges Wort, so daß ich in Ruhe mein Glas Sekt mit Orangensaft leeren konnte.

Die Band wollte sich um zweiundzwanzig Uhr zurückziehen. Die Zeit hatten Jane und ich auch vorgesehen, denn Jane hatte früh am anderen Morgen eine Verabredung. Ein neuer Fall wartete auf sie, und auf mich wartete Büroarbeit.

Jane lehnte sich in meinen Armen zurück. Ihr Gesicht schwebte dicht vor mir, und ich hauchte ihr einen Kuß auf die rosa geschminkten Lippen.

»Himbeeren!«

»Was sagtest du, John?«

»Deine Lippen schmecken nach Himbeeren.«

»Und deine nach Tabak.«

Ich lachte. »Gute Mischung.«

Ich hatte mich an diesem Abend mal wieder richtig ausgetobt. Ich brauchte das nach dem gefährlichen Hongkonger Abenteuer, das mir ziemlich an die Nieren und Suko ans Herz gegangen war.

Er hatte sich verknallt.

Und zwar in Shao, ein chinesisches Mädchen. Was sage ich Mädchen. Shao war eine Wucht. Eine exotische Bombe. Sie zog unweigerlich sämtliche Männerblicke auf sich, wenn sie über die Straße schritt. Und die Frauen schauten neidisch.

Auch Jane.

Dabei hatte Shao nur Augen für ihren Suko. Ich wünschte den beiden viel Glück. Lange genug war Suko ja solo herumgelaufen. Hoffentlich beeinträchtigte das seine Arbeit nicht. Man würde sehen.

Mit einem Tusch verabschiedete sich die Band.

Das war auch für uns das Zeichen. Ich holte Janes Mantel und half ihr hinein. An der gläsernen Tür stand der Besitzer der Tanzschule. Noch einmal bedankte er sich bei Jane und bat sie, doch einmal wieder vorbeizuschauen.

Mir nickte er steif zu.

Ich konnte mir eine Bemerkung nicht verkneifen. »Ich wünsche Ihnen was«, sagte ich. »Vor allen Dingen keine Plattfüße, das sieht nämlich scheußlich aus beim Tanzen.«

Der Tanzlehrer schnappte noch nach Luft, als wir bereits die Treppe hinuntergingen.

Ich lachte, und auch Jane konnte sich ein Lächeln nicht verkneifen. Draußen wartete mein Bentley. Ich hatte so gut wie keinen Alkohol zu mir genommen und war deshalb fahrtüchtig. Jane wirkte mit ihrem klitzekleinen Schwips erheiternd.

Ich rangierte aus der Lücke.

Die Tanzschule lag an der Grenze von Soho zu Mayfair, nahe der Regent Street.

Um nach Hause zu kommen, mußten wir quer durch den Londoner Amüsiervorort.

»Fahr nicht durch die Hauptstraßen«, schlug Jane vor. »Die sind um diese Zeit voll.«

»Kennst dich aber gut aus«, sagte ich.

»Ich habe ja auch jahrelang in Soho gestrippt. Als wilde Jane von der Feuerkugel bin ich in die Geschichte eingegangen.«

»Wer nichts wird, wird eben Stripperin«, holte ich einen alten Kalauer aus der Tasche.

»Oder Privatdetektivin«, ergänzte Jane.

»Da hast du auch wieder recht.«

Es war eine der ersten Frühlingsnächte in London. Der lange Winter war endlich vorbei. Er hatte uns mit Schnee und Eis auch genug zu schaffen gemacht. Ich hatte sogar meinen Mantel zu Hause gelassen, weil ich den Frühling noch mehr locken wollte.

Jane Collins brauchte mir den Weg nicht zu zeigen. Auch ich kannte mich in London aus. Wir fuhren durch eine Gegend, in die der Bentley paßte wie die berühmte Faust aufs Auge.

Mal säumten Fabrikmauern die Straßen, dann waren es wieder alte, abbruchreife Häuser. Hin und wieder saßen Schnapsbrüder vor den Hauswänden und ließen sich billigen Fusel in die Gurgel laufen.

Sogar ein Girl vom ältesten Gewerbe der Welt sahen wir. Die Blondine starrte dem Bentley nach, als wäre er ein Geisterauto.

Ich mußte grinsen.

Jane Collins hockte entspannt neben mir im Sitz. Sie summte die leise Melodie aus dem Autoradio mit und hatte die Hände im Nacken verschränkt. Das lange Blondhaar fiel bis auf die Schultern. Janes Kleid war etwas hochgerutscht. Ich schaute auf ein bezauberndes Knie. Bei der neuen Mode bekommt man so etwas leider viel zu selten zu sehen.

Wir erreichten eine Vorfahrtsstraße, und ich mußte bremsen, da ein Wagen einbog, hart in die Kurve ging und sich vor die lange Kühlerschnauze meines Bentleys setzte.

An den Heckleuchten erkannte ich, daß es ein Rover war. Ich blieb in seinem Kielwasser.

»Der hat es aber eilig«, meinte Jane, als wir etwas zurückfielen, denn schließlich mußte man sich als Polizist an die Verkehrsregeln halten. Fehlte nur noch, daß man mir einen Strafzettel aufbrummte. Mein Vorgesetzter, Sir Powell, würde doppelte Magenbeschwerden bekommen, wenn solch ein Zettel vor ihm auf dem Schreibtisch lag.

Unwillkürlich mußte ich grinsen.

»Was hast du?« fragte Jane Collins.

Ich erzählte es ihr.

Jetzt lachte auch sie. »Sag mal, John, was macht eigentlich dieser magenkranke Pavian?« Damit wurde Powell immer verglichen. Diesen Vergleich jedoch in seinem Beisein auszusprechen, davor hütete ich mich allerdings.

»Er ist happy, daß er jetzt mit Sir angeredet wird. Kannst du dir sicherlich vorstellen.«

»Und wie.«

Die Straße führte auf eine Kreuzung zu. Ohne Ampeln. Es galt die Vorfahrtsregel.

Der Rover fuhr ziemlich weit rechts. Ich hing ungefähr dreißig Yards dahinter. Dann ging alles blitzschnell. Aus der Seitenstraße schoß ein Lieferwagen hervor. Ich sah noch die grellen Scheinwerfer, hörte das Krachen und rammte instinktiv meinen Fuß auf das Bremspedal.

Die Backen faßten zu. Der Bentley schleuderte leicht, weil ein etwas feuchter Film auf der Fahrbahn lag.

Der Rover vor uns wurde arg in Mitleidenschaft gezogen, wie auch der Lieferwagen. Die Aufprallwucht schleuderte ihn quer über die Fahrbahn auf den Gehsteig.

Dann wurde die Fahrertür des Lieferwagens aufgestoßen. Eine Gestalt sprang heraus, lief durch das Licht der Scheinwerfer, und ich glaubte meinen Augen nicht trauen zu können.

Der Fahrer war – ein Werwolf!

Jane Collins hatte ihn nicht gesehen. Ich löste den Gurt, hämmerte mit dem Ellbogen die Tür auf und rief über die Schulter zurück:

»Kümmere du dich um den Fahrer des Rovers. Ich muß den Kerl dort verfolgen. Er ist ein Werwolf.«

Weg war ich!

Jane Collins glaubte, sich verhört zu haben. Sie sah mir nach, bis auch ich in der Dunkelheit verschwand. Dann stieg sie aus. Hastig lief sie auf den Rover zu.

Der Fahrer saß hinter dem Steuer. Das heißt, er lag. Und zwar genau auf dem Lenkrad. Zum Glück war er schräg gefallen, so daß er nicht die Hupe drückte.

Der Mann war angeschnallt, und als Jane durch die Scheibe blickte, sah sie, daß er sich bewegte.

Hoch lebe der Sicherheitsgurt!

Die lange Schnauze des Rovers war zusammengedrückt wie bei einer Ziehharmonika.

Die Detektivin hatte Angst, daß es irgendeinen Kurzschluß geben und der Wagen anfangen würde zu brennen. Deshalb mußte sie den Fahrer so rasch wie möglich herausholen.

Sie zog am Türgriff. Vergebens. Die Tür klemmte.

Noch mal.

Jetzt klappte es. Die Tür sprang auf. Die Innenbeleuchtung schaltete sich ein, und Jane erkannte, daß von der Stirn des Fahrers ein fingerdicker Blutstreifen sickerte.

Jane beugte sich über den Verletzten, löste den Gurt, schob ihre Hände unter die Achseln des Mannes und hievte ihn aus dem Wagen. Der Bursche hatte sein Gewicht. Er brachte bestimmt das Doppelte von dem auf die Waage, was Jane wog.

Sie schaffte es, den Verletzten aus dem Wagen zu ziehen. Sie schleifte ihn auf den Gehsteig, wobei die Hacken schwarze Streifen auf der Straße hinterließen, und setzte den Mann dann so hin, daß er mit dem Rücken an der Mauer lehnte.

Jane Collins bückte sich. Sie wischte eine Haarsträhne aus der Stirn und fragte: »Geht es Ihnen gut?«

Der Mann starrte sie an, sah sie aber nicht. Sein Blick war umflort.

Wahrscheinlich hatte er eine Gehirnerschütterung davongetragen. Jane lächelte und erhob sich.

Auf einmal waren Menschen da. Der Knall der zusammenprallenden Wagen war wahrscheinlich meilenweit zu hören gewesen. Doch die Typen, die die Unfallstelle in respektvoller Entfernung umstanden, sahen alles andere als vertrauenerweckend aus.

»Hat jemand die Polizei informiert?« rief Jane.

Sie erhielt keine Antwort, sondern bemerkte nur die Blicke der Männer, die gierig ihren Körper abtasteten.

»Pack«, murmelte Jane. »Bei denen kann ein Mensch sterben, und die greifen nicht ein.«

Zum Glück ertönte in der Nähe die Trillerpfeife eines Bobbys. Und dieses Geräusch hatte eine nicht unbeträchtliche Nebenwirkung.

Plötzlich waren die Gaffer weg. Sie verschwanden wie Ratten in ihren Löchern, und Jane Collins stand allein auf weiter Flur.

»Typisch«, kommentierte sie.

Dann aber fiel ihr ein, daß da noch der Lieferwagen stand. Vielleicht befand sich ein weiterer Mensch in Lebensgefahr, wenn der Fahrer auch geflohen war.

Aber ein Werwolf? Sollte er ein Werwolf sein? Jane hob die Schultern. Sie näherte sich dem Wagen von der Rückseite und sah sofort, daß die Tür aufgesprungen war.

Neugierig geworden, warf die blondhaarige Detektivin einen Blick auf die Ladefläche – und zuckte zurück.

Vor ihren Augen lag ein Jutesack, und was sich darin abzeichnete, war unschwer zu erkennen.

Es waren die Formen eines Menschen!

Ich spurtete quer über die Straße. Dabei rasten meine Gedanken wie auf einer Achterbahn.

Ein Werwolf! Ich hatte tatsächlich einen Werwolf gesehen. Und ich hatte mich nicht getäuscht, denn mit diesen Biestern kannte ich mich verdammt gut aus.

Nun tauchte einer in London auf. Als Lieferwagen-Fahrer. Warum? Was hatte er vor?

Es war typisch, daß ich so reagierte. Als Polizist fragte man sofort nach den Gründen, aber erst mußte ich die Bestie mal haben. Und das war schwierig, denn ich besaß keine Waffe. Meine mit Silberkugeln geladene Beretta lag wohlverstaut zu Hause und die Reservewaffe im Koffer. Ich beschloß, mir wieder ein Schießeisen ins Handschuhfach zu legen.

Ich blieb stehen. Mit einem letzten, gewaltigen Satz war ich auf den Gehsteig gesprungen, schaute mich um, doch von der Bestie war nichts zu sehen.

Dafür jedoch zu hören.

Das Klatschen der nackten Füße auf dem Straßenbelag drang deutlich an meine Ohren.

Eigentlich war es Wahnsinn, einem Werwolf waffenlos gegenüberzutreten, aber laufenlassen konnte ich ihn auch nicht. Wer wußte, was die Bestie noch alles anstellte.

Die Unfallstelle hatte ich bereits ein Stück hinter mir gelassen. Irgendwo ertönte die Trillerpfeife eines Bobbys. Sie wirkte auf den Werwolf wie ein Signal.

Plötzlich hörte ich wieder seine Schritte.

Schnell, hastig…

Hinterher.

Die Straße machte einen Bogen und wurde auf einmal enger. Der Straßenbelag verschwand. Aus der Fahrbahn wurde ein mit Schotter und Steinen bedeckter Weg, der mitten in ein Fabrikgelände führte. Ein Bahngleis kreuzte die Schotterstraße. Die Schienen glänzten im Mondlicht.

Der Werwolf hatte Spuren hinterlassen. Ich entdeckte sie, als ich den Kopf senkte und zu Boden blickte. Wo die Bestie entlanggelaufen war, zeichnete sich eine Schleifspur ab.

Weiter geradeaus.

Ich landete auf einem Fabrikhof und stellte fest, daß die Straße vor einer Brandmauer endete.

Jetzt war guter Rat teuer.

Von dem Werwolf entdeckte ich nichts.

Es gab mehrere Möglichkeiten, wohin er sich verkrochen haben konnte. Links von mir lag ein flaches, barackenähnliches Gebäude. Die leeren Fensterhöhlen wirkten im herabfallenden Mondlicht wie schaurige Totenaugen. Rechts stand eine Ruine. Fragmente einer Fabrik. Überbleibsel einer pleite gegangenen Firma. Geschwärzte Mauern, Löcher in den Wänden, durch die der Wind pfiff.

Wo lauerte die Bestie?

Auf dem Hof kam ich mir vor wie auf dem Präsentierteller. Ich hatte zwar keine direkte Angst, aber ein dumpfes Gefühl blieb trotzdem zurück.

Da hörte ich den Schrei.

Voller Angst und Entsetzen war er ausgestoßen worden und in dem barackenähnlichen Bau links von mir aufgeklungen.

Ich jagte los.

Auf halbem Weg stürzte ein Mann aus dem Türloch. Er war schon älter, seine Kleidung bestand aus Lumpen. Ich stellte es fest, als er in das Mondlicht hinauslief.

Der Mann schrie und wedelte mit beiden Armen. Auf seinem stoppelbärtigen Gesicht lag das blanke Entsetzen.

Ein Penner, der in der Baracke Unterschlupf gefunden hatte und auf unsanfte Weise geweckt worden war.

Er rannte direkt auf mich zu.

Ich packte ihn.

»Mister!« keuchte er angsterfüllt. »Mister – da drin… eine Bestie, ein Wolf…«

Sein Atem, eine säuerlich riechende Mischung aus Alkohol und Essig, streifte mein Gesicht, so daß ich den Kopf zur Seite drehte. Die Augen des Penners waren groß wie Kugeln.

»Laufen Sie«, riet ich ihm. »Laufen Sie weg, so rasch Sie können, Mister…«

Als er nicht ging, drückte ich ihn einfach zur Seite und steuerte den Barackenbau an.

Bevor ich ihn betrat, schaute ich über die Schulter zurück. Der Penner blickte mir nach. Wahrscheinlich dachte er, einen Lebensmüden vor sich zu haben.

Als dunkler Schlund gähnte mir der Eingang entgegen.

Vor der Schwelle blieb ich stehen. Ich hoffte, mich nach den Geräuschen, die die Bestie von sich gab, orientieren zu können. Ich täuschte mich nicht.

Wildes, heftiges Keuchen drang an meine Ohren.

Die Geräusche kamen von rechts, und meiner Meinung nach hielt sich der Werwolf nicht weit von der Tür entfernt auf.

Meine Augen hatten sich inzwischen so weit an die innerhalb der Baracke herrschenden Lichtverhältnisse gewöhnt, daß ich Umrisse und Konturen ausmachen konnte.

Vor mir lag ein Gang. Schutt und Dreck türmten sich zu kleinen Bergen. Rechts gab es einen größeren Raum, vielleicht war es eine alte Portiersloge. Von der Glaswand, die den Raum abtrennte, gab es nur noch einige Metallfragmente. Sie hingen wie die skurrile Plastik eines modernen Künstlers von der Decke.

Weiter vorn ballte sich die Dunkelheit, denn dort verlor sich das durch das Türloch hereinfallende Mondlicht.

Wenn ich der Werwolf wäre, hätte ich mich auch dort versteckt.

Ich blieb stehen.

Er war nicht still, konnte es auch gar nicht sein, denn solch eine Bestie wie der Werwolf mußte einfach Geräusche von sich geben.

Und ich hörte ihn.

Keuchen, schweres Atmen und Stöhnen. Er hatte selbst unter seiner Verwandlung zu leiden. Es war ein unglückliches Schicksal, das auf den Werwölfen lastete. Wenn sie sich verwandelt hatten, erwachte der Mordtrieb in ihnen. Sie konnten nichts dagegen tun, denn ihr eigener Wille war ausgeschaltet.

Die Laute drangen links von mir aus einem Raum, der in der Dunkelheit nur zu erahnen war.

Dort lauerte er…

Ich drehte mich leicht und schritt auf ihn zu.

Mein Körper stand wie unter Strom, wenn ich diesen Vergleich einmal gebrauchen darf.

Ich war jede Sekunde darauf gefaßt, blitzschnell zu reagieren.

Noch ein Schritt.

Etwas zersprang unter meiner Schuhsohle. Eine Glasscherbe. Überlaut drang das Geräusch durch die Stille.

Dann griff die Bestie an!

Sie kam aus der Dunkelheit. Ich sah einen Schatten vor mir auftauchen und warf mich instinktiv zurück.

Mit dem Rücken prallte ich gegen die Gangwand, und bevor ich meine Stellung wechseln konnte, hechtete die Bestie auf mich zu.

Ich roch den Raubtiergeruch. Meine Finger wühlten sich in dichtes Fell. Plötzlich sah ich die gefährliche Schnauze dicht vor meinen Augen. Sie war weit aufgerissen, und die Zähne blitzten in der Dunkelheit.

Harte Pranken schlugen auf meine Schultern und zerrissen den Stoff des Jacketts.

Wieder ein Anzug zum Teufel. Die Spesenabteilung würde sich freuen. Das Zeug war noch ziemlich neu.

Ich stieß mein Knie vor, zog gleichzeitig den Kopf ein und schleuderte die Arme zur Seite.

Der Werwolf wankte. Das weit aufgerissene Maul verschwand vor meinen Augen, und die Zähne klappten zusammen, als er zuschnappte.

Ich setzte nach.

Doch meine Boxschläge blieben bei der Bestie ohne Erfolg. Dann traf mich ein Hieb, der mich quer durch den Gang schleuderte. Ich sah Sterne vor meinen Augen aufsprühen, als ich mit dem Hinterkopf gegen die Wand knallte.

Benommen richtete ich mich wieder auf.

Schon jagte die Bestie auf mich zu. Knurrend, fauchend und keuchend. Gebückt taumelte ich zur Seite, fiel wieder hin, doch plötzlich spürte ich eine handliche Holzplatte unter meinen tastenden Fingern.

Damit schlug ich aus der Deckung zu. Ich traf und stoppte die Attacke.

Das Gebrüll klang wütend.

Wieder ein Schlag. Danach wechselte ich sofort die Stellung. Der Werwolf heulte auf. Schattenhaft sah ich etwas auf mich zufliegen. Im letzten Augenblick zog ich den Kopf ein, und der große Stein klatschte gegen die Wand.

Der Angriff erfolgte sofort danach.

Ich hämmerte wild mit der Latte um mich, hielt mir den Werwolf in der Dunkelheit so gut es ging vom Hals und verschaffte mir für Sekunden Luft.

Zeit, die ich brauchte, um an mein Kreuz zu gelangen.

Das Kreuz war aus Silber. Und Silber ist für Werwölfe absolut tödlich.

Die Krawatte war mir im Weg, als ich das Hemd aufknöpfte. Der Werwolf hatte sich inzwischen wieder gefangen. Er heulte und fauchte. Sein Atem streifte mein Gesicht.

Ich wußte, den nächsten Angriff würde ich kaum noch stoppen können.

Da lag das Kreuz frei!

Ich hielt die Kette in der Hand, ließ das Kreuz vor den Augen des Werwolfs baumeln, und die Bestie dachte nicht mehr daran, mich zu attackieren.

Sie sah das Kruzifix, heulte auf, riß die Pranken vor das Gesicht, warf sich auf der Stelle herum und rannte davon.

Ich blieb ihm auf den Fersen, doch das Glück, das mir bisher zur Seite gestanden hatte, verließ mich. In der Dunkelheit verpaßte ich den Ausgang und rannte prompt gegen die Wand.

Wieder sah ich Sterne.

An meiner Stirn platzte Haut auf. Als ich darüber tastete, fühlte ich das Blut an meinen Fingerkuppen.

Mist…

Es dauerte seine Zeit, bis ich mich orientiert hatte und die Baracke verlassen konnte. Wie ein Betrunkener taumelte ich ins Freie.

Der Werwolf war weg.

Ich blieb stehen und lauschte.

Nichts. Kein Geräusch verriet, wohin sich die Bestie gewandt hatte. Der Vorsprung war zu groß geworden.

Meine Flüche waren nicht druckreif. Der Werwolf war verschwunden. Wenn er jetzt andere Opfer fand, würde ich mir mein Leben lang Vorwürfe machen.

Die Bestie sah ich zwar nicht mehr, dafür aber den Penner, der zuvor aus der Baracke gestürzt war.

Er hatte sich hinter einem Schutthaufen verborgen gehalten und lief mir entgegen.

Vielleicht hatte er etwas gesehen.

Ich wollte ihn ansprechen, doch er kam mir zuvor. »Daß Sie da lebend rausgekommen sind, Mister…« Er schüttelte den Kopf. »Hätte ich nicht gedacht.«

Ich zeigte meine Zähne. »Ja, so kann man sich täuschen. Jetzt mal was anderes: Haben Sie den Werwolf gesehen?«

»Nein.«

»Aber Sie waren doch hier draußen.«

»Klar – nur hatte ich solch eine Angst, daß ich mich hinter den Abfallhaufen verkrochen habe. Nichts hören, nichts sehen…«

». . . und nichts sagen«, vollendete ich. »Den Spruch kenne ich, mein Lieber.« Ich schaute den Penner an. Seine rechte Hand steckte in der Tasche des abgetragenen Mantels. Wahrscheinlich hielt er dort einen Flaschenhals umklammert. »Warum sind Sie eigentlich hiergeblieben, Mister?«

Er grinste verschmitzt und deutete auf die Baracke.

»Da steht doch mein Koffer. Ohne den gehe ich nicht.«

Ich hob die Schultern. Auch eine Philosophie, die der Penner hatte. Er hörte sich noch meine Mahnungen und Warnungen an und verschwand in der Baracke.

Ich aber ging wieder zurück. Mein Anzug sah ebenso ramponiert aus wie ich.

An der Unfallstelle waren inzwischen Polizei und Ambulanz eingetroffen. Der Widerschein des Rotlichts strich geisterhaft über die alten, halbzerfallenen Fassaden. Die meisten Gaffer hatten sich verzogen. Die wenigen Neugierigen, die noch geblieben waren, wurden von der Polizei nicht gesucht.

Zwei breitschultrige Bobbys hielten mich auf. »Gehen Sie weiter, Sir«, wurde ich aufgefordert. Die Polizisten wollten mich abdrängen.

»Moment«, sagte ich und zeigte meinen Ausweis.

Sofort nahmen die beiden Haltung an.

Ich nickte und passierte die Absperrung. Janes Haare leuchteten wie eine kleine Sonne.

Als die Detektivin mich sah, lief sie auf mich zu. »Endlich, John«, sagte sie, und ich merkte an ihrer Stimme, daß auch hier etwas Außergewöhnliches passiert sein mußte...

Ich legte meinen Arm um Janes Schultern. »Was ist los? Warum bist du so aufgeregt?«

Sie deutete in die Runde. »Die Polizisten hier scheinen etwas gegen Privatdetektive zu haben.«

Ich lachte. »Und warum?«

»Weil...«

»Moment, Jane.« Mir war etwas aufgefallen. Der hohe Kastenwagen der Mordkommission fuhr auf die Unglücksstelle zu. Ich runzelte die Stirn. Was hatten die Kollegen hier zu suchen?

Jane gab mir die Erklärung. »Ich habe auf der Ladefläche des Wagens eine Leiche gefunden. Sie war in einem Jutesack versteckt.«

»Und?«

»Der Tote ist erstochen worden.«

Jetzt verstand ich nichts mehr. Ein Werwolf fuhr einen Toten durch die Nacht. Was hatte das alles zu bedeuten? Wie hing es zusammen? Vielleicht konnte uns die Leiche Aufschlüsse darüber geben? Wenn wir sie identifiziert hatten, kamen wir unter Umständen weiter.

Aber es mußte rasch gehen, denn die Bestie lief frei herum. Ich hatte bereits mit dem Gedanken gespielt, die gesamte Gegend absperren zu lassen, aber das würde keinen Sinn mehr haben. Erstens dauerte es viel zu lange, und zweitens gab es so viele Verstecke im näheren Umkreis, daß es nahezu unmöglich war, die Bestie zu finden.

Leiter der Mordkommission war ein Inspektor Turner. Ein junger Kollege, der frisch von der Polizeischule gekommen war. Er kam mit seinem dunklen Dienstrover. Der Verletzte aus dem anderen Rover war inzwischen verarztet worden. Er hatte sich in der Tat eine Gehirnerschütterung zugezogen.

Inspektor Turner gab seinen Mitarbeitern einige Anweisungen. Dann sah er mich. Er grinste schief, als er auf mich zutrat. Sein

Trenchcoat war zerknittert. Er hatte den Kragen halb hochgestellt, so daß sich der Rand in die braune Nackenhaarflut schob.

Turner trug eine Hornbrille und war fast so groß wie ich.

»Hätte ich mir auch nicht alpträumen lassen, daß wir einmal zusammenarbeiten würden«, gab er mir zu verstehen. Er hatte manchmal einen etwas bissigen Humor. Er reichte mir die Hand.

Ich erwiderte den Druck. Turner war mir sympathisch. Er sah seinen Job ziemlich locker, war aber trotzdem ein fähiger Mann, wie ich gehört hatte. Die drei Fälle, die er aufzuklären hatte, waren von ihm bravourös gelöst worden.

»Wo ist die Leiche?« fragte er mich.

»Ich habe sie auch noch nicht gesehen.«

Ein Sergeant begleitete uns zum Lieferwagen. Jane Collins schloß sich an.

»Wer ist die Dame?« fragte mich Turner.

Ich stellte Jane vor.

»Privatdetektivin?«

»Sie können ihr vertrauen«, sagte ich. »Miss Collins und ich arbeiten schon lange zusammen.«

»Wie Sie meinen.«

Vor der offenen Ladefläche blieben wir stehen. Die Leiche steckte noch im Sack. Sie hatten ihn oben nur geöffnet, so daß der Kopf des Mannes herausschaute.

Ich sah in ein Gesicht, das mir unbekannt war.

»Kennen Sie ihn?« fragte Turner.

»Nein.«

»Shit!«

Ich lachte und sah zu ihm auf. »Wieso?«

»Wenn Sie schon mitmischen, Sinclair – ich dachte, daß ich hier einen fast gelösten Fall vorfände. Aber wie ich sehe, ist der große Geisterjäger auch nicht viel weiter.«

»Der große Geisterjäger ist nur durch Zufall in diese Sache hier hineingeraten.«

»Dann geht Sie der Fall gar nichts an?«

»Doch.«

»Jetzt verstehe ich nichts mehr«, sagte Turner.

Wir machten Platz für die Kollegen, damit sie die Leiche aus dem Wagen hieven konnten. Der Fotograf schoß zuvor noch einige Aufnahmen.

Ich bot Zigaretten an.

»Gib mir auch eine«, sagte Jane.

Ich erzählte Inspektor Turner die Geschichte. Als ich dabei auf den Werwolf zu sprechen kam, verzog sich sein Gesicht zu einem ungläubigen Lächeln.

»Also doch was für den Geisterjäger.«

Ich nickte. »Wenn Sie es so sehen – ja.«

Turner strich sich über sein Kinn. »Dann brauchen wir doch gar nicht am Ball zu bleiben?«

»Von wegen, Meister. Ich will wissen, wer der Tote ist. Seine Identifizierung muß so rasch wie möglich über die Bühne gehen. Nehmen Sie Fingerabdrücke. Vielleicht haben wir sogar Glück, und er trägt Unterlagen bei sich, die ihn identifizieren.«

»Moment.« Turner verzog sich.

»Was hältst du von ihm?« fragte mich Jane.

Ich hob die Schultern. »Er ist etwas unsicher, was ich verstehen kann.«

Der Inspektor kam zurück. Sein Gesicht drückte schon die Antwort aus, die er uns geben würde. »Nichts«, sagte er, »wir haben keinerlei persönliche Sachen gefunden. Keinen Ausweis, keinen Führerschein – einfach nichts.«

Für mich lag die Sache klar. »Dann ist er vielleicht ein Berufskiller«, sagte ich.

»Sind Sie sicher?«

»Wer ohne seine Papiere durch die Gegend läuft, hat wahrscheinlich etwas zu verbergen.« Ich schaute mich um. Für mich gab es nichts mehr viel hier zu tun. Das sagte ich auch dem Inspektor.

»Sie finden mich im Yard, Herr Kollege.«

Er nickte bissig. Turner wußte genau, daß ich kraft meiner Sondervollmachten sein Vorgesetzter in diesem Fall hier war. Und wenn ich Unterlagen rasch haben wollte, dann mußte er sie mir so schnell wie möglich besorgen.

Ich hatte Jane mein Jackett umgehängt, damit sie sich wärmen konnte. Im Wagen gab sie es mir zurück.

»Ein harter Fall, nicht wahr?«

»Das kannst du wohl sagen.« Ich schaute auf die Uhr. Noch eine Stunde bis Mitternacht. »Ich bringe dich nach Hause«, sagte ich. »Dann bekommst du wenigstens noch etwas Schlaf.«

Jane Collins schüttelte den Kopf. »Kommt nicht in die Tüte, mein lieber John.«

»Wieso?«

»Weil ich am Ball bleibe.«

»Und dein Auftrag?«

Sie winkte ab. »Verschiebe ich bis übermorgen. Wenn es dem Klienten nicht paßt, soll er sich einen anderen Dummen suchen, der ihm die Kastanien aus dem Feuer holt.«

»Mit der Arbeitsmoral wirst du nie Millionärin.«

»Wer sagt denn, daß ich das vorhabe?«

»Stimmt auch wieder.«

Wir hatten Soho inzwischen hinter uns gelassen und fuhren bereits auf der Victoria Street, an der das Yard Building liegt. Trotz der späten Stunde waren noch zahlreiche Fenster des hohen Hauses erleuchtet. Bei uns wurde rund um die Uhr gearbeitet. Als wir auf den Parkhof fuhren, verließ ein Dienstwagen mit kreischenden Reifen den Platz. Ich sah vier Kollegen von der Nachtbereitschaft im Fahrzeug sitzen. London ist eben eine Stadt, die nie zur Ruhe kommt.

Wir begaben uns direkt in die erkennungsdienstliche Abteilung. Die abgenommenen Fingerprints waren inzwischen eingetroffen und sausten schon durch den Computer.

Am Automaten zog ich zwei Becher Kaffee, an denen ich mir, wie konnte es anders sein, die Finger verbrannte.

Plötzlich tauchte Sir Powell auf. Er war in Hut und Mantel und zog ein verwundertes Gesicht. Jane begrüßte er mit einem Kopfnicken, wobei er seine Melone abnahm.

»Hörte, Sie sind im Haus, Sinclair.«

»Ja, Sir, es hat Ärger gegeben.«

»Das sehe ich Ihnen an.« Sir Powell warf einen bezeichnenden Blick auf meine Kleidung.

Sir Powell wirkte in seinem dunkelblauen Mantel und der Melone wie ein Lord. In letzter Zeit hatte er es nicht mehr so mit dem Magen. Wahrscheinlich war das darauf zurückzuführen, daß er geadelt worden war. Jahrelang hatte er darauf gewartet, und nun hatte ich einen echten Sir als Vorgesetzten.

Im Prinzip war mir das egal.

Ich berichtete. Schweigend hörte der Superintendent zu. Dann, als ich geendet hatte, wurden seine Augen hinter den dicken Brillengläsern noch größer.

»Well«, meinte er, »wie es aussieht, sind Sie durch Zufall in einen für uns interessanten Fall hineingeraten. Verfolgen Sie ihn auf jeden Fall weiter. Man wird Ihnen jegliche Unterstützung gewähren.« Die letzten Worte hatte er laut gesprochen, damit die Männer vom Erkennungsdienst ihn auch hören konnten.

»Ich bleibe dran, Sir, darauf können Sie sich verlassen.«

Der Superintendent ging noch nicht. Er wollte ebenfalls das Ergebnis der Ermittlungen abwarten.

Wir wurden zu einem Monitor gerufen. Höflich ließen wir Sir Powell den Vortritt.

Unser Zentralcomputer, einer der besten der Welt, hatte eine Information ausgespuckt.

Ted Kronos, las ich auf dem Bildschirm. In den unteren Reihen folgten die persönlichen Daten des Mannes. Kronos war einmal der Polizei in die Hände gefallen, als er für einen fremden Nachrichtendienst Botengänge unternahm. Man hatte bei ihm brisantes Material über zwei Abgeordnete des Oberhauses gefunden und auch einige pikante Fotos. Für diese Affäre wanderte Kronos zwei Jahre hinter Gitter. Aber das lag schon einige Zeit zurück.

Neuere Informationen spie der Computer nicht über ihn aus, was nicht hieß, daß er sich zur Ruhe gesetzt hatte. Im Gegenteil, vielleicht war er nur schlauer geworden.

Powell machte eine lässige Handbewegung. »Jetzt wissen Sie schon einiges. Bleiben Sie am Ball, John.«

Er nickte Jane und mir noch einmal zu und verschwand.

»So berauschend waren die Informationen nun doch nicht«, sagte die Privatdetektivin. »Weißt du denn jetzt, wo du den Hebel ansetzen willst?«

»Frag mich was Leichteres.«

»Über den Computer kommst du nicht weiter. Bleibt nur noch der direkte Kontakt zum Milieu.«

Ich nickte. »Daran habe ich auch schon gedacht.«

»Und?«

»In der Whisper Hell werde ich bestimmt einiges erfahren. Der Wirt ist mir noch was schuldig. Aus alter Zeit.«

»Na, fantastisch«, rief Jane.

Ich schüttelte den Kopf. »Kommt nicht in Frage, meine kleine Fee. Die Flüster-Hölle ist nichts für dich. Es sei denn, du wechselst deinen Job und gehst mit dem Handtäschchen spazieren.«

»Dann bleibe ich eben im Wagen sitzen.«

Dagegen hatte ich nichts einzuwenden. Ich bedankte mich bei den Kollegen und ging mit Jane zum Lift. Unterwegs fragte sie mich: »Sag mal, willst du Suko nicht mitnehmen?«

»Aber sicher«, antwortete ich. »Glaubst du im Ernst, ich stelle mich völlig allein zwischen ein paar hundert Jahre Zuchthaus? Das ist mir zu gefährlich. Lebensmüde bin ich nicht…«

Mit urwüchsiger Kraft riß der Werwolf den Gullydeckel hoch. Er schleuderte ihn weit hinter sich und lauschte dem scheppernden Geräusch nach, als der Deckel über die Straße rollte.

Dämpfe und faulig riechende Luft quollen ihm aus dem Gully entgegen. Witternd hob er die Schnauze, und als in der Ferne das Scheinwerferpaar eines Wagens auftauchte, verschwand er blitzschnell in dem engen Schacht. Er hatte sich sehr beeilt und verfehlte die beiden obersten Stufen der schmalen Eisenleiter.

Mit einem Schrei fiel er in die Tiefe.

Wütend und schmerzerfüllt jaulte er auf, als er sich die linke Schulter stieß. Er richtete sich auf und preßte seine rechte Pranke auf die getroffene Stelle.

Oben auf der Straße quietschten Reifen. Eine Wagentür knallte, und das wütende Gesicht des Fahrers erschien dicht oberhalb der Gullyöffnung.

Hastig zog sich der Werwolf zurück. Es fehlte ihm gerade noch, daß er jetzt entdeckt wurde.

Der Mann schimpfte auf die Unverantwortlichkeit und schob diese Tat Rockern in die Schuhe. Das kümmerte den tauben Werwolf nicht, er schlich bereits durch einen niedrigen Gang auf einen breiten Kanal zu, durch den das Abwasser gurgelte.

Die braune Brühe schoß an ihm vorbei. Manchmal wirbelte das Wasser Dreck und Kot an die Oberfläche, die von blasigen Schaumstreifen begleitet wurden.

Für das alles hatte der Werwolf keinen Blick. Ihm kam es darauf an, so rasch wie möglich die Flucht zu ergreifen und ungesehen wieder an die Oberfläche zu gelangen.

Obwohl er eine Bestie war, dachte und handelte er wie ein Mensch. Aber vielleicht war es der reine Instinkt, der ihn voranpeitschte. Die Steine, über die er lief, waren glitschig. Er mußte achtgeben, daß er nicht stürzte. Er bewegte sich dicht an der Wand entlang, stützte sich manchmal mit der linken Pranke ab und merkte nicht, daß der Trittweg schmaler wurde.

Da passierte es.

Er rutschte mit dem rechten Fuß aus, konnte sich nicht mehr halten und klatschte in die Brühe.

Sofort saugte sich das Fell voll Wasser, und dann schlug die Flüssigkeit über ihm zusammen.

Der Kanal war nicht tief, so daß der Werwolf keine Mühe hatte, wieder an die Oberfläche zu steigen. Als er stand, reichte ihm das Wasser bis an die Hüfte.

Er schüttelte sich.

Klatschnaß hing das Fell an seinem Körper. Es sah aus wie eine zweite, dicke Haut.

Die Bestie kletterte aus dem stinkenden Kanal. Vorsichtig schlich sie weiter. Ihre gelben Augen leuchteten gefährlich. Immer wieder suchte der Werwolf nach Seitenschächten, die zu den Gullys führten, damit er an die Oberfläche klettern konnte.

Die einzelnen Kanäle waren randvoll. Es hatte in den letzten

Tagen geregnet. Hinzu kam die Schneeschmelze, die das Londoner Kanalnetz noch nicht völlig verdaut hatte.

An manchen Stellen schäumte der Kanal regelrecht über, so daß die Fluten über die schmalen Gehwege strömten. Hin und wieder hingen durch Gitter geschützte Lampen an der Rundbogendecke. Ihre milchigen Lichter waren nur helle Flecken in der Dunkelheit.

Der Werwolf keuchte vom angestrengten Laufen. Es war Pech, daß man ihn entdeckt hatte. Er fragte sich nur, wie er die Panne seinem Herrn und Meister beibringen sollte. Zu seinem Glück war der Lieferwagen gestohlen, so daß diese Spur schon mal wegfiel. Und Fingerabdrücke von ihm waren auch nicht registriert.

Dann sah er den schmalen Seitenstollen. Er führte nach links, und im Licht einer kleinen Deckenlampe schimmerte das Eisen einer in die Höhe führenden Leiter.

Die Rettung!

Der Werwolf hangelte sich die Sprossen hoch. Es bereitete ihm Schwierigkeiten, den plumpen, unförmigen Körper zu bewegen. Immer wieder stieß er sich an, und jedesmal drang ein wütendes Knurren aus seinem Maul.

Doch der Werwolf gab nicht auf. Er kletterte höher und höher. Aus seinem Fell tropfte das Wasser. Dann berührte er mit seinem Kopf den Gullydeckel.

Der saß fest.

Der Werwolf zog den Schädel ein, duckte sich ein wenig zur Seite, hob aber die linke Schulter an, um kräftig gegen den Gullydeckel zu drücken.

Er brauchte einen zweimaligen Anlauf, bevor der Deckel sich bewegte.

Seine Situation war nicht gerade beneidenswert. Zum einen fiel er durch sein Aussehen schon genug auf, zum anderen wiederum wußte er nicht, wo er herauskam. Eine belebte Straße konnte es nicht sein, denn bisher war noch kein Wagen über den Gullydeckel gefahren.

Beim dritten Versuch klappte es.

Der Deckel fiel.

Keuchend kletterte der Werwolf aus der Öffnung. Er streckte vorsichtig den Kopf heraus und schaute sich nach allen Seiten sichernd um. Er hatte Glück gehabt. Die Straße lag einsam im Licht einiger trüber Laternen. Den am Rand geparkten Wagen nach zu urteilen handelte es sich um eine Einbahnstraße.

Yürosch stemmte sich mit beiden Pranken ein und stieg dann in voller Körpergröße aus der Öffnung. Der Deckel war ein Stück zur Seite gerollt. Yürosch machte sich erst gar nicht die Mühe, ihn wieder auf das Gullyloch zu setzen.

Geduckt hetzte er über die Straße. Seine Füße klatschten auf den Asphalt. In einer Türnische fand er Deckung.

Hier blieb er erst einmal stehen. Die Straße gehörte nicht mehr zu den Slums. Alte Wohnhäuser rahmten sie ein. Als hinter ihm das Flurlicht durch das kleine Guckfenster der Haustür fiel, zuckte er zusammen und sah zu, daß er wegkam. Er drückte sich in eine Einfahrt, landete auf einem Hof, dessen Mittelpunkt ein selbstgebastelter Sandkasten für Kinder bildete.

Die Blicke der Bestie strichen erst an den Hauswänden hoch und erreichten den Himmel.

Klar und deutlich stand dort der volle Mond.

Die Bestie merkte das Ziehen in seinem Körper, konnte nicht anders und heulte die runde fahlgelbe Scheibe an.

Klagend hallte der Laut durch die Nacht und wurde in dem engen Hofgeviert durch die Hauswände als Echo noch verstärkt.

Ziemlich weit oben wurde ein Fenster aufgerissen. Der Umriß eines Mannes erschien.

»Verdammte Katzen!« fluchte der Mann.

Yürosch verließ seinen Platz und huschte auf eine Wand zu. Er preßte sich hart dagegen, so daß der Schatten ihn deckte.

Der Mann schloß das Fenster wieder.

Der Werwolf aber fand eine nicht verschlossene Hintertür und gelangte in einen Flur. Er lief hindurch, erreichte die Parallelstraße und spürte plötzlich wieder das mörderische Reißen und Ziehen im Körper, das immer dann einsetzte, wenn die Rückverwandlung dicht bevorstand.

Es war wieder soweit.

Die Bestie bekam kaum Luft. Sie taumelte wie ein Betrunkener, fiel gegen die Hauswand, stützte sich ab, torkelte weiter, keuchte und stöhnte.

Zum Glück sah ihn niemand.

Langsam trat das Fell zurück. Die spitze Schnauze wurde flacher. Auch die Zähne bildeten sich wieder auf ein Normalmaß. Pranken verwandelten sich in Hände, Tatzen in Füße.

Aus der Bestie wurde wieder ein Mensch. Nur die Kleidung, die war zerrissen und hing nur noch in Fetzen um seinen Körper.

Die Schuhe hatte Yürosch von den Füßen geschleudert, so daß er jetzt barfuß weiterlaufen mußte.

Das machte ihm nichts aus. Er war früher immer ohne Schuhe gelaufen, damals, im Hochland von Anatolien.

Er kannte sich in London aus und fand bald die Straße wieder, in der das Theater lag.

Soeben verließen die Zuschauer die Vorstellung.

Yürosch drückte sich an ihnen vorbei.

Manch böser Blick wurde dem in Lumpen gekleideten Yürosch zugeworfen. Er hatte jedoch nur ein geringschätziges Lächeln für die Arroganz der Ladies übrig.

Sie würden seinem Meister in die Falle gehen. Alle...

Durch einen Seitengang schlich er in das Innere des Theatergebäudes.

Dann lief er auf direktem Weg zur Garderobe seines Meisters. Da kein Schild vor der Tür hing, trat er ein, ohne anzuklopfen.

Der Meister saß vor dem Spiegel. Seine Augen wurden groß, als er den Türken sah.

»Schon zurück?« fragte er. Yürosch las ihm jedes Wort von den Lippen ab. Er konnte sich als Tauber wie ein normaler Mensch verständigen.

»Ja, Herr!«

»Hast du dich verwandelt?«

»Ja.«

»Verdammt!« schrie Antonio Scaramanga und schlug mit der Faust auf den Tisch.

Yürosch warf sich vor dem Pianisten auf die Knie. »Ich konnte nicht anders, Herr. Es kam so plötzlich. Auf einmal war es da. Bitte, glaub mir.«

»Aber noch vor Mitternacht!«

»Genau weiß ich auch nicht, was mit mir geschehen ist. Aber während der Fahrt...«

»Der Fahrt?« Plötzlich trat ein lauernder Ausdruck auf Scaramangas Gesicht. »Berichte!«

»Sofort, Herr, sofort...«

Der Werwolf erhob sich, doch Scaramanga machte mit dem Daumen ein Zeichen, daß er wieder auf die Knie sollte.

Yürosch fiel nieder.

Dann erzählte er. Stockend und mit heiserer Stimme. Hilflose Gesten begleiteten seinen Bericht, und in seinen Augen schimmerte es feucht.

Doch Scaramanga hatte kein Mitleid mit seinem Diener. Im Gegenteil. Er bekam einen weiteren Wutanfall, als er hörte, daß Yürosch in einen Unfall verwickelt gewesen war. Der Pianist griff ihn jetzt nicht nur mit Worten an, er nahm auch seine Füße zu Hilfe.

»Hundesohn, verdammter! Wie konnte so etwas passieren? Man wird die Leiche entdecken – und...« Er wechselte plötzlich das Thema. »Wie sah der Mann aus, der dich verfolgt hat?«

»Groß, blondhaarig.«

Scaramanga überlegte. Diese Beschreibung war ziemlich allgemein gehalten, aber trotzdem speziell.

Speziell deshalb, weil die Finger der Hand ein Bild gezeigt hatten, das genau in den Kreislauf hineinpaßte.

Der Werwolf, ein blondhaariger Mann...

»War auch eine Frau mit ebenfalls blonden Haaren dabei?« erkundigte sich Scaramanga.

»Nein.«

»Woher willst du das so genau wissen?«

»Ich – ich habe keine gesehen.«

»Das besagt nicht, daß sie nicht dabei war. Denn du bist blind, du Trottel!«

Achmed Yürosch sagte nichts. Er senkte nur den Kopf.

Scaramanga aber dachte nach. Dieser blondhaarige Mann hatte

seinen Diener verfolgt, der ein Werwolf war. Das hätte nicht jeder normale Mensch getan, denn die Angst war bei denen viel zu groß. Nein, dieser Mann mußte ein besonderer Typ sein.

Ein furchtloser Kämpfer. Einer, der vor Dämonen keine Angst hatte.

Und da gab es in London nur einen.

John Sinclair!

Er kam der Beschreibung sehr nahe. Antonio Scaramanga hatte sich, wie viele Dämonen, genau über seine Gegner informiert. Er wußte, wer auf der anderen Seite stand, und in dieser Stadt hieß sein Erzfeind John Sinclair.

Er schaute seinem Diener ins Gesicht. »Hör zu«, sagte er, und Yürosch las jedes Wort von Scaramangas Lippen. »Es ist nun passiert und nicht mehr zu ändern. Ich werde versuchen, das wieder geradezubiegen. Du kümmerst dich um ein anderes Problem. Im Hinterhof liegt eine Frau. Sie ist vom Dach gestürzt.« Scaramanga lächelte teuflisch, als er die Worte aussprach. »Sie wollte nicht mehr leben. Ihre Liebe zu mir war so groß, daß sie in den Tod ging. Vergrabe die Leiche, damit niemand sie findet. Verstanden?«

»Ja, Herr!«

»Dann geh!«

Yürosch verschwand unter zahlreichen Verbeugungen. Er war froh, daß sein Meister ihn nicht härter bestraft hatte.

Antonio Scaramanga aber wartete ab, bis sich die Tür hinter ihm geschlossen hatte. Dann zog er den rechten Handschuh aus und löschte das Licht bis auf eine kleine Wandleuchte, die ihren Schein auf seine erhobene Hand warf.

Noch waren die Nägel matt. Völlig normale Fingernägel, doch als Scaramanga mit monotoner Stimme anfing zu sprechen, begannen sie sich zu verändern.

Das Horn nahm einen dunkleren Farbton an, schien in Bewegung zu geraten und zeigte plötzlich sehr verschwommen ein Bild.

Einen Mann.

Er stand vor einem Haus. Neben ihm parkte ein Wagen, in dem eine Frau saß. Der Mann sprach mit ihr, da sie das Seitenfenster heruntergelassen hatte.

Wichtig jedoch war das Zeichen am Haus. Dort flimmerte eine Reklame.

Whisper Hell, las Antonio Scaramanga. Er lächelte böse, denn nun wußte er Bescheid...

Die Flüster-Hölle war zwar kein vornehmes Lokal, aber umziehen wollte ich mich trotzdem. Mein Anzug sah mehr als ramponiert aus. Jane wollte auch in eine andere Kleidung schlüpfen. Von ihr hingen immer ein paar Sachen bei mir zu Hause...

Es war genau Mitternacht, als ich meine Wohnungstür aufschloß und Jane den Vortritt ließ.

»Ob es nicht schon zu spät ist?« fragte sie zweifelnd.

»Für die Flüster-Hölle?«

»Ja.«

Ich schloß die Tür und schüttelte den Kopf. »Nein, da geht der Betrieb erst richtig los.«

»Du mußt es wissen.« Sie lächelte.

»Wenn du dich duschen willst, gehe ich eben rüber zu Suko. Er weiß noch gar nichts von seinem Glück.«

Jane nickte. »Und sei leise«, sagte sie. »Störe das junge Glück nicht.«

Das junge Glück »schlief« tatsächlich schon. Ich klopfte behutsam an, dann schellte ich.

Als Suko öffnete und im gestreiften Schlafanzug vor mir stand, mußte ich lachen.

»Stark siehst du aus, mein Freund!«

Suko verzog das Gesicht. »Seit wann störst du mitten in der Nacht schlafende Bürger?«

Ich drückte mich an ihm vorbei. »Zieh dich an, es geht rund!«

Sofort glänzten Sukos Augen. »Wirklich?« Schon hatte er die Schlafanzugjacke ausgezogen.

»Ja.«

Shao erschien in der Schlafzimmertür. Ich schluckte. Sie war wirklich eine Frau, die allein mit ihrem Körper Männer um den Verstand bringen konnte. Das dünne Etwas, das ihr bis knapp unter die Knie reichte, verbarg nur wenig.

Shao lächelte mich an und strich die langen, pechschwarzen Haare zur Seite.

»Hi, John«, sagte sie.

Ich räusperte mich. »Hallo.«

Suko meinte grinsend: »Zieh dir was über, Mädchen, sonst bekommt John noch Schwielen in seine Pupillen.«

»Oh«, machte sie und verschwand.

»Du gönnst mir auch gar nichts«, sagte ich.

Suko streifte sein Hemd über. »Wenn Jane dich so gesehen hätte…«

»Mensch, sei ruhig, sie ist nebenan.«

»Fährt sie mit?«

»Leider.«

»Worum geht es eigentlich?« wollte Suko wissen.

Ich erzählte es ihm in Stichworten.

Er rieb sich die Hände. »Na, das wird ein Fest«, sagte er.

Ich deutete auf die Schlafzimmertür. »Was ist mit Shao?«

»Die sagt nichts. Da ist sie anders als die liebe Sheila, die Bill ganz schön im Griff hat.«

Ich verteidigte meinen Freund. »Bill ist schließlich Vater.«

»Vielleicht werde ich es auch einmal.«

Ich schaute Suko nur an und sagte: »Ich gehe jetzt und ziehe mich um. In zehn Minuten ist Abmarsch.«

Als ich mein Apartment betrat, empfing mich Jane mit einem um den Oberkörper gewickelten Handtuch. Oben hatte sie es nicht so sehr fest verknotet, und ich wurde leicht unruhig. Erst Shao, die Exotin, dann Jane, das Rasseweib mit den langen blonden Haaren.

Was ich alles innerhalb einer Viertelstunde geboten bekam! Sagenhaft. Jane bemerkte meinen Blick und schüttelte den Kopf. »Nicht jetzt, mein lieber John.«

»Okay, okay. Ich gehe schon.«

Auch ich hüpfte unter die Dusche, rubbelte mich anschließend ab und schlüpfte in frische Kleidung. Die Detektivin hatte sich inzwischen angezogen.

»Können wir?«

Sie nickte.

Da klopfte Suko schon. »Alles klar«, sagte er und begrüßte Jane Collins mit einem leichten Klaps auf ihr Hinterteil.

Sie bekam große Augen. »Was ist in dich gefahren?« fragte sie erstaunt. »So kenne ich dich gar nicht.«

Ich grinste. »Das macht Shao. Die Kleine hat unserem Freund ganz schön eingeheizt.«

Jane nickte. »Das glaube ich auch.« Sie schaute Suko forschend an. »Bin gespannt, was aus euch beiden noch einmal wird...«

Wir mußten auf die andere Seite der Themse, um unser Ziel zu erreichen. Das Lokal lag in Southwork, einem Londoner Stadtteil. Hier leben zahlreiche Ausländer.

Wir fuhren über die Blackfriars Bridge. Es herrschte um diese Zeit kaum Verkehr, und in unsere Richtung verirrte sich nur selten ein Mensch.

Über die breite Blackfriars Bridge ging es in Richtung Süden. Die Straße endete am St. George's Circus, doch so weit wollten wir gar nicht. Wir überquerten eine Eisenbahnlinie und rollten dann in die Union Street ein.

Damit befanden wir uns mitten im Kneipenviertel von Southwork.

Es präsentierte sich anders als Soho. Es gab zwar auch Leuchtreklamen, aber die waren nicht so grell und anreißerisch wie auf der anderen Seite der Themse. Die Kneipen hier wurden von Leuten besucht, die den Shilling noch umdrehen mußten.

Die Whisper Hell fiel etwas aus dem Rahmen. Erstens konnte man schräg neben dem Lokal parken, und zweitens stand ein Portier vor dem Eingang.

Ich hielt an, stieg aus und wartete, bis Suko den Wagen verlassen hatte. Dann beugte ich mich noch einmal zurück, um mit Jane zu sprechen, die das Seitenfenster hatte herunterfahren lassen.

Der Portier beobachtete uns interessiert.

»Du weißt Bescheid«, sagte ich zu Jane. »Wenn wir in einer halben Stunde nicht zurück sind, alarmierst du die Polizei.«

Jane nickte. »Gebt auf euch acht!«

Ich lächelte. »Natürlich.«

Suko war bereits einige Schritte vorgegangen. Ich holte ihn ein, und wir schritten gemeinsam auf die Whisper Hell zu.

Gegenüber flog gerade ein Mann aus einem Pub. Er überschlug sich und beschimpfte die Gaffer, die ihm gefolgt waren. Dann rappelte er sich hoch und verschwand.

Der Portier vor der Flüster-Hölle schaute gar nicht hin. Er war sicherlich Schlimmeres gewöhnt.

Uns sah er jedoch an.

Zum Glück kannte er mich nicht, und deshalb konnte er auch keine Warnung loslassen.

Suko spielte den großen Gangster. »Was ist, Gevatter? Läßt du mich und meinen Boß nicht rein?«

Der Portier – er hatte die Figur eines Catchers – trat zur Seite. »Aber natürlich, Gentlemen.« Er ließ uns vorbeimarschieren.

Wir gelangten in eine Garderobe, hinter der eine verblühte Bordsteinschwalbe sich um die Mäntel und Hüte kümmerte. Sie schenkte uns ein Faltenlächeln, obwohl wir nichts abgaben.

Durch einen zur Seite geschobenen Vorhang konnten wir in das Lokal hineinschauen.

Auf den ersten Blick schien es voll zu sein.

Die Musik plätscherte leise, und man konnte sich im normalen Tonfall unterhalten. Deshalb auch der Name Flüster-Hölle. Wir fanden an der Bar und den Tischen ein bunt zusammengewürfeltes Publikum vor. Und es waren in der Tat einige hundert Jahre Zuchthaus versammelt.

Ich sah ein paar bekannte Gesichter, entdeckte jedoch auch zahlreiche dunkelhäutige Männer, die so bunt gekleidet waren, daß man ihnen ihren Zuhälter-Job bereits aus fünf Meilen Entfernung ansah.

Es fiel auf, daß sich sehr wenig Frauen in der Flüster-Hölle befanden. Doch was hier gesprochen wurde, war für Damenohren ohnehin nicht geeignet.

Wir mogelten uns bis zur Theke durch, fanden noch zwei Plätze und sahen uns nach dem Wirt um.

Ich kannte Nose Farrit, entdeckte ihn aber nicht. Nur zwei Ober hantierten vor dem langen Flaschenregal. Sie brachten die bestellten Getränke an die Tische.

Von den halblaut geführten Gesprächen konnte ich kaum ein Wort verstehen. Suko saß links neben mir, der Mann an meiner rechten Seite hockte vornübergebeugt, hatte seine angewinkelten Ellenbogen auf den Handlauf gestützt und starrte in sein Bierglas.

Ich bestellte zwei Bitter-Lemon.

Als die Getränke gebracht wurden, hielt ich den Mann zurück. »Hör mal, Buddy, wo ist Nose Farrit?«

»Hinten.«

»Ich will ihn sprechen.«

Der Knabe schaute mich lauernd an. »Nose will aber nicht gestört werden.«

Ich zeigte meine Zähne. »Bestelle ihm, daß ein Freund aus der Victoria Street wartet. Dann wird er kommen.«

Ich hoffte darauf, daß der Mixer mit der Victoria Street nicht viel anfangen konnte. Nose Farrit würde sicherlich schneller schalten.

»Gut, ich sag's ihm!«

Während der Bursche telefonierte, zündete ich mir eine Zigarette an. Mit Suko sprach ich kein Wort. Als der Mann den Hörer auflegte, nickte er mir zu.

»Farrit wird kommen«, murmelte ich.

Suko grinste. »Die Victoria Street hat bestimmt gezogen.«

Zwei Minuten später war Nose Farrit da. Jetzt sah auch Suko, weshalb der Mann den Spitznamen Nose – Nase – bekommen hatte. Aus seinem Gesicht ragte ein gewaltiges Riechorgan hervor. Hinzu kam die fast feuerrote Farbe, so daß von dem übrigen Gesicht kaum etwas auffiel. Zusätzlich brachte Nose Farrit bestimmt drei Zentner auf die Waage. Er fand kaum Platz hinter dem Tresen.

Als er mich sah, lächelte er. Es war jedoch kein freundliches, sondern ein bissiges, freudloses Lächeln. Langsam bewegte er sich auf uns zu.

»Hallo, Sinclair. Ihrem Gesicht nach zu urteilen sind Sie dienstlich hier.«

»So ist es, Nose.«

»Und?«

Ich deutete über meine linke Schulter. »Sollen wir uns nicht ein gemütliches Plätzchen suchen?«

»Sie vertreiben mir die Gäste.«

»Ich kann auch eine Razzia durchführen lassen«, gab ich ihm zu verstehen.

»Okay, ich meinte ja nur.«

»Das ist fein.« Ich rutschte vom Hocker. »Gehen wir.«

Er nickte.

Auch Suko machte Platz.

Nose Farrit hob ein Thekenstück hoch und quetschte sich durch den breiten Spalt. Einige Gäste musterten uns verwundert, als wir zu einem runden Tisch dicht an der Wand schritten. Sie ahnten wohl etwas und begannen zu flüstern.

Die Stühle waren stabil, wie für Nose gemacht.

»Also, worum geht es?«

»Um Mord!«

Der Wirt zuckte zusammen. Plötzlich wetterleuchtete es in seinen kleinen Augen. Seine Hände begannen ein unruhiges Spiel, und einem vorbeilaufenden Kellner nahm er einen Longdrink ab.

»Damit habe ich nichts zu tun, Sinclair.«

»Das hat auch keiner behauptet. Ich möchte von dir nur einige Informationen.«

»Darf man fragen, wer umgebracht worden ist?«

Ich beugte mich vor. »Man darf, Nose. Der Mann heißt Kronos. Ted Kronos.«

»Müßte ich den kennen?«

»Es wäre besser für dich.«

»Tut mir leid, aber ich…«

»Augenblick, Nose.« Ich griff in die Tasche und holte ein Foto hervor. Es zeigte die Leiche oder vielmehr das Gesicht. Ich schob die Aufnahme über den Tisch. »Fällt dir jetzt was ein?«

Der Wirt sah sich die Aufnahme an und knetete seine enorme Nase.

»Nein«, sagte er, »mit dem habe ich nie gesprochen.«

»Aber gesehen hast du ihn?« Ich steckte die Aufnahme wieder ein.

Die Antwort kam zögernd. »Ja.«

»Er war bei dir und hat nicht mit dir gesprochen? Mit wem dann?« Rasch schoß ich die nächste Frage ab.

»Muß ich das sagen?«

»Es wäre besser.«

»Au verdammt.« Der dicke Wirt wand sich wie ein Wurm. Er wollte nicht mit der Sprache herausrücken. »Wenn das bekannt wird, daß ich rede, dann...«

»Ein Lizenzentzug wäre schlimmer.«

»Okay, Sinclair. Sie haben gewonnen. Er hat sich hier mit jemandem getroffen. Der Mann heißt – Peter Linkerton.«

Ich überlegte. »Der Name kommt mir bekannt vor.«

»Ein schwerreicher Importeur von Rohstoffen.«

Ich pfiff durch die Zähne, weil mir eingefallen war, woher ich den Namen wußte. Linkerton hatte vor etwa einen Monat seine zwanzigjährige Tochter auf mysteriöse Art und Weise verloren. Man fand sie eines Morgens tot im Hydepark.

Selbstmord, hieß es.

Aber daran wollte ich nun nicht mehr glauben.

»Sonst weißt du nichts?« fragte ich den Wirt.

Nose Farrit legte seine Pranke auf die Brust. »Bei meiner Ehre, Sinclair. Ich schwöre Ihnen...«

Ich winkte ab. »Nein, lieber nicht.«

»Aber sagen Sie mal, Herr Oberinspektor, weshalb interessieren Sie sich für den Fall? Ich dachte immer, Sie befassen sich nur mit Geistern und solchem Kram.«

Ich lächelte milde. »Was Sie als solchen Kram bezeichnen, hat bereits mehr als einmal zu einer Bedrohung der Menschheit geführt.«

»Und Sie haben die abgewendet?«

»Ja.«

»Bescheiden sind Sie gar nicht.«

Ich stand auf. »Nein, ich bin Realist.«

Suko erhob sich ebenfalls, und ich sah, wie der dicke Wirt erlöst aufatmete. Er war froh, uns endlich loszuwerden. Aus seiner Sicht konnte man das verstehen.

Während unserer Unterhaltung hatte niemand das Lokal verlassen. Aber irgendwie mußten die Gäste ahnen, daß sie es bei mir mit einem Polizisten zu tun hatten. Die feindlichen Blicke sagten genug. Als wir den Ausgang ansteuerten, drehte sich die Mannschaft an der Theke wie auf Kommando herum. Ich fühlte, wie die Blicke in meinem Rücken brannten und verspürte ein unangenehmes Kribbeln im Nacken.

Ich mußte froh sein, die Whisper Hell gesund verlassen zu können.

Doch man soll den Tag nicht vor dem Abend loben.

Kurz bevor wir die Garderobe erreichten, hörten wir ein Poltern und dann ein dumpfes Stöhnen.

Sofort schlug die Alarmglocke in meinem Gehirn an. Ich rannte los, tauchte durch den offenen Vorhang, und Suko folgte mir.

Da sah ich den Portier.

Die Garderobiere stand schreckensstarr neben ihm. Sie hatte den Mund zu einem Schrei geöffnet, doch kein Laut drang über ihre Lippen.

Der Portier ließ die Hände sinken.

Ich schaute in ein blutüberströmtes Gesicht.

»Die Hand«, gurgelte er, »die Hand…«

Dann fiel er um.

Ich jagte mit Riesensätzen nach draußen, und was ich dort sah, ließ mir das Blut in den Adern gefrieren…

Jane Collins paßte es natürlich nicht, daß sie in dem Fall nur eine passive Rolle spielte. Sie hockte im Wagen, drückte sich tief in die Polster und schaute hin und wieder zur Whisper Hell hinüber.

Eine halbe Stunde sollte sie warten. Verdammt lange Zeit, fand die Detektivin.

Sie zündete sich eine Zigarette an und stellte das Radio ein. Die

Musik gefiel ihr überhaupt nicht. Sie war nicht in der Stimmung, um harten Rock zu hören. Jane drehte weiter am Knopf, bis sie leise Tanzmusik hörte.

Das paßte schon besser.

Nach zehn Minuten merkte sie, daß es ganz interessant sein konnte, die Vorgänge auf der Straße zu beobachten. Langweilige Typen gab es hier nicht.

Ein paar leichte Mädchen versuchten vergeblich, etwas aufzureißen, und die Schimpfworte, die sie den entgangenen Freiern hinterherschickten, hatte Jane noch nie gehört.

Betrunkene marschierten Arm in Arm über die Gehsteige. Wenn solche Typen in die Whisper Hell wollten, machte ihnen der Portier meist auf sehr drastische Weise klar, daß sie dort nichts zu suchen hatten. Einmal kroch jemand auf allen vieren davon.

Hin und wieder fuhren auch Wagen durch die Straße. Polizisten sah Jane nicht. Sie war froh, daß sie von einigen Typen, die an den Häusern herumlungerten, noch nicht entdeckt worden war.

Doch der Wagen fiel auf. Ein Bentley ist ein schickes Auto, und dafür hat so mancher Interesse.

Drei Lederjackentypen blieben stehen, als sie den silbermetallicfarbenen Wagen sahen. Sie stießen sich an.

Jane beobachtete die Kerle mit Mißtrauen. Die schienen nichts Guten im Sinn zu haben.

Sie waren fast gleich angezogen. Auf ihren Jacken klimperten Orden und Anhänger. Einer von ihnen trug eine Wollmütze.

Langsam schlenderten die Kerle auf den Bentley zu, und Jane Collins machte sich noch kleiner.

Wenn die Kerle eine Frau sahen, wurden sie wahrscheinlich ungehalten.

Vor der langen Kühlerschnauze blieben sie stehen.

Jane hörte ihre Stimmen.

»Schickes Wägelchen.«

»Sollen wir ihn so schick lassen?«

»Wir könnten auf den Fahrer warten. Vielleicht lädt er uns zu einer Spazierfahrt ein.«

Lachen.

Dann der erste Sprecher. »Ich werde verrückt«, sagte er. »schaut mal, was für eine Zuckerpuppe da wartet. Direkt auf uns!«

Jane biß sich auf die Lippe. Jetzt hatte man sie entdeckt. Mist, dachte sie.

Und schon standen die drei Lederjacken neben dem Wagen. Es hatte keinen Sinn mehr, sich zu verstecken. Aufrecht setzte sich die Detektivin hin. Ihr blondes Haar floß lang bis auf die Schultern, und die drei Rocker begannen lüstern zu grinsen.

Wollmütze tickte mit dem Finger gegen das Fenster und bedeutete Jane, auszusteigen.

Die Detektivin schüttelte den Kopf. »Verschwindet!« rief sie so laut, daß die Typen es hören mußten.

Sie spien erst einmal gegen die Scheiben. Dann griffen sie unter ihre Jacken und zogen Schlagstöcke hervor. Wollmütze nahm eine Fahrradkette in die Hand.

Jetzt wurde es gefährlich.

Die Burschen hatten vor, die Scheibe einzuschlagen, um Jane aus dem Wagen zu holen. Sie mußten sich mächtig stark fühlen, daß sie so etwas wagten.

Jane Collins warf einen Blick durch die Frontscheibe und sah, daß auch der Portier von der Whisper Hell aufmerksam geworden war, aber noch keine Anstalten machte, einzugreifen.

Doch die Rocker kamen nicht mehr dazu, irgend etwas zu zerstören. Plötzlich wurde der abgestellte Bentley in grelles Scheinwerferlicht getaucht. Eine wahre Lichtflut ergoß sich über den Wagen.

Die Rocker wirbelten herum.

Jane hörte Reifen quietschen, und im nächsten Augenblick überstürzten sich die Ereignisse.

Schräg hinter ihr stoppte eine große schwarze Limousine, die einen Stern auf der Kühlerhaube trug. Ein großer Mann verließ den Wagen. Er lief auf den Bentley zu, spreizte die Finger der rechten Hand und saß plötzlich neben Jane Collins, während er gleichzeitig draußen am Fahrzeug stand.

Der Unheimliche konnte sich verdoppeln!

Unglaublich.

Jane war vor Schreck wie gelähmt. Sie spürte kalte Finger an ihrem Arm, während der Mann an ihr vorbeigriff und die Wagentür öffnete.

»Raus!« zischte er und gab Jane einen Stoß.

Die Blondine fiel aus dem Fahrzeug.

Aber da waren noch die Rocker. Vielleicht wollten sie Jane helfen, oder sie griffen nur aus Spaß in die Auseinandersetzung ein. Sie stürzten sich auf den draußen stehenden Fremden.

Man sah die Bewegungen kaum, mit denen der Mann reagierte. Plötzlich krümmten sich die Rocker auf der schmutzigen Erde. Über ihre Gesichter lief Blut.

Nun griff der Portier ein.

Doch der Unheimliche schaffte auch ihn. Schreiend taumelte der Türhüter zurück. Er hatte die Hände vor sein Gesicht gerissen und verschwand in der Bar.

Inzwischen zerrte der Doppelkörper des Mannes Jane aus dem Wagen. Sie wehrte sich, schrie und strampelte, kam gegen die Kraft des Mannes jedoch nicht an.

Das war genau der Augenblick, als Suko und ich die Whisper Hell verließen...

Zuerst sah ich Jane Collins.

Sie wurde von einem Kerl aus dem Wagen gezogen, der verdammt unsanft mit ihr umging. Dann entdeckte ich die auf dem Boden liegenden Rocker, und ich sah einen zweiten Mann, der dem ersten aufs Haar glich.

Zwillinge?

Ich dachte nicht weiter darüber nach, sondern rannte auf den Kerl zu, der Jane gepackt hielt. Hinter mir hörte ich Sukos Schritte. Es beruhigte mich, daß mein Partner in der Nähe war. Auf Suko konnte ich mich hundertprozentig verlassen. Wir waren im Laufe der Zeit zu einem fest eingespielten Team geworden.

Da der dunkel angezogene Mann, der Jane gepackt hielt, sie nicht mit einer Waffe bedrohte und auch keine Anstalten machte, eine zu ziehen, ließ ich die Beretta ebenfalls im Holster. Später ärgerte ich mich darüber. So aber war ich noch überzeugt, Jane mit bloßen Händen aus den Klauen des Mannes befreien zu können.

Doch dagegen hatte der Doppelkörper etwas. Scaramanga tauschte innerhalb von einer Sekunde die beiden Körper aus.

Urplötzlich stand er vor mir.

Als hätte er sich selbst dorthin teleportiert.

Ich riß die Augen auf. Und die Zeit reichte dem Mann. Plötzlich tauchten die beiden gekrümmten Hände vor meinem Gesicht auf, und nur dadurch, daß ich mich auf die Knie fallen ließ, verfehlte mich der heimtückische Griff. Trotzdem fuhren die Nägel noch über meine Schultern, und ich hörte, wie sie über den Stoff ratschten.

Aber noch etwas vernahm ich.

Janes Schrei.

»John! Hilfe – ich...«

Da hielt mich nichts mehr. Ich federte hoch und hämmerte dem Kerl vor mir die Faust voll unter das Kinn.

Besser gesagt: ich wollte es. Doch meine Hand traf nicht. Es war, als hätte ich in die Luft geschlagen. Die eigene Wucht katapultierte mich nach vorn. Ich konnte das Gleichgewicht nicht halten, fiel zu Boden und drehte mich ein paarmal um die eigene Achse.

Aus den Augenwinkeln sah ich Suko, wie er seine Waffe zog und anlegte.

Im selben Augenblick schrie der Kerl, der Jane gepackt hielt, eine Beschwörung.

Plötzlich schoß vor Suko eine Flammenwand hoch.

Schreiend sprang mein Partner zurück. Gedankenschnell breitete sich das Feuer aus und schoß auch auf mich zu.

Ich schnellte hoch.

Die Flamme wischte vorbei. Trotz allem hechtete ich durch dieses Feuer, um Jane Collins zu helfen. Links von mir löste sich der Doppelkörper auf.

Jane wurde wuchtig in den Fond des Mercedes geworfen. Die Tür klappte zu, und im nächsten Moment saß der Unheimliche hinter dem Lenkrad.

Starten!

Da war ich am Wagen.

Ich konnte hineinschauen und sah Jane mit vor Schrecken weit aufgerissenen Augen auf der Sitzbank liegen. Sie konnte sich nicht bewegen, denn um Hände und Füße lagen flammende Fesseln, die ihre Haut jedoch nicht verbrannten.

Ich warf mich gegen die Tür und zerrte am Griff.

Da fuhr der Mercedes an.

Er machte einen regelrechten Bocksprung, und da ich nicht losließ, die Tür aber auch nicht aufbekam, wurde ich mitgeschleift. Dabei tickten meine Beine wie ein Gummiball auf dem harten Boden.

Wenn ich nicht zu Tode geschleift werden wollte, mußte ich loslassen. Ich tat dies im letzten Moment, so daß ich mich noch schulmäßig abrollen konnte, als ich auf den Boden prallte.

Sofort stand Suko neben mir und riß mich hoch.

Ich wußte, was er wollte, und stellte auch gar keine Fragen. Wir mußten hinter dem Mercedes her.

Sekunden später saßen wir in meinem Bentley.

Ich fuhr.

Die Neugierigen, die sich inzwischen angesammelt hatten und überhaupt nicht begriffen, was vorgefallen war, spritzten erschreckt zur Seite, als ich startete.

Ich knüppelte förmlich die Gänge hoch.

Die Verfolgungsjagd begann!

Antonio Scaramanga lachte häßlich, als er die Tür zurammte und Jane gefesselt auf dem Rücksitz wußte.

»Ihr wolltet schlauer sein als ich!« kreischte er. »Aber da habt ihr euch geirrt.«

Er fuhr an.

Wild und hart.

Jane bekam mit, wie ich mich verzweifelt bemühte, den Wagen aufzuhalten, und es doch nicht schaffte.

Als ich zur Seite flog, lachte Scaramanga. »Erledigt, dein Freund. Er hätte sich nicht in meine Angelegenheiten mischen sollen!«

»John Sinclair wird auch *Sie* fassen!« schrie Jane ihn in den Nacken.

»Nein, ich kriege ihn!«

Der Mercedes gewann an Fahrt. Scaramanga kümmerte sich nicht um Verkehrsregeln und Geschwindigkeitsbegrenzungen, er jagte los, und Jane Collins stand Höllenängste aus.

Eine Ampel.

Rot!

Antonio Scaramanga stoppte nicht, sondern überfuhr sie. Fast hätte es einen Zusammenstoß gegeben, der von links kommende Wagen konnte gerade noch bremsen.

Sie erreichten die Blackfriars Road. Und die führte in schnurgerader Linie auf die Brücke zu.

Keine Kurven, keine Engpässe – freie Fahrt!

»Mich hält keiner auf!« schrie der Pianist. »Höchstens noch der Teufel, aber der ist mein Freund!«

Jane glaubte es ihm unbesehen. Sie lag auf dem Rücken, und noch immer banden ihr die magischen Fesseln Hände und Füße. Sie fragte sich, was dieser Mann mit ihr vorhatte. Wollte er sie umbringen? Oder als Geisel behalten?

Sie hoffte nur, daß die Verfolger die Spur des Wagens nicht verloren.

Antonio Scaramanga hockte geduckt hinter dem Lenkrad. In seiner Haltung erinnerte er an ein sprungbereites Raubtier. Seine Hände umklammerten hart das Lenkrad, so daß die Knöchel spitz hervortraten.

Ja, er würde es ihnen zeigen.

Allen…

Links lag in völliger Dunkelheit eingebettet ein kleiner Friedhof. Daran schlossen sich wieder die einheitlichen Fronten der Wohnbaracken an. Nicht mehr lange, dann würde der breite Uferstreifen an der Themse auftauchen.

Scaramanga überholte alle Fahrzeuge vor ihm. Mit halsbrecherischer Geschwindigkeit jagte er rechts an den Wagen vorbei und scherte sich einen Teufel darum, ob er andere Verkehrsteilnehmer behinderte.

Auch über die nächste große Kreuzung raste er wie ein Lebensmüder. Dann tauchte die Auffahrt zur Brücke auf.

Lichterketten zeichneten in der Nacht den Weg der Blackfriars Bridge nach.

Direkt hinter dem stolzen Eisenbauwerk lag die U-Bahn-Station. Dort führte die breite Uferstraße der Victoria Embankment mit der Blackfriars Road zusammen. Scaramanga mußte mit der Geschwindigkeit herunter, wollte er keinen Unfall provozieren.

Das schien ihm egal zu sein. Er raste weiter mit unverminderter Geschwindigkeit auf die Brücke zu.

Aber dort strahlten nicht nur die Lichter der normalen Beleuchtung, sondern auch andere.

Rot in der Farbe und quer zur Fahrbahn stehend.

Andere Wagen bremsten. Auf der linken Seite hatte sich bereits ein Stau gebildet.

Die Polizisten hielten alles an. Sie waren nur auf einen Wagen scharf.

Auf den Mercedes!

Und der wurde weitergepeitscht.

Kein Bremsen, keine Verringerung der Geschwindigkeit – nichts…

In voller Fahrt hielt Antonio Scaramanga auf die Straßensperre zu. Dicht hinter dem Brückenanfang war sie aufgebaut. Durch einen Spruch löste er die magischen Fesseln. Jane Collins konnte sich wieder aufrichten.

Das hatte Scaramanga gewollt.

Zweihundert Yards bis zur Brücke!

Mitten auf der Fahrbahn stand ein Polizist und winkte. Die rote Kelle beschrieb einen Kreisbogen.

Jane Collins starrte über die Schulter des Fahrers. Ihre Augen wurden groß vor Schreck.

»Sind Sie wahnsinnig!« brüllte sie. »Bremsen! Bremsen! Halten Sie an!«

Vollgas!

Noch hundert Yards…

Scaramanga lachte.

Jane Collins trommelte wild mit ihren Fäusten auf seine beiden Schultern.

Fünfzig Yards.

Der Polizist hechtete zur Seite.

Jetzt war nur noch die Sperre vorhanden. Aus!

Suko reagierte fantastisch. Während ich den Wagen startete und gleichzeitig die Tür zuschlug, griff er bereits nach dem Sprechfunkgerät, ging auf Notfrequenz und gab stichwortartig seine Meldung durch.

»Großalarm. Frau entführt. In einem dunklen Mercedes 230. Fährt über die Union Street in Richtung Westen. Will wahrscheinlich zur Blackfriars Bridge. Fahrbahnsperrung vor der Brücke. Aber rasch. Es geht um Minuten.«

Darum ging es tatsächlich. Wir hatten am eigenen Leibe erlebt, mit welch einem Gegner wir es zu tun hatten. Dieser Dämon konnte sich verdoppeln. Er beherrschte die sogenannte Bilokation, die Fähigkeit, sich an zwei Orten gleichzeitig aufzuhalten.

Und das machte ihn so gefährlich.

Die breiten Scheinwerfer des Bentleys durchbrachen mit ihrem Lichtteppich die Dunkelheit. Noch fuhren wir über die Union Street. Und ich scherte mich diesmal einen Deut um die Verkehrsregeln. Ich peitschte die schwere Limousine voran. Manchmal zwang mich der Gegenverkehr auf die rechte Spur zurück.

»Hoffentlich spuren die Kameraden«, sagte Suko. »Wenn die keine Sperre errichten, sehe ich schwarz. Der Hundesohn hat einen viel zu großen Vorsprung.«

Ich hob die Schultern. »Meiner Meinung nach läßt sich dieser Dämon auch nicht durch eine Sperre aufhalten.«

Bremsen!

Vor uns im Licht tauchte die Einmündung zur Blackfriars Road auf. Blinker rechts, mit Volldampf in die Kurve, und ab ging es.

Suko hielt wieder den Hörer in der Hand und meldete sich. »Ist die Sperre fertig?«

»Ja, fast.«

»Seht ihr den Wagen?«

»Noch nicht. Dort, das muß er sein!«

Suko runzelte die Stirn. »Okay, dann haltet ihn nach Möglichkeit auf. Aber nicht schießen, der Fahrer hat eine Geisel.«

»Ja, ja!« klang die aufgeregte Stimme zurück.

Suko hängte wieder ein. »Der ist wohl noch neu, der Knabe am anderen Ende.«

Ich nickte nur. Mein Fuß drückte das Gaspedal durch. Auf der linken Seite sah ich vor mir die Rückleuchten zahlreicher Wagen glühen. Dort hatte sich bereits ein Stau vor der Brücke gebildet. Wir aber jagten rechts weiter. Fahrzeuge, die es nicht rechtzeitig schafften, sich in den Stau einzufügen, standen halb auf der Überholspur oder fuhren langsam an der Blechschlange vorbei.

»Idioten!« preßte ich bei einem Ausweichmanöver hervor.

Verflucht, ich war nervös. Dieser Dämon hatte uns seine Macht demonstriert, und Jane Collins befand sich in seinen Klauen. Eine bessere Geisel hätte er gar nicht rauben können.

Wie ein Brett lag der Bentley auf der Fahrbahn. Kein Windstoß brachte ihn aus seiner Spur. Wieder einmal war ich froh, dieses Fahrzeug zu besitzen.

»Kennst du diesen Kerl?« fragte Suko.

»Nein.«

»Er scheint aber schon lange in London zu sein. Zusammen mit diesem Werwolf.«

»Möglich.«

Meine Antworten waren ziemlich einsilbig. Ich mußte mich jetzt voll auf die Verfolgungsjagd konzentrieren.

Suko verstand das.

Wir jagten auf die Brückenauffahrt. Vor uns lag wie ein dunkles Band die Themse. Hin und wieder blitzten dort ein paar Lichter auf. Positionsleuchten angelegter Schiffe.

Die Sperre vor der Brücke war nicht zu übersehen. Von rechts nach links zog sich die Lichterkette über die Fahrbahn. Dazwischen leuchtete das Rot einer Kelle.

Aber der Kerl fuhr weiter.

Ich hatte die Heckleuchten des Mercedes schon längst erkannt.

Zwei, drei Sekunden vergingen. Wenn der Fahrer jetzt nicht bremste, dann war alles zu spät.

Er würde in die Sperre hineinrasen, vielleicht von der Fahrbahn abkommen und an einem Pfeiler zerschellen.

»Brems doch!« flüsterte ich. »Bremsen…!«

Ich dachte dabei an Jane.

Der Dämon raste weiter.

»Zu spät!« sagte Suko. Sein Gesicht war kalkweiß. »Aus – vorbei…«

Unbewußt hatte sich Jane Collins in der letzten Sekunde in den Fondsitz fallen lassen. Sie wußte, daß es keine Rettung mehr gab, rollte sich zusammen wie ein Igel und schützte ihren Kopf mit beiden Armen.

Scaramanga lachte.

Laut und teuflisch.

Er hatte noch ein As im Ärmel.

Urplötzlich riß er den Wagen nach rechts.

Es war eine wilde, nicht von Panik, sondern von eiskalter, dämonischer Überlegung gesteuerte Reaktion. Er nahm die Kurve so, daß der Mercedes nicht umkippte, sondern über den Randstreifen hinwegschoß und wie eine Rakete durch die Luft flog.

Ziel: die Themse!

Jane Collins schrie. Sie hatte sich wieder aufgesetzt, als der berstende Aufprall ausgeblieben war. Als sie jetzt durch die Scheibe schaute, sah sie unter dem Wagen die breiten Uferwiesen hinwegwischen und vor sich die dunkle Wasserfläche, auf die der Mercedes Sekunden später klatschen würde.

Doch es kam anders. Das Schicksal nahm eine Wendung, mit der Jane nie in ihrem Leben gerechnet hätte.

Die Hauptrolle dabei spielte Antonio Scaramanga.

Er verdoppelte sich.

Plötzlich gab es zwei Scaramangas. Einer hockte nach wie vor hinter dem Lenkrad, der andere, sein Schatten, riß Jane an sich und öffnete die hintere linke Wagentür.

Scharfer Wind fegte herein. Mit spielerischer Leichtigkeit wurde die Detektivin angehoben, so als würden die Gesetze der Schwerkraft überhaupt nicht mehr gelten.

Einen Herzschlag später befand sie sich schon außerhalb des Wagens.

Der echte Scaramanga drückte die Fahrertür auf. Genau in dem Moment, als der Wagen den Scheitelpunkt der Kurve überfuhr und nach unten wegsackte.

Dann ließ er sich aus dem Wagen fallen.

Jane Collins schrie nicht, sie weinte nicht – sie starrte und staunte nur.

Was sie hier über der Themse und mitten in London erlebte, erinnerte sie an den Film Superman.

Ein fliegender Mensch hielt sie gepackt, und er rettete jetzt noch seinen eigenen Körper.

Mit dem rechten Arm umfaßte er Jane, mit der linken Hand packte er eisenhart zu und ergriff das Handgelenk seines normalen Ichs.

Er ließ nicht los.

Eine Drehung, und er jagte auf die Brücke zu, flog hoch darüber hinweg, während unter ihnen der Mercedes in die Fluten klatschte und langsam versank.

Jane schaute auf die Erde, sah die zahlreichen Lichter und auch die Menschen, die fassungslos dastanden und dem fliegenden Dämon nachstarrten, der immer kleiner wurde und schon bald mit dem dunklen Himmel über London verschmolz.

Jane Collins hatte er mitgenommen. Sie flog einem ungewissen Schicksal entgegen…

Ich wartete bis zum letzten Augenblick. Dann erst bremste ich ab. Intervallweise, damit mir der Bentley bei dieser hohen Geschwindigkeit nicht wegrutschte.

Während des Bremsvorgangs sahen Suko und ich, wie der Mercedes nach rechts gerissen wurde, dann abhob und dem Wasser entgegenflog.

Ich hatte das Gefühl, dicht vor einem Herzschlag zu stehen. Für Janes Leben gab ich keinen Cent mehr.

Der Bentley stand.

Wir sprangen aus dem Fahrzeug.

Ebenso gebannt wie die Polizisten starrten wir dem Wagen nach. Ein unfaßbares Schauspiel bahnte sich an.

Der Dämon verdoppelte sich.

Er riß Jane Collins aus dem Wagen, schwang sich mit ihr durch die Luft, schleuderte Jane herum und zog die Fahrertür auf, um seinen Originalkörper hervorzuzerren.

Gebannt schauten wir zu.

»Ungeheuer«, murmelte ich.

Die anderen waren sprachlos. Auch die Polizisten faszinierte das Schauspiel. So etwas hatten sie noch nie in ihrem Leben gesehen. Es war wie im Kino.

Der Dämon flog davon.

Mit Jane Collins und seinem Originalkörper. Er verschwand im Dunkel der Nacht.

Erst jetzt löste sich die Spannung bei den Zuschauern. Die Polizisten waren ratlos und redeten wirr durcheinander. Einer schlug sich gegen die Stirn und rief: »Ich spinne, ich träume, das gibt es nicht!«

Suko und ich schauten uns ernst an. Mein Partner sprach das aus, was ich dachte. »Ob wir gegen ihn ankommen, ist mehr als fraglich.«

»Ja.«

Der Dämon war mit Jane Collins verschwunden, ohne daß wir etwas dagegen unternehmen konnten.

Die Niederlage fraß in mir. Und die Sorge um Jane Collins ebenfalls.

Der Streifenführer trat auf mich zu. Er kannte mich vom Sehen, grüßte und fragte: »Haben Sie eine Erklärung, Sir?«

Ich hob die Schultern. »Nein!«

»Und was sollen wir melden, Sir?«

In mir stieg die Wut hoch. Wut über die Ohnmacht, zu der wir verdammt waren. »Sagen Sie, Superman wäre gekommen!« zischte ich, machte kehrt und ging zum Wagen.

Suko folgte mir.

»Du bist ungerecht«, sagte er.

»Ich weiß, aber auch ich bin nur ein Mensch. Tut mir leid…«

Mit rasender Geschwindigkeit schoß der Erdboden auf sie zu. Jane Collins schloß die Augen, weil sie Angst hatte, sich die Knochen zu brechen. Doch kurz vorm Aufprall verringerte sich die Fahrt, und beinahe sacht landeten sie auf einer kleinen Grünfläche nahe der Grenze Soho/Mayfair.

Sofort löste sich der Doppelkörper des Pianisten auf, und nur noch eine Gestalt stand vor der Detektivin.

Es war kaum vorstellbar, daß Jane Sekunden zuvor noch zwei dieser Körper gesehen hatte.

Scaramanga hielt sie fest. Über ihnen rauschte der Nachtwind in den Kronen der Bäume. Sie zeigten bereits die ersten frischen grünen Blätter.

Der Frühling war nah.

Jane fragte sich allerdings, ob sie diese Jahreszeit noch erleben würde. Denn der Dämon mußte einen Grund haben, wenn er sie entführte. Wahrscheinlich wollte er ihren Tod.

Und dabei wußte sie nicht einmal, wer sich hinter diesem hart wirkenden Gesicht verbarg.

Jane nahm allen Mut zusammen. »Wer – wer sind Sie?«

»Mein Name ist Scaramanga«, erwiderte der Pianist. »Antonio Scaramanga.«

Jane Collins überlegte. Hatte sie den Namen schon einmal gehört – oder etwas darüber gelesen? Das mußte in der letzten Zeit gewesen sein.

Aber wo?

Scaramanga bemerkte, daß Jane nachdachte, und er lachte. »Ja, ich bin kein Unbekannter in London«, sagte er. »Ich halte mich bereits einige Wochen in der Stadt auf und gebe Konzerte.«

»Der Pianist«, sagte Jane.

Scaramanga lächelte. »In der Tat, Sie haben es erfaßt, schöne Lady. Ich bin es.«

»Und was haben Sie vor?«

Er lachte. »Ich möchte meine Fähigkeiten nutzen, um das zu erlangen, was vielen Menschen fehlt, was sie sich jedoch immer wieder wünschen. Macht und Geld!«

»Wieso machen Sie…«

Der Pianist ließ Jane Collins gar nicht erst ausreden. Er faßte sie an der Schulter und schob sie voran. »Gehen wir, und versuchen Sie nicht, zu fliehen. Ich würde Sie jederzeit einholen.«

Das glaubte Jane aufs Wort. Mit seinem Doppelkörper war er nahezu unschlagbar.

»Wo bringen Sie mich hin?« fragte Jane, als sie quer über eine Wiese schritten.

»Zu mir.«

»Schön. Und wo ist das?« Jane fand langsam ihre Fassung und ihre alte Sicherheit wieder.

»Lassen Sie sich überraschen. Auf jeden Fall ist es ein Ort, an dem Sie niemand findet.«

»Dann werden Sie mich töten?«

Unter den ausladenden Ästen einer alten Platane blieben sie stehen. »Töten? Vielleicht – vielleicht auch nicht. Bis jetzt habe ich niemand getötet. Diejenigen, die gestorben sind, gingen alle freiwillig für mich in den Tod. Sie wären die erste, die es nicht täte.« Er lachte und starrte Jane dabei mit seinen bohrenden Augen so scharf an, daß es ihr angst und bange wurde. Sie spürte bereits den hypnotischen und dämonischen Einfluß, der von diesem Mann ausging, und sie fragte sich, ob sie ihm jemals würde entrinnen können…

Jane war entführt worden, und wir mußten uns damit abfinden, so schwer uns dies auch fiel. Aber da war nichts mehr zu machen.

Wir befanden uns wieder auf der Nordseite der Themse und fuhren in Richtung Ludgate Circus. Rechts der Straße führte auf einem Damm die Eisenbahnlinie vorbei. Dahinter lagen die Häuserfronten wie eine dunkle Mauer.

Suko schwieg. Er konnte sich denken, wie es jetzt in mir aussah, und auch ich sprach kaum ein Wort.

Schließlich meinte der Chinese: »Wir sollten eine Tasse Kaffee trinken.«

Ich war einverstanden.

Es gab in der Nähe einige Lokale, die offen hatten. Wir entschieden uns, die Filiale einer amerikanischen Schnell-Imbiß-Kette zu betreten, und holten uns zwei Becher Kaffee am Büfett ab. Suko nahm sich noch einen Hamburger mit.

Ich hatte keinen Hunger.

Ganze sieben Gäste zählte ich. Ein Mann hatte den Kopf auf den Tisch gelegt und schlief.

Langsam schlürfte ich den Kaffee. Ich hatte mich unterwegs ein paarmal mit der Zentrale unserer Stadtpolizei telefonisch in Verbindung gesetzt, doch der Dämon und Jane Collins waren nirgendwo aufgefallen. Es schien, als hätte sie der Erdboden verschluckt.

»Eine Spur haben wir ja noch«, meinte Suko kauend.

»Linkerton?«

»Genau.«

Ich war skeptisch. »Ob der uns weiterhelfen kann?«

»Es ist zumindest einen Versuch wert. Irgendwie muß er ja den Tod seiner Tochter mit diesem Dämon in Verbindung gebracht haben. Das liegt auf der Hand.«

Suko hatte recht. Dieser Peter Linkerton war wirklich die einzige Spur.

»Ruf ihn an«, sagte mein Partner.

Ich schaute auf die Uhr. Mitternacht war schon seit einer Stunde vorüber. Aber ich mußte es versuchen. Zuviel stand auf dem Spiel.

Ich stand auf und ging zum Telefon. Eine freundliche Bedienung hatte mir den Weg gezeigt. Ein Telefonbuch gab es nicht. Die Nummer erfuhr ich über die Auskunft.

Dann läutete ich an.

Schon beim zweiten Klingeln wurde abgehoben.

»Linkerton!« Der Mann bellte seinen Namen in den Hörer, und wie er das tat, ließ darauf schließen, daß er ein ziemlich harter Typ war.«

»Sinclair, Scotland Yard«, erwiderte ich.

Danach war es erst einmal ruhig.

Dann wieder seine Stimme. Diesmal allerdings etwas leiser. »Was kann ich für Sie tun? Geht es um meine Frau?«

»Wieso?«

»Nun – äh, es war nur eine Frage.«

»Nein, um Ihre Frau geht es nicht. Eher um Ihre Tochter. Kann ich Sie aufsuchen?«

»Natürlich. Wann?«

»Sofort!«

Schweigen. »Ja, wenn es sein muß. Es ist zwar eine etwas unpassende Zeit, aber...«

»Sie können versichert sein, Mr. Linkerton, es ist sehr dringend.«

»Okay, kommen Sie vorbei. Ich wohne in Paddington. Senior Street.«

»Danke.«

Wenn wir nach Paddington wollten, mußten wir quer durch London fahren. Eine ganz schöne Strecke, aber in der Nacht herrschte wenig Verkehr. Das mußte zu schaffen sein.

Ich sagte Suko Bescheid. Er aß inzwischen seinen zweiten Hamburger. »Aufregung macht mich immer hungrig«, gestand er.

»Und mir schlägt sie auf den Magen.«

Wir sahen zu, daß wir die Oxford Street erreichten, und fuhren in Richtung Westen.

Immer geradeaus.

An der Nordoststrecke des Hydeparks fuhren wir in die Edgewater Road hinein, bogen am London Metropole Hotel auf den Westway ein und hatten bald unser Ziel erreicht.

Die Straße lag nicht weit vom Bahnhof entfernt in einem ruhigen Viertel.

Das Haus, in dem Linkerton wohnte und arbeitete, war ein stattliches Gebäude.

In dieser Straße gab es schräge Parktaschen, und ich rangierte den Bentley rückwärts in eine hinein. Wenn der Wagen mit der Kühlerschnauze zur Straße hin stand, konnte ich immer rasch starten.

Niemand ließ sich blicken, als wir auf die Haustür zuschritten. Zwei kleine Wandleuchten brannten links und rechts neben der Tür. Sie tauchten das präparierte Mahagoniholz in ein angenehmes Licht.

Ein Schild wies darauf hin, wer hier wohnte.

Zwei Klingeln waren nebst Sprechanlage vorhanden.

Ich schellte oben und meldete uns an, als die fragende Stimme aus dem Lautsprecher klang.

Wir drückten die Tür auf, betraten den Hausflur, der sehr breit war und dessen Marmorfliesen sicherlich ein Vermögen gekostet hatten. Nun ja, der Eigentümer schien es zu haben.

Wir nahmen nicht die Treppe, sondern den Lift, über dessen Tür ein grüner Pfeil leuchtete. Gegenüber führten einige Türen zu den Büros, wie ich an den Schildern erkannte.

Peter Linkerton erwartete uns vor seiner Wohnungstür. Ich war etwas enttäuscht, als ich ihn sah.

Ein ziemlich kleiner Mann, rundlich gebaut und mit einem Dackelgesicht. Nur die Augen leuchteten hart. Er trug einen rostfarbenen Blazer und eine braune Hose. Sein Hemd stand offen. Er hatte sich einen Schal in den Ausschnitt gesteckt.

Ich stellte Suko und mich vor.

Linkertons Händedruck war kräftig.

»Bitte, kommen Sie herein.«

Er führte uns in den Living-room. Linkerton mußte ein Sammler moderner Graphiken sein, denn die Wände waren damit völlig zugedeckt. Die weiße Sitzgruppe stand in der Mitte des Raumes, und der niedrige schwarze Tisch bildete einen hervorragenden Kontrast.

Durch das große Fenster hatten Suko und ich einen fantastischen Blick über Paddington.

»Möchten Sie etwas trinken?«

Wir entschieden uns für einen Orangensaft mit Eis.

Linkerton nahm einen Sherry.

Er setzte sich uns gegenüber, kreuzte die Beine und führte das Glas an die Lippen.

»Womit kann ich Ihnen dienen, Gentlemen?«

»Wie ich bereits erwähnte, geht es um Ihre Tochter.« Ich steckte meinen Ausweis, den ich ihm zuvor gezeigt hatte, wieder ein. »Sie ist, wie mir bekannt ist, unter recht seltsamen oder mysteriösen Umständen gestorben. Liege ich da richtig?«

»Ja.«

»Sie haben einen Mann engagiert, um den Tod Ihrer Tochter aufzuklären?«

»Genau, Mr. Sinclair. Entschuldigen Sie, aber ich halte die Polizei nicht für wirkungsvoll genug, was sich auch hinterher gezeigt hat. Sie haben einen Selbstmord festgestellt. Mehr nicht. Aber meine Tochter – und das möchte ich vorausschicken – war nicht der Typ, der Selbstmord begeht. Sie war zu agil und liebte Feiern, Partys und das Leben. Da bringt man sich nicht um, Mr. Sinclair. Glauben Sie mir.«

Ich nickte. »Sie denken an Mord.«

»Ja.«

»Und Ted Kronos sollte Ihnen helfen?«

»Genau.« Er lächelte. »Aber woher kennen Sie seinen Namen?«

Ich wich der Frage aus. »Kannten Sie Kronos schon vorher?«

Er hob die Schultern und befeuchtete sich seine Lippen mit Sherry. »Sagen wir mal, ich habe von ihm gehört.«

»Sie wußten also, daß er ein Killer ist!«

Er stellte das Sherryglas weg. »Nein!«

»Wirklich nicht?« Ich traute Linkerton nicht. Er war mir ein zu geriebener Bursche.

Seine schmalen Lippen verzogen sich zu einem Lächeln. »Ich weiß nicht, was Sie wissen, Sinclair, und welche Trümpfe Sie noch in der Hinterhand haben, aber ich wußte zumindest im großen und ganzen, welch einem Job Ted Kronos nachging. Er war ein Kopfgeldjäger. Anders war es im Wilden Westen auch nicht, Mr. Sinclair.«

»Vielleicht. Nur leben wir nicht im Wilden Westen. Unsere Zeit hat Gesetze, und die müssen respektiert werden. Kopfgeldjäger damals und heute hatten, beziehungsweise haben einen schweren Stand. Sie laufen immer in Gefahr, selbst umgebracht zu werden. Und das hat Ted Kronos hinter sich.«

Linkertons Augen verengten sich. »Moment mal. Wollen Sie damit sagen, daß Kronos…«

»Ja, er ist tot. Man hat ihn erstochen. Hinterrücks. Wir haben nur durch einen Zufall die Leiche entdeckt.«

Linkerton wurde blaß. Er lehnte sich zurück und wischte mit der

Hand über sein Gesicht. »Teufel«, sagte er leise. »Das ist hart, ein regelrechter Hammer.« Er schüttelte den Kopf. »Nie hätte ich damit gerechnet.«

»Es ist nun nicht mehr zu ändern«, erwiderte ich.

Eine Schweigepause entstand. Ich ließ dem Mann erst einmal Zeit, sich zu erholen, und zündete mir eine Zigarette an. Linkerton lehnte ein Stäbchen ab.

»Und warum hat man ihn umgebracht?« fragte er schließlich mit leiser Stimme.

»Deswegen sind wir zu Ihnen gekommen«, erwiderte ich. »Wir hoffen, bei Ihnen die Antwort oder wenigstens einen Teil davon zu erhalten.«

»Ich weiß nichts.«

»Aber Kronos war in Ihrem Auftrag unterwegs«, sagte Suko. Er nahm zum erstenmal seit unserer Ankunft an dem Gespräch teil.

»Ja, er sollte den Tod meiner Tochter aufklären.«

»Ist Ihre Frau nicht da?« fragte ich.

»Nein. Wir – wir gehen so ziemlich unsere eigenen Wege. Ich glaube, sie wollte zu einem Konzert. Wann sie zurückkommt, weiß ich nicht. Es interessiert mich auch nicht sonderlich. Wir haben uns auseinandergelebt.« Er atmete tief ein. »Kronos arbeitete etwa seit einer Woche für mich.«

»Haben Sie zwischendurch mit ihm gesprochen?«

Linkerton fischte aus einem Kasten ein Zigarillo. »Ja, wir haben miteinander gesprochen. Vor zwei Tagen noch.«

»Und?«

Peter Linkerton zündete sich das Zigarillo an. »Was soll ich Ihnen sagen, Mr. Sinclair? Einen Erfolg hat er nicht verbuchen können. Aber wie mir schien, hat er eine Spur gefunden. Eine verrückte – zugegeben, aber…«

»Kommen Sie zur Sache«, unterbrach ich ihn.

»Okay. Die Spur führt zu einem Pianisten, wie er mir sagte. Er hat mir sogar den Namen aufgeschrieben. Moment.« Linkerton stand auf und ging zu einem kleinen Schreibsekretär. Aus der obersten Schublade holte er einen Zettel in DIN-A-5-Format hervor.

Ich streckte schon den Arm aus.

Dann las ich den Namen halblaut vor.

»Scaramanga. Antonio Scaramanga. Gibt seine Konzerte im Llewellyn-Stone-Theater.«

»Liegt das nicht in Soho?« fragte mich Suko.

»Genau«, antwortete Linkerton.

Soho! Der Fall hatte in Soho begonnen, und die Spur führte wieder in diesen Stadtteil.

Also dort...

»Ich glaube, Mr. Linkerton, durch Ihre Hilfe sind wir ein ganzes Stück weitergekommen. Hat Kronos Ihnen noch mitgeteilt, welch eine Bewandtnis es mit diesem Scaramanga hat?«

»Er hat von einem musikalischen Genie gesprochen. Ein Dämon am Klavier, dem niemand widerstehen kann, wenn er seine Musik hört. Das ist natürlich Unsinn.«

»Würde ich nicht sagen. Es gibt Menschen, die durch ihr Talent andere so mitreißen können, daß sie alles dafür tun. Denken Sie an die Beatles oder an James Dean. Für sie sind Mädchen in den Tod gegangen. Sie haben ihr Leben für das von ihnen angebetete Idol einfach weggeworfen. Wie ein Blatt Papier.«

»Und Sie glauben, daß dies bei Scaramanga ebenfalls der Fall ist?«

»Möglich.«

Peter Linkerton wirkte plötzlich sehr fahrig und nervös. »Meine Frau ist auch zu einem Konzert gegangen«, murmelte er.

»Denken Sie an Scaramanga?« fragte ich.

Er überlegte. »Ich müßte eine Freundin anrufen.«

»Tun Sie das. Es geht um Leben und Tod.« Mit diesen Worten hatte ich wirklich nicht übertrieben.

»Ja, gut.«

Peter Linkerton suchte die Nummer hervor und telefonierte. Als abgehoben wurde, entschuldigte er sich wortreich und stellte dann seine Frage. Er hörte zu, bedankte sich und legte auf. Als er sich umdrehte und uns anschaute, war er blaß geworden.

Ich wußte Bescheid. »Sie ist zu einem Klavierkonzert gegangen?«

»Ja, Mr. Sinclair. Ins Llewellyn-Stone-Theater...«

Die Uferwiesen waren feucht. Bis vor kurzem hatte die Themse noch Hochwasser geführt, und Überbleibsel davon lagen als kleine Seen oder Tümpel in der flachen, eintönigen Flußlandschaft.

Der Nachtwind blies den einsamen Spaziergängern ins Gesicht und brachte den Geruch von Schlick und fauligem Wasser mit. Im Norden blinkten die Lichter des Stadtteils Pimlico, der von der breiten Grosvenor Road im Süden begrenzt wurde. Manchmal führte die auf Stelzen verlaufende Straße bis dicht an das Wasser heran, dann wich sie wieder zurück und überquerte zahlreiche Parkplätze, auf denen im Sommer die Wagen der Sonnenhungrigen standen, die sich am Ufer der Themse erholen wollten.

Doch jetzt war dieser breite Streifen leer und verlassen. Keine Menschenseele ließ sich blicken, bis auf die beiden einsamen Wanderer.

Und Jane Collins war auch nicht freiwillig da. Antonio Scaramanga hielt sie am Arm gepackt.

»Wo bringen Sie mich hin, zum Teufel?« fragte sie mindestens zum zwanzigsten Mal.

Der Pianist blieb stehen. Er deutete mit der Hand nach vorn, in die Schwärze hinein. »Siehst du was?«

»Nein.«

»Dort hinten beginnt ein Damm. Und darauf stehen Wohnwagen und Wohnmobile. Das ist unser Ziel.«

Endlich wußte Jane Bescheid. Viel damit anfangen konnte sie trotzdem nicht. Wenn sie in einem herumstehenden Wohnwagen eingesperrt wurde, gab es wohl kaum eine Chance, daß sie jemand befreite. Denn wer sollte sie da finden?

Ein Trampelpfad führte zum Damm hoch. Er war ziemlich glitschig, vom Regen und Hochwasser aufgeweicht.

Doch auf dem Damm wurde es besser. Hier hatte man Kies gestreut, um den Weg einigermaßen zu befestigen. Die Schritte der beiden knirschten. Jane fror. Sie fühlte sich zwischen all den Wagen nicht wohl. Sie kamen ihr direkt unheimlich vor, diese kahlen Zivilisationsprodukte, die den Winter über standen und nur im Sommer benutzt wurden.

Alle Arten und Preisklassen waren vertreten. Kleine zweirädrige

Wohnanhänger und elegante Wohnmobile, für die der Käufer ein kleines Vermögen hinlegen mußte.

Die Gänge zwischen den Wohnwagen waren eng. Jane sah, daß dieser Ort wirklich nur als Abstellplatz diente, daß im Sommer die Wagen dann von hier aus zum Fluß oder in dessen unmittelbare Nähe gefahren wurden.

Etwas huschte an ihren Füßen vorbei, und Jane schrie auf.

Scaramanga lachte. »Eine Ratte«, sagte er. »Mehr nicht.«

Sie gingen weiter.

Jane mußte vorgehen, während Scaramanga ihr seine Hände auf die Schultern gelegt hatte. Sie spürte den harten Griff und wunderte sich darüber, daß diese schlanken Finger so fest zupacken konnten.

Dann erreichten sie Scaramangas Wagen.

Er war ein Prunkstück.

Ein Wohnmobil der obersten Preisklasse.

Der Dämon griff in die Tasche und holte einen Schlüssel hervor. Er mußte die Tür noch auf konventionelle Weise öffnen, nicht auf magische.

Er bückte sich und schob den Schlüssel in das Schloß.

Da sah Jane ihre Chance.

Sie fühlte sich nicht mehr bewacht, wirbelte auf dem Absatz herum und rannte weg.

Ehe Antonio Scaramanga richtig begriff, was geschehen war, konnte er Jane schon nicht mehr sehen. Wie ein Wiesel war die blondhaarige Detektivin an dem Wohnwagen vorbeigelaufen und um die nächste Ecke gewischt.

Jetzt befand sie sich auf einem schmalen Pfad zwischen den abgestellten Wagen.

Der Pianist fluchte. »Gib dir keine Mühe!« rief er. »Ich kriege dich doch!«

Jane hörte nicht auf ihn, sondern lief weiter. Sie huschte abermals um eine Ecke und vergaß auch nicht, einen Blick nach oben zu werfen, denn sie hatte die Fähigkeit des Dämons, sich verdoppeln zu können, nicht vergessen.

Noch drohte ihr keine Gefahr, und Jane Collins atmete auf.

Sie drückte sich in einen Spalt zwischen zwei abgestellten Wagen, stolperte aber über eine querstehende Deichsel und wäre im letzten Moment noch hingefallen, wenn sie sich nicht abgestützt hätte. Jane schluckte die Beschimpfungen herunter, die ihr auf der Zunge lagen.

Eng an die schmutzige Wand eines Wohnwagens gepreßt, stand sie da und lauschte. Sie hoffte, daß sich Scaramanga durch irgendwelche Geräusche verraten würde, aber die Hoffnung erfüllte sich nicht.

Dann vernahm sie über sich das Lachen.

Jane ruckte herum, riß den Kopf in den Nacken und sah Scaramanga auf dem Dach des Wagens hocken.

Oder war es sein Doppelkörper?

Wieder lachte er.

Diesmal aus einer anderen Richtung – und zwar hinter ihr.

Jane Collins gab auf.

Dieser Antonio Scaramanga war stärker. Sie kam nicht gegen ihn an. Resignierend hob sie die Schultern und ließ die Arme wieder fallen. Dabei klatschten ihre flachen Hände gegen die Verkleidung des Wagens. Das dabei entstehende Geräusch hörte sich an wie der Gong zur letzten Runde.

Und die war für Jane Collins eingeläutet worden.

Leichtfüßig schwang sich der Dämon vom Dach und schwebte neben Jane zu Boden.

Sein Originalkörper näherte sich von der anderen Seite, und schon waren die beiden wieder vereint.

»Kommst du freiwillig mit?« fragte er.

Jane Collins nickte resignierend. »Ja.«

Diesmal unternahm sie keinen Fluchtversuch. Sie wehrte sich auch nicht, als Scaramanga sie in sein luxuriöses Wohnmobil drängte. Es war so hoch, daß zwischen Janes Kopf und der Decke noch zwei Handbreiten Platz blieb.

Die Wände des Wohnmobils waren von innen mit wertvollen Hölzern getäfelt. Es gab mehrere Schlafstellen, sogar TV und eine Stereoanlage. Die eingebaute Küche war ebenso selbstverständlich wie die Toilette und die Dusche.

Jane mußte sich auf eine der Liegen setzen. Scaramanga nahm ihr gegenüber Platz. Er begnügte sich mit einem Hocker.

Sekundenlang schauten sie sich an.

Jane fragte sich, was dieser Mann mit ihr vorhatte, aber sie war zu stolz, um zu sprechen. Er würde sicherlich von selbst damit herausrücken.

Was er auch tat.

»Ich wußte, daß du meine Gefangene wirst«, sagte er.

»Woher?«

Jetzt lächelte er und erinnerte Jane dabei an einen Schulbuben, der stolz auf seinen gelungen Streich ist. Er schaltete eine Wandleuchte ein und drehte sie dann so, daß der Strahl genau auf seinen Unterkörper fiel.

Jane war aufgefallen, daß er Handschuhe trug. Nun zog er den rechten aus.

Flach legte er seine Hand auf den am Boden befestigten Tisch zwischen ihnen.

»Sieh dir die Hand genau an«, flüsterte er.

Jane tat dies. »Und?« fragte sie.

»Schau auf die Nägel!«

Jane Collins senkte den Kopf und sah genauer hin. Noch immer konnte sie nichts Außergewöhnliches an dieser Hand feststellen. Sie war wie jede andere auch. Vielleicht waren die Finger etwas kräftiger ausgebildet, aber sonst…

»Achte auf die Nägel!«

Janes Blick wanderte.

Da! Jetzt sah sie es ebenfalls. Die Nägel, die gelblich braun schimmerten, änderten ihre Farbe.

Es entstanden dort schlierenförmige Gebilde, die sich hin und her bewegten, zuerst ein großes Durcheinander bildeten, dann aber klarer und transparenter wurden. Schließlich zeigten sie Bilder und Personen.

Personen, die Jane kannte.

Ein Mann mit blonden Haaren.

Ein Chinese…

Und dann sie selbst.

Sie sah sich in diesem Wagen, doch von den anderen beiden sah sie nur die Gesichter. Sie waren dazu noch nebelhaft und verschwommen. Schließlich blieb nur noch Sukos Bild zurück.

Scaramanga wurde unruhig. »Etwas stört die Magie. Etwas, das ich auch schon bei der ersten Begegnung mit diesem Sinclair gespürt habe. Weißt du, was es ist?«

»Nein.«

Scaramanga glaubte ihr nicht. »Er muß ein Relikt der Weißen Magie bei sich tragen, wenn das Bild nicht klar durchkommt.« Scaramanga stieß einen Fluch aus. »Ich kann nicht sehen, wo sie sich im Augenblick befinden, und das macht mich wütend.«

Er murmelte eine Beschwörung, und die Bilder verschwanden. Seine Hand sah wieder völlig normal aus.

»Welch ein Auftrag führen Sie durch?« wollte Jane Collins wissen.

Scaramanga schaute sie mit einem glühenden Blick an. Dann sagte er. »Ich fasziniere die Leute durch mein Spiel. Es ist so fantastisch, daß ich für alle, dir mir zugehört haben, ein Idol bin. Sie würden alles für mich tun. Mein Spiel nimmt sie gefangen. Und sie tun alles für mich.« Scaramanga beugte sich vor und kicherte böse. »Sie gehen sogar für mich in den Tod.«

»Aber was hat ihr Tod für einen Sinn?«

»Sinn?« Seine Augen wurden so groß, daß Jane das Gefühl hatte, in dunkle Wagenräder zu schauen. »Ich kann dir sagen, was es für einen Sinn hat. Diese Frauen und Mädchen, die für mich in den Tod gegangen sind, haben mir eins gegeben. Ihr Vermögen. Und da die Seele eines Selbstmörders von den Kräften des Lichts nicht aufgenommen wird, bekommt der Teufel sie. Mit anderen Worten: Ich, Antonio Scaramanga, führe ihm Seelen zu. Und er sorgt dafür, daß ich mit irdischen Gütern entlohnt werde.«

»Das also ist es!« flüsterte Jane. »Aber warum haben Sie dann mich entführt? Ich besitze nichts, bin keine Millionärin, und ich erbe auch kein Vermögen.«

»Ich habe dich genommen, weil du mir gefährlich werden kannst«, erwiderte Scaramanga. »Du und deine Freunde sind meine Feinde. Denn sie sind Gegner der Hölle!« Er hob beide Arme und klatschte die Hände gegeneinander. »Nun, der Satan hat mir noch etwas mitgegeben. Die Gabe der Bilokation. Ich kann also an zwei

Orten zur gleichen Zeit sein. Allerdings immer nur für wenige Minuten, weil sich der andere feinstoffliche Körper dann auflösen würde. Eine hübsche Beigabe, die meinen Feinden schon sehr viel Kopfzerbrechen bereitet hat. Aber wenn ich dich so vor mir sitzen sehe, kommt mir ein Gedanke, den ich eigentlich in die Tat umsetzen sollte. Ich werde für dich allein etwas spielen. Denn du sollst ebenfalls in den Genuß meiner Musik kommen. Du sollst wie die anderen berauscht sein, damit du für mich, deinen Herrn und Meister, alles tust.«

»Wie dieser Werwolf, nicht wahr?«

»Genau. Durch Yüroschs Dummheit hat leider alles seinen Anfang genommen. Aber ich werde den Fehler ausbügeln.«

»Wo steckt er denn?« fragte Jane. Ihre Stimme klang noch sehr sicher. Sie war überzeugt davon, daß sie dem Spiel widerstehen konnte, daß es diesem Mann nicht gelang, sie mit seinem Spiel zu verhexen.

»Er wird im Laufe der Nacht hier eintreffen.« Scaramanga erhob sich. »Aber dann wirst du ihn nicht als Feind, sondern als Freund begrüßen.«

»Ich glaube kaum, daß es soweit kommen wird. Meine Freunde sind nicht faul. Sie geben nicht auf. Sie werden mich retten.«

»Woher sollen sie wissen, wo du dich aufhältst?«

Jane gab keine Antwort auf Scaramangas Frage.

»Schade nur, daß ich nicht sehen konnte, was sie jetzt machen. Es hätte mir bestimmt Freude bereitet, sie in ihrer Angst um dich erleben zu dürfen.«

Er ging ein paar Schritte nach vorn und zog einen Vorhang zur Seite.

Dahinter stand ein Klavier.

Behutsam, als hätte er Angst, etwas zu zerstören, klappte Scaramanga den Deckel hoch.

Dann holte er sich den Hocker heran, nahm darauf Platz und begann zu spielen.

Es war die Melodie des Teufels…

»Verschlossen!« stellte Suko trocken fest, als wir vor der Tür des Theaters standen.

Ich nickte und ließ meine Blicke an der Fassade emporwandern. Viel gab es da nicht zu sehen. Das Llewellyn-Stone-Theater war kein besonders großer Bau. Eingekeilt zwischen zwei abbruchreifen Häusern fristete der ehemalige Musentempel ein recht bescheidenes Dasein. Normalerweise wäre es für den begnadeten Künstler Antonio Scaramanga unter seiner Würde, in solch einem Schuppen aufzutreten. Aber für dunkle Zwecke war dieses im finsteren Soho liegende Theater bestens geeignet.

Das wußte auch Scaramanga.

Die große Eingangstür war zu. Ich rüttelte noch einmal fest an der Klinke, aber die Tür blieb verschlossen.

Es war ruhig in dieser Straße. Hier gab es keine Kneipen, Lokale und Amüsierschuppen. Die Häuser, die hier noch standen, warteten auf ihren Abbruch.

Leerstehende Fabrikhallen zeugten von der miesen Konjunktur, in der sich das Land momentan befand.

Es war ein Trauerspiel.

Doch es gehörte nicht zu meinen Aufgaben, darüber nachzudenken. Suko hatte den Platz an der Eingangstür verlassen und schlich an einer Brandmauer entlang. Dann blieb er stehen und winkte mir zu.

Ich ging zu ihm.

Suko deutete auf eine schmale Pforte. »Ein Seitenausgang.«

»Offen?«

Er grinste. »Hätte ich dich sonst gerufen? Bitte. Schönheit geht vor, mein Lieber.«

»Ha, ha.« Ich drückte auf die Klinke. Quietschend bewegte sie sich nach unten. Ich verzog das Gesicht, weil ich bei dem Geräusch eine Gänsehaut bekam.

Mit der linken Hand drückte ich die Tür auf, in der rechten hielt ich meine Beretta schußbereit.

Ich konnte sie wieder wegstecken.

Ein Hof lag vor uns. Leer, vom Mondlicht beschienen. Hinter mir drückte Suko die Tür wieder ins Schloß. Dann deutete er zu einem

Fenster hoch, aber ich hatte den matten Lichtschein bereits bemerkt, der hinter der Scheibe schimmerte.

»Es ist also doch jemand da«, flüsterte Suko.

Vor der Scheibe mußte irgendein Vorhang oder Tuch hängen, denn der Schein sah ziemlich gefiltert aus.

Ich ging ein paar Schritte vor und stieß plötzlich gegen eine Latte oder einen Balken, der auf dem Boden lag. In der Dunkelheit hatte ich ihn nicht gesehen.

Ich schaute genauer hin.

Es war ein Spaten.

Nun spielte ich Sherlock Holmes und dachte nach.

Ein Spaten lag auf dem Boden. Das kam nicht von ungefähr. Ich bückte mich abermals, betrachtete das Spatenblatt und stellte fest, daß daran noch frische Erdkrumen klebten.

Jemand hatte gegraben.

Oder etwas vergraben?

»Suchst du was?« fragte mich Suko. Er kam zu mir.

Ich schüttelte den Kopf. »Nein, ich habe schon etwas gefunden.« Dabei deutete ich auf den Spaten.

Suko kratzte sich am Kopf. »Ein Garten ist das ja nicht hier«, meinte er.

»Nein.« Ich ging weiter. Gegenüber der Eingangstür befand sich die Westseite des Theaters. Bis zum Dach waren es zwei Stockwerke.

Plötzlich sanken meine Füße etwas ein.

Sofort blieb ich stehen.

Mit der Bleistiftlampe leuchtete ich die Stelle ab.

Frisch umgegraben.

»Da ist es ja schon«, sagte ich und winkte Suko herbei. Er hielt den Spaten in der Hand.

»Schau mal nach«, sagte er.

Ich nahm den Spaten und fing an zu graben, während Suko seitlich neben mir stand und das Fenster im Auge behielt. Es fehlte uns noch, daß wir jetzt entdeckt wurden.

Niemand zeigte sich.

Hastig stieß ich das Blatt in die Erde und spürte schon sehr rasch geringen Widerstand.

Ich schluckte, denn mir war auf einmal klar, was dort vergraben lag. Vorsichtig grub ich weiter, und dann sah ich die helle Haut einer Hand schimmern.

Es war eine schmale Frauenhand.

»Denkst du das gleiche wie ich?« raunte mir Suko ins Ohr.

»Ja, da liegt Mrs. Linkerton.«

Wir legten den Kopf frei. Peter Linkerton hatte uns zwar kein Bild seiner Gattin gezeigt, doch ich war überzeugt, daß die Tote seine Frau war.

Die Augen waren noch weit aufgerissen. Das Entsetzen, das sie in den letzten Augenblicken ihres Lebens empfunden hatte, zeichnete noch ihre Züge.

»Jetzt bin ich nur gespannt, welch eine Erklärung wir bekommen«, sagte ich und deutete dabei auf das erleuchtete Fenster.

»Falls jemand da ist.«

»Das hoffe ich doch.«

Wir suchten und fanden auch eine Tür, durch die wir ins Innere des Theaters gelangten.

Es war grabesstill.

Nur hin und wieder knackte irgendwo etwas. Manchmal hörte ich auch das Tappen zahlreicher kleiner Füße.

Hier mußten irgendwo Mäuse sein.

Auf Zehenspitzen bewegten wir uns voran. Im Strahl meiner Lampe tanzten Millionen von Staubpartikeln. Der typische Bühnengeruch drang in unsere Nasen. Eine Mischung aus Schweiß, Puder und abgestandener, verbrauchter Luft.

Wir schlichen an vergilbten Kulissen vorbei und sahen den Wegweiser an der Wand, der zur Bühne zeigte.

Da wollten wir nicht hin.

Die entgegengesetzte Richtung schien uns die richtige zu sein. Wir täuschten uns nicht und standen schon bald vor einer Steintreppe, die nach oben führte.

Ich nickte Suko zu.

Langsam ging ich voran. Wieder hielt ich meine mit Silberkugeln geladene Beretta in der Hand.

Stufe für Stufe nahmen wir und standen dann in dem Gang, in dem die Garderoben lagen.

Es brannte kein Licht auf dem Flur, aber durch die Türritze des Zimmers, dem unser Besuch galt, drang ein schmaler Lichtstreifen in den Gang.

Wir wurden noch vorsichtiger und hielten uns dabei so eng an der Wand, daß wirklich keine Diele unter unseren Füßen knarrte. Je näher wir der Tür kamen, um so mehr änderte sich der Geruch. Die muffige Luft wurde von einem penetranten Gestank verdrängt.

Einem Raubtiergeruch...

Raubtier?

Der Werwolf.

Ja, ein Werwolf roch so. Ich selbst hatte mit ihm gekämpft, war ihm nahe genug gekommen, um seine Ausdünstungen riechen zu können.

Und hier fand ich sie wieder.

Wir standen vor der entscheidenden Spur.

Meiner Meinung nach bestand keine Veranlassung, daß der Werwolf die Garderobentür abschloß.

Suko und ich bauten uns vor der Tür auf.

Ich nickte meinem Partner zu, dann legte ich die Hand auf die Klinke, atmete noch einmal tief durch und riß die Tür wuchtig auf...

Antonio Scaramanga begann zu spielen.

Spielerisch leicht glitten seine Finger über die Tastatur. Er schien die Tasten kaum zu berühren, und Jane mußte sich eingestehen, daß dieser Dämon wirklich ein Meister seines Fachs war.

Ein Genie, das vom Teufel gelenkt wurde.

Leicht vornübergebeugt saß er da. Sein hartes Profil zeichnete sich im Gegenlicht der Lampe ab, die Lippen waren zusammengepreßt, und Jane sah das eckige Kinn vorspringen.

Sie wußte nicht, welcher Meister das Stück geschrieben hatte, aber die Töne waren weich und melodisch, drangen in ihr Gehirn und brachten dort nie gekannte Saiten zum Klingen.

Die Faszination erfaßte auch Jane Collins.

Scaramanga lächelte im Bewußtsein seines Sieges, denn er wußte, daß ihm und seinem Spiel auch die blondhaarige Frau nicht widerstehen konnte.

Aus einer Gegnerin würde eine Anhängerin werden.

Da war er hundertprozentig sicher…

Und er spielte weiter. Er riß Jane Collins förmlich in den Strudel hinein, nahm sie mit seinen Melodien gefangen und machte sie zu einem willenlosen Werkzeug.

Langsam wurde sein Spiel ruhiger. Die Klänge waren nicht mehr so aufpeitschend und aufdringlich, eher weicher und einschmeichelnder. Janes Gesicht hatte einen entrückten Ausdruck angenommen, ihre Augen zeigten einen umflorten Blick, die Blicke schienen in unendliche Fernen gerichtet zu sein.

Jane Collins stand unter dem Bann des Dämons…

Mit einem letzten, furiosen Akkord endete das Spiel.

Stille…

Jane saß auf der Liege. Ihre Hände lagen auf den Oberschenkeln, die Lippen zeigten ein Lächeln…

Scaramanga stand auf.

»Jane«, sprach er sie an.

Die Detektivin wandte den Kopf. Aus einem Impuls heraus wollte sie aufbrausen, als sie in das Gesicht blickte, das ihr eigentlich so widerwärtig war, doch dann kam es über sie, und sie gehorchte dem zwingenden Blick seiner dunklen, hypnotisch wirkenden Augen.

»Was ist, Meister?«

Sie brachte das letzte Wort glatt über ihre Lippen, und Scaramanga nickte zufrieden.

Er beugte seinen Oberkörper und ging vor ihr in die Knie. Seine Hände legten sich auf die ihren.

»Du gehörst zu mir, Jane?«

Auf Janes Stirn bildete sich eine nachdenkliche Falte. »Wenn du – wenn du…«

Irgendwie befand sich in ihrem Innern noch eine Sperre, und Scaramanga war nicht ganz zufrieden.

»Sag, daß du zu mir gehörst!« zischte er.

Die Falte vertiefte sich. Scaramanga umfaßte Janes Schultern. »Ich will eine Antwort.«

»Ja...«

Wie ein Hauch drang das Wort über Janes Lippen, und Scaramanga stellte die nächste Frage.

»Willst du für mich alles tun?«

Nicken.

»Würdest du auch für mich töten?«

»Ja, Meister.«

»Und sterben?«

Da leuchteten Jane Collins' Augen auf, und sie rief: »Ich gehe für dich in den Tod!«

Antonio Scaramanga hatte gewonnen!

Mit der Startgeschwindigkeit einer Rakete flog ich in das Zimmer hinein, wirbelte nach rechts zur Seite weg und blieb mit angeschlagener Waffe in Combat-Stellung stehen.

Suko tat das gleiche auf der linken Seite, so daß wir unseren Gegner in der Zange hatten.

Der Mann hatte vor dem Spiegel gestanden und war völlig verstört und erschreckt herumgefahren, als wir in die Garderobe stürmten.

Jetzt irrten seine Blicke zwischen Suko und mir hin und her. Ich richtete die Mündung der Waffe auf ihn. Der Raubtiergeruch war intensiver geworden, und ich war nun vollends davon überzeugt, einen Werwolf vor mir zu haben.

Ich machte ihm auch gleich klar, was er zu erwarten hatte, wenn er nicht spurte.

»Die Waffe ist mit Silberkugeln geladen, mein Freund«, sagte ich hart. »Und geweihtes Silber ist für Kreaturen wie dich tödlich. Ich hoffe, du weißt es!«

Er sagte nichts und nickte auch nicht. Er hob nur beide Hände in Schulterhöhe und deutete mit den Zeigefingern auf seine Ohren.

Was sollte das bedeuten?

Suko löste das Rätsel. »Der ist taub«, sagte er.

Der Mann mußte ihm die Worte wohl von den Lippen abgelesen haben, denn er nickte.

Ich schaute ihn an.

Er sah aus wie ein Orientale. Ich schätzte, daß er die türkische oder persische Staatsangehörigkeit besaß. Er war nicht sehr groß, aber kompakt gebaut, und als ich in seine Augen sah, da wurde mir klar, daß er noch längst nicht aufgegeben hatte.

Sein haßerfüllter Blick sagte genug.

Ich ging einen Schritt auf ihn zu. »Erzähle uns nicht, daß du nicht verstehst, was wir sagen. Wir glauben dir nicht. Wir wissen aber, mit wem wir es zu tun haben. Und daß wir beide schon einmal miteinander gekämpft haben, weißt du auch. Allerdings möchte ich von dir wissen, wo dein Chef, dieser Antonio Scaramanga steckt.«

Er hob die Schultern.

Ich wußte, daß es nicht leicht sein würde. »Wie heißt du?« fragte ich ihn.

»Yürosch!«

»Bist du Türke?«

»Ja.«

»Und ein Werwolf!«

Er nickte.

Ich sah auf seinen nackten Armen die feinen Härchen wachsen, die schon fast einem Pelz glichen. Und ich bemerkte, wie sie sich sträubten. Er mußte unter einer ungeheuren Spannung stehen.

»Also, wo ist Scaramanga?«

»Ich weiß es nicht.«

Ich nickte. »Okay, du weißt also nichts.« Mit der linken Hand griff ich unter mein Hemd und zog das Kreuz hervor.

Erschrecken blitzte in seinen Augen auf.

Mein Lächeln war kalt, als ich sagte: »Du weißt also Bescheid, das ist gut…!«

»Nimm es weg!«

Ich schüttelte den Kopf. »Nein!«

Er schaute mich an, dann wieder das Kreuz. Ich bemerkte auch seinen raschen Blick zur Tür, aber dort stand Suko wie ein Felsen und versperrte ihm den Ausgang.

Yürosch saß in der Falle.

Jetzt mußte er Farbe bekennen.

Langsam erhob er den rechten Arm. Unwillkürlich spannte sich meine Haltung, doch er wollte nicht angreifen, sondern nur seine Augen vor dem Anblick des Kreuzes schützen.

Es war klar, daß es ihm körperliche Schmerzen bereitete, obwohl er es noch nicht einmal berührte.

In diesem Kruzifix, dessen Geheimnis erst vor kurzem gelüftet worden war, steckte die Macht des Guten. Die vier Haupterzengel hatten dort ihre Monogramme hinterlassen und das Kreuz mit einer ungeheuren Weißen Magie aufgeladen, so daß es in der Lage war, die Mächte der Finsternis zu vernichten.

Für mich war es der große Lebensretter.

»Wo ist er?« Stahlhart klang meine Stimme.

Yürosch schüttelte den Kopf.

Er wollte nicht reden. Ich ahnte auch, aus welchem Grund. Die Angst vor seinem Meister war noch größer als die vor dem Kreuz. Aber Scaramanga war weit entfernt. Er konnte ihm jetzt nicht mehr helfen. Wir jedoch mußten so rasch wie möglich herausfinden, wo er steckte. Denn Jane Collins befand sich in seinen Klauen.

»Ich frage dich zum letzten Mal! Wo steckt Scaramanga?«

Er las mir jedes einzelne Wort von den Lippen ab, und ich war sicher, daß er mich auch verstanden hatte.

Yürosch gab nach.

Er nickte, und ich sah den Schweiß auf seiner Stirn glänzen. »Gut, ich werde es sagen«, erwiderte er mit schwacher, kaum zu verstehender Stimme. Dabei sank sein Oberkörper zusammen. Er erinnerte an einen Ballon, aus dem die Luft entwichen war. »Scaramanga befindet sich…«

Da schnellte er vor.

Er schrie wütend auf, griff gleichzeitig hinter seinen Rücken und hielt plötzlich ein Messer in der Hand.

Wuchtig rammte er die Klinge vor.

Ich schoß.

Es war eine reine Reflexbewegung, nur so konnte ich mein Leben retten.

Auch Suko hatte gefeuert, aber seine Kugel fehlte und zertrümmerte den Spiegel. Der Scherbenregen ergoß sich über Yürosch, als er zur Seite fiel und auf seine blutende Hand starrte, die meine Kugel getroffen hatte.

Aber es war kein normales Blut, das zu Boden tropfte.

Schwarz wie die Nacht.

Dämonenblut...

Das Messer hatte er verloren. Es lag neben ihm. Yürosch wälzte sich über den Boden. Er schrie, und plötzlich begann die Metamorphose. Er verwandelte sich in einen Werwolf zurück.

Ich nutzte meine letzte Chance.

»Wo steckt Scaramanga?« Dabei fiel ich vor ihm in die Knie und umfaßte seine Schultern.

»Wohn... wagen«, krächzte er. »Am Themseufer...«

»Wo dort?«

Er bäumte sich auf. Ich spürte zwischen meinen Fingern das dichte Fell. Auch das Gesicht begann sich zu verändern. Die menschlichen Züge traten zurück, es bildete sich die Schnauze, und überall wuchs das Fell.

Ich schrie ihn an. »Wo?«

Unzusammenhängende Worte drangen aus seinem Maul. Mehr ein Keuchen und Grunzen, als menschliche Laute.

Ich strengte mich an, hörte genau zu und glaubte, das Wort Pimlico zu verstehen.

»Reißen Sie sich zusammen!« fuhr ich ihn an.

»Gros-ve . . . ahhha . . . !« Er brüllte plötzlich los, und Geifer schäumte vor seiner Schnauze.

Ich sprang zurück.

Der Werwolf starb.

Obwohl die Kugel ihn nicht ins Herz getroffen hatte, reichte die Kraft des Silbers aus, um ihn zu töten.

Die Verwandlung zu einem normalen Menschen setzte sofort nach seinem Tod ein.

Vor uns lag eine männliche Leiche, und der friedliche Ausdruck auf dem Gesicht bewies, daß er endgültig erlöst war.

Ich wischte mir über die Stirn.

»Hast du alles verstanden?« fragte Suko.

Ich nickte. »Ja, wenn ich mich nicht verhört habe, hat er den Vorort Pimlico genannt.

»Und Grosvenor«, sagte Suko.

»Road«, fügte ich noch hinzu. »Er meint sicherlich die Grosvenor Road. Komm, wir dürfen keine Zeit verlieren.«

»Aber das Gelände dort ist groß…«

Ich war schon an der Tür und drehte mich wieder um. »Er hat von einem Wohnwagen gesprochen. Dort wird es sicherlich Abstellplätze geben. Wir fahren hin.«

Jetzt war auch Suko nicht mehr zu halten.

So schnell es ging, verließen wir das Theater und saßen schon zwei Minuten später in meinem Wagen.

Die Jagd war in die letzte Phase getreten…

Antonio Scaramanga war zufrieden. Jane Collins befand sich in seiner Hand. Sie tat genau das, was er wollte. Ein letzter Test hatte bewiesen, daß sie zu allem bereit war.

»Ich möchte dir etwas geben«, sagte der Pianist.

Jane schaute ihn aus großen Augen an.

»Willst du nicht wissen, was es ist?«

»Doch.«

Scaramanga lächelte und verschwand im Hintergrund des Wohnwagens. Als er zurückkehrte, hielt er eine Waffe in der Hand.

Es war eine Pistole.

Eine spanische Astra.

»Nimm sie«, sagte der Pianist und reichte Jane Collins die Waffe hin. Die Detektivin spürte das kühle Metall an ihren Fingern, und sie zuckte zusammen.

»Was – was soll ich damit?«

»Erst einmal an dich nehmen.« Scaramanga ließ die Waffe in Janes geöffnete Handfläche rutschen.

Die Finger der Detektivin schnappten zu. Und so wie sie die Waffe hielt, war zu erkennen, daß sie nicht zum erstenmal eine Pistole in der Hand trug.

»Gefällt sie dir?« fragte Scaramanga.

»Ja.«

»Das ist gut.« Er strich Jane über das lange Blondhaar. »Und du kannst auch damit umgehen?«

»Natürlich.«

»Noch besser, meine Liebe. Was ist, wenn jemand kommt und mir ans Leben will?«

»Ich würde dich verteidigen.«

»Gegen wen?« fragte er.

»Gegen alle.«

»Auch wenn es deine besten Freunde sind?« Scaramangas Stimme klang lauernd.

»Auch sie dürfen dir nichts tun, Meister.«

»Gut, du bist gut«, flüsterte der Pianist. »Wir beide verstehen uns vortrefflich. Ich werde dir noch etwas vorspielen, und wenn jemand hereinkommt, dann schießt du.«

Jane nickte. Dann fragte sie. »Erwartest du Besuch?«

»Möglich, daß man versucht, dich zurückzuholen. Aber das wirst du verhindern.« Er senkte den Kopf. »Es ist etwas eingetreten, das mir überhaupt nicht gefallen hat. Ich sehe Yürosch nicht mehr auf meiner Hand. Es muß etwas passiert sein.«

»Und was?« fragte Jane leise.

»Wenn Yürosch nicht mehr zu sehen ist, kann das nur eins bedeuten: Jemand hat ihn getötet. Und dafür steht ein Name.«

»John Sinclair«, sagte Jane. Es klang haßerfüllt, wie sie den Namen aussprach…

Nahe der Vauxhall Bridge fuhren wir auf die Grosvenor Road. Diese breite Straße zog sich entlang des Nordufers der Themse hin.

Um diese Zeit – in den frühen Morgenstunden – herrschte so gut wie kein Betrieb. Auch eine Riesenstadt wie London mußte einmal zur Ruhe kommen und Atem schöpfen. Das geschah in den Morgenstunden, wenn auch die letzten Nachtschwärmer Kneipen und Lokale verlassen hatten. Auch die Bars hatten dichtgemacht, und wer jetzt noch unterwegs war, tat dies bestimmt nicht zu seinem Vergnügen.

Wie wir.

Suko saß neben mir und hatte den Einsatzkoffer auf den Knien stehen. Der Deckel war hochgeklappt. Seit kurzem beherbergte der Koffer auch die Dämonenpeitsche, eine äußert wirksame Waffe, die wir Myxin abgenommen hatten.

Durch diese Peitsche waren wir in der Lage, Dämonen mit einem Schlag in die Horror-Hölle zu befördern, wo sie hingehörten.

Suko überprüfte unsere Waffen. Dort lag alles, was von großer Wichtigkeit war. Der silberne geweihte Dolch, die magische Kreide, die gnostische Gemme, die Eichenbolzen verschießende Pistole und Weihwassergefäße.

Ich fragte mich allerdings schon seit geraumer Zeit, ob es ausreichte, nur diese Waffen zu besitzen, denn die Dämonen waren zahlreicher geworden und verstanden es immer besser, sich auf uns einzustellen.

Mit Silberkugeln war da oft nicht viel auszurichten.

Nun, ich war froh, daß wir die Dämonenpeitsche hatten, obwohl sie uns gegen den Schwarzen Tod, unseren Supergegner, wohl auch nichts nutzen würde.

Um ihn zu erledigen, mußte man wohl eine besondere Waffe besitzen. Hoffentlich fand ich sie irgendwann einmal…

Meine Gedanken kehrten in die Gegenwart zurück. Weg vom Schwarzen Tod und hin zu Scaramanga, der auch nicht ungefährlich war und uns durch seine Gabe der Bilokation vor große Probleme stellte.

Was hatte er mit Jane angestellt?

Er hatte andere Frauen auf teuflische Weise in seinen Bann gezogen. War ihm dies auch bei meiner Freundin gelungen?

Ich hoffte es nicht und zitterte um ihr Leben.

Sukos scharfe Blicke versuchten die Dunkelheit zu durchbohren. Er schaute nach links, wo sich die Fluten der Themse der Nordsee entgegenwälzten. Der Schiffsverkehr ruhte. Die Schlepper und Kähne hatten angelegt, nur hin und wieder zerschnitt der Bug eines Polizeibootes das Wasser.

»Noch nichts zu sehen«, sagte mein Freund und klappte den Koffer wieder zu.

»Wir haben Pimlico auch noch nicht erreicht.«

Ich fuhr etwas schneller. Die grüne Instrumentenbeleuchtung ließ unsere Gesichter fahl und geisterhaft aussehen.

Am Himmel segelten dicke Wolken. Es sah wieder nach Regen aus. Kaum einmal drang der Mondschein auf die Erde. Das Wetter hatte sich in der letzten halbe Stunde verschlechtert. Zudem war es windiger geworden. Auf dem Wasser blitzten helle Schaumkronen, wenn der Wind die Wellen übereinanderschlug.

»Jetzt müßten wir bald da sein«, sagte ich.

Suko nickte. Er hielt die Augen offen.

Dann rief er plötzlich: »Da ist ein Campingplatz!«

Jetzt sah ich ihn auch. Er befand sich zwischen dem Fluß und der Grosvenor Road. Die Wagen standen erhöht, so daß sie auch bei einer Überschwemmung nicht weggespült wurden.

Wir hatten unser Ziel erreicht!

Zum Glück brauchten wir den Wagen nicht auf der Straße stehenzulassen. Nahe der Peitschenleuchte entdeckte ich eine Abzweigung, die zum Uferstreifen hinunterführte.

Ich nahm das Gas zurück, blinkte links und rollte in die Einbuchtung. Als Straße war sie höchstens nur in einer Länge von fünfzig Yards zu bezeichnen, danach wühlten sich die Räder durch feuchtes Gelände und wirbelten den Schlamm hoch.

Ich hatte die Scheinwerfer ausgeschaltet. Die Dunkelheit überfiel uns wie ein Teppich.

Die zahlreichen Wohnwagen und -mobile leuchteten fahl in der Dunkelheit. Sie sahen aus wie eine kleine Stadt für sich.

»Sind gar nicht mal so wenig«, meinte Suko und fügte noch hinzu. »Mist.«

Ich stoppte.

»He, was ist?«

»Den Rest laufen wir zu Fuß«, sagte ich und verließ den Wagen.

»Willst du die Peitsche nehmen?« fragte mein Freund.

»Nein, behalte sie.«

Ich war schon vorausgegangen. Die Sorge um Jane Collins trieb mich an, sie war sozusagen mein innerer Motor.

Suko holte mich ein. »Sollen wir uns teilen? Wir müssen wahrscheinlich alles durchsuchen.«

»Wäre das beste.«

Wir schritten den Damm hoch. Es war kälter geworden. Der Wind fuhr unangenehm kühl unter unsere Kleidung. Ich erwartete, daß man mit unserem Kommen rechnete, und stellte mich innerlich darauf ein.

Vor den Wagen blieben wir stehen.

»Du links, ich rechts«, sagte Suko.

Er wollte schon gehen, doch ich hielt ihn zurück.

»Was ist?«

»Hörst du nichts?«

»Nein.«

»Da spielt jemand Klavier«, flüsterte ich.

»Scaramanga!« Suko sagte das Wort mit allem Ernst, zu dem er fähig war.

Wir blieben dicht vor den ersten Wohnwagen stehen und lauschten. Suko runzelte die Stirn. »Das muß weiter hinten aufklingen. Am Ende der Reihe.«

Ich nickte. »Komm!«

Wir huschten durch die engen Gassen zwischen den Wagen. Leider knirschte unter unseren Schuhen der Kies, so daß wir uns nicht lautlos fortbewegen konnten.

Und das Spiel wurde lauter, mit jedem Yard, den wir zurücklegten. Schon tauchten die ersten größeren Wagen auf. Es waren regelrechte Wohnmobile. Teure, rollende Häuser, mit allem Komfort ausgestattet. Und aus einem der Wagen drang das Spiel.

»Weiter links«, flüsterte Suko.

Dann standen wir vor der Tür.

Überlaut kam uns das Klavierspiel vor. Die einzelnen Akkorde dröhnten in meinen Ohren, und ich hatte das Gefühl, sie würden meine Sinne verwirren.

Ich krampfte meine Hand um das Kreuz.

Augenblicklich ließ der Druck nach.

Ein rascher Blick auf Suko zeigte mir, daß das Spiel an ihm auch nicht spurlos vorüberging.

Jetzt durften wir nicht mehr zögern.

Ich zog die Beretta.

»Los!« zischte ich...

Jane saß da und wartete. Ihr Gesicht wirkte wie eine lächelnde Maske. Einerseits lauschte sie dem Spiel, andererseits dachte sie ans Töten.

»Sie kommen!« sagte Scaramanga plötzlich, ohne sein Spiel zu unterbrechen. »Ich höre sie. Es sind zwei. Bist du bereit?«

»Ja!«

Dann – eine halbe Minute später. »Sie sind an der Tür, Jane!«

Die Detektivin hob die Pistole.

Scaramanga spielte weiter.

»Jetzt!« rief er. »Jetzt treten sie ein!«

Im nächsten Augenblick flog die Tür auf, krachte gegen die Wand, wurde zurückgeschleudert, und Jane Collins schoß...

Ich stieß die Tür auf, sprang die Stufe hoch, die zum Wagen führte, schaute in das Wohnmobil hinein, sah Jane Collins, die eine Waffe in der Hand hielt, bemerkte die Feuerblume vor dem Lauf und hörte dann den Schuß.

Mit allem hatte ich gerechnet – nur damit nicht.

Jane Collins schoß auf mich!

Im Bruchteil einer Sekunde war ich wie gelähmt, konnte keinen klaren Gedanken fassen, wartete auf den Schmerz und spürte dann den heftigen Schlag an der Stirn.

Es war die zurückschnellende Tür, die mich getroffen hatte. Und sie, man sollte es kaum für möglich halten, hatte auch die Kugel aus der Pistole abgehalten.

Das Geschoß steckte im Holz.

Wie ein kurzer, heftiger Blitzstrahl durchzuckte diese Erkenntnis mein Hirn, dann aber handelte ich.

Das Klavierspiel war mit einem disharmonischen Furioso verstummt. Ich trat wuchtig gegen die Tür und hechtete dann flach in den Wagen hinein.

Jane schoß nicht zum zweiten Mal. Sie saß dort wie ein Denkmal. Steif und stumm.

Sie starrte an mir vorbei.

Ich hatte soviel Schwung drauf, daß ich nicht abbremsen konnte, gegen Jane prallte, ihren Pistolenarm zur Seite schlug und mit ihr zusammen zurückfiel.

Beide prallten wir gegen die Wand.

Jetzt erst erwachte die Detektivin aus ihrer Starre.

Sie schrie.

»Du willst den Meister töten! Du willst den Meister töten! Das lasse ich nicht zu, du...«

Sie war wahnsinnig und erinnerte mich in diesen Augenblicken an eine Furie. Sie versuchte, mir die Fingernägel durchs Gesicht zu ziehen, und nur mit großer Mühe gelang es mir, ihre Hände abzufangen.

Suko mußte sich inzwischen mit Scaramanga beschäftigen.

Der Dämon hatte seine Chance sofort erkannt und sich blitzschnell verdoppelt.

Bevor Suko schießen konnte, standen plötzlich zwei Scaramangas vor ihm.

Einer griff ihn an.

Der Geistkörper.

Angestachelt wurde er von dem Originalkörper. »Ja!« schrie Scaramanga. »Gib es ihm. Los, schlag drauf! Der Teufel wartet schon auf ihn!«

Suko feuerte.

Überlaut blaffte der Schuß auf, doch die Kugel konnte den ätherischen Körper nicht verletzen.

Dann legten sich zwei Hände um Sukos Hals.

Der Chinese wurde zu Boden geschleudert. Wo er auch hingriff, er faßte ins Leere.

Und Antonio Scaramanga nutzte die Situation aus. Er trat Suko wuchtig auf die Hand, so daß der Chinese gezwungen war, die Waffe fallen zu lassen.

Blitzschnell bückte sich der Dämon und hob sie auf.

Ich wurde immer noch von Jane Collins attackiert. Und Jane war eine gute Kämpferin. Sie kannte alle Tricks. Ich hatte sie ihr sogar beigebracht. Aber da hatten wir im gemeinsamen Lager gestanden.

Mit einem gut gezielten Karateschlag versuchte sie mich außer Gefecht zu setzen. Ich parierte, und im Gegenzug gelang es mir, ihren Arm zu fassen.

Es tat mir selbst weh, aber es mußte sein, als ich ihren Arm herumhebelte.

Jane schrie auf. Sie mußte dem Druck mit ihrem Oberkörper folgen.

Dann stieß ich sie von mir. Sie prallte gegen die Wohnwagenwand und wirbelte sofort wieder herum.

Ihre Augen waren blutunterlaufen, als sie mich anstarrte.

»Ich bring dich um!« knurrte sie ganz tief in der Kehle. »Ich bring dich um, du…«

»Ruhig, Jane, sei ruhig…«

Da hörte ich Scaramanga schreien. »Jetzt bist du dran!«

Die Worten waren für mich ein Alarmsignal.

Auf der Stelle warf ich mich herum, sah Suko in einer verzweifelten Lage, und mir blieb nur noch eins.

Ich schoß.

Antonio Scaramanga brüllte auf, doch im selben Augenblick prallte Jane auf meinen Rücken.

Sie hatte sich abgestoßen.

Ich wurde nach vorn katapultiert, fand aber wieder Halt und schleuderte Jane von mir.

Scaramanga wankte zurück. Mein Geschoß war ihm in die Schulter gefahren. Er hielt die linke Hand auf die rechte Schulter gepreßt. Zwischen seinen gespreizten Fingern sickerte das Blut.

Doch sein Doppelkörper kämpfte weiter.

Die Dämonenpeitsche lag auf dem Boden. Suko hatte sie verloren. Ich riß den Stab an mich, führte ihn einmal im Kreis, wartete, bis die drei Riemen hervorgeschlängelt waren, und schlug zu.

Der Doppelkörper wurde von allen drei Riemen voll getroffen.

Plötzlich blitzte es auf. Der ätherische Körper zuckte hoch, und ich sah schwarze Streifen genau dort, wo die Peitsche getroffen hatte.

Noch war er nicht erledigt.

Ich warf ihm mein Kreuz entgegen.

Ein Schrei.

Er tat mir in den Ohren weh. Der Doppelkörper manifestierte sich für den Bruchteil einer Sekunde, bevor der grelle Lichtblitz erfolgte und den feinstofflichen Körper auflöste.

Da brach auch Antonio Scaramanga zusammen.

Schwer schlug er auf dem Boden auf. Dicht neben Jane Collins, die auf der Erde hockte und sich plötzlich verständnislos die Augen rieb.

»John«, sagte sie, »was war los?«

Ich ging zu ihr. »Nichts war los, Jane. Du hattest mich nur umbringen wollen.«

Ihr Gesicht werde ich mein Lebtag nicht vergessen…

Fünf Minuten später waren wir wieder einigermaßen fit. Scaramanga lebte nicht mehr. Das Genie, das auf den Teufel vertraut hatte, befand sich nun endgültig in der Hölle.

Für alle Zeiten…

Die Verletzung war nicht tödlich gewesen, aber wahrscheinlich hatte der Tod des Doppelkörpers seinen eigenen bewirkt.

Jane Collins saß mit gesenktem Kopf am Tisch, während Suko sich seinen Hals rieb.

Ich rauchte eine Zigarette.

Von draußen drang ein frischer Wind in das Wohnmobil und kühlte unsere erhitzten Gesichter.

»Solch eine Nacht habe ich selten erlebt«, sagte Jane. »Schrecklich.«

Ich nickte. Sie hatte recht. Die letzten Stunden waren für uns alle schlimm gewesen. Aber ich dachte auch an Peter Linkerton. Er hatte nicht nur seine Tochter verloren, sondern auch seine Frau.

Wir lebten.

Und ich hoffte, daß dies auch noch einige Jahre so bleiben würde.

Jane stand plötzlich auf. »Ich möchte gehen, John«, sagte sie und nahm meine Hand.

Wir hatten nichts gegen ihren Vorschlag einzuwenden…

ENDE

Todes-
zone
London

Der Hund hörte das Geräusch zuerst. Er fing an zu winseln und stieß dann ein drohendes Knurren aus.

Ronald Webster, der Nachtwächter, erhob sich von seinem Stuhl. Er nahm die schwere Taschenlampe in die rechte Hand und tätschelte mit der linken den Nacken der Dogge. »Sei ruhig, Caesar, sei ruhig! Ist ja nichts.«

Die Worte glaubte er zwar selbst nicht, aber er wollte den Hund beruhigen.

Dann verließ er seine kleine Glaskabine. Die Dogge führte er an der Leine. Nackte Pfoten klatschten auf Fliesenboden, die Dogge hatte das Maul geöffnet, wie ein Lappen hing die Zunge hervor.

Webster schlich mit seinem Hund durch die hohe Halle. Sie war ein Teil der Anlage, die zwei Londoner Stadtteile mit Trinkwasser versorgte.

Die Halle beherbergte zwei große Reinwasserbehälter, die durch Saug- und Druckleitungen mit den großen Kesseln im Nachbargebäude verbunden waren.

Zehn Jahre übte Ronald Webster diesen Job schon aus. Zehn Jahre, in denen nichts passiert war.

Denn wer sollte hier schon einbrechen?

Zu holen gab es bestimmt nichts. Keine Reichtümer, kein Geld und keine Wertgegenstände.

Höchstens Wasser.

Der Hund knurrte und zog. Seine Pfoten rutschten, er fand kaum einen festen Stand.

»Ja, ja, ist schon gut. Wir werden die Sache bestimmt schaukeln.«

Ronald Webster war mit seinen sechzig Jahren nicht mehr der Jüngste, aber Angst kannte er nicht. Er war immer noch sehr rüstig, breit in den Schultern und nahm es gern mit Jüngeren auf. Auf eine Waffe hatte er bewußt verzichtet, obwohl sie ihm für den Dienst zustand. Aber Webster verabscheute Pistolen oder Revolver. Wenn es wirklich ernst wurde, verließ er sich auf seine Fäuste.

Im Hintergrund summten die starken Generatoren. Sie trieben die Pumpen an, welche wiederum das Wasser aus den Brunnen und der Themse holten und es für die Aufbereitung weiterleiteten.

Der Nachtwächter gelangte in den Teil der Halle, wo die riesigen

Reinwasserbehälter standen. Er wußte nicht einmal genau, wie viele Liter sie faßten, es mußten aber Millionen sein. Himmelhoch kamen Webster die Außenwände der Behälter vor. Breite Steigleitern führten hinauf zu den Schrittplattformen, die die Becken umgaben.

Ronald Webster blieb stehen, schaltete seine Lampe ein und ließ den Strahl an der Leiter hochwandern.

Da sah er die Gestalt!

Soeben noch wurde sie von dem Lichtstrahl berührt, an der linken äußeren Grenze, dann war sie verschwunden.

Ronald Webster hatte keine Lust, dem oder der Unbekannten nachzusteigen.

»He!« rief er. »Kommen Sie da runter! Sie machen sich strafbar, wissen Sie das?«

Die Antwort war ein gellendes Gelächter. Es schallte dem Nachtwächter entgegen und schien direkt aus der Hölle zu kommen. So schaurig hörte es sich an.

Webster hatte noch nie einen Menschen so widerlich und gemein lachen hören, und über seinen Rücken rann eine Gänsehaut.

Das Lachen bewies ihm aber auch, daß der Unbekannte nicht gewillt war, der Aufforderung Folge zu leisten. Demnach mußte Webster selbst hoch. Verdammt auch…

Er konnte sich schlecht vorstellen, daß der Einbrecher nach irgendwelchem Geld suchte, das gab es hier sowieso nicht. Nein, sein Eindringen mußte einen anderen Grund haben.

Plötzlich zuckte eine Idee durch den Kopf des Nachtwächters. Er hatte in Zeitungen und einschlägigen Magazinen viel über Terroristen und deren Gewalttaten gelesen. Unter anderem wurde da auch der Plan erwähnt, das Trinkwasser einer Großstadt zu vergiften.

Und Webster befand sich nun mal in einer der größten Trinkwasserversorgungsanlagen von London!

Die Vorstellung war schrecklich. Dem Nachtwächter wurde es regelrecht übel bei dem Gedanken an die Folgen einer Trinkwasservergiftung. Was konnte da nicht alles geschehen?

Schreckliche Bilder malte er sich bereits in seiner Fantasie aus.

Er sah Menschen am Boden liegen. Bleich, tot. Mit aufgerissenen Augen und verzerrten Gesichtern. Die Hände auf den Leib gepreßt.

Webster spürte, daß er schweißnaß war. Gleichzeitig war er sich jedoch darüber im klaren, daß er etwas tun mußte. Wenn es noch eine Chance gab, den Verbrecher und die Tat zu stoppen, dann mußte er sie nutzen.

Der Hund war nicht zum erstenmal die Leiter hochgeklettert. Ihm bereitete dies weniger Schwierigkeiten als dem Nachtwächter. Webster tätschelte noch einmal den Kopf des Tieres und flüsterte: »Lauf, Caesar, gib es ihm!«

Die Dogge sprang winselnd an der Leiter hoch, schnellte sich dann kraftvoll ab und jagte die ersten Stufen hinauf. Das Metall war aufgerauht, so daß das Tier mit den Pfoten den nötigen Halt fand. Der Nachtwächter vernahm noch eine Weile das Hecheln und Knurren, dann war der Hund verschwunden.

Webster stieg langsam nach. Die Taschenlampe hatte er an seinen Gürtel gehakt. Bei jedem Schritt schwankte sie hin und her und prallte manchmal mit dem Gummirand der Glaseinfassung gegen die eisernen Streben.

Der Hund mußte längst oben sein, und Webster wunderte sich, daß er nichts hörte.

Kein Hecheln, kein Knurren, kein Bellen…

Es war ruhig.

Zu ruhig, fand er…

Wieder kroch eine Gänsehaut seinen Rücken hinab. Webster spürte, daß etwas nicht stimmte. Der Hund hätte sich auf jeden Fall gemeldet – aber jetzt…

Ronald Webster klammerte sich rechts und links an den eisernen Haltegriffen fest, während er höher stieg. Trotz aller Ungewißheit und auch auf die Gefahr hin, sich zu verraten, stieß er einen Pfiff aus. Leise zwar, doch der Hund mußte ihn hören.

Er kannte das Zeichen.

Doch die Dogge rührte sich nicht. Es kam keine Antwort. Das schlimme Gefühl des Nachtwächters steigerte sich. Dort oben mußte etwas geschehen sein.

Aber was?

Normalerweise wurde Caesar mit jedem Einbrecher fertig. Und

einen Schuß, der den Hund hätte stoppen können, den hatte Webster nicht gehört.

Für einen Moment spielte er mit dem Gedanken, umzukehren und alles beim alten zu belassen, doch dann verwarf er diese Idee wieder, und es siegte sein Pflichtbewußtsein.

Nein, er wollte der Sache auf den Grund gehen!

Und dann vernahm er über sich ein schleifendes Geräusch. Es klang dort auf, wo die Leiter zu Ende war.

Der Nachtwächter blieb stehen.

Er legte seinen Kopf in den Nacken und schaute nach oben. Das Geräusch wiederholte sich. Im nächsten Augenblick sauste ein dunkles Etwas auf ihn zu.

Ein Körper! Die tote Dogge...

Bevor das Tier ihn treffen und vielleicht noch von der Leiter reißen konnte, preßte Webster sich eng gegen die Stufen.

Hautnah wischte der Kadaver an ihm vorbei.

Webster hörte noch das Klatschen, als der Körper unten auf die Fliesen schlug.

In Ronald Webster wallte ein ungeheurer Zorn auf. Er bekam einen hochroten Kopf. Er hatte das Tier geliebt, die Dogge war wie ein Stück von ihm selbst gewesen.

»Schwein!« flüsterte der Nachtwächter. »Verdammtes Schwein. Das sollst du mir büßen.«

Tränen erstickten seine Stimme.

Er kletterte weiter, dachte dabei immer wieder an die Dogge, an den einzigen Freund, den er je gehabt hatte, und die Wut überschwemmte sein nüchternes Denken.

Er sah rot!

Hastig kletterte er weiter, schaffte die letzten sechs, sieben Stufen und erreichte den Rand der Plattform.

Sie lief um das riesige Becken herum, war aus Metall, auf dem blanke Niethämmerköpfe glänzten.

Es war nicht völlig dunkel hier oben, denn die Notbeleuchtung brannte.

Webster schwang sich auf die Plattform. Schwer ging sein Atem. Jetzt merkte er, daß er nicht mehr zu den Jüngsten zählte.

Wo steckte der Einbrecher?

Geduckt blieb Webster stehen. Er löste die Lampe von seinem Gürtel, streckte den Arm aus und stach den Strahl in das Dämmerlicht hinein.

Da sah er den Einbrecher!

Fünf Yards entfernt stand er vor ihm.

Es war ein Mann – oder?

Nein, ein Monster!

Ronald Webster hatte plötzlich das Gefühl, sein Verstand müßte aussetzen. Die Gestalt, die vor ihm stand, hatte zwar Menschengröße, aber Gesicht und Arme waren...

»Nein«, gurgelte der Nachtwächter, »das ist...«

Die Gestalt kam näher.

Lautlos, unheimlich.

Armähnliche Gegenstände wurden bewegt, glitten nach vorn, und ehe Ronald Webster etwas unternehmen konnte, fühlte er sich gepackt und hochgehoben.

Auf einmal schwebte er über der Plattform. Die Gestalt trat einen Schritt zur Seite und hielt den Nachtwächter jetzt so, daß er sich hoch über dem Grund der Halle befand.

Der Griff löste sich.

Ronald Webster fiel in die Tiefe.

»Aaahhhh...« Sein langgezogener Schrei hallte als schauriges Echo von den Wänden wider und verstummte, als der Nachtwächter auf den Boden schlug.

Stille...

Die Gestalt aber lachte kichernd. Sie ging ein paar Schritte nach links und griff in einen Beutel, aus dem sie ein Pulver hervorholte, das sie genüßlich in das Trinkwasserbecken streute.

Die Saat war gelegt, und das Unheil nahm seinen Lauf. London war dem Tod geweiht...

Goldbraune Tupfer leuchteten in den Pupillen der jungen Frau. Das rote Haar fiel als wahre Flut auf die wohlgerundeten Schultern, und der seidene Hausmantel umschmeichelte ihre Haut.

Im Bad rauschte Wasser in die Wanne. Auf der rechten Betthälfte standen zwei geöffnete Koffer, aus denen Wäschestücke quollen. Eines zarter als das andere. Ein leichter, aber nicht aufdringlicher Parfümduft lag im Zimmer und verbreitete den Hauch einer persönlichen Note.

Das Girl schüttelte sein Haar, faßte dann mit allen zehn Fingern hinein und zog die Perücke vom Kopf. Die falsche Haarpracht segelte auf das Bett.

Aber auch der normale Kopfschmuck der jungen Frau konnte sich sehen lassen. Die Haare waren halblang geschnitten und hatten eine goldbraune Farbe.

Das Girl fuhr noch einmal hindurch und schüttelte dann den Kopf.

»Puh«, sagte sie, »diese elenden Perücken.«

Sie schimpfte zwar darüber, aber Perücken gehörten ebenso zu ihr wie das Gelbe zum Ei.

Denn die gut gewachsene Frau war für ihren Perückentick bekannt. Sehr bekannt sogar.

Denn sie war keine geringere als Nicole Duval. Besser bekannt als Professor Zamorras Sekretärin. Und Zamorra gehörte zu den berühmtesten Parapsychologen der Welt.

Er und Nicole hielten sich in London auf. Zamorra wollte einige Vorlesungen halten, und da Nicole sich dafür nicht interessierte – außerdem kannte sie die Themen, sie hatte sie schließlich in eine lesbare Form gebracht –, wollte sie in London bummeln gehen.

Oxford Street, Regent Street, Bond Street – die zahlreichen Flohmärkte und Antiquitätengeschäfte, das alles war ihr schon ein Begriff, und Nicole Duval bedauerte es immer wieder, daß sie nur so wenig Zeit hatte.

Zamorras Job sorgte auch bei ihr immer für Aufregung.

Abgestiegen waren sie im Hilton. Das Hotel liegt in dem Londoner Vorort Kensington, und mit der Südseite grenzt es direkt an den Holland Park.

Sie hatten ein gemeinsames Zimmer in der zehnten Etage bekommen, und Zamorra hatte versprochen, gegen Abend wieder zurückzusein, um mit Nicole einen kleinen Bummel zu machen.

»Kann allerdings sein, daß ich noch jemand mitbringe«, hatte er zum Abschied gesagt.

»Und wen?«

»Rate mal.« Sein Gesicht verzog sich zu einem spitzbübischen Lächeln.

»Weiß ich doch nicht.«

»Wen kenne ich denn in London?«

»Mindestens hundert Leute.«

Zamorra engte das Rätsel ein. »Und wer lebt hier, mit dem mich gemeinsame Interessen verbinden?«

»John Sinclair!«

»Genau.«

»Dann soll er die Conollys und Jane Collins auch noch mitbringen«, sagte Nicole schnell. »So habe ich wenigstens auch ein Gesprächsthema, während ihr auf Geistersuche geht.«

»Wer spricht denn von Geistersuche?«

»Hör auf, Chef. Du ziehst doch die Dämonen an wie das Licht die Motten. Und Sinclair nicht minder.«

»Du mußt es ja wissen.«

Nicole lächelte. »Weiß ich auch.«

An dieses Gespräch mußte Nicole Duval denken, als sie ihr Bad zubereitete. Drei Tage waren für London vorgesehen, und Nicole runzelte die Stirn, als sie auf die beiden offenen Koffer schaute.

Wenn sie ehrlich gegen sich selbst war, dann mußte sie sich eingestehen, daß sie Kleidung für vierzehn Tage mitgenommen hatte. Und da sie noch etwas kaufen wollte, brauchte sie bestimmt einen Gepäckträger für den Rückflug. Immer nahm Nicole sich vor, nicht soviel mitzunehmen, aber wenn es dann soweit war, konnte sie sich nie entscheiden, was sie einpacken sollte und was nicht.

Man hatte schon so seine Sorgen…

Nicole trat ans Fenster und schaute in den blühenden Park hinab.

Das Zimmer war groß genug und mit allem ausgestattet, was der Mensch brauchte. Von der Bar über TV, Telefon und Radio bis hin zu den neuesten Illustrierten, die auf einem kleinen Tisch lagen. Natürlich fehlte auch die Broschüre über das Londoner Nachtleben nicht. Aber die interessierte Nicole weniger.

Sie suchte sich eine Frauenzeitschrift aus, klemmte sie unter den Arm und verschwand im Bad.

Die Wanne war halbvoll. Das Wasser schimmerte blauviolett, und auf der Oberfläche hatte sich ein handhoher Schaumberg gebildet, der wie ein Teppich aussah.

Nicole ließ noch etwas Wasser zulaufen und warf das Thermometer hinein. Sie bevorzugte eine bestimmte Temperatur. Da konnte sie sich dann ausstrecken und richtig entspannen.

Der Duft – eine Mischung aus Rosenöl und Mandelblütenaroma – durchzog das Bad.

Nicole drehte den Hahn zu.

Dann ließ sie den Hausmantel langsam von ihren Schultern gleiten. Die Seide raschelte, als sie ineinanderfiel. Nur mit einem knappen schwarzen Slip bekleidet stand Nicole vor dem Spiegel.

Nicole war zu sehr Frau, als daß sie die Gelegenheit hätte verstreichen lassen.

Sie mußte sich im Spiegel betrachten.

Zamorras Sekretärin strich über ihre Hüften, und schon bildete sich auf ihrer hübschen glatten Stirn eine V-förmige Falte. Sie hatte ein wenig zuviel Speck gesehen. Zwar kaum zu erkennen, aber für Nicole reichte es, wieder drei Joghurt-Tage einzulegen. Was sie sonst sah, stimmte sie zufrieden.

Die langen Schenkel mit der glatten festen Haut, und auch ihre Oberweite konnte sich sehen lassen.

Sie reckte sich noch einmal, zog dann den Slip aus und stieg ins Wasser.

Ja, es hatte haargenau die richtige Temperatur.

Nicole Duval streckte sich so weit aus, daß das Wasser über ihre Schultern schwappte und sie regelrecht einrahmte.

Sie schloß die Augen.

Ausgestreckt blieb sie liegen und genoß das Gefühl, von dem weichen Wasser umschmeichelt zu werden. Die Lippen waren zu einem Lächeln gekräuselt, und hin und wieder bewegte sie die Beine, damit das Wasser an jede Hautfalte dringen konnte.

Es war ruhig. Die Wände des Hotels schützten vor allzu großem Lärm, und Nicole Duval wurde langsam schläfrig.

Sie hatte die Augen geschlossen, und deshalb bemerkte sie nichts von der Gefahr, die sich lautlos, aber heimtückisch näherte.

Das Grauen stieg aus dem Wasserbecken. Genauer gesagt, aus dem Abfluß.

Es war ein grünes Etwas, ungefähr in der Dicke eines normalen Zeigefingers, und es kroch lautlos aus dem Rohr. Wie eine Schlange ringelte sich das schleimige Zeug durch das Waschbecken, kroch an der Wand hoch und hatte schon den Rand erreicht.

Jetzt, wo es die Tiefe der Kanalisation verlassen hatte, war zu sehen, daß die grüne Farbe doch nicht so intensiv war, sondern durchsichtig, und daß innerhalb dieses dünnen Schleimgebildes etwas pulsierte wie Blut in den Adern von Menschen.

Und diese Adern waren gefüllt.

Mit einer rötlich schillernden Flüssigkeit.

Kleine Kapillarröhrchen durchzogen das Geflecht, spinnennetzartig verteilt, und die rosafarbene Flüssigkeit pulsierte, wurde hin und hergeschoben und drang weiter.

Sie sorgte dafür, daß dieser Schleim wuchs und schon weit über den Rand des Waschbeckens drang, um dann langsam nach unten zu sinken. Die Spur wurde länger, sie riß aber nicht, und der erste Schleimfleck sammelte sich auf dem Boden.

Er zerlief, bildete neue Figuren, die wie die Blätter einer Blüte aussahen und ebenfalls von winzigen Äderchen durchlaufen waren, in denen die rote Flüssigkeit pulsierte.

Aus dem Abfluß quoll immer mehr dieses pflanzenartigen Stoffes. Und alles geschah in gespenstischer Lautlosigkeit.

Nicole Duval merkte nichts…

Sie lag noch immer in der Wanne, ausgestreckt und vom Wasser umspült.

Die Schleimpflanzen bewegten sich weiter.

Ihr Ziel war die Wanne.

Und dort saß Nicole Duval…

Schon hatten sie den äußeren Rand erreicht, berührten die Kacheln und glitten daran hoch.

So mühelos, als wären sie mit Tausenden kleiner Füße ausgestattet.

Kurz bevor die Spitze der Schleimpflanze den Wannenrand erreichte, machte sie eine Drehung nach rechts und schlängelte parallel zum Rand weiter, bis sie ans Kopfende der Wanne gelangte und dort verharrte.

Es schien so, als sammelte sie Kräfte für einen Angriff auf Nicole...

In diesem Augenblick bewegte sich Zamorras Sekretärin. Sie drehte sich zur Seite, und ihre linke Schulter tauchte aus dem Wasser auf.

Sie lag frei...

Frei für die Schleimpflanze.

Die Spitze schoß plötzlich vor und klatschte auf die Schulter des Mädchens...

Ich zog meinen dunkelblauen Anzug an, was Suko zu einer spöttischen Bemerkung veranlaßte.

»Was ist denn los? Du wirfst dich so in Schale?«

Ich hob die Schultern. »Schließlich will ich mich nicht blamieren.«

Suko löste sich vom Türpfosten und trat ins Zimmer. »Dann bestelle deinem Professor die besten Grüße.«

Ich tippte ihm gegen die breite Brust. »Er ist nicht mein Professor. Er heißt Zamorra und ist ein patenter Kerl. Du wirst ihn sicherlich kennenlernen und dann meine Meinung teilen.«

Suko hatte heute seinen spöttischen Tag. »Habe gehört, er hat eine tolle Assistentin.«

»Nicole Duval?«

»Ja.«

Ich rückte mir meine Krawatte zurecht. »Das stimmt, mein Lieber. Nicole ist wirklich fantastisch.«

»Laß das nur nicht Jane Collins hören.«

»Ach, sei ruhig.« Ich drückte Suko kurzerhand aus dem Zimmer. »Was ist los mit dir? Du bist doch sonst nicht so bissig.«

»Nichts ist los.«

Schräg von der Seite her schaute ich Suko an, bückte mich dann und schlüpfte in meine Schuhe. »Das kannst du mir nicht erzählen, mein Lieber. Dir ist irgendeine Laus über die Leber gelaufen. Fragt sich nur welche.«

Suko schwieg.

Ich richtete mich wieder auf. »Ist irgend etwas mit deiner Freundin Shao?«

An den roten Ohren, die Suko bekam, merkte ich, daß ich ins Schwarze getroffen hatte.

»Also doch.«

Suko hob die Schultern. Er wollte reden, aber er brachte keinen Ton hervor. Wie ein Schuljunge kam er mir plötzlich vor.

»Habt ihr euch gestritten?« fragte ich.

»Nicht direkt.«

»Und jetzt? Ist sie noch da?«

Suko schüttelte den Kopf.

»Shao ist weggelaufen?« fragte ich. Das war allerdings ein Ding. Hätte ich der Kleinen gar nicht zugetraut. Suko hatte sie in Hongkong kennengelernt, wo sie zuerst eine Dienerin des Gelben Satans war und uns sogar töten wollte. Doch die Liebe hatte es geschafft, das Mädchen umzudrehen. Shao war eine ziemlich eigenwillige Person, und das bekam Suko jetzt zu spüren. Sie wollte ihren hübschen Kopf eben durchsetzen.

Ich hatte noch ein paar Minuten Zeit. Zum Glück. »Weshalb ist sie denn weggelaufen?« fragte ich.

»Es ging um eine Arbeit. Sie wollte sich unbedingt eine Arbeitsstelle suchen.«

»Jetzt am Abend?«

»Scheint so.«

»Konntest du sie denn nicht zurückhalten?«

»Nein.« Suko schüttelte den Kopf. »Die war wie eine Tigerin. Nicht zu halten.«

Ich stand ein wenig hilflos vor dem Problem und wußte auch nicht, wie ich Suko helfen sollte. Ein billiger Trost wie: »die wird schon wiederkommen« oder »die ist an den Heimatherd gewohnt« wollte ich meinem Freund nicht zumuten.

»Demnach hast du auch keine Lust, hier in der Wohnung zu bleiben?« sprach ich ihn an.

»Nein.«

»Okay, dann komm mit!«

Suko strahlte. »Hat der Streit doch noch etwas für sich gehabt.«

»Hoffentlich hast du mir keinen unter die Weste geschoben.«

Der Chinese machte das treueste Gesicht, das er aufsetzen konnte. »Wirklich nicht, John. Sie ist weg.«

»Gut. Dann zieh dich um.«

Mein Freund war innerhalb von fünf Minuten fertig. Gemeinsam fuhren wir hinunter in die Tiefgarage. Den Mantel hatte ich mir über den Arm gehängt. Ich verstaute ihn im Fond des silbermetallicfarbenen Bentley.

Der Wagen hatte seine Frühjahrsinspektion und eine Wäsche hinter sich. Er glänzte wie neu.

Es war mein zweiter Wagen. Den ersten hatte ich vor einen Baum gesetzt. Allerdings nicht im betrunkenen Zustand, sondern während des Kampfs mit einem gefährlichen Dämon.

Das Institut, in dem Professor Zamorra seinen Vortrag hielt, lag im Stadtteil Mayfair. Es gehörte der Universität, und hier beschäftigte man sich mit parapsychologischen Problemen.

In den letzten Jahren hatte es einen ungeheuren Aufschwung genommen, auch dadurch bedingt, daß die Russen ebenfalls das Phänomen der Parapsychologie sehr genau studierten und auch enorme Gelder dafür einsetzten.

Um neunzehn Uhr sollte der Vortrag beginnen. Es war noch hell, als ich den Wagen eine Viertelstunde später durch das offenstehende schmiedeeiserne Tor lenkte und durch den Park fuhr, der das Institutsgebäude umgab.

Längs des Weges brannten Laternen, und auch der Parkplatz vor dem Gebäude war angestrahlt. Schon zahlreiche Wagen standen dort in Reih und Glied, und ich setzte meinen Bentley neben einen dunkelbraunen Mercedes.

Suko und ich stiegen aus dem Wagen und lenkten unsere Schritte auf die breite Freitreppe zu, die zum erleuchteten Eingang hochführte. Ich ging vor. An der Tür empfing uns ein Bediensteter des Instituts und fragte höflich aber bestimmt nach unseren Einladungskarten.

Ich zeigte meine vor und mußte zwei Minuten reden, um den Knaben davon zu überzeugen, daß Suko auch ohne Einladungskarte mit hineindurfte.

Wir betraten eine geräumige Vorhalle, wo bereits mehrere Gruppen von Männern und Frauen eifrig diskutierten. Die Kristallüster an der Decke verbreiteten ein prächtiges Licht. Es spiegelte sich auch auf dem Glas der Sektkelche und Cocktailschalen wider. Ein Begrüßungstrunk wurde gereicht.

Ich nahm einen Cocktail, während Suko verzichtete.

Einige Leute kannte ich. Wissenschaftler, mit denen ich während irgendeines Falles schon zu tun gehabt hatte und die mir manchmal sehr geholfen hatten.

Doch Zamorra sah ich nicht.

»Wo ist denn der große Meister?« fragte ich einen herumlaufenden Ober.

»Wie meinen Sie, Sir?« Der Knabe war sichtlich irritiert.

»Professor Zamorra.«

»Tut mir leid, Sir, vorhin habe ich ihn noch gesehen.«

»Danke.«

Ich schlenderte weiter. Suko kam zu mir. »Ist er verschwunden?«

»Ja.

»Wir können ja schon hineingehen.«

Im Saal saßen bereits einige Zuhörer. Das Podium, auf dem Zamorra seine Rede halten sollte, war noch verwaist.

Ich begann, mich wirklich über den Professor zu wundern. Das war eigentlich nicht seine Art. Wenigstens hatte ich ihn so in Erinnerung. Es sei denn, irgend etwas hielt ihn davon ab zu erscheinen.

Meine Unruhe wuchs.

Das merkte auch Suko. »Er wird noch kommen«, sagte er. »Beruhige dich doch.«

Ich hob die Schultern. »Dessen bin ich mir gar nicht mal so sicher, Suko. Ich glaube, da ist etwas geschehen.«

»Aber was sollte denn...«

»Das will ich ja herausfinden«, erwiderte ich und stand auf. »Warte du hier auf mich. Ich bin gleich wieder da.«

Ich drückte mich aus dem Sitz hoch, betrat den Gang und bahnte mir durch die hereinströmenden Menschen meinen Weg zum Ausgang.

Der Saaldiener wollte gerade die Türen schließen. Ich schlüpfte noch hindurch.

»Wo kann Professor Zamorra sich aufhalten?« fragte ich ihn. »Er ist immer noch nicht da.«

»Sir, ich wüßte nicht...«

Ich machte kurzen Prozeß und zeigte ihm meinen Ausweis. Ich war zwar nicht dienstlich hier, aber das spielte jetzt keine Rolle. Mein Gefühl sagte mir, daß etwas nicht stimmte.

Der Mann deutete auf eine schmale Tür. »Es könnte sein, Sir, daß sich der Herr Professor dort aufhält.«

»Danke.«

Ich ging los. Ziemlich schnell, und der Saaldiener schaute mir verwundert nach.

Die Tür war nicht abgeschlossen. Ich stieß sie auf und betrat einen von Dämmerlicht erfüllten Raum. Es war eine Art Studierzimmer mit hohen, bis zur Decke reichenden Regalen und einem kleinen Schreibtisch, vor dem ein Mann saß, der mir den Rücken zuwandte.

Auf dem Schreibtisch brannte eine kleine Lampe und legte ihren milchigen Schein wie einen durchsichtigen Schleier um den am Schreibtisch Sitzenden.

Ich schloß leise die Tür und räusperte mich.

Keine Reaktion.

Ich machte mich abermals auf die gleiche Weise bemerkbar. Jetzt erst drehte der Mann sich um.

Es war – Professor Zamorra!

Nicole Duval schrie auf!

Ihr Körper hatte sich inzwischen an das warme Wasser gewöhnt, und die kalte Berührung traf sie wie ein Schlag.

Gleichzeitig spürte sie das Brennen auf der linken Schulter, und zwar genau dort, wo sie getroffen worden war.

Wie Säure brannte es...

Nicole schauderte. Sie drehte den Kopf, schaute nach links und sah das grüne Pflanzenblatt auf ihrer nackten Haut liegen und weiterwandern.

Die junge Frau handelte. Mit den Fingern griff sie nach dem Zeug und wollte es abziehen, doch dieser grüne unheimliche Schleim klebte wie Leim.

Er zog sich in die Länge.

Nicole verspürte Angst.

Gleichzeitig sah sie die nächste Ladung über dem Wannenrand auftauchen. Etwa in Kniehöhe kroch das Zeug auf den Rand und stieß ins Wasser.

Blitzschnell zog Nicole Duval die Beine an und schwang sich auf. Es störte sie dabei nicht, daß Wasser überschwappte und auf den Boden klatschte, wo es einen kleinen See bildete. Sie wollte nur diesem unerklärlichen Angriff entgehen.

Als Nicole kniete, übersah sie die gesamte Tragweite der unheimlichen Attacke.

Die Waschbecken waren bereits nicht mehr zu sehen. Die grüne, pflanzenartige Masse hielt sie bedeckt und breitete sich noch weiter aus. Immer mehr von dem Zeug quoll hervor, bildete neue Stränge und Ableger, die wiederum verzweigten und weitere Sprößlinge dieser unheimlichen Saat entstehen ließen.

Je mehr kam, um so schneller breitete sich das Zeug aus.

Es kroch über den Boden. Nicole sah die feinen Äderchen innerhalb des Gewebes, in denen das rosafarbene Blut pulsierte und zuckte. Trotz der Gefahr, in der sich Nicole befand, fragte sie sich, was diese Invasion zu bedeuten hatte und wer dafür verantwortlich war.

Es waren pflanzenähnliche Gebilde, und sie besaßen Kraft und Macht, wie Nicole sehr schnell feststellen konnte.

Ein Zahnbecher war zu Boden gefallen. Kaum hatte das Kunststoffgebilde die Fliesen berührt, schnellte ein Pflanzenarm tentakelartig vor, umfaßte den Becher, stieg hoch damit wie ein Elefantenrüssel, und im nächsten Augenblick war der Becher verschwunden.

Aufgelöst – verschluckt...

Dieses Geschehen erinnerte Nicole Duval an ihre eigene Situation. Es machte ihr klar, daß sie fliehen mußte.

Unbedingt.

Sonst...

Es gab noch einige freie Flächen im Bad. Nicole Duval schoß in die Höhe. Der Schleim, der auf ihrer Schulter lag, zog sich wie ein Kaugummi und riß, als er zu einem haarfeinen Faden geworden war.

Nackt sprang Nicole Duval aus der Wanne. Auf ihrer Schulter spürte sie noch immer das Brennen, aber sie achtete nicht darauf. Es würde sicherlich bald verschwinden...

Nicole lief zur Tür.

Das Horror-Gebilde schien zu merken, was die junge Frau vorhatte. Es teilte sich, und die linke Hälfte versuchte, vor Nicole an der Tür zu sein.

Es wurde knapp.

Nicole Duval sprang mit zwei Sätzen auf die Tür zu, riß sie auf und hetzte über die Schwelle. Genau noch rechtzeitig, denn dort, wo sie noch vor einer Sekunde gestanden hatte, befand sich nun der Ableger des pflanzenähnlichen Schleims.

Nicole wuchtete die Tür zu und lehnte sich mit dem Rücken aufatmend gegen das Holz.

Sie war fertig.

Erst jetzt merkte sie, wie schnell ihr Herz schlug. Es hämmerte gegen die Rippen, und ihr Atem ging keuchend und schnell.

Urlaub und Entspannung ade. Ohne es zu wollen, war Nicole Duval mitten in den Strudel grauenhafter und gefährlicher Ereignisse gerissen worden.

Ausgerechnet jetzt war Zamorra nicht da.

Nicole ging von der Tür weg. An ihrem Körper rannen die Wassertropfen hinab und bildeten auf dem Teppichboden dunkle Flecken.

Als Nicole das sah, fiel ihr ihre Nacktheit ein. Ohne sich abzutrocken, zog sie sich in fieberhafter Eile an. BH, Slip, Rock, leichter Pullover.

Zwischendurch lauschte Nicole Duval immer wieder zum Bad hin, doch sie vernahm nichts, was ihre Aufmerksamkeit erregt hätte. Das Geschehen hinter der Tür lief mit einer makabren Lautlosigkeit ab.

Woher kam diese grüne Gefahr? Kaum war Nicole dem ersten Angriff entronnen, begann sie sich bereits darüber Gedanken zu machen. War es Zufall oder eine gesteuerte Aktion, die ihr und ihrem Chef galt?

Auf jeden Fall mußte Zamorra Bescheid wissen. Vortrag hin, Vortrag her, das andere war wichtiger.

Zamorra mußte über das Schreckliche informiert werden. Nicole lief zum Telefon. Sie setzte sich, nahm den Hörer ab und behielt die Tür im Auge.

Doch aus dem Bad drang nichts.

Noch nicht...

Nicole mußte über die Vermittlung sprechen. Die Nummer des Instituts kannte sie auswendig.

Hastig gab sie sie durch.

Dann mußte sie warten.

Die Sekunden wurden zu Minuten und erschienen Nicole wie kleine Ewigkeiten.

Nicole Duval wurde nervös.

Auch das Telefonfräulein meldete sich nicht.

Zamorras Sekretärin wählte abermals die Nummer der Zentrale. Es wurde abgehoben.

»Hallo«, sagte Nicole, »hören Sie mich? Sie wollten mich mit einer Nummer verbinden. Hallo...«

Nicole verstummte.

Und plötzlich lief ihr eine Gänsehaut über den Rücken, denn so deutlich, als würde sie neben ihr stehen, vernahm sie das Röcheln der Frau an der Zentrale...

»Zamorra?« fragte ich und ging einen Schritt näher.

Der Mann vor mir antwortete nicht. Sein Gesicht war blaß, und deutlich erkannte ich die feinen Schweißperlen auf der Haut.

Aber ich hatte Zamorra vor mir. Daran gab es keinen Zweifel. Das schmale, immer etwas ernst wirkende Gesicht, das an den Schläfen schon leicht ergraute Haar, die dunklen Augen, die jetzt seltsam leer blickten und zusammen mit dem ganzen Mann den Eindruck erweckten, als würden sie nach innen lauschen.

Zamorra hatte seine rechte Hand in den Jackenausschnitt geschoben. Die Finger verschwanden zwischen zwei Knopfleisten unter dem Hemd.

Ich blieb stehen. Mir fiel dabei ein, daß Zamorra ein Amulett trug, dieses geheimnisvolle Kleinod, das von Merlin, dem Magier, stammte und die Kraft einer Sonne in sich gefangenhielt.

Es kündete oft Gefahren an, die sich in der Zukunft ereigneten.

Wie jetzt?

»Zamorra?«

Plötzlich veränderte sich der Gesichtsausdruck des Professors. Der entrückte Ausdruck verschwand, die Augen blickten klar und deutlich, er zog die Hand zurück und seufzte. Mit der linken Hand wischte er über die schweißnasse Stirn, und ein Lächeln zuckte um seine Lippen.

»Willkommen in London, Zamorra«, sagte ich, streckte die Hand aus, und Zamorra drückte sie fest, als er sie ergriff.

»John, ich freue mich«, lächelte Zamorra. »Hat lange gedauert, bis wir uns mal wieder treffen.«

»Wo wir doch fast die gleichen Gegner bekämpfen«, sagte ich.

»Genau.« Zamorra deutete auf einen Sessel. »Setz dich doch.«

Ich schüttelte den Kopf und deutete auf meine Uhr. »Sorry, aber dein Vortrag.«

Zamorra erschrak. »Himmel, den habe ich vergessen. Ist es schon so spät?«

»Noch später.«

»Dann nichts wie los.« Er legte mir seine Hand auf die Schulter. »Wir sehen uns nachher. Es dauert ja nicht lange.«

»Okay.« Ich nickte.

Gemeinsam verließen wir das Zimmer und trennten uns dann, da Zamorra einen anderen Eingang nahm.

Ich schlich zu meinem Sitz. Sukos Stirn zeigte ein Waschbrettmuster, als er mich anschaute. »Hat lange gedauert. Ich dachte schon, es wäre dir etwas passiert.«

Ich winkte ab. »Nein, nein, aber Zamorra hätte die Zeit in seiner Trance fast vergessen.«

»Was ist geschehen?«

»Weiß ich auch nicht genau...«

Klatschen unterbrach mich, als Zamorra den Saal betrat. Mit elastischen Schritten ging er zu dem Rednerpult, und wieder einmal dachte ich bei seinem Anblick an einen sportlichen Manager-Typ, aber nicht an einen Wissenschaftler.

Zamorra hatte sich ein paar Notizen gemacht, rückte die Zettel zurecht, begrüßte die Anwesenden und entschuldigte sich für die Verspätung.

Es gab den ersten Beifall. Ihm entnahm ich, daß niemand der Zuhörer ihm gram war.

Zamorra begann seinen Vortrag. Und ich muß ehrlich gestehen, daß er mich faszinierte. Er sprach so locker und lässig, gar nicht wie ein trockener Wissenschaftler, sondern lebendig und farbig. Es bereitete Spaß, ihm zuzuhören. Und es war schon eine gekonnte Sache, wie er die schwierigen Probleme ansprach, sie analysierte und dem interessierten Publikum gekonnt näherbrachte.

Seine Rede war eindrucksvoll.

Das war auch am Beifall zu erkennen, der ihm entgegengebracht wurde. Ich sparte ebenfalls nicht damit.

Zamorra verbeugte sich und lächelte. Wie schnell war doch eine Dreiviertelstunde vergangen.

Fünfzehn Minuten sollte die Pause dauern. Der zweite Teil des Vortrages befaßte sich mit dem Phänomen der Astralreisen. Ein heißes Eisen und von vielen als absoluter Quatsch und Unsinn abgetan. Aber es gab da ein paar Rätsel, die bis heute nicht geklärt worden waren. Zamorra wollte mit seinen Ausführungen versuchen, etwas Licht in das Dunkel zu bringen.

In der Pause hatte ich keine Chance, den Professor zu sprechen. Er war von seinen Zuhörern eingekeilt und mußte Fragen beantworten. Nach zehn Minuten schaffte er es, sich von ihnen zu trennen und um eine kleine Pause zu bitten.

Man gewährte ihm sie nur ungern.

Ich rauchte eine Zigarette und trank dazu eisgekühlten Orangensaft. Die Eiswürfel klingelten gegeneinander, wenn ich das Glas bewegte. Suko stand neben mir. Sein Gesicht zeigte einen abwesenden Ausdruck. Irgendwie war er nicht so bei der Sache.

»Denkst du an Shao?« fragte ich ihn.

Suko hob die Schultern.

»Wenn du nach Hause willst, dann geh. Ich halte dich nicht. Shao ist jetzt wichtiger. Glaub mir.«

»Ich komme schon früh genug«, sagte Suko, und damit war für ihn das Thema erledigt.

Ich hob die Schultern. Mehr konnte ich für Suko auch nicht tun. Außerdem wollte er es nicht, daß ich mich in seine Probleme mischte. Verständlich, wie ich meine.

Ein Bekannter sprach mich an. Er war Hobby-Parapsychologe, wie ich wußte, und er wollte mit mir über das Phänomen der Geistwanderung diskutieren.

Zum Glück war die Pause herum.

»Sehen wir uns nach dem Vortrag noch, Mr. Sinclair?« fragte er.

»Sorry, Sir, aber ich habe schon eine Verabredung.«

Er verzog das Gesicht. »Schade, man sieht sich viel zu selten.«

»Da sagen Sie was.«

Es waren auch ein paar Zeitungsleute anwesend. Reporter von Fachblättern. Normalerweise wäre mein Freund Bill Conolly auch da gewesen, aber er lag momentan mit einer Frühjahrsgrippe flach.

Pech für den guten Bill, der sich solche Vorträge und Reden nie entgehen ließ.

Wieder begann der zweite Teil mit einer Verspätung. Der Vortrag wurde dann allerdings zur Diskussion, an der ich mich nicht beteiligte, da ich mit Zamorra nach seiner Rede verabredet war.

Bis zweiundzwanzig Uhr zog sich alles hin, dann endlich schaffte Zamorra es, den Reportern und auch seinen eigenen Kollegen zu entfliehen.

»Wir fahren mit meinem Wagen«, sagte ich zu ihm. Suko gesellte sich zu uns, und ich stellte ihn vor.

Zamorra lächelte. »Ich freue mich, Sie persönlich kennenzulernen. Gehört habe ich schon einiges von Ihnen.«

Suko lachte. »Hoffentlich nur Gutes.«

»Aber sicher.«

Wir setzten uns in meinen Bentley. »Wohin?« fragte ich. »Wenn du mich fragst, Zamorra, fahren wir zu mir.«

»Meine Mitarbeiterin wartet im Hilton«, erwiderte er. »Wir könnten auch dorthin fahren.«

»Meinetwegen.« Ich wollte starten, doch Zamorra legte mir seine Hand auf den Arm.

»Warte noch, John.«

»Was ist?« Erstaunt schaute ich ihn an.

»Als du vorhin zu mir kamst, wirst du dich sicherlich über meinen Zustand gewundert haben«, sagte er.

»Ja, das stimmt.«

»Ich möchte dir eine Erklärung abgeben.« Zamorra senkte seine Stimme. »Du weißt über mein Amulett Bescheid, John. Du kennst seine Kraft und Stärke, und es ist sensibel. Es reagiert auf Strömungen und Gefahren wie ein Empfänger. Vorhin erwärmte es sich, und da wußte ich, daß in London irgend etwas passieren wird. Etwas Böses, Grauenvolles liegt auf der Lauer, und nicht nur auf der Lauer, John. Es ist bereits da. Ich fühle es deutlich. Das Amulett hat sich nicht umsonst erwärmt. Irgendwo hat das Grauen bereits zugeschlagen, und ich glaube auch, daß wir damit in Verbindung stehen.«

»Weißt du Genaueres?« fragte ich.

»Nein, leider nicht. Alles war zu undeutlich. Mir ist auch nicht bekannt, um welche Art Gefahr es sich handelt, aber mein Amulett hat sehr stark reagiert. Es muß schlimm sein.«

Ich hatte keinen Grund, über Zamorras Worte zu lächeln oder etwa an ihnen zu zweifeln. Ich wußte um die Kraft seines Kleinods, und für uns war es jetzt wichtig, herauszufinden, wo das Böse zuschlagen würde.

»Konntest du es nicht lokalisieren?« fragte ich.

»Nein.« Zamorra strich sich über die Schläfen. »Es scheint über Groß-London zu schweben.«

»Mit anderen Worten, diese Stadt ist in großer Gefahr.«

»Ja, John.«

Ich spürte, daß auch mich die Erregung gepackt hatte. Mein Herz schlug schneller, und in meinen Achselhöhlen hatte sich der Schweiß gesammelt.

War es wirklich so schlimm, wie Zamorra angedeutet hatte? Wenn man nur wüßte, was es war!

»Fahr ruhig los«, sagte der Professor.

»Okay.« Ich ließ den Bentley anrollen. Automatisch schaltete ich das Radio ein. Country- und Westernmusik klangen aus den beiden Stereo-Lautsprechern. Ich hatte bewußt die Lautstärke heruntergedreht, horchte aber auf, als die Sendung für die Nachrichten unterbrochen wurde.

Um diese Zeit? Mehr als ungewöhnlich.

Es war eine Sondermeldung. Unwillkürlich stoppte ich, denn so etwas mußte ich hören.

Der Sprecher sagte: »Wie wir aus gut unterrichteten Kreisen erfuhren, weitete sich dieses unheimliche Geschehen aus. Vor allen Dingen im Stadtteil Kensington sind die Menschen in Panik geraten und geflohen. Den Zeugenaussagen nach dringen immer mehr Pflanzen aus den Abflüssen. Wie wir hörten, hat es bereits die ersten Toten gegeben. Zwei Spaziergänger hat es getroffen. Die Pflanzen haben ihre Körper regelrecht aufgelöst. Die Polizei steht vor einem Rätsel. Im Moment ist man dabei, die entsprechenden Gebiete abzuriegeln.« Es entstand eine Pause. Dann sagte der Sprecher: »Soeben erhielten wir eine neue Meldung. Diese unheimliche Pflanzenpest hat auch auf die Stadtteile Notting Hill und Bayswater übergegriffen. Polizei und Feuerwehr sind im pausenlosen Einsatz. Wir werden Sie weiter informieren, Ladies and Gentlemen. Und noch ein Aufruf der Polizei. Bewahren Sie die Ruhe. Keine Panik, es würde alles nur noch verschlimmern.«

Zamorra und ich schauten uns an. Und Suko sprach das aus, was wir beide dachten.

»Das Amulett hat schon vorgewarnt«, sagte er leise.

»Ja.« Ich nickte.

Schon meldete sich mein Autotelefon. Ich nahm ab und hörte die Stimme meines Vorgesetzten, Superintendent Powell.

»Endlich erreiche ich Sie«, sagte er. »Haben Sie gehört, was geschehen ist?«

»Ja, Sir!«

»Ein Job für Sie, John. Diese unheimlichen Pflanzen können nicht von dieser Welt sein. Sehen Sie zu, daß Sie das Grauen stoppen. Sie haben jegliche Vollmachten. Entsprechende Befehle sind bereits an die einzelnen Einsatzleiter gegangen. Ich möchte nicht, daß London zu einem Todesgarten wird. Mich erreichen Sie jederzeit im Büro. Geben Sie mir weitere Berichte, falls sich irgend etwas verändert. Sei es nun auf positive oder negative Weise.«

»Ich habe verstanden, Sir.«

Plötzlich sagte Zamorra: »Dieser Herd des Grauens ist genau dort, wo sich das Hilton Hotel befindet. Und da wohnen wir. Nicole Duval ist noch da.«

Ich konnte dem Parapsychologen nachfühlen, wie es in seinem Innern aussah.

Nicole Duval befand sich im Zentrum des Grauens...

Ich gab Gas.

Wir wurden in die Polster gepreßt. Wir hatten eine ganz schöne Strecke zurückzulegen. Ich sah zu, daß ich auf die Oxford Street kam.

Sie durchschneidet den Großteil Londons von Westen nach Osten. Wir fuhren in Richtung Westen.

Ich ließ das Radio an und wartete auf neue Meldungen. Noch kam nichts, aber wir merkten, daß etwas los war. Noch nie hatte ich so viele Feuerwehrwagen unterwegs gesehen. Sirenen jaulten und heulten. Wagen der Polizei und Ambulanz jagten sich gegenseitig.

London wurde langsam aber sicher zu einer brodelnden Hölle.

Ich fragte Zamorra nach einer Erklärung. Er hatte keine, nur Vermutungen.

»Vielleicht sind es Erddämonen, die ans Tageslicht gestiegen sind«, sagte er. »Was wissen wir schon von den Kräften, die im Innern der Erde schlummern? Ich habe mich neulich mit alten Sagen beschäftigen müssen, in denen die Dämonen der Natur vorkamen. Feuer- und Erdgeister, Tierdämonen, ein ungeheures Gebiet und überhaupt noch nicht erforscht. Geh zu alten Indianerstämmen, John, und du wirst eine Magie erleben, wie wir sie überhaupt nicht kennen. Oder frage Suko. Die chinesische Mythologie ist uns ebenfalls so rätselhaft wie die tibetanische oder orientalische. Wir haben noch verdammt viel Arbeit vor uns, John.«

Ich nickte, denn ich konnte Zamorra nur zustimmen. Es würde schlimm werden.

Vorn sah ich schon den Hyde Park. Die Oxford Street, die dort Bayswater Street heißt, führt an der nördlichen Grenze des Hydepark vorbei.

Ich hatte meine Blicke überall und suchte förmlich nach den gefährlichen Pflanzen.

Noch war nichts zu sehen. Ich trat das Gaspedal durch.

Die Überholspur schien mir allein zu gehören.

Wir ließen den Hydepark hinter uns. Ich ging mit der Geschwindigkeit herunter und bog an der U-Bahn-Station Holland Park in die Holland Walk Street ein.

Vorn sah ich schon die Lichter einer Absperrung. Ein Zeichen, daß wir uns dem Zentrum des Schreckens näherten.

Links lag der U-Bahn-Eingang. Es war ein Schacht, der in die Tiefe führte.

»Stop!« schrie Suko.

Automatisch trat ich die Bremse.

Der Bentley schlingerte etwas, stand aber dann.

Suko riß schon die Tür auf und deutete auf den Eingangsschacht. »Da sind die Pflanzen!« rief er und rannte los.

Einen Herzschlag später jagten Zamorra und ich ihm nach…

Nicole Duval senkte den Hörer auf die Gabel. Ihr Rücken war eine einzige Gänsehaut. Das Gurgeln der Frau echote noch in ihren Ohren nach. Sie sprang auf und hörte das Knirschen einer Tür.

Ihre Augen wurden groß.

Die Tür zum Bad – sie bewegte sich.

Etwas drückte von innen dagegen. Etwas, das eine unvorstellbare Kraft hatte.

Die Pflanzen…

Mit einem Krach platzte die Tür auseinander. Sie zersplitterte in der Mitte, und die Pflanzen rissen ein gewaltiges Loch in das Holz. Dort quoll es grün hervor.

Widerlicher grüner Schleim, der sich sofort im Zimmer ausbreitete und seinen Weg zu Nicole fand.

Wie Schlangen wanden sich die Pflanzen über den Fußboden. Sie hatten Ableger bekommen, an denen große Blätter klebten, die wiederum mit Äderchen durchzogen waren, in denen der rote, an helles Blut erinnernde Saft stieg und pulsierte.

Nicole konnte in das Bad hineinschauen.

Sie sah nur eine einzige grüne Masse, die alles bedeckte. Die Wanne, die Dusche, die Wände. Alles wurde von den unheimlichen Pflanzen gefressen.

Es war grausam...

Ein paar Sekunden brauchte Nicole Duval, um ihren Schock zu überwinden. Sie ließ alles liegen und stehen, raffte nur ihre Handtasche an sich und hetzte zur Tür.

Nicole riß die Tür auf und hörte erst jetzt die Schreie der anderen Hotelgäste.

Da wurde ihr klar, daß nicht nur sie mit den Pflanzen Kontakt gehabt hatte. Anderen Gästen mußte das gleiche Schicksal widerfahren sein.

Grauenhaft...

Nicole hetzte auf den Hotelgang zu. Aus dem Zimmer gegenüber stürzte eine Frau. Ihre Augen waren angstgeweitet, auf dem Gesicht lag das Grauen. Sie trug ein kleines Kind auf dem Arm. Das Baby schrie und weinte. Doch die Frau kam nicht mehr dazu, über die Schwelle in den Gang zu springen.

Die nächsten Sekunden liefen für Nicole Duval wie in Zeitlupe ab. Aus dem Zimmer schlängelte ein tentakelartiges Gebilde, wischte plötzlich über den Boden und umklammerte den rechten Knöchel der fliehenden Frau.

Ein Ruck, und die Frau fiel.

Sie schrie auf.

Der Schrei machte Nicole mobil. Sie sah die Frau fallen und hatte eine Heidenangst um das Kind. Wenn es auf den Boden prallte, dann...

Nicole Duval dachte nicht mehr weiter, sondern reagierte.

Sie wuchtete sich vor und fing die fallende Frau auf. Plötzlich hielt sie das Kind in den Armen, während die Frau zu Boden fiel und von Nicole nicht mehr gehalten werden konnte.

Zamorras Sekretärin wurde zur Helferin in der großen Not. Sie nahm das Kind, lief ein paar Schritte weiter und setzte es kurzerhand auf den Fußboden.

Dann hetzte sie wieder zurück, denn die Frau brauchte ihre Hilfe. Sie kam gegen die Kraft der mörderischen Pflanzen nicht an. Noch immer umklammerte das Tentakel den Knöchel der Unglücklichen. Es hatte die Kraft der Hölle. Ohne daß sich das bedauernswerte Opfer dagegen wehren konnte, wurde es wieder in das Zimmer hineingezogen.

Zoll für Zoll.

Die Frau versuchte ihre Hände in den Teppich zu krallen, doch es mißlang.

Ihre Finger rutschten ab.

Sie schrie…

Nicole war alarmiert. Es befanden sich zwar noch weitere Gäste auf dem Flur, aber die kümmerten sich nur um sich selbst. Sie rannten von wilder Angst geschüttelt zu den Fahrstühlen und Treppenaufgängen.

Die Angst ging um im Hilton. Jeder dachte nur daran, sein eigenes Leben in Sicherheit zu bringen. Nicole aber wollte die Frau retten.

Sie mußte sie retten.

Das Kind schrie, aber darum konnte sie sich jetzt nicht kümmern. Die Pflanze besaß soviel Kraft, daß sie ihr Opfer immer weiter auf das Zimmer zuzog.

Nicole Duval bückte sich, umfaßte die Achseln der Frau, hob deren Oberkörper an und zog.

»Stützen Sie sich mit den Beinen ab!« schrie Nicole Duval der Frau zu.

»Ja!« keuchte sie und versuchte es, doch auf dem glatten Teppich rutschte sie ab.

Nicole aber gab nicht auf. Sie kämpfte verbissen gegen dieses grüne Monster, und sie schaffte es.

Sie zog die Frau weiter in den Gang hinein, weg von der verdammten Zimmertür, hinter der das Grauen lauerte. Das Tentakel wurde lang und länger und dünn wie Zwirn.

Dann riß es.

Geschafft!

Nicole hätte heulen können vor Freude.

Doch die Frau hatte den Schock noch längst nicht überwunden. Sie stierte Nicole an wie eine Geisteskranke.

»Weg!« Nicole schrie. »Wir müssen weg hier!«

Die Frau verstand sie nicht. Sie klammerte sich an Nicole wie an einen Rettungsanker und stammelte sinnlose Worte.

Zamorras Sekretärin griff zur einzig wirksamen Methode. Sie schlug der Frau ins Gesicht.

Zweimal klatschten die Schläge gegen die Wangen. Es half. Das Schreien verstummte.

»Nehmen Sie das Kind!« befahl Nicole.

»Ja, ja.« Die Frau hatte zwar geantwortet, aber nicht richtig verstanden. Sie war noch immer völlig durcheinander. Nicole ergriff die Initiative, packte das Baby, das sich zum Glück beruhigt hatte und Nicole aus großen, blauen Augen anschaute – und übergab es der Mutter.

»Halten Sie es fest«, sagte Nicole.

Sie hatte die Worte kaum ausgesprochen, als wie auf ein geheimes Kommando hin mehrere Zimmertüren aufplatzten und sich die grünen Pflanzen in den Gang wälzten.

Auch vor ihnen.

Der Weg zu den Fahrstühlen war versperrt!

Bis auf eine schmale Lücke. Und bevor die sich schloß, mußten Nicole und die Frau durch sein.

Das sagte sie auch.

»Reißen Sie sich jetzt zusammen, Madam! Wir müssen jetzt alles einsetzen!«

Die Frau nickte.

Nicole hoffte nur, daß sie verstanden worden war, und rannte los. Sie hielt die Frau an der Hand gepackt, und was sie kaum zu hoffen gewagt hatte, trat ein.

Sie schafften es.

Sprangen durch die Lücke, die die Horror-Pflanzen noch gelassen hatten.

Jetzt war wenigstens der Weg zu dem Lift frei. Er befand sich dort, wo der Gang breiter wurde und einige Sitzgruppen sowie Blumenkübel standen.

Nicole stand als erste vor dem Lift.

An der Anzeige erkannte sie, daß er sich vier Etagen unter ihnen befand.

Hoffentlich war er frei...

Nicole drückte.

Die Anzeigetafel leuchtete auf. Stockwerk für Stockwerk wurde angezeigt. Der Lift schoß hoch – war da...

Automatisch glitten die beiden Türhälften auseinander.

Nicole wollte schon einsteigen, als sie eine Fußweite vor dem Aufzug stehenblieb.

Was sie im Lift sah, war das nackte Grauen...

Suko rannte mit Riesensätzen auf den Eingangsschacht zu. Und wie ein Blitzstrahl zuckte plötzlich die Erkenntnis einer großen Gefahr durch mein Hirn.

»Nicht, Suko!« rief ich. »Bleib stehen!«

Er hörte mich und wandte sich irritiert um.

Ich aber hatte kehrtgemacht, öffnete den Kofferraum des Bentleys und Sekunden später auch unseren Einsatzkoffer.

Suko hatte mich gesehen und lief zurück.

Nur Zamorra stand noch unschlüssig auf halber Strecke. Ich hatte auch nicht die Zeit, ihm jetzt noch großartige Erklärungen abzugeben, denn das Geschehen im U-Bahnschacht mußte gräßlich genug sein. Davon zeugten erstickt klingende Schreie, die bis an unsere Ohren drangen.

Menschen befanden sich in Gefahr!

Wir mußten sie retten.

Ich holte die Dämonenpeitsche aus meinem Koffer und warf sie Suko zu. Der röhrenförmige Gegenstand überschlug sich zweimal in der Luft, bevor Suko ihn geschickt auffing.

»Danke!« rief er.

Zamorra faßte mich an der Schulter. In seinen Augen las ich eine Frage. »Was hast du vor?«

»Das wirst du gleich sehen«, erwiderte ich. Ich hatte mir den silbernen Dolch aus dem Koffer geholt. »Hast du eine Pistole?« fragte ich den Professor.

»Nein, nur das Amulett.«

»Willst du meine Waffe haben?«

»Silberkugeln?«

»Ja.«

Zamorra nickte. Ich gab ihm die Beretta. Jetzt verließ ich mich auf den geweihten Dolch und auf mein Kreuz, das an einer silbernen Kette befestigt um meinen Hals baumelte.

Suko war schon vorgegangen. Aus dem Schacht quoll es ihm entgegen. Ein regelrechter Berg von Pflanzen. Sie schimmerten nicht nur grün, sondern auch braun und rot. Rot in allen Farbnuancen. Hellrot, dunkelrot, bis hin zum blassen Rosa.

Dämonische Pflanzen, Teufelswerk. Hart hielt ich den Griff des Dolches umklammert. Ich war bereit, mit ihm wie ein Dschungelkämpfer zu fighten.

Suko hatte einen Vorsprung gewonnen. Ich folgte ihm, und Zamorra bildete den Schluß. Schußbereit hielt er meine Beretta in der rechten Hand.

Suko hatte die Dämonenpeitsche schon ausgefahren. Die drei magischen Schnüre berührten den Boden.

Noch…

Dann aber holte Suko aus. Ich blieb unwillkürlich stehen und hielt den Atem an, als die drei Peitschenriemen in das magische Gewächs hineinfegten.

Suko begleitete den Schlag mit einem Schrei.

Und die Peitsche riß ein Loch. Sie fetzte eine regelrechte Bresche in die mörderische Pflanzenwand. Wo die Peitsche getroffen hatte, verkohlten die Pflanzen, und es blieben nur schwarze, qualmende Reste und Strünke übrig.

Der Chinese drehte sich um und winkte. »Kommt!« schrie er. »Wir packen es!«

Jetzt gab es auch für uns kein Halten mehr. Während Suko vorging und mit der Peitsche immer größere Breschen schlug und sich einen Tunnel bahnte, folgten wir ihm auf dem Fuß.

Doch die Pflanzen erholten sich rasch. Lange, tentakelartige Gebilde peitschten von beiden Seiten auf uns zu, aber da war ich mit meinem magischen Dolch zur Stelle.

Die Klinge blitzte auf, und eiskalt kappte ich die Lianen. Wenn das Silber sie berührte, fielen sie ab und verdorrten.

So wollte ich das haben.

Wir kämpften uns weiter durch die grüne Wand. Kaum vorstellbar, daß sie bis zur Decke reichte und immer noch weiter aufquoll.

Etwas fiel von oben herab. Suko hatte es nicht mit der Peitsche berührt.

Meine Hand zuckte hoch.

Blitzschnell durchteilte die Klinge den Pflanzenarm. Vor mir klatschte er zu Boden.

Dann aber passierte es.

Sukos rechter Fuß verfing sich in einer grünen Schlinge. Alles ging so rasch, daß der Chinese das Gleichgewicht verlor und zu Boden fiel.

Sofort griffen die Pflanzen an.

Eine umklammerte Sukos Arm. Es war der rechte, ausgerechnet der, der die Dämonenpeitsche hielt. Gleichzeitig schob sich ein Tentakel auf Sukos Kopf zu.

Zamorra erfaßte die Situation sofort. Hinter mir blaffte ein Schuß auf. Die silberne Kugel zerriß das Tentakel, noch bevor es Sukos Kopf erreichte.

Damit bewies Zamorra, daß er nicht nur ein hervorragender Wissenschaftler, sondern auch ein ausgezeichneter Schütze war.

Ich hechtete vor und zerschlug den Fangarm, der Suko festhielt.

»Danke«, sagte mein Partner und richtete sich auf.

Die Treppe hatten wir schon hinter uns gelassen, und wir waren bereits durch den Pflanzenberg.

Zwei Sekunden später standen wir in der U-Bahn-Station.

Ich schaute mich um.

Am Gleis stand ein Zug. Die Türen waren nicht geschlossen, ich konnte durch die Wagen schauen.

Durch leere Wagen.

Aber ich sah die Fahrgäste.

Etwa dreißig Menschen standen mit dem Rücken dicht an die gekachelte Wand gepreßt. Auf ihren Gesichtern spiegelte sich das Grauen wider, das sie in den letzten Minuten empfunden hatten.

Rasch lief ich an dem abgestellten Zug vorbei. Die Gefahr war noch nicht gebannt.

Die Pflanzen krochen weiterhin aus den Gullys und Abflüssen. Ich entdeckte sie, als ich das Ende des Zuges erreicht hatte.

Ein Gullydeckel war weggesprengt. Lange Arme krochen aus der Öffnung und nahmen sofort Kurs auf die Menschen.

Suko überholte mich.

Mit der Dämonenpeitsche fegte er die Tentakel zur Seite, so daß nur verkohlte Reste zurückblieben.

Die verängstigten Menschen starrten uns an wie Geisteskranke. Sie schienen nicht begreifen zu können, daß wir Mittel besaßen, um mit den Pflanzen aufzuräumen.

Ich lächelte den Fahrgästen zu.

Unter ihnen sah ich Frauen und Kinder. Nicht auszudenken, was geschehen wäre, wenn sie in die Gewalt dieser Horror-Pflanzen geraten wären.

Meiner Meinung nach besaßen die Pflanzen eine gewisse Intelligenz. Ihr Vorgehen allein zeugte schon davon. Sie waren nicht direkt auf die Menschen losgegangen, sondern hatten den schmalen Treppenschacht abgeriegelt, um ihre Opfer in der Falle zu haben. Sie wurden gelenkt. Aber von wem?

Welch ein teuflisches Gehirn hatte sich diesen schrecklichen Angriff ausgedacht?

Und noch etwas sahen wir.

Der Rest der Pflanzen zog sich zurück. Die grünen Lianen krochen über den Boden auf die Gullys zu und verschwanden, als hätte es sie nie zuvor gegeben.

Die Gefahr war gebannt.

Vorläufig wenigstens.

Ich ging zu den Fahrgästen, während Suko weiterhin nach Überresten suchte und mit der Dämonenpeitsche zuschlug, wenn er welche fand.

Mein Lächeln fiel sehr optimistisch aus, als er sagte: »Sie brauchen nichts mehr zu befürchten. Die Gefahr ist vorbei.«

Einige Frauen und Kinder weinten. Ich konnte die Leute verstehen. Sie hatten in den letzten Minuten Schreckliches durchlitten.

Zamorra hielt sein Amulett in der Hand. Er stand neben dem Zug, hatte die Augen halb geschlossen und konzentrierte sich.

Ich ließ ihn, denn ich wußte von seinen Erzählungen, welche Kräfte in diesem Talisman steckten.

Vielleicht konnte Zamorra sogar die Ursache dieser Invasion herausfinden.

Vom Treppenaufgang her hörte ich Stimmen und Schritte, Befehle hallten durch den U-Bahn-Tunnel.

Polizisten drangen mit schußbereiten Waffen in den Bahnhof ein. Ihr Anführer war ein Inspektor, den ich zum Glück kannte. Ich hob die Hand, und der Mann lief auf mich zu.

»Sinclair!« keuchte er, und ich sah, daß sein Gesicht schweißüberströmt war. »Haben Sie eine Erklärung für das, was hier vorgefallen ist?«

»Vielleicht«, erwiderte ich, zog den Mann dann zur Seite, um unter vier Augen mit ihm zu sprechen.

Wir mußten jetzt alle zusammenhalten und vor allen Dingen die Nerven bewahren. Wenn jetzt Panik ausbrach, war die Millionenstadt London verloren…

Nicole Duval hörte hinter sich einen leisen Aufschrei. Dann die Stimme: »Ich – ich kann nicht mehr…«

Im nächsten Moment brach die Frau zusammen. Das Kind begann wieder zu weinen, und Nicole preßte die Lippen zusammen, um ihr Entsetzen ebenfalls nicht hinauszurufen.

Der Fahrstuhl war verseucht.

Die dämonischen Pflanzen hatten bereits von ihm Besitz ergriffen. Sie waren überall, klebten an den Wänden, ringelten über dem Boden und bedeckten Teile der Schalttafel.

Doch das war nicht das Schlimmste.

Zwischen den Pflanzen befand sich ein Mensch.

Er lag verkrümmt auf dem Boden. Zahlreiche Fangarme hatten sich um seine Kehle gewickelt und ihn erwürgt. Der Mann trug nur eine Badehose. Er war sicherlich auf dem Weg zum Pool gewesen, als ihn das Schicksal ereilte.

Seine Haut aber wirkte wie Pergament, als wäre sie ausgetrocknet.

Hatten ihm die Pflanzen jegliche Flüssigkeit ausgesaugt?

Für Nicole Duval gab es keine andere Erklärung. Ihr wurde klar, daß sich die Pflanzen von den Menschen ernährten. Sie brauchten die Körperflüssigkeit, um weiter existieren zu können.

Welch ein Grauen...

Doch die Schrecken waren noch nicht beendet. Nicole sah etwas, das dem Überfall eine völlig andere Dimension gab.

Aus der Schulter des Toten wuchsen – Pflanzen.

Tief atmete Nicole ein. Deutlich erkannte sie die kleinen frischen Blätter, und sie konnte zusehen, wie sie weiterwuchsen, wie die Haut des Toten dabei zusammenfiel und zu einem Pflanzenarm oder -stengel wurde.

Innerhalb des Fahrstuhls bewegte sich dieser grüne Wahnsinn. Für Nicole interessierten sich die Pflanzen nicht, sie hatten ihr Opfer gehabt. Zamorras Sekretärin wollte es auch gar nicht erst so weit kommen lassen. Sie drückte auf den Knopf, der den Kontakt für eine Kellerfahrt in Bewegung setzte, und trat zurück.

Mit kalkweißem Gesicht wandte sich Nicole Duval um. Ihr Blick fiel dabei auf einen der Gummibäume, eine Pflanze, die etwa einen Yard hoch war. Auch sie bewegte sich.

Ihre Blätter schwangen auf und nieder wie Wellen, der Stiel drehte sich, neigte sich einmal nach vorn, dann wieder zur Seite und kippte dann nach hinten.

Nicole schluckte.

In dieser Situation empfand sie den Vorgang als ein makabres Schauspiel.

Doch sie hatte andere Sorgen. Nicole mußte sich um die bewußtlose Frau kümmern. Das Baby hatte aufgehört zu schreien, es wimmerte nur noch leise.

Zum Glück war die Frau, von der Nicole nicht einmal den Namen wußte, mit dem Rücken an der Wand entlanggerutscht. Sie war also nicht hart hingefallen und hatte sich dabei auch nicht verletzt oder irgend etwas geprellt.

Schnell ging Nicole neben ihr in die Knie und schlug ihr ins Gesicht. Es war mehr ein Tätscheln, aber aus Erfahrung wußte sie, daß diese Methode fast immer Wirkung zeigte.

Auch bei der Frau.

Verwirrrt öffnete sie die Augen, sah Nicoles Gesicht über sich und preßte das Kind an ihre Brust.

»Wir müssen weg«, sagte Nicole.

»Ich – ich war ohnmächtig, nicht wahr?«

»Ja.«

Die Frau schluckte. »Es kam alles so plötzlich, wissen Sie. Ich – ich – konnte nichts dagegen machen. Bitte entschuldigen Sie.«

Wenn jemand für die Frau Verständnis hatte, dann Nicole. »Es ist doch ganz natürlich, was Ihnen passiert ist. Kommen Sie, ich nehme das Kind. Ein Mädchen?«

»Ja.«

Für einen Augenblick leuchteten die Augen der Frau auf. Da war der Schrecken überwunden. Die Frau war etwas älter als Nicole. Sie hatte blondes Haar, ein rundes Gesicht und zahlreiche Sommersprossen. Sie trug ein zweiteiliges blaues Kleid mit einem modernen Blümchenmuster.

Nicole sagte ihren Namen.

»Ich heiße Maggie Prince.«

»Ich sage einfach Maggie«, lächelte Nicole.

»Und ich Nicole.«

Die banalen Worte taten beiden gut. Sie lenkten sie von der schlimmen Wirklichkeit für einen Moment ab.

Maggie Prince stemmte sich hoch. Nicole wollte ihr helfen, doch sie schüttelte den Kopf. »Nein, etwas möchte ich selbst machen.«

Ziemlich wacklig blieb sie stehen. Nicole gönnte ihr einige Sekunden zum Ausruhen. Das Baby hatte sich beruhigt.

»Ich wundere mich, daß Karen nicht mehr schreit«, sagte die junge Mutter.

»Seien wir froh.«

»Wenn nur mein Mann hier wäre...«

Nicole schüttelte den Kopf. »Denken Sie jetzt nicht an Ihren Mann, Maggie. Sie selbst sind jetzt im Augenblick wichtiger.«

»Ja, natürlich.«

»Da der Fahrstuhl defekt ist, müssen wir die Treppe nehmen«, sprach Nicole weiter. »Ich werde vorgehen. Können Sie wieder das Kind zurücknehmen?«

»Bitte.«

Nicole Duval wurde die kleine Karen los und ging vor. Die Treppe war ziemlich breit, hatte keine engen Kehren, sondern zwischen den einzelnen Aufgängen breite Absätze.

Nicole nahm die Stufen sehr vorsichtig. Sie hielt sich dabei immer dicht an der Wand, denn sie mußte jederzeit mit weiteren bösen Überraschungen rechnen.

Es war ruhiger geworden. Keine panikerfüllten Stimmen mehr und keine Schreie.

Hatten die Gäste bereits das Hotel verlassen?

Eine schreckliche Vorstellung.

Hin und wieder warf Nicole einen Blick zurück und schenkte Maggie Prince ein aufmunterndes Lächeln.

Die Frau lächelte zurück. Karen schlief wieder. Sie hatte ihren kleinen Daumen in den Mund gesteckt und nuckelte daran.

Bis zur ersten Etage ging alles gut.

Dann blieb Nicole ruckartig stehen.

Die vier letzten Stufen wurden bereits von den Horrorpflanzen überwuchert. Wie ein Spinnennetz hatten sie sich auf der Treppe verteilt, bewegten sich, dehnten sich aus und krochen schon über die anderen Stufen.

Es wurde gefährlich.

Maggie bekam es mit der Angst zu tun.

»Da kommen wir nie vorbei«, schluchzte sie.

»Keine Panik!« zischte Nicole. Sie warf einen Blick nach links und erkannte, daß die grünen, schlangenartigen Gewächse auch das Treppengeländer erobert hatten. Wie Stricke wanden sie sich um den polierten Handlauf.

Es gab für die beiden Frauen keine andere Möglichkeit. Wenn sie entkommen wollten, mußten sie die letzten Stufen überspringen, noch bevor sich die Pflanzen um ihre Beine wickelten.

Aber es mußte sofort geschehen.

»Springen!« rief Nicole über die Schulter zurück. »Wir müssen springen, Maggie!«

»Und das Kind?«

Ja, verflixt. Nicole nagte auf der Lippe, während die Pflanzen immer weiterkrochen. Dann sagte sie: »Geben Sie mir die Kleine, Maggie. Ich müßte es schaffen.«

Nicole lief zwei Stufen höher und nahm der jungen Mutter das Kind ab.

Sie preßte die Kleine mit der linken Hand fest an sich, überlegte erst gar nicht mehr, lief die Stufen hinab, gab sich Schwung und stieß sich dann ab.

Nicole sprang die letzten vier Stufen hinunter und beglückwünschte sich dazu, Schuhe mit flachen Absätzen angezogen zu haben. Sie kam gut auf, knickte nicht um, sondern fing den Schwung wunderbar ab.

Auf der Stelle wandte sie sich um. »Und jetzt Sie, Maggie. Springen Sie…«

Maggie zögerte noch.

»Schnell!« rief Nicole, denn sie sah, daß sich einige Pflanzen bereits aufrichteten, um ihr Opfer noch mitten im Sprung zu erwischen.

Vielleicht war es Nicoles warnende Stimme, vielleicht auch die Sorge um das Kind, auf jeden Fall stieß Maggie Prince sich kraftvoll ab und sprang auf Nicole Duval zu.

Ein Pflanzenarm reckte sich plötzlich hoch. Er klatschte auch gegen Maggies Schuh, rutschte aber zum Glück daran ab, ehe er zupacken konnte.

Maggie Prince war nicht so sportlich wie Nicole Duval. Maggie stürzte. Ihr Gesicht verzerrte sich, als sie mit der rechten Schulter aufschlug.

»Sind Sie verletzt?« fragte Nicole.

»Nein, nein, ich glaube nicht. Es – es geht schon.«

Nicole streckte den freien Arm aus und half Maggie Prince beim Aufstehen.

»Danke!« flüsterte sie.

Nicole winkte ab. »Bedanken können Sie sich später, Maggie. Dafür haben wir jetzt keine Zeit. Wir müssen raus.«

Maggie nickte.

Aber das war alles leichter gesagt, als getan.

Die Pflanzen waren die Herren des Hotels.

Sie hatten sämtliche Ausgänge versperrt!

Nicole und Maggie sahen den grünen Wall, als sie in das Foyer hineinliefen.

Entsetzt prallten beide zurück.

»Das gibt es doch nicht«, hauchte Maggie.

Nicole war sprachlos.

Die Pflanzen standen wie eine Wand, die sich bewegte, rumorte, verdaute und schmatzte. So jedenfalls hörten sich für Nicole die Geräusche an, die die Mörderpflanzen abgaben.

An ein Durchkommen war nicht zu denken. Sie hätten schon Macheten haben müssen, um den Wall zu zerstören.

Die Pflanzen waren überall. Und sie schimmerten manchmal in sämtlichen Farben des Spektrums. Die Fensterscheiben waren zerstört. Die Pflanzen hatten sie herausgepreßt.

Maggie Prince begann zu schluchzen. »Wir sind gefangen!« jammerte sie. »Wir kommen nicht mehr raus. Es gibt keinen Ausweg…«

Nicole erwiderte nichts. Erst nach einer Weile sagte sie: »Ich sehe mal nach. Nehmen Sie das Kind solange.«

Maggie erschrak. »Wollen Sie mich allein lassen?«

»Nur für einen Moment. Ich bin gleich wieder da.« Nicole lächelte verzerrt. »Und rühren Sie sich nicht von der Stelle!«

Maggie nickte unter Tränen.

Nicole lief an der Rezeption vorbei, dort wo es in den Speisesaal und die Bar ging.

Nach fünf Schritten blieb sie stehen. Es hatte keinen Zweck mehr, weiterzulaufen.

Auch im Speisesaal und in der Bar hatten die Pflanzen ihr Vernichtungswerk fortgesetzt.

Sie waren jetzt die Herren.

Aber wo befanden sich die Menschen? Bei dem Gedanken daran, daß sie unter Umständen von den Pflanzen getötet worden waren, wurde es Nicole schlecht.

Sie glaubte nicht daran oder wollte nicht daran glauben.

Wie verloren stand Nicole in der Halle. Als einziges menschliches Lebewesen zwischen all dem Horror, den gewaltigen dämonischen Pflanzen, die sich immer weiter ausbreiteten und versuchten, Nicole Duval einzukesseln.

Zamorras Sekretärin schritt zurück. Sie wollte wieder zu Maggie Prince. Die Frau hatte Angst, und ihr Alleinsein steigerte das Gefühl nur noch mehr.

Überall knirschte und knackte es. Die Scheiben zum Speiseraum und zur Bar hin waren schon längst zu Bruch gegangen. Große, zackige Glassplitter lagen auf dem Boden zwischen umgeworfenen Stühlen und Tischen sowie Hockern und Werbetafeln. Sogar Münzen und Geldscheine sah Nicole, und sie erkannte, daß die Pflanzen an den Außenwänden immer höher wuchsen. Wenn es so weiterging, würden sie bald das Hotel umspannen wie ein riesiger Kokon.

Maggie Prince wartete schon. »Endlich«, sagte sie, als Nicole Duval bei ihr war. »Haben Sie einen Ausweg gefunden?«

Nicole schüttelte den Kopf. »Leider nein. Wir müssen woanders suchen.«

»Aber wo?« rief Maggie verzweifelt. Ihre Augen waren vom Weinen gerötet, ihre Stimme klang rauh.

»An der Rückseite vielleicht.«

»Vielleicht, vielleicht. Davon haben wir nichts. Ich will hier raus. Ich will leben!«

Die letzten drei Worte schrie sie. Ihre Stimme hallte schaurig in der menschenleeren Hotelhalle nach.

»Reißen Sie sich zusammen!« fuhr Nicole die Frau an.

Maggie nickte. »Sorry, ich…«

»Schon gut.« Nicole schaute sich um. Sie deutete nach links, in die entgegengesetzte Richtung der Rezeption. »Dort müßten wir nachsehen.«

Die beiden Frauen schritten Seite an Seite. Und beide zuckten zusammen, als hinter ihnen krachend die linke Türhälfte zum Speiseraum umkippte und zersplitterte. Der Pflanzendruck hatte sie buchstäblich aus den Angeln gerissen.

Sie gelangten in die Ladenstraße des Hotels. Schritten vorbei an Boutiquen, Tabak- und Zigarettenläden, Kiosken und Parfümerien.

Menschenleer...

Nicole kam sich vor wie in einem SF-Film, in dem die Pflanzen die Herrschaft über die Erde angetreten hatten.

Die Läden waren noch nicht zerstört, da die höllische Flora bis hierher nicht vorgedrungen war.

Aber Nicole sah sie bereits vor den Schaufensterscheiben, so daß sie da auch nicht entkommen konnten.

Langsam schwand ihre Hoffnung, überhaupt noch aus diesem Teufelsrevier zu fliehen. Die Pflanzen hatten alles buchstäblich abgeriegelt. Es war aus...

Sie stiegen über einen umgefallenen Zeitungsständer hinweg, sahen links die Telefonboxen, und da hatte Nicole eine Idee.

»Moment mal«, sagte sie zu Maggie und lief auf die nächste Zelle zu.

Zamorras Nummer kannte sie auswendig. Er hinterließ immer seine Rufnummer, wenn er und Nicole sich für eine Weile trennten.

Nicole Duval klemmte den Hörer an ihr Ohr, doch sie bekam keine Verbindung.

Die Leitung war tot...

Resigniert schritt die junge Französin wieder zurück. »Es geht nicht«, sagte sie zu Maggie.

»Wenn ich nur wüßte, wo die anderen geblieben sind. Ob sie es alle geschafft haben, rechtzeitig zu fliehen?«

»Keine Ahnung.« Nicole schaute nach vorn und sah am Ende der Ladenstraße plötzlich eine Bewegung.

Da war ein Mensch!

»Hallo!« rief Nicole. »Mister, bleiben Sie...«

Der Mann, der eben wieder verschwinden wollte, blieb stehen. Allerdings in lauernder Haltung, um rasch wieder fliehen zu können.

So schnell es ging, hasteten Nicole und Maggie auf den Mann zu.

Er war ein Bediensteter des Hotels, trug den Frack eines Obers, und Nicole las in seinen Blicken Angst.

»Wo kommen Sie denn her?« fragte der etwa fünfzigjährige Mann erstaunt.

»Wir waren noch oben«, erklärte Nicole.

»Sie haben es tatsächlich geschafft?«

»Das sehen Sie doch.« Nicole hatte es eilig, denn als sie einen Blick über die Schulter warf, sah sie schon am Beginn der Ladenstraße den ersten Pflanzenableger herankriechen. »Wo sind die anderen Gäste?« fragte sie.

»Im Keller!«

»Sie haben sich retten können?«

Der Ober lachte bitter. »Was heißt hier retten, Madam? Es ist wahrscheinlich nur ein Aufschub. Der Keller hat Stahltüren, und bis die von den Pflanzen aufgedrückt worden sind, dauert es eine Zeit.«

»Bis dahin ist vielleicht die Rettung eingetroffen«, vermutete Nicole Duval.

Der Mann schaute sie an wie ein Geisteskranker. »Rettung? Wer sollte uns denn hier herausholen? Die Leute kommen doch nicht durch den Wall. Und die Verbindungen nach draußen sind unterbrochen. Keine Telefon, kein Licht, nichts.«

»Und im Keller?« fragte Maggie Prince.

»Wir haben Kerzen, Madam.«

»Gut, dann wollen wir nicht länger warten«, sagte Nicole entschlossen. »Lassen Sie uns mitgehen.«

»Bitte, wenn Sie wollen. Aber es ist nur ein Aufschub.«

»Abwarten.« Nicole war da optimistischer. Sie hatte schon des öfteren in Situationen gesteckt, die hoffnungslos aussahen, doch es hatte noch immer eine Rettung gegeben.

Der Mann ging vor.

Am Ende der Ladenstraße bogen sie rechts um die Ecke und erreichten dann eine Tür aus Stahl. Sie war beschriftet.

FÜR UNBEFUGTE KEIN ZUTRITT

»Das ist einer unserer Wege in den Keller und ins Proviantlager«, erklärte der Ober.

Nicole lächelte. »Dann brauchen wir also nicht zu verhungern.«

»Nein, das bestimmt nicht.« Der Ober öffnete die Tür. »Bitte sehr«, sagte er, »aber geben Sie acht.«

»Ja, danke.« Nicole schritt über die Schwelle. Schon hier oben vernahm sie die Stimmen der Hotelgäste. Auf jeder zweiten Stufe stand eine brennende Kerze. Sie war mit Wachs am Boden festgeklebt. Durch den Windzug begannen die Kerzen zu flackern und zauberten gespenstische Schattenfiguren an die kahlen Betonwände.

Hinter sich vernahm Nicole die Schritte der anderen. Zwei Männer nahmen sie unten in Empfang.

»Sie waren noch oben?« wurde sie gefragt.

»Ja.«

Plötzlich war Nicole von Neugierigen umringt. »Und? Sagen Sie, wie sieht es dort aus? Haben wir noch eine Chance? Reden Sie doch, mein Gott!«

Die Fragen stürmten auf Nicole ein, und sie konnte sie gar nicht so rasch beantworten. Als sie dann die Wahrheit sagte, waren die Menschen noch deprimierter.

Die junge Französin wußte auch nicht mehr, wie sie die Leute aufmuntern sollte, denn auch sie brauchte Trost.

Inzwischen waren Maggie Prince und der Ober eingetroffen. Er führte die beiden Frauen tiefer in den Keller hinein. Es gab zahlreiche Vorratsräume, viele Gänge und Eisentüren.

Im größten Raum hatten sich die Gäste versammelt. Sie saßen auf am Boden liegenden Decken. Zwischen ihnen standen die brennenden Kerzen. Wenn die Situation nicht so ernst gewesen wäre, hätte man sie fast als gemütlich bezeichnen können.

Aber zwischen all den Menschen hockte unsichtbar die Angst vor einem grausamen Schicksal.

Auch Nicole Duval ließ sich nieder. Bereitwillig machte man ihr Platz. Hinter ihr weinte ein kleines Kind. Die Mutter versuchte, es zu trösten, doch es war ein aussichtsloses Unterfangen.

Die junge Französin kam etwas zur Ruhe. Und jetzt erst merkte sie das Jucken auf ihrer rechten Schulter.

Nicole runzelte die Stirn, fuhr mit ihrem linken Arm unter den Pullover und dann hoch bis zur Schulter. Ihre Finger berührten die Stelle und…

Nicole Duval hatte das Gefühl, ihr Herz müßte stehenbleiben.

Zwischen Zeige- und Mittelfinger der linken Hand fühlte sie das Blatt einer Pflanze.

Es wuchs geradewegs aus dem Fleisch ihrer Schulter!

Der Kollege hieß Jackson und schaute mich an, als wäre ich für all das, was geschehen war, verantwortlich.

»Haben Sie eine Erklärung, Sir?« fragte er mich.

Ich griff nach meinen Zigaretten, überlegte es mir aber und steckte die Schachtel wieder weg. Nein, ich wollte versuchen, weniger zu rauchen. Hier fand ich eine gute Gelegenheit, einmal den Anfang damit zu machen.

»Wenn Sie von mir Wunderdinge erwarten, Kollege Jackson, so muß ich Sie leider enttäuschen. Ich bin ebenso weit wie Sie. Wahrscheinlich weiß ich sogar noch weniger. Tut mir leid.«

»Ja dann…« Er hob die Schultern.

»Sie sollten die Flinte nicht so rasch ins Korn werfen«, machte ich ihm neuen Mut. »Wir überlegen gemeinsam, was zu tun ist. Vielleicht fällt uns eine Lösung ein.« Ich schaute mich um. Jacksons Leute hatten sich verteilt. Sie schritten mit schußbereiten Waffen die U-Bahn-Station ab, obwohl sie wußten, daß Revolver oder Gewehre gegen diese Kreaturen einer höllischen Flora machtlos waren.

»Die Waffen können Ihre Leute ruhig wieder einstecken«, sagte ich zu Jackson. »Die helfen nichts.«

»Und was sollen sie tun?« fragte er. »In den Tunnelschacht hineingehen? Vielleicht finden sie dort eine Spur dieser mordenden Pflanzen.«

»Die Pflanzen kommen nicht aus dem Tunnel«, sagte ich.

»Woher dann?«

»Haben Sie das nicht gesehen? Aus den Gullys, den Waschbecken sicherlich – und was weiß ich nicht noch woher.«

»Was bedeutet das?« wollte Jackson wissen.

Ich hob die Schultern. »Fragen sie mich nicht, Inspektor. Ich habe nur Vermutungen.«

»Können Sie mir keine nennen?«

Ich schaute den Inspektor an. Er war ein wenig jünger als ich. Auf seinem Gesicht las ich die Angst zu versagen. Mir tat der Mann leid. Bestimmt bekam er von seinen Vorgesetzten Druck. Die saßen im gut gepolsterten Schlafsessel und warteten auf Erfolge.

Ich legte dem jungen Kollegen die Hand auf die Schultern. »Ich weiß nicht, was Sie sich alles von meiner Hilfe versprechen, auf jeden Fall bin ich genauso schlau wie Sie, wenn Sie das tröstet. Wie ich vorhin schon sagte, das Grauen kam aus den Waschbecken, Abflüssen und Gullys. Dabei liegt natürlich eine Vermutung sehr nahe.«

»Das Trinkwasser ist vergiftet!« vermutete der Inspektor richtig.

»An die Möglichkeit habe ich auch gedacht«, gab ich zu.

»Aber wer tut so etwas?« rief der Inspektor verzweifelt. »Wer handelt so unverantwortlich?«

»Das müssen wir herausfinden.«

»Gangster? Terroristen?«

Ich schüttelte den Kopf. »Daran glaube ich nicht. Die hätten das Wasser regelrecht vergiftet.«

»Aber wer ist es dann?«

Ich verbiß mir eine Antwort. Hätte ich dem jungen Kollegen gesagt, ein Dämon wäre am Werk, wer weiß, wie er dann reagiert hätte.

Nein, diese Möglichkeit wollte ich vorerst für mich behalten.

Die Polizisten waren dabei, die verängstigten Menschen aus der U-Bahn-Station zu bringen. Die Beamten begleiteten sie den Treppenschacht hoch ins Freie.

Zamorra stand immer noch wie abwesend auf dem Bahnsteig und schaute ins Leere.

Ich ließ ihn. Statt dessen erkundigte ich mich bei Inspektor Jackson, wie es draußen aussah.

»Einen genauen Überblick haben wir nicht«, gab der junge Kollege zu. »Aber wenn wir den Meldungen glauben dürfen, breiten sich die Pflanzen immer weiter aus. Es kommen laufend Anrufe von Privathaushalten, bei denen das Zeug aus den Waschbecken quillt. Und dann natürlich das Hotel...«

»Welches?«

»Das Kensington Hilton. Es ist von der Außenwelt abgeschlossen. Die Pflanzen haben es eingekeilt. Furchtbar, sage ich Ihnen.«

»Und die Gäste?«

Jackson hob die Schultern. »Niemand weiß etwas. Nur soviel steht fest: Die Gäste sind überrascht worden. Die Flucht ist nur wenigen gelungen, die anderen sind im Hotel geblieben.«

»Bei den Pflanzen?«

»Wohl...«

Ich dachte an Nicole Duval, die in diesem Hotel wohnte, und mir wurde ganz anders. Hoffentlich war ihr nichts geschehen. Sie hatte soviel überstanden, schlimme Abenteuer erlebt, und ausgerechnet in London sollte sie...

Ich schüttelte die trüben Gedanken ab und wandte mich an den Inspektor. »Danke, Kollege, für die Auskünfte.«

»Was wollen Sie nun unternehmen?« fragte er mich.

Ich gab keine Antwort, sondern ging auf Zamorra zu, der mich ernst ansah.

»Was entdeckt, Professor?«

»Sorry, John, es tut mir leid. Nur soviel steht fest: Dieser Pflanzenüberfall hat einen magischen Ursprung. Die Strahlung, die von meinem Amulett aufgefangen wird, ist übergroß. Und weil sie so intensiv ist, nehme ich an, daß sich die Quelle in der Nähe befindet.«

»Was heißt das? Kannst du das näher erläutern?«

»Zumindest in London.«

Ich wiegte den Kopf. »Die Stadt ist groß, mein Lieber. Kannst du eine Richtung angeben?«

Er zögerte etwas und legte die Stirn in Falten. »Ich will nichts Falsches sagen«, murmelte er, »aber wenn ich mich nicht täusche, würde ich sagen, im Westen.«

»Also in unserer Richtung.«

»Ja.«

»Wir sind auch nicht weit vom Hilton entfernt«, gab ich zu bedenken.

Zamorras Blick wurde wachsam. »Was meinst du damit?«

»Ich habe mit dem Einsatzleiter des Kommandos gesprochen«, gab ich ihm Auskunft. »Er hat mir über die Schäden draußen berichtet. Das Hilton-Hotel ist abgeschnitten.«

»Nicole!«

Ich hob die Schultern. »Niemand weiß etwas Genaues. Nur soviel steht fest: Die verdammten Pflanzen haben einen Ring um den Kasten gelegt.«

»Was ist mit den Gästen?«

»Sie haben sich nicht in Sicherheit bringen können und sind im Hotel geblieben.«

»Mein Gott«, flüsterte der Parapsychologe. »Das Amulett hat nicht gelogen. Ich habe es gewußt. Nicole befindet sich in Gefahr. Ich muß sie da rausholen!« Er schaute mich an.

»Sicher – nur wie?« Ich machte eine kreisende Handbewegung. »Du kommst nicht rein. Sie haben den Kasten umzingelt. Unmöglich, da etwas zu unternehmen.«

»Dann müssen wir die Pflanzen verbrennen.«

»Denk daran, daß sie auch innerhalb des Hotels sind. Wenn wir mit Feuer arbeiten – die Idee ist im Prinzip übrigens gut –, müssen wir damit rechnen, daß der ganze Kasten in Flammen aufgeht.«

»Siehst du eine andere Chance?«

»Im Augenblick nicht.«

»Aber wir müssen die Menschen retten, John«, sagte der Parapsychologe. »Mir geht es nicht nur um Nicole, andere Leben sind ebenso wertvoll.«

»Vielleicht gibt es eine Möglichkeit«, meinte ich.

»Und welche?«

»Hubschrauber. Soviel ich weiß, kann man auf dem Dach des Hotels landen.«

Über Zamorras Gesicht ging die Sonne auf. »Teufel, John, die Idee ist ausgezeichnet.« Dann aber verdüsterte sich seine Mimik. »Aber wer beschafft mir dieses Ding?«

»Dafür könnte ich sorgen.«

Suko kehrte zurück. Er hatte die Umgebung inspiziert und war auch in den Tunnel gegangen.

»Nichts«, meldete er. »Nichts gefunden, was uns irgendwie weiterhelfen könnte.«

Ich berichtete ihm von der Idee mit dem Hubschrauber. Suko fand sie auch gut.

»Macht ihr mit?« fragte Zamorra.

Ich hob die Schultern. »Im Prinzip schon. Nur sind wir dann zu sehr gebunden. Das heißt, es wäre besser, wenn wir an mehreren Orten gleichzeitig kämpften. Vielleicht kann dir Suko behilflich sein, während ich versuche, den Dämon oder Verbrecher zu packen, der hinter der ganzen Sache steht.«

»Wie willst du das schaffen?« fragte Suko.

»Moment«, sagte Zamorra plötzlich. »Ich glaube, ich habe eine Idee. Laßt mich mal ran.« Er lächelte.

Wir waren gespannt. »Und wie?« fragte ich.

Zamorra deutete auf seine Brust, wo unter dem Hemd verborgen das Amulett hing. »Mit seiner Hilfe werde ich mich mit Merlin, dem Magier, in Verbindung setzen. Vielleicht weiß er mehr…«

Es gab für Nicole Duval nicht den geringsten Zweifel. Zwischen ihren Fingern befand sich ein Blatt.

Und es wuchs aus ihrer Schulter!

Nicole hatte Mühe, die Empfindungen, die in ihrem Innern tobten, nicht nach außen hin zu zeigen. Aber es war schrecklich für sie. Ihre Gedanken jagten sich. Sie forschte nach dem Grund dieser Veränderung.

Was war geschehen?

Sie ließ die letzte halbe Stunde noch einmal vor ihrem geistigen Auge Revue passieren. Die Szene im Bad, wie sie im Wasser gelegen hatte und sich entspannte.

Und dann die Berührung!

Ja, das mußte es gewesen sein.

Die Berührung durch den Pflanzenarm hatte die Verwandlung ausgelöst. Der Keim war gelegt worden. Die dämonische Saat ging auf.

Auch bei ihr…

Sie dachte an den Toten im Fahrstuhl, dessen Haut völlig verdorrt gewesen war. Sollte ihr nun das gleiche Schicksal bevorstehen? War sie ebenfalls dazu verdammt, eine Nahrung der Pflanzen zu werden? Würden sie ihr das Leben aussaugen?

Nicoles Herz schlug schneller. Ging es ihr nicht schon schlechter?

Fühlte sie sich nicht schon elend? Kamen keine Schwindelgefühle? Nicole redete sich da etwas ein, doch schließlich war sie sicher.

Unsinn! Wenn sie jetzt die Nerven verlor, war alles verloren. Dann konnte sie sich gleich begraben lassen.

Nicole Duval bewegte ihre Finger. Das Blatt knisterte zwischen den Fingern. Sie fühlte auch den Saft, der austrat und ihre Fingerkuppen benetzte.

Die junge Französin gab sich einen innerlichen Ruck und riß das Blatt kurzerhand ab. Dann zog sie ihre Hand zurück, ließ das Blatt zu Boden fallen und drehte den Absatz darauf.

Nicole atmete tief durch. Die Erleichterung wich jedoch einer gewissen Unruhe, als sie bei der nächsten Berührung feststellte, daß der Stengel noch im Fleisch der Schulter steckte.

Die Pflanze würde wachsen. Darüber war Nicole sich völlig im klaren.

Maggie Prince stieß sie an. Die junge Frau hatte sich neben Nicole Duval gesetzt.

»Glauben Sie, daß wir eine Chance haben?« fragte sie.

Nicole lächelte. »Ich hoffe es zumindest.«

Ihr rechter Nachbar hatte die Worte mitbekommen. »Nein«, sagte er, »wir haben keine Chance. Alles ist vorbei, zu spät – vergessen Sie es.« Er wandte Nicole sein Gesicht zu.

Zamorras Sekretärin erkannte an dem fiebrigen Blick, daß der Mann nicht mehr völlig Herr seiner Sinne war. Der unheimliche Pflanzenwuchs hatte ihn zu sehr geschockt, das Grauen war in sein Leben getreten, und er konnte es nicht verkraften.

»Sie sollten den Mut nicht sinken lassen«, sagte Nicole.

Er kicherte hohl. »Mut? Woher soll ich ihn nehmen, den Mut? Nein, wir sitzen hier fest.«

Nicole Duval drehte den Kopf zur Seite. »Seien Sie ruhig!« sagte sie scharf. »Wollen Sie die Menschen hier verrückt machen?«

»Verrückt? Wir sind schon verrückt. Wir alle sind wahnsinnig oder werden es noch. Das ist der Vorhof zur Hölle, in dem wir sitzen. Der Teufel kommt. Der Weltuntergang ist nahe!« Er sprang plötzlich auf, reckte beide Arme der Decke entgegen und schrie weiter.

Kinder, die bisher geschlafen hatten, wurden wach und begannen zu weinen.

Einem der Männer wurde es zuviel. Von hinten schlug er dem Schreier die Hand in den Nacken.

Der Mann zuckte zusammen. Seine Stimme verstummte, das Gesicht verzerrte sich, dann fiel er in die Knie.

Der Mann, der geschlagen hatte, stand über ihm. »Reicht das?« blaffte er den am Boden Liegenden an.

Dessen Körper bewegte sich unter leisem Lachen. »Und doch wird der Teufel kommen«, gurgelte er. »Ganz bestimmt sogar...«

»Willst du noch was vor die Rübe haben?« zischte der Schläger.

»Lassen Sie ihn!« mischte Nicole Duval sich ein. »Der Mann ist krank, das sieht man doch!«

»Wenn der krank ist, bin ich der Kaiser von China. Shit. Jetzt hängt man hier in dem Loch und kommt nicht raus.« Der Mann verzog sein Gesicht. »Aber ich bleibe nicht hier hängen. Ich nicht.« Er schaute sich wild um. »Ich gehe. Wer kommt mit?« Als sich niemand meldete, trat er mit dem Fuß auf. »Keiner? Ihr feigen Säcke, ihr...«

Protestgemurmel wurde laut, als der Kerl mit seinen Beschimpfungen fortfuhr. Und schließlich hatte auch niemand etwas dagegen, daß er tatsächlich ging.

Sie hörten ihn noch lange schimpfen.

Dann knallte eine Tür zu.

»Den sehen wir nicht mehr wieder«, flüsterte Maggie Prince. »Was meinen Sie, Nicole?«

»Ich weiß nicht...«

Es war still geworden, und es schien, als würde jeder auf ein bestimmtes Ereignis warten und lauschen.

Das Ereignis trat ein.

Plötzlich hörten sie einen Schrei.

Dann war es still.

»So wird es uns allen ergehen«, sagte eine alte Frau und begann zu weinen.

Niemand war da, der sie tröstete. Voller Bangen warteten die Eingeschlossenen ab, was weiterhin geschehen würde...

Wir hatten die U-Bahn-Station verlassen und waren zu unserem Wagen gegangen.

Die meisten Personen, die wir sahen, waren Polizisten. In Zweierstreifen marschierten sie durch die Straßen auf der Suche nach den mordgierigen Pflanzen. Die Männer hielten Gewehre in den Händen. Sie würden ihnen nichts nutzen, gaben ihnen allerdings ein gewisses Gefühl der Sicherheit. Deshalb sagte ich auch nichts und ließ ihnen die Waffen.

Unser Wagen stand noch so, wie wir ihn verlassen hatten. Sogar mit offenen Türen.

Ich deutete auf den Bentley. »Setzen wir uns rein«, sagte ich.

»Okay.« Zamorra lächelte.

»Kannst du dich dort konzentrieren?« fragte ich.

»Ich hoffe es.« Der Parapsychologe ging zum Fond. »Kann ich hier einsteigen?«

»Natürlich.«

Suko und ich setzten uns nach vorn. Aus alter Gewohnheit nahm ich den Platz hinter dem Lenkrad ein.

Der Parapsychologe hatte Platz genug. Nur gefiel mir der Punkt nicht, wo wir standen. Ich wußte einen Weg, der in den Holland Park führte.

Ich startete und fuhr durch die menschenleeren Straßen. Die Einwohner waren wie vom Erdboden verschluckt, als hätte es sie niemals gegeben.

Ein seltsames Gefühl beschlich mich.

Wir mußten damit rechnen, auch im Park angegriffen zu werden, aber im Bentley waren wir relativ sicher. Außerdem besaßen wir noch unsere Waffen. Daß sie eine gewisse Wirkung zeigten, hatten sie bewiesen.

Am Hilton fuhr ich bewußt nicht vorbei. Ich wollte Zamorra nicht unnötig belasten.

Rechts zweigte eine Straße in den Park ab. Sie durchschnitt ihn fast in der Mitte und war für den Autoverkehr zugelassen. Die Straße mündete auf der anderen Seite des Parks in die Gatsbury Road ein.

Dunkel und menschenleer lag der Park vor uns. Es brannten nur wenige Laternen. Energiesparprogramm. Die äußeren Bedingungen waren für eine Beschwörung bestens geeignet.

Langsam rollte der Wagen in den Park hinein. Die Scheinwerfer strichen über weite, wohlgestutzte Rasenflächen und über dichte Büsche hinweg. Sie berührten auch knorrige Baumstämme und ließen sie fahl und geisterhaft aufleuchten.

Neben einem rechteckigen Rasenstück stoppte ich.

»Reicht es?« wandte ich mich an Zamorra.

»Ja.« Ich schaltete den Motor aus. Es wurde still, und nur unser Atmen war zu hören.

Im Innenspiegel erkannte ich den Parapsychologen. Er hatte sich schräg hingesetzt und hielt die Augen dabei halb geschlossen. Sein Gesicht glänzte wie ein heller Fleck.

Professor Zamorra befand sich bereits im Zustand äußerster Konzentration.

Ich drücke ihm beide Daumen, daß der Kontakt mit dem Schöpfer des Amuletts gelang. Merlin war, das wußte auch ich, ein Mann des Lichts, einer der Führer einer guten Geisterschar. Seine Seele schwebte in der Unendlichkeit der Dimensionen. Zeit und Raum waren für ihn nicht existente Begriffe. Er überwand sie. Merlin hatte die absolute Vollkommenheit erreicht.

Doch es gab auch Gegenspieler. Dämonen, Diener der Hölle, die in den Schattenreichen lebten und für die die Geister des Lichts rote Tücher waren.

Sie versuchten immer wieder durch überraschende Überfälle die Herrschaft des gesamten jenseitigen Universums zu erringen, und die Kämpfe, die deshalb tobten, waren mörderisch und hart.

Zwei Welten prallten aufeinander. Gut und Böse. Bisher stand noch kein Sieger fest.

Menschen wie Suko und ich konnten höchstens ahnen, was sich in den jenseitigen Reichen abspielte. Wir waren zu klein und unbedeutend, um dort wirkungsvoll eingreifen zu können. Unser Platz war die Erde, die leider oft genug zum Tummelplatz finsterer Kräfte wurde. Die Mächte des Bösen lauerten überall.

Wie jetzt in London.

Jemand schickte mordgierige Pflanzen auf die Erde. Dämonische

Halblebewesen, deren Angriffswut bisher niemand stoppen konnte. Hoffentlich gelang Zamorras Beschwörung. Und hoffentlich wußte der weise Merlin Bescheid…

Zamorra hatte sein Amulett in die Hand genommen. Es lag auf dem rechten Handteller. Der Parapsychologe saß entspannt im Sitz, er ging völlig in seiner Beschwörung auf.

Er murmelte leise Worte. Kaum zu verstehen, aber ich kannte die Sprache ohnehin nicht. Es waren fremde Laute, die über seine Lippen drangen, und wieder einmal stieg in mir das Gefühl hoch, daß ich sehr wenig wußte. Ich stand wirklich erst am Beginn eines langen Kampfes.

Jetzt begann das Amulett zu strahlen. Es wurde plötzlich von einer leuchtenden Aura umgeben, die sich ausbreitete und über den Handteller wanderte, bis hin zu den Fingerspitzen.

Einmal zuckte Zamorra zusammen, und ich hatte schon Angst, er würde es nicht schaffen, dann entspannte er sich jedoch und redete weiter.

Ich verstand das Wort Merlin.

Ja, Zamorra rief den großen Magier an. Und dann sprach er so, daß auch ich ihn verstehen konnte.

Gleichzeitig begannen die Tierkreiszeichen des Amuletts rötlich zu strahlen. Sie entwickelten einen fahlen Glanz, der sich auf Zamorras Gesicht widerspiegelte.

»Merlin, du Geist in der Unendlichkeit des Alls. Höre und erhöre mich. Gib uns, den Ratlosen und Unvollkommenen, Hilfe und weise uns den Weg, wie wir das Böse besiegen können.«

Ich hielt den Atem an. Erstens, weil die Spannung immer größer wurde, und zweitens, weil etwas geschah. Zwar nicht sichtbar, aber ich spürte, daß wir drei nicht mehr allein im Wagen waren. Etwas befand sich zwischen uns.

Ein Wesen… ein Geist…

Merlin?

Professor Zamorra wiederholte seine Worte. Er sprach langsam und klar, forderte Merlin heraus, damit er erschien.

Und dann hörten wir seine Stimme.

»Warum rufst du mich, Meister des Übersinnlichen? Bist du nicht selbst Kämpfer genug, um mit deinen Schwierigkeiten allein fertigzuwerden, Zamorra?«

»Ich möchte dich um etwas bitten.«

Merlin lachte. »Da sitzt ihr nun. Ihr, die ihr den Dämonen und finsteren Mächten den Kampf angesagt habt. Auf eurer Erde und in eurer Welt seid ihr es, die dem Bösen trotzen sollen. Ich mische mich nicht ein. Meine Welt ist eine andere, Zamorra. Ich habe dort genug damit zu tun, mich gegen die anderen, die Eindringlinge zu wehren.«

Zamorra gab nicht auf. »Einmal, Merlin, einmal bitte ich um deine Hilfe. Es geht um zahlreiche Menschenleben und um Nicole Duval. Diese Frau, die mir viel bedeutet. Ich will sie retten.«

Ich spürte den Luftzug, der über meine Gesichtshaut glitt. Merlins Geist erfüllte unsichtbar das Innere meines Bentleys.

Und Merlin, der Magier, zeigte sich kooperationsbereit. »Gut, Zamorra, einmal will ich dir noch helfen. Weil es auch um die anderen geht. Was soll ich tun?«

»Ich brauche einen Namen, Merlin. Wie heißt der Dämon, der all die Schrecken über uns gebracht hat?«

Der Magier lachte. Dann sagte er: »Er ist kein Dämon. Oder zumindest kein reinrassiger. Er hat sich mit einem mächtigen Naturgeist verbündet.«

Merlin schwieg.

Zamorra fragte: »Wer ist der Geist? Sag es. Rede – bitte…«

»Es ist der Herr der Pflanzen. Mandragoro. Er lebt in den Dimensionen des Schreckens und gebietet über ein Heer von pflanzlichen Monstern. Er hat einen Diener, der euch die Pflanzenpest gebracht hat. Bist du nun zufrieden?«

»Noch nicht ganz«, erwiderte Zamorra. »Entschuldige meine Dreistigkeit, aber wie heißt sein Diener, und wo können wir ihn finden?«

»Seinen Namen kenne ich nicht, aber er ist vernarrt in Pflanzen. Forscht nach – und ihr werdet schnell herausfinden, wer euer Gegner ist. Ich aber habe genug gesagt…«

Die Stimme des Magiers verhallte.

Ich spürte noch den kalten Hauch über mein Gesicht streifen, dann war er verschwunden.

Ich drehte den Kopf.

Zamorra saß da wie eine lebende Figur. Noch immer hielt er die Augen halb geschlossen. Nach wie vor lag das Amulett auf seinem Handteller. Das Strahlen nahm langsam ab, der silbrige Schein verschwand, und Zamorras Gesicht fiel wieder in das Dunkel zurück.

Neben mir stieß Suko die Luft aus. »Das war Magie in höchster Potenz«, flüsterte er.

Ich erwiderte nichts, sondern sprach den Parapsychologen an. »Alles okay, Zamorra?«

»Ja.« Mein Freund aus Frankreich lächelte. Zamorra hatte ein Schloß geerbt. Es lag im Loire-Tal und war eine Festung, gegen die Dämonen schon vergeblich angerannt waren, wie ich wußte.

Zamorra wischte sich über die Stirn. »Ich glaube, daß Merlin uns sehr geholfen hat«, sagte er leise. »Mehr konnten wir nicht verlangen.«

»Der Name läßt sich leicht feststellen«, erwiderte ich.

Plötzlich sagte Suko: »Verdammt!«

»Was ist?« fragte ich, aber Suko brauchte keine Antwort zu geben. Zamorra und ich merkten auch so, was los war.

Unser Wagen wurde vorn angehoben. Langsam, aber stetig.

Es gab nur eine Erklärung.

Die Pflanzen waren da!

Die Menschen im Keller des Hotels hatten sich wieder beruhigt. Auch die Kinder weinten nicht mehr. Manche hatten einfach nur Hunger, aber dem konnte abgeholfen werden.

Die Ober und Kellner wußten, wo die Vorräte lagerten. Sie verteilten zubereitete Sandwiches, und es gab auch zu trinken. Nur keinen Alkohol. Man begnügte sich mit Säften und Limonade.

»Wollen Sie nichts essen?« fragte Nicole ihre Nachbarin, als ein Ober sein gefülltes Tablett ganz in der Nähe abstellte.

»Ich habe keinen Hunger«, antwortete Maggie.

»Aber Sie müssen etwas zu sich nehmen. Sie verlieren sonst zuviel Kraft. Wer weiß, was noch alles auf uns zukommt.«

»Wenn Sie meinen…«

Nicole Duval hatte Schokolade entdeckt. Sie nahm einen Riegel, löste das Papier zur Hälfte und gab die Süßigkeit dem Baby.

Die kleine Karen begann heißhungrig zu lecken. Ihr schmeckte die Schokolade.

Nicole Duval aß auch. Sie nahm sich ein Schinken-Sandwich. Es war zudem noch mit Gurken belegt und schmeckte ausgezeichnet. Dazu trank sie Limonade aus Pappbechern.

Viele Menschen jedoch aßen nichts. Es war verständlich, daß sie keinen Appetit hatten, und so blieben die Platten halbgefüllt stehen.

Die junge Französin spülte die letzten Reste des Brots mit Limonade hinunter und hatte plötzlich den Wunsch, eine Zigarette zu rauchen.

Ein Ober gab ihr ein Stäbchen.

Vielleicht die letzte Zigarette deines Lebens, dachte Nicole, als sie den blaugrauen Rauch ausblies. Die Tabakwolken wurden sofort in Richtung Luftschacht gezogen, wo sie rasch zerfaserten und verschwanden.

Da der Strom ausgefallen war, hatte auch die Klimaanlage ihren Geist aufgegeben.

Nicole schaute dem Rauch nach, und plötzlich verspürte sie ein unangenehmes Ziehen in der Magengegend.

Ihr war etwas eingefallen.

Etwas Fürchterliches...

Wenn die Stahltüren auch vorerst den Pflanzen trotzen konnten, durch die Luftschachtöffnung würden sie doch in den Keller gelangen. Außerdem gab es in den einzelnen Etagen jeweils zu dem Luftschacht eine direkte Verbindung.

Für Nicole Duval war es nur eine Frage der Zeit, wann die Pflanzen diesen Weg entdeckt hatten.

Sie behielt die Idee jedoch für sich, Nicole ließ sich auch nichts anmerken, als sie Maggie fragte, ob es geschmeckt habe.

»Gut – ja...«

Zamorras Sekretärin drückte ihre Zigarette aus. Da spürte sie wieder das Jucken auf ihrer Schulter. Genau dort, wo sie die Pflanze abgerissen hatte.

Ob sie nachwuchs?

Sie fuhr mit ihrer Hand unter den Pullover und tastete dorthin. In der Tat war der Stiel gewachsen. Etwa einen Zentimeter stand er vor, und er hatte an seiner Spitze sogar wieder ein winziges Blatt gebildet.

Nicole bekam es mit der Angst zu tun.

Sie trug den Keim des Bösen in sich, und niemand konnte ihr helfen. Zamorra war weit. Vielleicht hätte er mit seinem magischen Amulett helfen können, doch verloren gegangenen Möglichkeiten nachzutrauern hatte nicht viel Sinn.

Sie mußte durchhalten.

Egal wie…

Von dem Mann, der vorhin hinausgelaufen war, hatten sie nichts mehr gehört. Alle wußten, welches Schicksal ihn ereilt hatte, doch niemand sprach darüber.

Nicole brach den nachgewachsenen Stiel ab und zerdrückte ihn mit dem Handballen auf dem Boden.

Langsam hatten sich die Eingeschlossenen an ihr Schicksal gewöhnt. Apathie überfiel die meisten Menschen. Sie dösten vor sich hin. Kaum jemand sprach ein Wort.

Auch Maggie Prince war ruhig geworden. Sie wiegte ihr Baby und summte hin und wieder ein Schlaflied. Nicole glaubte zu wissen, daß sie dies eine große Überwindung kostete.

Immer wieder flog ihr Blick hoch zur Schachtöffnung. Sie wußte nicht zu sagen, wie oft sie schon dorthin geschaut hatte, als sie die Bewegung an der Öffnung wahrnahm.

Etwas schob sich daraus hervor.

Nicole Duval blickte genauer hin und erkannte eine armdicke, hellgrüne Liane…

Die verdammten Pflanzen hatten eine immense Kraft, wenn es ihnen schon gelang, den Bentley hochzuhieven. Denn der Wagen war wirklich kein Leichtgewicht.

»Fahr zu!« sagte Suko. Er beugte sich im Sicherheitsgurt nach vorn und starrte durch die breite Frontscheibe.

Ich startete.

Zum Glück kam der Motor sofort, kaum daß er den Zündschlüssel gerochen hatte.

Rückwärtsgang.

Der Bentley packte es, rollte nach hinten.

Dann war Schluß.

Plötzlich hatten wir das Gefühl, der Wagen wäre gegen eine Gummiwand gefahren. Wir kamen nicht weiter.

Zamorra hatte sich gedreht. »Sie sind hinter uns!« erklärte er. »Die verdammten Pflanzen haben den Weg versperrt. Sie müssen irgendwie gemerkt haben, daß wir ihnen an den Kragen wollen. Das ist kein Zufall!«

»Nein«, knirschte ich, »ganz bestimmt nicht«, und hebelte den ersten Gang ins Getriebe.

Gas!

Zweiter Gang.

Der Wagen gewann an Geschwindigkeit. Scheinwerfer an.

Im ersten Augenblick erschrak ich.

Vor uns auf dem Weg wimmelte, quirlte und bewegte es sich. Die grüne Masse war überall. Allerdings nicht so hoch wie hinter uns. Der Wagen würde es vielleicht schaffen.

Aber das Risiko wollte ich nicht eingehen.

»Wir müssen durch!« sagte Suko.

»Nein!« Ich schüttelte den Kopf. »Wozu gibt es denn hier die schönen Wiesen. Festhalten, Freunde!« Ich riß das Lenkrad nach links, und schon wühlten die Vorderreifen über den Grasboden.

Ich kam trotzdem gut voran. Jetzt hatten auch die Hinterräder gepackt.

Ausgezeichnet.

Ich fuhr mit Fernlicht, machte damit die Dunkelheit zum Tage und war froh dabei, daß ich keine weiteren Pflanzen sah.

Leider wurde es enger. Die Bäume standen plötzlich dichter beisammen, und ich wurde zu einem Slalomfahrer.

»Gebt mir zwei Stöcke, und ich fühle mich wie auf einer Skipiste«, sagte ich.

Und da klatschte etwas aufs Dach.

Es war von einem Baum gefallen, und wir zuckten unwillkürlich zusammen.

Im nächsten Moment schon sah ich die beiden grünen Tentakel an der Frontscheibe kleben. Ich stellte die Wischer ein.

Sie schafften es nicht, das Zeug wegzuwischen.

Noch konnte ich sehen und fuhr weiter. Dann mußte ich mich links halten, denn die sorgfältig angepflanzte Baumschonung konnte ich nicht durchfahren.

Unser Licht schoß wie zwei Speerlanzen durch die Büsche. Ich sah den schmalen Spazierweg, der einen weiten Bogen schlug und danach auf eine asphaltierte Straße mündete. Es war die gleiche, über die wir gekommen waren. Wir waren im Kreis gefahren.

»Ich hole das verdammte Zeug gleich runter«, sagte Suko und traf schon Anstalten, während der Fahrt auszusteigen.

»Mensch, laß die Tür zu!« rief ich.

»Okay.«

Die beiden lianenartigen Gewächse sahen aus wie Arme. Das Zeug sonderte plötzlich eine Flüssigkeit ab, die im Nu die Scheibe verklebte.

Jetzt wurde es kritisch.

Mein Fluch war nicht druckreif.

Ich bremste.

»Und nun?« fragte Suko. Er hielt schon die Peitsche in der Hand.

»Raus«, erwiderte Zamorra. »Wollen doch mal sehen, ob wir dieser verdammten Pest nicht Herr werden!«

Gemeinsam stießen wir die Wagentüren auf.

Drei Geisterjäger, die sich dem Bösen stellten und es zu vernichten versuchten.

Würden wir es schaffen?

Kaum war Suko draußen, da trat schon seine Peitsche in Aktion. Von einem nahen Baum fielen Ranken herab, die sich um Sukos Hals schlingen wollten.

Die Dämonenpeitsche zerstörte das Zeug auf halbem Weg.

Ich aber kümmerte mich um die Pflanzen, die auf dem Wagendach lagen. Den silbernen Dolch hielt ich in der rechten Hand, während Zamorra mit schußbereiter Waffe und seinem Amulett an der anderen Wagenseite stand.

Ich schaute aufs Dach.

Und da sah ich das Gebilde!

Es zog sich soeben an der Fahrerseite über den Dachrand, um mich anzugreifen.

Zwei, drei Herzschläge war ich wie gelähmt, denn was ich sah, war unbegreiflich.

Das Ding war eine Mischung zwischen Mensch und Pflanze.

Es hatte die Finger, die aussahen wie die Äste eines Baumstamms, um den Dachrand geklammert und schob seinen Körper weiter vor.

Ich sah ein Gesicht – oder das, was man für ein Gesicht halten konnte.

Ein knorriges Gebilde, braunrot in der Farbe, aus Astwerk und Wurzeln. Der übrige Körper, der die Form einer Pflanze hatte, schimmerte hellgrün, und durch die Adern pulsierte der hellrote Saft. Er war meiner Meinung nach dafür verantwortlich, daß dieses Gebilde überhaupt lebte.

Wie eine riesige lebende Alraune, so kam mir dieses Gebilde vor. Aber es war gefährlich und wollte mich vernichten.

Töten!

Mit einer Geschwindigkeit, wie ich es ihm kaum zugetraut hatte, zuckten die Hände vor, und ehe ich mich versah, lagen sie auf meinen Schultern.

Jetzt erst bekam ich die wahre Kraft dieses Monsters zu spüren. Es drückte mich zurück. Im Unterbewußtsein hörte ich Sukos Triumphschrei und vernahm auch einen Schuß, aber das waren Dinge, um die ich mich jetzt nicht kümmern konnte.

Die Alraune hatte Vorrang.

Ich stolperte zurück und fiel fast über meine eigenen Beine, da ich auf einer winzigen Erhebung ausrutschte. Im letzten Moment jedoch fing ich mich, und noch bevor die Alraune mich völlig zu Boden drücken konnte, hob ich meine rechte Hand hoch.

Noch hielt ich den silbernen Dolch umklammert.

Und die Spitze zeigte nach oben.

Sie traf.

Ich rammte sie in das Wurzelwerk vor mir und zog sie noch nach oben, so wie man einen Fisch aufschlitzt.

Die Methode hatte Erfolg.

Beide Arme rutschten von meiner Schulter ab, und im selben Augenblick schon begann das Wurzelwerk zu verdorren und sich ineinanderzupressen.

Das Silber zeigte Erfolg.

Ein fast menschlich zu nennender Laut drang irgendwo aus dem Pflanzeninnern, aber vielleicht hatte ich mich auch nur getäuscht. Die menschliche Alraune verdorrte vor meinen Füßen.

Ich wischte mir über die Stirn, wo sich Schweiß gebildet hatte. Dann hielt ich Ausschau nach Suko und Zamorra.

Der Chinese hob die Hand. »Alles okay!« rief er.

Zamorra sah ich auch. Er steckte soeben die Waffe weg. »Einmal mußte ich schießen«, bemerkte er. »Den Rest der Arbeit hat mein Amulett verrichtet!«

Suko hatte mit seiner Dämonenpeitsche am meisten aufgeräumt. Er mußte sich bei diesen höllischen Pflanzen einen ungeheuren Respekt verschafft haben.

»Das Ding ist was wert«, kommentierte er und lachte kichernd. »Myxin wird sich ein Loch wer weiß wohin ärgern, wenn er wüßte, was mit dem Ding geschehen ist und welche Dienste es uns leistet.«

Ich gab meinem Freund recht. Wir hatten die Dämonenpeitsche vor kurzem Myxin, dem Magier, abgenommen.

Nach einem letzten Rundblick stiegen wir wieder in den Wagen. Wie ich sehen konnte, war alles okay. Die Fahrt wurde fortgesetzt.

Nun hielt uns niemand mehr auf. Ungehindert konnten wir den Park verlassen.

»Denk an den Hubschrauber«, sagte der Professor im Fond des Bentley.

»Das geht in Ordnung.« Ich stoppte und tippte Superintendent Powells Nummer.

Den Chef hatte ich sofort am Apparat. Er hatte sicherlich schon gewartet.

Ich gab einen Bericht durch.

Danach meinte Powell: »Ja, es sieht böse aus. Ich erhalte laufend Meldungen, daß sich die Pflanzenpest immer weiter ausbreitet. Langsam wird die Lage kritisch. Haben Sie einen Plan?«

»Schon, Sir.«

»Dann raus damit.«

Mein Chef, er war vor gar nicht allzu langer Zeit geadelt worden, zeigte für meine Wünsche vollstes Verständnis. »Okay, Sie bekommen Ihren Hubschrauber, John. Ich hoffe, daß es Professor Zamorra und Suko gelingen wird, in das Hotel einzudringen. Wo soll der Helikopter landen?«

Ich dachte an den Subwayschacht. Dort war die Straße breit genug und auch die Entfernung zum Hotel nicht zu weit.

Sir Powell war einverstanden. »Braucht der Professor Unterstützung?« fragte er.

Zamorra hatte mitgehört und schüttelte den Kopf.

»Nein, Sir. Suko fliegt mit ihm.«

»Okay, John, dann wird der Hubschrauber in einer Viertelstunde da sein.«

»Danke, Sir!«

»Und viel Glück«, sagte Superintendent Powell noch.

»Das können wir wirklich brauchen, Sir.« Und diese Worte waren ehrlich gemeint.

Ich wünschte Suko und Zamorra Hals- und Beinbruch, als sie den Wagen verließen.

»Danke«, sagte der Parapsychologe, »dir aber auch.«

Er und Suko schritten auf den eben gelandeten Hubschrauber zu, dessen Rotor sich noch leicht drehte.

Ich wartete erst gar nicht ab, bis die Männer eingestiegen waren, sondern startete. Merlins Informationen spukten mir weiterhin im Kopf herum.

Merlin hatte von einem Mann berichtet, der dem Dämon Mandragoro ergeben sein sollte.

Was war das für ein Mann? Den Namen hatte Merlin nicht genannt, und so war ich auf meine Kombinationsfähigkeit angewiesen. In einer ruhigen Seitenstraße stellte ich den Bentley am Rand ab, zündete mir eine Zigarette an und dachte nach.

Der Mann mußte demnach irgend etwas mit Pflanzen zu tun

haben, und es mußte ein Motiv geben, das den Unbekannten zu diesen unverantwortlichen Taten verleitete.

Aber welches Motiv?

Nicht umsonst hatte Scotland Yard eine der bestsortierten Verbrecherkarteien der Welt. Unsere Computer-Abteilung war vorbildlich eingerichtet und beispielgebend für die Polizei-Organisationen anderer Länder.

Die Jungs mußten mir helfen. Ich war schon oft mit außergewöhnlichen Wünschen an sie herangetreten, aber es hatte immer geklappt. Und so manche Flasche Whisky war an die Kameraden von der Computer-Abteilung gegangen.

Über Autotelefon rief ich beim Yard an und ließ mich mit dem zuständigen Nachtdienstleiter verbinden.

Ihm trug ich meine Wünsche vor.

Zwischendurch hörte ich immer das empörte Schnauben des Mannes, aber ich ließ ihn erst gar nicht zu Worte kommen.

»Und mehr willst du nicht?« fragte er zum Schluß.

»Nein, mein Lieber.«

»Denkst du denn, wir sind Wunderknaben, John?«

»Ja, das denke ich.«

Jetzt war er platt. Ich sagte ihm noch, wo er mich erreichen konnte, und wartete.

Die Zeit wurde mir verdammt lang. Ich spürte die Müdigkeit, die sich in meinen Körper schlich, doch ich kämpfte erfolgreich dagegen an und hielt die Augen offen. Das mußte ich auch, wollte ich nicht von den Pflanzen überrascht werden.

Nach einer Viertelstunde meldete sich das Autotelefon. Gespannt hob ich ab.

Mein Gesprächspartner von vorhin war am Apparat. »Da hast du uns vielleicht was eingebrockt, John«, sagte er, »wir haben hier regelrecht rotiert.«

»Und? Ist bei dieser Rotation etwas herausgekommen?«

»Kann sein.«

»Rede schon. Es geht um sehr viel.«

»Wir sind hier auf einen Namen gestoßen. Quintus Peters. Ein verrückter Botaniker, der sich vor Jahren einmal mit der Polizei angelegt hat. Er wollte Züchtungen vornehmen, hat auch Abhandlungen geschrieben und an die entsprechenden Universitäten geschickt. Seine Theorie lautete: Mischung zwischen Mensch und Pflanze. Man hat ihn ausgelacht, und er ist wutentbrannt davongelaufen.«

Ich war wie elektrisiert. Wenn ich da keine Spur hatte, wollte ich Dr. Doolittle heißen.

»Hast du die Adresse?«

»Ja, der Typ wohnt im Vorort Notting Hill, dicht an der Grenze zu Paddington. Moment, die Straße habe ich auch. Lancaster Road, ist nicht weit vom Bahnhof Paddington weg.«

»Na fantastisch. Ich schicke dir eine Flasche.«

»Eine?«

»Meinetwegen auch zwei.«

»Darüber kann man reden. Mach's gut, John.«

»Okay. Und vielen Dank noch mal.« Ich hängte ein. Notting Hill war nicht weit von meinem Standort entfernt. Der gesamte Fall schien sich auf den Londoner Westen zu konzentrieren. Ich wollte schon starten, als abermals das Autotelefon tutete.

Sir Powell wollte mich sprechen. »Falls es Sie interessiert, man hat die Leiche eines gewissen Ronald Webster gefunden«, berichtete er. »Der Mann war Nachtwächter in einem Wasserwerk.«

Ich sagte: »Mit anderen Worten, es geht um Trinkwasser.«

»Genau.«

Ich hatte also recht mit meiner Vermutung. Der Bursche hatte an der Trinkwasserversorgung manipuliert.

Das war der Hammer.

»Wahrscheinlich weiß ich, wer der Mörder ist«, sagte ich zu meinem Chef.

»Reden Sie.«

»Ein Mann namens Quintus Peters. Ein verrückter Botaniker. Er wohnt in Notting Hill.«

»Warum sind Sie noch nicht auf dem Weg zu ihm?« fragte der Superintendent.

»Weil Sie mich davon abgehalten haben, Sir!«

»Fahren Sie, Sinclair!«

Das tat ich auch. Bisher waren die anderen am Ball. Doch nun kam mein Konter…

Der Pilot wartete vor dem Hubschrauber. »Sie fliegen selbst, Sir?« sprach er Zamorra an.

»Ja.« Der Parapsychologe schaute sich um. »Kann man auf dem Dach des Hilton landen?«

»Müßte gehen.«

»Okay.« Zamorra deutete auf den Bell Air mit der gläsernen Kanzel. »Aufgetankt?«

»Ja.«

»Gut, dann nichts wie weg.« Zamorra und Suko stiegen ein. Der Parapsychologe checkte die Instrumente durch und fand alles zu seiner Zufriedenheit vor.

Zamorra hatte einen Kopfhörer übergestülpt. Die Polizisten, die den Hubschrauber umstanden hatten, traten zur Seite und machten Platz für den Start. Es gab wohl niemand unter den Beamten, der den beiden Männern nicht die Daumen drückte.

Wenn dieser Zamorra es nicht schaffte, dann sah es wirklich sehr kritisch aus.

Der Parapsychologe gab das Startzeichen.

Er ging mit der Maschine um, als hätte er sie schon immer geflogen. Leicht hob der Helikopter ab, schwebte Sekunden später schon haushoch über dem Boden und ließ die nach oben blickenden Beamten klein wie Spielzeugfiguren wirken.

Den Kurs hatte sich Zamorra genau angesehen.

Er hieß Westen!

Sie flogen über den Holland Park, der als dunkle Fläche unter ihnen lag. Das Licht der wenigen Laternen schimmerte kaum durch.

Normalerweise hätten sie das Hilton schon sehen müssen, doch seit dem Energieausfall brannte kein Licht. Nicht ein Fenster war erleuchtet, und auch die Reklame strahlte nicht.

Professor Zamorra ging sicherheitshalber höher. Er wollte es nicht riskieren, plötzlich gegen die Fassade des Hotels zu klatschen. Zum

Glück war der Helikopter mit einem Scheinwerfer ausgerüstet, so daß sie bei der Landung das Dach ausleuchten konnten.

Dann tauchte der Hotelturm auf.

Er war ein dunkler, in den Himmel wachsender, rechteckiger Schatten, auf den sie zuflogen. Zamorra hatte sich etwas verschätzt und mußte noch höher steigen, um das Dach zu erreichen. Noch schwirrte der kleine Hubschrauber vor der breiten Fassade und wirkte neben der breiten, verglasten Fensterfront wie ein kleines Insekt.

Dann schwebten sie über dem flachen Dach.

Es war größer, als Zamorra angenommen hatte, und mit einigen Aufbauten versehen. Sie beherbergten die jetzt stillgelegten Maschinen zur Energieversorgung des Hotels.

Zamorra flog dicht über die Aufbauten hinweg, ging tiefer und setzte zur Landung an.

Schon berührten die beiden Kufen das Dach. Sanft setzte der Professor auf.

Suko nickte anerkennend, während Zamorra den Rotor abstellte.

Die Rotorblätter liefen aus. Zamorra und Suko verließen den Helikopter.

Sie waren sehr wachsam, doch Ableger der gefährlichen Pflanzen fanden sie hier oben nicht.

Schon ein Vorteil.

Starke Taschenlampen hatten Zamorra und Suko im Hubschrauber gefunden und an ihre Gürtel gehängt.

Jetzt begann die Suche nach einem Einstieg. Das Dach war sehr groß und lag in absoluter Dunkelheit. Keine Sterne waren am bedeckten Himmel zu sehen.

Zielstrebig schritt Suko auf das größte auf dem Dach stehende Gebäude zu. Es sah aus wie eine flache Baracke und hatte eine Eisentür, die verschlossen war.

Doch das Schloß ließ sich leicht knacken.

Suko war der Fachmann. Er trug ein entsprechendes Besteck in der Innentasche bei sich. In Anbetracht der Gefahr, in der sich zahlreiche Menschen befanden, konnten sie es riskieren, das Schloß zu knacken.

Suko machte sich an die Arbeit, während Zamorra die Umgebung im Auge behielt.

»Leuchten Sie doch mal«, sagte der Chinese.

Zamorra lenkte den Strahl der Lampe auf das Schloß.

»Ist doch schwieriger, als es aussieht«, murmelte Suko.

»Lassen Sie sich ruhig Zeit.«

»Spaßvogel.«

Suko werkelte am Schloß herum wie ein alter Einbrecher. Dann lachte er plötzlich.

»Offen«, sagte er.

»Drei Minuten und zehn Sekunden«, kommentierte Zamorra. »Reife Leistung.«

»Sag ich doch.«

Zamorra griff an Suko vorbei und stieß die Tür auf, die erbärmlich quietschte.

Die Lampe leuchtete einen kahlen Raum aus, in dem zwei Generatoren standen.

»Notstromaggregate«, sagte der Professor.

Die beiden Männer trennten sich. Suko ging nach rechts, Zamorra nach links.

Auch Suko hatte seine Lampe eingeschaltet. Verzweifelt suchten sie nach einem Abstieg. Es mußte diese Feuerluken geben, sonst wäre das Hotel von der Baupolizei gar nicht freigegeben worden.

Die Notstromaggregate waren ausgeschaltet. Kein Summton unterbrach die Stille im Raum.

Der Boden war mit dunkelroten Platten gefliest. Manchmal glänzte ein Ölfleck im Licht der Taschenlampen.

Dann wurden Suko und Zamorra fündig.

Sie entdeckten eine im Boden eingelassene Metallplatte, an der ein eiserner Ring befestigt war.

»Zamorra!« rief Suko. »Kommen Sie!«

Der Parapsychologe lächelte, als er die Klappe sah, auf die Suko mit seinem Zeigefinger wies.

»Schätze, jetzt haben wir's«, sagte der Chinese. Er bückte sich bereits und umklammerte mit der rechten Hand den Griff. Suko mußte alle Kräfte aufbieten, bevor er es schaffte, die Klappe hochzuziehen.

Er trat aufatmend zurück. Sein Gesicht glänzte hochrot. Vor den beiden Männern lag ein Einstieg. Dunkelheit gähnte ihnen entgegen. Zamorra leuchtete mit der Taschenlampe hinein.

Ihr Licht enthüllte die gerippten Stufen einer Metalleiter. Sie endete schon nach wenigen Yards auf grauem Betonboden. Der Parapsychologe machte sich als erster an den Abstieg. Suko deckte ihm den Rücken, ließ die Luke jedoch offen.

Die beiden Männer befanden sich auf einem gewaltigen Boden, der die Breite des Hotelkomplexes einnahm. Die gewaltigen Entlüftungsschächte führten hier durch. Sie endeten auf dem Dach. Außerdem war der riesige Raum vollgepackt mit alten Möbeln.

Suko und Zamorra sahen auch Gartengeräte und verrostete Gymnastikgeräte.

Nichts, was sie interessieren konnte. Von den Gewächsen war nichts zu sehen.

Auf dem riesigen Speicher gab es mehrere Türen. Zamorra und Suko nahmen die, die ins Treppenhaus führte.

»Da steht uns was bevor«, sagte Zamorra, als er an die zahlreichen Etagen dachte.

»Wem sagen Sie das«, grinste Suko und stieg als erster die Stufen hinab...

Die Pflanze zog sich wieder zurück. Wahrscheinlich war das teuflische Gewächs nur ein Vorbote für die anderen gewesen, um die Lage erst einmal zu peilen.

Nicole Duval war keineswegs beruhigt – ganz im Gegenteil. Außer ihr hatte niemand der anderen die Pflanze bemerkt. Das war gut so, denn was man am wenigsten gebrauchen konnte, wäre eine Panik. Das würden die Pflanzen nur zu ihren Gunsten ausnutzen.

»Glauben Sie eigentlich noch an eine Rettung?« fragte Maggie Prince.

»Ja.«

»Das sagen Sie doch nur. Und auch Ihr Chef wird uns nicht helfen können.«

Nicole hatte Maggie von Zamorra erzählt. »Das können Sie nicht so sagen, Maggie. Wir müssen ihm eine Chance geben.«

»Aber dann kann es zu spät sein.«

»Kann. Braucht aber nicht.«

Maggie schwieg wieder.

Im Hintergrund des Kellers begann jemand zu beten. Mit lauter Stimme, so daß sie über die Köpfe der Anwesenden hinwegschallte. Der Mann sprach das Vaterunser, und es waren nicht wenige, die mit einstimmten. Die Angst hatte sie zusammengeschweißt und aus ihnen eine verschworene Gemeinschaft gemacht. Auch Maggie betete. Dabei füllten sich ihre Augen mit Tränen, während das Baby auf ihrem Schoß lag und schlief.

»Seit meiner Kindheit habe ich nicht mehr gebetet«, sagte Maggie.

Nicole nickte. »Manchmal ist es sehr gut, und es hilft auch«, erwiderte Zamorras Sekretärin.

Über eine Stunde saßen die Menschen bereits zusammen. Und jede Minute zählte doppelt für sie.

Alle wußten von dem Grauen, und alle lauerten darauf. Es würde über sie hereinbrechen – irgendwann...

Wieder warf Nicole Duval einen Blick zur Schachtöffnung hoch.

Da sah sie die Liane.

Aber nicht nur eine. Eine zweite und dritte schoben sich daraus hervor, glitten nach unten und pendelten plötzlich über den Köpfen der sitzenden Menschen.

Es war nur noch ein Frage der Zeit, wann sie zustoßen würden.

Nicole mußte sie warnen.

»Vorsicht!« schrie sie.

Ihr Schrei hallte in dem Kellerraum wider. Er riß die Menschen aus der Erstarrung.

Ein gellender Schrei des Entsetzens brandete in Richtung Decke und hallte schaurig durch den Keller.

Die Leute sprangen auf und drängten dort zurück, wo die Pflanzen zu Boden fallen würden.

Sie klatschten auf die Erde.

Sofort wuchsen weitere Tentakel aus dem ersten Stamm, die sich ziemlich schnell schlangengleich über den Boden bewegten. Einer der Ober versuchte, zwei von ihnen zu zertreten. Er rutschte aber aus und fiel hin.

Hart schlug er mit dem Hinterkopf auf und wurde bewußtlos.

Sofort waren zwei andere Tentakel bei ihm und wanden sich um seinen Körper.

Niemand half dem Mann.

Bis auf Nicole Duval.

Sie sprang hoch, drängte vor ihr Stehende zur Seite und näherte sich dem Bewußtlosen.

Ein weiteres Tentakel schnellte auf Nicole zu.

Sie wich geschmeidig aus und ging neben dem Ober in die Knie. Ihr war jetzt alles egal. Mit beiden Händen packte sie zu und versuchte, die Fangarme vom Körper des Unglücklichen loszureißen.

Nicole schaffte es nicht.

»So helft mir doch!« schrie sie.

Wieder zerrte Nicole verzweifelt, doch die Kraft der Pflanzen war stärker. Gleichzeitig sonderten sie einen roten Saft ab, der sich mit Windeseile durch die Kleidung des Obers fraß und schon auf die Haut tropfte.

Es wurde kritisch.

Plötzlich erwachte der Mann aus seiner Bewußtlosigkeit und begann zu schreien. Die Flüssigkeit mußte brennen wie Säure, und Nicole sah mit Entsetzen, wie der Körper des Mannes verdorrte.

Es war schlimm…

Nicole mußte zurück, wollte sie nicht selbst ein Opfer dieser Bestien werden.

Denn schon waren ihre eigenen Hände mit dem Saft in Berührung gekommen. Sie spürte das Brennen an den Fingerkuppen und sah zu, wie die Haut einschrumpfte und eine bräunliche Färbung annahm.

Die junge Französin sprang auf.

Die Menschen hatten sich zurückgezogen und dicht an die Wände gepreßt, während aus dem Schacht immer mehr Pflanzen krochen und sich lautlos ausbreiteten.

Doch Nicole wollte nicht aufgeben.

Ihr Blick zuckte in die Runde.

Und plötzlich hatte sie eine Idee.

Sie sah die zahlreichen brennenden Kerzen und erinnerte sich daran, daß viele Dämonen mit Feuer vernichtet werden konnten.

Vielleicht auch die Pflanzen…

»Nehmt die Kerzen!« schrie sie einigen Männern zu. »Los, nehmt sie euch! Die verdammten Dinger müssen wir verbrennen!« Nicole selbst ging mit gutem Beispiel voran und griff zwei dicke Kerzen, deren Dochte und Flammen ziemlich hoch waren.

So rasch es ging, aber auch vorsichtig, damit die Flammen nicht verlöschten, führte sie die Kerzen an die Lianen heran.

Es zischte, als das Feuer Nahrung fand.

Und dann breitete es sich blitzschnell aus. Es fraß sich mit rasender Geschwindigkeit an der Liane hoch, die sofort verkohlte und sich zusammenzog wie ein Fragezeichen.

Nicole wurde an eine Lunte erinnert. An eine Lunte, die jedoch nicht erlosch, denn die Flammen sprühten weiter.

Auf die Schachtöffnung zu.

Dort fanden sie neue Nahrung und wühlten sich in den magischen Pflanzenberg hinein, der die Öffnung förmlich verstopfte. Sie rissen Löcher, aus denen dichter, schwarzer, stinkender Qualm nach unten kroch und die in der Nähe stehenden Menschen zum Husten reizten.

Die anderen Männer brannten mit ihren Kerzen die noch am Boden liegenden Pflanzen ab.

Zurück blieben verkohlte Reste.

Nicole atmete auf.

Sie stellte eine Kerze weg. Dabei sah sie auf ihre linke Hand und bekam fast einen Schlag.

Aus den Fingerkuppen wuchsen Pflanzen.

Blitzschnell strich sie mit der brennenden Kerzenflamme darüber hinweg.

Die Pflanzen verschmorten. Nicole spürte einen beißenden Schmerz, der jedoch schnell vorbei war.

Kaum jemand hatte auf den toten Ober geachtet. Er hatte sich als Leiche noch in eine Pflanze verwandelt. Sein Körper bestand jetzt aus zahlreichen Lianen und Ästen, die miteinander und ineinander verschlungen waren.

Aber die Pflanzenleiche bewegte sich. Eine höllische Kraft hatte sie in einen Untoten verwandelt.

Sie stand auf.

Es waren hölzern wirkende Bewegungen, und sie erinnerten Nicole Duval an eine Zeitlupenaufnahme. Das Pflanzen- und Wurzelwerk bewegte sich wie schweres Gummi. Die Gestalt schwankte.

Nicole Duval zögerte keine Sekunde. Wenn sie nicht eingriff, würde diese dämonische Abart es tun. Und Dämonen kannten kein Pardon. Ebensowenig wie deren Diener.

Rasch faßte Nicole nach der zweiten, wieder abgestellten Kerze, nahm sie in die linke Hand und war mit zwei Schritten bei der Horror-Gestalt.

Die hob die Arme. Sie wollte Nicole damit umschlingen, doch die junge Französin war schneller. Sie hielt beide Kerzen unter die »Achselhöhlen« der Pflanzengestalt.

Das Zeug fing Feuer.

Ein klagender Schrei, die Arme sanken herab. Funken sprühten, und Nicole trat hastig einen Schritt zurück. Das trockene Ast- und Lianenwerk brannte wie Zunder. Es gab ein regelrechtes Feuerwerk, als die Gestalt zerplatzte. Die Funken zischten wie kleine, glühende Raketen durch den großen Kellerraum.

Manche trafen die Kleidung der Menschen, wo sie hastig ausgeschlagen wurden.

Die Bestie aber verging.

Asche blieb zurück. Graugrün schimmernd.

Nicole Duval und die anderen atmeten auf. Die erste Gefahr war gebannt.

Bis jetzt war nur ein winziger Teil dieser gefährlichen Pflanzen vernichtet. Die anderen lauerten weiter, und sie würden es fertigbringen, sich Einlaß zu verschaffen.

Davon war nicht nur Nicole Duval überzeugt. Sie brauchte nur in die Gesichter der anderen zu sehen, um zu wissen, was diese Menschen dachten.

Trotzdem gab sie sich optimistisch. Sie lächelte sogar. »Das hätten wir geschafft«, sagte sie und schaute in die Runde.

Im selben Moment – Nicole hatte die Worte kaum ausgesprochen – prallte eine der Eisentüren auf, und in den Keller wühlte sich ein gewaltiger Pflanzenberg.

Jetzt begann der Kampf ums Überleben…

Ich fand die Lancaster Road schon beim ersten Anlauf, wie man so schön sagt. Schließlich kenne ich mich in London aus. Sie ist meine Heimatstadt.

Die Gegend wirkte schon etwas ländlich. Zudem war der Bahnhof nicht weit. Bereits zweimal hatte ich Gleise überquert.

In der Lancaster Road wechselten Fabrikhallen mit alten Wohnhäusern ab. Die meisten Scheiben waren blind. Die Häuser schienen nicht mehr bewohnt zu sein.

Dann lichtete sich die Reihe der Bauten. Vereinzelt noch brannten einige Laternen, und als die Straße eine Linkskurve beschrieb, glitten die Scheinwerfer für einen kurzen Moment vom Rand ab und damit über freies Feld.

Aber so frei war es nicht.

Ich sah ein Treibhaus. Es wirkte hier deplaziert wie eine Kapelle auf dem Mond.

Nun war ich sicher, die richtige Adresse gefunden zu haben, denn auch ein Wohnhaus konnte ich erkennen. Es stand etwas vor dem Treibhaus und war mehr eine Steinhütte. Windschief und klein.

Hier also sollte dieser Quintus Peters wohnen.

Ich fuhr erst einmal vorbei. Fünfzig Yards weiter befand sich ein halb zerfallener Bretterzaun, an dem einige alte Plakate klebten, die zum Großteil zerfetzt waren und als Lappen herunterhingen.

Neben dem Zaun stellte ich den Bentley ab.

Ich löschte die Scheinwerfer und stieg leise und vorsichtig aus. Niemand brauchte zu sehen, daß ich mich dem Haus näherte. Behutsam drückte ich die Wagentür ins Schloß und erschrak, als etwas meine Hosenbeine berührte.

Im nächsten Augenblick lächelte ich. Die schräg gestellten grünen Augen einer Katze starrten mich von unten her an. Ich zischte, und die Katze verschwand.

Ich ging weiter.

Das Haus lag im Dunkel. Auch nicht der geringste Lichtschimmer funkelte durch irgendeine Ritze oder Spalte. Das gesamte Gebäude machte einen verlassenen Eindruck.

Ich überlegte, ob ich eindringen sollte, entschied mich aber dagegen. Dieser verkappte Wissenschaftler hielt sich bestimmt nicht dort auf. Sein Arbeitsfeld war das Treibhaus.

Bei dem Gedanken daran wurde mir ganz anders. In einem Treibhaus hatte eines meiner schlimmsten und schrecklichsten Abenteuer begonnen. Dort hatte man mich überwältigt und in einen Sarg gesteckt, um mich anschließend lebendig zu begraben.

Noch jetzt lief mir eine Gänsehaut über den Rücken, wenn ich daran dachte.

Ich scheuchte die trüben Gedanken fort und tastete nach meinen Waffen.

Die Beretta war da. Ich hatte meine Ersatzwaffe aus dem Handschuhfach genommen. Der Dolch steckte in der Scheide, das Kreuz hing vor meiner Brust.

Ich war gut gerüstet.

Neben der aus alten roten Ziegelsteinen errichteten Hausmauer blieb ich stehen. Ein schmaler Weg, mehr ein Pfad noch, führte hinüber zum Treibhaus.

Selbst bei der herrschenden Dunkelheit sah ich, wie schmutzig die Verglasung war. Äußerlich machte dieses Treibhaus einen verkommenen Eindruck, aber man sollte sich nicht täuschen lassen.

Das diffuse Licht einer etwas entfernt stehenden Laterne verschwand, als ich auf das Treibhaus zuschritt.

Dunkelheit umhüllte mich wie ein riesiger schwarzer Mantel. Ich schritt weiter, und unter meinen Sohlen knirschten Dreck, kleinere Steine und Glas.

Vor mir lag freies Feld. Erst in der Ferne schimmerte eine Lichterkette. Das war die Beleuchtung des Bahnhofs Paddington.

Ich sah auch einen Zug. Er fuhr auf den Bahnhof zu, und die rauschenden, typischen Geräusche drangen an meine Ohren.

Es wurde wieder ruhig.

Hinter einem Holzstapel fand ich Deckung, aus der ich das Treibhaus beobachten konnte.

Auch dort brannte kein Licht. Es lag ebenso im Dunkeln wie das Wohnhaus.

Ob dieser Peters nicht da war?

Wenn ja, kam das meinen Plänen nicht gerade entgegen. Denn ich hätte ihn zu gern gestellt.

Ich löste mich aus der Deckung des Holzstapels und ging direkt auf die Frontseite des Treibhauses zu.

Dann stand ich vor der Tür.

Sie war verglast und stark verdreckt. Ich putzte eine Stelle sauber, um einen Blick in das Innere erhaschen zu können.

Viel sah ich nicht.

Alles verschwamm in dem düsteren Raum. Bevor ich das Treibhaus jedoch betrat, schaute ich mir die langen Seitenwände an.

Dicht neben der linken Seitenwand parkte ein Wagen. Ein dunkler Mini Cooper. Er stand mit der Schnauze zur Straße und war sicherlich als Fluchtfahrzeug vorgesehen.

Ich hatte erst vor, die Reifen aufzuschlitzen, ließ es aber bleiben, weil mir das doch ein wenig komisch vorkam. So etwas hatte ich noch nie gemacht, und zum Reifenschlitzer fühlte ich mich nicht geboren.

Also nahm ich mir wieder die Tür vor.

Sie hatte eine alte, verrostete Eisenklinke, und als ich sie nach unten drückte, stellte ich überrascht fest, daß die Tür nicht verschlossen war.

Dieser Quintus Peters mußte sich sehr sicher fühlen.

Ich zog die Tür auf.

Die Scharniere quietschten erbärmlich, und vor Schreck hielt ich auf halbem Wege inne. Der Spalt war gerade weit genug, um hindurchschlüpfen zu können.

Einen Atemzug später stand ich im Innern des Treibhauses.

Sofort umfing mich die für diese Art Häuser typische Luft. Feucht und widerlich warm.

Vor mir sah ich die langen Pflanzenreihen. Es waren insgesamt drei. Zwischen ihnen gab es etwas breitere Wege. Die Reihen waren etwa in Hüfthöhe angelegt. Pflanze wuchs neben Pflanze. Manche davon blühten, und selbst in der Dunkelheit ahnte ich etwas von der Farbenpracht, die sie ausstrahlten.

Aber wo steckte Quintus Peters?

Ich sah nicht einen Hosenzipfel von ihm. Doch das besagte nichts. Verstecke gab es hier genug. Er konnte überall sein. In den Gängen, hinter Pflanzenreihen.

Ich schritt in den ersten Gang hinein. Obwohl ich Blumen sehr gern habe, berührte es mich doch unangenehm, als mich welche streiften. Das Jackett hatte ich geöffnet, um schneller an meine Waffen zu gelangen.

Ich ging langsam und blieb nach jedem Schritt stehen, um auf verdächtige Geräusche zu lauschen.

Doch es war ruhig.

Bis auf ein leises Rascheln der Blumen.

Aber hinter mir hatte sich das Rascheln verstärkt.

Plötzlich stellten sich meine Nackenhaare quer. Ich spürte die Gefahr und drehte mich langsam um.

Zu erkennen war nicht viel, aber ich riskierte es und schaltete meine Bleistiftlampe ein.

Der Strahl reichte aus, um die Falle zu erkennen, in die ich hineingetappt war.

Die Pflanzen in den großen Beeten links und rechts des Ganges hatten sich zu den jeweiligen Wegseiten gedreht und sich über dem Gang zu einem regelrechten Dickicht verflochten. Es war mir unmöglich, dort durchzukommen.

Das sah ich sofort.

Und dann hörte ich die höhnische, triumphierende, aber auch farblose Stimme.

»Ja, ja, sie mögen Fremde nicht, meine kleinen Lieblinge. Sie hassen sie sogar und töten sie, wenn sie unbefugt hier eindringen. Menschen sind Feinde für sie. Todfeinde, wenn Sie verstehen, was ich meine.«

Und ob ich verstand.

Es war ein regelrechtes Meer, das sich vor mir bewegte. Immer mehr Pflanzen trafen sich in der Mitte über dem Weg, und die grünen Wogen näherten sich unaufhaltsam.

Ich mußte zurück.

Hinter mir, das heißt, jetzt wieder vor mir, war der Weg noch frei. Dort sollte ich hergehen, und wer wußte schon, was am Ende auf mich lauerte.

Längst war ich in Schweiß gebadet, aber auch ungeheuer konzentriert, und das war mein Glück.

Mir entging nicht, daß sich neben mir plötzlich eine Pflanze in die

Höhe wand und dabei ihren fantastischen roten Blütenkelch öffnete. Die Farbe erkannte ich trotz der Dunkelheit.

Sie war wunderschön, aber auch gefährlich.

Das wurde mir in der nächsten Sekunde klar, denn die Pflanze sah nur ein Ziel.

Meinen Kopf!

Sie wollte ihren Kelch wie eine große Haube darüber stülpen. Eine teuflische Art, jemandem die Luft abzuschnüren.

Blitzschnell ging ich in die Knie und zog noch in der Bewegung meinen silbernen Dolch.

Dann kamen die Schnitte. Rechts, links – links, rechts. Ich zerfetzte den Blütenkelch, und das magische Silber sorgte dafür, daß das Zeug verdorrte.

»Gar nicht schlecht, Mister«, hörte ich wieder die Stimme. »Jetzt weiß ich wenigstens, daß Sie so unbedarft nicht sind. Und daß Ihr Besuch kein Zufall ist.«

Er hatte recht.

Ich lauschte der Stimme nach und hoffte, daß ich den Standort des Sprechers herausfinden konnte. Das ging jedoch nicht, die Blumen schluckten den Schall. Ich wußte nur, daß die Stimme irgendwo vor mir aufklang.

Den silbernen Dolch hielt ich weiterhin mit der rechten Hand fest. Sollte ein ähnlicher Angriff erfolgen, würde ich sofort zurückschlagen.

Irgendwie schienen die verdammten Pflanzen vor mir Respekt bekommen zu haben. Sie wogten zwar noch hin und her, aber sie attackierten mich nicht mehr.

Ich blieb stehen. Meinem Gefühl nach zu urteilen, hatte ich etwa die Hälfte der Treibhauslänge geschafft. Irgendwo vor mir lauerte dieser Quintus Peters.

Er mußte mich gut sehen können, denn er fragte: »Warum gehen Sie nicht weiter, Mister?«

»Kommen Sie doch«, erwiderte ich.

»Nein, Sie wollen etwas von mir. Aber wenn Sie nicht mitspielen, dann lasse ich Sie holen.«

Schon im nächsten Augenblick war es soweit. Plötzlich war ich von Pflanzen eingekreist. Ich spürte die tentakelartigen Arme an meiner Kleidung, hackte mit dem Messer zu, doch wenn ich zwei abschlug, wuchsen sofort drei nach.

Aber ich merkte, daß mir die Pflanzen überhaupt nicht ans Leben wollten. Sie hatten nur die Aufgabe, mich zu ihrem Meister zu bringen. Und das auf eine wirklich außergewöhnliche und raffinierte Art.

Auf einmal wurde mir das rechte Bein weggezogen, und sofort auch das linke.

Bevor ich fallen und auf den Boden schlagen konnte, griffen die nächsten Arme zu und hielten mich fest.

Kniehoch über dem Boden blieb ich liegen.

Ich wippte in der Pflanzenfalle wie auf einer Matratze. Sie hielten meinen Oberkörper mit mehreren Tentakeln umspannt. Ich war nur froh, daß sie mir nicht die Luft abdrückten, mein Hals lag zum Glück frei.

Sekundenlang dauerte dieser Schwebezustand an.

Dann wurde ich hochgehoben.

Die Pflanzenarme bewegten sich aufwärts und trugen mich wie eine Kette von tausend Händen.

Immer weiter dem Ziel entgegen.

Ich hatte die Augen weit aufgerissen. Längst war ich in Schweiß gebadet. Dafür war nicht allein die kühle Luft verantwortlich, sondern auch die Ungewißheit, in der ich mich befand.

Was hatte dieser Peters vor?

Schon sah ich das Ende der langen Blumenreihe, und aus dem Dämmer schälte sich eine Gestalt.

Mensch oder Dämon?

Ein Mensch.

Quintus Peters!

Und er war bewaffnet. In seinen Händen hielt er ein Sturmgewehr, wie es die NATO-Truppen besaßen.

»Bleibt ruhig!« befahl er, und die Horror-Pflanzen stoppten ihre Bewegungen.

Ich blieb in der Luft hängen, und Peters trat einen Schritt auf mich zu.

Die Mündung des Gewehres zeigte dabei auf meinen Kopf.

Der Mann lachte. Es war ein freudloses, hämisches Lachen. Da er dicht vor mir stand, konnte ich ihn genau erkennen.

Quintus Peters war ein ziemlich magerer Mensch. Dazu hoch aufgeschossen, mit einem Geiergesicht, wirren dunklen Haaren und fanatisch blickenden Augen. Er trug einen langen, alten Staubmantel, der eher einem Kittel glich, und darunter ein Baumwollhemd mit ausgebeulter Hose.

»Wer bist du?« fragte er mich. »Als höflicher Mensch stellt man sich schließlich vor!«

»Mein Name ist Sinclair!«

»Der Geisterjäger, nicht wahr?«

»Genau.«

»Und was willst du hier?«

»Ist das so schwer zu erraten?«

»Nein.« Er schüttelte den Kopf. »Du hast mich schnell gefunden, Sinclair. Wieso, das weiß ich auch nicht, denn meine Tarnung war gut. Aber du hast keine Chance. Alle haben keine Chance. Meine Lieblinge sind stärker.«

»Warum?« fragte ich. »Warum stürzt du unschuldige Menschen in ihr Unglück?«

»Unschuldig?« höhnte er. »Es waren die Menschen, die mich abgewiesen haben. Sie wollten mich nicht. Sie lachten über meine großen Leistungen. Ich habe ihnen angeboten, für sie zu arbeiten, doch sie waren zu arrogant und lachten mich aus. Hielten mich für einen Scharlatan, für einen Idioten, aber ich habe es ihnen gezeigt. Mit Schimpf und Schande wurde ich hinausgeworfen, doch nun bin ich zurückgekehrt und koste meine Rache aus. Die Revolution der Flora ist mir gelungen. Die Pflanzen werden zu Killern, um über die Menschen zu herrschen. Ja, die Menschheit wird für das büßen, was sie mir angetan hat. Es gibt kein Zurück mehr. Jetzt bin ich der Herr!«

Ich wagte ihm nicht zu widersprechen, denn er hatte schließlich bewiesen, daß seine Worte nicht nur leeres Geschwätz waren. Nein, dieser Mann war höllisch gefährlich in seinem Wahn.

Ich mußte aufpassen.

»Aber die Menschen, die Sie schon getötet oder in Lebensgefahr gebracht haben, waren völlig unschuldig. Sie haben mit Ihnen nichts zu tun. Und sie waren auch nicht dabei, als man Sie und Ihre Forderungen ablehnte.«

Peters schüttelte den Kopf. »Egal. Mensch ist Mensch, und im Prinzip sind sie alle schuldig!«

»Auch ich?«

Er lachte wieder. »Du an erster Stelle, Sinclair. Schließlich wußte ich, wer mein Hauptfeind war. Ich habe mich genau erkundigt, bevor ich mich mit einem Mächtigen verbündete.«

»Mit Mandragoro?«

»Du kennst ihn?«

»Ich weiß es«, erwiderte ich.

»Es nutzt dir aber nicht viel. London ist dem Tod geweiht. Aus der Millionenstadt wird ein riesiger Todesgarten. Du, Sinclair, machst mit deinem Tod den Anfang. Dieses Haus wirst du nicht lebend verlassen!«

Irgendwie ließen mich die Worte kalt, denn das Versprechen hatte man mir schon oft gegeben.

Bisher war ich noch immer der Sieger geblieben.

Aber der Gedanke daran, daß sich die Pflanzenpest inzwischen weiter ausbreitete, machte mich fast verrückt. Ich mußte einfach schnell eine Entscheidung herbeiführen.

So oder so…

»Laßt ihn los!« befahl Quintus Peters.

Die Pflanzen gingen nicht gerade zart mit mir um. Sie ließen mich kurzerhand fallen, und ich prallte höchst unsanft zu Boden.

Nur mühsam stemmte ich mich hoch.

»Vorsichtig, Sinclair«, sagte Peters, »sonst verpasse ich dir eine Kugel!«

Ich glaubte nicht, daß es sich bei seinen Worten um eine leere Drohung handelte. Dieser Mann würde schießen. Auf einen Mord mehr oder weniger kam es ihm nicht an.

Aber mich wollte er wohl auf eine besondere Art und Weise umbringen, sonst hätte er mir schon längst eine Kugel verpaßt. Es war immer das gleiche. Die meisten genossen es, wenn sie mich in der Falle hatten.

Quintus Peters ging auf eine Distanz von drei Schritten. Raffiniert gemacht, denn wenn ich sprang, konnte er mich immer noch mit einer Kugel erwischen.

Den silbernen Dolch hatte ich wieder in die Lederscheide an meinem Gürtel gesteckt. Der herabfallende Jackenschoß verdeckte ihn. Hoffentlich kam Peters nicht auf die Idee, mich zu durchsuchen oder mir zu befehlen, die Waffen abzulegen, dann wurde es böse.

Zum Glück dachte er in seinem Siegesrausch nicht mehr daran.

»Geh vor!« kommandierte er.

Ich schritt an ihm vorbei. Aus dem Dämmer schälten sich die Umrisse einer schmalen Tür.

»Da hinein!«

Ich öffnete.

Im ersten Moment war ich geblendet. Der Weg führte in einen schmalen Anbau, den ich bei meiner Ankunft nicht bemerkt hatte. Es war mehr eine Bude, aber es herrschten dort die gleichen Temperaturen wie im eigentlichen Treibhaus.

Unwillkürlich blieb ich stehen, denn mein Blick war auf einen kleinen Teich gefallen, der die Mitte des Anbaus einnahm. Grünblaues Wasser schimmerte. Auf der Oberfläche schwammen breite Blätter und Algen.

Das war es jedoch nicht, was mich erschreckte.

Im Teich schwammen – zwei Krokodile!

Ich schluckte.

Quintus Peters mußte mein Entsetzen wohl bemerkt haben, denn er lachte.

»Liebe Tierchen!« kicherte er. »Aber sie werden dich fressen, Sinclair.«

Das glaubte ich ihm, denn die Tierchen hatten nichts besseres zu tun, als ihre Rachen zu öffnen.

Ich sah die messerscharfen Zähne.

Mir wurde plötzlich ganz anders. Ich dachte an die Abenteuergeschichten, die ich in meiner Jugend gelesen hatte. Afrikaforscher waren oft genug Krokodilen zum Opfer gefallen, und jetzt sollte ich das gleiche Schicksal erleiden.

Die Tiere hatten Hunger. Das glaubte ich an ihren Augen zu

erkennen. Sie fixierten mich, und die Bestien schienen nur darauf zu warten, daß ich in den Teich sprang.

Peters aber hatte sein diebisches Vergnügen. »Ja, Sinclair, jetzt ist es aus mit dir, das glaub mir mal. Du bist nicht Tarzan, der Unbezwingbare!«

Nein, das war ich nicht. Aber mein Gehirn arbeitete auf Hochtouren. Ich suchte nach einem Ausweg.

Wo fand ich ihn?

Der Teich war oval angelegt. An den sich rechts und links von mir befindlichen äußeren Ecken berührte er fast die grün getünchte Wand. Mir gegenüber befand sich zwischen Teich und Wand noch ein Zwischenraum.

Wie man es drehte und wendete – es sah mies aus.

Der Atem des Mannes streifte meinen Nacken. »Ich werde zählen!« flüsterte Peters. »Bei drei springst du, oder ich jage dich mit einem Loch in der Figur in den Teich.«

»Und Sie?« fragte ich. »Was haben Sie vor?«

»Ich werde dem Wasserwerk wieder einen Besuch abstatten. Es gibt da einige Dinge, die ich noch zu erledigen habe. Etwas Samen ist übriggeblieben. Ihn muß ich schließlich loswerden.«

»Lassen Sie es«, sagte ich mit rauher Stimme. »Reicht Ihnen mein Tod nicht?«

»Nein, Sinclair. Sie alle sollen büßen. Die verdammten, widerlichen Ignoranten, die mich ausgelacht haben.« Er stieß mir den Gewehrlauf ins Kreuz. »Ab jetzt gibt es keine Diskussion mehr. Ich fange an zu zählen!«

Er wollte es besonders spannend machen.

Immer noch zermarterte ich mir mein Gehirn nach einem Ausweg.

»Eins!« seine Stimme unterbrach meine wirbelnden Gedanken.

Tief holte ich Luft.

»Zwei!« schon kam die nächste Zahl...

Ich spannte meine Muskeln.

»Drei!« schrie er. Und dann: »Spring, Sinclair...!«

Nebeneinander liefen Suko und Zamorra durch das Treppenhaus. Die beiden ungleichen Männer verstanden sich ausgezeichnet, obwohl sie sich erst wenige Stunden kannten. Aber die gemeinsame Aufgabe schweißte sie zusammen, und es war klar, daß sich jeder auf den anderen verlassen konnte.

»Weißt du, was die netten Pflänzchen mit uns noch alles vorhaben?« fragte Suko.

»Sie sind doch unverdaulich.«

»Du bist unverdaulich.«

Zamorra warf dem Chinesen einen raschen Blick zu.

Suko grinste von Ohrläppchen zu Ohrläppchen. »Ich finde, wir können ruhig Du sagen.«

»Okay.«

Und weiter liefen sie. Der Lichtschein der Lampen warf große, helle und an den Rändern auseinanderfasernde Kreise an die Wand. Sie hüpften auf und ab, wenn die beiden Männer wieder einmal zwei oder drei Stufen in einem Sprung nahmen.

Von den Pflanzen hatten sie bis jetzt nichts gesehen. An jedem Treppenabsatz befand sich eine Tür, hinter der die jeweiligen Etagengänge lagen.

Bis jetzt hatten Suko und Zamorra diese Türen noch nicht geöffnet. Doch mittlerweile hatten sie die Hälfte der Strecke hinter sich, und es war anzunehmen, daß sich die Pflanzen bereits bis in diese Höhe vorgearbeitet hatten.

Suko öffnete die erste Tür und leuchtete in den dahinter liegenden Gang.

Er war leer.

»Weiter«, sagte Zamorra, der schon einige Stufen vorausgegangen war.

Es ging Zeit verloren, da sie sämtliche Etagen absuchten. Gespenstisch leer waren sämtliche Flure. Zamorra und Suko bekamen einen Eindruck davon, was sich in diesem Hotel abgespielt hatte.

»Aber irgendwo müssen doch Menschen zu finden sein«, sagte Suko immer wieder. »Ich verstehe das nicht. Sie können doch nicht verschwunden sein...«

Darauf wußte der Parapsychologe auch keine Antwort. Er hielt

Suko aber im nächsten Moment an der Schulter fest, da ein Absatz unter ihnen ein Geräusch aufgeklungen war.

Die Männer blieben stehen.

»Da ist jemand«, wisperte Zamorra dicht am linken Ohr des Chinesen.

Suko nickte. Er holte die Dämonenpeitsche unter dem Jackett hervor und nahm die Taschenlampe in die linke Hand.

Auch Zamorra zog seine Waffe. Das Amulett ließ er über seinem Hemd auf der Brust baumeln.

Es sollte die Kreaturen abschrecken.

Dann schlichen sie weiter.

Auf Zehenspitzen gingen sie die Stufen weiter hinunter, wobei sie die Lampen ausschalteten.

Durch die Lichthöfe der einzelnen Etagen fiel schwaches Dämmerlicht, das Umrisse und Konturen mehr erahnen als erkennen ließ.

Je mehr die beiden Männer sich dem Treppenabsatz näherten, um so lauter wurden die Geräusche. Sie klangen wie ein Kratzen und Schaben, als würde ein Besen über den Stein gleiten.

Die Männer erreichten den Absatz, blieben stehen…

»Jetzt!« zischte Zamorra.

Gleichzeitig flammten die beiden Lampen auf. Die starken Strahlen durchbohrten die Dunkelheit – und fanden ihre Ziele.

Drei Monster!

Mischungen zwischen Menschen und Pflanzen. Zamorra und Suko blieben Sekunden, um den Anblick in sich aufsaugen zu können. Das Wesen rechts außen schimmerte grün, und es sah aus, als würde eine schleimige Paste über den Körper laufen.

Das Wesen in der Mitte war nicht weniger schrecklich. Den Geisterjägern kam es vor wie eine Mischung aus Krake und Mensch. Gewaltige, tentakelähnliche Arme, dick wie die Oberschenkel eines normal gewachsenen Mannes, leuchteten wie mit Blut übergossen. Die Kopfform war nicht zu identifizieren.

Dagegen war das knorrige Gebilde links davon mit seinem Körper aus Wurzeln und Astwerk direkt ein Schwächling. Es verursachte auch das Rascheln, wenn es über den Boden schritt oder schleifte.

»Teufel«, murmelte Suko. »Das ist wirklich gewaltig. Kaum zu fassen.« Er hob die Peitsche.

Auch Zamorra war schußbereit.

Die Wesen griffen an.

Es war das krakenähnliche Gebilde, das plötzlich seinen Fangarm vorschnellen ließ und Suko umriß, bevor er irgend etwas unternehmen konnte.

Plötzlich rutschte der Chinese über den glatten Boden und wurde im nächsten Augenblick regelrecht hochgehievt, wie vom Rüssel eines Elefanten.

Professor Zamorra konnte ihm nicht helfen, denn er mußte sich mit den beiden anderen Monstern auseinandersetzen.

Zuerst griff ihn das schleimige Gebilde an. Es glitt beinahe lautlos auf ihn zu. Bevor Zamorra feuerte, hörte er noch, wie etwas zu Boden prallte, und er bekam mit, daß Sukos Lampe zersplitterte.

Dann fauchte die Kugel aus dem Lauf.

Mit einem klatschenden Geräusch bohrte sich das Silbergeschoß in das häßliche Gebilde und begann augenblicklich mit seiner zerstörerischen Arbeit.

Das Schleimwesen löste sich auf. Der dicke, fast geleeartige Schleim wurde zu einer dünnen Flüssigkeit, die sich auf dem Boden verteilte und als große Pfütze zurückblieb.

Zamorra schwenkte die Waffe.

Gerade noch rechtzeitig, denn das aus Ast- und Wurzelwerk bestehende Wesen wollte nach seiner Hand schlagen.

Der Professor war schneller.

Er setzte die Silberkugel in die Körpermitte. Das Schußecho hallte lange im Treppenschacht nach.

Das Astwesen krümmte sich zusammen und wurde zu einem verkrüppelten Gebilde, bevor es zusammensackte und der Auflöseprozeß begann. Irgendwo aus dem Innern der Kreatur drang ein Laut, der Zamorra eine Gänsehaut über den Rücken trieb.

Blieb das dritte Monster.

Und dagegen kämpfte Suko.

Wie es aussah, ohne Erfolg. Das Krakenmonster hatte Suko so raffiniert umschlungen, daß der Chinese keine Möglichkeit hatte, seine

Dämonenpeitsche einzusetzen. Im Gegenteil, er mußte achtgeben, daß er nicht von diesem Monster verschlungen wurde.

Wie einen Kreisel, so schwang das Gebilde seinen Krakenarm herum, und Suko fühlte sich wie in einer Zentrifuge. Hautnah wischte der Arm an der Wand entlang. Wenn Suko dagegen prallte, würde er sich einige Knochenbrüche holen.

Das war auch Professor Zamorra klar. Todesmutig sprang er auf das gefährliche Monster zu.

Gleichzeitig feuerte er.

Die Silberkugel wurde von der Masse aufgesaugt, regelrecht verschluckt.

Aber sie hatte Erfolg. Auch dieses Wesen – so gefährlich es auch war – gehörte zur niederen Stufe in der Dämonenrangfolge. Silber war tödlich für das Monster.

Das krakenähnliche Geschöpf schrumpfte zusammen wie ein Ballon, aus dem die Luft entwichen war.

Es breitete sich auf dem Boden aus und wurde zu einer farblosen Flüssigkeit, die langsam die Stufen hinabrann.

Suko lag noch immer am Boden.

»Verdammt, das war knapp!« keuchte er. »Danke, Zamorra!«

Der Parapsychologe winkte ab. »Keine Ursache.« Er reichte Suko die Hand. »Los, steh auf, das war erst der Anfang.«

Der Chinese ließ sich hochhelfen. »Mist, daß meine Lampe zerstört worden ist.« Er fuhr über seinen Hals. »Hätte nicht viel gefehlt, und das Ding hätte mir mein Genick gebrochen.«

»Ist noch alles dran?« erkundigte sich Zamorra.

»Ja, nur ein paar blaue Flecken habe ich zurückbehalten.«

»Dann weiter«, sagte Professor Zamorra, »denn das, was wir bisher erlebt haben, war sicherlich nur die Ouvertüre.«

Suko nickte. »Das Drama folgt noch.«

Sie stiegen über die Lachen hinweg und schritten auf das nächste Stockwerk zu. Suko ärgerte sich, weil seine Lampe zerstört war, doch eine reichte aus, um die Stufen vor ihnen zu erhellen.

An den Wandschildern lasen sie ab, in welcher Etage sie sich jeweils befanden.

Dritte… zweite… erste…

Sie blieben stehen und lauschten. Nichts war zu hören. Keine Stimmen, aber sie sahen die Pflanzen. Vor ihnen auf der Treppe wogte eine grüne Masse. Lange Stiele und Tentakel schoben sich wie Greifarme vor und versuchten, ihnen den Weg zu verbauen.

Suko packte die Peitsche fester.

»Ich gehe voran«, sagte der Chinese und fragte in einer plötzlichen Eingebung: »Wie viele Kugeln stecken eigentlich noch im Magazin deiner Pistole?«

Zamorra ballte die rechte Hand zur Faust und stellte nur den Daumen hoch.

»Eine?« flüsterte Suko. »Und kein Reservemagazin?«

»Nein.«

»O verdammt!«

In diesem Augenblick hörten sie die markerschütternden Schreie...

»Wir sind verloren!« kreischte eine Frau und rannte in wilder Panik auf die hereinquellende grüne Masse zu. Niemand konnte sie zurückhalten, sie war zu schnell.

Die Frau warf sich den Pflanzen entgegen, wurde aber schon vorher von ihnen umschlungen und angezogen.

Ihr Schreien erstickte...

Die Pflanzen aber walzten weiter in den Raum hinein. Sobald sie die Türschwelle überwunden hatten, breiteten sie sich blitzschnell nach rechts und links aus, um den Keller in seiner Gesamtheit zu überschwemmen.

Nicole Duval versuchte die Flucht zu organsieren. »Nach hinten!« schrie sie. »Nach hinten...!«

Ihre Stimme überschlug sich dabei, bis nur noch ein Krächzen aus ihrem Mund drang. Aber die Schreie waren gehört worden. Die meisten Menschen folgten Nicoles Befehlen und liefen mit ihr tiefer in das Kellerlabyrinth hinein.

Nicole atmete auf, denn die Pflanzen hatten, da die Menschen sehr schnell waren, kein weiteres Opfer mehr gefunden.

Jetzt wurde es auch für die junge Französin Zeit.

In dem großen Keller sah es aus wie auf einem Schlachtfeld. Es brannten nur noch wenige Kerzen. Die meisten waren umgestürzt und erloschen. Auch die Tabletts mit den Speisen lagen wild verstreut. Fast alles war runtergefallen, zertretene Sandwiches und Salate bildeten bunte Flecken auf dem eintönigen Grau des Betons.

Nicole wandte sich um.

Die ersten Pflanzen waren nur noch wenige Yards von ihr entfernt. Sie schlängelten weiter über den Boden, und Nicole brachte sich mit einem raschen Sprung aus der Gefahrenzone. Dabei hatte sie aber das Pech, auf einen Sandwich zu treten, und rutschte aus.

Schmerzhaft prellte sie sich die rechte Schulter und verzog das Gesicht zu einer Grimasse.

Wertvolle Sekunden gingen verloren, während die verdammten Pflanzen immer näher krochen. Farbige Arme tasteten sich vor, suchten das Opfer, und Nicole bemühte sich verzweifelt, wieder auf die Beine zu gelangen.

Sie schaffte es nur unter Aufbietung all ihrer Kräfte, denn ihr Arm schmerzte höllisch.

Und noch etwas kam hinzu.

Sie fühlte sich matt, wie erschlagen, so als würde jemand die Energie aus ihrem Körper saugen.

Ein schrecklicher Gedanke durchzuckte ihr Gehirn. Sollte die Berührung mit den Pflanzen diesen Energieverlust verursacht haben? Raubte ihr der Keim die Kraft?

Nicole wankte noch zwei Schritte vor und stürzte.

Mühsam gelang es Nicole, sich auf die Seite zu drehen und nach vorn zu schauen. Eine Körperlänge trennte die Pflanzen noch von ihrem Opfer. Eine lächerliche Distanz.

Aber da war noch etwas, das Nicole einen heißen Schreck einjagte. Während des Drehens war ihr Blick auf den linken Arm gefallen. Sie sah genau, wie ihre Hand eine leicht grünliche Färbung angenommen hatte und aus dem Rücken lauter winzige grüne Pflänzchen wuchsen.

Die Erkenntnis machte sie fast rasend.

Nicole Duval war zum Teil mutiert!

Ich sprang.

Himmelherrgott – ich sprang. Und legte alles in diesen Sprung hinein, was ich nur konnte.

Wie ein Zeitlupenfilm lief dieser Sprung vor meinem geistigen Auge ab. Die Krokodile hatten mich beobachtet, sahen mir aus ihren runden, hervorquellenden Augen entgegen und öffneten ihre Rachen so weit es ging.

Ich zog die Beine an.

Die beiden Kiefer klappten unter mir zusammen. Es gab ein schnackendes Geräusch, das ich jedoch nur im Unterbewußtsein wahrnahm.

Rasend schnell flog die Wand auf mich zu. Jedenfalls hatte dies für mich den Anschein.

Im nächsten Moment klatschte ich dagegen.

Es war ein wuchtiger Aufprall, aber ich hatte den Teich, in dem die Bestien lauerten, übersprungen.

Mir taten sämtliche Knochen weh, denn ich war mit voller Wucht gegen die Wand gesprungen.

Dann hörte ich den Schrei.

Quintus Peters hatte ihn ausgestoßen, und einen Herzschlag später peitschte der Schuß auf.

Die Kugel jaulte an mir vorbei und hämmerte dicht neben meinem rechten Ohr in die Wand, wobei sie ein großes Stück Putz herausriß. Ich duckte mich unwillkürlich, und der nächste Schuß versengte mir fast die Haare.

Dann war es aus mit der Herrlichkeit.

Ich rutschte auf dem schmalen Stück zwischen Teich und Wand ab und fiel in das Wasser.

Mit dem linken Bein tauchte ich zuerst ein, und schon sahen die beiden Krokodile ihre Chance.

Die Schüsse hatten sie sowieso wild gemacht. Jetzt lag ich, das Opfer, in ihrem Teich, in unmittelbarer Nähe.

»Ja, freßt ihn!« brüllte Peters und schoß ein drittesmal.

Wiederum zu überhastet. Die Kugel klatschte nicht in meinen Körper, sondern gegen das Oberteil der langen Krokodilschnauze.

Auch die Viecher verspürten Schmerzen. Das sah ich einen Lidschlag später.

Das verletzte Krokodil wurde zu einer rasenden Bestie. Es schlug um sich und peitschte das Wasser, das mir ins Gesicht klatschte und die Wände näßte.

Die Viecher gaben mir jedoch Gelegenheit, aus dem Teich zu klettern. Sie kümmerten sich jetzt um sich selbst.

Sie zerrissen sich gegenseitig.

Quintus Peters aber heulte einen Fluch und schwenkte seine verdammte Knarre herum.

Ich ging in die Knie und zog.

Die Beretta bellte auf, und den Bruchteil einer Sekunde später auch das G3.

Ich hatte besser gezielt.

Mein Geschoß streifte Peters' Schulter, während seine Kugel in den Teich klatschte, in dem sich die Hölle abspielte.

Quintus Peters merkte wohl, daß er auf verlorenem Posten stand. Er dachte nur noch an eins.

An Flucht!

Auf dem Absatz warf er sich herum, verschwand durch die offenstehende Tür und schmetterte sie hinter sich zu.

Ich aber mußte wieder über den verdammten Teich.

Noch einmal der gewagte Sprung.

Diesmal schaffte ich ihn nicht ganz.

Ich rutschte ins Wasser.

Bevor sich die beiden Krokodile auf die neue Situation einstellen konnten, war ich hinaus und sprintete schon auf die Tür zu.

Hinter mir kämpften die Bestien wie zwei Wahnsinnige. Sie wurden immer schlimmer, und die schrecklichen Kampfgeräusche begleiteten mich noch, als ich bereits in das Treibhaus stürmte.

Das Licht aus dem Anbau erhellte die unmittelbare Umgebung der Tür.

Meine Waffe hielt ich schußbereit, und ich suchte verzweifelt nach Quintus Peters.

Ich sah ihn auch.

Oder glaubte ihn wenigstens zu erkennen. Wäre das Gewehr nicht gewesen, das er neben sich auf den Boden gelegt hatte, ich hätte ihn bei der Beleuchtung kaum noch erkannt.

Quintus Peters, der Dämonendiener, hatte sich verwandelt. Er war zu einer menschlichen Pflanze geworden.

Und dann geschah etwas, was ich nie in meinem Leben vergessen würde...

»Das kam von unten«, sagte Zamorra, »aus dem Keller!«

Suko nickte. »Los!« schrie er.

Zamorra und er dachten in diesem Moment nicht daran, daß sie nur spärlich bewaffnet waren. Für sie gab es nur noch das Ziel, die Menschenleben zu retten. Und aus diesem Grunde warfen sie ihre in die Waagschale.

Suko machte den Anfang.

Er schlug sich den Weg frei und räumte mit der Dämonenpeitsche furchtbar auf.

Die Pflanzen verkohlten, verdorrten und fielen ineinander.

Aber er schaffte nicht alle. Und die griffen Zamorra an.

Doch da geschah etwas Seltsames.

Das Amulett begann plötzlich zu strahlen, wurde zu einer Lichtquelle, die heller war als Sukos Taschenlampe, und schoß weißmagische Energieblitze nach allen Seiten hin ab.

Jeder Blitz traf.

Die Pflanzen vergingen so rasch wie Schneebälle in der Hölle. Der Weg ins Erdgeschoß war frei – und damit auch der in den Keller.

Auch im Erdgeschoß lauerten die Pflanzen. Sie hatten sich in der Rezeption ausgebreitet wie ein riesiger hoher Teppich. In der Ladenstraße waren die Scheiben fast aller Geschäfte zerstört, und die grüne Masse walzte und rollte weiter.

Sukos Peitsche bewirkte wahre Wunderdinge. Er schlug Breschen, und auch Zamorras Amulett zerstörte die grüne Gefahr, wo sie auftrat.

Die beiden Männer kamen gut durch.

Aber es ging auch Zeit verloren.

Aus dem Keller vernahmen sie Geräusche. Stimmen und Rufe. Dort mußten sich die Menschen befinden.

»Da, die Tür!« rief Suko und deutete auf den zerstörten Kellerzugang, wo sich die mordgierigen Pflanzen bereits die Treppe nach unten gewälzt hatten.

Suko schlug zu.

Zamorra kämpfte.

Sie erreichten die Kellerräume.

Und Zamorra war es, der wie weiland Phönix aus der Asche aus dem grünen, höllisch gefährlichen Dschungel auftauchte und plötzlich in dem großen Raum stand, wo sich die Menschen verkrochen hatten.

Zamorra sah die Frau am Boden liegen.

Und die Pflanzen in ihrer unmittelbaren Nähe.

Sein Herz übersprang einen Schlag. »Nicole!« schrie er. Sein Schrei brach sich an den kahlen Wänden des riesigen Kellers wider.

Nicole war zu schwach, um den Kopf zu heben. Im Unterbewußtsein glaubte sie, die Stimme Zamorras zu hören, aber sie zeigte keinerlei Reaktion.

Dafür aber der Parapsychologe.

Er stürmte vor, und bevor die verdammten Pflanzen Nicole Duval umfassen konnten, war er bei ihr.

Das Amulett schoß grelle Blitze. Es räumte furchtbar mit der Pflanzenpest auf.

Die letzten beiden Strahlen waren die wertvollsten. Die trafen die Pflanzenarme, die sich soeben über Nicole Duval stülpen wollten.

Genau in der Mitte wurden sie zerrissen und verkohlten.

Aber noch etwas anderes geschah. Zamorra sah es mit Schrecken. Die Strahlen aus seinem Amulett fuhren nicht nur auf die Pflanzen zu, sondern auch auf Nicole Duval. Die junge Französin war plötzlich von einer gleißenden Lichtaura umgeben.

Nicole schrie. Ihr Körper bäumte sich auf.

Kopfschüttelnd und fassungslos stand Professor Zamorra daneben. Er begriff nicht. Oder war Nicole etwa…

Zamorra wollte es nicht glauben. »Nein«, flüsterte er, doch die Tatsachen sprachen dafür.

Dann verblaßte die Lichtaura.

Nicole lag vor Zamorra. Blaß im Gesicht, erschöpft – aber normal.

Zamorra ging neben seiner Sekretärin in die Knie. Seine Hände umfaßten ihre schmalen Schultern. Er suchte ihren Mund, ihre Augen.

»Nicole… Nicki…«

Da lächelte sie. Und dieses Lächeln war für Professor Zamorra das schönste Dankeschön seit langem.

»Du…«, Nicole wollte hoch, und der Parapsychologe half ihr dabei. »Wie bist du hierhergekommen?«

»Das erzähle ich dir alles später.« Er beugte seinen Kopf hinunter und küßte sie auf den kirschroten Mund.

»Da ist noch was«, sagte Zamorra dann.

Suko nickte. »Ich weiß. John Sinclair.«

So gut ging es mir allerdings nicht. Für Suko und Zamorra war der Fall vorbei, ich stand noch im Finale.

Und in was für einem.

Quintus Peters war zu einer regelrechten Horror-Figur geworden. Halb Mensch, halb Pflanze.

Grausam anzusehen…

Dort, wo ihn meine Silberkugel an der Schulter gestreift hatte, zeigte sich verdorrtes, schwarzes Astwerk, das an Asche erinnerte. Der Mund war eine klaffende Höhle in seinem entstellten, grün schimmernden Gesicht.

Seine Arme bewegten sich wie die Flügel einer Windmühle. Er wollte mir die Waffe aus der Hand schlagen, und da feuerte ich. Die Kugel bohrte sich in das Pflanzenwerk. Genau in dem Moment, als er vorsprang.

Er wäre noch mit seinem Körper gegen mich geprallt, doch ich trat blitzschnell zur Seite. Peters stürmte an mir vorbei und durch die offen stehende Tür in den Anbau hinein.

Es kam, wie es kommen mußte.

Der Pflanzenmensch konnte seinen Schwung nicht mehr bremsen. Ich hatte den Kopf gedreht und sah, wie er kopfüber in den Teich stürzte.

Und dort tobten die beiden verletzten und rasend gewordenen Krokodile.

Das Wasser schäumte auf.

Ich biß die Zähne zusammen, schloß die Augen und drückte die Tür zu. Quintus Peters ereilte das Schicksal, das er mir zugedacht hatte.

Ich fuhr zum Hilton.

Dort war der Teufel los. Scheinwerfer strahlten das Gebäude an. Polizisten hatten einen engen Ring um das Hotel gezogen, so daß selbst ich Mühe hatte, hindurchzukommen.

Im Foyer entdeckte ich Zamorra, Nicole Duval und Suko.

Als ich eintrat, flog ein erleichtertes Lächeln über drei Gesichter. Dann lagen wir uns in den Armen.

»Alles okay?« fragte der Parapsychologe. Ich nickte.

»Dann kann ich ja endlich in den nächsten Tagen einkaufen gehen«, sagte Nicole, und wir wußten nun, daß auch sie den Fall ohne Schaden zu nehmen überstanden hatte...

Es gab noch ungeheuer viel zu tun in den nächsten Tagen. Doch am Abend des dritten Tages saßen wir in einem Restaurant zusammen und feierten das glückliche Ende eines bösen, alptraumhaften Falles.

Die Conollys und Jane Collins waren auch noch dazugekommen. Sogar Sir Powell hatte es sich nicht nehmen lassen, an der Runde teilzunehmen.

Es wurde so mancher Trinkspruch gesprochen, und gegen Mitternacht, als die Stimmung bereits hohe Wellen schlug, nahm Zamorra mich beiseite.

»Das war wohl nicht das letzte Mal, daß wir zusammengearbeitet haben, John – oder?«

»Nein, bestimmt nicht.« Er reichte mir seine Hand. »Du weißt immer, wo du mich finden kannst.«

ENDE

Das
Ungeheuer
von
Loch Morar

Es grenzte schon an hellen Wahnsinn, was Bob McClure und Dan Dryer vorhatten. Sie wollten Loch Morar in einem Einbaum überqueren, wie es die Vorfahren schon getan hatten.

Ein Jux? Abenteuerlust und Risikobereitschaft der Jugend?

Vielleicht alles zusammen. Auf jeden Fall eine sportliche Leistung, falls sie es schafften.

Und das war gar nicht so einfach bei diesem wilden Gewässer. Überall auf dem See lauerten Strudel. Die galt es zu umschiffen, aber die beiden jungen Studenten machten sich deswegen keine Sorgen.

Den Einbaum hatten sie selbst gebaut. Sie hatten einen Baumstamm ausgehöhlt und abgeschmirgelt. Den Bug hatten sie etwas angespitzt, trotzdem wirkte er noch plump und unförmig. Zwei lange Stechpaddel lagen bereit, um den Einbaum bewegen zu können. Ferner hatten sich die jungen Abenteurer mit Schwimmwesten, Signalraketen und wetterfester Kleidung ausgerüstet.

Gerade die wurde gebraucht, denn im Spätfrühjahr tobten im westlichen Schottland noch die schweren Frühlingsstürme.

Einen Sonntagvormittag hatten sie sich als Starttermin ausgesucht. Der Himmel zeigte eine graue Farbe. Wolken führten bizarre Tänze auf. An den Bergen im Osten blieben sie oft hängen. Der Wind fiel dann wieder ab, brauste über den See und peitschte das Wasser zu Wellen, die dem Ufer entgegenliefen und nur langsam ausrollten.

Die beiden jungen Männer standen am Ostufer und schauten über die graugrüne Wasserfläche. Sie hatten ihr Ölzeug übergezogen, denn es sah nach Regen aus.

McBower, der alte Strandwächter, hielt sich bei ihnen auf. Sein faltiges, von Wind und Wetter gegerbtes Gesicht war nachdenklich geworden, als er die blaue Schiffermütze in den Nacken schob und fragte: »Wollt ihr nicht noch warten, bis sich das Wetter gebessert hat?«

Bob McClure schüttelte den Kopf, daß seine hellblonden Haare flogen. »Auf keinen Fall. Was wir uns einmal vorgenommen haben, führen wir auch durch.«

Sein Freund Dan Dryer nickte bestätigend.

Da hob der Alte die Schultern und sagte: »Euch ist nicht zu helfen.«

Bob lachte. »Hilfst du uns wenigstens, den Einbaum zu Wasser zu bringen?«

»Natürlich.«

Die drei Männer schoben das primitive Boot über den Strandkies. So weit, bis die anrollenden Wellen über den Bug leckten.

»Ich hätte ja noch ein Segel mitgenommen«, meinte der alte McBower.

Bob winkte ab. Er zeigte auf seine Oberarmmuskeln. »Damit schaffen wir es.«

»Hoffentlich, Boys, hoffentlich...« Der Alte zog ein nachdenkliches und besorgtes Gesicht.

Dan Dryer saß bereits im Boot. Die Wellen hatten es schon erfaßt. Der Einbaum schaukelte hin und her. Hastig sprang auch Bob McClure an Bord und griff nach seinem Paddel.

Der alte McBower winkte und rief den beiden Jungen alles Gute zu.

»Gott sei mit ihnen«, sagte er und dachte dabei an die alten Sagen und Legenden, die sich um den See rankten. Denn nicht nur Loch Ness hatte sein Ungeheuer. Auch über Loch Morar gab es Ähnliches zu berichten, nur war dieser See nicht so bekannt wie der andere. Die Geschichten drangen deshalb nicht an die Öffentlichkeit, aber die Einheimischen wußten Bescheid.

An alte Sagen und Legenden glaubten die beiden Studenten sowieso nicht. Sie dachten nicht einmal daran, denn sie hatten jetzt ganz andere Sorgen.

Wellenberge hoben den Einbaum hoch, um ihn dann wieder in ein Tal hinabschießen zu lassen. Manchmal hüpfte das Boot wie ein Tennisball auf dem Wasser. Die beiden Männer hatten Mühe, es auf Kurs zu halten.

Sie knieten im Boot und stachen immer wieder ihre Paddel in die graugrüne See mit den blitzenden Wellenkämmen. Der Wind nahm zum Glück nicht zu, machte aber den beiden jungen Männern genug zu schaffen.

Bob McClure paddelte backbord, sein Freund Dan steuerbord. Sie waren die einzigen auf dem großen See, dessen Westufer noch gar nicht zu erkennen war, da die Gischt ihnen die Sicht nahm.

Die anlaufenden Wellen brachen sich am Bug des Einbaums. Die Gischt spritzte über und fuhr als feiner Regen über die Kleidung der beiden Studenten.

Sie hätten sich wirklich besseres Wetter aussuchen können, aber sie beschwerten sich nicht. Keiner wollte dem anderen seine Besorgnis zeigen.

Und besorgt waren beide, denn je mehr sie hinauspaddelten und sich der Mitte des Sees näherten, um so schlimmer traf sie der von den Bergen herabstoßende Wind.

Er spielte mit dem Einbaum. Die beiden Männer wurden durchgeschaukelt. Manchmal hatten sie das Gefühl, ihre Mägen würden nach oben wandern, aber der Begriff Seekrankheit war für sie ein Fremdwort.

Der am Bug sitzende Dan Dryer wandte den Kopf. »Wie geht es dir?« schrie er Bob zu.

McClure grinste verzerrt. »Habe mich noch nie besser gefühlt«, log er.

Dan lachte. Und weiter tauchte er das Paddel ein und zog es mit kraftvollen Bewegungen durch. Am Heck tat sein Freund das gleiche. Die beiden Studenten paddelten synchron. Sie hatten lange genug geübt und waren ein gut aufeinander eingespieltes Team.

Etwas Bammel hatten sie vor dem Wasserschöpfen. Aber noch war nicht soviel über Bord geschwappt, als daß es einen Grund zur Besorgnis gegeben hätte.

Das Ufer, von dem aus sie gestartet waren, lag schon außerhalb des Sichtfeldes. Aber langsam schälten sich die Konturen des Westufers aus dem Gischtnebel.

Der See war nicht sehr breit, dafür jedoch lang. Die jungen Männer kannten seine Maße, die Tücken und Fallen. Sie rechneten auch mit gefährlichen Strudeln. Nicht zum erstenmal wäre der See einem Boot zum Verhängnis geworden. Auf dem Grund des Sees sollten zahlreiche Wracks liegen. In den Jahrhunderten hatte der See sie regelrecht gefressen.

Am meisten wurde über die Sträflingsgaleere gesprochen, die vor fast siebenhundert Jahren gesunken war. Es fand sich nur dürftiges

Material darüber in den Archiven, aber dafür wurden die Legenden mehr und mehr ausgewalzt.

Der Count of Ferryguard sollte auf diese Weise seine gesamte Verwandtschaft ums Leben gebracht haben. Er war als grausamer Tyrann verschrien. Es hieß, daß er sich der Schwarzen Magie verschrieben und einen Pakt mit den Druidenpriestern geschlossen hatte. Aber das waren Legenden, doch hin und wieder lebten sie auf. Immer dann, wenn ein Schiff nicht mehr zurückkam. Angeblich sollten sich die Sträflinge, also die Verwandten des Counts, die Seelen der Menschen geholt haben.

Alte Geschichten gab es in Schottland genug. Jede Stadt, jedes Dorf und manchmal sogar jedes Haus hatte seine eigenen Horror-Geschichte parat.

Wer daran glaubte, war durch nichts vom Gegenteil zu überzeugen, die jüngeren Menschen lachten oft darüber.

Wie auch Bob McClure und Dan Dryer.

Längst waren sie naß. Das Ölzeug glänzte wie mit Fett eingerieben, aber in ihren Gesichtern stand der ungebrochene Mut zu lesen, daß sie es packen wollten.

Was unsere Vorfahren konnten, das können wir auch. So lautete ihre Devise.

Immer wieder stachen sie die Paddel in die See. Sie trieben das Boot voran, ließen sich auch durch Rückschläge nicht beirren und arbeiteten weiter.

Doch die Gefahr lauerte bereits auf die beiden jungen, mutigen Männer. Urplötzlich schlug sie zu, und von einer Sekunde zur anderen wurde die Bootsfahrt der Studenten zu einem Kampf auf Leben und Tod.

Der Einbaum geriet in einen Strudel...

»Paß auf!« brüllte Dan Dryer noch, aber es war bereits zu spät.

Mit dem Bug tauchte der Einbaum ein. Wasser gischtete über, und gleichzeitig begann sich der Einbaum zu drehen. Wie ein Karussell wirbelte er um die eigenen Achse.

Die beiden Studenten kämpften dagegen an. Sie stachen ihre Paddel in das kochende Wasser, versuchten, das Boot aus dem Strudel herauszubringen, doch ohne Erfolg.

Die Macht des Wassers war stärker.

Der Strudel wurde zu einem Wirbel, der sich rasend schnell drehte und dabei einen regelrechten Trichter bildete, der senkrecht in die Tiefe des Sees stieß.

Er drohte, den Einbaum zu verschlingen…

Dan Dryer brüllte etwas, doch sein Freund verstand nicht. Eine ungeheure Kraft preßte ihn gegen die Bordwand. Er sah nur die graugrünen Wellen, den reißenden Strudel, wurde hineingerissen in die kochende Hölle und wunderte sich, daß sie noch nicht gesunken waren.

Das Boot schwamm.

Aber dann geschah es.

Bob McClure sah das Ungeheure zuerst. Dicht neben der Bootswand schob sich etwas aus dem Wasser.

Es war eine Hand.

Blitzschnell packte sie zu…

Entsetzt starrte McClure auf die Hand, deren Finger sich um die Bordwand klammerten.

Grüne Finger mit ebenfalls grünlich schimmernden, durchsichtigen Schwimmhäuten dazwischen.

Wem gehörte die Hand?

Einem Monster? Einem Menschen?

Bob McClure hielt den Atem an. Er wischte sich über die Augen, doch das Bild blieb.

Es war kein Traum. In der Tiefe mußte irgend etwas Schreckliches lauern, das jetzt an die Oberfläche stieg.

Vergessen war der mörderische Strudel, in dem sich Bob McClure und sein Freund befanden. Für den am Heck sitzenden jungen Mann zählte nur noch das Unheimliche, das dort aus der unergründlichen Tiefe des Loch Morar auftauchte.

Bob hatte sein Paddel verloren, ohne es zu merken. Es rutschte ins Wasser und wurde von dem Strudel verschluckt.

Aber die Hand blieb.

Es tauchte sogar noch eine zweite auf.

Klatschend umklammerte sie die Bordwand des Einbaums.

Bobs Augen wurden groß. Das Grauen schnürte ihm die Kehle zu. Und als er jetzt noch die grünlich schimmernden Schultern sah, war es mit seiner Beherrschung vorbei.

»Daannn...!« schrie er.

Sein Freund konnte nicht reagieren. Dan Dryer lag im Boot und klammerte sich fest. Vor sich sah er die riesige Wasserwand, die der Strudel gebildet hatte.

Dan wurde bald irre, denn das, was sie hier erlebten, widersprach sämtlichen Naturgesetzen. Normalerweise hätte das Wasser wie eine Sturmflut über sie hereinbrechen müssen, doch das war nicht der Fall. Der mörderische Wirbel zog sie tiefer...

Dan hatte den Schrei seines Freundes gehört. Er drehte sich um, aber er schaute Bob mit einem Blick an, der den jungen Mann erschreckte.

In Dans Augen flackerte der Wahnsinn...

Auch Bob war nahe daran, den Verstand zu verlieren, denn dieses schuppenhäutige Wesen war nicht allein. Ein weiteres grünliches Händepaar erschien.

Dann sah Bob die Köpfe.

Es war grauenhaft...

Diejenigen, die das Boot überfielen, waren keine Menschen, sondern Wasserleichen.

Die Haut zeigte ein Schuppenmuster. Der Kopf hatte die Form eines Fischschädels angenommen. Die Augen traten weit aus den Höhlen hervor. Ein Mund war nicht vorhanden, die Nase wies zwei Löcher auf, und die Körper waren über und über mit Algen bedeckt.

Nur noch entfernt erinnerten diese Gestalten an Menschen, aber Bob dachte plötzlich an die Sage der versunkenen Galeere und glaubte, in diesen Monstern die ehemaligen Sträflinge zu erkennen. Er hatte einmal uralte Zeichnungen gesehen, die in einem Museum zur Besichtigung aushingen.

Die Gestalten zogen sich an der Bordwand hoch. Ehe sich Bob McClure versah, schwangen sie sich über Bord. Auch die Beine waren über und über mit grünen Schuppen bedeckt. Die Füße zeigten Schwimmhäute wie die Hände.

Es war grausam.

Bob hatte nichts, womit er sich wehren konnte. Um ihn und das Boot herum tobte die Hölle. Der Strudel gurgelte, gischtete und schmatzte. Dazwischen klang das Schreien seines Freundes Dan. Der junge Student schlug um sich. Seine Augen waren verdreht, das Gesicht vom Wasser klatschnaß.

Nach Dan Dryer griff der Wahnsinn.

Aber Bob McClure wollte sich nicht unterkriegen lassen. Er wehrte sich.

Obwohl es ihn eine ungeheure Überwindung kostete, streckte er beide Arme aus, drückte seine flachen Handflächen gegen den Körper des ersten Fischmenschen und wollte ihn ins Wasser zurückstoßen.

Kalt wie Eis waren die Körper, in denen kein normales Leben mehr steckte. Der junge Mann ekelte sich vor der Berührung, doch er nahm die Hände nicht zurück.

Aber die Monster waren stärker als er. Bob fiel nach hinten. Den Kopf stieß er sich an der Bordwand, und im nächsten Moment war der Fischmensch über ihm. Der zweite packte seine Beine, während die Finger des ersten über seine Kleidung glitten und sie kurzerhand aufrissen.

Bob McClure war klar, was die Ungeheuer mit ihm vorhatten. Sie wollten ihn ins Wasser stoßen und dann in die mörderische Tiefe ziehen, aus der es kein Entkommen gab.

Ein graunsames Schicksal stand ihm bevor. Ein Schicksal, das soeben sein Freund Dan erlitt…

Bob sah, wie Dan über die Bordwand gezogen wurde. Ein drittes Monster war aufgetaucht. Es packte den jungen Mann am linken Arm und am Bein und zog ihn mit einem wilden Ruck über Bord.

Bob McClure sah noch das entsetzte Gesicht seines Freundes.

Dann verschluckten die Fluten den Körper.

Bob schrie, doch sein Schrei endete in einem Gurgeln. Eine kalte Pranke, die nach fauligem und modrigem Wasser roch, preßte sich auf seinen Mund.

Danach war er an der Reihe.

Das Monster zog ihn hoch. Es schob die kalten Fischhände unter seinen Körper und wollte ihn über die Bordwand hieven.

Doch Bob wehrte sich.

Er kämpfte mit dem Mute der Verzweiflung. In wilder Panik drosch er seine Fäuste in das häßliche Gesicht des Fischmenschen, doch das zeigte bei diesem Ungeheuer keine Wirkung. Es ließ sich nicht von seinem Vorhaben abbringen.

Schon fühlte sich Bob McClure hochgehoben. Er schwebte auf einmal über den Bootsplanken, und in einem letzten verzweifelten Versuch winkelte er die Beine an und stieß sie dann blitzschnell wieder von sich.

Bob traf die Brust des Fischmenschen.

Hinter diesem Tritt lag soviel Wucht, daß auch der Fischmensch davon gestört wurde. Er kippte nach hinten und verschwand im Wasser.

Ehe der zweite angreifen konnte, tat Bob freiwillig das, was der Fischmensch mit ihm vorgehabt hatte.

Bob McClure hechtete über Bord.

Er stach hinein in die Wand des rasenden Wasserwirbels, und seine letzten Gedanken drehten sich um den Tod.

Doch lieber ertrinken, als in das grauenhafte Reich der Seemonster entführt zu werden.

Bob hatte das Gefühl, sich in einer Zentrifuge zu befinden. Die Gewalt des Wassers packte ihn mit ungeheurer Wucht, schleuderte ihn herum, fegte ihn in die Höhe und im nächsten Moment wieder in die Tiefe.

Und überall war Wasser, Wasser, Wasser...

Bob McClure hatte eine Ausbildung als Rettungsschwimmer hinter sich. Automatisch machte er Schwimmbewegungen und sah zu, daß er an die Oberfläche kam. Und er hatte auch, kurz bevor er ins Wasser tauchte, tief Luft geholt.

Doch er war kein Perlentaucher aus der Südsee, der die Luft mehrere Minuten anhalten konnte. Ihn überfiel nach einer halben Minute schon die Atemnot.

Doch er riß sich zusammen. Noch war um ihn herum nur die

graue, tosende, rasende und gischtende Wasserwand, die ihm vorkam wie der gewaltige Schlund eines Ungeheuers.

Er wurde zum Spielball der Gewalten. Der Strudel zerrte an ihm, riß ihn in die Tiefe, um ihn einen Augenblick später wieder hochzuschleudern.

Der Tod griff bereits nach dem jungen Mann...

Immer quälender wurde der Luftmangel. Eine innere Stimme lockte. Öffne den Mund... öffne ihn...

Doch noch hatte Bob McClure soviel Kraft und Willen, es nicht zu tun.

Eisern hielt er die Lippen geschlossen.

Plötzlich packte ihn etwas mit ungeheurer Wucht und trieb ihn wie einen Korken der Wasseroberfläche zu.

Er durchbrach sie.

Luft! Licht...

Weit riß Bob McClure den Mund auf, saugte die kalte, aber herrlich frische Luft in seine Lungen, würgte, hustete und atmete wieder tief ein.

Er war dem Wasser entronnen und hatte dem nassen Tod ein Schnippchen geschlagen.

Automatisch begann er zu schwimmen. Die Wellen trugen ihn auf ihren gischtenden Kämmen, überspülten ihn und gaben ihm doch Gelegenheit zu atmen.

Er schaute sich um.

Keine Spur mehr von dem gewaltigen Strudel, aus dem die Monster erschienen waren.

Aber auch keine Spur mehr von Dan Dryer, seinem Freund. Ihn hatte der See geholt.

Bob McClure schauderte bei diesem Gedanken, doch er wischte ihn fort, denn nun mußte er an seine eigenen Sicherheit denken. Gerettet war er längst nicht. Das andere Ufer lag in ziemlicher Entfernung. Es war in der Tat kein Kinderspiel, dort hinzuschwimmen. Vor allen Dingen, wenn man soviel Kraft verloren hatte.

Dann aber hatte Bob McClure Glück.

Etwas stieß hart gegen sein rechtes Bein und schrammte an seiner Hüfte entlang.

Bob drehte den Kopf und sah den Einbaum, der kieloben auf dem Wasser trieb.

Bevor die Wellen ihn von dem Einbaum trennen konnten, warf sich Bob zur Seite, streckte die Arme aus und klammerte sich an dem Holz fest.

Sofort zog er die Beine nach.

Zweimal rutschte er ab und versank beinahe, dann gelang es ihm, sich auf den Einbaum zu schwingen. Bäuchlings blieb er darauf liegen. Völlig erschöpft und am Ende seiner Kräfte. Mit Händen und Beinen klammerte er sich daran fest und hielt die Luft an, wenn eine Welle über ihn und das Boot hinwegschwappte.

Er ritt auf den Wellen, gewann langsam wieder seinen Lebensmut und seine Kraft zurück. Bob erinnerte sich an die Signalpistole, die er vor ihrem gemeinsamen Start in seinen Gürtel gesteckt hatte.

Jetzt kam sie ihm wie gerufen.

Er hoffte, daß sie unter der Nässe nicht gelitten und ihre Funktionstüchtigkeit behalten hatte, zog sie aus dem Gürtel hervor und betätigte den Abzug.

Es klappte.

Die rote Leuchtkugel fegte aus dem Lauf und auf den bleigrauen Himmel zu.

Ein strahlender roter Feuerregen zeigte sich über dem See und sank langsam der Wasseroberfläche entgegen.

Jetzt konnte Bob McClure nur noch hoffen…

Einladungen bei den Conollys sind etwas Besonderes. Mein Freund Bill hat eine fastastisch bestückte Hausbar, und Sheila Conolly sorgte mit einem üppigen Mahl immer wieder für zusätzliche Kalorien.

An diesem Samstag sollte es einen balkanischen Abend geben. Allein war ich nicht gekommen, sondern hatte noch einen Gast mitgebracht. Nicht Suko, nein, der mußte sich um seine neue Flamme Shao kümmern, die nach wie vor etwas scheu war. Ich hatte ein bezauberndes Wesen namens Jane Collins an meiner Seite. Allein wollte Sheila mich nicht einladen. »Dann redet ihr doch nur über eure Fälle«, sagte sie, wobei sie gar nicht mal so unrecht hatte.

Also nahm ich Jane mit.

Chic sah sie wieder aus. Von ihrem letzten New-York-Trip hatte sie sich ein hellblaues Kleid mitgebracht, das bis zu den Knöcheln reichte. Wenn Jane sich drehte, schwang es wie eine Glocke. Die blonden Haare trug sie offen, und wenn ich genau hinschaute, erkannte ich den roten Schimmer, den Jane sich in ihre Haarflut hatte einfärben lassen.

»Ich gehe solange zu Sheila«, sagte sie, während Bill und ich am Kamin saßen.

Wir drehten Whiskygläser in den Händen. Ich konnte mir einen Schluck erlauben, denn Jane und ich waren mit einem Taxi gekommen.

Mein Freund und ich waren nicht allein.

Zwischen Bill und mir befand sich noch jemand.

Johnny Conolly, hoffnungsvoller Sprößling seiner Eltern und mein Patenkind.

Der Kleine war goldig und hatte sich prächtig herausgemacht.

Er konnte schon krabbeln, und nichts war vor ihm sicher. Keine herabhängende Tischdecke, keine für ihn erreichbare Schublade oder Blumenvase, und Sheila konnte alles gar nicht so rasch wegstellen, wie Johnny zupackte.

Jetzt aber sah er mich.

Er hockte auf allen vieren vor mir und schaute mit seinen großen, blauen Augen zu mir hoch. Ein Lächeln flog über sein rundes Babygesicht, als ich ihn ebenfalls anlächelte und dabei eine komische Grimasse schnitt. Bill begann zu lachen.

»Du müßtest dich sehen«, gluckste er.

Ich warf ihm einen Blick zu. »Schau dich lieber an. Wenn ich so aussähe wie du, würde ich ein Tuch vor dem Gesicht tragen.«

Das fröhliche Krähen des Kleinen unterbrach unsere Frozzelei. Und da hatte Johnny auch schon zugepackt. Seine kleinen Finger umkrallten den Zipfel einer herabhängenden Tischdecke.

Auf dem Tisch standen unsere Gläser und eine Whiskyflasche.

»Johnny!« rief Bill.

Ich war schneller und schlug meine Hand auf die Decke, so daß sie nicht weiterrutschen konnte.

Das war im letzten Augenblick.

Bill beugte sich vor und hob den Kleinen hoch, der völlig unschuldig lächelte.

»Du kleiner Racker!« rief der Reporter, warf seinen Sohn in die Luft und sagte dann: »Fang, John!«

Ich hielt die Arme auf. Johnny kannte dieses Spiel bereits und hatte ein diebisches Vergnügen dabei. Geschickt fing ich ihn auf, zuckte aber zusammen, als ich hinter meinem Rücken plötzlich Sheilas Stimme vernahm.

»Daß ihr wieder Unsinn macht, habe ich mir doch gedacht. Wie oft soll ich dir das noch sagen, Bill. Und du kannst dich ruhig auch schuldig fühlen, John. Zwei erwachsene Männer.« Sheila schüttelte den Kopf. »Benehmen sich schlimmer als Kinder.«

»Aber der Kleine hat doch seinen Spaß dabei«, verteidigte ich uns.

»Was bleibt ihm denn anderes übrig?«

Sheila beugte sich vor und nahm mir ihren Sohn vom Schoß. Prompt fing Johnny an zu weinen.

Bill und ich lachten synchron. »Da haben wir's«, erwiderte ich. »Er will gar nicht zu dir.«

Sheilas Augen sprühten Blitze. Sie sah bezaubernd aus in ihrem Zorn. Bills Frau trug ein langes Kaminkleid aus bunt bedrucktem Stoff und dazu eine locker fallende Seidenbluse. Das lange, weizenblonde Haar hatte sie in der Mitte gescheitelt. In Wellen fiel es bis auf die Schultern.

Jane Collins tauchte in der Tür auf. »Brauchst du Unterstützung?« erkundigte sie sich.

»Nein, danke. Mit den beiden Geiern werde ich schon allein fertig.«

Das war deutlich.

Bill stand auf. »Hast du gehört, John? Geier, sagte sie. Zu uns. Zu den beiden heißblütigsten Männern, die es in ganz London gibt...«

Jane mußte husten. Sheila verschwand rasch aus dem Zimmer. Den kleinen Johnny nahm sie mit.

Bill lachte. »Die ist mal wieder in Form«, meinte er und hob sein Glas.

Ich machte es ihm nach. Der Whisky war ausgezeichnet. Er hatte vierundzwanzig Jahre gelagert, bevor er in Flaschen umgefüllt worden war.

»Gleich gibt es Pflaumen- und Birnenschnaps. Das sind Rachenputzer, John.«

»Willst du mich unbedingt betrunken machen?« fragte ich.

»Nie.«

»Ha, ha...«

»Zudem muß ich auch nüchtern bleiben«, sagte Bill. »Ich fahre morgen nach Schottland.«

»Ach...« Ich griff nach den Zigaretten und zündete mir ein Stäbchen an. »Erzähl mal.«

»Man verlangt mal wieder einen Artikel von mir.«

»Worum geht's?« Ich wunderte mich, daß Bill noch nicht sofort damit herausgerückt war. Sonst war er nicht so schweigsam.

»Um ein Monster – oder mehrere.«

Ich lachte. »Willst du das Monster von Loch Ness besuchen?«

»Fast.« Bill steckte sich ebenfalls eine Zigarette an. »Ich fahre zum Loch Morar.«

»Kenne ich nicht, obwohl ich den Namen bereits gehört habe. Aber da fällt mir was ein, Bill. Vor einigen Jahren war ich ebenfalls in Schottland und habe mich mit einem Seeungeheuer herumgeschlagen. Ich tötete es schließlich mit einer Armbrust.«

»Vielleicht erwartet mich ein ähnliches Abenteuer«, meinte der Reporter.

Bill arbeitete noch in seinem Beruf. Freiberuflich. Durch die Heirat war er sehr vermögend geworden und suchte sich die Fälle, über die er recherchierte, genau aus. Wenn er jetzt nach Schottland hochfuhr, hatte das seinen Grund. Bill lief nie einem Hirngespinst nach.

»Was ist dort genau geschehen?« fragte ich. »Wirklich ein Monster?«

»Nein, nein. Es geht um ein versunkenes Sträflingsschiff«, sagte mein Freund. »Es ist vor etwa siebenhundert Jahren ein Raub des Wassers geworden und modert noch heute auf dem Grund vor sich hin. Angeblich soll es in naher Zukunft gehoben werden, und ich schreibe für eine archäologische Zeitschrift einen Bericht darüber.«

»Seit wann steigst du in dieses Gebiet ein?«

»Damit tue ich einem alten Bekannten einen Gefallen. Er ist krank geworden und bat mich, über den Fall zu berichten. Das ist alles.«

Bill schaute mich an. »Hast du keine Lust, mitzufahren, John?«

»Nein. Ich habe hier zu tun.«

»Ein neuer Fall?« erkundigte sich Bill Conolly interessiert.

»Nur Aktenkram.«

»Dann würde dir doch eine Reise in den Norden sicherlich guttun.«

»Das bestimmt. Nur sag das meinem Chef, dem guten Sir Powell. Der springt dich an.«

»Das möchte ich sehen.«

»Ihr könnt zu Tisch kommen«, sagte Jane Collins von der Tür her.

Ich drehte den Kopf. »Wir kommen.«

Bill stand schon. »Ich habe einen Bärenhunger«, gestand er und trank sein Glas leer.

»Frag mich mal.«

Der große Eßtisch war gedeckt. Sheila hatte sich wirklich Mühe gegeben. Kerzen brannten, und der Widerschein der Flammen spiegelte sich im Silber des Bestecks.

Ich nickte anerkennend. »Da bekommt man ja schon Appetit vom Hinsehen.«

Jane stieß mich an. »Benimm dich.«

»Wo soll ich mich setzen?« fragte ich.

»Neben Jane«, sagte Bill.

Die blondhaarige Detektivin nahm Platz, nachdem ich ihr galant den Stuhl zurechtgerückt hatte. Manchmal bin ich eben Kavalier. Das sagte ich auch, und Jane Collins erwiderte: »Eben nur manchmal.«

Jetzt war ich beleidigt.

Sheila trug die Vorspeise auf. Mit Nudeln überbackenes Fleisch. Dazu eine scharfe Soße.

»Dieses Gericht stammt aus der Gegend von Triest«, erklärte sie.

»Sieht fantastisch aus«, lobte ich.

Bill schenkte inzwischen den Wein ein. Einen feurigen Tropfen aus dem Balkan.

Bevor wir anfingen zu essen, prosteten wir uns gegenseitig zu. »Auf die Gastgeberin des Hauses«, sagte ich und hob mein Glas.

Wir stießen an. Dann widmeten wir uns der Vorspeise. Und ich muß gestehen, sie schmeckte ausgezeichnet.

»Ein Lob an die Köchin«, sagte ich, als ich die Vorspeise gegessen hatte.

»Danke.« Sheila lächelte.

Jane tupfte sich den Mund ab. »Großartig«, stöhnte sie. »Aber wie sieht es mit den Kalorien aus?«

»Daran sollten wir heute nicht denken«, erwiderte Sheila.

»Meine ich auch«, sagte Bill und hob sein Glas.

Die folgende Paprikasuppe à la Conolly war feurig wie ein junges ungarisches Pußta-Mädel. Ich glaubte immer wieder, die Flammen würden mir aus dem Hals schlagen. Doch seltsamerweise verspürte ich nach dem Essen der Suppe keinen Durst.

Als Hauptgericht trug Sheila eine Fleischplatte auf, die es in sich hatte. Steaks, Schnitzel, Spieße – alles war vorhanden.

Dazu gab es Reis, Salate und Pommes frites.

Uns schmeckte es fantastisch. Als dann der Nachtisch – flambierte Schattenmorellen – serviert wurde, konnte ich nicht mehr. Ich leerte trotzdem den Teller.

Der türkische Mokka zum Abschluß konnte Tote erwecken, so stark war er. Zusätzlich war er heiß wie die Hölle.

Dann tranken wir einen jugoslawischen Birnenschnaps, und anschließend fühlte ich mich regelrecht erschossen und übersättigt.

Bill erging es nicht anders, und Sheila lächelte.

»Ihr seid vielleicht zwei Helden«, sagte sie. »Könnt nichts vertragen.«

Ich stöhnte. »Das kommt nur daher, weil du so ausgezeichnet kochst, meine Liebe.«

»Auf jeden Fall hat es euch geschmeckt. Das ist die Hauptsache.« Sheila nickte.

»Jeden Tag könnte ich das nicht essen«, erwiderte ich.

»Brauchst du auch nicht«, sagte Jane. »Ein Geisterjäger mit Übergewicht macht sich immer schlecht.«

»Du hast ja heute auch nicht gerade gefastet«, konterte ich.

Jane blitzte mich an. »Dafür esse ich auch in den nächsten Tagen nur die Hälfte.«

»Ich kann's leider nicht nachprüfen.«

Da stieß sie mich unter dem Tisch an.

Anschließend zogen wir uns zurück. Es tat gut, sich im Livingroom in die Sessel zu flegeln. Wir hatten zwar viel gegessen, waren aber trotzdem nicht zu faul, um ein Gespräch aufkommen zu lassen. Bill servierte Sekt, und als wir anstießen, sagte Sheila: »Auf unser Beisammensein und darauf, daß der heutige Abend störungsfrei verläuft.«

»Und daß keine Ameisen auftauchen«, konnte ich mir nicht verkneifen zu sagen und spielte dabei auf einen Fall an, den wir in der Schweiz zur Jahreswende erlebt hatten.

»Hör bloß auf«, sagte Sheila. »Heute abend wird nicht über Dämonen und Geister gesprochen. Versprichst du das, John?«

Ich hob zwei Finger. »Das schwöre ich«, erwiderte ich mit Grabesstimme.

Bill zog ein säuerliches Gesicht. Er hätte liebend gern über meinen Job mit mir geredet.

Dafür berichtete er von seiner Reise, die noch vor ihm lag. Bill hatte sich gut informiert und erzählte von der Landschaft und von der Historie des nordwestlichen Schottlands.

Die Zeit verging im Flug. Nachher wurde die Stimmung gelockerter. Ich erzählte die neuesten Witze, und auch Bill stimmte mit ein.

Im Nu war Mitternacht.

Jane Collins stieß mich an. »Komm, du Held, es wird Zeit. Bill hat morgen einiges vor sich.«

»Ja, ja.« Ich hatte noch gar keine Lust, hörte aber auf die Stimme meiner Herrin und stand auf.

Wir verabschiedeten uns herzlich und wünschten Bill viel Glück auf seiner Reise.

Sheila hatte schon ein Taxi angerufen. Der Wagen war ziemlich schnell da. Die Conollys begleiteten uns noch bis zum Tor.

Jane und ich stiegen in den Fond.

»Wohin?« fragte der Fahrer.

Das war die Frage.

Jane und ich tauschten einen Blick. Als ich ihr Lächeln sah, wußte ich Bescheid und gab meine Adresse an.

Der Fahrer startete.

Dreißig Minuten später waren wir da. Ich zahlte und...

Nein, Freunde, der Rest ist Privatsache. Nur eins will ich verraten. Geschlafen haben Jane und ich noch lange nicht...

Die Wände waren graugrün gestrichen. Ein Holzkreuz teilte das Fenster in vier Quadrate. Der Linoleumboden roch nach Bohnerwachs. Neben der weiß lackierten Tür tickte eine alte Wanduhr, und der Schrank sah aus, als würde er jeden Augenblick auseinanderfallen.

Dem jungen Mann im Krankenbett fiel dieses Zimmer wahrlich auf die Nerven. Aber er hatte sich nicht dagegen wehren können, als sie ihn herbrachten.

Er mußte froh sein, daß er überhaupt noch lebte.

Bob McClure war auch froh. Noch nie hatte sein Leben an solch einem seidenen Faden gehangen. Aber es war zum Glück noch alles gut verlaufen.

Die Rakete hatte ihn gerettet. Ihr roter Regen war am anderen Ufer gesehen worden. Ein Rettungsboot mit zwei erfahrenen Schwimmern hatte sich in Bewegung gesetzt und den treibenden McClure aus dem Wasser gefischt.

Bob war völlig entkräftet und unterkühlt. Sie hatten ihn ins Krankenhaus geschafft. Und hier lag er nun schon den zweiten Tag.

Die Polizei war bereits bei ihm gewesen. Bob hatte den beiden Beamten nicht alles erzählt. Er berichtete von einem Strudel, der das Boot umgerissen hatte. Das Auftauchen der Monster verschwieg er. Die Polizisten hatten ihm geglaubt. Für sie gab es keinen Grund, daran zu zweifeln, denn auf Loch Morar waren schon oft genug Boote gekentert..

Die Polizisten verschwanden wieder, hatten aber versprochen, noch einmal vorbeizuschauen, da einige Fragen offenstünden.

Darüber hatte Bob McClure lange und intensiv nachgedacht. Wie war es zu diesem schrecklichen Unglück gekommen? Welches Ereignis hatte das Auftauchen der Monster bewirkt? Fragen, die Bob quälten, auf die er jedoch keine Antwort fand. Er wußte auch nicht, wem er sich in seinem Heimatort Seaground anvertrauen konnte. Dem Pfarrer? Nein, auf keinen Fall. Der würde alles sofort ausplaudern. Der alte McBower? Ja, genau. Er war wohl der einzige, der ihn begreifen und verstehen konnte.

Bob McClure wälzte sich auf die rechte Seite. Den zweiten Tag lag er bereits hier im Hospital. Sie hatten ihm Spritzen verabreicht, und er fragte sich, wofür. Der körperliche Erschöpfungszustand war längst vorbei. Bob hatte sich wieder ausgezeichnet erholt, bei seiner Jugend fast eine Selbstverständlichkeit.

Nein, er wollte nicht länger hierbleiben. Er mußte aus diesem Haus raus. In der Bude wurde man noch trübsinnig. Zum Glück hatte man ihm eins der drei Einzelzimmer gegeben, so lag er wenigstens nicht mit anderen Patienten in einem Raum und mußte sich deren dumme Fragen anhören.

Bob McClure warf die Bettdecke zurück, winkelte die Beine an und schwang sie aus dem Bett. Alte Pantoffeln standen daneben, so daß er mit den Füßen hineinschlüpfen konnte.

Er stellte sich hin – und fiel sofort wieder zurück.

Schwindel hatte ihn erfaßt.

»Verdammt!« schimpfte Bob.

Das Schwindelgefühl kam vom langen Liegen. In diesem Bett wurde man kranker als zuvor.

Den zweiten Versuch ließ er etwas langsamer angehen. Und siehe da, es klappte.

Bob stand, ohne daß ihm wieder schwindlig wurde. Der erste Fortschritt. Er ging mit kleinen Schritten um das Bett herum und näherte sich dem Waschbecken, über dem ein Spiegel hing.

Er war nicht mehr neu und zeigte an den Seiten, wo der Metallrahmen begann, starke Rostflecken.

Bob sah sein Gesicht im Spiegel und erschrak.

Grau wirkte seine Haut, die Augen waren müde und lagen tief in den Höhlen. Das braune Haar bildete ungekämmte Wirbel, und ein tagealter Bart bedeckte das Kinn.

Bob streckte die Zunge heraus und betrachtete sie. Auch sie wirkte grau und irgendwie pelzig.

Er verspürte plötzlich Durst, drehte den Hahn auf, bückte sich und trank einen Schluck Wasser. Es war eiskalt und erfrischte ihn.

Seine Sachen hingen – das wußte er genau – im Kleiderschrank. Bob wollte sich anziehen und kurzerhand verschwinden.

Er war schon auf dem Weg zum Schrank, als es gegen die Zimmertür klopfte.

Ausgerechnet jetzt! fuhr es dem jungen Mann durch den Kopf. Er schaute an sich hinab, sah das alte verblichene Nachthemd und schämte sich. Wer der Besucher auch war, eine Krankenschwester sicherlich nicht. Sie hätte nicht lang geklopft.

So rasch es ging, huschte der junge Mann ins Bett und zog die Decke hoch bis zum Kinn.

Dann erst rief er: »Herein!«

Die Klinke wurde langsam nach unten gedrückt. Die Tür ging einen Spalt auf, und ein blasses Gesicht erschien.

Bob versetzte es einen regelrechten Stich. Die Person, die ihm da einen Besuch abstattete, war Marion Mitchell, Dan Dryers Freundin.

»Komm rein, Mari«, sagte Bob.

Das junge Mädchen schob sich ins Zimmer. Marion war eine aparte Erscheinung. Sie hatte dunkles Haar, ein schmales Gesicht und ausdrucksvolle Augen. Sie trug Cord-Jeans und eine hüftlange Strickjacke, die durch einen Gürtel in Höhe der Taille zusammengebunden war. Außerdem einen leichten Rollkragenpullover. Ihr Gesicht war blaß, und an den Augen erkannte Bob, daß sie geweint hatte.

Marion Mitchell schloß leise die Tür hinter sich, so, als wäre sie eine Diebin. »Wenn du dich zu schwach fühlst, gehe ich wieder, Bob«, sagte sie.

»Unsinn, komm her.«

Marion trat an das Bett. Sie setzte sich auf den Stuhl, der vor dem

Nachttisch stand, senkte den Kopf und legte ihre gefalteten Hände in den Schoß.

»Du weißt, weshalb ich gekommen bin, Bobby?«

»Ja.«

»Er – er ist tot, nicht?« fragte sie mit erstickter Stimme.

Bob tastete nach ihrer Hand. Sie fühlte sich eiskalt an, wie die des Monsters. »Wir müssen es zumindest annehmen«, erwiderte er mit kratziger Stimme.

Das Mädchen nickte.

Bob McClure fühlte sich verpflichtet, eine Erklärung abzugeben. »Es ist so, Marion, wir sind hinausgefahren, und plötzlich gerieten wir einen Strudel. Unser Boot kenterte. Dan fiel zuerst über Bord. Ich wollte ihm noch helfen, schaffte es aber nicht. Dann erfaßte auch mich eine Welle und warf mich in den See. Da war von Dan schon nichts mehr zu sehen. Ich hatte jedoch Glück, daß der Einbaum an mir vorübertrieb. Ich konnte mich an ihn klammern. Mehr kann ich dir auch nicht sagen, Marion. Es tut mir leid.«

Das Mädchen lächelte scheu. »Ich weiß, Bob, daß du alles getan hast, was in deinen Kräften steht. Ich möchte mich auch bei dir bedanken.« Ihre Augen wurden feucht.

Bob winkte ab. »Unsinn. Ich...«

»Bitte, sprich nicht weiter. Wann kommst du hier heraus?«

»Ich wollte eigentlich verschwinden.«

Marion nickte. »Dann komm zu mir, ja? Ich möchte an diesem Abend nicht allein sein. Ich muß mit jemandem reden.«

»Und deine Eltern?«

»Sie haben Bob doch kaum gekannt.«

»Stimmt auch wieder.«

Marion Mitchell schaute den im Bett liegenden jungen Mann fragend an. »Kommst du?«

»Okay, ich verspreche es.«

»Danke.« Das Mädchen erhob sich und ging auf leisen Schritten zur Tür. Dort lächelte sie noch einmal etwas verloren und verließ den Raum.

Bob aber biß die Zähne zusammen. Er hatte inzwischen einen Plan gefaßt. Er wollte das Schicksal seines Freundes klären. Und wenn er selbst tauchte. Vielleicht erzählte er auch Marion, wie sich wirklich alles abgespielt hatte. Aber das mußte der Verlauf des Abends ergeben.

Erst einmal mußte er aus dem Krankenhaus verschwinden. Bob schwang sich zum zweitenmal aus dem Bett und verspürte keinerlei Schwindelgefühle mehr, als er zum Schrank ging und dort seine Sachen hervorholte.

Sie waren getrocknet, gereinigt und gebügelt worden.

Alles klar.

Der Student grinste, als er in seine Hose schlüpfte. Dann kam der Pullover an die Reihe und anschließend der wetterfeste Parka. Doch den klemmte sich Bob unter den Arm.

Vorsichtig schlich er zur Tür und zog sie auf. Er warf einen Blick in den kahlen Gang.

Bob war zufrieden. Er öffnete die Tür so weit, daß er hindurchschlüpfen konnte. Auf Zehenspitzen schlich er dann weiter, bis zu der großen Glasschwingtür mit den beiden Hälften, die im Luftzug leicht zitterten.

Schwierig war es nur, an dem Portier vorbeizukommen. Als die Glastür hinter Bob lag, konnte er dessen Kabine schon erkennen.

Vor ihm lag ein etwas breiterer Flur, auf dem mehrere Bänke standen. Sie waren mit Kranken besetzt, die sich unterhielten.

Bob tat so, als würde er schon immer und ewig zum Krankenhaus gehören. Er schritt leise vor sich hinpfeifend über den Gang und an der Portiersloge vorbei.

Der Pfleger dort sah zwar kurz auf, schaute aber rasch wieder in sein Magazin, das versteckt unter dem Pult lag.

Unbehelligt schritt der junge Student durch die Tür nach draußen in den Park.

Mit heulender Sirene fuhr ein Krankenwagen auf den kleinen Parkplatz vor dem alten Gebäude.

Bob warf noch einen Blick über die Schulter zurück, doch vom Krankenhaus her folgte ihm niemand.

Er war beruhigt. Drei Minuten später hatte er das Gelände des Hospitals verlassen und stand an der Zufahrtsstraße. Es stellte sich die Frage, wie er am besten auf die andere Seite des Sees nach Seaground gelangte. Die Fähre war eben weg, zu Fuß war es zu weit, und einen Wagen besaß er nicht.

Vielleicht per Anhalter.

Bob McClure stellte sich an den Straßenrand und winkte.

Zwei Lastwagen kamen, doch sie fuhren vorbei.

Die kleine Stadt war auf einigen Hügeln errichtet und von einer wildromantischen Landschaft umgeben.

In der Ferne schimmerte bleigrau Loch Morar.

Bob McClure verspürte ein Ziehen in der Magengegend, als er das Wasser sah. Dort hatte er gegen den Tod gekämpft und gewonnen, während sein Freund Dan Dryer verloren hatte.

Bob preßte die Lippen zusammen.

Der nächste Wagen fuhr heran. Ein knallroter MG Spitfire. Bob kannte den Wagen. Er gehörte einer Bekannten aus dem Heimatort. Das Girl würde bestimmt nicht anhalten. Nachdem Bob ihr einmal einen Korb gegeben hatte, war sie sauer.

Doch das Wunder geschah. Der MG war schon vorbei, als die Bremsleuchten aufglühten.

»Na also«, sagte Bob und begann zu laufen.

Als er fünf Schritte vom Heck des Wagens entfernt war, gab das Girl Gas. Der Auspuff knatterte, die Reifen drehten durch – und weg war sie.

»Dumme Pute!« schrei Bob McClure und schüttelte drohend die Fäuste. »Wenn ich dich in die Finger kriege, setzt es was.«

Dann kehrte er zurück und stellte sich wieder an seinen Platz. Sekunden später schon dröhnte ein weiterer Wagen heran.

Dröhnen war der richtige Ausdruck, denn es war ein Porsche.

Bob wollte erst gar nicht winken, dann hob er doch den Arm.

Was er kaum zu hoffen wagte, geschah.

Der Wagen hielt.

Zehn Schritte mußte Bob laufen, doch diesmal fuhr der Wagen nicht ab. Die Beifahrertür wurde geöffnet. Bob McClure hielt sich am Türholm fest und senkte den Kopf.

»Wo wollen sie hin?« fragte der Fahrer.

Am Dialekt erkannte Bob, daß der Mann aus London kam. Er

hatte ein sympathisches Gesicht und trug eine dunkelblaue Wildlederjacke, die sehr teuer aussah.

»Fahren Sie zufällig nach Seaground?« fragte der junge Student.

»Das ist mein Ziel. Steigen Sie ein.«

»Okay, danke.«

Nachdem Bob die Tür zugeschlagen hatte, gab der Fahrer Gas. Der Porsche zischte ab wie eine Rakete. Bob bekam glänzende Augen. »Mann, solch einen Schlitten möchte ich auch mal fahren.«

»Ich habe ihn auch noch nicht lange«, erwiderte der Fahrer.

»Machen Sie hier Ferien? Oder sind Sie zum Rennen gekommen?«

»Nein, keins von beiden. Ich schreibe einen Bericht für eine archäologische Zeitung.«

»Wie ein Ruinenbuddler sehen Sie nicht gerade aus.«

Der Mann lachte. »Bin ich auch nicht, sondern Reporter. Ich heiße übrigens Bill Conolly.«

»Angenehm, mein Name ist Bob McClure. Ich wohne in Seaground.«

»Dann können Sie mir vielleicht mit Informationen dienen, wenn ich welche brauche«, meinte Bill. »Ich werde Ihnen auch ein Honorar zahlen.«

Bob winkte ab. »Als Honorar nehme ich die Fahrt.«

Die Straße führte auf den See zu. Manchmal hatten sie einen freien Blick auf die Wasserfläche, dann wieder wurde er durch Bäume und Ufergebüsch verwehrt.

Bill deutete mit dem Daumen nach links. »Der See hat seine eigene Horror-Geschichte«, sagte er.

»Ja.« Einsilbig kam die Antwort, und der Reporter wunderte sich.

»Wissen Sie mehr darüber?«

Bob schwieg.

Bill wiederholte seine Frage.

Jetzt hob der junge Student die Schultern und erwiderte: »Kaum.«

»Aha. Also doch«, sagte Bill.

»Nein, ich weiß nichts.«

Bills Mißtrauen und sein Forscherdrang waren jetzt erst recht geweckt. Und er beschloß, nicht lockerzulassen.

»Ich bin, wie Sie wissen, fremd hier«, sagte er. »Können Sie mir ein Lokal oder einen Gasthof in Seaground empfehlen?«

»Ich weiß nicht, was Sie gewohnt sind.«

Bill lächelte. »Nicht viel. Ich bin mit einem einfachen Zimmer schon zufrieden. Zudem bleibe ich ja nicht ewig hier. Nur sauber muß der Raum sein.«

»Das wird sich machen lassen, Mr. Conolly. Allerdings müssen Sie damit rechnen, daß zahlreiche Zimmer belegt sind. Bald findet hier ein Motorbootrennen statt, und das ist für die ganze Umgebung immer eine Sensation.«

»Ich werde schon Glück haben.« Bill war zuversichtlich.

Noch führte der Weg hoch am See entlang, doch je mehr sie sich der Ortschaft Seaground näherten, um so stärker fiel die Straße ab. Bis sie auf gleicher Höhe mit dem Loch Morar entlanglief.

»Hinter der nächsten Kurve können Sie die Ortschaft bereits sehen«, sagte Bob McClure.

Bill Conolly verringerte die Geschwindigkeit. Er fuhr die Kurve aus, da immer mit Gegenverkehr zu rechnen war. Das Dorf sah er zwar noch nicht, dafür jedoch das Spruchband, das quer über der Straße hing und an Bäumen befestigt war.

WELCOME IN SEAGROUND.

Darunter in kleiner Schrift las Bill Informationen über die Motorbootrenntage. Sie fuhren dicht am See entlang. Bill warf einen raschen Blick nach links. Er sah einen breiten Uferstreifen, auf dem etwa dreißig Rennboote auf Kiel lagen. Ihre Besitzer und auch zahlreiche Helfer liefen zwischen den Booten herum, fachsimpelten, bastelten und reparierten.

Die Rennwoche warf bereits ihre Schatten voraus.

Die Fahrbahnen verengten sich und führten durch ein altes Stadttor mitten in den Ort Seaground hinein.

Sie fuhren über Kopfsteinpflaster in eine schmale Gasse hinein, die als Einbahnstraße gekennzeichnet war. Sie lief mit anderen Straßen zusammen auf einen mit zahlreichen Fahnen geschmückten Marktplatz aus. Bill Conolly zog den Wagen nach links und lenkte ihn in eine Parklücke hinein.

»So«, sagte er, »da wären wir.«

Bob McClure, der die letzten Minuten über ziemlich schweigsam gewesen war, öffnete die Tür. »Vielen Dank, Mr. Conolly«, sagte er und wollte aussteigen.

Bill hielt ihn an der Schulter zurück. »Einen Moment noch.«

Der junge Student drehte den Kopf. »Was ist?«

Mein Freund lächelte entwaffnend. »Ich möchte Sie gern zu einem Drink einladen. Außerdem habe ich Hunger. Wie wär's? Kommen Sie mit?«

Bob zögerte, doch schließlich nickte er und sagte: »Wenn es nicht zu lange dauert, meinetwegen.«

»Okay, Bob. Ich heiße übrigens Bill. Wissen Sie ein nettes kleines Lokal?«

»Das Candlelight. Hier am Marktplatz. Wollen Sie sich zuvor nicht ein Zimmer besorgen?« fragte Bob.

»Die Idee ist gut.«

Der Student deutete auf eine Holzbaracke. »Dort ist das Info-Center. Die vergeben auch Zimmer.«

Bill und Bob gingen hin. Zwei Suchende waren vor ihnen, und Bill entnahm schon den Gesprächen, daß es ungeheuer schwierig werden würde, noch ein freies Zimmer zu bekommen. Das sommersprossige Mädchen hinter dem langen, mit Prospekten beladenen Tresen hob bedauernd die Schultern.

Dann war Bill an der Reihe.

»Suchen Sie auch ein Zimmer, Sir?«

»Ja.«

»Tut mir leid, aber...«

»Natürlich hast du noch einen kleinen Raum für meinen Freund, Kathy«, mischte sich Bob ein.

Das Mädchen lächelte. »Eigentlich ist alles ausgebucht...«

»Aber nur eigentlich.«

Bill erhielt sein Zimmer. Sogar in einer kleinen Pension direkt am See.

Der Reporter war zufrieden, bezahlte die Vermittlungsgebühr und die Miete für drei Tage im voraus.

Dann gingen sie.

Das Candlelight war originell eingerichtet mit alten Tischen und

Stühlen. Und überall brannten elektrische Kerzen. In Rot, Grün, Gelb und Violett. Es war ziemlich voll, und der Tabakrauch hing schwadenartig unter der Decke. Ein Ventilator wirbelte den Qualm durcheinander.

Die Gäste waren fast alle Fremde, die wegen des Rennens gekommen waren.

Der Tresen befand sich in einer in den Fels gehauenen Nische. So etwas hatte Bill Conolly auch noch nicht gesehen.

Ein ungeheuer dicker Mann, der Bill an den Filmschauspieler Bud Spencer erinnerte, jedoch einen roten Vollbart trug, bediente die Gäste. Bill wunderte sich, wie er sich mit tänzerischen Bewegungen durch die schmalen Gänge zwischen den Tischen schob.

»Hallo, Bob«, grüßte er und stützte beide Handteller auf den schmalen Tisch.

»Zweimal ›Art des Hauses‹«, bestellte der Student.

»Okay.«

Der Dicke verschwand.

Bill holte Zigaretten hervor. »Gemütlich ist es hier. Wirklich. Hätte ich nicht erwartet.«

»Ja, man gibt sich Mühe.«

Bill bot Stäbchen an. Bob McClure nahm eine Zigarette, und der Reporter spendierte auch Feuer.

Dann wurden die Getränke gebracht. Bill runzelte die Stirn, als er die schwarze Flüssigkeit sah. »Was ist das denn?« fragte er.

»Probieren Sie.«

Was Bill auch tat. Das Getränk war sagenhaft. Bill schmeckte den Whisky durch und auch die Zitrone. »Und was ist das Schwarze?« fragte der Reporter, als er einen ersten Schluck genommen und anerkennend genickt hatte.

Bob grinste. »Das ist ein Färbemittel. Absolut harmlos, aber als Gag ausgezeichnet.«

»Kann man wohl sagen.«

Um die beiden Männer herum war Betrieb. Viele Gäste kannten den jungen Bob McClure, und sie sprachen ihn auf den Unfall an, den er erlitten hatte. Doch Bob wollte nicht darüber reden, er verbat sich jede Einmischung.

Der Reporter schaute nur zu. Dann fragte er: »Sagen Sie mir auch nichts, Bob? Wie Sie sich hier geben, hat es den Anschein, als würden Sie etwas verbergen.«

»Das ist unverschämt.« Bob wollte hochspringen, doch Bill drückte ihn zurück.

»Sie sollten nicht so impulsiv und voreilig reagieren, mein Lieber«, sagte der Reporter. »Ich meine es nur gut mit Ihnen. Und wenn etwas geschehen ist, was Sie beunruhigt, dann, so meine ich, sollten wir gemeinsam über die Sache sprechen.«

Der junge Student starrte in sein Glas. Die Lippen hatte er fest zusammengepreßt, seine Hände lagen auf den Oberschenkeln.

»Reden Sie«, sagte Bill mit beschwörender Stimme. »Es ist besser, wirklich.«

Dann sprach Bob. Er wußte auch nicht wieso, aber irgendwie hatte er zu dem Fremden aus London Vertrauen gefaßt. Dieser Mann war anders als seine Freunde aus dem Dorf, und auch anders als seine Kommilitonen. Trotz seiner Jungenhaftigkeit stand in seinen Augen ein Ernst, wie ihn nur die Erfahrung bringen konnte.

»Ich bin vor einigen Tagen mit meinem Freund Dan Dryer auf einem Einbaum hinausgefahren. Es war ein Versuch. Wir wollten den See überqueren. Zuerst ging auch alles gut, dann aber gerieten wir in einen Strudel, und das Fahrzeug kenterte. Während ich mich retten konnte, hatte Dan keine Chance. Der See verschlang ihn. Mein Freund ist ertrunken. Ja, das ist eigentlich alles, Bill.«

Der Reporter nahm einen Schluck. Er stülpte die Unterlippe vor und legte seine Stirn in Falten. »Ist das wirklich alles, Bob?« erkundigte er sich.

»Ja.« Die Antwort klang zögernd.

»Und Sie haben keinerlei Schuldgefühle?«

»Nein.«

»Bob, Sie lügen«, sagte ihm Bill knallhart auf den Kopf zu.

Der junge Student schaute ihn erst an, dann senkte er den Kopf und vergrub sein Gesicht in beide Hände. Obwohl um die beiden Männer herum zahlreiche Gäste waren, die sich lautstark unterhielten, war es Bill und Bob, als ob sie sich unter einer Glocke des Schweigens befänden.

Zwei Minuten ließ Bill Conolly dem jungen Mann Ruhe. Dann stellte er seine Frage.

»Was ist noch geschehen, Bob?«

»Es war nicht nur der Strudel, der uns in die Tiefe gerissen und meinen Freund nicht mehr losgelassen hat. Uralte Wasserleichen tauchten auf. Ungeheuer vom tiefsten Grund des Sees erschienen, und die waren es, die meinen Freund Dan mit sich nahmen. Grüne, schuppige Monster. Widerliche Kreaturen. Höllenwesen, lebende Leichen, was weiß ich noch alles.« Bob McClure schaute auf. »Jetzt wissen Sie die Wahrheit, Bill. Ich habe nichts hinzugefügt und auch nichts verschwiegen. So ist es geschehen. Sie können mich jetzt für einen Spinner halten, Bill, aber was ich Ihnen gesagt habe, ist nichts als die Wahrheit. Es gibt diese Monster tatsächlich.«

Bill Conolly schaute den jungen Mann ernst an. »Ich glaube Ihnen, Bob.«

»Wie? Sie...«

»Ja.«

»Aber wieso?« Der junge Mann setzte sich überrascht zurück. »Welch eine Veranlassung haben Sie, mir zu glauben? Warum lachen Sie mich nicht wie die anderen aus?«

»Weil ich mich mit diesen Dingen beschäftige.«

»Sind Sie Detektiv?«

Bill lachte. »Nein, Reporter, aber hin und wieder arbeite ich mit einem sehr guten Freund zusammen, der Oberinspektor bei Scotland Yard ist und sich nur mit Fällen beschäftigt, die ins Reich des Übernatürlichen hineinspielen. Ich habe schon Dämonen gegenübergestanden. Ich habe bereits Vampire, Werwölfe und lebende Mumien gesehen. Deshalb sind Ihre Worte bei mir auf fruchtbaren Boden gefallen.«

Der junge Mann staunte immer noch. Er schüttelte den Kopf, als könnte er das alles nicht begreifen. »Wenn das so ist, dann würden Sie mir unter Umständen helfen können, meinen Freund...«

Bill ließ Bob McClure gar nicht erst ausreden. »Ich würde Ihnen nicht nur unter Umständen helfen, ich helfe Ihnen sogar ganz bestimmt. Es ist gewissermaßen meine Pflicht. Und nicht nur ich werde Ihnen zur Seite stehen, sondern auch mein Freund aus London, Oberinspektor John Sinclair.«

»Sie wollen ihn anrufen?«

»Ja. Noch heute.« Bill Conolly schlug dem jungen Mann auf die Schulter. »Wäre doch gelacht, wenn wir dem Spuk nicht ein Ende bereiten könnten.«

Bob war skeptisch. »Ich weiß nicht«, sagte er. »Aber da ist noch etwas.«

»Was denn?«

»Das Rennen. Morgen finden die ersten Läufe statt…«

Marion Mitchell wohnte in einem schmalbrüstigen Haus am Berghang, etwas oberhalb des Dorfes. Um zur Haustür zu gelangen, mußte man eine an der Außenwand entlangführende Steintreppe hochsteigen. Über der Tür befand sich ein Regenschutz.

Eine Klingel gab es nicht, obwohl elektrischer Strom vorhanden war. In der Türmitte hing der altmodische Klopfer, den Bob McClure jetzt betätigte.

Dumpf hallten die Schläge durch das Haus.

»Moment!« rief eine weibliche Stimme. »Ich komme schon.«

Bob blieb stehen und hörte gleich darauf die sich der Tür nähernden Schritte. Drei Atemzüge später stand der Student Marion Mitschells Mutter gegenüber.

Die Frau mit den streng zurückgekämmten Haaren lächelte den jungen Mann an. Sie kannte ihn von Kindheit auf. »Du wolltest zu Mari?«

»Ja.«

»Komm rein, Bob.« Sie gab die Tür frei.

Bob McClure schritt an der Frau vorbei und betrat die Wohnung. Ein enger Flur nahm ihn auf. Links führte eine schmale Treppe hoch in das obere Stockwerk. Dort hatte Marion ihre beiden Zimmer.

Das Mädchen stand schon auf dem Treppenabsatz. »Ich habe es klingeln gehört«, sagte sie. »Ich freue mich, daß du da bist.«

Bob ging ihr entgegen und reichte ihr die Hand.

»Wir gehen dann in mein Zimmer, Ma«, sagte Marion.

»Gut.«

Der Student lächelte. »Mich wundert es, daß deine Mutter nichts dagegen hat.«

»Warum sollte sie? Ich bin alt genug und muß wissen, was ich tue. Oder nicht?«

»Doch, doch«, beeilte sich Bob zu versichern.

Das Mädchen führte seinen Gast in das Zimmer. Obwohl es in der ersten Etage lag, konnte man vom Fenster aus nicht in die Tiefe schauen, sondern gegen den Berghang, an dem sich ein schmaler Pfad entlang schlängelte. Der Weg verschwand dann zwischen knorrigen, alten Tannen. Es war eine romantische Gegend, in der Marion wohnte.

Sie machte Licht.

Überraschend modern war ihr Zimmer eingerichtet. Der junge Mann bemerkte dies mit Erstaunen.

»Was hast du denn erwartet?« fragte Marion. Auch sie war nicht gerade wie eine alte Jungfer gekleidet. Enge Jeans, ein locker fallender Pullover und ein knallrotes Tuch um den Kopf.

Sie deutete auf einen Holzsessel mit Lederüberzug. »Setz dich doch, Bob. Möchtest du was trinken?«

Bob zog seinen Parka aus. »Wenn du einen Whisky hast…?«

»Natürlich.«

Das Mädchen nahm Orangensaft.

Nachdem sie getrunken hatten, saßen sie sich gegenüber, schauten sich an, und keiner wußte so recht, was er sagen sollte.

»Vielleicht lebt Dan doch noch«, meinte Bob schließlich.

»Nein.« Marion schüttelte den Kopf. »Daran glaube ich nicht mehr. Die Suchmannschaften haben nichts gefunden.«

»Sie können sich irren.«

»Was heißt das?«

Der junge Mann setzte sich aufrecht hin. »Ich habe mich entschlossen, die Suche aufzunehmen«, sagte er.

»Du?«

»Ja. Aber nicht allein.«

»Wen willst du denn mitnehmen? Mich vielleicht?«

»Auch.«

Das Mädchen furchte die Brauen. »Du hast doch noch etwas in der Hinterhand. Raus damit!«

»Ich bin vom Krankenhaus per Anhalter gefahren, und mich hat jemand mitgenommen, den mir buchstäblich der Himmel geschickt hat. Der Mann heißt Bill Conolly und scheint Ahnung von einer bestimmten Sache zu haben.« Als Bob das fragende Gesicht des Mädchens sah, begann er mit seiner Erklärung.

Marion Mitchell hörte zu. Sie unterbrach ihren Bekannten mit keinem Wort, und sie wundert sich nicht einmal, als der Name John Sinclair erwähnt wurde.

»Dieser Mann wird aus London kommen«, sagte Bob. »Und er wird uns helfen.«

»Aber Dan ist tot«, sagte Marion.

»Vielleicht...«

Tief atmete das Mädchen ein. »Bob«, sagte sie, »was ist los? Was verschweigst du mir?«

Der Student machte es spannend. »Ich habe dir im Krankenhaus nicht die ganze Wahrheit gesagt, aber es ist etwas passiert, was du jetzt unbedingt wissen mußt. Ich möchte dich nur bitten, über alles, was ich dir jetzt sage, zu schweigen. Versprichst du mir das?«

»Was soll das, Bob?«

»Versprichst du es mir?« fragte Bob McClure mit drängender Stimme.

»Ja.«

»Schön.« Dann berichtete Bob. Er sprach leise, als hätte er Angst, daß seine Worte gehört werden könnten. Das Gesicht des Mädchens wurde immer blasser.

»Nein!« rief sie plötzlich und sprang auf. »Das darf doch nicht wahr sein!«

»Es ist wahr, Mari.«

»O Gott!« Sie ließ sich wieder zurück in ihren Sessel fallen. »Ich werde verrückt...«

Bob McClure schüttelte den Kopf. »Du brauchst nicht verrückt zu werden«, erwiderte er, »sondern mußt die Nerven bewahren. Das ist es, was wir jetzt brauchen.«

Das Mädchen versuchte zu lächeln, doch es mißlang. »Weißt du,

Bob, es fällt mir halt schwer, so etwas zu glauben. Seeungeheuer oder Seemonster, die gibt es doch nicht. Höchstens im Märchen oder in der Fabel, aber nicht in Wirklichkeit.«

»Ich habe sie aber gesehen, und sie haben Dan mit in die Tiefe genommen!« Zur Bestätigung seiner Worte tippte sich Bob gegen die Brust.

Marion Mitchell griff nach ihren Zigaretten. Bob gab ihr Feuer. Hastig blies sie den Rauch aus. »Ich – ich kann das nicht verstehen«, sagte sie. »Es ist aber eine Tatsache.«

Eine Viertelstunde stritten sich die beiden herum. Schließlich fragte Marion: »Was willst du nun unternehmen?«

»Ich werde ihn suchen.«

»Willst du tauchen?«

»Ja.«

Marion wischte sich eine Haarsträhne aus der Stirn. »Das ist viel zu gefährlich.«

»Weißt du eine andere Möglichkeit?«

»Nein.«

»Außerdem bin ich nicht allein. Mr. Conolly wird mich bei dem Job begleiten.«

»Nicht nur er«, sagte Marion. »Ich auch.«

Sofort schüttelte der junge Mann den Kopf. »Nein, das kommt nicht in Frage. Die Sache ist viel zu gefährlich.«

»War Dan nicht auch mein Freund?«

»Schon, aber…«

»Kein Aber, Bob. Ich…«

Das Mädchen sprach nicht mehr weiter. Ihre Augen wurden plötzlich groß.

»Was ist?« fragte Bob.

»Am Fenster«, flüsterte Marion Mitchell. »Da ist er. Da ist…«

Bob sprang auf. »Wer ist da?«

»Dan!« schrie Marion Mitchell.

Bill Conolly hatte seine Pension auf Anhieb gefunden. Das Haus lag dicht am See, nahe der befestigten Uferstraße. Vor dem Gebäude knatterten zwei Fahnen im Wind.

Bill stellte seinen Wagen neben der linken Fahnenstange ab, nahm seinen Koffer und stieg aus.

Mit London und damit mit mir hatte er bereits telefoniert, und frohen Mutes schritt der Reporter die vier Stufen zur Haustür hoch.

An der Hauswand wuchs der wilde Wein.

Bill Conolly klingelte und hatte den Daumen kaum vom Knopf genommen, als bereits geöffnet wurde.

Eine dunkelhaarige Frau in mittleren Jahren stand vor ihm. Sie trug eine weiße Schürze vor dem dunkelblauen Kleid und fragte sofort: »Sie sind sicherlich Mr. Conolly?«

»Ja, Madam.«

Die Frau reichte Bill die Hand. »Ich bin Mrs. Blyton, die Wirtin. Herzlich willkommen bei uns.«

»Danke sehr.« Bill ging an der Frau vorbei in einen Flur hinein, der peinlich sauber war. Neben dem Treppenaufgang stand ein großer Blumenkübel. Links führte der Weg in die Privaträume der Familie.

Mrs. Blyton schloß die Tür. »Bitte, folgen Sie mir, Mr. Conolly. Sie sind ja bereits gemeldet worden. Ein Prachtzimmer kann ich Ihnen leider nicht bieten, dafür ist es aber gemütlich.«

»Für ein paar Tage wird es schon reichen«, sagte Bill.

»Das meine ich auch.«

Sie ließen die erste Etage hinter sich. Die Treppe wurde noch enger, und bevor sie zum Dach hochführte, ging die Wirtin nach links auf eine schmale Tür zu.

»Dort ist Ihr Zimmer«, sagte sie und öffnete.

»Danke sehr.« Der Reporter betrat einen kleinen Raum, der mehr einer Kammer glich und zwei schräge Wände hatte. In eine Wand war das Fenster eingebaut, ein kleines Quadrat mit einer Scheibe davor. Es lag zum See hin, und Bill hatte wirklich einen fantastischen Blick auf das Wasser, wie er feststellte.

»Brauchen Sie mich noch, Mr. Conolly?«

Bill wandte sich um. »Nein, vielen Dank.«

Die Wirtin lächelte. »Ich wünsche Ihnen einen angenehmen Aufenthalt«, sagte sie und verschwand.

Bill warf seinen Koffer auf den kleinen Tisch und packte aus. Er hängte die Kleidungsstücke in den Schrank, der kaum breiter war als die Tür. Eine Schalenlampe diente als Beleuchtungskörper. Das Bett war schlicht, aber sauber. Ebenso der Holzfußboden.

Unter der Schräge war zusätzlich noch ein Waschbecken in die Hand eingelassen worden. Dusche oder Bad gab es nicht.

Bill wusch sich, so gut es möglich war. Dann trat er ans Fenster und schaute hinaus.

Wie eine graue Fläche aus Blei lag der See vor ihm. Die hektische Betriebsamkeit am Ufer hatte nachgelassen. Die meisten Rennboote standen abgedeckt unter den Planen. Kein Boot war unterwegs. Hin und wieder gischtete ein Wellenkamm hell auf. Das andere Ufer verschwamm bereits im abendlichen Dunst.

Ein paar Spaziergänger waren noch unterwegs. Der Wind blähte ihre Mäntel auf.

Es herrschte eine friedliche Stimmung, doch Bill Conolly ließ sich davon nicht täuschen. Irgendwo unter der Wasseroberfläche lauerte das Grauen, und der Reporter war sicher, daß ihm noch ein harter Kampf bevorstand.

Um vorbereitet zu sein, wollte er sich ausruhen. So wie er war, legte sich Bill auf das Bett und war wenig später fest eingeschlafen.

Bob McClure ruckte herum. Sein Blick fraß sich an der Scheibe fest, und im letzten Augenblick sah er noch ein Gesicht verschwinden. Es war nicht sicher, ob Dan Dryer dort gestanden hatte, aber Marion sagte es mit solch einer Bestimmtheit, daß auch der junge Student daran glaubte.

Er sprang auf.

Auch Marion schnellte aus ihrem Sessel hoch. »Wir müssen hinterher!« rief sie, aber da war Bob schon an der Tür und riß sie auf. Eilig polterte er die Holztreppe hinab und schaute sich nicht um, ob ihm das Mädchen auch folgte.

Mrs. Mitchell hatte den Lärm gehört. Sie riß die Tür auf und stürzte in den Flur.

»Was ist denn hier los?« rief sie.

»Entschuldigen Sie.« Bob McClure schob die Frau zur Seite und lief auf die Haustür zu. Er riß sie auf, sprang die Treppen hinunter und vernahm hinter sich Marions Stimme.

»Warte auf mich!«

Hastig wandte sich McClure um.

Marion nahm die Stufen mit einem Satz. Auf der Türschwelle stand ihre Mutter und gestikulierte mit beiden Händen. Sie wußte nicht, was der überstürzte Aufbruch der beiden jungen Leute zu bedeuten hatte, und es war klar, daß sie sich Sorgen machte.

Marion und Bob liefen um das schmale Haus herum, bis sie den Weg erreichten, der an der Rückseite vorbei- und den Hang entlangführte.

Bob hatte die Führung übernommen. Er schritt ziemlich schnell den steinigen schmalen Pfad hoch, der auch den kleinen Garten hinter dem Haus tangierte, in dem die Mitchells Gemüse anpflanzten.

Es war inzwischen dämmrig geworden. Die Dunkelheit kroch über die Berggrate und fiel mit ihren langen Schatten in das Tal, in dem Loch Morar lag.

Die zahlreichen Tannen am Hang verschwammen schon mit der Dunkelheit. Am grauen Himmel zeigten sich die ersten blassen Sterne. Im Ort brannten die Lichter.

Marion blieb hinter Bob stehen und legte ihm beide Hände auf die Schultern.

»Siehst du ihn?« flüsterte sie.

»Nein.«

»Aber getäuscht habe ich mich nicht.«

»Ich habe ja auch etwas gesehen«, erwiderte Bob McClure.

»Sollen wir in den Wald gehen?« fragte das Mädchen, und seine Stimme klang ängstlich.

»Ja.« Bob McClure setzte sich bereits in Bewegung. Das Haus der Mitchells lag am Ende des Weges, und direkt hinter dem Garten tauchten die beiden jungen Leute in den Wald ein.

Der Weg lief hier aus, und so mußten sich Bob und Marion einen Weg zwischen den Tannen suchen, was gar nicht so einfach war, den die Bäume standen dicht an dicht. Die langen Zweige streiften über die Schultern der beiden. Außerdem wurde es zusehends dunkler, je tiefer sie in den Wald vordrangen.

Bob ärgerte sich, daß er keine Taschenlampe dabei hatte, aber jetzt zurückzugehen und eine zu holen, dazu hatte er auch keine Lust.

Sie schlichen weiter.

Beide hatten ihre Augen weit aufgerissen und versuchten, die sie umgebende Dunkelheit zu durchdringen. Die Lichtverhältnisse ließen sämtliche Konturen verschwimmen und ineinanderfließen.

Sie blieben stehen. Marion klammerte sich an den jungen Mann und brachte ihre Lippen dicht an sein rechtes Ohr. »Ich glaube nicht, daß er hier herumschleicht. Wir sind schon ziemlich hoch und…«

»Sei mal ruhig«, sagte Bob.

Das Mädchen schwieg.

Bob McClure hatte ein Geräusch gehört. Gar nicht weit entfernt. Als wäre jemand auf einen Ast getreten.

War Dan Dryer in der Nähe?

Bob fühlte, wie ihm bei dem Gedanken daran eine Gänsehaut über den Rücken lief, und auch Marion Mitchell schüttelte sich leicht.

Wieder erklang ein Knacken. Diesmal in ihrer unmittelbaren Nähe.

»Da ist doch einer«, wisperte Marion.

Ihr Begleiter nickte.

Marion hielt es nicht mehr aus. Sie rief: »Dan? Dan? Bist du es? Gib Antwort!«

Keine Reaktion.

Bob McClure ging ein paar Schritte zur Seite. Er bückte sich dabei und schob hinderliche Tannenzweige aus dem Weg. Marion folgte ihm ängstlich. Sie hatte ihre Hand gegen seinen Rücken gelegt, so als würde sie der körperliche Kontakt beruhigen.

Plötzlich blieb Bob stehen. Ein krächzender Laut drang aus seiner Kehle, und Marion fühlte, wie er zitterte. Sie schaute über die Schulter des jungen Mannes und konnte nur mit Mühe einen Schrei unterdrücken.

Hinter einem Baumstamm trat eine Gestalt hervor.

Dan Dryer!

Höchstens fünf Schritte stand er von den beiden entfernt. Sein

Gesicht war kaum zu erkennen, trotzdem glaubten Marion und Bob, ein grünliches Schimern auf seiner Haut zu sehen.

Sekundenlang geschah nichts.

Sie starrten sich nur an.

Dann drängte Marion vor, streckte die Hand aus und fragte: »Dan? Bist du es, Dan?«

Die Gestalt gab keine Antwort. Aber sie mußte Dan Dryer sein. Sie sah ebenso aus wie er. Und sie trug auch die gleichen Kleidungsstücke. Nur rochen diese widerlich. Nach fauligem Wasser und nach Moder.

Marion ging noch einen Schritt vor.

Bob McClure wollte sie zurückhalten, doch er war auf einmal wie gelähmt. Er konnte nur zuschauen und fühlte sich wie ein Statist.

»Warum kommst du nicht zu mir, Dan?« fragte Marion, als sie stehengeblieben war.

Dryer rühte sich nicht.

Bob McClure wurde plötzlich von einer seltsamen Unruhe erfaßt. »Geh nicht weiter, Marion«, warnte er. »Dan ist kein Mensch mehr. Ich spüre es.«

Marion kümmerte sich nicht um die Worte. Sie sah nur ihren Freund und wollte zu ihm.

Sie ging.

»Nicht, Marion…«

»Sei ruhig, Bob!«

Sie brauchte nur noch einen Schritt nach vorn zu gehen, dann konnte sie den vor ihr Stehenden berühren. Doch soweit kam es nicht. Die Ereignisse überstürzten sich.

Dan packte zu.

Sein rechter Arm schnellte vor, und wie die Griffzangen eines Schraubstocks umklammerten eiskalte Totenfinger das rechte Handgelenk des Mädchens.

Marion schrie.

Sie wußte auf einmal, daß der Mann, der vor ihr stand, nicht mehr der gleiche war wie früher. Ihr wurde klar, daß ihr Dan zu einem Monster geworden war.

Hart riß er das Mädchen auf sich zu.

Marion prallte gegen ihn und spürte die Eiseskälte seines Körpers durch die Kleidung.

»Laß mich los, Dan!« kreischte sie. »Du tust mir weh, ich will nicht mehr!«

Dryer stieß nur ein Knurren aus. Dicht hielt er Marion an sich gepreßt, und zum erstenmal konnte das Mädchen der Gestalt ins Gesicht schauen.

Es war ein grauenhafter Anblick.

Die Haut zeigte ein grünes Schuppenmuster wie bei einem Fisch. Es schillerte, und zwischen den einzelnen Schuppenrändern klemmten winzige Algen und kleinere Tierchen. Die Augen blickten kalt und glanzlos. Sie waren hervorgequollen, aus dem Mund drang dem Mädchen ein fauliger Geruch entgegen.

Marion ekelte sich.

Vor ihr stand nicht mehr Dan Dryer, sondern ein Monster.

Ein lebender Toter!

Marion hatte bereits Wasserleichen gesehen, ebenso aufgedunsen wirkte das Gesicht ihres ehemaligen Freundes.

Jetzt ließ er ihr linkes Handgelenk los. Marion schöpfte schon Hoffnung, doch dieser Funke wurde in der nächsten Sekunde erstickt, als Dan seinen Arm um ihre Hüften schlang und sie hart an sich preßte.

»Mit!« keuchte er. »Du kommst mit...«

Diese Worte vernahm auch Bob McClure.

Und er griff ein.

»Laß sie los!« schrie er und stürzte sich auf die Monstergestalt.

Dan ließ das Mädchen tatsächlich los. Aber er schleuderte Marion hart von sich.

Wie eine Puppe fiel sie um, allerdings gegen eine Tanne, die mit ihren ausladenden Zweigen den Aufprall abschwächte.

Durch diese Aktion hatte die lebende Wasserleiche Zeit verloren. Bob prallte gegen sie.

Auch er spürte die Kälte und nahm den fauligen Geruch wahr, doch das hielt ihn nicht davon ab, hart gegen dieses Monster vorzugehen. Er schlug der Wasserleiche beide Fäuste ins Gesicht.

Nichts geschah.

Dan Dryer verdaute die Schläge. Er bog nur seinen Oberkörper zurück, ließ dann seine Arme nach vorn schnellen und umklammerte blitzschnell Bobs Hüften.

Der junge Mann keuchte.

Noch ehe er sich versah, wurde er hochgehoben, schwebte über dem Erdboden, und dann schleuderte das Monster Bob McClure weit von sich.

Bob prallte zu Boden und schlug mit dem Hinterkopf gegen einen Baumstumpf.

Er schrie auf, bunte Sterne wirbelten vor seinen Augen, und im nächsten Augenblick verlor er das Bewußtsein.

Bobs Kampf mit dem Monster jedoch hatte dem Mädchen Zeit gegeben, sich aufzurappeln. So rasch es ging, sprang Marion Mitchell auf die Füße und rannte los.

Da drehte sich Dan Dryer um.

Er sah das Mädchen und stieß einen Wutschrei aus. Sein Schuppengesicht verzerrte sich, der Mund war geöffnet. Wie ein von der Sehne abgefeuerter Pfeil hetzte das Monster hinter Marion Mitchell her.

Marion rannte wie noch nie in ihrem Leben.

Im Wald gab es keinen Pfad, auf dem sie hätte laufen können, so bahnte sie sich einen Weg durch das Dickicht.

Es wurde eine verbissene Flucht.

Marion spürte jedoch, daß Dan aufholte. Sie brauchte sich erst gar nicht umzudrehen, um dies zu merken. Unaufhörlich verlor sie an Boden.

Hinter ihr knackten Äste. Mit Brachialgewalt wühlte sich das Monster durch den dichten Tannenwald.

Die Distanz schmolz zusehends.

Marion keuchte. Ihre Lungen arbeiteten wie Blasebälge. Sie schlug mit den Händen um sich, schleuderte Zweige zur Seite und rannte weiter.

Es kam, wie es kommen mußte.

Eine Baumwurzel wurde dem Mädchen zum Verhängnis.

Mit der Fußspitze blieb Marion Mitchell hängen, stolperte und fiel lang hin.

Sie hatte den Mund geöffnet und spürte auf ihren Lippen die nasse Erde und dazwischen alte, abgefallene Tannennadeln.

Noch einmal riß sie sich zusammen, wollte sich aufraffen, doch da war es bereits zu spät.

Dan Dryer stürzte auf sie.

Marion spürte einen Schlag im Rücken, wurde an der Schulter gepackt und herumgerissen.

Ihr Schrei endete in einem Röcheln, als sich die kalte Pranke der Wasserleiche auf ihren Mund preßte.

Dan Dryer hielt dem Girl so lange den Mund zu, bis die Schatten der Ohnmacht ihr Bewußtsein überschwemmten. Dann erst ließ er Marion los, jedoch nur, um sie hochzuhieven und sie sich über seine rechte Schulter zu werfen.

Dryer schaute sich um.

Niemand folgte ihm. Bob McClure war sicherlich noch bewußtlos und würde es auch eine Weile bleiben.

Doch diese Annahme stellte sich als Irrtum heraus. Bob konnte einiges vertragen. Schon kurz nach seiner Ohnmacht richtete er sich verwirrt und mit bohrenden Schmerzen im Kopf auf.

Einen Augenblick lang wußte er nicht, wo er sich befand, doch dann kehrte die Erinnerung zurück.

Marion! Das Monster!

Er zuckte zusammen. Bobs Finger fuhren über die aufgerissene und blutende Haut an seinem Schädel.

Eine Platzwunde! stellte er fest. Aber die brachte ihn nicht um. Größere Sorgen machte er sich um Marion Mitchell.

Bob richtete sich auf. Seine ersten Gehversuche nach der Bewußtlosigkeit waren torkelnd, und er mußte die Zähne zusammenbeißen, da es in seinem Kopf wieder anfing zu stechen.

Aber er ging weiter. Die Sorge und die Angst um Marion trieben ihn voran.

»Marion!« brüllte er.

Keine Antwort.

Wieder rief er den Namen des Mädchens, während die heiße Angst bereits sein Herz umklammerte.

Sein Rufen war vergebens.

Bob McClure blieb stehen und horchte.

Jetzt, wo es ruhig war, hörte er das Brechen von Ästen. Dan Dryer mußte wie ein Wilder mit seinem Opfer durch den Wald stürmen. Denn daß er Marion in seinen Klauen hatte, daran gab es für Bob keinerlei Zweifel.

Die Geräusche waren von weiter unten heraufgeklungen.

Bobs Augen wurden groß.

Urplötzlich kam ihm der naheliegende Gedanke. Dieses Monster hatte das Girl entführt.

Und wohin?

In sein Element – in den See!

»O Gott, o Gott«, flüsterte Bob McClure. »Das darf nicht geschehen, das darf nicht…«

Er rannte wie noch nie in seinem Leben. Sein Herz hämmerte. Der Atem ging keuchend und flog von seinen Lippen.

Zweige peitschten sein Gesicht, klatschten gegen die Haut und rissen sie auf.

Ein verzweifelter Wettlauf mit der Zeit begann. Konnte er dieses Monsters noch stoppen?

Ein letzter Sprung noch, er torkelte aus dem Wald, der freie Abhang zur Straße hin – Bob rutschte ihn hinunter, kam auf der Straße auf, wo er sich mehrmals überschlug.

Aber er hatte sich nichts gebrochen, gelangte wieder auf die Füße, taumelte ein paar Schritte weiter, blieb stehen und schaute sich um.

Nichts…

»Marion!« schluchzte er, holte im nächsten Moment tief Luft und rannte weiter.

Sein Ziel: der See!

Zum Glück kannte Bob McClure jeden Winkel dieses Ortes. Er fand sich auch in der Dunkelheit zurecht. Bob nahm Wege, die nicht beleuchtet waren. Er sprang über Treppen, lief schmale Gassen entlang und kümmerte sich nicht um die erstaunten Blicke der Menschen, die ihn trafen.

Er mußte Marion Mitchell retten!

Bob McClure sprang über ein Geländer auf eine tiefer gelegene

Straße. Kopfsteinpflaster bedeckte den Weg. Die Straße führte direkt zum See hinunter.

Und Bob rannte.

Seine Füße schlugen auf das Pflaster. Rechts und links standen schmale Häuser. Alte Steinbauten ohne Elektrizität. Der junge Student bewegte sich in der Altstadt von Seaground, er war seinem Ziel nah.

Noch eine Kurve, und er sah die schwarze Fläche des Loch Morar.

Aber wo lauerte das Monster?

Bob starrte sich die Augen fast aus dem Kopf, er konnte Dan und Marion nicht entdecken.

Seitenstiche zwangen ihn dazu, langsamer zu laufen. Schon erreichte er die ersten Ausläufer des Strandes. Kies knirschte unter seinen Sohlen.

Bob McClure wandte sich etwas nach rechts. Über den Bergen stand die fahle Sichel des Halbmonds, und es schien, als würde sie mit ihrer unteren Spitze die schroffen Grate der Mountains berühren. Doch für Naturschönheiten hatte Bob keinen Blick.

Er suchte Marion.

Rechts von ihm verlief die Strandpromenade. Dahinter lagen die zahlreichen Pensionen und kleinen Hotels. Und dort irgendwo wohnte auch Bobs neuer Freund Bill Conolly.

Der Student lief weiter.

Ruhig lag der See. Am langen Steg dümpelten einige Segelboote. Ihre kahlen Masten wirkten wie große Streichhölzer.

Und dann sah er die Gesuchten.

Deutlich hoben sie sich vor dem Mondlicht und dem etwas helleren Strand ab.

Bob glaubte sich in einem Horrorfilm zu befinden. Ein ähnliches Bild hatte er schon mal gesehen.

Dan Dryer trug das Mädchen auf beiden Armen wie Frankenstein seine Opfer. Er war schon dicht am Wasser, das bereits seine Füße umspülte.

Für Bob unmöglich, die beiden noch einzuholen.

Trotzdem versuchte er es.

»Marion!« brüllte er, und sein verzweifelter Schrei hallte schaurig durch die Nacht…

Mich hatte Bill Conollys Anruf mal wieder zu einem ungünstigen Zeitpunkt erreicht. Ich wollte das Wochenende nutzen, um richtig zu entspannen, hatte all meine Langspielplatten auf dem Boden ausgebreitet und war dabei, sie zu sortieren.

Da lag James Last neben dem Rigoletto-Querschnitt und darüber heiße Beatscheiben. Auch der gute Karajan fehlte mit einem Querschnitt aus der Fledermaus nicht, und die Beatles waren ebenfalls vertreten.

Draußen herrschte ein Frühlingswetter zum Wegwerfen. Der April zeigte sich noch einmal von seiner miesesten Seite. Regen, Schnee, dazwischen mal ein vereinzelter schüchterner Sonnenstrahl, dann wieder der ganze Jammer von vorn.

An Bills Stimme hörte ich, daß der Fall dringend war. Mein Freund machte nicht unnötig die Pferde scheu, und ich wußte, daß oben im westlichen Schottland Arbeit auf mich wartete.

Einer Arbeit bin ich noch nie aus dem Weg gegangen. Vor allen Dingen nicht, wenn es um meine speziellen Freunde, die Dämonen, ging. Aber ich war kein Freiberufler, sondern in einem Beamtenstatus eingezwängt, und ohne Sir Powell, meinen direkten Vorgesetzten, zu fragen, lief nichts.

Also rief ich ihn an.

Dreimal dürfen Sie raten, wo ich ihn erwischte.

In seinem Club natürlich.

Er zeigte sich ziemlich ungnädig, als er an den Apparat kam. »Gibt es einen Grund, daß Sie mich stören, John?«

»Ja, Sir«, erwiderte ich brav und berichtete ihm von Bills Anruf.

Powell dachte nach.

»Es ist dringend, glaube ich.«

»Okay, Sinclair, dann fahren Sie um Himmels willen.«

»Danke. Ich gebe Ihnen Bescheid, wenn ich in Seaground bin.«

»Wo liegt das eigentlich?« fragte Sir Powell.

Ich erklärte es ihm.

»Ziemlich windige Ecke, Sinclair. Geben Sie auf sich acht. Sollte sich alles als Hirngespinst herausstellen, machen Sie nur keinen Urlaub.«

»Aber ich doch nicht.«

Powell hatte schon aufgelegt. Ich aber ließ Platten Platten sein und räumte sie wieder in die Regale.

Mit dem Flugzeug wollte ich nicht fliegen. Der Bentley mußte mal wieder gescheucht werden, und eine Strecke von einigen hundert Meilen tat ihm recht gut.

Suko konnte ich nicht mitnehmen. Er war mit seiner neuen Freundin unterwegs und hatte sich für dieses Wochenende abgemeldet. Ich gönnte ihm die Stunden.

Mein Koffer war schnell gepackt, und auch den Einsatzkoffer hatte ich zur Hand. Suko sollte aber wissen, wo ich war, deshalb schrieb ich ihm einen Brief und schob ihn unter den Türschlitz zu seiner Wohnung.

Jetzt konnte es losgehen.

Ich war schon in der Diele, da klingelte es.

Mein Gesicht sah ich im Garderobenspiegel, und ich schaute nicht gerade freudig erregt aus der Wäsche, als ich beide Koffer abstellte und die Sprechanlage drückte.

»Mach schon auf. Ich bin's«, hörte ich die Stimme von Jane Collins.

Als ob sie es gerochen hätte. Ich hatte Jane verflixt gern, aber diesmal kam sie mir ungelegen.

»Was ist, John? Willst du uns hier unten stehenlassen?« hörte ich ihre Stimme.

»Uns?«

»Ja. Sheila ist auch dabei.«

Bei mir fiel die Pfundnote shillingweise. Sicherlich hatte Bill Conolly nicht nur mich, sondern auch seine Frau angerufen. Da Sheila ihren Mann in Gefahr wußte, ließ sie es sich nicht nehmen, selbst zu erscheinen.

Das konnte ja heiter werden.

»Drück endlich!«

Ich quälte mir ein Lächeln ab, als die beiden Frauen meine Wohnung betraten.

»Hi«, grüßte ich ziemlich lahm.

»Bill hat also mit dir gesprochen«, sagte Jane und deutete auf meine Koffer. »Wie ich sehe, bist du schon reisefertig. Na, das ist fabelhaft.«

Sheila nickte bestätigend und meinte dann: »Man kann Bill auch nicht allein fahren lassen. Da kommt immer wieder etwas dazwischen. Das ist zu dumm.«

»Ihr wißt Bescheid?« fragte ich vorsichtig.

»Und ob«, erwiderte Sheila. »Bill hat auch mit mir gesprochen. Er erzählte, daß er durch Zufall auf eine böse Sache gestoßen sei.«

»Bevor du fragst, was ich damit zu tun habe«, mischte sich Jane Collins ein, »ich begleite Sheila, damit sie nicht auf sich allein gestellt ist.«

»Wie schön!« rief ich aus, verdrehte die Augen und kassierte von Jane einen Rippenstoß.

»Dann wollt ihr mit mir fahren?« hakte ich nach.

»Nein, mein Lieber«, erwiderte Sheila. »Wir nehmen das Flugzeug und fahren anschließend mit dem Leihwagen. Du kannst ruhig allein dort hochzischen.«

»Okay.« Ich grinste. »Dann möchte ich auch jetzt nicht weiter aufgehalten werden.«

»Mein Gott, bist du muffig«, sagte Jane.

»Wieso?«

»Schon gut.«

»Und was ist mit dem kleinen Johnny?«

»Er ist bei Bekannten«, sagte Sheila, »die schon öfter auf ihn aufgepaßt haben.«

»Fein.« Mein Grinsen wurde zu einem Lächeln. »Dann darf ich jetzt verschwinden?«

»Wir halten dich nicht auf.«

Die Bemerkung »Das tut ihr schon die ganze Zeit« verkniff ich mir. Man solll die Frauen nicht unnötig reizen, denn damit handelt man sich meistens Ärger ein…

Bill Conolly wußte nicht, wie lange er geschlafen hatte. Auf einmal schreckte er hoch.

Der Reporter setzte sich schlaftrunken auf. Sein erster Blick galt dem Fenster.

Draußen war es dunkel.

»Himmel, Gesäß und Nähgarn«, brummte Bill, »dann habe ich ja einige Stunden gepennt. Mist auch...«

Er erhob sich und wischte sich den Schlaf aus den Augen. Es war ruhig geworden. Von unten hörten Bill Conolly die Stimme der Wirtin. Was die Frau sagte, war nicht zu verstehen.

Der Reporter drehte den Kran auf, bildete aus den Händen einen Trichter, ließ Wasser hineinlaufen und kippte es sich ins Gesicht. Die eiskalte Flüssigkeit erfrischte ihn. Bill fühlte sich wieder wie neugeboren. Er hätte Bäume ausreißen können.

Er verspürte auch Hunger.

Bill nahm sich vor, nach unten zu gehen und die Wirtin zu fragen. Vielleicht bereitete sie ihm noch eine Kleinigkeit zu essen. Als er auf seine Uhr schaute, bemerkte er, daß sich der kleine Zeiger auf die Zehn zubewegte.

Bill zog andere Sachen an, ging gedankenverloren zum Fenster und blickte hinaus.

Ruhig sah er den See vor sich liegen. Mit kleinen, weißen Schaumkronen versehen liefen die Wellen auf dem Strand aus. Am anderen Ufer funkelten die Lichter einer kleinen Ortschaft.

Menschenleer war der Strand.

Wirklich so leer?

Bill Conolly schaute genauer hin und sah plötzlich die Gestalt, die sich parallel zur Seite hin bewegte. Der Mann ging mit seltsam steifen Schritten, und Bill erkannte, daß er etwas auf den Armen trug.

Es sah aus wie ein Mensch...

Das Mißtrauen des Reporters war erwacht.

Jetzt schlug der Kerl den Weg nach links ein, direkt zum Wasser hin. Wollte er in den See?

Dem Reporter war die ganze Sache nicht geheuer. Er spürte plötzlich, daß sich etwas anbahnte. Sein Verdacht wurde in den nächsten Sekunden bestätigt.

Ein zweiter Mann tauchte auf.

Er kam von der Stadt her und stolperte mehr, als daß er ging. Bill kannte den jungen Mann.

»Aber das ist doch...«, sagte er. Mehr nicht, denn da hörte Bill den gellenden Schrei, den der junge Student ausstieß.

Jetzt wußte der Reporter mit letzter Sicherheit, daß sich dort unten am Strand ein Drama anbahnte.

Für Bill gab es kein Halten mehr. Er zögerte nicht eine Sekunde länger, rannte zur Tür, riß sie auf und stürzte aus dem Zimmer. Dabei stieß er sich die rechte Schulter.

Der Reporter nahm die Treppe mit einem einzigen Satz. Es polterte, als er auf dem Absatz landete. Weiter ging es. Selten war Bill Conolly so rasch eine Treppe hinuntergelaufen.

Dann stand er vor der Haustür und riß sie auf. Bill war es egal, was die Leute dachten, als er nach draußen stürmte und über die Straße rannte. Es ging jetzt um Menschenleben, das fühlte er instinktiv.

Unterhalb der Straße lag der Strand. Der Reporter mußte über eine Steinmauer hinwegsetzen, um dorthin zu gelangen. Der Strand lag ungefähr zwei Yards tiefer, doch der sportlich durchtrainierte Reporter schaffte dies mit einer nahezu spielerisch anmutenden Leichtigkeit.

Mit großen Schritten sprintete er über den Kies. Er lief erst gar nicht auf Bob McClure zu, der von der linken Seite her auf ihn zutaumelte. Bill machte sich an die Verfolgung des Mannes, der jemanden auf den Armen trug. Bill erkannte jetzt an den langen Haaren, daß es eine Frau war.

Der Mann stand bereits bis zu den Hüften im Wasser. Der See war an diesem Uferstreifen ziemlich flach, man konnte vom Strand aus weit hineinlaufen. Ein Vorteil für die Kinder, aber auch für Bill Conolly. Der Reporter wußte auch, daß an der Nordseite des Sees überhaupt kein Strand zu finden war. Dort ragten schroffe und hohe Felsen aus dem Wasser.

Aus den Augenwinkeln bemerkte er, daß der junge Student stolperte und lang hinfiel. Er konnte kaum aufstehen, so schwach war er.

Bill jedoch nicht.

Er holte auf.

Schon klatschten seine Füße durch das Wasser. Die Spitzen schleuderten regelrechte Fontänen hoch, und je weiter Bill Conolly lief, um so schwerer kam er voran. Das tiefer werdende Wasser behinderte ihn doch zu sehr.

Der Reporter verfluchte es jetzt, daß er keine Waffe mitgenommen hatte. Er mußte seinem Gegner mit bloßen Fäusten gegenübertreten. Und das war hart.

Wie ein Scherenschnitt hob sich die Gestalt des Kerls vor ihm ab. Bei jedem seiner Schritte schaukelte der Körper der Frau hin und her. Bill sah es an den Pendelbewegungen der Arme.

»Stehenbleiben!« brüllte er dem Kerl zu.

Der ging weiter.

Bill legte noch mehr zu. Er hüpfte jetzt, was sich abermals als schwierig erwies, denn der Grund war seicht und voller Schlick und Matsch.

Doch Bill holte auf.

Noch zehn Yards höchstens trennten ihn von dem Mann

Und genau in diesem Moment erwachte Marion Mitchell aus ihrer Bewußtlosigkeit.

Sie schrie!

Der Schrei fuhr nicht nur Bill Conolly durch Mark und Bein, sondern auch dem Entführer.

Unwillkürlich blieb er stehen. Für Bill Conolly war es die große Chance. Er holte rasch auf und stieß sich dann ab.

Mit voller Wucht prallte Bill Conolly gegen den Rücken des Mannes, der damit nicht gerechnet hatte und nach vorn gedroschen wurde. Sofort schlugen die Wellen über ihm zusammen.

Aber auch das Mädchen war verschwunden.

Bill warf sich sofort herum, sah ihren Kopf auftauchen und packte blitzschnell einen von Marions Armen.

»Verschwinden Sie!« schrie er das Girl an. Mehr konnte er nicht sagen, denn sein Gegner war wieder aufgetaucht.

Sie standen sich gegenüber.

Bill hielt den Atem an.

Er sah in das Gesicht des Monsters. Grünbläulich schimmernd, mit Schuppen bedeckt, und es war doch das Gesicht eines Menschen.

Vor Schreck übersprang Bills Herz einen Schlag. Jetzt hatte er den endgültigen Beweis, daß die Erzählungen des jungen Studenten auf Tatsachen beruhten.

Grauenhaft...

Und dieses Ungeheuer hätte das Mädchen entführt und gnadenlos mit in die Tiefe gezogen.

Zum Glück hatte Marion die Flucht ergriffen. Schwerfällig bewegte sie sich durch das Wasser dem Ufer zu, wo sich Bob McClure aufgerappelt hatte und ihr entgegenlief.

Bill aber stand allein dem Monster gegenüber, und es sah nicht so aus, als würde der Untote kampflos das Feld räumen...

Das Wasser gurgelte in die unterirdische Höhle hinein. Der Sog trieb den Strom fort in zahlreiche Nebengänge und Höhlen, wo ein seltsames grünliches Licht herrschte und wo zahlreiche Augen das ewig fließende Wasser beobachteten.

Der Hauptstrom aber trieb in eine riesige Unterwasserhöhle, deren Decke sich wie die Kuppel einer Kirche wölbte. Innerhalb der Höhle wurde das Wasser flacher, und an der Stirnseite lief es sogar in einen seichten Strand aus, über den jemand aufs Trockene gelangen konnte.

Erst wenn der Schwimmer den unterirdischen Höhlensee verlassen hatte, sah er, wie groß dieses Gewölbe wirklich war. Wie große Speere hingen von der Decke die gewaltigen Tropfsteine, und die Wand der Höhle war porös wie ein Schwamm.

Überall gab es kleine Löcher und Eingänge. Stollen, Gänge und Nebenhöhlen addierten sich zu einem gefährlichen Labyrinth, das freiwillig noch nie eines Menschen Fuß betreten hatte.

Denn wer sich hierher wagte, geriet in Ogurs Reich!

Ogur, ein Monster aus der Vorzeit. Eine gewaltige Echse. Äußerlich ein Scheusal, aber durch die Kraft der Finsternis mit einem Gedächtnis und mit Verstand ausgestattet.

Ogur sammelte die Opfer…

Sein Alter war unbekannt. Oft hatte er Hunderte von Jahren verschlafen, dann wiederum war er erweckt worden, um seine Dienerschaft zu verstärken.

Ogur war unersättlich.

Das Monster lebte in der größten Höhle. Oft war nur die riesige Schnauze zu sehen, die an das Maul eines Drachen erinnerte. Dabei zuckte jedesmal eine ungeheuer lange, blutrote Zunge hervor, die mit einer klebrigen Schicht bedeckt war, um die Opfer nicht mehr loszulassen.

Ogur war der Hüter der Tiefe, ein Wegbereiter der finsteren Mächte, die irgendwann und irgendwo auch im Meer ihre Stützpunkte errichten wollten und sie zum Teil schon hatten.

Das Bermuda-Dreieck oder die Sargasso-See befanden sich schon zum großen Teil in ihrer Hand. Aber sie wollten auch in den tiefen, unerforschten Seen ihre Orte haben, so wie es früher war, als der Kontinent Atlantis noch existierte. Als Schwarze und Weiße Magie ihre Triumphe feierten und sich die Führer der Dämonen um die Herrschaft in der Tiefe stritten.

Denn auch Ogur hatte einen Mächtigen über sich, auf dessen Befehle er hörte.

Dieser Mächtige war kein geringerer als der Schwarze Tod…

Bill Conolly ging etwas zurück. In Sekundenschnelle hatte er sich einen taktischen Plan zurechtgelegt. Er wollte das Monster in das flachere Gewässer locken, da er dort wesentlich beweglicher war als im tieferen Wasser.

Aber der Fischmensch durchschaute sein Vorhaben.

Dryer warf sich vor.

Bill sah den Körper auf sich zuschnellen und sprang zur Seite. Fast wäre es ihm gelungen, einem Zusammenstoß zu entgehen, aber nur fast. Bill hatte im Schlick keinen so festen Stand, er rutschte aus, fiel ins Wasser, und gleichzeitig prallte der schuppige Körper gegen ihn.

Sofort wurde der Reporter unter die Oberfläche gedrückt.

Instinktiv hatte Bill Conolly tief Luft geholt. Als er in die Tiefe gedrückt wurde, kam ihm dies zugute.

Er spürte das Gewicht Dryers auf seinem Rücken und Klauen, die über seine Schultern glitten und nach seinem Hals tasteten.

Bill war auf die Knie gefallen. Wenn es dem Monster gelang, ihn nach vorn und damit in den Schlick zu drücken, dann war er verloren.

Der Reporter krümmte den Rücken. Er machte es dem Monster so schwer wie möglich, an seine Kehle zu gelangen.

Und die Finger rutschten ab.

Sofort ging Bill Conolly zum Gegenangriff über. Er warf seine Arme nach hinten, und es gelang ihm, Dryers Haare zwischen die Finger zu kriegen.

Bill Conolly zog mit aller Kraft daran. Er mußte sich jetzt beeilen, denn lange konnte er die Luft nicht mehr anhalten.

Auch das Monster mußte den Gesetzen der Physik folgen. Es wurde über Bills Kopf hinweggeschleudert, ließ den Reporter los, und Bill gelang es, aufzuspringen.

Hastig riß er den Mund auf und saugte die kühle Luft ein.

Das Wasser vor ihm schäumte, als sich das Monster hochkämpfte.

Bill Conolly war klar, daß er auf die Dauer keine Chance gegen diesen Unhold hatte. Er konnte ihn verprügeln, soviel er wollte. Fäuste richteten gegen diesen Fischmenschen nichts aus. Er verspürte keine Schmerzen, war also nicht bewußtlos zu schlagen. Und eine Waffe mit geweihten Silberkugeln trug Bill nicht bei sich.

Das Monster drehte sich um. Seine Bewegungen waren heftig, und das Wasser spritzte fontänengleich hoch. Dryer stieß ein drohendes Knurren aus, was Bill gleichzeitig als Angriffssignal erkannte.

Der Reporter griff zu einem Trick.

Er bückte sich, wühlte mit seinen Fäusten im Schlick, bekam das Zeug auch zu packen, stellte sich blitzschnell auf und schleuderte den Matsch gegen das Gesicht des Fischmenschen.

Es klatschte, als die erste Ladung genau auf das linke Auge der lebenden Wasserleiche prallte.

Der Angriff wurde gestoppt.

Bill warf die nächste Ladung.

Damit traf er das rechte Auge.

Jetzt war das Monster blind.

Es brüllte auf, riß die Arme hoch und wollte sich den Matsch aus dem Gesicht reiben. Deckungslos präsentierte es seinen Körper.

Bill hob den Fuß zu einem harten Karatetritt.

Er traf.

Die lebende Wasserleiche wurde zurückgeschleudert und versank. Bill wollte nachsetzen, da sah er, daß es nicht mehr nötig war.

Dan Dryer floh.

Mit wilden, beinahe wütenden Kraulstößen schwamm er dem tieferen Wasser entgegen. Waffenlos eine Verfolgung aufzunehmen wäre nichts anderes als Selbstmord gewesen.

Deshalb blieb Bill Conolly zurück.

Schweratmend stand er da und schaute dem menschlichen Ungeheuer nach.

Einmal noch drehte sich der Fischmensch um, hob drohend die Faust und stieß einen röhrenden Schrei aus.

Dann verschwand er.

Jetzt erst merkte Bill Conolly, wie sehr er fror. Der kalte Wind fuhr ihm durch die nasse Kleidung, und Bill hatte Angst, sich eine Lungenentzündung zu holen.

Vom Ufer her vernahm er Stimmen.

Die Lichtpunkte einiger Taschenlampen zuckten hin und her. Einmal tanzte ein Strahl über die Wellen und streifte Bill.

Der Reporter hob den Arm und winkte.

Dann watete er dem Land entgegen.

Etwa ein Dutzend Menschen hatten sich am Strand versammelt. Unter ihnen erkannte Bill auch Mrs. Blyton, seine Wirtin.

»Mr. Conolly«, rief sie. »Was haben Sie denn gemacht?«

Dieser Frage entnahm Bill, daß die Frau nicht wußte, was geschehen war. Den anderen würde es ähnlich ergehen, und Bill nahm sich jetzt schon vor, zu schweigen oder wenigstens nicht die Wahrheit zu sagen.

Er ging an Land.

Irgend jemand brachte eine Decke, die Bill über die Schulter gehängt wurde.

»Was war denn los?« wurde er gefragt.

»Ich hatte eine kleine Auseinandersetzung.«

»Und was geschah mit Marion?«

»Der Kerl wollte sie wohl vergewaltigen«, antwortete Bill. »Wo ist eigentlich das Mädchen?«

»Dort an der Mauer. Zusammen mit Bob McClure.«

»Danke sehr.« Bill ging hin. Trotz der wärmenden Decke zitterte er plötzlich und mußte niesen.

Mrs. Blyton schritt neben ihn. »Hoffentlich holen Sie sich keine Lungenentzündung, Mr. Conolly«, sagte sie besorgt.

Bill winkte ab. »Unkraut vergeht nicht.«

»Das sagen Sie so leicht.«

Die beiden jungen Leute schauten Bill entgegen. Sie saßen eng an die Mauer gepreßt. Bob hatte seinen Arm um die Schultern des Mädchens gelegt. Marion preßte sich gegen ihn. Sie weinte.

Voller Dankbarkeit schaute der junge Student Bill Conolly an. »Sie haben Ihr Leben für uns riskiert, Bill. Ich möchte Ihnen dafür danken.«

Der Reporter winkte ab. »Machen Sie keine Umstände, Bob. So erfolgreich war ich gar nicht.« Er wandte sich an Mrs. Blyton. »Dürfte ich Sie vielleicht bitten, den junge Leuten und mir einen heißen Tee zu kochen?«

»Selbstverständlich, Mr. Conolly.« Die Frau ging weg.

Dafür erschienen zwei Polizisten. Die Leute hatten ihnen schon berichtet, was vorgefallen war. Doch sie wollten von Bill Conolly persönlich eine Aussage haben.

Der Reporter gab Marion und Bob rasch einige Verhaltensregeln. »Ich habe gesagt, daß ein Unbekannter Marion vergewaltigen wollte. Bleibt ihr auch dabei. Kein Wort von dem Monster.«

»Okay.« Der Student nickte.

Dann waren die beiden Konstabler da. Grüßend tippten sie gegen ihre Mützenschirme und stellten sich vor.

Der eine hieß Jorris und der zweite McGarden.

Jorris, er war der ältere, übernahm die Befragung.

Bill erzählte die Geschichte von der Vergewaltigung. Er brachte sie so überzeugend vor, daß die Polizisten ihm dies auch abnahmen. McGarden machte sich einige Notizen, und Konstabler Jorris wandte sich dann an das Mädchen.

»Es tut mir leid, Marion, aber auch deine Aussage brauchen wir. Hast du den Mann erkannt?«

Das Girl hob den Kopf. Klatschnaß hingen ihr die Haare ins Gesicht.

Sie war ebenso wie ihr Freund in eine Decke eingewickelt. »Nein, Mr. Jorris, ich habe ihn nicht erkannt.«

»Also keiner aus dem Dorf?«

Marion schüttelte den Kopf.

Die Polizisten schienen beruhigt zu sein. »Fremde«, sagte McGarden. »Sollen wir das Ufer absuchen lassen?«

»Das wird wohl keinen Zweck mehr haben«, erwiderte Bill rasch. »Der See ist so groß, da kann der Kerl überall an Land gehen.«

»Stimmt auch wieder.« Jorris gab dem Reporter recht. »Sie bleiben doch noch länger, Mr. Conolly?«

»Ja.«

»Dann darf ich Sie bitten, uns morgen aufzusuchen. Wegen der Aufnahme eines Protokolls.«

»Natürlich.«

Die Polzisten grüßten und gingen dann.

Bill atmete auf. Sie hatten keinen Verdacht geschöpft, und das war schon viel wert.

»Die andere Geschichte hätte uns wohl niemand geglaubt, nicht wahr?« fragte Bob McClure.

»Nein.« Bill schüttelte den Kopf. »Und deshalb werden wir auch bei unserer Erklärung bleiben. So schwer es für Marion auch sein wird.«

Das Mädchen schaute Bill an. »Sie sind Mr. Conolly, nicht wahr?« fragte sie.

Bill nickte.

»Ich möchte mich bei Ihnen für alles, was Sie für mich getan haben, bedanken.«

Bill winkte ab. »Das war doch selbstverständlich. Jeder andere hätte das auch getan.«

»Nein, Mr. Conolly. Das ist heutzutage nicht mehr selbstverständlich. Glauben Sie mir, auch ich kenne die Menschen.«

Bill wechselte das Thema und reichte ihr die Hand. »Wenn Sie noch lange hier im Kalten sitzen, werden wir alle krank. Kommen Sie.« Marion ließ sich von dem Reporter hochhelfen, und auch Bob McClure erhob sich.

Die Neugierigen hatten den Strand inzwischen verlassen und waren wieder in ihre Häuser oder Pensionen zurückgekehrt. Am nächsten Tag begannen die ersten Vorläufe, und da wollte jeder dabeisein.

Bill dachte mit Schrecken daran. Wenn das oder die Monster während des Rennens zuschlugen, gab es eine Panik. Aber Bill konnte die Menschen auch nicht warnen. Wer hätte ihm schon geglaubt? Er wäre nur ausgelacht worden.

Mit diesen schweren Problemen beladen, ging er zurück zur Pension. Die beiden jungen Leute schritten neben ihm. Bob hatte seinen Arm um Marions Schultern gelegt und sprach leise auf sie ein.

Mrs. Blyton wartete schon. »Ich habe deine Mutter angerufen, Marion«, erklärte sie. »Sie weiß, daß du hier bist.«

»Danke.«

Das Wohnzimmer der Blytons war gemütlich eingerichtet. Die Wirtin berichtete, daß ihr Mann in Glasgow sei und erst morgen zurückkäme.

Dann servierte sie heißen Tee.

Vom Teegeschmack war nicht mehr viel übriggeblieben. Der Rum überdeckte alles.

Er tat gut.

Nachdem sie die ersten Gläser geleert hatten, brachte Mrs. Blyton andere Kleidungsstücke. Sie hatte auch was für Marion gefunden. Bill zog sich auf seinem Zimmer um.

Danach trafen sie sich wieder zur zweiten Tasse Tee.

Die Wirtin saß dabei. »Es ist schlimm, wenn die vielen Fremden in den Ort kommen«, sagte sie und entschuldigte sich gleich darauf bei dem Reporter.

Bill winkte ab. »Ich weiß ja, wie's gemeint ist.«

Zehn Minuten später trennten sie sich. Bob McClure brachte Marion nach Hause.

Bill lächelte zum Abschied.

»Kopf hoch«, sagte er optimistisch. »Morgen trifft mein Freund John Sinclair hier ein. Dann haben wir Verstärkung.«

Bob schaute skeptisch. »Glauben Sie denn, daß er es schafft?«

»Wenn es einer packt«, erwiderte Bill, »dann nur John Sinclair.«

Doch auch mit dieser Antwort konnte er nicht die Zweifel des jungen Mannes beseitigen.

Sind Sie schon einmal mit dem Wagen durch Schottland gefahren, liebe Leser?

Wenn ja, und Sie haben Zeit gehabt, fantastisch. Sie erleben ein wunderbares Panorama, fahren durch eine Landschaft, die in ihrer Art einmalig ist. Ich denke nur an die zahlreichen Seen, die einsame, versteckt liegende Bergtäler ausfüllen und zum Baden einladen. Dann gibt es die auch auf dem Festland bekannten Frühstückspensionen, in denen man preiswert und gut übernachten kann.

All das kann der Tourist erleben, wenn er Zeit hat.

Ich hatte sie nicht.

Und für mich wurde der Trip nicht gerade zu einem Vergnügen.

Bis Glasgow konnte ich den Motorway nehmen. Dann aber mußte ich über die Berge.

Es gab Straßen, aber die waren schmal und kurvenreich. Sie führten über karstige Höhenzüge, dann wieder durch romantische Täler, überquerten reißende Gebirgsflüsse und tangierten kleine Ortschaften.

Zum Glück hatte ich mir den Weg auf der Karte gut angesehen, so daß ich mich nicht verfuhr.

Ich war froh, als die Grampian Mountains, an die ich einige unangenehme Erinnerungen hatte, hinter mir lagen. Inzwischen setzte die Morgendämmerung ein. Ich war nicht die ganze Nacht durchgefahren, sondern hatte eine Stunde im Wagen geschlafen. Dieses kurze Entspannen erfrischte ungemein, danach fühlte ich mich wieder fit.

Und weiter ging's.

Nach Überquerung der Grampian Mountains hielt ich mich mehr nordwestlich. Loch Morar lag direkt an der Küste. Ein kaum zehn Meilen langer Uferstreifen trennte den See vom Meer.

Auf einer schmalen Straße fuhr ich weiter. Die aufgehende Sonne kam von rechts, das Wetter hatte sich – o Wunder – gebessert. Der Wind fegte den Himmel frei von Wolken. Die Sonne schien förmlich in einer gewaltigen Lichtaura zu explodieren und schleuderte ihre Strahlen durch die getönten Scheiben meines Wagens.

Ich erreichte den Ort Kinlochleven. Von hier aus waren es noch ungefähr vierzig Meilen bis zu meinem Ziel.

Pause.

In einem kleinen Gasthof frühstückte ich. Ich aß Schinken, Ei und dazu deftiges, selbstgebackenes Brot. Alles schmeckte mir vorzüglich. Der leicht bittere Kaffee weckte meine Lebensgeister, und die Wirtin freute sich, als sie meinen Appetit sah.

Ich blieb noch für die Zeit von zwei Zigarettenlängen sitzen und trank die Tasse leer.

Dann ging es weiter.

Eine Fähre brachte mich über den Loch Linche, einen fjordartigen Einschnitt, der weit in das Innere des Landes hineinragte.

Die Überfahrt kostete Zeit.

Ich verließ den Wagen und genoß das fantastische Bergpanorama. Klar und deutlich lag das waldreiche Nordufer vor mir. In den Tälern hingen noch Nebelreste, die von den immer stärker werdenden Sonnenstrahlen langsam weggedampft wurden.

Außer meinem befanden sich noch zwei Wagen auf der Fähre. Sie gehörten Touristen, deren Kameraverschlüsse ununterbrochen klickten.

Fünfundvierzig Minuten später rollte der Bentley weiter. In Kinlochleven hatte ich getankt, und mit der Spritfüllung erreichte ich auch Seaground am Loch Morar.

Waren die anderen Orte, die ich durchfahren hatte, verschlafen, so fiel mir hier die Geschäftsmäßigkeit und der Trubel auf. Auf dem

Plakat hatte ich gelesen, daß mit dem heutigen Tag die Rennwoche starten würde, und darüber war ich gar nicht glücklich.

Ich bugsierte den Bentley durch die engen Altstadtstraßen und erreichte bald den Strand, wo ich meinen Wagen auf dem Parkplatz abstellte. Dort stand auch Bills Porsche.

Er hatte mir die Pension genannt, in der er abgestiegen war. Etwas steif kletterte ich aus dem Bentley, schlenkerte ein paarmal meine Glieder und reckte mich.

Gemächlich schlenderte ich auf die Pension zu.

Nach meinem Klingeln öffnete eine Frau, die sich als Mrs. Blyton vorstellte.

Kaffeeduft kitzelte meine Nase, und ich verspürte wieder so etwas wie Hunger.

Ich sagte meinen Namen.

Über das Gesicht der Wirtin glitt ein Lächeln. »Ihr Freund Mr. Conolly wartet bereits auf Sie, Mr. Sinclair. Kommen Sie doch herein.«

Bevor ich das Haus betrat, fragte ich: »Wie sieht es denn mit einem Zimmer für mich aus?«

Mrs. Blyton hob bedauernd die Schultern. »Sorry, Mr. Sinclair, es ist alles belegt. Allerdings könnte ich Ihnen noch eine Liege in Mr. Conollys Zimmer stellen. Wenn Ihnen damit geholfen ist…?«

»Das glaube ich schon.«

»Gut, dann lasse ich das sofort in Ordnung bringen.«

Bill war auf seinem Zimmer. Als er mich sah, hüpfte er vor Freude von der Bettkante, auf der er gesessen hatte.

»Mensch, John, daß du so schnell gekommen bist…«

»Kein Weg ist mir zu weit, um dich zu sehen, mein Lieber«, erwiderte ich.

»Ach, hör auf.«

Mrs. Blyton hatte sich diskret zurückgezogen. Bill deutete auf den einzigen Stuhl. »Nimm Platz.«

Ich setzte mich und stützte mein Gesicht in beide Hände. »Und?«

Bill legte los. Er berichtete haarklein, und ich merkte schon nach seinen ersten Worten, daß es wirklich kein Fehler gewesen war, hierherzukommen.

»Was sagst du dazu, John?« fragte er.

»Nicht viel. Ich schlage vor, wir leihen uns ein Boot und fahren den See einmal ab.«

»Einverstanden.«

»Noch etwas«, sagte ich. »Sind Sheila und Jane eigentlich schon eingetroffen?«

Bills Augen wurden groß. »Was? Die wollen auch kommen?«

»Ja. Du hast Sheila doch angerufen.«

»Ich habe ihr aber nicht gesagt, daß sie nachkommen soll.«

»Dann kennst du deine Frau nicht.«

Bill Conolly schlug in gespielter Verzweiflung die Hände über dem Kopf zusammen. »Das kann ja heiter werden«, rief er.

Ogur wurde unruhig!

Er, der sich selbst gern als Schrecken der Tiefe bezeichnete, hockte in seiner Höhle und konnte nichts tun. Die Zeit zum Einschreiten war noch nicht reif, außerdem hatte der Schwarze Tod es ihm verboten.

Aber er brauchte Opfer. Denn jedes Menschenleben stärkte seine eigene Kraft.

Mit seinen feinen, sensiblen Sinnen, die wie Antennen ausgerichtet waren, spürte er, daß sich an der Oberfläche des Sees etwas tat. Dort waren Menschen, zahlreiche Menschen sogar. Potentielle Opfer für ihn und seinen Machtrausch.

Nervös fuhr die Zunge aus seinem weit aufgerissenen Echsenmaul. Sie glitt durch die Höhle und peitschte ein Stück aus dem Ausgang hervor, wo sie wie ein lederner Riemen über das flache Ufer fuhr.

Seine Diener zuckten erschreckt zurück. Sie hatten sich am Wasser versammelt und warteten ebenfalls auf das Zeichen.

Es war eine halbe Kompanie, die Ogur um sich geschart hatte. Lebende Wasserleichen, Zombies, einer schrecklicher als der andere.

Manche waren schon Jahrhunderte alt und vegetierten in einem Zustand zwischen Leben und Tod.

Bis heute hatte noch niemand ihr Versteck entdeckt. Sorgfältig hatte Ogur und mit ihm der Schwarze Tod dieses Geheimnis gehütet. Doch jetzt, da Myxin, der Magier, erwacht war, mußte er seine Armee zeigen. Myxin, seit Atlantis der größte Feind des Schwarzen Tods, war erweckt worden und rüstete zum Kampf.

In den Dimensionen des Grauens hatten sich bereits schlimme Kämpfe abgespielt. Jeder hatte seine Heerscharen eingesetzt, und bisher war der Kampf unentschieden ausgegangen.

Doch jetzt wollten die beiden Erzfeinde ihre Auseinandersetzung auf die Erde verlagern.

Auch Myxin versammelte seine Getreuen. Seine Diener setzten sich ebenfalls aus Zombies zusammen, und vor nicht allzulanger Zeit wäre es ihm fast gelungen, die Toten eines großen Friedhofs zu erwecken. Doch das war im letzten Moment vereitelt worden.

Wie der Kampf auch ausging, eins war klar: Wenn sich die Auseinandersetzung auf der Erde abspielte, würden immer Menschen mit hineingezogen werden.

Und das war schlimm.

Doch darüber dachte Ogur nicht nach. Sein Gedankenkreis führte nicht so weit, er wollte vielmehr seinen Trieb befriedigen, der immer stärker wurde. Früher hatte er sich oft Jahre mit einem Opfer begnügt, dem er die Seele nehmen konnte.

Heute jedoch mußten es mehr sein.

Seine Diener brachten ihm nicht genug, deshalb hatte Ogur den Entschluß gefaßt, sich selbst auf die Suche nach Beute zu begeben.

Er verließ die Höhle.

Ein furchterregendes Fauchen kündigte seine Ankunft an. Wieder sprang die blutrote Zunge vor. Der gewaltige Echsenkörper zitterte, als er die Höhle verließ und sich dann in das Wasser des unterirdischen Sees warf.

Wellen gischteten hoch, als das urwelthafte Monster eintauchte, dann jedoch mit beinahe eleganten Bewegungen in das Höhlensystem schwamm, den Hauptkanal nahm und sich stetig gegen den Strom ankämpfend dem Ausgang näherte.

Langsam wurde das Wasser heller.

Ogur näherte sich seinem Ziel.

Eine letzte Bewegung mit seinem langen, kammähnlichen Schwanz noch, und er tauchte in den See hinein.

Sein gewaltiger Körper schoß auf die Seemitte zu und näherte sich langsam der Oberfläche.

Während in Seaground die letzten Vorbereitungen für das Rennen liefen, lauerte in der Tiefe des Loch Morar bereits das Verhängnis…

Purdy und James O'Connor waren nicht nur seit acht Jahren ein Ehepaar, sie hatten auch ein gemeinsames Hobby.

Motorboot-Rennen!

Das Ehepaar gehörte zu dem Personenkreis, der auch bei den Vorbereitungen mitgemischt hatte. Kurz vor dem Rennen wollten sie noch einmal die Strecke abfahren, die Wendeboje kontrollieren und auch sonst danach Ausschau halten, ob die Strecke frei war. Denn herumschwimmendes Treibgut konnte bei einer Kollision mit einem der Rennboote tödliche Folgen haben.

Das sollte vermieden werden.

Die beiden sprachen noch einige Worte mit dem Veranstalter. Der Mann hieß Ryan McNeal und leitete das Rennen schon im fünften Jahr.

McNeal, ein Mann in den Fünfzigern, gab die letzten Instruktionen.

»Wir werden erst das Startzeichen geben, wenn ihr wieder zurückkehrt.«

»Okay.« James O'Connor nickte. Er war ein Sporttyp, hatte flachsblondes Haar, und auf seiner Oberlippe wuchs ein buschiger Bart. Purdy war das genaue Gegenteil ihres Mannes. Klein und zierlich, aber in ihrem Körper steckte eine Kraft, die man ihr kaum zugetraut hätte.

Beim Segeln konnte sie sie immer wieder unter Beweis stellen.

O'Connor hatte bereits in dem kleinen, aber ungeheuer schnellen und schnittigen Rennboot Platz genommen. Auf dem Beifahrersitz nahm seine Frau Platz. James wollte steuern.

Er steckte den Zündschlüssel ins Schloß, drehte ihn, und der Motor kam sofort.

»Ein satter Sound, nicht wahr?!« rief die achtundzwanzigjährige, dunkelhaarige Purdy noch, wurde aber ruhig, als ihr Mann das Gas durchtrat und sie in den Sitz gepreßt wurde.

Das Boot war sehr leicht gebaut. Manche sagten, zu leicht für die hohe Geschwindigkeit, die es erreichte, und es mußten schon Könner sein, die es steuerten.

James O'Connor war solch ein Könner.

Fest hielt er das Steuerrad umklammert, er wirkte aber trotzdem nicht verkrampft, sondern saß locker im Sitz, auf seinen Lippen lag ein Lächeln.

James O'Connor genoß die Fahrt.

Er fuhr einen Bogen und drosselte dabei die Geschwindigkeit ein wenig.

Wellen liefen quer an, klatschten gegen den Rumpf, wurden hochgeschleudert, und die Spritzer bedeckten die Sichtscheibe aus Kunststoff über dem Armaturenbrett.

James O'Connor fuhr auf die Startlinie zu. Zwei auf dem Wasser schwimmende Bojen markierten sie. Fast im Leerlauf ließ James O'Connor das Boot herantreiben.

Er schaute zum Ufer zurück und sah, daß Ryan McNeal die Fahne hob. Dann ließ er den Arm sinken.

James gab Gas.

Das kleine Boot vollführte einen regelrechten Satz. Es wurde am Heck tief ins Wasser gedrückt, während sich der Bug hob. Wie ein Ball hüpfte das Boot auf den Wellen, einen langen, weißen Gischtstreifen hinter sich herziehend.

Fontänenartig spritzte das Wasser zu beiden Seiten weg. Die Wellen wurden vom Burg zerschnitten, und die in den See fallenden Strahlen der Morgensonne ließen zahlreiche Wellenkämme aufblitzen.

Der Wind hatte nachgelassen. Tiefblau schimmerte der Himmel. Die Luft war zwar kühl, dafür jedoch rein und klar. Herrlich zu atmen. Eine Wohltat für nikotingeschwängerte Großstadtlungen.

Gischtwolken sprühten über das Boot. Sie erinnerten an einen durchsichtigen Schleier. Es störte das Ehepaar nicht, daß es naß wurde. Sie trugen Anoraks, und Purdy hatte sich zusätzlich noch ein Tuch um den Kopf geschlungen.

James lachte seine Frau an. »Na, wie gefällt dir das?« rief er gegen den Motorlärm an.

»Einfach irre.«

»Und wie.«

Sie rasten weiter. James gab noch etwas mehr Gas. Ganz konnte er das Pedal nicht durchdrücken, dazu war der See nicht ruhig genug. Auch kleinere, querlaufende Wellen hätten es leicht zum Kentern gebracht. James war zwar ein mutiger und ausgezeichneter Rennfahrer, aber er ging nie unter ein gewisses Sicherheitslimit.

Purdy stellte die beiden großen Wischer ein, da die Scheibe zusehends mehr beschlug.

Durch die Halbkreise hatten sie eine gute Sicht.

Sie fuhren etwa auf der Seemitte, durchschnitten das Wasser von Osten nach Westen.

Purdy deutete nach vorn. »Dort ist schon die Wendeboje!« rief sie. »Du hast es in Rekordzeit geschafft. Nimm etwas Geschwindigkeit zurück, James.«

»Okay, okay.«

James wollte es genau wissen. Er fuhr noch voll aus. Das Boot schoß vorwärts und schien über das Wasser zu fliegen. Dann aber ging der Fahrer abrupt vom Gas.

Die Geschwindigkeit trieb Purdy und James nach vorn, dann aber wurden sie wieder zurückgedrückt. Fast gemütlich fuhr das Boot die letzten Yards und näherte sich der knallroten Wendemarke.

Vom Startplatz war nichts mehr zu sehen. Seaground lag in einer kleinen Bucht. Nicht weit entfernt auf der anderen Seeseite schimmerten die Dächer von Mallaig, einer anderen Ortschaft.

James O'Connor ging hart backbord.

Er zog das Boot so scharf herum, daß es fast krängte und seine Frau einen leisen Schrei ausstieß.

»Paß doch auf.«

James lachte nur.

Es war das letzte Mal in seinem Leben, daß er lachte, denn nun befanden sie sich fast genau über der Stelle, wo das Monster lauerte.

James wollte gerade wieder Gas geben, da sie die Wendemarke passiert hatten, als es geschah. Purdy bemerkte es zuerst.

»Moment, James«, sagte sie. »Da, schau…« Sie wies mit dem rechten Arm nach vorn.

Jetzt entdeckte auch James O'Connor den Strudel, der sich etwa zwanzig Yards vor ihnen gebildet hatte und trichterförmig in die Tiefe wuchs.

»Eine Untiefe«, sagte der Mann und ließ das Boot noch langsamer fahren.

»Aber die war vorhin noch nicht da«, meinte Purdy.

»Da haben wir sie vielleicht nicht entdeckt.«

»Doch, ich habe die Wasserfläche genau abgesucht. Ich hätte sie bestimmt gesehen, glaub mir. James, da stimmt was nicht!« Purdy stellte sich aufrecht, was in dem engen Cockpit des Bootes gar nicht so einfach war, aber so konnte sie besser sehen.

»Ich steuere backbord vorbei«, sagte James.

»Okay.« Purdy beobachtete den Strudel, der auf einmal nicht mehr vorhanden war. Statt dessen schäumte das Wasser auf. Urplötzlich entstand ein riesiger Wellenberg.

Mit einem Schrei auf den Lippen fiel Purdy in den Sitz zurück.

Und dann packte sie das nackte Entsetzen.

Aus dem Wellenberg heraus schälten sich die Umrisse einer riesigen Gestalt.

Die eines Monsters.

Turmhoch wuchs das Biest neben dem kleinen Boot auf. Es war eine Mischung zwischen Riesenfisch, Echse und Drache. Drohend und gefährlich präsentierte sich das weit aufgerissene Maul mit den spitzen Fangzähnen und dem gierigen Schlund.

Eine armdicke, riesenhafte Zunge schoß plötzlich aus dem Maul hervor, peitschte über die beiden Menschen hinweg, klatschte so hart ins Wasser, daß die Wellen über die Bordwand schwappten, und umwickelte dann blitzschnell das Boot.

Purdy schrie.

Es nutzte nichts.

Sie, ihr Mann und das Boot wurden hochgehoben, als wären sie nur ein Spielzeug. Urplötzlich schwebten sie in der Luft. Die Zunge fuhr zurück, und das Boot mitsamt seinen Insassen näherte sich dem weit aufgerissenen Maul.

Purdy klammerte sich an ihrem Mann fest.

»James, James!« kreischte sie immer wieder in panischem Entsetzen, während sich ihr Mann an der Schutzglasverkleidung festhielt und vor Grauen keinen Ton herausbrachte.

Er wußte nur eins. Wenn nicht ein Wunder geschah, war dies das Ende. In Sekundenbruchteilen schoß ihm all das durch den Kopf, was er über die Sagen und Legenden gehört hatte, die sich mit Loch Morar befaßten.

Da war von Ungeheuern die Rede, von Alptraummonstern und legendären Riesengestalten.

James O'Connor hatte immer darüber gelacht, doch nun war er auf eine schreckliche Art und Weise eines Besseren belehrt worden.

Seine Frau schrie noch immer, aber selbst durch ihr Schreien war das Knirschen von Metall zu hören.

Das kleine Boot brach auseinander. Es hatte der Kraft des Monsters nichts entgegenzusetzen.

Ogur aber triumphierte.

Jetzt hatte er nicht nur ein Opfer, sondern zwei.

Zwei Seelen für ihn.

Seine Kraft würde wachsen...

Wie winzig und klein diese Menschen doch gegen ihn waren.

Und dabei oft so arrogant. Sie lachten, wenn über die Ungeheuer der Tiefe gesprochen wurde. Das sollten sie büßen.

In einem plötzlichen Wutanfall ließ Ogur das Motorboot mit seinen Insassen fallen.

Alles ging blitzschnell.

James und Purdy O'Connor fanden keine Zeit mehr, nachzudenken oder sich mit der neuen Situation vertraut zu machen. Sie wußten plötzlich nicht mehr, wo oben und unten war. Dann klatschte das Boot auf die Oberfläche des Wassers.

Purdys Schrei endete abrupt. Wie ein Stein sank die Frau in die Tiefe.

Ihr Mann schoß noch einmal an die Oberfläche. Er hatte wie durch ein Wunder bis jetzt überlebt.

Dann aber war plötzlich die widerliche Zunge da. Wie eine Seeschlange schnellte sie auf ihn zu, und bevor er sich versah, umwickelte sie seinen Körper.

Ein Ruck, und das Wasser schlug über ihm zusammen.

James hatte keine Chance. Er schlug noch ein paarmal hilflos um sich, dann folgte die verzehrende Schwärze, die alles verschlang und James O'Connor nie mehr loslassen würde…

Noch bevor wir den Bootsverleih aufsuchen konnten, erhielten wir Besuch.

Marion Mitchell und Bob McClure trafen ein.

Bill machte mich mit den beiden jungen Leuten bekannt, die mir sofort sympathisch waren.

»Wir könnten in irgendein Lokal gehen und dort etwas trinken«, schlug ich vor. »Das Zimmer ist doch für vier Personen ein wenig zu eng.«

Wir verließen die Pension. Mich wunderte es, daß sich die beiden Frauen noch nicht hatten blicken lassen, aber sie würden bestimmt im Laufe des Tages eintreffen. Über den Augen verspürte ich einen leichten Druck. Ein Zeichen, daß ich in der vergangenen Nacht zu wenig Schlaf bekommen hatte.

Am Strand hatten sich zahlreiche Menschen versammelt. Soeben fuhr knatternd ein Motorboot ab. Es rauschte der Seemitte entgegen und zog eine lange, helle Gischtfahne hinter sich her.

»Das ist das Ehepaar O'Connor«, erklärte Bob. »Sie fahren noch einmal die Rennstrecke ab und prüfen nach, ob alles okay ist.«

Ich nickte und wandte mich dann an Bill. »Wie ich dich kenne, hast du schon einige Lokale hier entdeckt.«

Bill grinste. »Nur eins.«

Plötzlich hatte Marion Mitchel eine Idee. »Wir sollten das Vergnügen noch etwas verschieben«, sagte sie.

»Und warum?« fragte Bob erstaunt.

Marion gab eine gescheite Antwort. »Ich habe in der Nacht lange nachgedacht und bin sogar zu einem Ergebnis gekommen.« Sie zeigte mit dem Finger über ihre Schulter auf den See. »Jede Tat hat eine Vorgeschichte, und auch diese Monster sind nicht von ungefähr aufgetaucht. Es muß ein Motiv geben, einen Grund. Und den müssen wir eben herausfinden.«

»Völlig deiner Meinung«, erwiderte Bob. »Nun brauchst du nur noch zu sagen, wer etwas über das Motiv weiß.«

»Der alte McBower«, antwortete sie spontan.

Jetzt war Bob überrascht. Wir lasen es an seinem Gesicht ab.

»Hat Ihre Bekannte recht?« fragte ich.

Bob McClure knetete sein Kinn. »Wenn ich es mir recht überlege, schon«, gab er zu.

»Dann nichts wie hin!« rief Bill.

Wir gingen los.

Bob und Marion hatten die Führung übernommen. Der alte McBower wohnte außerhalb der Stadt, ziemlich dicht am Seeufer in einem blockhausähnlichen Gebäude.

Das Haus war von hohen Bäumen und dichtem Unterholz umgeben, und es führte nur ein schmaler Pfad zur Eingangstür.

»Wovon lebt der Mann?« fragte ich, als wir die Straße verlassen hatten.

Bob warf einen Blick über die Schulter. »Vom Fischfang, wie ich hörte. Er hilft aber auch manchmal bei den Handwerkern aus. Es geht ihm nicht schlecht.«

Wir blieben vor der Tür stehen. Eine Klingel gab es nicht, und Bob McClure klopfte.

Es dauerte einige Zeit, bis der Alte öffnete. Dann lugte uns ein stoppelbärtiges Gesicht durch den Türspalt an.

»Vier Leute!« rief McBower erstaunt. »Was ist denn los am frühen Morgen?«

»Dürfen wir eintreten?« fragte Bob.

»Meinetwegen. Wenn euch die Unordnung nicht stört.«

»Ganz gewiß nicht.«

Der Alte öffnete, und wir betraten sein Haus. Eine Mischung aus muffigem Kleidermief und Whiskydunst schlug uns entgegen. Zum Glück hatte ich schon gefrühstückt.

»Ich werde mal lüften«, sagte McBower und öffnete ein Fenster. Er streifte sich eine Art Kittel über sein graues Unterhemd.

Auf dem Tisch stand sein Frühstück. Speck und Brot. Neben dem Brett lag eine leere Whiskyflasche.

Der Alte grinste verschmitzt, als er unsere erstaunten Blicke bemerkte. »Kaffee hat mir der Arzt verboten«, sagte er.

Ich mußte lachen. Der Knabe gefiel mir. Er war ein Original. Den Schlafraum verdeckte ein Vorhang nur zur Hälfte. Ich sah ein zerwühltes Metallbett.

Stühle gab es nicht genügend, und so nahmen Bill und ich auf einer Bank am Ofen Platz.

»Jetzt bin ich aber gespannt«, sagte der Alte und frühstückte weiter, indem er Speckstreifen abschnitt und sie sich in den zahnlosen Mund stopfte.

Bob McClure übernahm die Gesprächsführung. Und er legte die Karten auf den Tisch. Er erzählte, was ihm und dem Mädchen widerfahren war, und der Alte nickte dazu weise.

Er zeigte sich nicht einmal erstaunt, sondern sagte nur immer wieder: »Ihr habt mir nie glauben wollen, ihr jungen Hechte. Erst wenn das Kind in den Brunnen gefallen ist, kommt ihr zu mir, aber dann ist es meistens zu spät.«

»Du mußt uns helfen, McBower«, drängte Bob.

Der Alte hob die Schultern.

»Bitte«, sagte Marion Mitchell.

McBower schaute Bill und mich an. »Wer seid ihr denn?« fragte er direkt.

»Wir kommen aus London«, stellte ich uns vor. Ich erzählte, welchen Job ich hatte, und in den Augen des Alten blitzte plötzlich ein reges Interesse auf.

»Dann sind Sie ja eine Art Gespenster- oder Geisterjäger, Mister.«

Damit hatte er den Nagel auf den Kopf getroffen. »Genau, alter Freund.«

McBower lachte kichernd. »Endlich werdet ihr vernünftig, ihr Ignoranten«, sagte er und schob sich wieder einen Streifen Speck in den Mund. Dann wischte er seine Lippen am Ärmel des Unterhemds ab und lehnte sich zurück.

Bob McClure wurde ungeduldig. »Was ist? Willst du uns nun helfen – ja oder nein?«

»Womit?«

»Wir wollen die Vorgeschichte des Falles hören«, mischte sich Bill Conolly ein. »Wenn wir die kennen, können wir unter Umständen herausfinden, wer hinter der Sache steckt und wie wir den Unbekannten bekämpfen können.«

»Und ihr meint, ich wüßte das?«

»Ja«, sagte Bob McClure. »Deshalb sind wir ja zu dir gekommen, Alter.«

McBower stand auf. »Ihr habt schon richtig gedacht, ihr Schlauberger, aber ich allein kann euch nicht helfen, da müssen wir schon zu meinem Freund Slocum.«

»Zum Küster?« fragte Marion erstaunt.

»Ja.«

»Ach herrje.«

»Was ist?« fragte ich. »Haben Sie etwas gegen den Mann?«

Marion Mitchel schüttelte sich. Sie bekam sogar eine Gänsehaut. »Der Typ ist komisch. Wirklich. Ein beinahe widerlicher Kerl.«

»Aber er ist Küster«, widersprach ich.

»Die Glocken kann auch ich läuten.«

Ich schaute Bob McClure an.

»Wir dürfen auf Marion nicht hören. Sie ist voreingenommen«, sagte er.

Das Mädchen sprang auf. »Ich gehe zu dem Kerl nicht hin.«

»Dann bleibst du eben im Dorf.«

»Das mache ich auch.«

»Warum streitet ihr?« fragte der alte McBower. »Wollt ihr die Vorgeschichte nun hören oder nicht?«

»Ja«, sagte ich und stand auf.

»Dann müssen wir jetzt gehen. Sonst wird es zu spät, denn gegen Mittag läutet er die Glocken.«

Wir verließen das Haus, nachdem sich der alte McBower noch eine Jacke übergezogen hatte. Die Luft draußen empfand ich als die reinste Wohltat.

Bevor wir gingen, trat Marion dicht an mich heran. »Der Küster ist ein Säufer!« zischte sie mir ins Ohr. »Geben Sie acht.«

»Danke für die Warnung«, erwiderte ich leise und folgte den anderen.

Ryan McNeal, der Rennleiter, wurde langsam ungeduldig. Immer wieder schaute er auf seine Uhr. »Eigentlich müßten sie schon zurück sein«, sagte er.

Der Mann sah sich um.

Die Teilnehmer der Rennen hatten sich bereits versammelt. Und auch die ersten Zuschauer waren aufgetaucht. Die Presse war ebenfalls vertreten, und zur Endausscheidung, die am morgigen Tag stattfinden sollte, war auch das Fernsehen eingeladen.

Man war gespannt.

Dreißig Minuten bis zum Start.

McNeal wurde langsam sauer. »Ich gebe Ihnen noch fünf Minuten. Wenn sie bis dann nicht zurück sind, nehme ich mir selbst ein Boot und schaue nach.«

»Vielleicht hatte der Motor einen Defekt«, meinte Clive Thomas, sein Stellvertreter. Er war ein Mann mit dicker Hornbrille und sah aus wie Woody Allen.

»Ja, vielleicht.« McNeal ließ den Mann stehen und schritt näher ans Ufer. Dort hatte er einen noch besseren Blick auf den See. Sie hatten die Hälfte des Gewässers gesperrt, außer dem des Ehepaars O'Connor war kein weiteres Boot mehr auf dem Wasser.

Er sah das Boot nicht.

Ryan McNeal schlug auf seine linke Handfläche. Er war sauer. Sie konnten nicht starten, bevor die O'Connors nicht zurück waren. Eine verdammte Situation.

Der Starter blickte zu ihm herüber. Er war ein neutraler Mann und kam aus Glasgow.

McNeal hob die Schultern.

Der Starter lächelte.

»Grins nur, du Bock«, murmelte McNeal und ging wieder zu seinem Assistenten zurück.

Der Woody-Allen-Verschnitt schaute ihm entgegen. »Und?« fragte er. »Was gesehen?«

»Nein.«

»Was machen wir denn jetzt?«

Ryan McNeal schnaufte. »Was wir machen? Ganz einfach. Ich schnappe mir selbst ein Boot und fahre auf den See hinaus. Und damit lege ich die Verantwortung in deine Hände, Clive. Sorg dafür, daß es hier keine Panik gibt oder was weiß ich. Alles muß seine Ordnung haben.« McNeal lächelte, klopfte Thomas gegen seine mageren Wangen.

Dann verschwand er.

McNeal hinterließ einen nervösen Assistenten, der es wirklich schwer hatte, seinen Boß zu vertreten, denn Thomas wußte selbst, daß er nicht ernstgenommen wurde.

Um solche Probleme kümmerte sich McNeal jedoch nicht. Er saß bereits in einem der Rennboote, die der Streckenleitung gehörten, und startete.

In einem weiten Bogen rauschte Ryan McNeal auf den See hinaus.

Er umfuhr die Bucht und rechnete eigentlich damit, das Boot der O'Connors zu sehen, aber das war nicht der Fall.

Wie leergefegt lag die Wasserfläche vor ihm. Das Westufer war nicht zu erkennen. Es verschwamm im Dunst. Von O'Connors Boot war ebenfalls nichts zu sehen.

Und nun begann sich auch Ryan McNeal Sorgen zu machen. Das ging nicht mit rechten Dingen zu. Die O'Connors waren zuverlässig und galten als große Rennsportsfans. Nie wären sie ohne einen Grund zurückgeblieben. Nein, da mußte etwas passiert sein.

Ryan McNeal sah bereits das leuchtende Rot der Wendeboje. Er fuhr aber noch weiter und schaute dabei nicht nur nach vorn, sondern auch nach rechts und links.

Da sah er auf der Wasseroberfläche etwas blitzen.

Ryan McNeal gab etwas mehr Gas und fuhr einen weiten Kreisbogen, um an die betreffende Stelle zu gelangen.

Plötzlich wurden seine Augen groß.

Das Teil, das dort einen Sonnenstrahl blitzend zurückwarf, gehörte zu einem Schiff.

Ryan McNeal war sich sicher. Es war ein Teil der Bordwand mit einem Metallstreifen darauf. Und McNeal war das Boot der O'Connors sehr gut bekannt.

Ein schwerer Klumpen schien plötzlich in seinem Magen zu sitzen. Auf einmal drehte sich alles vor seinen Augen. Die Wahrheit traf ihn hart.

Das Boot der O'Connors war gesunken!

In der Nähe schwammen noch weitere Wrackteile auf der Oberfläche. Ryan McNeal machte sich erst gar nicht die Arbeit, das Zeug aus dem Wasser zu holen. Mit Vollgas jagte er zum Startplatz zurück, wobei sein Boot wie eine Rakete über das Wasser zischte. Und schon während dieser Fahrt dachte McNeal darüber nach, wie es dazu kommen konnte, daß das Boot der O'Connors gesunken war.

Aber er fand keine Erklärung…

Nach einer Erklärung suchten wir auch. Und deshalb waren wir auf dem Weg zu diesem Küster.

Wir gingen durch schmale Gassen und stiegen enge Treppen hoch, die manchmal durch rostige Eisengeländer gesichert waren. Die Kirche lag am Berg, und direkt beim Gotteshaus sollte auch der Küster wohnen, der uns angeblich mehr sagen konnte.

Der etwas beschwerliche Weg mündete auf einem kleinen Kirchplatz. Links davon sah ich den Friedhof von Seaground am Hang liegen. Die Gräber sahen gepflegt aus, wie auch das Gotteshaus selbst mit seinen dicken Mauern und den schmalen, langen Fenstern, in denen buntes Bleiglas schimmerte.

McBower führte uns an der Kirche vorbei und über einen schmalen Weg auf ein rotes Ziegelsteinhaus zu, das neben einer Gruppe von mächtigen Platanen fast klein wirkte.

»Dort wohnt der Knabe«, sagte McBower.

Bald standen wir vor der Tür, und der alte McBower klingelte.

»Hoffentlich ist der Küster nicht besoffen«, flüsterte mir Bob McClure ins Ohr.

Ich hob die Schultern.

Der Küster öffnete.

Er zog die Tür ganz auf, damit er sich an ihr festhalten konnte, denn er hatte getrunken.

»Kommt rein, Freunde!« lallte er. »Und trinkt einen mit. Ich lade euch ein.«

Wir schauten uns an. Und auf unseren Gesichtern stand wohl zu lesen: Von dem bekommen wir keine Auskünfte.

Der Küster grinste über sein Vollmondgesicht. »Ah, McBower, du alter Schluckspecht. Rein zu mir. Wir wollen einen...«

Bob McClure drehte sich um. »Es hat wohl keinen Zweck«, sagte er, »daß wir uns mit ihm unterhalten.«

»Wer ist dann zuständig?« fragte ich.

»Moment noch«, sagte McBower und drückte die Tür auf. Der Küster wollte protestieren, doch der Alte ließ ihn gar nicht zu Wort kommen. Wir hörten ihn im Haus rumoren, und der Küster zeterte, was McBower überhaupt nicht kümmerte.

Er räumte im Haus auf.

Als er zurückkam, strahlte sein Gesicht. Triumphierend hielt er ein altes, in Leder gebundenes Buch hoch. »Ich wußte doch, daß der alte Säufer Aufzeichnungen besitzt. Er zeigte sie mir, als wir einen zusammen hoben.«

»Gib her!« rief der Küster und wollte McBower das Buch aus der Hand reißen.

Der jedoch ging geschickt zur Seite, und der Küster faßte ins Leere.

»Los, wir verschwinden wieder«, sagte der Alte. Er kümmerte sich nicht um das Geschrei des Küsters, der uns als Diebe und Einbrecherpack titulierte.

Bob rief noch über die Schulter zurück. »Vergiß nur nicht zu bimmeln, du versoffener Strick.«

»Halts Maul!«

Bob lachte.

Diesmal gingen wir tatsächlich in ein Lokal. Wir fanden eine gemütliche Ecke und setzten uns um einen ovalen Tisch. Als Getränk bestellten wir Mineralwasser. Der Wirt guckte zwar dumm, doch das war uns egal. Bier am früheren Morgen durften wir uns nicht bestellen, wenn wir einsatzfähig bleiben wollten.

McBower blätterte das Buch auf. »Es ist nicht alles interessant für uns«, nuschelte er. »Aber ein Kapitel beschäftigt sich sehr genau mit dem Count of Ferryguard.«

»Wie alt ist das Buch?« fragte ich.

»Keine Ahnung, aber bestimmt zweihundert Jahre. Es gehört der Kirchenbücherei.«

Ich nickte.

McBower blätterte weiter, und ich bot Zigaretten an. Bill Conolly und Bob nahmen eine, McBower schüttelte den Kopf. Dafür reichte er mir das aufgeschlagene Buch herüber.

Das dritte Kapitel beschäftigte sich mit dem Wirken des Count of Ferryguard, und ich muß ehrlich gestehen, ich war fasziniert, als ich anfing zu lesen.

Vor rund siebenhundert Jahren schwang sich der Count of Ferryguard zum selbsterwählten Herrscher der Hebriden auf. Er regierte das nordwestliche Schottland mit eiserner Hand, und er galt bei der Bevölkerung als Tyrann.

Wie alle Tyrannen, hatte auch er Angst vor seiner eigenen Verwandtschaft. Man trug ihm zu, daß sein Bruder beabsichtigte, ihn vom Thron zu stürzen.

Der Count of Ferryguard reagierte.

Sein Vertrauter, der exkommunizierte Mönch Alexis, versprach ihm Hilfe. Alexis hatte sich nicht nur mit der Kirchenlehre beschäftigt, sondern auch mit dem Gegenteil davon. Mit der Teufelslehre. Nach seinem Austritt aus der Kirche war er dem Satan verfallen. Es gelang ihm zwar nicht, Gold herzustellen, dafür aber beschwor er einen mächtigen Dämon.

Den Schwarzen Tod!

Ich zuckte regelrecht zusammen, als ich den Namen meines Erzfeindes las. Lange hatte ich nichts von ihm gehört. Jetzt auf einmal tauchte er wieder auf.

Der Schwarze Tod versprach, dem abtrünnigen Mönch und dem Count zu helfen.

Er erweckte Ogur, das Ungeheuer aus der Tiefe. Und Ogur kam. Eines Tages, als die Verwandtschaft des Grafen auf dem Loch Morar eine Bootsfahrt machte, tauchte Ogur auf.

Das Ungeheuer kannte kein Pardon. Es zog das Boot mit Mann und Maus in die schreckliche Tiefe.

Niemand kam mit dem Leben davon. Der Count atmete auf, aber der Schwarze Tod und auch Ogur waren nicht zufrieden. Sie wollten noch mehr Opfer. Der Count gehorchte und führte sie ihnen zu. Ein Schiff mit Sträflingen sank, Fährboote verschwanden spurlos, und es sprach sich herum, daß der Count mit den Mächten der Hölle einen Pakt geschlossen hatte. Man redete von Druidenpriestern, von geheimnisvollen Beschwörungen und gefährlichen Ritualen. Aber niemand wagte es, dem Count offen gegenüberzutreten.

Doch auch er starb.

Jemand hatte sein Essen vergiftet.

Die Bevölkerung atmete auf, der Count geriet in Vergessenheit, und Ogur zog sich zurück.

Der Schwarze Tod aber hatte hier einen Stützpunkt. Das war klar.

Ich legte das Buch zur Seite.

Bill Conolly sah mich gespannt an. »Und?« fragte er.

»Der Schwarze Tod«, sagte ich.

»Verdammt.«

»Wer ist der Schwarze Tod?« Bob McClure stellte die Frage, und ich gab die Antwort mit ein paar Sätzen.

»Wir können uns auf einiges gefaßt machen«, resümierte mein Freund Bill. »Denn wenn er mitmischt, werden unsere Chancen immer geringer.« Der Reporter sah mich an. »Was ist, John? Willst du Suko holen?«

»Wäre besser. Zu dritt sind wir stärker.«

»Okay.«

Ich stand auf und erkundigte mich bei dem Wirt nach einem Telefon. Als ich ihm sagte, daß ich mit London sprechen wollte, bekam er große Augen.

»Das Gespräch muß ich erst anmelden.«

»Dann tun Sie's.« Meine Stimme klang leicht ärgerlich.

»Ja, ja, Sir.«

Ich wischte mir über die Stirn. Der Schwarze Tod also. In Gedanken sah ich ihn vor mir. Das dunkle Skelett mit den weißen, gefährlichen Augen. Er hatte mich und meine Freunde oft an den Rand einer

Niederlage gebracht, aber bisher hatten wir ihm noch immer ein Schnippchen schlagen können.

Würde uns das auch diesmal gelingen?

Mein Gespräch kam.

Ich mußte mich zuerst an das Rauschen in der Leitung gewöhnen, dann hörte ich Sukos Stimme.

»Du mußt sofort kommen«, erklärte ich. »Unser Freund hat sich wieder gemeldet.«

Der Chinese wußte sofort Bescheid. »Der Schwarze Tod?«

»Genau.«

»Verdammt.«

»Nimm ein Flugzeug, Suko. Du kannst in Glasgow landen. Von dort ist es nicht mehr weit. Ich will, daß du am späten Nachmittag hier bist.«

»Geht in Ordnung, John.«

Die anderen saßen noch am Tisch.

»Und?« fragte Bill.

»Suko wird am Nachmittag hier eintreffen.«

»Klasse. Und was tun wir?«

»Den See inspizieren.«

»Das geht nicht«, belehrte uns McBower.

»Warum?«

»Weil der See gesperrt ist, Mr. Sinclair. Wenigstens der Teil, auf dem die Rennen stattfinden.«

»Die haben schon begonnen!« sagte Bob McClure.

Ich schaute Bill Conolly an. »Dann nehmen wir uns den freien Teil des Sees vor. Einverstanden?«

Bill nickte. »Aber immer.«

Ryan McNeal war aschfahl im Gesicht, als er am Ufer anlegte und aus dem Boot stieg.

Sein Assistent, Clive Thomas, lief auf ihn zu.

»Was ist?« fragte er.

McNeal atmete tief durch, bevor er sich zu einer Antwort bequemte. »Sie… sie sind tot«, sagte er. »Versunken – ertrunken. Das

Boot – ich habe nur noch Trümmer gesehen.«

»Mein Gott.« Clive Thomas taumelte zurück. Er war jetzt ebenso blaß wie McNeal. »Und nun?«

McNeal hob die Schultern. »Wir müssen das verdammte Rennen verschieben.«

»Das geht nicht.«

»Wieso geht das nicht?« schrie McNeal. Er war übernervös und entschuldigte sich sofort.

»Die Leute warten. Sie sind zum Teil von weit her angereist, um an diesem Rennen teilzunehmen. Wir können das jetzt nicht so einfach absagen.«

»Aber verschieben.«

»Das wäre zumindest eine Möglichkeit.«

McNeal stapfte den Uferstreifen hoch. Thomas schritt neben ihm, und der Rennleiter winkte dem Starter.

Der Mann lief zu ihm.

»Alles klar?« fragte er.

»Nein, nichts ist klar«, erwiderte Ryan McNeal und berichtete von dem Unglück.

Der Starter schluckte. »Aber wie – wie konnte das passieren?« flüsterte er.

»Das weiß ich auch nicht. Die O'Connors waren ausgezeichnete Rennfahrer. Sie kannten das Gewässer wie ihre Westentasche. Mir ist es ein Rätsel.«

»Sollen wir einen Suchtrupp losschicken?« fragte der Startleiter.

»Das hat keinen Zweck mehr.«

»Vielleicht haben sie sich retten können?«

McNeal schüttelte den Kopf. »Glaube ich kaum. Das Ufer ist viel zu weit entfernt.«

Clive Thomas hob verlegen die Schultern. Er blickte zum Startplatz hinüber.

Zwanzig Boote standen startbereit. In den Vorläufen ging es um das Zeit- und um das Geschicklichkeitsfahren.

Es war nicht das erste Rennen, das Clive Thomas erlebte. Und er wunderte sich über die Aktiven. Sie standen ruhig neben den Booten, ohne überhaupt mit der Wimper zu zucken. Keine Nervosität, kein gegenseitiges Aufschaukeln durch Worte. Es schien, als hätte eine Lethargie die Männer erfaßt.

Wie Denkmäler standen sie dort. Ihre bunten Rennanzüge leuchteten in der Sonne.

McNeal war der Zustand nicht aufgefallen. Er hatte zuviel organisatorischen Kram am Hals. Dazu gehörten Schreibarbeiten, das Aufstellen von Listen, Telefonate und noch mehr.

Um die Teilnehmer kümmerte er sich nicht.

Der Starter warf einen Blick auf seine Uhr.

»Eine Absage des Rennens können wir nicht riskieren«, sagte er. »The show must go on.«

»Das weiß ich auch«, erwiderte McNeal. »Wir müssen allerdings den Start verschieben.«

»Der Meinung bin ich auch.«

»Übernehmen Sie das?« fragte McNeal.

»Ja, ich werde es den Fahrern mitteilen. Gibt es aber Schwierigkeiten und Ärger, so sage ich ihnen, sie sollen sich an Sie wenden, Mr. McNeal.«

»Tun Sie das.« Der Rennleiter winkte seinen Assistenten zu sich heran. »Wir sorgen dafür, daß die Trümmer des Bootes geborgen werden, die noch auf dem Wasser schwimmen. Am liebsten wäre es mir, das Rennen würde überhaupt nicht stattfinden.«

Thomas konnte seinen Boß sehr gut verstehen. Er hob nur die Schultern. Was hätte er auch sagen sollen?

Wir gingen den gleichen Weg wieder zurück. Unterwegs fiel mir etwas ein.

»Wo kriegen wir eigentlich ein Boot her?« fragte ich Bob McClure. »Gibt es hier einen Verleiher?«

»Ja.«

Ich war beruhigt und sagte dies auch, doch der junge Student schüttelte den Kopf.

»Ist nicht drin, Mr. Sinclair. Soviel ich weiß, sind alle Boote verliehen. Denken Sie daran, wir haben die Rennwoche, und viele

Zuschauer wollen die Wettkämpfe vom See aus verfolgen. Hautnah.«

Mein Fluch war nicht druckreif.

Der alte McBower sprang ein. »Ich habe noch ein Boot«, sagte er. »Sie können es haben.«

»Leihgebühr?« erkundigte ich mich.

»Keine.«

»Ich werde mich erkenntlich zeigen.« Das Buch hatte ich mir unter den Arm geklemmt. Mein Freund Bill und ich hielten unterwegs Ausschau nach den beiden Frauen, doch Sheila und Jane waren nicht zu sehen.

Hatten die beiden uns auf den Arm genommen?

Bill fragte McBower nach dem Liegeplatz des Bootes.

»Direkt bei meiner Hütte«, erwiderte der Alte. »Aufgetankt ist der Kahn auch.«

»Dann kann ja nichts schiefgehen«, sagte Bill.

Wir erreichten den Strand und wunderten uns alle, daß das Rennen noch nicht begonnen hatte.

»Seltsam«, murmelte McBower, »ob da etwas passiert ist?«

Ich hatte ein ungutes Gefühl, und mir lief eine Gänsehaut über den Rücken. Ein Blick auf meinen Freund Bill Conolly zeigte mir, daß er ähnlich dachte.

Sollte diese Rennverzögerung etwas mit unserem Fall zu tun haben?

Ich wollte nachfragen.

»Entschuldigt mich mal für einen Moment«, sagte ich und lief auf den Strand zu.

Mir fiel ein junger, ziemlich dünner Mann auf, der eine Hornbrille trug und sich einen Hefter unter den rechten Arm geklemmt hatte. Er sah aus wie ein Offizieller.

Ihn sprach ich an.

»Ja, Sir, was kann ich für Sie tun?« Er schaute ziemlich verwirrt aus der Wäsche.

»Das Rennen hat noch nicht begonnen, wie ich sehe.«

»Nein.«

»Wann ist der Start?«

»Keine Ahnung. Wenn Sie Zuschauer sind, dann begeben Sie sich bitte zu den anderen. Oder fragen Sie einen Journalisten einer Rennzeitung, der kann Ihnen Auskünfte geben.«

»Ich möchte keine Auskünfte, sondern den Starttermin wissen.«

»Den kenne ich nicht.«

»Dann ist der Start verschoben worden?«

Der Knabe schob seine Brille hoch. »Ja.« Er wollte sich abwenden, doch ich hielt ihn am Ärmel fest.

»Was fällt Ihnen ein, zum Teufel?« fuhr er mich an.

Ich lächelte ihm ins Gesicht und zeigte ihm gleichzeitig meinen Ausweis.

»Polizei?« fragte er erstaunt.

»Ja. Mein Name ist John Sinclair. Ich bin Oberinspektor bei Scotland Yard. Würden Sie jetzt meine Fragen beantworten?«

Er zeigte sich zerknirscht. »Natürlich, Sir. Ich konnte ja nicht wissen, daß Sie Polizist sind. Ich dachte, Sie wären einer von diesen Reportern, die überall herumschnüffeln und nach Sensationen suchen.«

»Würden sie denn eine finden?« fragte ich.

»Was?«

»Eine Sensation.«

»Nein.«

Ich lächelte und steckte meinen Ausweis wieder weg. »Dann sagen Sie mir doch wenigstens, weshalb Sie den Start verschoben haben, Mister...«

»Thomas, Clive Thomas ist mein Name.«

»All right, Mr. Thomas, ich höre.«

»Wir haben den Start wegen eines Unglücks hinausgezögert«, erklärte er mir. »Das Boot, das die Strecke noch einmal abfahren sollte, ist gesunken.«

»Und der Fahrer?« hakte ich nach.

Der Mann hob die Schultern. »Es waren zwei«, erwiderte er. »Ein Mann und eine Frau. Wir – wir haben bisher keine Spur von den beiden entdecken können.«

»Dann sind sie ertrunken«, stellte ich fest und sprach mehr zu mir selbst. »Aber sagen Sie, Mr. Thomas, haben Sie die Leichen schon gefunden?«

»Nein, es ist auch noch keine Suchaktion gestartet worden.«

»Vielleicht leben die Leute noch?«

Thomas schüttelte den Kopf.

»Was macht Sie so sicher?«

Er berichtete mir, daß sein Chef, der Rennleiter, hinausgefahren war und die Wrackteile gefunden hatte.

»Zeugen für diesen Unfall gibt es auch keine?«

»Tut mir leid.«

»Okay.« Ich nickte ihm zu. »Wenn ich noch weitere Fragen habe, werde ich mich wieder an Sie wenden. Vorerst vielen Dank, Mr. Thomas, für Ihre Mühe.«

»Aber das macht doch nichts.« Ich war schon zwei Schritte weg, als er rief: »Sagen Sie, Sir, sind Sie privat hier oder dienstlich?«

»Beides«, gab ich zurück und ging zu den anderen.

Die warteten schon.

»Was hast du denn so lange mit dem Knaben zu bereden gehabt?« fragte mich Bill Conolly.

»Es war einer von der Rennleitung, und er hat mir erzählt, weshalb der Start verschoben worden ist.«

»Und warum?«

Ich berichtete. Bill Conolly, Bob McClure und der alte McBower wurden blaß. Und der Alte sprach das aus, was wir alle dachten. »Der Unfall ist nicht mit rechten Dingen zugegangen. Das spüre ich genau.«

Wir nickten.

»Um so gefährlicher wird es sein, den See zu überqueren«, sagte der Reporter.

Ich schaute Bill an. »Du hast keine Waffe?«

»Nein.«

»Dann laufe ich zum Wagen und hole dir eine.«

Mein Einsatzkoffer lag im Kofferraum. Ich holte die Ersatzberetta hervor und die gnostische Gemme. Die Pistole war mit geweihten Silberkugeln geladen, und die gnostische Gemme war ein flacher ovaler Stein, auf dessen Oberseite eine Schlange abgebildet war, die sich selbst in den Schwanz biß. Der Stein schimmerte leicht grünlich und war schon sehr abgegriffen.

Der Sage nach sollte der Stein fast zweitausend Jahre alt und einmal im Besitz eines Führers der Gnostiker gewesen sein. Diese wiederum waren eine Sekte, die sich schon in früh-christlicher Zeit von der Hauptkirche getrennt hatte, einen Teil der Lehre verleugnete, dafür jedoch die philosophischen Betrachtungen der alten Griechen in ihren Glaubenskreis mit einbezogen hatten. Ihre Priester beherrschten auch die Magie und wußten ebenfalls, wie man sich gegen die Kräfte des Bösen schützen konnte.

Die Gemme hing an einer ledernen Schnur, und ich übergab sie Bill, der sie sich um den Hals band. Als er die Pistole einsteckte, meinte er grinsend: »Jetzt fühle ich mich wohler.«

Ich dachte an Ogur, das Ungeheuer. Gesehen hatte ich es noch nicht, aber ich glaubte an seine Existenz. Genau wie der Schwarze Tod existierte. Ihm hatte ich schließlich oft genug gegenübergestanden. Man fand überall seine Spuren, wenn man erst einmal in der Szene drin war.

Ich war sicher, daß wir noch mehr Stützpunkte finden würden, falls wir das nächste Abenteuer überlebten…

Wir passierten die Blockhütte des alten McBower und liefen zum See hinunter.

Ich konnte den vorderen Rand des Wassers nicht sehen, da ein Schilfgürtel uns die Sicht verwehrte. Die langen, grünen Rohre bewegten sich leicht im Wind.

»Und wo liegt das Boot?« fragte Bill Conolly.

McBower deutete nach rechts. »Wir müssen noch ein paar Schritte laufen.«

Es war wirklich nicht weit.

Der Alte hatte eine Schneise in den Schilfgürtel gehauen und sogar einen kleinen Holzsteg gebaut, an dem das Motorboot vertäut lag.

Es war ein alter Kahn. Er hätte dringend einen neuen Anstrich nötig gehabt.

Mein Blick fiel ziemlich skeptisch aus, und McBower lachte. »Keine Sorge, Mr. Sinclair, der Motor ist so gut wie neu. Sie haben einen richtigen Wellenflitzer vor sich.«

»Na ja, mal schauen.«

Der Kahn war ein Außenborder. Zwei Personen fanden darin Platz.

Bill und ich liefen über den Steg. Der Reporter stieg als erster in den Kahn und setzte sich ans Heck. Als ich hineinsprang, schwankte das Boot bedenklich.

Der Außenborder stand hoch. Bill kickte ihn hinab, so daß die Schraube im grünen Wasser verschwand. Die auslaufenden Wellen schaukelten das Boot hin und her.

Der alte McBower hatte die Schneise weit in den Schilfgürtel hineingeschnitten.

Wir hatten einen freien Blick nach vorn.

McBower löste die Leine.

Bill schaute ihm dabei zu, während ich nach vorn blickte.

Es war wohl Zufall, daß ich am Ende des Schilfgürtels die Bewegung im Wasser sah. Es entstand ein Wellenkreis, den ebensogut ein Fisch verursacht haben konnte. Ich hätte auch normalerweise gar nicht weiter hingeschaut, wenn nicht das Mißtrauen sowieso schon zu tief gesessen hätte.

Denn plötzlich sah ich, wie sich eine Hand mit fünf gekrümmten Fingern au sdem Wasser schob...

Ryan McNeal lief auf seinen Assistenten Clive Thomas zu. »Wer war das, mit dem du gesprochen hast?«

»Ein Polizist.«

»Was?« Schnaufend holte McNeal Atem.

»Sogar vom Yard.«

»Was wollte er?«

»Er hat gefragt, warum das Rennen noch nicht begann, das war alles.«

»Und? Hast du ihm den Grund genannt?«

»Selbstverständlich.«

»Du Idiot.« McNeal schlug sich gegen die Stirn. »Verdammt, jetzt wird der Kerl doch mißtrauisch. Wenn der Nachforschungen anstellt, können wir das Rennen in den Mond schreiben.«

»Hätte ich ihn anlügen sollen?«

»Dir wäre schon eine Ausrede eingefallen!« blaffte McNeal.

»Und anschließend wäre ich der Dumme gewesen, wenn der Bulle die Wahrheit erfahren hätte. Nein, Mr. McNeal, mit mir nicht.«

»Okay, ist nicht zu ändern. Wenn ich schon mal nicht da bin, läuft auch alles verkehrt.«

Eingebildeter Affe! dachte Clive.

»Wir wollen nur hoffen, daß nicht noch mehr Staub aufgewirbelt wird«, sagte McNeal. »Jetzt gehen wir erst mal zu den Fahrern und beruhigen sie.«

»Die sind doch gar nicht nervös«, meinte Thomas.

Wegen dieser Antwort schaute sein Vorgesetzter ihn an, als wolle er ihn fressen. Wütend stapfte McNeal los, und Clive Thomas folgte ihm.

Die Fahrer standen in kleinen Gruppen zusammen und unterhielten sich. Manche hielten sich auch abseits. Die Gesichtszüge der Männer waren von einer nahezu stoischen Gelassenheit.

Durch irgendeine Indiskretion mußte sich bereits herumgesprochen haben, daß der Start verzögert wurde.

Einer der Rennfahrer löste sich aus der größten Gruppe. Er trug eine rote Rennjacke mit der Startnummer drei darauf. Er hielt einen großen Helm in der Hand.

»Wir starten noch nicht?« fragte er.

McNeal blieb stehen. »Woher wissen Sie das, Mann?«

Der Fahrer hob die Schultern. »Man hört so einiges. Es spricht sich schnell herum.«

McNeal nickte. »Sie haben recht, es stimmt. Wir starten erst später.«

»Und wann?«

»Den genauen Zeitpunkt kann ich Ihnen auch nicht sage. Leider, Mister.«

»Okay.«

McNeal und Clive Thomas gingen weiter. Thomas lächelte verzerrt, als er an dem Fahrer vorbeischritt. »Haben Sie nicht gesehen?« fragte er seinen Boß.

»Was gesehen?«

»Die Augen von dem Kerl. Sie waren stumpf. Richtig glanzlos und ohne Leben. Wie bei einem Toten...«

»Du spinnst.«

Thomas hob die Schultern. »Was ich gesehen habe, das habe ich gesehen«, verteidigte er sich.

»Ja, ja.« McNeal ging weiter, und Clive Thomas folgte ihm nur zögernd.

Die beiden Männer wollten mit den Fahrern sprechen, die zusammenstanden und eine große Gruppe bildeten. Soweit kam es nicht. Ein Ereignis lenkte sie ab, das man zumindest mit dem Begriff außergewöhnlich beschreiben konnte.

Es passierte einem Fahrer.

Thomas hörte einen Fluch und die Stimme. »Verdammt, geschnitten!«

Unwillkürlich blieb der junge Mann stehen und drehte den Kopf nach links. Dort hatte sich einer der Fahrer an einem Stück Blech die Hand aufgesägt.

Eine Fleischwunde, mehr nicht.

Doch etwas war anders.

Aus der Wunde quoll kein Blut...

Sekundenlang starrte ich auf die Klaue. Sie wanderte weiter, von mir aus gesehen nach links und auf den Schilfgürtel zu.

»Bist du fertig, John?« hörte ich die Stimme meines Freundes Bill. Er hatte nichts bemerkt.

»Moment noch«, sagte ich.

»Was ist denn?«

Ich ließ die Hand nicht aus den Augen. Sie hatte jetzt den Schilfgürtel erreicht, bog die Halme auseinander, und plötzlich wurde aus der Hand ein Arm, ein Stück Schulter, und dann sah ich den Kopf. Klatschnaß hingen lange, strähnige Haare ins Gesicht, dessen Haut grünlich schimmerte. Ich sah die verdrehten Augen und das Weiße darin schimmern.

Mir wurde klar, was für ein Geschöpf ich vor mir hatte.

Einen Zombie!

Eine lebende Leiche.

Verdammt…

Hinter mir war es still geworden. Bill Conolly gab keinen Kommentar von sich.

Ich warf einen Blick über die Schulter. Auch mein Freund hatte die Leiche gesehen, und auf seinem Gesicht lag ein verzerrtes Grinsen, während er mit der rechten Hand nach seiner Pistole tastete.

Jetzt wußte auch ich, in was ich da geraten war.

Bill und ich wechselten einen Blick des Einverständnisses.

»Soll ich schießen?« zischte der Reporter.

Ich schüttelte den Kopf.

Auf keinen Fall wollte ich, daß Bill Conolly diesen Zombie endgültig zur Hölle schickte. Ich hatte vor, diesen Untoten zu verfolgen, um zu wissen, wo sein Ziel war.

»Warum fahrt ihr nicht ab?« klang Bob McClures Stimme auf.

Wir gaben keine Antwort.

Der Zombie tauchte inzwischen in den Schilfgürtel ein. Bis zur Hüfte reichte ihm das grünlich schillernde Wasser. Ich erkannte an den Bewegungen des Schilfs, wie er sich voranbewegte. Die Rohre wurden nach vorn bewegt und sprangen wieder zurück in ihre alte ursprüngliche Stellung.

Der lebende Leichnam bewegte sich in unsere Richtung. Er wollte ans Ufer, das war klar.

»He, warum fahren Sie nicht ab?« Bob McClure wurde ungeduldig.

Bill wandte sich um und legte seinen Zeigefinger auf die Lippen.

Der junge Mann schwieg. Er war verwirrt, da er nicht wußte, was der Grund unseres Bleibens war.

Ich zog sicherheitshalber meine Beretta.

Der Zombie kam immer näher.

Weiter bewegten sich die Schilfrohre. Hin und wieder sah ich die Gestalt des Untoten zwischen dem Schilf schimmern. Der Zombie trug eine blaue Jacke oder einen Anorak, so genau konnte ich das nicht erkennen.

Nur noch zwei Yards war er von mir weg.

Schußbereit kauerte auch Bill Conolly im Heck des Bootes. Er deckte mir den Rücken.

Dann war der Zombie mit mir auf gleicher Höhe.

Mit einem Ruck drückte er die Schilfrohre zur Seite und verschaffte sich so freien Durchgang zu seinem Ziel.

Und das war ich.

Wir starrten uns an.

Das Gesicht des Zombies schimmerte grünlich und war leicht aufgedunsen. In den verdrehten Augen leuchtete das Weiße. Der Mund war halb geöffnet, die Arme hingen am Körper herab, während die Hände zur Hälfte ins Wasser eintauchten.

Ich hob die Waffe ein wenig an.

Da sprang der Zombie vorwärts...

Clive Thomas blieb stehen, als wäre er vor eine Wand gerannt. Er starrte auf die Hand des Fahrers und damit auf die Wunde, aus der kein Tropfen Blut rann.

Unfaßbar...

Der Fahrer hob den Kopf. Sein Blick kreuzte sich mit dem des Assistenten. Plötzlich hatte Clive Thomas das Gefühl, Eiswasser würde durch seine Adern fließen.

Er senkte den Blick.

»Starten wir noch nicht?« fragte der Fahrer.

Thomas schüttelte den Kopf. Er wollte etwas sagen, doch nicht ein Ton drang aus seiner Kehle. Er konnte es nicht fassen. Ein Mann, der sich eine Wunde beigefügt hatte, aus der kein Blut drang.

Ungeheuerlich.

Clive Thomas begriff nicht, er hatte noch nichts von Zombies gehört. Wenn ja, dann glaubte er nicht daran. Er brachte dieses Phänomen auch gar nicht mit einem Zombie in Verbindung, er war nur völlig verwirrt – und entsetzt.

»Sehen Sie mal zu, daß wir bald starten können«, sagte der Fahrer zu ihm.

»Ja, ja«, erwiderte Thomas geistesabwesend.

»Clive, verdammt, komm endlich. Wie lange soll ich noch warten?« McNeal schrie nach seinem Assistenten.

»Sofort.« Thomas schob seine Brille hoch, ließ den Fahrer stehen und ging zu seinem Chef.

»Mann, Sie sind vielleicht eine Trantüte«, empfing McNeal ihn. »Mit Ihnen ist aber auch nichts anzufangen.« McNeal sagte mal Sie, dann wieder du. Er nahm das nicht so genau.

Thomas hob die Schultern. »Chef, ich…«

»Ach, reden Sie nicht.«

»Jetzt hören Sie mir endlich mal zu, verdammt!« schrie Thomas und biß sich gleich darauf aus Angst vor der eigenen Courage auf die Lippen. Er hatte sich doch ein wenig zuviel vorgenommen und eine zu große Lippe riskiert.

Thomas erwartete, daß sein Chef jetzt in die Luft gehen würde, doch das Gegenteil trat ein.

Ryan McNeal grinste. »Endlich«, sagte er. »Endlich wirst du vernünftig, Junge.«

»Entschuldigen Sie, ich…« Thomas wurde rot, doch McNeal klopfte ihm auf die Schulter.

»Was ist denn?«

Der Assistent holte tief Luft. »Es war so«, sagte er stotternd und erzählte, was er bei dem Fahrer gesehen hatte.

McNeal tippte sich gegen die Stirn. »Du hast sie wohl nicht alle stramm«, erwiderte er. »Eine Wunde ohne Blut, das gibt's nicht.«

»Doch.«

»Quatsch.«

»Dann überzeugen Sie sich selbst, Sir. Gehen Sie zurück. Sie werden es sehen.«

»Nein. Und damit basta.«

Was sollte der junge Assistent tun? Er konnte seinen Vorgesetzten nicht zwingen. McNeal wollte es einfach nicht glauben. Aber Thomas machte sich seine Gedanken. Was er vorhin gesehen hatte, widersprach allen Naturgesetzen. Eine Wunde, aus der kein Blut trat. Dann müßte logischerweise auch im Körper des Mannes kein Tropfen Blut fließen.

Clive Thomas sah den Unfall der O'Connors plötzlich in einem anderen Licht. Sollten die Geschichten, die sich die Alten erzählten, doch einen Funken Wahrheit enthalten?

Clive Thomas begann nachzudenken.

Doch die Stimme seines Vorgesetzten riß ihn aus den Gedanken. »Kommen Sie, Clive, dort warten Reporter. Sie müssen eine Erklärung abgeben.«

Clive Thomas jedoch dachte an etwas anderes. Er sah plötzlich dunkle, drohende Wolken, die sich über dem Ort und Loch Morar zusammenballten…

Der Zombie stürzte so rasch vor, daß ich gar nicht dazu kam, schnell zu reagieren.

Der Kerl schlug mit der Rechten nach meiner Waffenhand, traf sie auch und zog mit der Linken mein Standbein weg.

Ich fiel zurück.

Bill schrie auf und feuerte, doch seinem Fluch nach zu urteilen, hatte er die Bestie verfehlt.

Dann klatschte ich ins Wasser.

Die Brühe schlug über mir zusammen, und da ich den Fehler gemacht hatte, die Lippen nicht zu schließen, drang mir was von dem verdammten Zeug in den Mund.

Aufreißen konnte ich ihn nicht, dann hätte ich noch mehr Wasser geschluckt, doch ich kämpfte mich sofort wieder an die Oberfläche.

Die Haare hingen mir in die Stirn, ich hörte aufgeregte Stimmen, vernahm einen weiteren Schuß und das Klatschen, als die Kugel in den Körper des Untoten einschlug.

Sie stoppte ihn nicht.

Der Zombie warf sich auf mich.

Das Boot war abgetrieben worden. Bill Conolly hatte es verlassen und war auf den Steg gesprungen. Breitbeinig stand er dort mit der Waffe im Anschlag, aber konnte nicht feuern, weil er Angst hatte, mich zu treffen. Außerdem reichte es nicht, wenn die Silberkugel den Zombie nur traf. Sie mußte ihn in den Kopf oder ins Herz treffen, um seinem unseligen Leben ein Ende zu setzen.

Der Zombie hatte mich in Höhe der Hüfte umklammert. Mit den

Beinen sichelte er mein Standbein um, und ich klatschte mit ihm zusammen ins Wasser.

Diesmal hatte ich vorher eingeatmet und hielt die Luft an, als die Brühe über mir zusammenschlug.

Ich wußte genau, was die Bestie vorhatte.

Sie wollte mich ertränken!

Aber soweit war es noch nicht. Schließlich kannte auch ich einige Tricks. Unter Wasser riß ich mein Knie hoch, traf auch, doch der Untote zeigte keinerlei Reaktion. Er war kein Mensch, verspürte keine Schmerzen. Er war nur von einem unseligen Trieb beherrscht, für den er nichts konnte, weil er ihm von einem anderen, höheren Dämon eingegeben war.

Der Untote drückte mich auf den Grund. Unter meinen Schultern spürte ich den Schlick. Langsam wurde mir die Luft knapp, und ich geriet schon in die Versuchung, meinen Mund zu öffnen.

Doch ich riß mich zusammen.

Der Kampf ging weiter.

Ineinander verkrallt wälzten wir uns über den Boden. Schlick, Schlamm und Dreck wühlten wir auf.

Der Zombie besaß immense Kräfte, denen ich im Kampf Mann gegen Mann nicht viel entgegenzusetzen hatte. Er schleuderte mich herum, und mir wurde die Luft immer knapper. Verzweifelt versuchte ich, seinen stahlharten Griff zu sprengen, doch es gelang mir nicht.

Vor meinen Augen wallten Nebel auf. Wie im Krampf hielt ich meine Beretta umklammert. Meine Hände hatten relativ viel Bewegungsfreiheit. Ich versuchte, mit dem Lauf der Waffe den Kopf des Zombies zu treffen, doch die Waffe rutschte an seinem Schädel ab. Zusätzlich wurde der Schlag noch vom Widerstand des Wassers gebremst.

Wenn ich in den nächsten Sekunden nicht loskam, sah es böse aus, denn der Luftmangel wurde immer schlimmer.

Ich merkte, daß meine Kräfte nachließen. Immer wieder rutschten meine Hände ab, und tief in meinem Innern stieg das Gefühl einer grenzenlosen Panik hoch.

Sollte ich hier elendig ertrinken?

Mehrere Male wälzten wir uns über den Boden. Der Zombie wußte genau, was er tat. Er ließ mir keinen Spielraum, wollte mich auf keinen Fall an die Oberfläche lassen.

Und er hatte damit Erfolg.

Die Rettung kam wirklich in allerletzter Sekunde.

Ich glaubte, im Unterbewußtsein einen Schatten zu sehen, der plötzlich im Wasser war. Dann verschwand der Druck der würgenden Arme.

Ich war frei!

Wie ich es schaffte, mich aufzurappeln, weiß ich nicht mehr. Auf jeden Fall durchstieß ich mit dem Kopf die Wasseroberfläche und atmete heftig ein.

Das Wasser rann mir aus den Haaren und übers Gesicht. Deshalb sah ich die weiteren Vorgänge wie durch einen Nebel.

Bis zu den Hüften stand Bill Conolly im Wasser.

In der rechten Hand hielt er die Beretta.

Und er zielte genau.

Ein Schuß peitschte auf.

Mein Freund konnte den Zombie gar nicht verfehlen. Aus drei Schritten Entfernung drang ihm das Silbergeschoß in den Kopf.

Der Untote riß beide Arme hoch, fiel nach hinten, versank im Wasser und blieb dicht unterhalb der Oberfläche in einem Schwebezustand liegen.

Der Zombie war erlöst.

Bill aber steckte die Waffe weg und kam zu mir. Meine Beine zitterten noch, und als ich mich auf den Steg zubewegte, stützte mich mein Freund.

»Alles klar, John?«

»Fast«, erwiderte ich kratzig.

Ich wankte zum Steg, hob meine Arme und stütze die Hände auf das Holz.

Bob McClure und der alte McBower liefen heran. Auf ihren Gesichtern spiegelten sich Angst, Entsetzen und Unverständnis wider.

Ich schaute zu ihnen hoch. »Jetzt wissen wir, mit wem wir es zu tun haben«, sagte ich. »Mit Untoten, Zombies…

Die Männer starrten mich nur an.

»Helfen Sie mir bitte raus«, bat ich sie.

Bob streckte die Hand aus. Ich ergriff sie und schwang mich mit Hilfe des jungen Studenten auf den Steg.

Bill Conolly holte inzwischen das Boot, das etwas abgetrieben war. Mein Freund schob es vor sich her. Der alte McBower leinte es wieder fest.

Was sollte mit dem Toten geschehen?

Als Bill aus dem Wasser geklettert war, sprachen wir darüber. McBower lief zurück und holte zwei Decken aus seiner Hütte, denn die Kälte ließ uns in den nassen Kleidungsstücken frösteln.

»Wir sollten ihm ein christliches Begräbnis geben«, sagte ich. »Jetzt – wo er erlöst ist.«

Bob und Bill nickten dazu.

Der junge Student meinte mit leiser Stimme: »Ich kenne den Toten. Es ist James O'Connor, der Mann, der mit seiner Frau die Rennstrecke abfuhr.«

»Mit anderen Worten, wir müssen mit einem zweiten Zombie rechnen«, folgerte ich. »Denn es ist nicht anzunehmen, daß seine Frau noch normal ist.«

Bill nickte.

Der alte McBower gab uns die Decken. Sein Gesicht war aschfahl. »Ich bin jetzt fast siebzig Jahre«, sagte er, »aber so etwas habe ich noch nie erlebt.«

Bob McClure nickte bestätigend.

Wir hängten uns die Decken um.

»Mit wie vielen Zombies rechnen Sie noch?« fragte mich McBower.

»Mindestens mit zwei weiteren. Mit der Frau des Toten und mit Dan Dryer, von dem Bob ja berichtet hat.«

»Könnten es auch mehr werden?«

»Natürlich.«

Der Alte schlug hastig ein Kreuzzeichen. »Und jetzt?«

Ich schaute Bill an. »Wir werden uns umziehen und dann das durchführen, was wir eigentlich vorhatten. Die Bootsfahrt über den See.«

»Aber die Zombies«, flüsterte Bob.

»Wenn sie uns begegnen, wissen wir, wie wir ihnen entgegenzutreten haben«, erwiderte ich hart…

Den Schock des Kampfes schüttelte ich rasch ab. An die Vergangenheit zu denken war gefährlich. Wir mußten die Zukunft im Auge behalten.

Und die sah nicht gerade rosig aus.

Ich stellte mir immer wieder die Frage, was hier eigentlich lief. Welche Machtkämpfe sich abspielten und wer hinter diesem grausamen Zombie-Phänomen steckte.

Der Schwarze Tod?

Möglich, obwohl er bisher noch nicht in Erscheinung getreten war. Ich vermutete ihn eher in einer Zwischendimension, wo er gegen Myxin, den Magier, kämpfte.

Vielleicht hatte er den Kampf schon für sich entschieden und war auf die Erde zurückgekehrt, um seinen Plan in die Wirklichkeit umzusetzen, sich zum Herrscher der Welt aufzuschwingen.

Wir hatten uns umgezogen.

»Schon zum zweitenmal an diesem Tag habe ich ein Bad genommen«, sagte Bill. »Langsam reicht es mir.«

»Ich dachte, das erste wäre vor Mitternacht gewesen«, erwiderte ich.

»Du mußt das nicht so eng sehen, John. Mehr intergalaktisch. Man merkt immer, daß du Beamter bist.«

»Auch Beamte sind Menschen.«

»Wirklich? Seit wann?«

»Seit der erste Beamte einen Reporter ungekocht zum Frühstück verspeist und sich nicht dabei den Magen verdorben hat, mein lieber Bill.«

»Den möchte ich sehen.«

»Er steht vor dir.«

Wir lachten beide. Inzwischen hatten wir das Umziehen hinter uns. Die Wirtin hatte uns wie Geister angeschaut, als wir das Haus betraten. Eine Erklärung gaben wir ihr nicht. Wozu auch?

Von Sheila und Jane hatten wir bisher keine Nachricht. Bill begann sich deshalb Sorgen zu machen.

»Fertig?« fragte ich ihn.

»Ja.«

Wir gingen. Mit Waffen hatten wir uns eingedeckt. Ich hatte Bill zusätzlich noch den silbernen Dolch gegeben. Auf die Dämonenpeitsche verzichteten wir. Wir wollten uns nicht zu sehr überladen.

Die Wirtin sagte zum Abschied: »Kommen Sie gesund wieder, Gentlemen.«

»Warum sollten wir nicht?«

»Wissen Sie, Mr. Sinclair, ich habe einen schrecklichen Traum in der vergangenen Nacht gehabt.«

Ich winkte ab. »Träume sind Schäume…«

»Manchmal nicht…«

Da hatte sie recht, aber das sagte ich ihr nicht.

Bob McClure hatte bei dem alten McBower in dessen Hütte gewartet. Die beiden hatten sich einen Schluck gegönnt. Ich roch es an ihren Whiskyfahnen.

»Auf den Schreck mußten wir einfach ein Glas zu uns nehmen«, erklärte Bob.

Ich winkte ab. »Es bleibt wie besprochen?«

»Ja. Wir haben die Leiche im Gebüsch versteckt und werden darauf achtgeben, ob irgend etwas Seltsames auf dem See oder im Dorf geschieht.«

»Nur schade, daß wir keine Sprechfunkgeräte dabeihaben«, sagte Bill Conolly.

Ich hob die Schultern. »Nobody is perfect.«

Wir verließen die Hütte und gingen wieder zum See.

Ein komisches Gefühl überkam mich schon, als ich den Steg sah. Ruhig wiegte sich der Schilfwald im Wind. Nichts deutete mehr daraufhin, welch ein Drama sich vor einer Stunde hier abgespielt hatte.

Die Rennboote waren noch nicht gestartet. Wir sahen jedoch ein etwas größeres Motorboot über den See fahren.

»Die suchen bestimmt Wrackteile«, vermutete McBower. »Ich kenne den Kahn.«

Die Männer würden sicherlich nicht viel finden, davon war ich überzeugt.

Wir bestiegen zum zweitenmal das Boot. Bill Conolly nahm wieder am Heck Platz, und McBower löste die Leine.

»Hals- und Beinbruch!« wünschten uns beide Männer, und es war verdammt ehrlich gemeint.

Der Außenborder war ziemlich stark. Bill konnte von seinem Platz aus die Geschwindigkeit regulieren, und er gab etwas mehr Stoff.

Schon lag der See vor uns.

Es war ein prächtiges Panorama, das sich unseren Augen bot. Die schräg auf das Wasser fallenden Strahlen einer Frühjahrssonne, das gegenüberliegende, im leichten Dunst verschwimmende Ufer und die grüngraue Wasserfläche, auf der die Wellenkämme blitzten.

Ich kniff die Augen etwas zusammen, da ich nicht geblendet werden wollte.

Von dem andern Boot sahen wir nur noch schwach die Umrisse. Klein wie eine Streichholzschachtel mutete es auf der gewaltigen Wasserfläche an.

»Wenn es nicht so ernst wäre, könnte ich direkt an einen Bergurlaub denken«, sagte Bill.

Ich stimmte ihm zu.

Die Wellen klatschten gegen den Bordrumpf.

Eine halbe Stunde verging, ohne daß etwas geschah.

Das andere Boot fuhr zurück. Es passierte uns in einiger Entfernung. Kurz danach erreichten wir die Wendeboje. Sie schimmerte wie ein dicker, riesiger Blutstropfen auf der Wasseroberfläche.

Ich lenkte den Kahn an der Wende vorbei.

Wir fühlten uns ungeheuer einsam. Nur das Knattern des Motors war die ewige Begleitmusik.

Wir näherten uns jetzt dem Teil des Sees, der nicht den Rennen vorbehalten war. Und die Landschaft am Ufer änderte sich. Das Wasser lief nicht mehr flach aus, sondern klatschte gegen hohe, bizarre Felsen, die wuchtig das Ufer abschirmten.

Mich interessierten die Felsen, und ich schlug Bill Conolly vor, hinüberzufahren.

Mein Freund hatte keine Einwände.

Erst jetzt, wo wir uns mitten auf der Wasserfläche befanden, merkten wir, wie groß Loch Morar war. Wir kamen uns regelrecht verloren vor.

Um uns herum nur Wasser.

Oder?

»Langsamer!« rief ich Bill Conolly zu.

Der Reporter ging mit der Geschwindigkeit herunter. »Was ist, John? Hast du was entdeckt?«

»Kann sein.«

Sicher war ich mir nicht, aber ich glaubte, backbord etwas dicht unter der Wasseroberfläche schwimmen gesehen zu haben.

»Noch langsamer!« rief ich Bill zu.

»Dann kann ich ja gleich stoppen«, gab er zurück.

»Wäre das beste.«

Der Motor erstarb.

Es wurde ruhig. Bis auf das Kreischen von Seemöwen – das Meer war ja nicht weit entfernt – und das Klatschen der Wellen gegen die Bordwand hörten wir nichts.

Ich drehte mich um.

Bill schaute mir stirnrunzelnd entgegen. »Hat dir die Phantasie auch keinen Streich gespielt?« fragte er.

»Nein.«

Meine Blicke glitten über die Wasseroberfläche. Aber Bill war es, der die Gestalt zuerst entdeckte.

»Da, John, rechts von dir.«

Ich schaute hin.

Ein Kopf war aus dem Wasser aufgetaucht. Ein schrecklicher Schädel mit grüner, schuppiger Haut, strähnigen grauen Haaren und leeren Augenhöhlen.

Mein Freund griff zur Waffe.

Der Zombie schien Wasser zu treten, denn er bewegte sich kaum vom Fleck.

Was hatte er vor?

Und dann sah ich den nächsten. Er tauchte an der Backbordseite auf. Wiederum ein schauriger Kopf, vom Wasser zum Teil schon zersetzt, aber von einem bösen, unheimlichen Leben erfüllt.

Bill sah den dritten Zombie, ich den vierten.

Zehn Sekunden später zählten wir sechs lebende Leichen, die unser Boot eingekreist hatten…

ENDE

des ersten Teils

Die
Zombies

Der alte McBowen schob die Flasche über den Holztisch. »Hier, Junge, trink einen Schluck. Nur so kann man das beschissene Leben ertragen.«

Er selbst hatte sich ein Wasserglas zur Hälfte mit Whisky vollgeschenkt und umklammerte es mit beiden Händen, während er Bob McClure dabei beobachtete.

Der Student schüttelte den Kopf. »Ich trinke nichts«, erwiderte er. »Wer weiß, was noch alles auf uns zukommt.«

»Schlimmer kann es gar nicht mehr werden.« Der Alte beugte sich vor. »Ich sag' dir was, Junge«, flüsterte er. »Das ist der Anfang vom Ende. Das ist der Weltuntergang, glaub mir. Schon in der Bibel steht: Wenn die Gräber sich öffnen und die Toten heraussteigen, ist das Ende nah. Die Toten sind da. Du und ich, wir haben sie mit eigenen Augen gesehen. Lebende Leichen – Zombies...«

»Hör auf.«

»Nein, Junge, ich höre nicht auf. Ich will dir meine Meinung sagen. Ich glaube nicht, daß es dieser Mann aus London schaffen wird, den Kampf zu gewinnen. Die anderen sind stärker. Wer von uns Menschen besitzt schon die Kraft und die Macht, um gegen die Herrscher der Hölle anzugehen?«

»Sinclair schafft es.«

»Ach.« Der Alte machte eine wegwerfende Handbewegung. »Glaub das nur nicht. Da können zehn Sinclairs und hundert Conollys kommen. Sie haben beide einen Nachteil. Sie sind nur Menschen. Wären sie selbst mit dem Teufel im Bunde, dann hätten sie noch eine Chance. Aber so...«

»Du vergißt, daß John Sinclair schon ungeheure Erfolge erzielt hat«, sagte Bob McClure. »Bill Conolly hat es mir selbst erzählt.«

Der Alte grinste und nahm einen Schluck. »Das mag schon sein, Junge, aber hast du nicht selbst erlebt, wieviel Mühe er mit dem einen Zombie hatte? Als der ihn angriff und unter Wasser drückte, war Sinclair schon verloren.«

»Aber er hat es geschafft.«

»Nur mit Hilfe seines Freundes.«

»Das spielt keine Rolle.«

Der Alte winkte ab. »Ihr jungen Leute nehmt alles viel zu leicht.

Aber vielleicht ist es euer Vorrecht. Wer weiß...« Er nahm wieder einen Schluck.

Bob McClure wollte nichts trinken. Er stand auf und trat an das schmale Fenster. Die Hütte stand dicht am See, trotzdem konnte Bob die Wasserfläche nicht sehen, weil ein Busch- und Unterholzgürtel ihm die Sicht verwehrte. Aber sein Blick glitt sowieso ins Leere. Bob beschäftigte sich mit etwas anderem.

Zombies – Untote – lebende Leichen... gelesen hatte er bereits davon in Romanen und Erzählungen. Auch hatte er vor Jahren einen Film gesehen, in dem Zombies mitspielten. Allerdings hatten die Filmemacher die Handlung auf die Westindischen Inseln verlegt. Nach einer Voodoo-Beschwörung gelang es dann, Tote aus der Erde zu holen. Deutlich erinnerte sich der junge Mann an den Film. Aber das war Kino, und Bob hatte hinterher den Maskenbildner bewundert, der Personen so echt schminken konnte, daß sie wirklich aussahen wie Leichen.

Sollte Bob diesen Alptraum jetzt in der Wirklichkeit erleben, mit ihm als Hauptperson?

Im Film war der Held am Schluß gestorben...

Bob McClure ballte die Hände zu Fäusten. Sein Gesicht wurde kantig. Er spürte, wie sein Puls sich beschleunigte.

Ja, er hatte Angst, und Bob war ehrlich gegen sich selbst, um dies auch einzugestehen.

Der alte McBowen saß hinter ihm am Tisch und trank seinen Whisky. Manchmal brabbelte er unverständliches Zeug in seinen nicht vorhandenen Bart, dann wieder schlürfte er an seinem Schnaps.

John Sinclair und Bill Conolly waren unterwegs auf dem Loch Morar. Und es war die Frage, ob sie zurückkamen.

»Da ist jemand an der Tür.« Die ängstliche Stimme des Alten unterbrach Bobs Gedanken.

Der Student drehte sich um.

Sein und McBowens Blick trafen sich.

Jeder dachte wohl das gleiche, aber niemand wagte es auszusprechen. Waren die Untoten bereits da?

Bob sah sich nach einer Waffe um, doch er fand in der Eile nichts, was er gebrauchen konnte.

Der Alte stand auf.

Er schwankte leicht, hatte zuviel getrunken. Hastig schlug er ein Kreuzzeichen.

Da klopfte es.

»Öffne!« zischte McBowen.

Bob McClure schluckte und ging zur Tür. Bevor er die Klinke nach unten drückte, holte er noch einmal tief Atem.

Dann riß er die Tür auf.

Nicht nur er erschrak, sondern auch die beiden Frauen, die vor der Schwelle standen.

Sekundenlang schauten sie sich nur an, bis die rechte der beiden blondhaarigen und sehr gut aussehenden Frauen die Hand ausstreckte und sagte: »Mein Name ist Sheila Conolly. In der Pension hat man uns gesagt, daß ich meinen Mann hier treffen kann.«

»Aber – aber… kommen Sie doch erst einmal herein«, sagte Bob und gab den Weg frei.

»Danke.« Die Besucherinnen traten über die Schwelle.

Bob roch ein Parfüm, wie er es bisher noch nicht kannte. Es gefiel ihm ausgezeichnet.

Der alte McBowen war aufgestanden. »Ich glaube, ich träume«, murmelte er und wischte sich über die Augen. »Das darf nicht wahr sein. Sie sind doch keine Gespenster oder Zombies?«

»Wie kommen Sie darauf?« fragte Sheila Conolly.

»Nur so.«

»Aber nehmen Sie doch Platz«, sagte McClure und deutete auf die Bank an der Wand.

»Danke.«

Die zweite Frau stellte sich vor. »Mein Name ist Jane Collins«, sagte sie, »und ich bin Privatdetektivin. Hin und wieder arbeite ich mit John Sinclair zusammen. Kennen Sie ihn?«

»Natürlich.« Jetzt stellte Bob sich und den Alten vor.

McBowen starrte immer nur die beiden Frauen an. »Mann«, sagte er, »welch ein Glanz in meiner Hütte. Zwei Ladies der Sonderklasse.« Er wischte sich über die Augen. »Das hätte ich mir nie träumen lassen. Ehrlich.«

Jane und Sheila lachten.

Sie sahen beide sehr sportlich aus. Trugen lange Cordhosen, locker fallende Pullover und schicke Jacken. Die modernen Strickmützen standen ihnen gut. Auch die modischen Schals paßten haargenau zu der Aufmachung.

Während Sheila ihr Haar hochgesteckt hatte und unter der Mütze verbarg, fiel bei Jane Collins die ährenblonde Haarflut bis auf die wohlgerundeten Schultern.

»Möchten Sie was trinken?« fragte der Alte und zeigte auf seine Whiskyflasche.

»Nein, danke.« Jane lächelte. »Aber wir hätten gern ein paar Fragen von Ihnen beantwortet.«

»Bitte«, sagte Bob.

»Wo befinden sich John Sinclair und Bill Conolly? Die Wirtin sagte uns, daß sie hier wären, aber das scheint nicht der Fall zu sein, wie ich sehe.«

»Nein«, erwiderte der junge Student. »Sie sind auf den See gefahren.«

»Hatten sie dafür einen besonderen Grund?« erkundigte sich Sheila Conolly.

Bob schaute zu Boden.

»Reden Sie, Mister…«

»McClure. Mein Name ist Bob McClure.«

»Also gut, Mr. McClure.«

»Und ich heiße McBowen«, sagte der Alte. Er griff zum Glas. »Cheerio.«

Der Student übernahm das Wort. »Ja, sie hatten einen Grund, um hinauszufahren.«

»Darf ich fragen, welchen?«

Bob zögerte mit der Antwort.

Jane Collins sprang ein. »Keine Angst, Mr. McClure. Wir wissen, welchen Job die Männer haben.«

Die Worte nahmen Bob die Scheu. Er berichtete von Beginn an und ließ nichts aus.

An Sheilas Gesicht war abzulesen, daß sie sich große Sorgen um ihren Mann machte. Sheila hatte immer mehr Angst als die anderen. Vielleicht weil sie selbst schon in die gefährlichsten Situationen geraten war und ihr Leben wirklich oft nur am seidenen Faden gehangen hatte.

»Das ist bisher alles, soviel ich weiß«, beendete Bob McClure seine Erzählung.

»Und sie haben nicht gesagt, wann sie zurück sein wollten?« fragte die blondhaarige Detektivin.

»Nein. Das muß die jeweilige Situation ergeben.«

»Sie haben gut reden, Bob.« Sheila lachte etwas bitter auf. Dann schaute sie Jane Collins an. »Was meinst du, ob wir auch hinausfahren und sie suchen?«

»Nein«, antwortete Jane.

»Wir können hier auf die Männer warten?« Sheila wandte sich an den alten McBowen.

»Natürlich, Ladies. Ich freue mich. Noch nie habe ich so hübschen Besuch in meiner Hütte gehabt. Schade, daß ich Ihnen nicht mehr bieten kann.«

»Wir sind auch so zufrieden«, sagte Jane lächelnd.

Aus der Handtasche holte sie eine Schachtel Zigaretten. Sie bot die Stäbchen an, doch nur Bob McClure nahm eine Zigarette.

Schweigend rauchten sie.

Dann fragte Sheila nach dem Motiv für all die schrecklichen Dinge.

Da mußte auch der junge Mann passen.

»Und ausgerechnet jetzt findet dieses Rennen statt«, sinnierte Jane Collins.

Der alte McBowen gab ihr recht. »Das ist wirklich schlimm.«

»Vielleicht hat eins mit dem anderen unmittelbar zu tun«, vermutete Sheila Conolly.

Eine Antwort auf die Frage gab keiner, denn plötzlich sagte Jane Collins: »Seid mal ruhig. Ich habe da ein Geräusch gehört!«

»Wo?« fragte Bob.

Jane deutete mit dem Daumen in Richtung Tür. »Draußen«, wisperte sie.

Die vier Menschen schauten sich um. Jane griff sicherheitshalber in ihre Handtasche, wo sie eine Astra-Pistole verborgen hielt.

Dann hämmerte jemand gegen die Tür. Die schweren Schläge hallten durch die Hütte.

»Wer kann das sein?« raunte Bob McClure.

Jane ließ sich auf keine Diskussionen ein. Bevor der alten McBowen gehen konnte, schritt sie zur Tür. Sie drückte die Klinke und riß die Tür blitzschnell auf.

Die Pistole hatte sie nicht gezogen, bereute es jedoch, als sie sah, wer vor ihr stand.

Es war ein Zombie.

»Dan!« schrie Bob McClure.

In seinen Schrei mischte sich das Klirren der Fensterscheibe an der Rückseite der Hütte, und im selben Moment tauchte eine totenblasse Hand am Fensterviereck auf…

Sechs Zombies hatten uns eingekreist!

Und wir schwammen mutterseelenallein in einem kleinen Boot mit Außenborder auf dem Loch Morar.

Keine Chance, uns zu verstecken oder die Flucht zu ergreifen. Wir mußten kämpfen.

Bill Conolly räusperte sich. Er hielt seine Beretta bereits in der Hand. »Hoffentlich hast du Zielwasser getrunken«, sagte er mit einem Anflug von Galgenhumor.

»Sicher.«

Auch ich hielt die Waffe schußbereit. Der See war ziemlich ruhig. Wir hatten die Annäherung der Zombies nicht bemerkt. Die Untoten waren unter Wasser geschwommen. Lautlos hatten sie uns in die Mitte genommen.

Sechs lebende Leichen.

Und wir waren zu zweit.

Aber wir hatten die Pistolen. Ein Ersatzmagazin steckte ebenfalls in meiner Tasche. Es durfte den Zombies nur nicht gelingen, unser Boot umzustoßen. Dann sah es böse aus, denn einen Kampf im Wasser hatte ich vor kurzem noch erlebt. Wäre Bill nicht gewesen, wäre ich zweiter Sieger geblieben.

Die Zombies bewegten sich nicht. Sie traten Wasser, und nur ihre Köpfe schauten hervor.

Wir sahen in schreckliche Fratzen. Algen und Plankton verklebten die in die Gesichter hängenden, strähnigen Haare. Es waren widerliche Anblicke, aber an so etwas hatte ich mich in meiner bisherigen Laufbahn schon gewöhnt.

Bill und ich senkten beide unseren rechten Arm. Die Mündungen der Waffen wiesen jeweils auf einen Kopf.

Über uns kreisten zahlreiche Möwen. Auch sie waren still geworden, als hätten sie gespürt, welch ein Grauen dicht unter der Wasseroberfläche lauerte.

Dann kreischte eine Möwe schrill auf.

Und dieser Schrei wirkte wie ein Startsignal.

Die Zombies griffen an!

Direkt vor mir schnellte der erste wie vom Katapult geschleudert aus dem Wasser. In ihm mußte eine höllische Kraft stecken.

Ich drückte ab. Es war ein Reflex, wie ich den Abzug berührte. Der Untote fiel zurück, dann versank er im Wasser.

Bill hatte auch gefeuert.

Der zweite Untote hauchte sein höllisches Dasein aus.

Und plötzlich waren die anderen vier verschwunden. Wie Pfeile tauchten sie in die Tiefe. Sie wollten nicht das gleiche Schicksal erleiden wie ihre Artgenossen.

»Vertrieben haben wir sie bestimmt nicht«, stellte Bill Conolly nüchtern fest.

»Nein«, sagte ich. »Sie werden wiederkommen. Aber beim nächstenmal fangen sie es bestimmt schlauer an.«

»Was machen wir?« fragte Bill, während er gleichzeitig die unmittelbare Umgebung im Auge behielt.

»Wir fahren zurück.«

»Und die Zombies?«

»Werden uns sicherlich folgen.«

»Auf die Begleitung kann ich verzichten.«

Ich hob die Schultern. »Was willst du machen, Bill? Komm, laß den Motor an.«

»Okay.«

Bill startete. Ich traute diesen Außenbordern nie über den Weg. Sie tuckerten beim Start immer so seltsam, und jedesmal hatte ich das Gefühl, als würden sie überhaupt nicht anspringen.

Doch meine Sorge war unbegründet.

Das kleine Boot nahm Fahrt auf.

Bill Conolly saß weiterhin am Heck. Wie ich, so schaute auch er über die Wasserfläche und suchte unsere gefährlichen Gegner.

Doch kein Zombie ließ sich blicken.

Ich fühlte aber, daß sie in der Nähe waren. Sie lauerten nur darauf, uns anzugreifen, und suchten nach einer Blöße.

Sie fanden sie.

Ohne Vorwarnung ging es los, und wir gerieten in eine tödliche Gefahr. Unbemerkt hatte sich eine lebende Wasserleiche unserem Boot von unten her genähert.

Urplötzlich wurde der kleine Kahn hochgehoben und krängte nach backbord. Ich verlor den Halt und rutschte.

»Paß auf, Bill!« schrie ich, als ich aus den Augenwinkeln sah, wie sehr mein Freund mit dem Gleichgewicht zu kämpfen hatte.

Doch Bill konnte sich fangen.

Flach blieb er im Boot liegen, schob den Lauf der Waffe über die Reling und suchte nach einem Gegner. Der ließ sich jedoch nicht blicken, sondern startete einen zweiten Angriff.

Wieder drückte er gegen das Boot. Diesmal jedoch an der Bugseite. Ich konnte es nicht verhindern und rutschte zurück, wobei ich krampfhaft meine Waffe festhielt.

Bill fluchte das Blaue vom Himmel herunter.

Dann schoß er.

Die Kugel peitschte ins Wasser. Den Zombie hatte Bill verfehlt.

Im nächsten Augenblick griff ein weiterer Untoter an. Ein Paar Hände umklammerte den Bootsrand. Es war klar, was der Untote vorhatte. Er wollte unseren Kahn zum Kentern bringen.

Das durfte ihm auf keinen Fall gelingen.

Ich robbte vor. »Bleib du am Heck!« rief ich Bill zu. Und als der Kopf des Zombies auftauchte, zog ich den Stecher durch.

Ich traf ihn und erlöste ihn von seiner Qual.

Der Untote verschwand. Das Boot klatschte zurück aufs Waser.

Bill hatte sich ebenfalls aufgerichtet. Ich kroch zum Heck hin, um das Ruder zu übernehmen.

»Gib Gas!« rief ich dem Reporter zu. »Wir müssen hier weg!«

Mein Freund erhöhte die Geschwindigkeit. Das Boot schoß förmlich nach vorn. Ich zuckte zusammen, als wir soeben einen der Zombies gestreift hatten, bevor dieser uns angreifen konnte.

Der Kahn schaukelte.

Obwohl ein leichter, von den Bergen fallender, kühler Wind wehte, schwitzte ich doch. Die letzten Minuten waren hart gewesen und beileibe nicht angenehm.

Aber wir waren noch längst nicht aus dem Schlamassel heraus. Das merkte ich wenig später, als Bill Conolly rief: »Verdammt, der Kahn hat ein Leck!«

Ich zuckte zusammen, und unwillkürlich stellten sich meine Nackenhaare auf. Ein Leck hatte uns gerade noch gefehlt. Jetzt, wo wir weit vom Ufer entfernt waren.

Ich hielt das Ruder mit der rechten Hand und wandte den Kopf.

Mein Freund hatte nicht gelogen. Aus einem Loch im Boden sprudelte munter das Wasser. Eine ungeheure Kraft mußte den Boden zerstört haben, eine Kraft, wie sie nur ein Zombie besaß.

»Hilft alles nichts, John. Wir müssen schöpfen!«

Reizende Aussichten.

Das Wasser sprudelte weiter hinein und breitete sich sehr schnell aus. Ich hatte bereits nasse Füße.

Bill suchte inzwischen nach einem Gegenstand, mit dem er das Wasser aus dem Boot schöpfen konnte.

Er fand nichts.

»Nimm die Hände!« rief ich ihm zu.

»Wird mir wohl nichts anderes übrig bleiben«, erwiderte er und machte sich an die Arbeit.

Es war wie der Kampf gegen eine Hydra. Hatte Bill zwei Hände voll Wasser aus dem Boot geschleudert, sprudelte die doppelte Menge nach. Mein Freund arbeitete verbissen, während ich in direkter Linie auf das Ufer zuhielt, von dem aus wir gestartet waren.

Doch die Geschwindigkeit sank, denn das Boot wurde immer schwerer.

»Verdammt!« schimpfte Bill. »Ich schaff's nicht!«

»Keine Müdigkeit vortäuschen«, erwiderte ich.

»Du hast gut reden.«

Mir wurde langsam mulmig. Ich warf einen Blick zurück. Fußhoch stand das Wasser bereits im Boot. Und die Quelle sprudelte munter weiter. Zu munter für meinen Geschmack.

Bill schöpfte wie ein Besessener. Sein Gesicht glänzte schweißnaß. Doch unsere Chance war klein.

Unser Kahn ging baden.

Das wäre nicht einmal so tragisch gewesen, wenn uns die verdammten Zombies nicht im Nacken gesessen hätten. Mir war klar, daß sie die Verfolgung nicht aufgegeben hatten.

Ich schaute über die Wasserfläche, auf der sich hin und wieder die Sonnenstrahlen zu blitzenden Reflexen brachen. Es war schwer, etwas zu erkennen, trotzdem sah ich den Kopf einer lebenden Leiche aus dem Wasser schießen.

Er war gar nicht mal so weit entfernt. Diese Zombies waren regelrechte Schnellschwimmer, oder aber so zahlreich vertreten, daß es in diesem See nur so von ihnen wimmelte.

Das konnte heiter werden…

Das Wasser stieg weiter an.

Ich hörte Bill keuchen, stöhnen und fluchen. Er verwünschte sich, mich und sein Schicksal. Ich wußte, daß er es nicht so meinte, aber Bill mußte sich Luft machen.

Der Kopf des Zombies war wieder verschwunden. Für einen sicheren Schuß war die Entfernung sowieso zu groß gewesen.

Eine querlaufende Welle lief von backbord her auf unser Boot zu, klatschte gegen die Bordwand und rollte über.

Normalerweise wäre das nicht geschehen. Aber daß es passierte, bewies mir, daß der Kahn schon ziemlich tief lag.

Uns wurde die Zeit knapp.

»Kannst du nicht abheben?« rief Bill.

»Nein«, gab ich zurück. »Die Flügel liegen in London.«

»So ein Pech auch.«

Langsam verging mir der Humor. Wieder waren zwei Zombies vor dem Kahn aufgetaucht.

In wilder Wut hob ich die Waffe, ließ den Arm aber wieder sinken. Es hatte keinen Zweck zu schießen. Das Boot schwankte zu sehr.

Das Ufer war immer noch weit entfernt. Bill schaufelte wie ein

Wilder. Die Wasserladungen flogen nur so aus dem Boot, doch mittlerweile hatte sich durch den Wasserdruck das Leck vergrößert, und für meinen Freund wurde es noch schwerer, gegen diese Tücke anzukämpfen.

Unsere Situation spitzte sich zu.

Immer öfter schwappten die Wellen über, vermehrten das ins Boot hereinströmende Wasser. Schwimmwesten hatten wir keine mitgenommen. Im Boot befand sich nur ein alter Rettungsring, den die Motten fast zerfressen hatten.

Nein, wir mußten es so schaffen.

Die Zombies rückten näher. Sie hatten Verstärkung erhalten und das halbe Dutzend wieder aufgefüllt. Ein schwerer Körper in zerfetzter Kleidung durchpflügte mit langen Kraulstößen das Wasser und schleuderte bei jedem Schlag Spritzer hoch.

Ich ließ ihn kommen.

Als er sich dem Boot bis auf etwa fünf Schritte Entfernung genähert hatte, feuerte ich.

Im selben Moment tauchte der Zombie auf. Das Silbergeschoß zupfte wohl noch an seiner Schulter, das war aber auch alles.

Und dann hängte sich ein Zombie an die Bordwand. Wir hatten ihn beide nicht gesehen, er mußte sich dem Boot unter Wasser genähert haben. Wir bemerkten ihn erst, als seine Hände aus den Fluten tauchten und die Finger die Bordwand umkrallten.

Ich verlor das Gleichgewicht und fiel hin. Gleichzeitig schwappte eine Welle über und näßte mein Gesicht. Wasser drang in meinen Rachen, und ich mußte husten.

Der Zombie aber schwang sich ins Boot.

Er trug noch einen Teil seiner ehemaligen Kleidung. Eine Art Uniform. Sie wies große Löcher auf, durch die seine grünliche Haut schimmerte.

Der Untote stürzte auf Bill zu.

Mein Freund konnte nicht rasch genug ausweichen, fiel nach hinten und wurde mit dem Kopf unter das im Boot stehende Wasser gedrückt.

Der Zombie holte zum Schlag aus.

Ich schoß aus der Drehung und traf.

Die Hand raste zwar noch nach unten, aber sie klatschte dicht neben Bills Kopf ins Wasser und traf meinen Freund nicht. Der Zombie jedoch verging.

In Sekundenschnelle löste er sich auf, wurde zu Asche, die von den Wellen über Bord gespült wurde.

Keuchend tauchte Bill wieder auf.

Ich hatte mich sofort umgewandt und sah einen weiteren Untoten, der den Bug gepackt hielt. Ich trat ihm auf die Hände, sie glitten von der Bordwand. Der Zombie verschwand in den Fluten.

Dann packte ich wieder das Ruder.

Das Boot war kaum noch von der Stelle zu bewegen. Es stand dicht vor dem endgültigen Absaufen.

»Wir schaffen es nicht mehr!« schrie ich Bill zu und hatte kaum das letzte Wort ausgesprochen, als der Kahn überspült wurde.

Wie ein Stein sackte er ab…

Der Zombie an der Tür warf sich nach vorn. Gleichzeitig zog er seine Faust von unten nach oben hoch.

Der Schlag hätte Jane Collins voll getroffen, wenn sie nicht instinktiv zurückgesprungen wäre.

Haarscharf wischte die Faust an ihrem Gesicht vorbei, und der Zombie wurde vom Schwung seines eigenen Schlages nach vorn gerissen und taumelte an der Detektivin vorbei.

Blitzschnell schlug Jane zu. Es war kein fester Schlag, aber es gelang ihr, den Gegner abzulenken.

Der zweite Zombie kletterte bereits durch das Fenster.

Der Untote war eine Frau.

»Mrs. O'Connor!« schrie Bob McClure in höchster Panik.

Der alte McBowen sprang auf. Er reagierte blitzschnell, packte sein Whiskyglas und schleuderte der Untoten den Inhalt mitten ins Gesicht.

Sie schrie wütend auf und zuckte zurück.

Vor ihr hatten die Menschen erst einmal Ruhe.

Aber Dan Dryer war nach wie vor besessen. Gebückt stand er da, er lauerte. Er fixierte seinen ehemaligen Freund Bob McClure, und es stand in seinen Augen zu lesen, was er vorhatte.

»Nein, nicht!« flüsterte Bob und ging zurück. »Bitte nicht…«

Auch Sheila war bis an die Wand zurückgewichen. Sie war nicht so nervenstark wie Jane Collins, die sich einen Stuhl geschnappt hatte und ihn hoch über den Kopf schwang.

Der Zombie schlich weiter auf Bob zu.

McClures Blick irrlichterte. Er wußte nicht, was er tun sollte. Die Angst hatte sein klares Denken überschwemmt.

Aber Jane handelte.

Sie schlug dem Zombie den Stuhl seitwärts um die Ohren. Der Untote fiel fast zu Boden, konnte sich aber fangen und taumelte gebückt weiter.

Jane Collins sah ihre Chance.

Wuchtig trat sie dem Monster in den verlängerten Rücken. Der Tritt torpedierte den lebenden Toten nach vorn, über die Türschwelle hinweg und nach draußen.

Augenblicklich rammte die Detektivin die Tür zu und legte den schweren Holzriegel vor. Sie lehnte sich mit dem Rücken gegen die Tür. Aufatmend blies sie sich eine Haarsträhne aus der Stirn. »Das hätten wir«, sagte sie.

»Aber die Zombies kommen wieder«, schluchzte Bob McClure.

»Bis dahin müssen wir uns eben etwas einfallen lassen.« Ihr Blick zuckte in die Runde. »Seid ihr okay?«

Nicken.

»Du auch, Sheila?«

Sheila Conolly hatte ihren ersten Schrecken überwunden. »Sicher«, antwortete sie.

Der weibliche Zombie war vom Fenster verschwunden. Der alte McBowen wies auf die zerstörte Scheibe und kicherte. »Dem habe ich Whisky zu schlucken gegeben. So schnell kommt der nicht wieder, das kann ich euch flüstern.«

»Täusch dich nicht«, sagte Bob.

Jane Collins löste sich von der Tür. »Waffen, mit denen wir die Zombies bekämpfen können, haben Sie wohl nicht im Haus?« fragte sie und wandte sich damit an den alten McBowen.

»Nein.«

Nach der einsilbigen Antwort wurde es still. Deutlich waren von draußen Geräusche zu hören.

Die Zombies waren wütend, daß ihnen die so sicher geglaubten Opfer erst einmal entglitten waren. Sie gaben jedoch nicht auf, sondern suchten weiterhin nach einer Möglichkeit, in die Blockhütte einzudringen.

Drinnen überlegte Jane Collins laut weiter. »Weihwasser, Silberkugeln, geweihte Kreuze und ähnliches sind nicht vorhanden«, stellte sie soeben fest. »Zombies kann man nur töten, indem man ihnen ins Herz schießt oder ihnen den Kopf abschlägt.«

»Ich hole eine Axt«, sagte der alte McBowen. Er ging zum Kamin. Er hatte ein Feuer angezündet, weil ihm kalt war, jedoch in der letzten Zeit vergessen, Holz nachzulegen. Die Flammen züngelten nur etwa handhoch.

Sheila schaute ihm nach. Plötzlich hellte sich ihr Gesicht auf. »Ich hab's, Jane!« rief sie. »Untote haben doch eine panische Angst vor Feuer. Wir werden sie damit bekämpfen.«

Jane lächelte. »Klasse.«

»Und wie soll das gehen?« fragte McClure.

»Wir machen uns Fackeln«, antwortete Jane.

Der alte McBowen ergriff die Initiative. Er hielt die Axt noch in der Hand, schnappte sich den zweiten, ziemlich hoch gebauten Stuhl, und drosch mit vier gezielten Schlägen die Beine des Möbelstücks ab.

»So«, sagte er, »das hätten wir.«

Er verteilte die Stuhlbeine. Eins behielt er selbst.

»Jetzt müssen wir die Dinger nur noch anzünden«, sagte Jane.

»Auch daran habe ich gedacht.« McBowen war ein alter Praktiker. Er holte Putzlappen aus einer Ecke und schleppte eine große Glasflasche heran, die zu dreiviertel mit einer farblosen Flüssigkeit gefüllt war.

»Petroleum, das brennt gut«, sagte er, öffnete die Flasche und tränkte seinen Lappen mit dem Zeug. Ein penetranter Geruch zog durch die Hütte, doch der störte niemanden. Jeder hoffte inständig auf einen Erfolg im Kampf gegen die Horror-Wesen.

Jeder tränkte seinen Lappen.

Sie behielten dabei immer das Fenster im Auge. Falls sich dort einer der Untoten zeigte, gab es sofort Zunder.

Doch die Frau mußte sich verzogen haben. Als Jane ihr Ohr an die

Tür legte, hörte sie die beiden draußen vor der Hütte flüstern. Sie heckten sicherlich etwas aus, aber die Suppe wollten Jane und die anderen ihnen versalzen.

Bob McClure hatte inzwischen seine Fassung wiedergefunden. Er lächelte sogar.

Der alte McBowen nahm noch einen Schluck. Niemand verwehrte ihm den Whisky.

Sheilas Gesicht zeigte die gleiche Entschlossenheit wie das von Jane. Die beiden Frauen würden sich mit Haut und Haaren verteidigen, das stand fest.

»Feuer«, sagte Jane.

McBowen nahm sein altes Sturmfeuerzeug.

Jane hielt ihm die provisorische Fackel hin.

Sofort begann der Lappen zu brennen.

Dann war Sheila an der Reihe, danach Bob McClure und zum Schluß McBowen.

Eklig riechender, schwarzer Qualm zog durch die Blockhütte. Aber die Fackeln brannten, und das war die Hauptsache.

Jane schritt zur Tür. Als sie dicht davor war, zuckte sie zurück. Jemand donnerte von außen mit ungeheurer Wucht dagegen und wollte sie aus den Angeln reißen.

Es gelang nicht. Die Tür zitterte zwar, aber sie hielt.

Die Detektivin winkte McBowen heran. »Ziehen Sie den Riegel zurück«, flüsterte sie.

Der Alte nickte. Mit der Faust schlug er gegen den Holzriegel.

Jane faßte mit der linken Hand nach der Klinke, drückte sie herunter und riß die Tür mit einem Ruck auf…

»Runter von dem verdammten Kahn!« schrie ich Bill Conolly zu und hechtete ins Wasser.

Jetzt ging es ums Überleben, und wir mußten alles auf eine Karte setzen.

Im Kopfsprung tauchte ich in das Wasser ein. Aus den Augenwinkeln bemerkte ich noch, daß Bill Conolly es mir nachmachte, dann sah ich zu, daß ich weg von dem sinkenden Boot kam, um nicht in den Sog oder in den Wirbel der Schraube zu geraten.

Ich schoß durch die grünlich schillernde Flut, kam an die Oberfläche, wischte mir die Haare aus dem Gesicht und sah mich um.

Natürlich waren die Zombies noch da. Ich sah ihre Köpfe in einer Höhe und das triumphierende Grinsen auf ihren Zügen.

Mein Herz schlug schneller.

Waren wir chancenlos?

Etwas berührte mich an der Hüfte. Ich erschrak und wollte zuschlagen, da erkannte ich im letzten Augenblick meinen Freund Bill Conolly.

»Was bist du schreckhaft!« sagte er.

»Das macht die Umgebung.«

Soeben stiegen zahlreiche Luftblasen an die Oberfläche. Die perlten aus dem versunkenen Boot hoch.

Auch Bill hatte die Zombies gesehen, und sein Gesicht sah auch nicht gerade fröhlich aus.

Wir traten Wasser und bewegten nur leicht die Arme. Hin und wieder schwappte eine Welle über meinen Mund.

»Am besten, wir schwimmen hintereinander«, schlug ich vor. »So kann einer den Rücken des anderen decken.«

Bill war einverstanden. Dann hielt er die rechte Hand hoch, und ich sah den Silberdolch aus seiner Faust ragen. »Willst du ihn haben?« fragte er.

»Nein. Behalte ihn.«

Bill schaute mich an. Dann sagte er: »Laß gehen, alter Junge. Und drück uns die Daumen.«

Es gab nichts, was ich lieber getan hätte.

Mit meiner Beretta konnte ich unter Wasser nicht schießen. Aber ich hatte etwas, das nicht zu unterschätzen war.

Mein silbernes Kreuz!

Es mußte doch mit dem Teufel zugehen, wenn das Kreuz die Zombies nicht abhalten konnte.

Bill schwamm los. Er kraulte. Ich machte es ihm nach und bewegte meine Arme in ruhigen, gleichmäßigen Züge. Mal warf ich mich auf die linke Seite, dann wieder auf die rechte.

Die Zombies folgten uns. Kein Gedanke daran, daß sie die Verfolgung aufgegeben hatten. Im Gegenteil, die zogen den Kreis merklich enger.

Ich gab Bill ein Zeichen, langsamer zu schwimmen, denn ich benötigte ein paar Sekunden, um meinen Vorsatz in die Tat umzusetzen. Bill verstand und schwamm nicht mehr so schnell.

Ich trat Wasser. Mit der linken Hand knöpfte ich mein Hemd auf und holte das geheimnisvolle Kreuz hervor.

Wie oft hatte es mir schon hervorragende Dienste erwiesen. Es war uralt, und die vier Haupterzengel hatten ihre Monogramme an den Enden hinterlassen. Seltsame Zeichen, wie ich sie noch in keiner Sprache der Welt gefunden hatte. Aber ungeheuer wirkungsvoll. Denn sie hatten Kalurac, Draculas Neffen, gestoppt.

Das Kreuz pendelte jetzt frei vor meiner Brust. Es hing senkrecht nach unten durch. Das Wasser spielte damit und schaukelte es hin und her. Manchmal warf das Silbermetall blitzende Reflexe.

Bill schwamm in meiner Höhe. Ruhig zogen wir unsere Bahnen. Ich verschwendete keinen Blick zum Ufer hinüber, sondern behielt vielmehr die Zombies im Auge.

Die tauchten.

Von einem Augenblick zum anderen waren sie verschwunden, und ich wußte, daß sie bald angreifen würden.

»Paß auf!« rief ich Bill zu, dann erfolgte bereits die erste Attacke.

Zwei Schatten wischten schräg von der Seite her auf uns zu. Sie waren verdammt schnell und schossen wie Pfeile heran.

Bill drehte sich nach rechts weg, und ich nach links.

Ich rollte über, geriet unter Wasser und schwamm dem Zombie entgegen.

Es war zu spät für den Untoten, um auszuweichen. Wir gerieten aneinander.

Und das Kreuz berührte ihn!

Da sackte der untote Körper in die Tiefe. Ich glaubte, daß er sich noch während des Sinkvorgangs auflöste.

Aber wie war es Bill Conolly ergangen?

Er hing mit seinem Gegner im Clinch. Die beiden kämpften unter Wasser. Bill hatte die rechte, messerbewehrte Hand erhoben, doch dem Zombie war es gelungen, Bills Handgelenk zu umklammern und es zurückzudrücken.

Bill kam gegen diese unnatürlichen Kräfte nicht an.

Ich tauchte kurz auf, holte tief Luft, ging dann wieder unter Wasser, und ein Schwimmzug brachte mich an die beiden heran.

Das Kruzifix drückte ich auf den Rücken des Untoten.

Sofort ließ er Bill los und versank.

Bill tauchte auf. Hastig schnappte er nach Luft. »Das war knapp!« keuchte er. »Das Kreuz, John?«

»Ja.« Ich drehte mich auf der Stelle und hielt Ausschau nach den anderen lebenden Wasserleichen.

Ich sah sie auch, jedoch aus respektvoller Entfernung. Sie machten keine Anstalten, näher an uns heranzuschwimmen. Etwas hielt sie davon ab.

Meiner Meinung nach war dies die magische Ausstrahlung des Silberkreuzes, die man nicht unterschätzen durfte. Wir hatten einen Lebensretter gefunden.

Obwohl der Kampf nur kurz gewesen war, hatte er uns doch ziemlich geschlaucht. Deshalb traten wir Wasser und sammelten neue Kräfte. Lange konnten wir das nicht aushalten, denn das Wasser war ziemlich kalt.

»So oft wie am letzten Tag bin ich noch nie baden gegangen«, sagte Bill Conolly.

»Dann wirst du wenigstens mal sauber«, gab ich zurück.

»Das mußt du gerade sagen. Schwimm weiter«, sagte Bill. »Und bete, daß keine Seeschlange kommt.«

Die hätte uns gerade noch gefehlt. Doch wir befanden uns ja nicht im Loch Ness. Das Spotten wäre mir vergangen, hätte ich schon von Ogur, dem Ungeheuer aus der Tiefe, gehört. Aber bisher war uns eine Begegnung mit ihm erspart geblieben.

Mal bewegten wir uns durch Brustschwimmen voran, dann wieder fielen wir in den Kraulstil.

Und wir legten unsere Strecke zurück.

Aber die Kälte des Wassers drang uns langsam in alle Knochen. Ich begann ganz eklig zu frieren. Unsere Schwimmbewegungen glichen die Unterkühlung längst nicht mehr aus.

Es wurde Zeit, daß wir das Ufer erreichten.

Zombies griffen nicht mehr an. Diesen Vorteil hatten wir wenigstens. Unsere Bewegungen wurden zwangsläufig langsamer. Auch mit der Atemtechnik klappte es nicht mehr so gut. Längst waren unsere Gespräche verstummt. Wir brauchten jedes Quentchen Luft und alle Kraft, um gegen das nasse Element anzukämpfen.

Plötzlich sackte Bill erschöpft ab.

Sofort tauchte ich, aber Bill hatte es schon geschafft, seinen Kopf über die Oberfläche zu bringen. Verzerrt grinste er mich an. Auf seinem Gesicht spiegelte sich die Anstrengung wider.

Schaffst du es noch? Die Worte waren als Frage in meinen Augen zu lesen, und Bill Conolly biß die Zähne zusammen.

Diesmal blieb ich etwas hinter ihm. Wenn Bill wieder schlappmachte, wollte ich sofort bei ihm sein.

Doch wir hatten Glück. Wir befanden uns an der Südseite des Sees, und hier war das Ufer flach. Man konnte auch ziemlich weit in den See hineinlaufen, bevor man schwimmen mußte.

Als Bill zum zweitenmal absackte und ich hastig zupackte, schleiften meine Fußspitzen plötzlich durch Schlick.

Vor Freude übersprang mein Herz fast einen Schlag.

»Mensch, Bill, wir haben es geschafft!« schrie ich ihm ins Ohr. »Du kannst jetzt laufen.«

Bill stellte sich hin. Auch seine Füße erreichten den Grund. Wir sanken zwar bis über die Knöchel im Schlick ein, und manchmal rollten die Wellen auch noch bis hoch zu unseren Augen, aber wir brauchten nicht mehr zu schwimmen.

Das allein zählte.

Mit jedem Schritt wurde es besser.

Bald schwappte das Wasser nur noch in Brusthöhe, und auch Bill Conolly hatte sich wieder erholt, obwohl ich meinen Freund sicherheitshalber noch stützte.

Wir gelangten allerdings nicht dort ans Ufer, wo wir es verlassen hatten. Die Blockhütte des alten McBowen lag noch ein Stück entfernt.

Bill ließ sich ins Gras fallen, und auch ich setzte mich. Eine Minute gaben wir uns zur Erholung.

Dann ging es weiter.

»Schlagen wir uns durch das Ufergestrüpp, oder nehmen wir die Straße?« fragte mein Freund.

»So wie wir aussehen, würde ich lieber die erste Möglichkeit wählen.«

»Okay, auf geht's.«

Der Weg war mühsamer. Er führte uns durch viele kleine Buchten.

Schließlich breitete sich vor uns der Schilfgürtel aus, und jetzt wußten wir, daß es bis zur Hütte des alten McBowen nicht mehr weit war.

»Auf zum Endspurt«, sagte ich optimistisch.

Und da hörten wir den Schrei…

Die beiden Zombies hatten wohl mit allem gerechnet, nur nicht mit einem plötzlichen Angriff der Menschen. Als Jane Collins die Tür aufriß, waren sie völlig überrascht.

Einen Lidschlag später war die Detektivin schon zwischen ihnen.

In der rechten Hand trug sie die provisorische Fackel, und sie schwang sie wie ein Schwert.

Die anderen wurden durch Janes Beispiel angestachelt. Auch sie attakierten jetzt die beiden Untoten.

»Auf sie mit Gebrüll!« schrie der alte McBowen.

Die Zombies fauchten und schrien. Immer, wenn sie angreifen wollten, wischten vor ihren Augen die Flammen vorbei und trieben sie zurück. Weg von der Blockhütte und ins Unterholz.

Aber sie wehrten sich.

Dan Dryer hatte nur Augen für seinen Freund Bob McClure. Er wollte ihn haben, und es gelang ihm, einem der gefährlichen Schläge auszuweichen.

Dann packte er zu.

Bob fühlte die Hände wie Stahlklammern an seiner Hüfte, wurde hochgehoben und geriet in Panik.

Wild schlug er mit der Fackel um sich, drosch auf Dryers Rücken, aber der Zombie ließ nicht los.

Jane Collins sah, in welch einer Not der junge Mann steckte, und rief den anderen beiden zu: »Kümmert ihr euch um die Frau!« Sie selbst eilte Bob zu Hilfe.

Der Untote stieß den Student zu Boden. Schon siegesgewiß wollte Dryer sich endgültig auf ihn stürzen, da gelang es Bob McClure, ihm die Fackel gegen den Körper zu pressen.

Die inzwischen trockene Kleidung fing Feuer.

Vielleicht lag es auch an der schuppigen Haut des Zombies, die Flammen waren jedenfalls nicht mehr aufzuhalten, und Jane Collins zog sich zurück. Sie riß den wie gelähmt auf dem Boden hockenden Bob McClure mit sich, damit er nicht von den Flammen erfaßt wurde.

»Dan!« flüsterte er. »Mein Gott, Dan…«

»Kommen Sie, Bob«, sagte Jane. »Sehen Sie nicht hin.«

Der Zombie brach ins Unterholz. Sicherlich wollte er den See erreichen.

Blieb nur noch die zweite Untote übrig. Sie befand sich in einer aussichtslosen Lage. Sie mußte das Schicksal ihres Artgenossen mitbekommen haben und war von Sheila Conolly und dem alten McBowen in einer gemeinsamen Aktion in die Enge getrieben worden.

Mit dem Rücken stand sie gegen einen Baumstamm gepreßt. In ihren Augen flackerte es.

Sheila Conolly hatte die Fackel etwas gesenkt. »Ich kann es nicht!« flüsterte sie. »Ich kann nicht…«

»Dann gehen Sie«, sagte McBowen und trat vor.

Die Untote stieß einen markerschütternden Schrei aus, der Sheila eine Gänsehaut über den Rücken trieb.

Sie wandte sich ab.

Es war immer das gleiche. Der harte Kampf zwischen Gut und Böse. Schon seit Anbeginn der Welt existierte er. Die einen vernichteten Leben, die anderen versuchten es zu retten.

Die Untote starb.

Zurück blieb Asche…

»Geschafft!« sagte der alte McBowen und begab sich zu den anderen.

»Sie hätten uns getötet oder zu einem der ihren gemacht«, sagte Jane Collins.

Sheila nickte.

Betretenes Schweigen entstand. Die vier Menschen hatte das Schicksal zufällig zusammengeführt, und diese Gemeinschaft hatte sich in der Stunde der Not bewähren müssen.

McBowen versuchte, die verkrampfte Situation aufzulockern. »Jetzt können wir wohl alle einen guten Schluck vertragen.«

Niemand hatte Einwände.

Die vier gingen die paar Schritte zur Hütte zurück.

Sie hatten die Tür noch nicht erreicht, als zwei Männer durch das Unterholz brachen.

Die beiden waren wir.

»Bill!« rief Sheila, die ihren Mann zuerst entdeckt hatte. Sie rannte Bill entgegen und warf sich vehement in seine Arme. »Bill«, flüsterte sie, »ich bin so froh, daß du da bist. Mein Gott, Bill, ich habe solche Angst um dich gehabt!«

Die Begrüßung war verständlich.

Ich wurde nicht so euphorisch willkommen geheißen. »Du kommst reichlich spät«, stellte Jane Collins trocken fest.

Ich deutete auf meine nasse Kleidung. »Es ging leider nicht anders. Bill und ich waren verhindert.«

»Auf dem Wasser, wie ich sehe.«

»Ja, einige Kameraden hatten etwas gegen uns. Es war verdammt knapp, Jane.«

Wir gingen ins Haus zurück. Jane faßte verstohlen meine Hand. Auch sie war heilfroh, mich gesund wiederzusehen. Wenn sie es auch nicht so zeigte oder zeigen konnte wie Sheila Conolly.

McBowen schloß die Tür. Die Fackeln waren inzwischen gelöscht worden. Jane Collins berichtete mit knappen Sätzen. Ich konnte mir vorstellen, was die vier Menschen hier durchgemacht hatten, als die Untoten auftauchten.

Leicht war das sicherlich nicht gewesen.

Es war müßig, über die Vergangenheit nachzudenken, die Zukunft mußte uns interessieren. Und die würde schlimm genug werden. Um das zu wissen, brauchte man kein Hellseher zu sein.

Ich berichtete, was uns widerfahren war. An Sheilas Gesicht las ich ab, wie sehr sie mit ihrem Mann fühlte. Dann sprach ich davon, daß Suko ebenfalls auf dem Weg hierher war und sicherlich bald hier eintreffen würde.

»Stellt sich nur die Frage, wer hinter all den Vorgängen steckt und welches Ziel damit verfolgt wird.«

»Den Mann im Hintergrund kenne ich.«

Mehrere Augenpaare schauten mich überrascht an.

»Es ist der Schwarze Tod!«

Ich sah das Erschrecken in Sheilas und Janes Augen. Auch sie hatten schon genug von meinem härtesten Gegner gehört, um zu wissen, wie schwierig es war, gegen ihn im Kampf zu bestehen.

»Aber was hat er vor?« fragte Jane.

»Das weiß ich noch nicht.«

»Und woher weißt du, daß der Schwarze Tod hinter all dem steht?«

»Aus einem alten Buch.«

»Vergessen Sie das Ungeheuer nicht«, meinte der alte McBowen.

»Welches Ungeheuer?«

»Ogur, das Monster aus der Tiefe.« Der Alte räusperte sich. »Dieser Name geistert durch alle Sagen und Legenden, die sich um den See ranken.«

»Erzählen Sie mehr davon.«

»Sie kennen doch die Geschichte des Count of Ferryguard. Der hat seine Verwandtschaft in den Tod geschickt. Das Schiff ist auf dem See gesunken, aber nicht durch einen Sturm, sondern weil sich Ogur die Menschen geholt hat.«

»Haben Sie Ogur schon mal gesehen?« erkundigte ich mich.

»Nein.«

»Dann gibt es keine Beschreibungen?«

Jetzt zögerte der Alte mit der Antwort. »Eigentlich doch«, sagte er nach einer Weile.

»Und wo?«

»Im Heimatmuseum unserer Stadt.«

»Wer hat das Ungeheuer denn gezeichnet?« fragte ich.

»Leute, die es gesehen haben.«

»Es gibt also welche?«

»Sicher.«

McBowen war ziemlich einsilbig. Ich verstand den Grund nicht und fragte danach.

Er gab auch eine Antwort. »Alle, die Ogur gesehen haben, sind kurz danach gestorben.«

»Aber sie haben es noch zu Papier bringen können«, sagte ich. Nur das war wichtig, und ich wollte mir die Zeichnungen ansehen.

»Hat das Museum geöffnet?« fragte Bill.

»Ja.«

»Dann nichts wie hin.«

Wir entschieden, die Frauen in einem Restaurant auf uns warten zu lassen. McBowen, Bill Conolly und ich wollten uns das Museum einmal anschauen.

Bob McClure hatte kein Interesse. Er wollte zu Marion Mitchell, was durchaus verständlich war.

»Aber vorher ziehe ich mich um«, sagte Bill und deutete auf seine nasse Kleidung.

»Hast du denn noch was zum Wechseln?« fragte ich.

»Nein.«

»Dann kauf dir was«, sagte Sheila. »Ich helfe dir beim Aussuchen.«

Bill verdrehte die Augen.

Auch an mir ging der Krug nicht vorüber. Aber wir brauchten neue Sachen. Wenn das so weiterging, wurde der Fall ein ziemlich teurer Spaß.

Der alte McBowen begleitete uns. Nur in einen Laden ging er nicht mit hinein.

Er war der Meinung, daß er schon zu viele Klamotten im Schrank hängen hatte.

Ryan McNeal saugte wütend an seiner Zigarette. Die Stimmung hatte sich verändert, das spürte er genau. Sie war explosiver geworden, härter, unversöhnlicher.

McNeal bekam die Sache nicht mehr richtig in den Griff. Er mußte nach drei Seiten gleichzeitig schlagen.

Da waren erst einmal die Reporter und Pressehaie. Sie witterten eine Sensation und bombardierten Ryan McNeal mit Fragen.

Ferner wollten die beiden Konstabler des Ortes unbedingt eine Untersuchung durchführen und deshalb den Start des Rennens um mindestens einen Tag verschieben.

Doch da spielten die Fahrer nicht mit. Ihr gewählter Anführer, ein Mann namens Greg Nichols, hatte es McNeal deutlich genug zu verstehen gegeben.

Ryan McNeal gestand sich ein, daß ihm dieser Greg Nichols etwas suspekt war. Er machte ihm einen ungeheuer abwesenden Eindruck. Sein Blick war kalt und leblos, ohne jeglichen Funken Gefühl, wie ein Roboter.

»Wir werden starten, Mr. McNeal«, sagte er mit Nachdruck in der Stimme. »Nichts und niemand hält uns davon ab. Auch Sie nicht.«

»Wenn ich die Genehmigung nicht gebe, läuft nichts«, konterte der Rennleiter.

»Sind Sie sicher?«

Da schwieg McNeal und wandte sich ab. Aber sofort waren die beiden Polizisten wieder bei ihm. Sie überreichten ihm eine einstweilige Verfügung, die besagte, daß das Rennen um einen Tag verschoben wurde.

»Und dabei bleibt es«, sagte der Polizist hart.

McNeal knirschte mit den Zähnen, konnte aber gegen die Anordnung nichts unternehmen.

Wütend drehte er sich um. Am liebsten hätte er sich in ein Mauseloch verkrochen und nichts gehört und gesehen. Aber das ging nicht, die nächste Aufgabe wartete schon. Er wagte sich gar nicht auszurechnen, was es für ein Theater bei den Fahrern geben würde, wenn er von der Verschiebung berichtete, und er gestand sich ehrlich ein, daß er davor Angst hatte.

Doch zuerst waren die Pressefritzen an der Reihe.

Sie hockten im Info-Center und vertrieben sich die Zeit mit Kartenspielen und Rauchen. Zudem wurde so manche Flasche geleert. Als McNeal das Info-Center betrat, wurde es still.

Nur eine Stimme aus dem Hintergrund sagte: »Ah, der große Meister kommt. Kinder, jetzt wird es spannend.«

Es wurde nicht spannend.

Mit wenigen spröden Worten erklärte McNeal, daß das Rennen verschoben worden war.

Es entstand ein Tumult. Die Journalisten waren sauer, suchten einen Sündenbock und fanden ihn in McNeal.

»Wir werden über alles genau berichten, Mister. Und das auf Seite eins. Für den Motorboot-Rennsport ist Loch Morar gestorben. Verlassen Sie sich darauf.«

»Aber ich kann doch nichts dafür«, verteidigte sich McNeal.

»Einer muß den Kopf schließlich hinhalten!«

Da verließ McNeal wütend den Raum. »Mistkerle!« fluchte er. »An die Behörden wagen sich diese Schreiber nicht heran. Da haben sie zuviel Angst, aber mit uns können sie es ja machen. Shit.« Er suchte Clive Thomas, seinen Assistenten, aber der war im Augenblick nicht aufzufinden. Wahrscheinlich dachte er immer noch darüber nach, wie es wohl geschehen konnte, daß aus einer Wunde, die sich einer der Fahrer zugefügt hatte, kein Blut trat.

McNeal raufte sich die Haare. Er kochte fast über, so wütend war er.

Sein Blick glitt hinüber zum Fahrerlager. Rote Markierungen sperrten es ab. Die Männer einer privaten Wachgesellschaft sorgten dafür, daß niemand die Markierungen überschritt, der im Lager nichts zu suchen hatte.

Dort entdeckte McNeal auch seinen Assistenten. Thomas schlich um das Fahrerlager herum wie die Katze um den heißen Brei.

McNeal lief zu ihm. »Da sind Sie ja endlich«, schimpfte er.

Thomas, der Woody-Allen-Typ, zuckte zusammen. »Was ist, Sir?«

»Was ist? Was ist?« äffte McNeal nach. »Der Start wird um mindestens einen Tag verschoben.«

Greg Nichols hatte die Worte gehört, da er zufällig in der Nähe stand. Er lachte.

McNeal wandte sich um.

Da schritt Greg Nichols mit steifen, ungelenk wirkenden Schritten davon.

McNeal wurde der Kerl immer unheimlicher…

Um an die Eingangstür des Museums zu gelangen, mußten wir eine steile Außentreppe hochsteigen.

Hintereinander blieben wir auf den Stufen stehen.

Eine Klingel gab es nicht, und der alte McBowen betätigte den Klopfer.

Dreimal wuchtete er den Metallring gegen das Holz, bevor eine brummige Stimme rief: »Geschlossen!«

Die Tür wurde aber dennoch geöffnet.

Ein unheimlich dünner Mensch stand vor uns. Er reichte fast bis zur oberen Türbegrenzung und schaute uns strafend an.

»Wir sind es nur, Long Tom«, sagte McBowen. »Gib schon den Weg frei, du Nachtgespenst.«

Long Tom wühlte in seiner Rocktasche herum, holte schließlich einen Kneifer hervor und setzte ihn auf den Nasenrücken.

»Du bist nicht allein?«

»Nein, ich habe Freunde mitgebracht.«

»Was wollt ihr?« Long Toms hageres Gesicht zuckte.

»Einen Rundgang machen.«

»Aber wir haben...«

»Für uns hast du nicht geschlossen«, sagte der alte McBowen schnell. »Laß uns rein.«

Long Tom gab den Weg frei und schloß dann die Tür.

Es roch nach Bohnerwachs. Der Boden glänzte. Wir stellten uns vor. Ich nannte sicherheitshalber meinen Beruf, damit Long Tom beruhigt war.

»Ja dann«, nuschelte er und schaute mich durch den Kneifer zwinkernd an. »Ich weiß nicht, was Sie hier wollen.«

»Nur einen Rundgang«, erwiderte Bill.

»Ist das ein Kollege von Ihnen?« fragte Long Tom.

»Ja.«

»Uns interessieren besonders die Zeichnungen über das Monster Ogur.«

Long Tom erschrak sichtlich.

»Ist was?« fragte ich.

»Damit sollte man nicht spaßen, Sir.«

»Womit?«

»Mit Ogur.«

»Ich habe auch nicht gesagt, daß ich damit spaßen will, Mister.«

»Zeig uns endlich die Bilder«, forderte McBowen.

»Natürlich, kommen Sie mit.« Long Tom ging vor uns her. Der graue Anzug schlotterte um seine Figur. Die Jacke und die Hosenbeine waren viel zu kurz. Long Tom ging gebeugt. Vor einer braun gebeizten Tür blieb er stehen, holte einen Schlüssel aus der Tasche und öffnete.

Wir betraten einen muffig riechenden Raum. Durch die grün getönten Scheiben drang kaum Helligkeit.

Long Tom machte Licht.

Im Raum verteilt standen einige Glasvitrinen, in denen die Zeichnungen lagen. Ich war neugierig und trat an eine Vitrine heran.

Die Zeichnung war schon alt, das bewies das vergilbte Papier. Jemand hatte mit Tinte gemalt, die Umrisse waren verblaßt, aber noch zu erkennen.

Bill Conolly stand rechts neben mir und schaute ebenfalls. Der alte McBowen hielt sich zurück.

Die Zeichnung war in der Tat schlecht zu erkennen. Ich beugte mich weit über die Glasplatte. Die Umrisse des Monsters erinnerten an eine Riesenechse. Mit Mühe erkannte ich das geöffnete Maul, und es schien mir auch, als würde dort eine gewaltige Zunge herauszüngeln.

»Sind die Vitrinen nicht beleuchtet?« fragte ich Long Tom.

»Nein, Sir.«

Ich ging zur nächsten. Auch hier das gleiche Bild. Allerdings war die Zeichnung noch schlechter zu erkennen.

Ich las die Namen halblaut vor, die auf den Vitrinen standen.

»Diese Leute sind gestorben«, klärte mich Long Tom auf.

»Woran?«

Long Tom hob die knochigen Schultern, und sein Jackett geriet in schaukelnde Bewegungen.

»Den einen hat es auf einer Bootsfahrt erwischt, der andere ist beim Spaziergang umgekommen – und die beiden letzten?« Er hob die Schultern. »Das war vor meiner Zeit, ich weiß es nicht…«

»Wahrscheinlich sind sie ebenfalls auf eine sehr unkonventionelle Weise ums Leben gekommen«, vermutete ich.

»Das ist sicher«, meinte McBowen. Seine Stimme klang seltsam kratzig. Er fühlte sich in diesem Raum nicht wohl, das merkte man ihm an.

Bill Conolly hob die Schultern. »Das wär's wohl«, sagte er. »Meinetwegen können wir gehen. Ich sehe mir das Monster lieber in natura an.«

»Spotten Sie nicht, Mr. Conolly«, sagte der alte McBowen warnend.

Ich war schon an der Tür. Long Tom schloß den Raum wieder hinter uns zu.

»Andere Dinge, die unmittelbar mit dem Monster zusammenhängen, können Sie uns nicht zeigen?«

»Doch«, meinte er zögernd.

»Was, zum Beispiel?«

»Wir müßten in den Keller runter.«

Ich lächelte. »Dann tun wir's doch.«

»Ja – wie Sie meinen.« Long Tom ging vor uns her. Er stolperte fast über seine eigenen Füße, solch einen ondulierten Gang hatte der Knabe.

Die Treppe zum Keller war noch steiler als die außen vor dem Haus. Hier konnte man sich sehr leicht den Hals brechen. Zudem hing die Decke tief, und Long Tom schlich fast in einer Haltung von neunzig Grad die Stufen hinab.

Auch Bill und ich mußten den Kopf einziehen.

Der Keller war ein regelrechtes Verlies. Dicke, feuchte Mauern rahmten die einzelnen Gänge ein. So etwas war für die Ewigkeit gebaut. Der breite Gang war vollgestopft mit Gerümpel aller Art. So mancher Trödler hätte daran seine helle Freude gehabt. Uns aber standen die Klamotten nur im Weg, und Bill stieß sich auch prompt das Schienbein.

Er fluchte.

Wir schritten durch bis zur Gangmündung und stoppten schließlich vor einer mit Eisenbeschlägen versehenen Holztür. Es gab zwar elektrisches Licht, aber die einzelnen, mit Gittern versehenen Lampen hätte man mal entstauben müssen, damit sie auch ausreichend Licht spendeten. So waren sie nur mehr trübe Funzeln.

Der Museumshüter trug sämtliche Schlüssel bei sich. Wieder kramte er in seinen Taschen herum und fand den passenden Schlüssel.

Die Tür quietschte erbärmlich, als sie aufgezogen wurde.

»Gibt es im Keller auch Licht?« fragte ich.

Ohne sich umzudrehen, erwiderte Long Tom: »Nein.«

»Dann müssen wir hier Blindekuh spielen?« knurrte Bill.

»Es gibt Kerzen.«

Wenigstens etwas.

Wir blieben an der Tür stehen, und Long Tom wühlte irgendwo in den alten Sachen herum.

»Ich hab's!« rief er und kehrte mit zwei dicken Kerzen zu uns zurück.

Bill hielt die Streichhölzer schon bereit und zündete die beiden Dochte an.

»Halten Sie mal.« Long Tom übergab mir die Kerzen.

Ich schritt hinter ihm in den Raum hinein. Bill hielt sich an meiner Seite, und McBowen blieb draußen.

Der Raum war mit allerlei Gerümpel gefüllt. Ich sah Spiegel an den Wänden hängen, dazwischen hüfthohe Kommoden stehen, viel, viel Staub bedeckte alles.

Long Tom streckte seinen hageren Zeigefinger aus, deutete in die Runde und zeigte dann auf eine Kiste.

Sie stand mitten im Raum.

In der Form erinnerte sie mich an eine alte Schatztruhe, wie man sie in Piratenfilmen oft sieht.

»Hier ist es drin.« Long Tom machte es geheimnisvoll.

»Was ist das?«

»Psst.« Er legte seinen Finger auf die Lippen und machte es verflucht spannend.

Im Licht der Kerzen sah sein Gesicht seltsam bleich aus, und auch die Augen flackerten unstet. Er senkte seine Stimme zu einem Flüstern und sagte: »Was ich Ihnen jetzt mitteile, habe ich noch nie irgendeinem Menschen gesagt. Ich breche hiermit ein Versprechen, aber ich habe gesehen, daß man Ihnen vertrauen kann. Außerdem überliefern die alten Texte, daß irgendwann jemand kommen wird, der dem Spuk ein Ende bereitet.«

»Ich verstehe nichts«, sagte Bill.

»Sie müssen Geduld haben«, wisperte Long Tom. Er bückte sich, um seine Hände auf den gerundeten Deckel der Truhe zu legen. »Dort ist das Geheimnis verborgen.«

»Schließen Sie auf«, sagte ich.

Die Schlösser waren verrostet. Den Schlüssel dafür trug Long Tom nicht bei sich, sondern holte ihn aus einer der Kommoden. Der Schlüssel war klein. Er paßte jedoch zu den Schlössern.

Schwierig war es, die Dinger aufzubekommen. Mit der Zeit hatte sich sehr viel Rost angesetzt.

Long Tom bewegte den Schlüssel ein paarmal hin und her. Es knirschte, und Rost rieselte nach unten, aber die Schlösser blieben zu.

»Leuchten Sie mal.«

Bill bückte sich und brachte die Kerzen in die Nähe der alten Truhe. Dann packte der Schlüssel.

Das Schloß sprang auf.

Wenig später auch das zweite.

»Geschafft!« Aufatmend trat Long Tom zurück. Er richtete sich unbedacht auf und stieß sich den Kopf an der Decke. »Wollen Sie den Deckel abheben, Mr. Sinclair?« fragte er mich.

»Sie machen es sehr spannend.«

»Das ist es auch. Denn was dort in der Truhe liegt, ruht schon Hunderte von Jahren darin.«

»Sie machen mich neugierig«, gab ich zu.

»Öffnen Sie bitte.«

Bill stieß mich an. »Na los, worauf wartest du, Alter?«

Ich umfaßte mit beiden Händen den Rand des Deckels und hob ihn an.

Verdammt, war das schwer. Der Deckel klemmte. Long Tom half mir bei der Arbeit. Zu zweit schafften wir es und wuchteten den Deckel hoch. Er fiel zur anderen Seite und knallte gegen die äußere Rückwand der Truhe.

Staub wallte auf und vernebelte die Sicht.

Bill trat noch näher heran und leuchtete mit den Kerzen in die Truhe hinein.

Wir waren beide enttäuscht, denn es gab nicht viel zu sehen. Was wir unter Umständen hätten entdecken können, war in Lumpen eingewickelt.

»Wir müssen es auspacken«, sagte Long Tom. »Die Sachen sollten geschützt werden, wie es die Vorschrift verlangte.«

Wir kamen jedoch nicht mehr dazu, die Truhe zu leeren. Plötzlich geschah etwas, das unsere Pläne vorerst über den Haufen warf.

An der Wand zeichnete sich das Flimmern zuerst ab.

»Da, sieh doch!« rief Bill.

Ich hatte geduckt dagestanden und hob rasch den Oberkörper.

Das Flimmern wurde stärker und nahm die Konturen einer Gestalt an, die eines Menschen…

Long Tom fing an zu zittern. Er wich bis zur Tür zurück und blieb stehen. »Ich habe es geahnt«, jammerte er. »Ich habe es geahnt. Es geschieht noch was. Man weckt nicht ungestraft die Geister und die bösen Mächte…«

Der alte McBowen hatte sich sowieso verzogen, und nur Bill und ich sahen der neuen Erscheinung oder der Gefahr ins Auge.

Meine Hand rutschte in den Jackett-Ausschnitt. Ich hatte mir einen Anzug aus feinem Cord gekauft. Bill ebenfalls. Nur in der Farbe unterschieden sie sich.

Die Umrisse flimmerten noch immer auf der Wand. Sie wurden aber von Sekunden zu Sekunde stärker. Auch das Innere veränderte sich, es wurde ausgefüllt.

Ein Mensch entstand – oder ein Geist?

In Lauerstellung warteten wir ab.

Wir warteten nicht vergebens.

Der Geist verließ die Wand. Schritt aus dem Gestein hervor und schwebte als manifestierte Gestalt auf uns zu.

Klein von der Körpergröße her, eine leicht grünlich schimmernde Haut, einen dunklen Mantel um den Körper und ein hinterlistiges Lächeln auf den Lippen.

So kannte ich ihn, so kannten wir ihn.

Myxin, den Magier!

Kein geringerer als er war auf magische Art und Weise aus der Wand getreten und hatte sich in diesem Kellergewölbe unter dem Museum materialisiert.

Myxin – eine Legende, eine Sage, die zur Wirklichkeit geworden war. Eine Erinnerung an Atlantis, ein Dämon und der Erzfeind des Schwarzen Todes.

Er war erschienen.

Warum?

Myxin war auch unser Feind, denn er selbst strebte, wie auch der Schwarze Tod, nach der Macht im Dämonenreich. Es war noch gar nicht lange her, da hatten wir Myxin eine wirkungsvolle Waffe abgenommen. Die Dämonenpeitsche.

Daß mich der Schwarze Tod noch nicht geschafft hatte, das hatte ich, so komisch es klingen mag, auch Myxin zu verdanken. Denn er hoffte darauf, daß ich irgendwann den Schwarzen Tod besiegen würde, und hatte mir aus diesem Grunde schon manche Hilfe zuteil werden lassen.

Trotzdem war er einer unserer Feinde, denn Myxin stand auf der anderen Seite. Er war kein Mensch, sondern ein Dämon. Das durfte man nie vergessen.

Er sprach uns an. »Ihr könnt eure Waffen stecken lassen«, sagte er. »Silberkugeln kitzeln mich nicht einmal.«

»Ich weiß.«

»Dann ist es ja gut. Laß uns miteinander reden, Sinclair!«

»Was willst du?« fragte ich.

Er wich mir aus. »Hat dir die Dämonenpeitsche schon gute Dienste erwiesen?«

»Das hat sie.«

»Aber der Schwarze Tod lebt immer noch.«

Ich lächelte. »Wir dachten, daß es dir gelingen würde, ihn zu besiegen.«

»Ich bin dabei.«

»Welch löblicher Vorsatz.«

Er schüttelte den Kopf. »Du solltest nicht spotten, John Sinclair. Die Lage ist zu ernst.«

»Was hast du vor?«

»Zwischen dem Schwarzen Tod und mir bahnt sich langsam eine Entscheidung an. Der See hier ist zu einem Kampfplatz auserwählt worden. Ich werde diesen Stützpunkt des Schwarzen Todes noch in der folgenden Nacht für alle Zeiten vernichten. Meine Diener stehen schon bereit.«

Ich nickte hastig. »Das glaube ich dir gern, Myxin. Mein Freund und ich haben sie schon kennengelernt.«

»Du irrst dich, John Sinclair. Ich habe euch auf dem See beobachtet. Die Untoten dort waren oder sind nicht meine Getreuen. Sie hören auf den Schwarzen Tod und sind meine Feinde. Eigentlich müßte ich dir sogar dankbar sein, daß ihr einige getötet habt.«

»Wer sind deine Diener?«

»Versuche nicht, dies herauszufinden, Geisterjäger. Dieser Kampf geht nur den Schwarzen Tod und mich etwas an. Halte du dich heraus. Diese Warnung gebe ich dir.«

»Und wenn unschuldige Menschen mit hineingezogen werden?« fragte ich.

»Haben sie Pech gehabt.«

Ich schüttelte den Kopf. »Nein, Myxin, wir werden uns nicht heraushalten, sondern kämpfen. Verlaß dich drauf. Ich glaube, du kennst mich immer noch nicht.«

»Es war ein Rat, John Sinclair!«

Als er meinen Namen aussprach, wurde seine Gestalt bereits durchsichtig. Dann löste sie sich so rasch auf, wie sie erschienen war. Ein letzter Hauch noch, und sie war verschwunden.

Bill und ich standen allein im Kellerraum.

Ich drehte mich um.

Long Tom lugte um die Türecke. Er bibberte. »Ist er – ist er weg?« fragte er.

»Ja.«

Long Tom schlich näher. »Wer war das?« flüsterte er und schaute sich vorsichtig um. Wahrscheinlich war er noch nicht davon überzeugt, daß die Luft auch tatsächlich rein war.

»Ein Dämon«, erwiderte ich.

»Kennen Sie ihn?«

Ich nickte.

Bill Conolly übernahm das Wort. »Was meinst du, John, was dieser alte Bruder wohl wirklich wollte?«

Ich hob die Schultern. »Er wollte uns eine Warnung zukommen lassen. Ist doch nett von ihm.«

»Glaubst du das?«

»Nein.«

»Ich auch nicht.«

»Hör zu, Bill«, wandte ich mich an meinen Freund. »Wir beide wissen, daß die andere Seite noch nie mit offenen Karten gespielt hat. Ihre waren immer gezinkt, und ich bin sicher, daß dies auch bei Myxin der Fall ist. Er kennt uns gut genug, um zu wissen, daß wir auf seinen Vorschlag nie eingehen würden. Wenn irgendwie eine Chance besteht, Dämonen zu bekämpfen, dann lassen wir uns diese nicht nehmen. Myxin hat durch seine Worte erreicht, daß wir uns mit doppeltem Eifer in den Kampf stürzen. Er konzentriert sich auf den Schwarzen Tod. Aber da ist noch eine Unbekannte in der Rechnung.«

»Ich weiß.« Bills Gesicht strahlte. »Ogur, dieses Monster.«

»Genau. Ogur gehorcht dem Schwarzen Tod. Myxin kann es nicht ausrechnen oder einschätzen. Er wird nicht genau wissen, wie stark es ist, und er braucht all seine Kräfte und die seiner Diener, um dem Schwarzen Tod und dessen Armee gegenüberzutreten. Also versuchte er, uns auf raffinierte Weise auf Ogur zu hetzen, damit wir uns mit diesem Monster beschäftigen, es ablenken und seine Position damit indirekt stärken. Gar nicht so schlecht ausgedacht. Myxin ist doch ein verdammt raffinierter Bruder.«

»Was er schon oft bewiesen hat«, sagte Bill. »Leider wissen wir noch nicht, was in dieser Truhe steckt.«

»Aber in fünf Minuten«, erwiderte ich und begann damit, die alten Kleidungsstücke zu entfernen.

Zuerst fiel mir ein aus brüchigem Leder bestehender Köcher in die Hände. Er war an seiner Oberkante mit einem Deckel verschlossen.

Ich öffnete ihn.

Bill Conolly und Long Tom schauten mir über die Schulter hinweg zu.

Ich griff in den Köcher und zog einen silbernen Pfeil hervor.

»Da schlag doch einer lang hin«, flüsterte Bill Conolly. »Ein Silberpfeil. Nachtigall, ich höre dir trapsen.«

Insgesamt holte ich sieben silberne Pfeile aus dem Köcher.

»Damit hätte ich nie gerechnet«, flüsterte Long Tom. »Aber es stand in der Schrift.«

»Halte mal«, sagte ich zu Bill und reichte ihm den Köcher. Ich wühlte weiter.

Und dann fand ich das Gegenstück zu den Pfeilen.

Eine Harpune.

Daß sie ihr Alter hatte, sah man ihr an. Die Konstruktion war simpel. Eine einfache Doppelschiene, auf die der Pfeil gelegt und von der er geschossen wurde. Allerdings war das Spannungseil brüchig geworden. Wir würden es wechseln.

»Was sagst du?« fragte ich Bill, als ich ihm die Harpune zeigte.

»Das ist mehr, als wir erwarten konnten.«

»Und damit muß Ogur getötet werden«, sagte Long Tom. »So steht es geschrieben. Sieben Pfeile sollen ihn treffen und in die tiefste Hölle schicken.«

»Wo befindet sich denn die geheimnisvolle Schrift?« fragte ich ihn.

»Auch in der Truhe.«

»Und Sie haben sie noch nie geöffnet?«

»Nein.«

»Woher wissen Sie dann, was in der Schrift steht?«

»Mein Vorgänger hat es mir erzählt. Er war ein sehr weiser Mann, der sich mit Schwarzer Magie beschäftigt hat.«

»Und ihm ist sein Leben lang nichts passiert?« hakte ich nach.

»Weshalb?«

»Wer sich mit Schwarzer Magie beschäftigt, sie studiert und sich dem Satan verschreibt, dem wird irgendwann einmal die Rechnung präsentiert.«

Long Tom winkte ab. »Er hat sich nicht dem Satan verschrieben und auch nicht den Teufel angebetet. Im Gegenteil, er war der erklärte Feind der anderen. Und er hat mich immer wieder davor gewarnt, mich auf die andere Seite zu stellen. Ich, der ich ein Wicht zu meinem Vorgänger bin, habe genau zugehört. Für mich war es das beste, die Dinge ruhen zu lassen und erst gar nicht zu versuchen, irgendwelche Experimente zu wagen. Ich habe die Truhe nie geöffnet, wollte es auch nicht, denn ich kannte ihren Inhalt.«

Ich glaubte Long Tom. Dieser Mann war zwar etwas verschroben, aber eine ehrliche Haut. Und so etwas zählt in unserer heutigen Zeit schon was.

Der alte McBowen tauchte wieder auf. Wie ein Dieb schlich er durch die offene Kellertür. Die Kerzen brannten noch immer und überwarfen unsere Gesichter mit flackernden Schatten.

»Ist alles in Ordnung?« fragte der Alte.

»Natürlich«, erwiderte ich. Eine nähere Erklärung gab ich ihm nicht. Statt dessen suchte ich innerhalb der Truhe nach der alten Schriftrolle. Ich fand sie verpackt in einer Hülle.

»Das hat auch mein Vorgänger gemacht«, sagte Long Tom stolz.

»Muß ein sehr weiser und vorausschauender Mann gewesen sein«, meinte Bill Conolly.

Long Tom nickte hastig.

»Sonst wollten Sie uns nichts zeigen?« erkundigte ich mich bei ihm.

»Nein, Sir.«

»Dann können wir ja gehen.« Ich schaute Bill an. »Was dagegen, Alter?«

»Nein, sollte ich?« Bill stellte die Kerzen weg, blies sie aus und half mir tragen.

Er nahm die Harpune, ich den Köcher und die Rolle. Ich wollte sie oben studieren und war gespannt darauf, was die Vorfahren hier hinterlassen hatten.

Der alte McBowen schritt als erster die Stufen hoch. Sicherlich war er der glücklichste von uns dreien, weil er wieder ans Tageslicht konnte.

»Wir gehen am besten in mein Büro. Dort sind wir ungestört«, sagte Long Tom.

Ich hatte nichts dagegen.

Der Raum war spartanisch eingerichtet. Nur an den Wänden hingen zahlreiche Bilder. Sie zeigten Motive vom Dorf und dessen Umgebung. Es waren die Werke von Hobbykünstlern. Naiv gezeichnet, aber nicht schlecht.

Ein Bild fiel mir besonders ins Auge.

Es war größer als die anderen und zeigte einen Teil des Sees, den ich noch nicht kannte. Hohe Felsen standen am Ufer. Sie waren wuchtig, kantig und schroff. Der Künstler hatte auch die Brandungswellen gemalt, die gegen die Felsen schäumten. Die ganze Szene spielte bei Sturm und Regen. Graue Schleier peitschten schräg über das Wasser, und am Himmel segelten gewaltige Wolkentürme.

Das Ungeheuer sah ich nicht.

Long Tom trat zu mir. »Gefällt Ihnen das Bild?«

»Ja.«

»Ich habe es gemalt«, sagte er stolz.

»Sie haben sehr viel Atmosphäre eingefangen«, lobte ich ihn.

Er hob die Schultern. »Ich habe mich zumindest bemüht.«

Ich deutete auf die Felsen. »Kennen Sie diesen Teil des Loch Morar genauer?«

Er nickte. »Dort gibt es nicht nur die Felsen«, erklärte er, »sondern auch Strudel und Unterwasserhöhlen. Man spricht von einem gewaltigen Labyrinth, durch das regelrechte Flüsse strömen, und das auch dem Ungeheuer als Schlupfwinkel dienen soll.«

»Das heißt, wenn wir Ogur finden wollen, müssen wir in diese Höhlen hinein.«

»Genau, Sir.«

Ich wandte mich zu Bill um. »Reizende Aussichten, nicht wahr?«

»Das kannst du wohl sagen.«

»Sind die Höhlen erforscht?« fragte ich den Museumsleiter.

»Wo denken Sie hin. Dort traut sich doch niemand rein. Es ist viel zu gefährlich.«

Ich nickte gedankenverloren. »Wir werden es wohl wagen müssen«, erwiderte ich.

»Das kann schon sein.«

Bill hatte inzwischen die Schriftrolle hervorgeholt und ausgebreitet. Er bat mich zu einem kleinen Tisch, und gemeinsam begannen wir den Text zu lesen.

Er war in lateinischer Sprache abgefaßt. Zum Glück hatte ich Latein auf der Schule gelernt, und es bereitete mir keine Schwierigkeiten, ihn zu verstehen.

Wir fanden die Bestätigung.

Das Monster konnte in der Tat nur mit sieben Pfeilen erledigt werden. Die Pfeile waren von einem gläubigen Kunstschmied angefertigt worden für den Mann, der später einmal gegen das Monster kämpfen sollte!

War ich der Mann?

Es sah so aus.

Ich las weiter und erfuhr, daß Ogur ein vom Teufel erschaffenes Wesen war. Er besaß die Kraft der Hölle. Ogur sollte aber nur dem dienen, der auch loyal an der Seite des Höllenfürsten Asmodis stand.

Und das war der Schwarze Tod.

So griff ein Rädchen ins andere, und langsam durchschaute ich das teuflische Mosaik.

»Es geht kein Weg daran vorbei. Wir müssen es vernichten. Oder vielmehr ich.«

Bill schüttelte den Kopf. »Allein lasse ich dich nicht ziehen«, sagte er.

»Du mußt hierbleiben, Bill. Denk an Myxin. Auch er mischt noch kräftig mit.«

»Wieso? Suko kommt doch.«

Da hatte Bill recht. Ich war heilfroh, daß ich meinen chinesischen Partner noch angerufen hatte. Wir hatten einen Zwei-Fronten-Kampf zu führen und mußten überall stark besetzt sein.

Suko sollte die eine Flanke abdecken.

»Stellt sich nur die Frage, wer Myxins Diener sind«, sagte Bill Conolly.

Darauf konnte ich ihm auch keine Antwort geben.

»Sie werden versuchen, das Monster auszuschalten?« fragte Long Tom. »Trotz aller Gefahren?«

»Ja.«

»Dann darf ich Ihnen viel Glück wünschen.« Er reichte uns die Hand.

Danach gingen wir. Und ich muß ehrlich zugeben, daß ich doch ein flaues Gefühl in der Magengegend hatte.

Sieben Pfeile hatte ich.

Siebenmal mußte ich treffen.

Aber was geschah, wenn ein Pfeil fehlte?

Suko hatte sich wirklich beeilt. Aber er war nicht allein. Shao wollte unbedingt mitkommen.

Shao, Sukos Freundin, war eine geballte Ladung an fernöstlichem Sex.

Hüftlang trug sie das rabenschwarze Haar. Ihre Haut erinnerte an die eines Pfirsichs. Die schrägen, mandelförmigen Augen hatten einen sanften Ausdruck, doch so sanft war Shao nicht. Sie konnte auch ganz schön kratzbürstig sein, und Suko hatte keinen leichten Stand.

Aber welcher Mann hat den schon?

Die Chinesin hatte sich nicht davon abhalten lassen, mitzureisen. Da konnte Suko sagen, was er wollte – Shao flog und fuhr mit. Zuerst mit der planmäßigen Maschine bis Glasgow, und dort hatte sich Suko ein Motorrad geliehen.

Eine 1000er Honda Goldwing.

Ein Geschoß!

Suko liebte schnelle Maschinen, und er beherrschte sie auch.

Suko war ein Motorrad-Fan. Zu Hause stand für ihn eine Harley Davidson bereit, aber mit der Honda war er ebenfalls sehr zufrieden. Und er kam schneller auf den engen Straßen der Highlands voran als mit einem Auto.

Shao machte die Fahrt nichts aus. Sie hockte auf dem Rücksitz, hatte ihre Hände um Sukos Hüften gelegt, und der Sturzhelm leuchtete wie eine rote Sonne.

Am Nachmittag erreichte Suko den Ort Seaground. Er wußte, wo ich wohnte, und fuhr sofort zu der kleinen Pension.

Suko stellte seine Maschine neben meinem Bentley ab und nahm den Helm vom Kopf. Shao tat es ihm nach.

Der Chinese sah wüst aus in seiner Lederkleidung, die seine Figur noch breiter und wuchtiger aussehen ließ.

Einige in der Nähe herumlungernde Zuschauer gafften wie Mondkälber und rissen die Augen erst recht auf, als Shao ihren Helm abgenommen hatte.

Sie bewegte sich in der eng anliegenden Lederkleidung wie eine Schlange und strahlte einen ungeheuren Sex aus.

Einige Männer begannen zu pfeifen.

»Hallo, Puppe, bei mir bist du besser aufgehoben als bei dem nachgemachten Rocker«, rief ein besonders frecher und aggressiver Typ.

Weder Shao noch Suko kümmerten sich um den Rufer, sondern schritten die Stufen zum Eingang hoch und klingelten.

Mrs. Blyton, die Wirtin, öffnete.

Sie erschrak, als sie die beiden Asiaten sah.

»Mein Gott, haben Sie mich...«

Suko lächelte. »Ich bin mit Mr. Sinclair verabredet.«

Das Gesicht der Frau nahm einen bedauernswerten Ausdruck an. »Oh, das tut mir leid. Mr. Sinclair ist leider nicht hier.«

»Sie wissen nicht, wo er hingegangen ist?«

»Nein!«

»Da kann man nichts machen«, sagte Suko. »Aber wenn Mr. Sinclair zurückkommt, dann sagen Sie ihm doch, daß ich hiergewesen bin. Mein Name ist Suko.«

»Werde ich machen.«

»Ich danke Ihnen.«

Suko nahm Shaos Arm und schritt mit ihr die Treppe hinunter. Mrs. Blyton aber wunderte sich und baute gleichzeitig ein Vorurteil ab. Bisher hatte sie sämtliche Chinesen als gefährlich eingestuft. Daß es jedoch so nette Leute darunter gab, hätte sie nicht gedacht.

»Man darf eben nicht alles glauben, was manche Zeitungen schreiben«, murmelte sie und schloß die Tür.

Suko und Shao waren neben der Honda stehengeblieben.

»Willst du John suchen?« fragte Shao.

»Nein, das hat keinen Zweck.« Der Chinese schaute sich um und sah jenseits der Mauer die zahlreichen Menschen am Startplatz des Rennens. »Vielleicht befindet er sich dort.«

»Aber da gibt es keine Geister.«

»Wir können trotzdem nachschauen.«

»Wie du willst.«

Die beiden schlenderten dem Strand entgegen. Auch dort wurden sie neugierig angestarrt. Asiaten waren in diesem Teil von Schottland noch immer etwas Besonderes.

Suko fiel ein Mann auf, der wie ein Wirbelwind hin- und herrannte. Dabei sprach er wild und wütend auf die Fahrer der Boote ein, erntete aber nur Kopfschütteln.

»Laß uns dort mal hingehen«, schlug Suko vor. »Das interessiert mich doch.«

»Willst du am Rennen teilnehmen?« fragte Shao.

»Bestimmt nicht.«

Der aufgeregte Mann war nicht nur zu sehen, sondern auch zu hören, als Suko und seine Begleiterin in die Nähe der Fahrergruppe kamen.

»Es geht nicht!« schrie der Mann mit der Halbglatze. »Verdammt, Sie können nicht starten. Es ist mit einer einstweiligen Verfügung untersagt worden!« Er schlug mit der rechten Hand auf das Blatt Papier in seiner Linken.

Der Knabe, der vor ihm stand und ihn um Haupteslänge überragte, hob nur die Schultern.

»Wir starten doch!«

»Nein, verdammt! Die Verantwortlichen drehen mich durch die Mangel, wenn ich die Erlaubnis gebe.«

»Ihr Problem.«

McNeal, denn um keinen anderen handelte es sich bei dem Aufgeregten, stampfte mit dem Fuß auf. »Ich verbiete Ihnen hiermit, sich überhaupt noch einmal in Ihr Boot zu setzen!«

Der Große lachte nur.

»Haben Sie mich verstanden, Mr. Nichols?«

»Ja, ich habe Sie verstanden, aber ich schere mich einen Dreck um Ihre Anordnungen!«

McNeal holte tief Luft. »Das ist Ihr letztes Wort, Mr. Nichols?«

»Ja.«

»Dann tut es mir leid für Sie. Aber Sie zwingen mich, die Polizei einzuschalten. Ich werde die beiden Konstabler holen und Sie abführen lassen.« Er hob die Schultern. »Sorry, aber es ist nicht meine Schuld, daß es soweit kommen mußte.«

»Der Start ist verschoben worden?« fragte Suko mehr im Selbstgespräch. »Seltsam.«

»Die haben doch sicherlich einen Grund gehabt«, vermutete seine Begleiterin.

»Ja. Nur – welchen?«

»Hängt das vielleicht mit dem Fall zusammen, weshalb John dich hergerufen hat?«

»Noch sehe ich keinen Fall.« Suko ging einige Schritte vor. Er wollte noch näher an die Fahrergruppe heran.

Doch die Männer dort zogen den Kreis enger.

Der Chinese hatte das unbestimmte Gefühl, daß sie nicht gestört werden wollten.

Aber wobei?

»Und ob ich die Polizei holen werde«, hörte Suko McNeals Stimme. »Und Sie werden mich nicht daran hindern können, Mr. Nichols.«

Was Nichols antwortete, hörte Suko nicht. Er sah auch nichts mehr, denn die Sicht war ihm verdeckt. Zudem tauchten einige Reporter auf, die sich an Shao heranmachen wollten.

»Fährst du auch Rennen, Süße?« fragte der Kerl, der schon vorhin die größte Klappe gehabt hatte.

»Wüßte nicht, was Sie das angeht!«

Die drei Reporter lachten.

»Wir könnten einen heißen Artikel über dich bringen. Müssen aber erst testen, ob du wirklich so heiß bist.«

Shao schoß das Blut ins Gesicht.

Suko aber faßte ihren Arm. »Komm, wir gehen«, sagte er leise.

»He, Chink, kneifen gilt nicht!«

Der Kerl mit der großen Klappe faßte Suko an den rechten Arm.

Der Chinese blieb stehen. »Lassen Sie mich los«, sagte er ruhig.

»Wenn du die Puppe hierläßt, immer.«

Die beiden anderen Kerle feixten um die Wette. Auch sie waren scharf auf das Mädchen. Zudem hatte die Verschiebung des Rennens ihre Stimmung angeheizt, und sie brauchten ein Ventil.

Da kam ihnen der Chinese gerade recht. Da Suko Widerspruch geleistet hatte, nahmen sie eine drohende Haltung gegen ihn ein.

Mein Freund aber ließ sich nicht beirren. Für ihn waren die drei Reporter kleine Fische. Er beherrschte die Kunst der Selbstverteidigung.

»Zisch endlich ab, Chink!« blaffte der Reporter.

Da wurde es Suko zu bunt.

Sein linker Arm schoß vor. Mit der Hand packte er zu und umklammerte die Schulter des Kerls.

Ein Ruck, und der Mann lag am Boden. Stöhnend rieb er sich sein Gelenk. Das Gesicht war verzerrt, aber in seinen Augen loderte eine unbändige Wut.

»Reicht das?« fragte Suko scharf. Er schaute die beiden anderen Reporter an.

Die waren noch unentschlossen. Es sah so aus, als wollten sie sich gemeinsam auf Suko stürzen.

Der Chinese schüttelte den Kopf. »Laßt es sein.« Seine Stimme klang ziemlich kühl, aber es schwang doch ein Unterton darin, der die beiden zurückhielt.

Dafür sprang der andere vom Boden hoch. »Was ist?« schrie er wütend. »Macht ihn fertig, den Chink.«

»Komm mit, Jo, und laß den Mann in Ruhe.«

Jo holte tief Luft. Er war nicht mehr zu bremsen, wollte es genau wissen.

Wie ein Rammbock flog er auf Suko zu.

Der Chinese streckte nur seinen Arm aus. Der Reporter rannte gegen die flache Hand. Dann säbelte ihm Suko die Beine weg, und zum zweitenmal lag der Knabe am Boden.

»Beim nächstenmal wird es härter«, versprach Suko.

Diesmal glaubte ihm der Mann. Er stand auf und schlich davon. Seine Kollegen folgten ihm.

Die Auseinandersetzung war nicht unbemerkt geblieben. Einige Zuschauer hatten sich eingefunden und grinsten hämisch. Reporter waren im Ort nicht beliebt. Die Leute gönnten dem Knaben die Abfuhr.

Leider hatte Suko nicht mehr sehen können, was mit dem Mann geschehen war, den die Fahrer eingekreist hatten. Die Szene wirkte ziemlich gefährlich. Dieser Nichols sah nicht so aus, als könnte er Spaß vertragen.

Sukos Unruhe wuchs.

Auch er hatte im Laufe der Zeit ein Gespür für Gefahren entwickelt.

»Laß uns hingehen«, sagte Suko.

»Wohin?« Shao schaute verwundert.

»Dahin, wo diese Kerle standen und miteinander lautstark diskutiert haben.«

Shao hatte keine Einwände.

Doch McNeal und Greg Nichols waren verschwunden. Suko traute sich erst gar nicht, die noch herumstehenden Fahrer zu fragen, sie hätten ihm doch keine Antwort gegeben.

Aber eins fiel ihm auf.

Alle Fahrer hatten den gleichen abwesenden Gesichtsausdruck. So, als würden sie gar nicht in die Welt gehören, in der sie sich befanden. Sie schienen zu warten und auf eine innere Stimme zu lauschen.

Seltsam…

Auch Shao fiel etwas auf. »Die machen mir nicht den Eindruck, als würden sie nervös auf den Rennstart lauern. Sind alle Rennfahrer so still?«

»Bestimmt nicht.«

»Aber die.«

Suko nickte. »Das ist mir auch schon aufgefallen. Und ich habe das Gefühl, als würden sie unter Hypnose stehen und überhaupt nicht mehr Herr ihrer selbst sein.«

»Was sollen wir tun?« fragte Shao. Ihre Stimme zitterte ein wenig.

»Wir suchen diesen Nichols.« Suko stellte sich auf die Zehenspitzen, um ein besseres Blickfeld zu haben.

Links lag die Wasserfläche. Rechts hörte der Strand nach ungefähr fünfzig Yards auf. Bäume und Unterholz wuchsen bis dicht an das Wasser heran.

Es gab auch einen schmalen Weg, der in diesen ufernahen Wald hineinführte. Und Suko glaubte, zwischen all dem Grün einen roten Farbkleckser schimmern zu sehen.

Die Jacke des Fahrers war rot!

Der Chinese zögerte nicht mehr. Er rannte los, und Shao folgte ihm. Sie war jedoch langsamer.

Suko stürmte in den Wald.

Der Weg stellte sich als ein Pfad heraus. Oft wuchsen die Zweige der zu beiden Seiten stehenden Büsche über dem Weg zusammen, und Suko mußte sich mehr als einmal freie Bahn schaufeln. Auch mußte er auf Baumwurzeln achten.

Ein erstickter Schrei wies ihm den Weg. Er hörte das folgende Klatschen und ein häßliches Lachen, das nur von diesem Nichols stammen konnte.

Mein Freund lief vorsichtiger weiter.

»Sind Sie wahnsinnig, Mann? Lassen Sie… ahhhggrrrr…«

Die Laute waren von rechts aufgeklungen. Und gar nicht weit von Suko entfernt.

Zwei Herzschläge später sah Suko die beiden.

Er wäre fast Zeuge eines Mordes geworden, denn Nichols hatte seinen Gegner zu Boden gedrückt, kniete auf ihm und preßte ihm mit beiden Händen die Kehle zu.

Suko war genau zum richtigen Zeitpunkt aufgetaucht…

Ich sah die Honda neben dem Bentley stehen und ahnte, daß Suko eingetroffen war.

Das wurde mir auch eine halbe Minute später von der Wirtin bestätigt. »Ein Chinese, ein Mr. Suko, hat nach Ihnen gefragt, Sir.«

»Ja, danke.« Ich lächelte. »Und wo ist er jetzt?«

Nachdem die Frau einen verwunderten Blick auf unsere Utensilien geworfen hatte, sagte sie: »Die beiden sind gegangen.«

»Die beiden? War jemand bei ihm?«

»Ja.« Die Wirtin nickte eifrig. »Eine Chinesin. Sehr nett, glauben Sie mir. Ich habe dafür einen Blick.«

»Das war Shao«, sagte Bill.

»Dann haben wir ja glücklicherweise alle Frauen beisammen.«

»Zusätzlich den Schwarzen Tod und Myxin«, bemerkte Bill.

»Mahlzeit.«

»Stimmt etwas nicht?« erkundigte sich Mrs. Blyton mehr aus Neugierde als aus Sorge.

»Nein, nein, liebe Frau. Es ist alles okay.«

»Dann bin ich beruhigt.«

»Gut so«, sagte Bill, als wir an ihr vorbeigingen und das Haus betraten.

In unserem gemeinsamen Zimmer roch es stickig, und ich öffnete erst einmal das Fenster, um frische Luft hereinzulassen.

Dabei schaute ich zum See hinüber.

Ich sah die Fahrer, Zuschauer und Reporter und glaubte auch, Suko und Shao zu erkennen. Jedenfalls lief dort ein Pärchen herum, das Lederkluft trug, die bei Motorradfahrern üblich ist.

»Ich habe Suko und Shao schon entdeckt!« rief ich Bill zu.

»Wunderbar. Wo treiben sie sich denn herum?«

»Am Strand.«

Bill Conolly hatte inzwischen den Köcher geöffnet und die sieben Pfeile herausgenommen. Sorgfältig legte er sie nebeneinander auf den kleinen Tisch. Die Pfeilspitzen schauten über den Rand. Dann kam die Harpune an die Reihe.

Wir hatten uns in einem kleinen Laden eine Ersatzsehne gekauft. Der Besitzer hatte die Harpune gesehen und war begeistert davon. Er hätte uns das antike Stück gern abgekauft.

Verständlich, daß wir etwas dagegen hatten. Aber den neuen Spannriemen gab er uns.

Sogar auf Kredit.

Es gibt eben doch noch Fans.

Wir nahmen die Harpune auseinander, säuberten sie und bauten sie wieder zusammen.

Bill spannte die Harpune.

»Der Riemen hält«, sagte er.

Ich nahm sie ihm aus der Hand. »Du gestattest doch?« fragte ich.

»Schade, ich hätte gern…«

»Überlasse Ogur mir. Ich habe mir vorgenommen, das Ungeheuer zu erledigen, und werde es auch durchführen.«

»Dann übe aber schön. Denk daran, John. Sieben Pfeile. Du mußt zielen, treffen, laden, und das ganze Spiel beginnt von vorn. Nicht gerade leicht.«

Das merkte ich in den nächsten Minuten, als ich trainierte. Es war eine Schufterei, aber ich gewöhnte mich daran. Meine Bewegungen wurden fließender und gingen immer mehr ineinander über. Längst wirkte ich nicht mehr so verkrampft wie zu Beginn.

Natürlich schoß ich die Pfeile nicht wirklich ab, aber ich war sicher, daß ich im Ernstfall treffen würde.

Bill nickte anerkennend. »Besser hätte ich es auch nicht machen können.«

»Ich bin eben in allen Sätteln gerecht.« Ich legte einen Pfeil auf und spannte die Sehne. Der Köcher hing auf meinem Rücken, und es bereitete mir keine Schwierigkeiten mehr, die Pfeile herauszuholen.

Training ist alles.

Nach einer halben Stunde war ich schweißnaß, aber mit meiner Leistung zufrieden.

»So müßtest du das Monster schaffen«, lobte auch mein Freund Bill mich.

»Ich *muß* es schaffen«, erwiderte ich.

Bill nickte.

Ich nahm den Köcher ab und verstaute sämtliche Pfeile.

»Punkt eins wäre erledigt«, sagte Bill. »Kommen wir zum nächsten. Wir brauchen ein Boot.«

Ich winkte ab. »Kein Problem.«

Bill schaute mich erstaunt an.

Lächelnd erwiderte ich: »Ich werde die zuständigen Kollegen hier um Amtshilfe bitten.«

»Polizist müßte man sein«, sagte Bill.

»Dann hättest du nur ein Beamtengehalt.«

»Würde aber einen Bentley fahren.«

Ich ging auf Bills Flachs nicht ein, sondern sagte: »Während ich mich um das Boot kümmere, besorgst du die Ausrüstung. Preßluftflaschen und Neoprenanzüge. Die wird der Knabe, der uns den Harpunenspanner verkaufte, sicherlich haben.«

»Ich frage gleich nach«, sagte Bill.

Daraus wurde vorerst nichts, denn Sheila und Jane standen plötzlich vor der Zimmertür.

»Wollt ihr auf Fischfang gehen?« fragte die Detektivin und deutete auf die Harpune.

»So ähnlich«, sagte ich.

Sheila schloß die Tür. »Und du bist natürlich auch wieder mit von der Partie.«

Bill hob die Schultern.

»Kann das nicht Suko machen?« fragte Sheila mich. »Die Wirtin erzählte uns, daß er hier wäre.«

»Kann schon. Aber einer muß im Ort bleiben.«

»Dann bleibt Bill hier.«

»Glaubst du vielleicht, hier wäre es weniger gefährlich?«

»Bestimmt.«

»Ich aber nicht.«

»Das mußt du uns erklären, John«, sagte Jane.

Was ich auch tat. Ich berichtete von unserem Gespräch mit Myxin, und die beiden Frauen wurden immer nachdenklicher.

»Myxin hat hier im Ort seine Verbündeten«, schloß ich. »Ihr seht also, Seaground ist ein gefährliches Pflaster.«

»Es ist immer das gleiche«, beschwerte sich Sheila. »Kaum sind Bill und John einmal zusammen, stolpern sie wieder in einen Fall hinein. Unter welch einem unglücklichen Stern bin ich nur geboren?«

»Unter einem guten«, erwiderte Bill lächelnd. »Sonst hättest du mich ja nicht geheiratet.«

»Eingebildet bist du auch noch!«

Ich legte Sheila die Hand auf die Schulter. »Läßt du Bill nun mit mir fahren?«

»Natürlich.« Sheila regte sich auf. »Ihr tut gerade so, als wäre ich hier der große Hausdrachen.«

»Nein, das bist du nicht«, erwiderte ich grinsend.

Sie boxte mir in die Seite.

»Ich besorge dann die Sachen«, sagte Bill.

»Sehe ich dich vor dem Einsatz noch?« fragte Sheila.

»Natürlich.« Bill hauchte seiner Frau einen Kuß auf die Lippen und verschwand.

Ich blieb mit den beiden Frauen allein zurück. »Meines Erachtens ist es besser, wenn ihr im Haus bleibt«, schlug ich vor. »Sobald es dunkel wird, kann es hier rundgehen.«

Jane wollte erst protestieren, doch sie sah ein, daß mein Vorschlag okay war.

»Wo willst du hin, John?« fragte mich Jane, als ich zur Tür ging.

»Ich besorge nur das Boot.« Mein Lächeln fiel gezwungen fröhlich aus. »Bis später dann...«

Suko flog vor wie eine Rakete.

Und er fegte in den Rücken des Mannes.

Nichols wurde von der Wucht des Aufpralls nach vorn geschleudert und fiel in ein Gebüsch.

McNeal ließ er dabei los.

Der Rennleiter blieb am Boden liegen und rieb sich den Hals.

»Idiot!« fluchte er dabei.

Suko achtete nicht auf seine Worte. Er mußte sich um seinen Gegner kümmern.

Und der Kerl war stark.

Er ließ Suko in seine rechte Faust laufen, daß der Chinese dachte, ein Weltall wäre vor seinen Augen explodiert. Er taumelte, war für Sekunden abgelenkt, und die Zeit reichte Nichols.

Wuchtig sprang er Suko ins Kreuz.

Mein Freund fiel zu Boden. Jetzt hockte Nichols auf ihm und drückte sein Gesicht in den feuchten Waldboden. Verzweifelt versuchte mein Freund, diesen Mann abzuschütteln, doch Nichols gab nicht auf. Er blieb am Mann.

Der Chinese verspürte keinen Atem, der ihn unweigerlich hätte treffen müssen, und plötzlich wurde ihm klar, daß er es bei seinem Gegner mit einem Zombie zu tun hatte.

Sein Verdacht war also doch nicht falsch gewesen. Die Fahrer waren keine Menschen mehr, sondern Marionetten des Teufels.

Eine ungeheuerliche Entdeckung, über deren Tragweite Suko im Augenblick nicht nachdenken konnte. Er mußte zusehen, daß er die Umklammerung sprengte.

Suko bockte seinen Oberkörper hoch, doch er schaffte es nicht, den Untoten von seinem Rücken zu schleudern.

Dafür aber fanden die Hände des Zombies ihr Ziel. Sie preßten sich um Sukos Hals.

Bevor ihm das Horrorwesen die Luft abschnüren konnte, drehte Suko sich zur Seite, nahm Nichols mit und stieß beide Ellbogen nach hinten.

Er traf.

Aber kein Schmerzlaut drang über die Lippen des anderen. Untote haben kein Gefühl.

Nur gefährliche Triebe...

Dann fuhren Sukos Hände hoch und nach hinten über seine Schulter hinweg.

Sie fanden die Lücke zwischen den Armen.

In einem gewaltigen Kraftakt schleuderte Suko beide Hände nach außen. Damit öffnete er den mörderischen Griff.

Plötzlich bekam er wieder Luft. Tief atmete er ein, während er sich gleichzeitig nach vorn warf, um dem Zombie keine Angriffsfläche zu bieten.

Der Untote verfehlte ihn.

Suko schoß hoch und trat aus der Drehung heraus zu. Sein Körper war wie ein Schatten, der durch die Luft wischte. Eine geballte Ladung an Energie und Reaktionsvermögen.

Der Zombie flog weit zurück. Erst ein Baumstamm stoppte seinen Flug. Aber knurrend kam er wieder auf die Beine.

Die beiden Gegner belauerten sich.

Und Ryan McNeal schaute zu. Seine Augen waren geweitet. So etwas hatte er noch nie in seinem Leben gesehen. Er konnte es einfach nicht fassen. Bisher hatte er noch nie etwas von Untoten oder Zombies gehört. Für ihn war das Leben eine Realität, in der Spukgeschichten keinen Platz hatten. Er begriff auch nicht, daß dieser Nichols noch nicht bewußtlos war. Den Treffern hätte ein normaler Mensch nichts entgegenzusetzen gehabt.

War Nichols nicht normal?

Er kam nicht mehr dazu, weiterzudenken, denn plötzlich tauchte vom Weg her eine Frau auf. Sie war in schwarzes Leder gekleidet.

Die Situation überblickte sie mit einem Blick, bückte sich und hob einen handlichen Knüppel vom Boden hoch.

Damit bewaffnet schlich sie von der anderen Seite auf den Zombie zu.

Suko hob die Hand. »Nicht, Shao!« rief er. »Bleib zurück, bitte. Das erledige ich allein.«

Shao schüttelte den Kopf, daß ihre langen Haare nur so flogen. Ein lauernder Ausdruck lag auf ihrem hübschen Gesicht. Sie gehörte zu Suko und stand ihm auch in der Not bei.

Die beiden unterschiedlichen Gegner zogen den Kreis immer enger. Und von hinten schlich Shao an den Zombie heran.

Gleich würde die Gewalt eskalieren.

Aber es kam anders.

Nichols' Kopf ruckte plötzlich hoch. Er legte ihn in den Nacken, verdrehte die Augen, und es schien so, als würde er auf eine unhörbare, ferne Stimme lauschen.

Dann beugte er sich vor, stieß einen seltsam zischenden Laut aus und rannte los, an Suko vorbei.

Der Chinese wollte ihn noch stoppen, doch Nichols federte über dessen vorgestrecktes Bein.

Niemand hielt ihn auf.

Wie ein Berserker brach er durch die Büsche, übersprang den Weg und tauchte am anderen Ende in das Unterholz.

Suko hatte sich gedreht und nahm sofort die Verfolgung auf.

»Bleib hier!« rief Shao, doch der Chinese ließ sich nicht beirren. Er mußte sehen, was dieser Zombie vorhatte.

Nichols lief auf dem direkten Weg zum See.

Suko stürmte hinter ihm her.

Die Zweige kratzten über seine Lederkleidung, doch das störte ihn nicht. Im Gegenteil, so blieb Suko wenigstens nirgendwo hängen.

Dann hörte der Wald auf. Ein Gebüschgürtel markierte den Weg bis zum See.

Die Wellen plätscherten an das Ufer. Unter Sukos Füßen war der Boden schon feucht, und der Chinese sank bis zu den Fußknöcheln im Schlamm ein.

Doch wo war der Zombie?

Suko sah ihn nicht.

Die Sonne war inzwischen weitergewandert und hinter den Bergen verschwunden. Während über den Felsgraten der Himmel zu explodieren schien, fielen schon die ersten Schatten der einsetzenden Dämmerung in das Tal.

Das Wasser hatte eine dunklere Farbe angenommen. Ein leichter Wind kräuselte die Wellen zu einem ewig fortlaufenden Muster.

Still war es.

Nicht einmal Vögel zwitscherten.

Spürten sie die Gefahr?

Suko hatte etwas geduckt dagestanden. Jetzt erhob er sich vorsichtig aus seiner Deckung.

Keine Spur von Nichols.

Aber auf dem Wasser geschah etwas.

Es geriet in Bewegung. Nicht weit vom Ufer entfernt entstanden mehrere Wellenringe, die zuerst auseinander-, dann jedoch ineinanderliefen.

Blasen stiegen an die Oberfläche und zerplatzten.

Der Chinese reckte den Hals.

Plötzlich wurde seine Kehle trocken.

Sechs gekrümmte Hände stießen aus der Wasseroberfläche. Es folgten Köpfe, Schultern, Oberkörper.

Suko hielt den Atem an. Er spürte, wie eine Gänsehaut über seinen Rücken lief.

Die Zombies kamen…

Die Polizisten stellten sich ziemlich stur an. Sie wollten mir kein Boot zur Verfügung stellen.

Ich zeigte ihnen meinen Ausweis und erinnerte sie, daß sie zu einer Mitarbeit verpflichtet waren.

Ich wollte keine Pferde scheu machen und erklärte meinen Auftrag zur Geheimsache.

»Hängt das mit dem Unfall zusammen?« wurde ich gefragt.

»Ja.« Indirekt stimmte dies auch. Der Unfall des Ehepaars hatte etwas mit dem Fall zu tun.

Ich bekam den Flitzer.

Das Boot war mit einem leistungsstarken Motor ausgestattet, hatte einen Steuerstand, Rettungsringe, Funk und eine Sitzbank am Heck.

Damit konnte man wenigstens fahren.

»Sie werden es noch in der Nacht zurückerhalten«, sagte ich und verabschiedete mich.

Ich wollte zu Bill und mit ihm zur Polizeistation zurückgehen, damit wir von dort aus starten konnten.

Einer der Beamten begleitete mich nach draußen. »Kennen Sie den See, Sir?«

»Vom Ansehen.«

Der Mann schluckte. »Loch Morar ist ein gefährliches Gewässer, Sir. Selbst Einheimische wagen sich nicht überall hin. Sie meiden bestimmte Stellen, und wenn ich Ihnen einen Rat geben darf, Sir, meiden Sie die bitte auch.«

»Wo sind die Stellen?«

»Vor allen Dingen am anderen Ufer. Dort, wo die Felsen steil in den Himmel ragen.«

»Eigentlich wollte ich mich dort umsehen.« Ich tippte dem Beamten gegen die Brust. »Sagen Sie, guter Mann, stimmt das, was ich gehört habe? Es soll auch unteriridische Höhlen an diesem Felsufer geben? Sogar ein regelrechtes Labyrinth?«

»Das stimmt.«

»Ist das erforscht worden?«

»Nein, nie. Die Leute haben Angst, wissen Sie. Den Sagen nach sollen dort Ungeheuer hausen.«

»Mehrere?«

»Kann schon sein, Sir. Fragen Sie mich nicht. Ich war noch nicht da und hoffe auch, daß es so bleiben wird. Ich möchte dort auf keinen Fall hin.«

Ich lächelte den Mann an. »Danke, Konstabler, das war's.«

»Entschuldigen Sie, Sir. Sie haben mich so intensiv nach dem Felsenufer gefragt. Wollen Sie etwa…?«

»Das ist durchaus möglich.«

»Sir! Sie machen sich unglücklich!« rief er. »Fahren Sie nicht dorthin.«

Ich ließ ihn stehen und ging.

Bill war noch nicht zurück. Dafür warteten die beiden Frauen auf mich.

Sie waren nervös, das spürte ich sofort.

»Was ist geschehen?« fragte ich.

Jane Collins antwortete. »Es ist seltsam, aber Suko hat sich immer noch nicht gemeldet.«

Ich versuchte einen müden Scherz. »Vielleicht ist er mit seiner

Flamme im Wald verschwunden, da es keine Hotelzimmer mehr gibt.«

»Sei nicht albern!« fuhr Jane mich an.

»Entschuldige.«

Wir sprachen nicht mehr über meinen chinesischen Partner, denn Bill Conolly tauchte auf. Bepackt wie ein Esel stolperte er die Stufen hoch. »Himmel, war das eine Schlepperei«, stöhnte er.

Ich ging ihm entgegen und nahm ihm ein paar Sachen ab.

Bill Conolly hatte wirklich für alles gesorgt. Je zwei Preßluftflaschen, Atemmasken, Neoprenanzüge, starke Taschenlampen, Tauchermesser. Unterwasseruhren, Tiefenmesser und eine zweite Harpune.

»Die ist für mich«, sagte Bill. »Damit kann ich unter Umständen die nichtdämonischen Gegner erwischen.«

»Okay.«

»Wie ist es mit dem Boot?« fragte Bill.

»Alles klar. Die Polizisten haben uns einen tollen Renner zur Verfügung gestellt.«

Bill rieb sich die Hände. »Na, dann los.«

»Hast du denn gar keine Angst?« fragte Sheila und drückte sich gegen ihren Mann.

»Vielleicht...«

»Gib auf dich acht«, flüsterte Sheila und legte beide Arme um Bills Nacken.

Auch Jane verabschiedete sich von mir. Die blondhaarige Kratzbürste wurde auf einmal sehr zärtlich.

Viel Lust, loszufahren, hatte ich nicht.

Aber Dienst ist Dienst, und Schnaps ist Schnaps. Ich blieb beim Dienst.

Wie es sich für einen Beamten Ihrer Majestät gehört...

Es war ein makabrer Anblick, die drei Zombies aus dem Wasser steigen zu sehen.

Nebelschwaden umwaberten die Gestalten. Obwohl sie menschliche Körper hatten, waren sie doch Geschöpfe der Hölle.

Der Größte der drei hatte die Spitze übernommen. Die beiden

anderen gingen schräg hinter ihm. Suko sah, daß die drei Toten früher Seeleute gewesen sein mußten.

Der erste Zombie trug ein blauweißes, quergestreiftes Hemd, darüber eine zerfetzte Jacke und außerdem eine dunkle Hose. Die Arme hatte er ausgebreitet, die Hände waren zu Klauen gekrümmt.

Weiß schimmerten die Augäpfel, das Gesicht wirkte wie eine Maske.

Die beiden anderen folgten dem ersten auf dem Fuß. Auch in ihren Augen leuchtete das Weiße. Und die Gesichter wirkten ebenso kalkig wie die des ersten.

Sie schritten wie von Geisterhänden geführt auf das Ufer zu, betraten es und näherten sich dem Waldrand.

Suko schaute zwischen den Zweigen eines Busches hindurch und beobachtete scharf.

Jetzt sah er auch Nichols.

Er winkte den Zombies.

Sie blieben stehen.

Noch immer waberte Nebel um ihre Schienbeine. Schlick und Algen klebten an ihren Körpern. Suko glaubte, daß sie auf dem Meeresboden gelegen hatten und erst durch eine unheilvolle Magie geweckt worden waren.

Aber jetzt kamen sie. Suko spürte eine Bewegung hinter sich. Er wollte schon herumwirbeln, doch Shaos Stimme flüsterte ihm ins Ohr. »Sei ruhig, ich bin's nur…«

Der Chinese nickte. Er war wieder in Deckung getaucht, hob die Hand, legte sie auf ihre Schulter und drückte Shao nieder.

»Was ist?« raunte sie.

»Die Toten kommen«, gab Suko ebenso leise zurück.

Shao schluckte. Sie schaute wie Suko zum Ufer hin und sah die Höllengestalten jetzt auch.

Nichols erwartete sie.

»Was haben die vor?« Shaos Stimme zitterte.

»Weiß ich noch nicht.«

Die Zombies standen jetzt nebeneinander und redeten. Suko und Shao verstanden nichts, sie hörten nur hin und wieder kehlig klingende Laute. Anscheinend war es so, daß Nichols Befehle gab, die von den drei anderen befolgt wurden.

Sie verschwanden im Wald.

»Vier«, murmelte Suko. »Fragt sich, wie viele noch auftauchen werden.«

»Vielleicht zwanzig.«

»Bestimmt«, sagte Suko. Er faßte Shao am Arm. »Komm, wir müssen zurück.«

Auf dem Weg zum Ort sagte Shao: »Vier Zombies haben wir gesehen. Wir müssen die anderen warnen.«

Suko nickte. »Vor allen Dingen John und Bill. Aber um auf den Ort zurückzukommen, ich glaube, daß die Zombies bereits unmerklich eingesickert sind.«

»Du meinst, sie sind da?«

»Jawohl.«

»Um Himmels willen!« flüsterte Shao. »Aber wo?«

»Wahrscheinlich sind die Rennfahrer keine Menschen mehr.«

Darauf sagte Shao nichts. Sie hatten jetzt den Weg erreicht, der aus dem Wald führte, und gingen schneller.

Im Seaground hatte sich nichts verändert. Nur war die Dämmerung weiter fortgeschritten, und die Häuser warfen lange Schatten.

»Wohin?« fragte Shao. Sie warf immer wieder einen Blick zurück, ob die Untoten auch nicht folgten.

Das war nicht der Fall.

Trotzdem war Shao nicht beruhigt. Im Gegenteil. Sie als sensible Asiatin spürte es sogar stärker, daß unter der Oberfläche etwas brodelte, daß dort eine Gefahr lauerte.

Suko und Shao schlugen den Weg zur Pension ein. Dem Chinesen war klar, daß er umgehend Bericht erstatten mußte, und er atmete erst auf, als sie vor der Tür standen.

Die Wirtin öffnete. »Man hat schon auf Sie gewartet, Mr. Suko«, sagte sie.

»Ja, danke.«

Suko und seine Begleiterin liefen nach oben. Dort wurden sie von Sheila und Jane empfangen.

»Na endlich!« rief die Detektivin. »Wo bleibt ihr denn so lange?«

Suko gab keine Antwort und erkundigte sich statt dessen nach Bill und mir.

»Die sind nicht mehr da«, sagte Jane.

»Was?« Selten hatten die Frauen Suko so fassungslos erlebt.

»Sie sind vor zehn Minuten aufgebrochen.«

»Wohin?«

Jane Collins erklärte es ihm.

Der Chinese schlug sich gegen die Stirn. »Das kann ja heiter werden«, sagte er.

»Wieso?«

»Ja habt ihr denn nichts bemerkt?« fragte er die beiden Frauen.

»Nein.«

Suko begann mit seinem Bericht, und die Gesichter der Zuhörer wurden lang und länger…

Die Wasseroberfläche schimmerte rötlich.

Es war ein letzter Sonnenstrahl, der von den Bergen herabfiel und über den See strich.

Am Ufer lauerten bereits die Schatten, bildeten dunkle Mulden, die wie Horte für die Geister der Nacht wirkten.

Ein Stück unberührter Natur lag vor uns.

So jedenfalls sah es aus.

Doch unter der Oberfläche lauerte das Verderben. Es wartete im verborgenen, um dann blitzschnell zuzuschlagen.

Wenn die Zeit reif war…

Und dieser Punkt stand dicht bevor.

Ich spürte es mit allen Fasern meines Körpers. Es war wie immer vor einem heißen Einsatz, vor dem ich nie wußte, wie er ausgehen würde. Äußerlich wirkte ich zwar ruhig, doch innerlich war ich verdammt nervös.

Was erwartete uns dort in der schwarzen Tiefe? Ogur? Der Schwarze Tod? Vielleicht auch noch Myxin?

Wir mußten mit dem Schlimmsten rechnen und waren auf alles gefaßt.

Bill Conolly erging es ähnlich wie mir. Immer wieder huschten seine Blicke über die Wasserfläche. Sie war jetzt dunkel geworden, und man konnte sie als bedrohlich empfinden.

Hin und wieder schoß der schlanke Leib eines Fisches aus dem Wasser, sonst war es still, bis auf das Brummen des Motors.

Das Boot war okay.

Hätten wir keine so schwere Aufgabe vor uns gehabt, wäre es ein Vergnügen gewesen, über den See zu fahren.

So aber tuckerten wir einem ungewissen Schicksal entgegen. Ich hatte wieder das Ruder übernommen. Ich hielt einen nordwestlichen Kurs bei und steuerte damit das felsige Ufer an, wo wir unsere Gegner vermuteten.

Ich stellte den Motor ab.

»He!« rief Bill vom Heck her. »Was ist denn jetzt los?«

Ich drehte mich um und deutete auf unser Tauchgerät. »Umziehen, mein Freund.«

Bill grinste. »Hätte ich doch bald vergessen.«

»Du wirst eben alt.«

Das Boot trieb jetzt auf dem Wasser. Es war kühler geworden. Wir spürten es besonders, als wir unsere Kleidung auszogen und in die engen Neoprenanzüge kletterten.

Das war eine echte Schufterei. Im Vergleich dazu ist das Anziehen hautenger Jeans ein Kinderspiel. Bill und ich halfen uns gegenseitig. Schließlich zog Bill bei mir als erster den Reißverschluß zu.

»Okay«, sagte er. »Stramm siehst du aus.«

»Ja, ich bin schon ein hübsches Kerlchen.«

Wir legten die Flossen an. Danach bewegten wir uns wie Kinder, die laufen lernten. Es war gar nicht so einfach, mit Schwimmflossen zu gehen.

Doch im Wasser waren sie Gold wert.

Wir schnallten uns auch die Preßluftflaschen auf den Rücken, checkten sie durch und fanden alles in Ordnung. Bill prüfte noch das Mundstück.

Er war ebenso zufrieden wie ich.

Weit hinter uns lag Seaground.

Die Lichter dort funkelten wie Diamanten auf einem großen blauen Samtkissen. Als der Motor nicht mehr lief, empfanden wir die Stille als beruhigend. Das Plätschern des Wassers gegen die Bordwände machte uns schläfrig. Aber wir waren nicht gekommen, um eine laue Nacht zu genießen, sondern um Dämonen zu bekämpfen.

Die Berge glühten noch im allerletzten Licht der Sonne. Schon nach wenigen Minuten würden auch sie zu zerfließenden Schatten in der Dunkelheit werden.

Der Tag ging, die Nacht kam.

Immer das gleiche Spiel – seit Ewigkeiten schon.

Aber die Nacht war auch die Zeit der Dämonen, Geister und bösen Mächte. In ihrem Schatten konnten sie ihre Untaten aushecken und durchführen.

Ich verstand die Menschen, die sich vor der Dunkelheit fürchteten. Vor allen Dingen war hier oben in Schottland der Glaube an die Mächte der Finsternis noch stark verwurzelt. Die Zeit der Kelten und damit die Magie der Druiden hatten bis heute ihre Spuren hinterlassen.

Meine Gedanken wurden unterbrochen, als Bill Conolly sagte: »Ich bin fertig. Du kannst starten.«

Ich fuhr wieder los.

Die Schraube wühlte das ruhig gewordene Wasser auf und zog eine lange Schaumspur hinter dem Boot her.

Natürlich hielten wir Ausschau, doch von den Untoten war nichts zu sehen.

Sie ließen sich einfach nicht blicken.

Vielleicht warteten sie an den dunklen Felsen auf uns, um uns dort anzugreifen.

Wir würden es sehen.

Ich rechnete auch damit, daß Myxin wieder in Erscheinung trat. Aber es tat sich nichts.

Es blieb ruhig.

Ich sah das andere Ufer als dunklen Schemen. Das Wasser wurde unruhiger. Wir befanden uns jetzt auf einem Teil des Sees, wo unterirdische Strömungen Strudel bildeten, die dann zu gefährlichen Fallen wurden.

Wellen klatschten gegen die Bordwand. Silberne Gischtstreifen spritzten hoch.

Weiter vorn sah ich die Brandung an die Felsen schäumen. Deutlich erkannte ich den langen weißen Streifen.

Brandung in einem See war äußerst selten. Das Wasser mußte schon mit Wucht hochgewirbelt und gegen die Felsen geklatscht werden.

Ich wurde jetzt vorsichtiger. Manövrierte das Boot langsam an das Ufer heran.

Anleinen konnten wir es dort nicht. Es gab keinen Strand, wo man hätte an Land gehen können, nur nackten Fels. Also mußten wir den Kahn zurücklassen. Ich hoffte nur, daß er nicht allzu weit abgetrieben wurde.

Aber das waren zweitrangige Sorgen. Primär interessierten uns das Ungeheuer und dessen untote Diener.

Der Gischtstreifen wurde heller. Ein Beweis, daß wir uns den Felsen immer mehr näherten. Zurückgeschleuderte Wellen liefen auf unser Boot zu und wurden vom Bug zerschnitten.

Ich drosselte die Geschwindigkeit. Sofort wurde der Kahn gepackt und hin- und hergeschaukelt.

»Wir steigen aus!« rief Bill.

Ich war einverstanden.

Mein Freund erhob sich von der Rückbank am Heck. Unsicher watschelte er auf seinen Schwimmflossen näher, und als das Boot einmal nach backbord krängte, wäre Bill fast gefallen.

»Brich dir nur nicht den Hals«, rief ich ihm zu.

Bill klammerte sich an der Reling fest.

Ich nahm das Gas vollends weg und stellte den Motor ab. Jetzt wurde unser Boot zu einem Spielball der Wellen. Wir brauchten keine Angst zu haben, kentern würde es nicht, dafür war es zu groß, aber das Schaukeln reichte schon für eine mittelschwere Seekrankheit aus.

Das Rauschen der Brandung wurde zu unserer Begleitmusik. Nicht so laut wie am Meer, aber für einen See immerhin außergewöhnlich. Bevor wir in das kühle Naß tauchten, zog ich den Reißverschluß des Neoprenanzuges ein Stück nach unten und holte mein Kreuz hervor, damit es frei vor meiner Brust baumeln konnte.

Bill Conolly nickte. »Ausgezeichnete Idee, John. Das wird die Kameraden abhalten, Unsinn zu machen.«

»Hoffen wir's.«

»Bist du bereit?« rief ich fragend.

»Ja.«

Wir klemmten uns die Mundstücke zwischen die Lippen, atmeten ein paarmal ein und sprangen über Bord. Die Expedition in das Reich der Tiefe begann...

»Tja«, sagte Suko und fuhr pessimistisch fort, was man bei ihm gar nicht gewohnt war. »Da sind wir in einen ganz schönen Mist hineingeraten.«

»Das kannst du wohl sagen«, erwiderte Jane.

»Und das ohne John«, meinte Sheila. Sie schüttelte sich, als hätte sie Fieber.

»Trotzdem müssen wir uns durchschlagen«, sagte Suko. Er entdeckte den Einsatzkoffer und öffnete ihn.

Suko kannte den Mechanismus. Wurde der Koffer jedoch von einem Unbefugten geöffnet, so entströmte aus den Düsen ein betäubendes Gas, das innerhalb von Sekunden wirkte und den Dieb ins Reich der Bewußtlosigkeit schickte.

Eine Silberkugel-Beretta trug Suko bei sich. Als er jetzt in den Koffer schaute, nickte er zufrieden, und sein Gesichtsausdruck wurde etwas freundlicher.

Er hatte die Dämonenpeitsche entdeckt sowie die magische Kreide und die Bolzenpistole. Auch die Weihwassergefäße sah er.

Suko hielt die Peitsche hoch. »Damit können wir uns schon einige Typen vom Hals halten.«

»Du rechnest also ernsthaft mit einem Angriff?« fragte Jane.

»Natürlich.«

»Und welche Waffen sollen wir nehmen?«

»Erst einmal keine«, erwiderte Suko. Er hängte sich die Peitsche an den Gürtel und nahm die magische Kreide. »Ich werde einige Dämonenbanner aufzeichnen und hoffe, daß die Zombies sie nicht überschreiten.«

»Was willst du der Wirtin erzählen?« fragte Sheila.

»Gar nichts. Ich sichere nur diese Etage hier ab. Das andere würde zu großes Aufsehen erregen.«

Suko verließ das Zimmer.

Shao saß auf der Kante des zweiten Bettes und beteiligte sich nicht an dem Gespräch. Sie schaute zu Boden und hatte die Hände gegeneinandergelegt.

Die Chinesin hatte zu Jane und Sheila noch nicht den richtigen Kontakt gefunden. Zu verschieden war ihre Mentalität. Im Gegensatz zu Suko hatte sie nicht lange in London gelebt, bevor sie ihn kennenlernte. Shao hatte außerdem Schwierigkeiten, sich an ihre neue Heimat zu gewöhnen.

»Ich verlasse mich auf Suko«, sagte sie.

»Wir ebenfalls«, erwiderte Jane.

»Das sah aber nicht so aus.«

Jane lächelte. »Du kennst uns noch nicht, Shao. Warte erst einmal ab, wenn du länger in London bist. Wir sollten einmal zusammen ausgehen, Einkaufsbummel machen...«

»Ja, vielleicht«, sagte Shao.

Suko kam zurück. »Erledigt«, meldete er und legte die Kreide wieder in den Koffer.

»Wo hast du die magischen Symbole gezeichnet?« fragte Sheila.

»Auf dem Flur und an der Treppe.«

»Okay.«

Suko trat ans Fenster. Die Dunkelheit hatte immer mehr zugenommen. Längst brannten in den Häusern die Lichter. Milchiger Schein fiel aus den Fenstern und malte helle Flecken auf den Boden.

Suko suchte nach den Zombies.

Er sah sie nicht. Auch nicht bei den Fahrern, die noch immer beieinander standen.

Waren es Zombies?

Da noch kein neuer Starttermin vorgegeben war, hatten sich die meisten Zuschauer verzogen. Sie saßen in den Hotels und kleinen Pensionen und tranken sich den Kummer von der Seele.

Doch von ihrem wahren Kummer ahnten und wußten sie nichts. Das Grauen war bereits unterwegs – und schlug auch zu.

Genau drei Minuten später.

Plötzlich verlöschten die Lichter!

Suko stand noch immer am Fenster. Auch er wurde überrascht und wunderte sich, als es im Zimmer ebenfalls dunkel wurde.

Jane war sofort bei ihm.

»Da muß die Stromversorgung zusammengebrochen sein«, sagte der Chinese.

»Aber überall?«

»Wie es scheint.«

Shao trat zu ihm und nahm seinen Arm. »Ich habe Angst«, flüsterte sie.

»Ich glaube, es geht gleich los«, meinte Jane Collins. »Lange brauchen wir nicht mehr zu warten.«

Suko öffnete das kleine Fenster.

Einige Leute schimpften. Suko sah die Schatten am Strand herumlaufen.

»Was ist denn das für eine Sauerei?« brüllte ein Mann. Seine Stimme klang dort auf, wo das Info-Center lag. Wahrscheinlich einer der Reporter, der sich beschwerte.

Suko sah die Wirtin aus dem Haus treten. Ratlos stand sie vor der Tür und schaute sich um.

»Gehen Sie ins Haus!« rief Suko ihr zu.

Mrs. Blyton hob den Kopf. »Warum? Was ist geschehen?«

Suko hatte keine Zeit, ihr eine lange Erklärung zu geben. »Rein mit Ihnen!«

Eingeschüchtert verschwand Mrs. Blyton in ihrer Wohnung.

»Fehlt noch, daß sie den Untoten in die Arme läuft«, bemerkte Suko. Er blieb weiterhin am Fenster stehen.

»Kannst du was erkennen?« fragte Jane.

»Schlecht.«

Es dauerte noch etwas, bis Sukos Augen sich auf die Lichtverhältnisse eingestellt hatten.

Dann aber sah er die Gestalten.

Sie liefen in der Nähe ihrer Boote geschäftig hin und her, redeten, und eine Gruppe von ihnen schien Startvorbereitungen zu treffen. Sie liefen über den langen Steg und sprangen in die Boote.

Die ersten Motoren wurden angelassen.

»Verdammt, die wollen auf den See«, sagte Suko.

»Und dann?« fragte Shao.

»Keine Ahnung. Wenn ich nur wüßte, wo Nichols steckt.« Suko sah ihn einen Atemzug später. Nichols kam aus dem nahen Wald, und mit ihm fünf Zombies.

Weitere gesellten sich hinzu, auch die Fahrer, die nicht in den Booten saßen.

»Unwahrscheinlich«, flüsterte Suko. »Eine Invasion ist das. Hier bahnt sich was an.«

Er beobachtete fasziniert weiter.

Nichols hatte seine Artgenossen um sich versammelt. Mit den Armen machte er Zeichen. Zeigte auf das Dorf und zum See hin.

Sukos Unruhe verstärkte sich. Eine beklemmende Stille lastete über dem Ort. Es schien, als spürten die Menschen, daß sich etwas Schreckliches anbahnte.

Was hatten die Untoten vor?

»Sie werden uns überfallen«, sagte Sheila plötzlich. »Für mich gibt es keine andere Möglichkeit. Eine Hälfte fährt hinaus auf den See, und die anderen bleiben hier.«

Suko gab keine Antwort. Genau das hatte er auch schon gedacht, aber nicht gewagt, es auszusprechen.

»Stimmt das, was Sheila sagt?« fragte Shao.

»Möglich.«

»Du brauchst uns nichts vorzumachen«, sagte Jane Collins. »Wir wissen, wie be… scheiden unsere Situation ist. Machen wir das Beste daraus. Und hoffen wir, daß es Bill und John gelingen wird, den oder die Dämonen auszuschalten.«

Suko beobachtete weiter.

Viel zu erkennen gab es nicht mehr. Die Dunkelheit war schon zu weit fortgeschritten.

Dann aber fegte etwas in den Himmel, zerplatzte, und wenig später breitete eine Lichtbombe ihren roten Mantel über den Strand aus. Genau dort, wo die Boote standen.

Nichols hielt eine Fahne in der Hand.

Das Startzeichen!

Der rotleuchtende Teppich blieb. Er umhüllte die Zombies dort unten am Ufer, die nun wie mit Blut bemalt aussahen.

Vom Dorf her rannten die beiden Konstabler herbei. Sie wollten den Start verhindern, doch Nichols schickte zwei Zombies vor.

Suko biß die Zähne zusammen, daß es knirschte. Er konnte den Polizisten nicht helfen, dafür stand er zu weit entfernt. Auch mit einem sicheren Pistolenschuß war da nichts zu machen.

Die Zombie stoppten die Polizisten auf ihre Weise.

Plötzlich wanden sich die Konstabler am Boden.

Niemand griff ein.

Was war geschehen? Hatten die Leute Angst, oder waren sie magisch beeinflußt worden?

Suko glaubte an die letzte Möglichkeit.

Und dann sah er den Mann, dem das alles zu verdanken war. Er tauchte aus dem Dunkel des Waldes hinein in den roten Lichtschein.

Es war Myxin, der Magier.

»Verflucht!« preßte Suko hervor.

»Was ist?« fragte Jane.

»Sieh, Myxin. Die kleine Gestalt in der langen Kutte. Vielleicht will er sich die Peitsche zurückholen.«

Jane Collins enthielt sich einer weiteren Bemerkung. Sie wußte genau, auf welch einem Pulverfaß sie saßen. Myxin war nicht ihr Freund, wenn er ihnen auch schon geholfen hatte. Aber das tat er dann aus ureigenstem Interesse.

Myxin redete mit Nichols. Es sah so aus, als gäbe er ihm Verhaltensmaßregeln, denn Nichols hörte gefaßt zu.

Die anderen Zombies verhielten sich ruhig.

Noch…

Myxin trat zurück.

»Jetzt geschieht etwas«, flüsterte Sheila.

Sie sollte recht behalten.

Greg Nichols senkte den rechten Arm. Die Flagge fiel nach unten. Das Startzeichen!

Die Boote rasten los.

Sechs, sieben, acht – neun Boote zählte Suko. Und dann sah er einen Mann, der auf den Steg hinauslief und sich die Haare raufte. Es war Ryan McNeal, der unter allen Umständen den Start hatte verhindern wollen.

Seine Stimme hallte schaurig über das Wasser.

Da griff Myxin ein.

Etwas flirrte aus seiner Hand, traf McNeals Rücken, und der Mann brach auf dem Steg zusammen. Suko hatte ihm auf dem Rückweg geraten, sich zu verstecken.

McNeal wollte es nicht anders. Suko hoffte nur, daß er nicht tot war.

Normalerweise hätte schon eine Panik entstehen müssen, aber die Ruhe blieb. Sollte Myxins Magie die Menschen in Seaground in einen magischen Schlaf oder magische Trance versetzt haben?

Für Suko gab es keine andere Erklärung.

Aber warum hatte die Magie bei ihnen nichts bewirkt? Oder waren sie etwa ausgelassen worden?

Wenn ja, aus welchem Grund?

Suko erfuhr es später, als die Boote bereits nicht mehr zu sehen waren und Myxin sowie die anderen Untoten Zeit hatten, sich der nächsten Aufgabe zu widmen.

Myxins Arm fuhr nach vorn. Die Spitze seines Fingers zeigte dabei auf die kleine Pension.

Und wie auf ein geheimes Kommando hin setzten sich die zehn Zombies in Bewegung.

Greg Nichols an der Spitze.

»Jetzt können wir uns nur noch warm anziehen«, sagte der Chinese…

Das Wasser schlug über uns zusammen, und wie zwei Pfeile schossen wir in die nachtdunkle Tiefe.

Wir hatten unsere Lampen am Gürtel befestigt und schalteten sie ein.

Schon nach wenigen Yards wurde der Strahl von der Finsternis verschluckt, aber wir konnten wenigstens unsere nächste Umgebung sehen.

Hart mußten wir gegen eine Unterwasserströmung ankämpfen,

aber wir ließen nicht locker und näherten uns langsam unserem Ziel. Schon bald merkten wir auch in dieser Tiefe die Auswirkungen der Brandung. Wir fühlten uns in diesen Wasserströmen wie auf einem Trampolin.

Wir behielten unsere unmittelbare Umgebung im Auge. Von Zombies oder ähnlichen Höllengeschöpfen sahen wir nichts.

Bill deutete mit der linken Hand nach vorn. Weiter, hieß das.

Um mich herum war die große Stille. Unterarmlange Fische glotzten erschreckt, als sie unsere Körper sahen, und schwammen dann blitzschnell weg.

Jetzt waren uns die Schwimmflossen eine wirklich große Hilfe. Die Ventile der Preßluftflaschen arbeiteten normal. Sie versorgten uns mit genügend Luft, und meine anfängliche Skepsis verflog.

Bill Conolly, der vor mir schwamm, drehte plötzlich eine Rolle. Eine Sekunde später sah ich den Grund.

Wir hatten die unter Wasser liegende Felswand erreicht.

Jetzt galt es nur noch, die Höhle zu finden. Wir schwammen parallel an der Felswand entlang. Sie zog sich nicht gerade hin, sondern war mit Einbuchtungen oder vorstehenden Kanten versehen.

Wir mußten aufpassen, daß uns die spitzen Steine nicht die Taucheranzüge zerrissen.

Hin und wieder, wenn der Lampenstrahl es traf, blitzte das auf meiner Brust baumelnde Kreuz auf.

Ich hatte diesmal die Führung übernommen und spürte plötzlich den Sog, der mich irgendwohin ziehen wollte.

Dann sah ich den Grund.

Der Sog zog uns in den Eingang einer gewaltigen Unterwasserhöhle hinein. Ich schwamm etwas von der Felswand weg, und Bill Conolly machte es mir nach.

Riesengroß war der Höhleneingang.

Wie das Tor zur Hölle.

Bill und ich nickten uns zu.

Ein Schlag mit den Beinen, der Sog erfaßte mich und riß mich in das gewaltige Höhlenlabyrinth.

Die Harpune hielt ich schußbereit in der rechten Hand, während wir in den tiefen, von gurgelndem Wasser erfüllten Schacht vorstießen.

Hier war es noch dunkler. Der Lampenstrahl wurde bereits nach zwei Yards trübe und verschwand dann ganz.

Es war kalt. Ich fror trotz meines Neoprenanzuges, der wärmehaltend sein sollte. Vielleicht war es auch eine andere Kälte.

Wir schwammen weiter.

Dann stieß Bill mich an.

Ich drehte den Kopf und sah, wie mein Freund nach rechts deutete. Ein Beinschlag brachte mich in die Richtung.

Bill hatte eine Höhle entdeckt.

Der Ableger führte vom Hauptstollen aus tief in den Unterwasserfelsen hinein. Ich machte Bill ein Zeichen, daß er draußen bleiben sollte, und schwamm selbst in die Höhle hinein.

Ich sah die Zombies schon nach wenigen Schwimmzügen. Sie schienen vor mir im Wasser zu hängen und starrten mich aus weißen, verdrehten Augen an.

Schrecklich waren ihre Gesichter. Die meisten waren verwest, so daß bleiche Knochen hindurchschimmerten.

Die Zombies bildeten eine Macht des Schreckens.

Aber sie griffen mich nicht an.

Warum nicht?

Ich schwamm weiter. Vorsichtig, behutsam wollte ich an den Zombies vorbei, und sie ließen mich…

Rätselhaft?

War es das Kreuz, das sie abschreckte? Wenn ich mich den Wänden näherte, entdeckte ich zahlreiche Nischen, die in das Gestein gehauen waren. Sie waren so hoch, daß sich ein Mann dort bequem verstecken konnte. Meiner Meinung nach dienten sie den zahlreichen Zombies als Unterschlupf.

Ich machte kehrt, um zu Bill Conolly zurückzuschwimmen. Er wartete sicher schon ungeduldig.

Wieder mußte ich an den lebenden Toten vorbei.

Abermals interessierten sie sich nicht für mich.

Ich erreichte den Hauptstollen. Bill winkte mir zu. Er hatte mich bereits entdeckt.

Wir verständigten uns durch Zeichensprache.

Bills Augen hinter der Maske wurden groß, als ich ihm klarmachte, was ich gesehen hatte.

Wir schwammen weiter mit der Strömung.

Zombies kreuzten nicht mehr unseren Weg, wir entdeckten dafür jedoch zahlreiche Querstollen, und ich war sicher, daß sich dort ebenfalls lebende Tote aufhielten.

Ein paarmal richtete ich den Lampenstrahl nach oben, um zu sehen, wie hoch die Decke war. Doch die Lampe war zu schwach.

Wieder verging eine Minute.

Und dann hörte die Strömung plötzlich auf.

Der Gang war zu Ende.

Ich zeigte mit dem Daumen nach oben.

Bill nickte. Er hatte verstanden.

Wir tauchten auf.

Zuerst schoß ich aus dem Wasser. Ich wischte mir die Haare aus dem Gesicht, nahm den Schnorchel aus dem Mund und atmete feuchte Luft ein.

Bill machte neben mir das gleiche.

Wir waren in einer gewaltigen Unterwasserhöhle gelandet, für die ich nur das Wort Felsendom fand. Um den unterirdischen See herum saßen sie.

Die Zombies!

Wir waren eingekreist…

Suko schloß das Fenster und drehte sich um.

Drei Frauen schauten ihn an. In sechs Augen las der Chinese die Angst.

»Und nun?« fragte Sheila Conolly.

Sukos Zunge fuhr über die Lippen. »Es besteht kein Zweifel daran, daß sie es allein auf uns abgesehen haben. Ich stelle mir das so vor: Sie haben die anderen Dorfbewohner und auch die Gäste in einen magischen Schlaf versetzt. Nur uns ist noch nichts zugestoßen.« Suko lächelte etwas verloren. »Ihr hättet zu Hause bleiben sollen«, sagte er.

Jane Collins hob die Schultern. »Das nützt uns auch nichts mehr. Wir stehen auf der Liste. Frage: Was unternehmen wir?«

Suko zählte auf, welche Waffen zur Verfügung standen.

»Und zusätzlich die magischen Fallen«, bemerkte Sheila.

»Ich hoffe, daß sie uns etwas nützen«, sagte Suko.

»Können wir nicht fliehen?« fragte Shao.

Der Chinese hob die Schultern. »Jetzt nicht mehr. Sie würden uns verfolgen, einholen und uns auseinandertreiben. Und dann müßte jeder von uns gegen mehrere Gegner kämpfen.« Suko schritt zum Fenster und blickte nach draußen.

Der rote Lichtschein waberte noch immer über dem See und dem Strand. Er gab der Szene einen geisterhaften Anstrich.

Und die Toten kamen näher.

Schritt für Schritt.

Diszipliniert marschierten sie nebeneinander.

Schreckliche Wesen mit stumpfen Gesichtern, abgezirkelten Bewegungen und von einem grausamen Trieb besessen.

Myxin schritt an der Spitze.

Der kleine Dämon war im Vergleich zur Körpergröße seiner Diener ein Nichts. Aber ungeheuer gefährlich und mit einer Macht ausgestattet, die Suko erblassen ließ.

Sie waren vielleicht noch zwanzig Schritte von der kleinen Pension entfernt und begannen damit, die niedrige Mauer zu überklettern.

Plötzlich stieß Jane einen Schrei aus. »Mein Gott, Mrs. Blyton ist noch unten«, sagte sie.

Suko fuhr herum.

»Wir müssen sie holen«, sagte Jane.

»Das erledige ich«, versprach der Chinese. »Bleibt ihr hier!«

Ehe die anderen etwas dazu sagen konnten, war Suko schon an der Tür.

Er lief hinaus in den Flur, schaute sich um und rief Mrs. Blytons Namen.

Keine Antwort.

Suko rannte vor bis zur Treppe und dann die Stufen hinab. Er erreichte das Erdgeschoß und sah die Tür zu Mrs. Blytons Wohnung sperrangelweit offen.

Ein beklemmendes Gefühl beschlich den Chinesen, als er die Wohnung betrat.

»Mrs. Blyton?« rief er.

Niemand meldete sich.

Die Beine sah der Chinese zuerst. Sie ragten aus einer offenen Tür und über die Schwelle hinweg. Die Fußspitzen zeigten nach oben. Mrs. Blyton lag demnach auf dem Rücken.

Mit zwei Schritten war Suko bei ihr und ging neben der Frau in die Knie.

Er sah das Zucken der Halsschlagader unter der gespannten Haut und atmete auf.

Mrs. Blyton lebte.

Wie die anderen war sie in einen magischen Schlaf gefallen, aus dem sie irgendwann wieder erwachen und sich dann wahrscheinlich an nichts mehr erinnern würde.

Die Zombies hatten es in der Tat auf Suko und die drei Frauen abgesehen.

Der Chinese ging zurück in den Flur. Neben der Eingangstür befand sich ein kleines Fenster. Suko warf einen Blick hindurch und erschrak.

Die Zombies standen schon vor der Treppe. Soeben betrat der erste die unterste Stufe.

Es war Greg Nichols.

Myxin hatte sich etwas zurückgehalten. Suko entdeckte ihn jedenfalls nicht.

Es war typisch für Myxin. Er schickte seine Vasallen vor. Ähnlich agierte auch der Schwarze Tod. Er trat nie selbst auffällig in Erscheinung.

Suko zog sich von der Tür zurück und lief wieder nach oben. Die Treppe nahm er mit langen Sprüngen.

Jane Collins stand im Flur.

»Und?«

»Mrs. Blyton schläft, ebenso die anderen Bewohner von Seaground.«

Die Detektivin atmete auf. »Was willst du tun?«

Suko konnte sich eine Antwort sparen, denn in diesem Augenblick hämmerten schwere Schläge gegen die Haustür…

Wir fühlten uns wie auf dem Präsentierteller!

Zahlreiche stumpfe Augenpaare glotzten uns an. Gesichter, zum Teil gräßlich verzerrt. Gestalten, die man nur mit dem Begriff Horror umschreiben konnte.

Sie saßen am Ufer.

Bewegungslos…

Aber sie lauerten.

Bill Conolly stieß schnaufend die Luft aus. »Das kann ja heiter werden«, flüsterte er.

Ich nickte, nahm mein Kreuz und hielt es aus dem Wasser. Bill leuchtete mit der Lampe darauf. Gleißend warf das Kruzifix den Strahl zurück.

Die Zombies reagierten überhaupt nicht. Sie griffen uns nicht an und zogen sich auch nicht zurück.

Sie blieben hocken.

Es war nicht dunkel in der Höhle. Die Wände verbreiteten ein glosendes, rötlich schimmerndes Licht. Es wirkte unheimlich und paßte zu dieser Atmosphäre.

»Was schlägst du vor?« fragte Bill.

»An Land gehen.«

»Viel Vergnügen.«

Wir schwammen los. Als wir uns dem Ufer näherten, sahen wir den gewaltigen Eingang einer Höhle, die tief in den Fels hineinwuchs.

Was hatte sie für eine Bedeutung? Lauerte dort vielleicht Ogur, das Monster?

Es war möglich, und ich spürte bei dem Gedanken an das Untier eine Gänsehaut über den Rücken rieseln. Unwillkürlich faßte ich die Harpune fester.

Auf sie mußte ich mich verlassen.

Wir erreichten das Ufer. Es war ein schmaler Felsstreifen, auf den die Strömung grobkörnigen Sand und auch kleinere Steine getrieben hatte.

Gleichzeitig stiegen Bill und ich aus dem Wasser.

Wir bewegten uns wie Enten mit unseren Schwimmflossen. Es sah lächerlich aus, aber uns war wirklich nicht nach Lachen zumute. Innerlich waren wir gespannt.

Die Zombies starrten uns an. Sie folgten unseren Bewegungen. Die Gänsehaut auf meinem Rücken verstärkte sich.

»Ich habe mich auch schon wohler gefühlt«, raunte Bill.

»Wem sagst du das?«

Wir blieben stehen.

Blicke brannten auf unseren Körpern, tasteten uns Zoll für Zoll ab. Lauernd, abschätzend – gefährlich…

Noch hatten sie keinen Befehl erhalten – noch war der Meister nicht da.

Ich drehte mich einmal um die eigene Achse. Schußbereit hielt ich dabei die Harpune. Ein Pfeil war aufgelegt. Die anderen sechs befanden sich im Köcher auf meinem Rücken.

»Die Höhle steht zur Besichtigung frei«, meinte Bill.

»Fehlt uns nur noch der Führer.«

»Das kannst du übernehmen.«

Ein klatschendes Geräusch.

Wir wirbelten herum – und atmeten auf. Einer der Zombies war vom Ufer her ins Wasser gehechtet. Die Untoten kamen uns vor wie exotische Tiere.

Der Zombie war wohl nur die Vorhut gewesen, denn jetzt hechteten auch andere in die Fluten. Kopfüber sprangen sie ins Wasser, tauchten wieder auf und blieben auf der Stelle.

Wollten sie uns den Rückweg abschneiden?

Ich durfte gar nicht daran denken.

Wir watschelten weiter.

Dicht vor dem Höhleneingang blieben wir stehen, starrten in die Dunkelheit, und ich glaubte, irgendwo in der glosenden Schwärze zwei helle Punkte zu erkennen.

Bevor ich Bill jedoch darauf aufmerksam machen konnte, geschah es. Etwas Langes, Rotes wischte blitzschnell aus dem Innern der

Höhle, klatschte zu Boden und umklammerte im nächsten Augenblick Bill Conollys Körper…

»Die Tür ist aus Holz«, bemerkte Sheila Conolly. »Wieviel hält sie wohl aus?«

»Das werden wir gleich sehen«, erwiderte Suko.

Sheila schüttelte den Kopf. »Ich verstehe dich nicht. Wie kannst du nur so ruhig bleiben?«

»Soll ich im Dreieck springen?«

»Aber du mußt doch einen Plan haben.«

»Habe ich auch.«

»Und?«

»Ihr bleibt hier im Zimmer«, sagte Suko.

»Willst du dich allein der Meute stellen?« fragte Jane Collins, während sie auf die schweren Schläge lauschte, deren Echos von unten her hochdrangen.

»Es wird mir wohl nichts anderes übrigbleiben.«

»Aber die schaffst du nicht«, sagte Jane.

»Ich kann sie zumindest aufhalten.«

»Und dann?«

Suko gab keine Antwort, denn von unten drang das Splittern von Holz zu ihnen hoch.

»Jetzt haben sie die Tür geschafft!« hauchte Sheila.

»Raus!« befahl Suko.

Die ersten Zombies drangen ins Haus ein.

»Nach oben. Wir müssen uns auf dem Speicher verstecken. Dort können wir uns besser verteidigen.«

Jane, Sheila und Shao waren einverstanden. Sie verließen das Zimmer und liefen die schmale Stiege hoch, die bis unter das Dach führte, allerdings vor einer Klappe endete.

Jane Collins drückte dagegen. »Verdammt, die klemmt«, schimpfte sie. »Helft mir mal!«

Sheila und Shao gingen Jane zur Hand. Gemeinsam drückten die beiden Frauen gegen die Falltür.

Suko war vorgelaufen. Wo der Gang endete und die Treppe begann, blieb er stehen.

Er hörte das Poltern der Schritte, als die Füße der Zombies die ersten Holzstufen betraten.

Suko zog die Dämonenpeitsche aus dem Gürtel, schlug damit einen Kreis, und im nächsten Augenblick ringelten die drei magischen Schnüre aus der unteren Öffnung.

Mit der Peitsche hatte es eine besondere Bewandtnis. Erst einmal hatten wir sie Myxin abgenommen. Er wollte sie im Kampf gegen die Vasallen des Schwarzen Tods einsetzen, doch wir waren schneller gewesen. Wo Myxin diese Peitsche herhatte, das wußten wir nicht, uns war nur die Funktion sehr gut bekannt.

Traf einer der drei Riemen einen Dämonendiener, so löste der sich in Rauch auf. Er verschwand einfach und ging ein in das höllische Reich, wo Heulen und Zähneknirschen herrschte.

Suko hoffte darauf, daß diese Dämonenpeitsche ihm auch die Zombies vom Hals halten würde.

Mit einem Krach fiel die Falltür an der anderen Seite des Speichers zu Boden.

Sheila kletterte als erste hoch, Shao blieb dicht hinter ihr, nur Jane Collins zögerte noch.

»Verschwinde schon!« rief Suko.

Jane schüttelte den Kopf.

Dann hatte Suko keine Zeit mehr, der Detektivin Vorschriften zu machen, denn die ersten drei Zombies schritten bereits den Treppenabsatz hoch.

Es waren die Untoten aus dem See. Grünlich schimmernde Wasserleichen, die einen fauligen Modergeruch verbreiteten und die Arme angriffslustig vorgestreckt hatten.

Sie schritten nicht neben, sondern hintereinander, denn die Treppe war zu schmal.

Noch zwei Stufen, dann war der erste oben.

Suko ging einen halben Schritt zurück, damit er mehr Platz hatte, um ausholen zu können.

Der Untote war ahnungslos. Er sah in Suko schon das erste Opfer einer langen Kette.

Da schlug Suko zu.

Die Dämonenpeitsche pfiff durch die Luft, klatschte quer über die Schulter des Untoten, und dann geschah das, worauf Suko gewartet hatte.

Der Untote verging.

Inmitten einer stinkenden Schwefelwolke löste er sich kurzerhand auf.

Die anderen beiden Zombies blieben stehen. Fassungslos schauten sie auf den Mann mit der Peitsche.

Suko lächelte kalt. »Kommt nur her, ihr Höllengeschöpfe. Ich werde euch schon zeigen, wo es langgeht. Los, kommt! Wollt ihr meine Peitsche schmecken?«

Suko schlug wieder zu.

Reaktionsschnell zogen die Untoten die Köpfe ein, und die Peitsche fehlte.

Der nächste Schlag.

Suko sprang dabei vor und holte noch während des Springens aus. Seitlich fegten die drei wie Lederschnüre aussehenden Riemen heran, trafen auch den ersten Zombie, hatten aber noch so viel Wucht, daß sie sich um zwei Pfosten des Treppengeländers wickelten.

Der Zombie verging in einer Rauchwolke. Ein letzter klagender Schrei war noch zu hören, dann hatte die Hölle ihren Diener an sich gerissen.

Doch der zweite sah seine Chance.

Suko konnte die Peitsche nicht so schnell loswickeln. Wertvolle Sekunden gingen verloren, und während der Chinese noch an der Peitsche zerrte, fuhr die Handkante des Zombies wuchtig nach unten.

Sie traf Sukos Arm.

Der Chinese schrie auf, und der Schmerz zwang ihn, den Peitschengriff loszulassen.

Sofort stürzte der Zombie auf ihn. Sein Gewicht drückte Suko auf die Treppe, und er spürte im Rücken die harten Kanten der einzelnen Stufen.

Suko schlug seine Fäuste in die Seiten des Gegners, doch der Zombie zeigte keine Reaktion. Seine Hände suchten Sukos Kehle.

Noch konnte der Chinese dem Griff widerstehen, doch es war nur noch eine Frage der Zeit, wann er unterlag.

Von unten näherten sich weitere lebende Leichen.

Da reagierte Jane Collins. Als ob ein sechster Sinn sie gewarnt hätte, nicht zu verschwinden, sondern abzuwarten.

Sie sprang von der Stiege, taumelte noch ein paar Schritte vor, fing sich aber und hetzte auf die Treppe zu.

Die beiden nächsten Zombies waren schon verdammt nahe.

Jane sprang dem Untoten, der auf Suko hockte, in den Rücken. Die Aufprallwucht konnte auch er nicht vertragen. Gemeinsam mit der Detektivin rollte er die Stufen hinab und fiel den beiden entgegenkommenden Horrorwesen vor die Füße.

Sie stolperten.

Suko aber hatte wieder freie Bahn.

Er stützte sich mit der linken Hand auf und wickelte mit der rechten die Dämonenpeitsche los.

Dann hielt er den Griff in der Faust.

Suko kam über die drei Zombies wie ein Ungewitter. Es war im letzten Moment, denn Jane Collins befand sich in einer äußerst miesen Lage. Die Zombies waren auf sie gefallen und versuchten nun mit allen Mitteln, Jane Collins zu töten.

Die Peitschenriemen fegten durch die Luft.

Links, rechts – rechts, links.

Wo sie trafen, lösten sich die Untoten auf, wurden zu Rauchschleiern, die langsam verwehten. Wie der Pulverdampf nach einer Schießerei.

Suko streckte seine linke Hand aus. »Hoch mit dir, Jane«, sagte er und lächelte.

Auch Janes Augen strahlten. Sie rieb sich die Schulter. Ein harter Schlag hatte sie dort getroffen.

Suko warf einen Blick über das Geländer. Die Zombies unten hatten wohl bemerkt, daß mit Suko nicht gut Kirschenessen war. Sie hielten sich zurück.

»Kommt nur, ihr Höllenknechte!« rief der Chinese. »Meine Peitsche wartet...«

Da erklang ein gellendes, teuflisches Gelächter, das durch das gesamte Haus schallte.

Myxin hatte es ausgestoßen. »Ihr sitzt in der Falle!« rief er. »Auch die Peitsche wird euch nicht viel helfen. Ich bringe eine ganze Armee auf die Beine, wenn es sein muß.«

»Dann hol sie doch!« schrie Suko zurück. Er mußte sich einfach Luft machen. Der Fight vorhin war verdammt hart gewesen.

Myxin aber lachte wieder. Suko sah ihn für einen winzigen Augenblick durch den Treppenschacht.

Dann knallte die Haustür ins Schloß.

Myxin war gegangen.

Die Zombies hatte er zurückgelassen.

Suko wischte sich über die Stirn. »Und jetzt zu den anderen«, sagte er.

»Wollen wir nicht bleiben?« fragte Jane.

»Warum?«

»Wir haben doch eine gute Verteidigungsposition, meine ich. Auf dem Boden wird es eng.«

»Ich weiß nicht so recht.« Suko hob die breiten Schultern. Dann zog er die Luft durch die Nase.

Jane schaute ihn mit gerunzelter Stirn an.

»Riechst du nichts?« fragte Suko.

»Nein, ich – Moment, ja, jetzt rieche ich es auch. Das ist«, Jane schluckte, »Brandgeruch. Das riecht verbrannt.«

»Genau«, sagte Suko. »Die Hundesöhne legen Feuer.« Er warf wieder einen Blick in den Treppenschacht.

Unten züngelten bereits die ersten Flammen.

Der Chinese zuckte zurück.

Und schon erklang eine dumpfe Stimme. »Wir räuchern euch aus.«

»Vorsicht, Bill!« schrie ich.

Meine Warnung kam zu spät. Der rote Schlangenarm zuckte hoch und wirbelte Bill Conolly durch die Luft. Schon schwebte er mannshoch über dem Erdboden.

Bill schrie. Er versuchte verzweifelt, sich zu befreien, klammerte seine Hände um den roten Arm und wollte ihn von seinem Körper biegen.

Er schaffte es nicht.

Dann riß er den Silberdolch hervor.

Im selben Moment wurde Bill in die Dunkelheit der riesigen Höhle gezogen.

Wie erstarrt stand ich da.

Alles war so schnell gegangen, daß ich kaum reagieren konnte. Dann aber spurtete ich hinter Bill her, hinein ins Ungewisse und nicht darauf achtend, was mir noch blühen konnte.

Ein mörderisches Fauchen drang mir entgegen und zerriß fast mein Trommelfell. Ich sah zwei riesige Augen, und plötzlich traf mich ein Windstoß, der mich umwarf und wie ein Blatt Papier über den Boden wirbelte.

Ich wollte mich irgendwo festkrallen, doch der Windstoß war stärker. Dicht vor dem Wasser blieb ich liegen.

Die anderen Zombies waren aufgestanden und hatten einen Kreis gebildet. Ich interessierte sie nicht, sie starrten auf den Höhleneingang.

Ogur verließ seine schützende Burg.

Zum ersten Mal stand ich diesem Urweltgiganten gegenüber. Ich muß ehrlich gestehen, daß mein Herz bei diesem Anblick schneller schlug. Vor Angst und Zweifel.

Und dieses Ungeheuer sollte ich besiegen?

Mit lächerlichen sieben Silberpfeilen?

Kaum möglich...

Es walzte aus der Höhle. Die schuppige, blaugrüne Haut glänzte wie mit Öl eingeschmiert. Es hatte den Rachen weit aufgerissen. Ich sah Zähne, wie ich sie nur von einem Drachen her kannte. Was ich zuvor als Arm oder Tentakel angesehen hatte, erwies sich als riesige Zunge. Sie war mehrfach gespalten. Sie teilte sich in vier Glieder. Und eines davon hielt Bill Conolly gepackt.

Wie tot hing mein Freund in der Schlinge.

Tot?

»Neiinnnn...!« brüllte ich, so daß es schaurig in dem Unterwasserdom widerhallte.

»Neiinnnn!«

Und dann riß ich meine mit Silberkugeln geladene Beretta hervor und feuerte, was das Magazin hergab. Ich jagte die Geschosse in den weit aufgerissenen Schlund des Monsters und traf auch die mit einer klebrigen Schicht bedeckte Zunge, doch nicht den Teil, der Bill umfaßt hielt.

Ein gewaltiges Zucken ging durch den Leib.

Die Zombies heulten auf. Die, die noch am Ufer standen, warfen sich ins Wasser.

Aber auch das Monster wollte im See verschwinden.

Ich mußte zur Seite ausweichen, sonst hätte mich der Riesenfuß zermalmt.

Noch hatte ich eine Kugel.

Und jetzt zielte ich genau.

Sekundenlang stand Ogur still. Auch Bill schwebte ruhig in der Luft. Das war meine Chance!

Schießen hatte man mir beigebracht.

Ich drückte ab.

Die silberne Kugel durchschlug die Zunge, die Bill Conolly umklammert hielt.

Sie brach. An der Einschußstelle wurde sie schwarz, fiel ab, und Bill krachte zu Boden.

Das Monster aber heulte schaurig auf. Heiße Wolken stoben aus seinem Maul. Dann warf es sich nach vorn, klatschte in den unterirdischen See, daß die Wellen hochschlugen und Bill und mich übergossen.

Ogur tauchte sofort unter.

Ich ahnte, was sein Ziel war.

Aber Bill hatte Vorrang.

Ich kniete mich neben ihn, schlug ihm ins Gesicht.

»Na, du Mehlauge«, sagte er und schlug die Augen auf.

Mir fiel ein Stein vom Herzen. Bill Conolly war wieder in Ordnung. Auch den Preßluftflaschen war nichts passiert.

»Wo ist es?« flüsterte Bill.

»Verschwunden.«

»Mist.«

»Fühlst du dich stark genug, um zurückzuschwimmen?«

»Sicher.«

»Dann nichts wie rein ins Waser.«

»Willst du Ogur zum Kampf stellen?« fragte er.

»Wozu habe ich sonst die sieben Pfeile mitgenommen?«

Die Geräuschkulisse war makaber.

Von unten her drang das Prasseln der Flammen. Funken stoben, Rauch zog beißend in das Treppenhaus und trieb in dicken Schwaden nach oben.

Irgendwo platzte etwas weg, und es hörte sich an, als wäre ein Schuß gefallen.

Natürlich hatten die Zombies Angst vor dem Feuer. Sogar eine sehr große, aber sie hatten sich früh genug in Sicherheit gebracht. Suko hatte nur noch für einen Augenblick ihre Gestalten gesehen, dann loderte ihm eine Flammenwand entgegen.

»Mrs. Blyton!« schrie Jane Collins. »Mein Gott, sie wird verbrennen. Wir müssen ihr helfen!«

»Aber wie?«

Das wußte Jane auch nicht.

Suko zog sie über den Flur und auf das Zimmer zu, das Bill Conolly gemietet hatte.

Durch das Treppenhaus kamen sie nicht mehr. Die Flammen versperrten den weiteren Weg. Sie hatten nur noch eine Chance, wenn sie durchs Fenster kletterten.

»Vielleicht können wir der Wirtin helfen, wenn wir draußen sind«, sagte Suko.

Sheila und Shao standen noch auf der Stiege.

»Kommt!« rief Jane.

Sie liefen in das kleine Zimmer hinein, und Suko schloß die Tür.

Sheila Conolly wischte sich eine Haarsträhne aus dem verschwitzten Gesicht. »Wie sieht es aus?«

»Mies«, erwiderte Jane.

»Aber es besteht noch eine Chance?«

Suko deutete auf das Fenster. »Da müssen wir durch.«

»Das wird hart«, flüsterte Sheila.

Shao sagte gar nichts. Sie war in eine gewisse Gleichgültigkeit verfallen. Ihr Gesicht zeigte einen stoischen Ausdruck. Aber sie vertraute auf Suko.

Der stand bereits am Fenster, drehte den Riegel herum und öffnete. Das Holz klemmte, und Suko mußte zweimal ziehen, bevor er das Fenster geöffnet hatte.

Suko lehnte sich hinaus.

Aus dem Erdgeschoß fiel der Widerschein des Feuers nach draußen. Er zauberte ein Schattenspiel auf den Boden, und seine Ausläufer trafen die Zombies, die sich um das Haus herum versammelt hatten. Die Untoten blieben ziemlich im Schatten, denn vor dem Feuer hatten sie Angst.

»Raus«, sagte Suko.

»Sollen wir springen?« fragte Sheila.

»Ja.«

»Wie hoch ist es denn?«

»Spielt das jetzt eine Rolle?«

»Nein.« Sheilas Lippen zitterten. Die Frau hatte Angst, das war ihr deutlich anzusehen.

Suko kletterte als erster auf das schmale Fensterbrett. »Ihr folgt mir«, sagte er. »Und behaltet die Nerven, ich bitte euch!«

Er verschwand.

Sheila kletterte als zweite hinaus, dann folgte Shao, und zum Schluß kam Jane Collins.

Suko hatte der Detektivin seine mit Silberkugeln geladene Waffe überlassen, während er sich auf die Dämonenpeitsche verließ.

Unter dem Fenster lief ein Sims entlang. Er folgte nicht nur der Hauswand, sondern führte auf die dichte Efeu- und Rankenbewachsung zu, die an der Hauswand hing.

In diesem dichten Pflanzenwuchs sah Suko die einzige Chance. Er würde zwar das Gewicht der Menschen nicht halten, aber er bremste einen Fall doch ab, so daß sie unter Umständen Glück hatten und sich nichts brachen oder verstauchten, wenn sie unten aufprallten.

Zum Glück war die Hauswand nicht glatt, sondern rissig, mit

zahlreichen vorstehenden Kanten und Ecken versehen. Fuß- und Fingerspitzen fanden immer wieder einen leichten Halt.

Zoll für Zoll arbeitete sich die Menschengruppe weiter.

Suko kam am besten voran. Er war im Training.

Sheila hatte Schwierigkeiten. Ihr Gesicht war vor Anspannung verzerrt. Der Herzschlag hatte sich beschleunigt. Längst waren die meisten Fingernägel abgebrochen, aber was zählte das, wenn es ums nackte Leben ging?

Shao hielt sich tapfer. Sie hatte sich in ihr Schicksal gefügt. Asiaten haben eben eine andere Mentalität als Europäer.

Jane als Schlußlicht durfte keine Angst zeigen, obwohl sie sich tausend Meilen weit weg gewünscht hätte. Aber sie mußte durchhalten, wollte sie nicht untergehen.

Es war ein Kampf mit der Zeit. Würden sie es schaffen, den Erdboden zu erreichen, bevor die Flammen zupackten?

Was geschah dann?

Die Zombies würden sich auf die Menschen stürzen. Jetzt lauerten sie noch, beobachteten ihre Beute und erfreuten sich an der Gefahr, in der sich die Flüchtenden befanden.

Suko erreichte als erster das Etappenziel. Seine Hände wühlten sich zwischen die Efeublätter und krallten sich um die an der Wand klebenden Stengel.

Er drehte den Kopf.

Zwei Schritte war Sheila von ihm entfernt.

»Mach es mir nach!« rief er ihr zu. »Ich rutsche zuerst hinunter und versuche, euch aufzufangen. Okay?«

»Ja.«

»Viel Glück!«

Suko löste seine Füße von dem schmalen Sims, und plötzlich hing er mit seinem Gewicht an den Efeuranken.

Sie rissen.

Suko fiel…

Er packte hastig zu und spürte die Pflanzen zwischen den Fingern. Sie rissen, doch Suko gelang es, seinen Sturz etwas abzubremsen.

Dann krachte er zu Boden.

Die Wucht war trotzdem noch so groß, daß er den Aufprall bis in den letzten Gehirnwinkel spürte.

Aber verstaucht war nichts.

Der Chinese atmete auf. »Jetzt du, Sheila!« rief er hoch und war froh, daß die Zombies noch nicht angriffen.

Sheila machte es ihm nach.

Sie rutschte an der Wand entlang, faßte nach den Ranken, fehlte, schrie gellend auf...

Suko sprang vor.

Er breitete die Arme aus, diese gewaltigen, karategestählten Muskelpakete.

Und er fing Sheila Conolly auf.

Trotzdem gingen Suko und Sheila gemeinsam zu Boden.

Dann aber hörten sie das Lachen.

Die Zombies stampften heran. Im selben Moment zerplatzten zwei Scheiben im Erdgeschoß, und Feuerlohen schossen aus den Öffnungen. Der Gluthauch der Hölle streifte die Untoten.

Sie zogen sich hastig zurück.

So hatten Suko und Sheila Zeit, sich aufzurichten. Der Chinese schob Sheila zur Seite.

»Und jetzt du, Shao!« rief er.

Die Chinesin ließ sich fallen. Auch sie rutschte an der Efeu-Bepflanzung vorbei, doch das meiste war schon abgerissen, und ihr Aufprall war härter.

Suko wurde zu Boden gerissen.

Shao schrie auf. »Mein Fuß!«

Der Chinese schaute nach. Gebrochen war der Fuß nicht. Nur verstaucht. Doch dieses Nachschauen kostete wertvolle Zeit, und die nutzten die Zombies.

Suko hörte Sheilas Schrei, der jedoch sehr schnell erstickte. Der Chinese kreiselte herum.

Einer der Zombies hielt Sheila gepackt und preßte ihr die kalte Totenpranke auf den Mund.

Ein zweiter verwest aussehender Untote schob sich auf Suko vor. In der Hand hielt er ein Gewehr. Mochte der Teufel wissen, wo er diese Waffe herhatte.

Aber es stand auf seinem Gesicht zu lesen, daß er nicht zögern würde, auf sie zu schießen...

Wieder tauchten wir in die Flut. Ich hatte etwas Sorgen um Bill Conolly. Er gab sich zwar optimistisch und frohen Mutes, doch es war fraglich, ob er die letzten Minuten wirklich so gut überstanden hatte.

Aber er wollte kämpfen.

Und das mußten wir.

Zuerst gegen die Strömung.

Das war verdammt hart. Auf dem Hinweg wurden wir getrieben, jetzt schwammen wir dagegen an. Die Strömung war stärker, je weiter wir uns dem Eingang näherten. Bill schwamm neben mir. Obwohl seine Kräfte etwas nachließen und die Zeit drängte, schwamm ich nicht schneller, sondern blieb an seiner Seite.

Die lebenden Wasserleichen, die Ogur begleiteten, waren schon vorausgeschwommen.

Schließlich lag das Höhlenlabyrinth hinter uns.

Ich gab noch nicht das Zeichen zum Auftauchen. Wir schwammen ein Stück unter Wasser weiter, denn ich wollte nicht in die Brandung hineingeraten.

Dann aber glitten wir hoch.

Unsere Köpfe schossen zuerst aus dem Wasser. Ich schleuderte mir die Haare aus dem Gesicht und schaute mich um.

Meine Augen wurden groß, als ich sah, was sich auf dem See abspielte...

Suko hatte keine Chance. Der Finger des Untoten lag schon um den Abzug.

Sheila kämpfte verzweifelt gegen den zweiten Zombie.

Hinter den Kämpfenden erschienen weitere Horror-Wesen.

Es war grauenhaft...

Dann peitschten Schüsse.

Suko wartete auf den harten Einschlag der Kugeln, auf den alles vernichtenden Schmerz, doch nichts geschah.

Statt dessen kippte der Zombie um.

Zwei Kugeln hatten ihn in den Kopf getroffen.

Jane Collins hatte gefeuert. Von der Hauswand her. Eine fast unmögliche Stellung, aber sie hatte es geschafft.

Der Zombie verging. Das Silber zerstörte sein unseliges Leben.

Jetzt war Suko nicht mehr zu halten. Mit einem wilden Schrei auf den Lippen stürzte er auf die Kämpfenden zu, fegte Sheila und den Zombie kurzerhand zu Boden und entriß die Frau den Klauen des Untoten.

Er schleuderte Sheila zur Seite, um selbst freie Bahn zu haben.

Suko zog die Dämonenpeitsche.

Die drei Riemen pfiffen durch die Luft. Der Untote riß noch die Hände zu einer verzweifelten Abwehr hoch, doch er hatte dem Schlag nichts entgegenzusetzen.

Die Wucht riß ihn von den Beinen, und auf dem Boden löste er sich auf.

Jane Collins sprang.

Auch sie rutschte an der Hauswand entlang. Sie sah wild dabei aus und hatte sich die Pistole zwischen die Zähne geklemmt. Sie fiel zu Boden, überschlug sich, gelangte aber unverletzt auf die Füße.

Die Detektivin stellte sich nicht den Untoten zum Kampf, sondern rannte auf die Haustür zu. Sie hatte Mrs. Blyton nicht vergessen, die sich noch immer in der Flammenhölle befand.

Jane stürzte in die Pension hinein.

Suko kämpfte inzwischen verzweifelt gegen eine mörderische Übermacht der Zombies.

In der Hölle war kein Platz mehr für sie, deshalb mußten sie sich auf die Erde begeben, um Grauen und Entsetzen zu verbreiten.

Flackernder Schein drang aus den zerstörten Fenstern und leuchtete Suko an.

Der Chinese wirkte wie ein Held aus vergangenen Zeiten, der in einer Sagen- und Legendenwelt gegen Monster und andere Ungeheuer fightete. Und Suko setzte alles auf eine Karte. Er brachte den Untoten Respekt bei.

Die Dämonenpeitsche hatte ihm noch nie so gute Dienste erwiesen. Immer wenn einer der Zombies getroffen wurde, verging er in einer Schwefelwolke, die vom Wind auseinandergefächert wurde.

Aber viele Jäger sind des Hasen Tod.

Auch Suko mußte irgendwann einmal gegen die Übermacht kapitulieren. Er wurde mehr und mehr in die Defensive gedrängt.

Dann taumelte Jane aus dem Haus. Ihr Haar war angesengt, aber sie hielt die Frau in den Armen.

»Suko!« schrie sie, brachte noch ein paar Schritte zustande und fiel dann hin.

Sofort liefen drei Zombies auf die Detektivin zu.

»Schieß, Jane, schieß!« brüllte Suko, doch Jane hörte ihn nicht. Sie war bewußtlos geworden…

Etwa hundert Yards entfernt befand sich Ogur.

Himmelhoch wuchs das Ungeheuer vor uns in die Höhe. Weit hatte es sein Maul aufgerissen. Ein grauenhaftes Fauchen drang daraus hervor, und die Restzunge peitschte auf das Wasser nieder.

Seine Diener schwammen um Ogur herum. Sie bildeten einen schützenden Kreis.

Blutrot war der Himmel erleuchtet, und ich kam mir vor wie unter einem gewaltigen Kuppeldach, durch das ich, als ich näher hinschaute, eine stilisierte Skelettfratze schimmern sah.

Ein Abbild des Schwarzen Tods…

Noch hatte uns Ogur nicht entdeckt, und ich wünschte, daß es auch nicht geschah. Unendlich hilflos und klein fühlte ich mich diesem Ungeheuer gegenüber.

Ich riß mir den Schnorchel aus dem Mund. »Zum Boot!« brüllte ich Bill zu.

Mein Freund verstand.

Wir kraulten los.

Zu unserem Glück war der Kahn nicht weit abgetrieben worden. Wir schwammen wirklich wie Weltmeister. Ich erreichte als erster die kleine Leiter am Heck.

Hastig kletterte ich an Bord und half Bill hoch. Er war ziemlich erschöpft, riß sich aber zusammen und torkelte zum Steuerstand. »Wohin, John?«

»Fahr auf Ogur zu!«

Bill nickte. Er ließ den Motor an, und Sekunden später nahm das Boot Fahrt auf.

Ich aber war plötzlich eiskalt. Es gab zwei Möglichkeiten. Entweder verlor ich mein Leben, oder ich gewann.

Den Köcher mit den Pfeilen hatte ich vom Rücken gestreift und neben mich gelegt. Er war offen. Die Pfeile ragten daraus hervor. Einen hatte ich auf die Harpune gelegt.

Vor uns peitschte Ogur die Fluten.

Wellenausläufer trafen unser Schiff und ließen es schaukeln. Am Himmel stand immer noch die Fratze des Schwarzen Tods. Deutlich sah ich die hellen Augen in dem glühenden Rot schimmern.

Am liebsten hätte ich einen Pfeil in dieses Knochengesicht gejagt, aber ich beherrschte mich.

Näher und näher kamen wir.

Aber noch etwas anderes sah ich. Von Seaground her näherten sich in rasender Geschwindigkeit zahlreiche Boote. Es waren die Rennboote, die heute nicht starten sollten.

Sie waren besetzt.

Mit Zombies!

Plötzlich wurde mir alles klar. Hier auf dem Loch Morar sollte eine Auseinandersetzung zwischen Myxins Getreuen und denen des Schwarzen Tods stattfinden.

Und wir befanden uns zwischen den tödlichen Fronten.

Bill drehte den Kopf und warf mir einen fragenden Blick zu.

»Fahr weiter!« schrie ich.

Sieben Pfeile. Ich mußte das Ungeheuer treffen!

Die anderen Zombies, die Ogur dienten, hatten ebenfalls bemerkt, wer dort nahte.

Sie sammelten sich und schwammen auf die Boote zu.

Ogur war allein.

Aber immer noch gefährlich genug…

»Anhalten!« rief ich Bill zu.

Er stellte den Motor aus.

Jetzt schaukelte das Boot auf den Wellen. Mir wurde bewußt, wie schwierig es war, das Ungeheuer zu treffen.

Es wandte uns seine Seite zu.

Der erste Pfeil lag auf der Harpune.

Ich zielte.

Inzwischen waren die feindlichen Zombies aufeinandergetroffen. Es kam zu einem mörderischen Kampf. Eines der Boote explodierte, und brennender Treibstoff flog als glühender Regen durch die Luft.

Da schoß ich.

Es gab ein zischendes Geräusch, und der Pfeil bohrte sich in den Leib des Ungeheuers.

Ogur zuckte zusammen.

Bill reichte mir den zweiten Pfeil.

Ich jagte ihn hinterher.

Um uns herum tobte die Hölle. Das Wasser des Sees wurde hochgepeitscht. Ich konnte mich nicht mehr auf den Füßen halten und mußte mich hinknien. Der Kampf der Zombies war an einem Höhepunkt angelangt. Niemand nahm Rücksicht auf den anderen. Es ging um alles oder nichts.

Ich schoß.

Jagte Pfeil auf Pfeil in den Körper des Ungeheuers.

Und Ogur verspürte die Wirkung.

Er tobte. Sein gewaltiger Schwanz peitschte die Wellen. Er versuchte, sich die Pfeile aus dem Körper zu reißen, doch das geweihte Silber war stärker. Wo er getroffen war, wurde die schuppige Haut schwarz und bröckelte ab.

Ich schoß weiter.

Wieder traf ich.

Der Riesenkörper des urwelthaften Titanen walzte herum. Ich schaute direkt in sein weit aufgerissenes Maul.

Noch einen Pfeil hatte ich.

Den siebten.

Ich legte ihn auf.

Der riesige Kopf des Monsters pendelte noch immer über uns. Die Teile der Zunge leckten hervor, fuhren mit wilden Bewegungen durch die Luft und klatschten ins Wasser.

Schaurig brüllte Ogur auf. Noch einmal sammelte er alle vorhandenen Kräfte.

Ich schoß.

Der letzte Pfeil sirrte von der Harpune und verschwand im Rachen des Ungeheuers.

Orrrgggghhhh...!

Nie in meinem Leben werde ich den Schrei vergessen, der über den See hallte. Es war ein urwelthafter Laut, wie ich ihn noch nie gehört hatte.

Aber Ogur war erledigt.

Er zerbrach mitten in der Luft. Sein Körper zerplatzte, als wäre er aus Kunststoff. Die einzelnen Teile sanken ins Wasser und verschwanden.

Plötzlich war auch das rote Licht weg.

Nur noch der Totenkopf schimmerte.

»John Sinclair!« brüllte eine Donnerstimme, und mir lief es eiskalt den Rücken hinunter. Gleichzeitig fegte ein gewaltiger Sturm über den See. Unser Boot wurde hin- und hergeworfen. Ich sah eine riesige knöcherne Faust über mir schweben.

Eine Drohung.

Und ich wußte, daß der Schwarze Tod zurückschlagen würde. Irgendwann...

Dann war alles vorbei.

Ich schaute auf die Harpune.

Sie hatte uns gerettet.

Bill Conolly kniete im Boot und schüttelte den Kopf. »Mein Gott«, sagte er nur, »mein Gott...«

Er faltete die Hände. Ich legte die Harpune zur Seite und tat es ihm nach.

Das Leben hatte uns wieder!

Drei Schritte vor Jane Collins stoppten die Zombies.

Im nächsten Moment wandten sie sich abrupt um und verschwanden.

Wie auch die anderen.

Die Untoten ließen Suko, Jane, Sheila und Shao in Ruhe. Sie zogen sich in die Dunkelheit zurück. Dafür erschien Myxin.

Er war plötzlich da und schaute Suko an. »Dein Freund Sinclair hat es geschafft«, sagte er, »der Stützpunkt, den der Schwarze Tod hier hinterlassen hat, ist verlorengegangen. Ihr wart mir ungewollt eine Hilfe. Aber wir sehen uns wieder.«

Myxin machte kehrt und ging weg.

Suko blieb stehen. Nachdenklich schaute er ihm nach. Die Peitsche steckte er weg. Gleich darauf gingen überall im Dorf wieder die Lichter an.

Menschen erwachten aus einem magischen Schlaf. Sie wunderten sich, wußten nicht, was passiert war, und sie fanden keine Erklärung für das abgebrannte Haus. Suko wollte ihnen auch keine geben…

In dieser Nacht fanden wir alle keinen Schlaf. Wir saßen in der Blockhütte des alten McBowen zusammen und sprachen über den Fall.

Marion Mitchell, Bob McClure und Ryan McNeal waren auch dabei.

Später traf auch Long Tom bei uns ein. Ich erzählte noch einmal, wie ich das Ungeheuer erledigt hatte, und Long Tom starrte mit großen Augen auf die Harpune.

»Eine Wunderwaffe!« flüsterte er. »Bei Gott, sie ist eine Wunderwaffe.«

Ich nickte. »Da haben Sie wohl recht, Mister.« Ich nahm die Waffe und übergab sie ihm. »Bewahren Sie sie gut auf. Vielleicht wird sie noch einmal gebraucht.«

»Um Himmels willen«, antwortete er. »Nur das nicht.«

Niemand konnte Long Tom besser verstehen als ich…

ENDE
des zweiten Teils

Horror-Disco

»Nicht, Mike, ich bitte dich, doch nicht hier. Das ist nun wirklich nicht der richtige Ort für…«

Mike lachte. »Ja, sprich's schon aus!«

Cindy schüttelte den Kopf.

Mike blieb stehen. »Hast du Angst, Darling?«

»Ja, Mike, ich habe Angst.«

»Und wovor? Vor den Toten? Die tun dir nichts.« Zur Bestätigung seiner Worte stampfte er auf ein Grab. »Sie werden uns nicht stören.«

»Trotzdem.« Fröstelnd hob Cindy die Schultern. Sie fror in ihrem dünnen Leinenkleid. Aber es war nicht nur die Kühle der Nacht, die dieses Gefühl hervorrief, sondern auch die ganze Umgebung, in der sie sich befanden.

Mike und sie standen auf einem Friedhof!

Es war ein uralter Gottesacker, der schon längst nicht mehr benutzt wurde. Schief standen die Grabsteine zwischen den Bäumen. Das Gras wuchs kniehoch, und über dem gesamten Totenacker lag eine Stille, die schon gespenstisch wirkte.

Ganz im Gegensatz zu der Disco-Hölle, die Mike und Cindy besucht hatten. Sie lag nicht weit vom Friedhof entfernt. Dort wurde Abend für Abend das Leben in vollen Zügen genossen.

Und nur einige Hundert Yards weiter die absolute Stille des Todes.

Welch ein Gegensatz…

Mike drehte sich im Kreis und klatschte dabei in die Hände. »Kommt schon, wenn ihr was wollt. Worauf wartet ihr noch?«

»Mike!« Die vorwurfsvolle Stimme des achtzehnjährigen Mädchens ließ den Zweiundzwanzigjährigen verstummen.

Er grinste schief. »Sorry, aber ich wollte dir nur zeigen, daß du keine Angst zu haben brauchst.«

Cindy lächelte verloren. »Ach, Mike«, sagte sie und warf sich in seine Arme. »Du bist einfach unverbesserlich.«

Mike preßte den schlanken Mädchenkörper an sich. Er spürte unter dem Leinenstoff die nackte Haut. Sein Herz raste, und der Kloß im Hals nahm die doppelte Größe an.

Cindy konnte einen Mann schon verrückt machen. Nicht nur

Mike, auch andere waren hinter ihr her, aber er hatte es geschafft und sie zu seinem Girl gemacht.

Seine Finger wühlten in ihrem rotblonden Haar. Es war lang und lockig. Die letzten Haarspitzen streichelten über die jetzt nackte Haut, da Mike ihr bereits die Ärmel des Kleides abgestreift hatte.

Mikes Lippen näherten sich ihrem Gesicht, suchten den vollen, naturroten Mund, der so sanft und herrlich geschwungen war.

Cindy hatte nichts dagegen…

Minutenlang standen die beiden jungen Menschen eng umschlungen zwischen den uralten Grabsteinen und waren nur mit sich selbst beschäftigt.

Hin und wieder machten sie Pause, um Luft zu holen.

»O Mike«, flüsterte Cindy. »Mike… Mike…«

Die Welt versank um sie herum.

Leer und verlassen lag der Friedhof. Der Nachtwind sang und wehte zwischen den Grabsteinen. Irgendwo raschelte es. Ein Tier, das in seinen Bau huschte. Das hohe Gras wurde vom Wind gekämmt. Ein paar Blätter flogen durch die Luft und wurden von einem dicken Eichenstamm aufgehalten.

Aber war der Friedhof wirklich so leer und verlassen?

Die Ruhe täuschte, denn das Grauen lauerte bereits. Niemand der beiden wußte, daß dieser Gottesacker verflucht war.

»Komm«, keuchte Mike, »laß es uns machen…«

»Mike – ich…«

»Bitte, Cindy.«

Langsam schmolz der Widerstand des Mädchens. Sie fühlte, wie sie schwach wurde. Dieser blondhaarige Junge mit dem unbekümmerten Lächeln hatte ihr Herz buchstäblich in Brand gesteckt.

Aber noch wehrte sie sich.

Allerdings mehr zum Schein…

»Mike, du bist verrückt – du bist wahnsinnig, du…«

»Ja, Cindy, ich bin verrückt und wahnsinnig. Nach dir. Nur nach dir. Ich will…« Seine weiteren Worte gingen in einem unverständlichen Gestammel unter, aber Cindy wußte auch so, was gemeint war.

Ihre Knie gaben nach.

Langsam sank sie zu Boden. Es störte sie nicht, daß das neue Kleid schmutzig wurde, im Moment gab es nur noch Mike.

Und das Grauen kam.

Es war dunkler als die Nacht, die durch einen fahlen Mond aufgehellt wurde.

Schatten huschten hinter den Grabsteinen hervor.

Blitzschnell tauchten sie auf und waren wieder verschwunden.

Aber sie hatten das Paar entdeckt.

Umgekehrt war es nicht der Fall.

Die beiden jungen Menschen lagen im Gras und hielten sich umarmt. Durch die wenigen belaubten Zweige einer fast abgestorbenen Buche sickerte fahles Mondlicht und goß einen silbernen Schleier auf die jungen Menschen.

Ein fast romantisches Bild…

Die Schatten begannen zu wispern. Sie flüsterten und huschten immer näher an die Liebenden heran.

Aber nicht nur sie kamen.

Auch die Weiße Frau…

Sie hatte sich bisher versteckt gehalten, doch nun löste sie sich aus der Deckung des Gebüschs.

Sie ging Schritt für Schritt weiter, näherte sich den beiden jungen Menschen, die noch immer völlig ahnungslos waren…

Die Füße der Unheimlichen schienen den Boden nicht zu berühren. Sie schwebte.

Eine Geistererscheinung, eine nicht reale Existenz?

Die Finger umklammerten den Messergriff so hart, als wollten sie ihn zerbrechen.

Das Gesicht war auf eine irgendwie schreckliche Weise schön. Weiß wie Marmor präsentierte sich die Haut, im Gegensatz dazu standen die großen, dunklen Augen, die ein gefährliches, kaltes Feuer zu versprühen schienen.

Den wohlgeformten Körper umfloß ein langes, schneeweißes Gewand, und die lackschwarzen Haare berührten die Schultern.

Nicht ein Zweig oder Blatt raschelte unter ihren Füßen, als sie über den geheimnisvollen Friedhof schlich und sich den beiden Liebenden näherte.

Noch waren sie ahnungslos.

Mikes Gedanken drehten sich nur um das Mädchen, das in seinen Armen lag. Cindy war das wunderbarste Geschöpf, das er je kennengelernt hatte.

Doch Cindy konnte sich nicht so recht konzentrieren. Obwohl sie Mikes Drängen nachgegeben hatte, fühlte sie sich alles andere als wohl.

Der Ort gefiel ihr nicht.

Ein Friedhof in der Nacht.

Schrecklich...

Ihre Großmutter hatte sie immer gewarnt, nachts allein auf einen Friedhof zu gehen. Obwohl die Kindheit schon einige Jahre zurücklag, erinnerte sich Cindy an die Warnungen. Und sie hatte panische Angst.

»Mike«, raunte Cindy.

»Was ist denn?«

»Laß uns gehen!«

Mike glaubte, sich verhört zu haben. Sekundenlang lag er stocksteif.

»Was war das?«

»Ich will weg.«

»Ausgerechnet jetzt?« Er kniete sich auf.

»Ja, Mike.«

»Aber warum?«

»Weil ich Angst habe.«

Die Weiße Frau hörte die Stimmen der beiden jungen Menschen. Ein böses Lächeln umgeisterte ihre Lippen. Die Augen wurden noch größer, und ein lauernder Ausdruck trat auf ihr Gesicht.

Sie schaute auf das Messer.

Die Klinge war lang und spitz, dazu beiderseitig geschliffen. Der hölzerne Griff gab die Arbeit eines Künstlers wider. Die Finger ruhten in schmalen Griffschalen.

Dieser Dolch hatte Geschichte...

Vor dreihundert Jahren begann es, da fing der verdammte Fluch an. Die Gedanken der Frau wanderten nicht zurück in die Vergangenheit. Sie konzentrierte sich wieder auf die Gegenwart.

Die Opfer waren nah...

Wie ein Band war die Stimmung der beiden Menschen zerrissen. Mike setzte sich auf und richtete seine Kleidung. Auch Cindy zog ihr Kleid wieder hoch.

Sie warf ihrem Freund einen um Entschuldigung bittenden Blick zu. »Es tut mir leid. Mike...«

Der junge Mann verzog das Gesicht. »Davon habe ich nichts«, sagte er. »Erst machst du mich scharf und heizt mich ungeheuer an, dann kneifst du. Das finde ich nicht fair.«

»Aber ich will gar nicht kneifen, Mike.«

»So? Wie nennst du es denn?«

»Es ist – wir können ja woanders hingehen. Dieser Friedhof jagt mir Angst ein. Versteh mich doch.«

»Schon gut«, brummte Mike, der, wenn er ehrlich gegen sich selbst war, sich auch nicht besonders wohl fühlte. Am Anfang hatte ihm alles nichts ausgemacht. Die alten Grabsteine, der säuselnde Wind, das geheimnisvolle Rascheln von trockenem Laub.

Nun hatte sich die Atmosphäre verändert. Äußerlich war zwar alles gleich geblieben, doch es war etwas geschehen. Mike fühlte es.

Er stand auf.

»Du bist mir nicht böse?« fragte Cindy.

»Nein. Warum?« Er streckte seine Hand aus, um dem Mädchen hochzuhelfen.

Cindy ergriff seine Finger.

Im selben Augenblick trat dicht hinter Mike die Gestalt der Weißen Frau aus dem Schatten eines Baumes hervor.

In der hoch erhobenen rechten Hand hielt sie ein Messer. Die Spitze zeigte genau auf Mikes Schulterblätter...

Cindy sah die unheimliche Gestalt zuerst. Den Bruchteil einer Sekunde war sie fassungslos vor Schrecken, und das Entsetzen grub sich in ihren Blick.

Dann aber reagierte sie.

»Mike! Hinter dir!«

Da stieß die Weiße Frau zu.

Cindy hielt noch immer die Hand ihres Freundes umklammert. Und sie riß Mike wuchtig zu sich heran.

»Bist du…« Die weiteren Worte verschluckte der junge Mann, da er gegen seine Freundin prallte. Die Wucht war so groß, daß beide zu Boden stürzten.

Hinter Mike aber pfiff das Messer durch die Luft. Der eigene Schwung warf die Weiße Frau nach vorn, und sie rammte die Klinge in den feuchten Boden.

Ein heulender Ton drang aus ihrer Kehle, der in ein tiefes Knurren überging.

Dieser Schrei riß die beiden jungen Menschen herum.

Plötzlich sahen sie sich mit dem Tod konfrontiert, und dieses Wissen mobilisierte in beiden gewaltige Kräfte.

Sie rafften sich auf.

»Weg!« schrie Mike und zog Cindy mit sich.

Vergessen war der Zauber der letzten Minuten. Jetzt ging es ums nackte Leben.

Welch ein Gegensatz.

Instinktiv hatten die beiden jungen Leute den Weg zur Straße eingeschlagen. Weg von dem grauenvollen Ort.

Aber die Weiße Frau dachte nicht daran, aufzugeben.

Sie wollte ihre Opfer.

Der Fluch mußte erfüllt werden…

Die Füße der Flüchtenden trommelten auf den Waldboden. Fast wie Hürdenläufer sprangen sie über die Grabsteine und ließen den Friedhof hinter sich.

Aber die Weiße Frau holte auf.

Drohend schwang sie das Messer.

Immer schneller rannten Cindy und Mike.

Doch die Weiße Frau gab keinen Fußbreit Boden verloren. Sie lachte. Und dieses Gelächter klang den jungen Leuten wie Teufelsmusik in den Ohren.

Mikes Kondition war besser.

Schon bald begann Cindy zu keuchen.

»Seitenstiche«, ächzte sie. »O mein Gott…«

»Weiter, Cindy!«

»Ich – ich kann nicht mehr...«

»Ich kriege euch!« Die höhnische Stimme der Weißen Frau machte bei den Flüchtenden noch einmal alle Reserven mobil.

Doch Cindy war wirklich am Ende. Sie stolperte immer häufiger.

Eisern hielt Mike seine Freundin fest.

»Die Straße!« schrie er. »Sie – sie ist nicht mehr weit weg. Nur noch fünfzig Yards. Halt durch...«

Zwei Sekunden später stolperte Cindy. Sie fiel hin und rutschte auch aus Mikes Griff.

»Cindy!« brüllte der junge Mann, stoppte und kreiselte herum.

Schon war die Unheimliche da. Erneut raste der rechte Arm mit dem Messer nieder.

Mike hechtete zur Seite.

Die Klinge fehlte.

Noch eine schreckliche Entdeckung machte der junge Mann. Er hätte bei seiner Aktion die Frau eigentlich berühren müssen, aber er griff durch die Gestalt.

Sie war nicht existent.

Dafür jedoch das Messer.

Mike war zu Boden gefallen. Er wälzte sich herum, wollte aufspringen und sah, daß es bereits zu spät war.

Die Weiße Frau stand neben ihm.

Sie hielt den Dolch so, daß ihr marmornes Gesicht wie in zwei Hälften geteilt aussah.

»Bitte«, flüsterte Mike voller Todesangst, »bitte nicht...«

Die Weiße Frau schüttelte nur den Kopf. Tief aus ihrer Kehle drangen hohl und grollend die Worte: »Es muß sein...«

Loch Morar lag hinter uns. Und damit ein Abenteuer, wie es schauriger kaum sein konnte.

Sie erinnern sich bestimmt an Ogur, das Monster, das seit Jahrhunderten in einer Felsenhöhle lauerte und hin und wieder ahnungslose Schwimmer oder Bootsfahrer zu Zombies machte.

In einem dramatischen Finale war es uns gelungen, Ogur und auch Myxins Vasallen auszuschalten.

Uns, das waren meine Freunde Bill Conolly, Suko, Sheila Conolly, Jane Collins, Shao und ich.

Die Ermittlungen hatten erfordert, daß wir uns noch drei Tage in Seaground, dem kleinen Ort am Loch Morar, aufhalten mußten. Dann aber hatte ich nichts anderes mehr im Sinn, als nach London zurückzukehren.

Sheila und Bill waren schon mit dem Wagen vorgefahren. Suko und Shao hatten das Motorrad genommen. Ich stieg in meinen Bentley.

Doch ich fuhr nicht allein.

Jane Collins war bei mir. Sie hatte es sich nicht nehmen lassen, mich zu begleiten.

Wir fuhren dem Sommer entgegen, wenn ich das mal so sagen darf. Wir hatten inzwischen Ende Mai, und die Bäume standen in einem satten Grün.

In dieser Jahreszeit ist es besonders reizvoll, die schottische Landschaft zu erleben. Sie verlor unter den Sonnenstrahlen viel von ihrer oft düsteren Wirkung, und das Barometer unserer Laune stieg förmlich mit jeder zurückgelegten Meile.

Wir wollten bis London durchfahren, von einigen Pausen natürlich abgesehen. Da Jane ebenfalls eine ausgezeichnete Autofahrerin war, hatte ich nichts dagegen, wenn sie mich hin und wieder am Steuer ablöste.

Aber erst einmal fuhr ich.

Wir durchquerten die Grampian Mountains, diese herrliche Gebirgslandschaft. Die höchsten Gipfel trugen noch eine weiße Haube. Der Schnee glitzerte in der Sonne. Bald würde auch er weggetaut sein. Der Wind wehte von Südwesten und brachte die Milde des Golfstroms mit.

Wir genossen die Fahrt.

Jane hatte sich zurückgelehnt, die Sonnenbrille vor die Augen geschoben und blinzelte hin und wieder träge in die Landschaft.

Auch ich saß entspannt hinter dem Lenkrad. Loch Morar war vergessen.

Plötzlich fragte Jane: »Liebst du mich?«

Fast wäre ich vor Schreck vom Weg abgekommen. Auf die Frage war ich wirklich nicht vorbereitet.

Die Privatdetektivin gab sich selbst die Antwort. »Also nein«, behauptete sie.

»Das habe ich nicht gesagt«, verteidigte ich mich.

»Aber gedacht.«

»Woher willst du das wissen?«

»Weibliche Intuition.«

»Auch das noch.«

Jane folgerte weiter. »Daß du mich nicht liebst, sieht man schon allein daran, daß du nicht heiraten willst.«

Ich verzog das Gesicht.

»Ist es Glenda Perkins?«

»Ach.«

»Wirf das nicht so weit weg, mein Lieber. Die Kleine ist ganz schön scharf auf dich. Denkst du, ich bin blind?«

»Keine Liebe im Büro.«

»Ich würde ja heiraten«, meinte Jane.

Als sie danach schwieg, wurde ich mißtrauisch. »Da kommt doch noch was hinterher?«

»Dann gibst du deinen Job auf, John, läßt dich in den Innendienst versetzen...«

»... und du holst mir abends die Filzpantoffeln und bringst mir die Zeitung.«

Jane lachte. »So ungefähr.«

»Ehrlich gesagt, ich fühle mich für den Innendienst noch ein wenig zu jung.«

Jane hob die Schultern. »Vielleicht wirst du irgendwann mal geadelt. Wie Sir Powell.«

»Darauf kann ich verzichten.«

Jane setzte sich aufrecht. »War auch nur ein Vorschlag. Er kam mir gerade in den Sinn.«

Wir schwiegen. Jane hatte ein Thema angeschnitten, das mir ebenfalls auf der Seele lag, das ich aber immer wieder verdrängte. Eine Ehe war nichts für uns. Ich brauchte das Abenteuer, das Kribbeln, das dazu gehört, und beim Yard werden nun mal frisch verheiratete

Beamte nach Möglichkeit auf ruhige Posten versetzt. Ob Jane ohne ihren Beruf auskommen würde, war auch fraglich. Sie ist schließlich mit Leib und Seele Detektivin. Dazu die hübscheste der Welt, wie ich meine.

Der Abend näherte sich, und die Sonne sank in einem farbenprächtigen Schauspiel dem Horizont entgegen.

Ein Sonnenuntergang faszinierte mich immer, und ich fuhr langsamer, um von der Gegend etwas zu haben.

»Ab Glasgow fahre ich«, sagte Jane.

Ich hatte nichts dagegen.

Bis Glasgow war es zwar nicht mehr weit, aber es gab keinen Motorway, auf dem wir aufdrehen konnten.

Wir mußten über kurvige, enge Straßen fahren, und so war es kein Wunder, daß die Dunkelheit uns bei diesem »Tempo« noch vor Glasgow einholte.

Zuweilen kamen uns Wagen entgegen. Ihre Scheinwerfer waren schon von weitem zu sehen.

Wir fuhren an kleinen Ortschaften vorbei, deren Namen ich noch nie in meinem Leben gehört hatte.

»Eigentlich habe ich Hunger«, sagte Jane.

Auch mir knurrte mittlerweile der Magen, und so hatte ich nichts dagegen, in der nächsten Ortschaft anzuhalten.

Zwanzig Minuten später war es soweit.

Ich hielt den Bentley vor einem alten, rustikal erscheinenden Gasthaus an, nachdem ich zuvor vollgetankt hatte.

Wir waren die einzigen auswärtigen Gäste, obwohl es bis Glasgow nicht mehr weit war. Etwa dreißig Meilen. Man schaute uns nicht unfreundlich an, aber auch nicht besonders herzlich.

Ich bestellte.

Der Wirt servierte kurze Zeit später die Spezialität des Hauses. Lammschinken. Und er schmeckte gut.

Auch Jane Collins war zufrieden. Nachdem wir die Verdauungszigaretten im Ascher ausgedrückt und gezahlt hatten, starteten wir wieder.

Jane schaute hoch zum Himmel. »Mond- und sternenklar«, sagte sie. »Einfach romantisch.«

Ich gab ihr recht.

»Soll ich nicht fahren, John?«

»Nein, nein, noch fühle ich mich frisch.« Ich kitzelte die Maschine mit dem Schlüssel.

Ruhig sprang sie an.

Wir würden nördlich von Glasgow den Motorway erreichen, mußten uns zuvor jedoch durch die Prärie schleichen. Aber das waren wir gewöhnt.

Die Straßen wurden allerdings breiter. Hinter dem Dorf begann ein Waldgebiet, durch das sich die Fahrbahn wie ein Band wand.

Kurven über Kurven. Mal rechts, mal links.

Zweimal wurden wir von Motorrädern überholt. Wenn das Licht ihrer Scheinwerfer im Außenspiegel explodierte, bekam ich immer ein Ziehen im Nacken.

Dann waren wir wieder allein.

Die Scheinwerfer breiteten ihren hellen Teppich vor dem Wagen aus und gingen auch mit, wenn wir um die Kurven fuhren. Dann allerdings streiften sie den Waldrand und holten Büsche und Bäume geisterhaft bleich aus der alles schützenden Dunkelheit.

»Wie im Horror-Film«, sagte Jane lächelnd.

»Vom Horror habe ich die Nase voll«, erwiderte ich ahnungslos. »Zumindest bis London«, schränkte ich ein, denn ich wußte nicht, was mich in meiner Heimatstadt erwartete.

Wir fuhren in eine Kurve. Das Licht glitt von der Fahrbahn ein wenig weg und streifte den bis an die Straße wachsenden Wald und die kleine Lichtung darin.

»Halt!« schrie Jane.

Ich bremste.

»Raus«, sagte sie und öffnete die Tür.

Ich hielt sie fest. »Willst du mir nicht sagen, was geschehen ist?« fragte ich.

Jane schaute mich an. »Dort im Wald wird jemand bedroht. Mit einem Messer...«

Jetzt gab es auch für mich kein Zögern mehr!

Jane war zwar als erste aus dem Wagen, aber ich konnte schneller laufen.

Mit einem Satz sprang ich über den Graben und überholte Jane schon einen Herzschlag später. Während des Laufens nahm ich das Bild, das sich etwa dreißig Yards vor mir abspielte, in mich auf.

Ein junges Mädchen lag wie tot am Boden.

Rechts von ihr bedrohte eine weißgekleidete Frau mit einem Messer einen jungen Mann. Der wich zwar dem Hieb aus, fiel aber trotzdem zu Boden.

Jetzt hatte die Frau ihre Chance.

Sie stellte sich vor den Mann, umklammerte den Griff des Messers mit beiden Fäusten und wollte gerade zustechen.

»Halt!« schrie ich.

Die Frau zögerte.

Irritiert drehte sie den Kopf und schaute in meine Richtung.

Ich hatte mit allem gerechnet, nur nicht mit dieser Schreckensszene. Meine Beretta lag im Wagen. Denn wer läuft schon mit umgeschnallter Kanone herum? Egal, ich mußte mit der Frau auch so fertig werden.

Sie schaute mich an.

Da wußte ich es.

Ich hatte es nicht mit einem Menschen zu tun!

Diese Erkenntnis durchzuckte mich im Bruchteil einer Sekunde. Ich war in einen neuen Fall hineingestolpert. Das wurde mir plötzlich klar.

»Verschwinde!« zischte mir die Frau entgegen.

Ich dachte gar nicht daran.

Sie kam näher. Der junge Mann war vergessen, jetzt zählte nur noch ich.

Das Messer hielt sie stoßbereit. Die Klinge zeigte nach oben. Wer ein Messer so führte, war ein Könner.

Ich ließ sie kommen.

Mein kaltes Lächeln mußte sie wohl sehr verwirrt haben, denn sie warf sich plötzlich in meine Richtung.

Ich wich aus, drehte mich dabei, und die Klinge fuhr an meiner Hüfte vorbei.

Ich wollte den zurückfahrenden Arm schnappen, doch ich griff hindurch.

Die Frau war nicht existent!

Damit hatte ich nicht gerechnet, und für eine Sekunde war ich abgelenkt.

Wieder kam die Kinge.

Und die *war* existent.

Ich spürte es, als der Stahl über meinen linken Handrücken fuhr und die Haut aufriß.

Der Schmerz war beißend. Ich sprang zur Seite und entging so dem nächsten Stoß.

»Jane!« schrie ich. »Hol die Beretta!«

Die Detektivin hatte bei der Frau gekniet, sprang jetzt auf und rannte zum Bentley.

Ich mußte den Geist hinhalten. Dabei stolperte ich fast über den armlangen knochigen Ast, der am Boden lag. Blitzschnell bückte ich mich und hob ihn auf.

Jetzt war mir wohler.

Die Unheimliche griff erneut an.

Ich schlug mit dem Ast zu und traf die Klinge. Es gelang mir jedoch nicht, sie der Gestalt aus den Fingern zu schlagen.

Aus den Augenwinkeln sah ich, wie sich der junge Mann aufrichtete. Aus geweiteten Augen schaute er der Auseinandersetzung zu.

Wir kämpften weiter.

Die Weiße Frau wollte eine Entscheidung. Immer schneller erfolgten ihre Messerstöße. Sie drängte mich zurück, näher auf den Waldrand zu, und manchmal wischte die Klinge nur haarscharf an meinem Kopf oder Körper vorbei.

Dann war Jane mit der Beretta da.

»John!« schrie sie.

Ich sprang nach links.

Jane warf die Waffe.

Leider konnte ich sie nicht auffangen. Zwei Schritte von mir entfernt fiel sie ins Gras.

Ich hechtete hin. Es war ein gewaltiger Sprung, weiter als im Training. Meine Finger umklammerten das kühle Metall der Beretta. Sie war mit Silberkugeln geladen, aber würde sie auch gegen den Geist etwas ausrichten? Gegen eine Gestalt, die durchsichtig war?

Ich drehte mich, feuerte…

Die Kugel fegte hindurch.

Keine Chance, die Weiße Frau damit zu stoppen.

Das Geschoß klatschte in einen Baumstamm und blieb dort stecken. Für eine Sekunde war ich sprachlos.

Aber das Silber mußte die Unheimliche irritiert haben, denn sie warf sich auf dem Absatz herum und ergriff die Flucht. Im nächsten Moment war sie im Wald verschwunden. Ich sah ihre Gestalt noch ein paarmal zwischen den Stämmen schimmern, dann war sie weg.

Ich stand auf.

Jane half dem Mädchen auf die Beine, während ich zu dem jungen Mann ging, lächelte und meine rechte Hand ausstreckte.

»Na, dann kommen Sie mal.«

Der junge Mann zog sich hoch. »Danke, Mister – Sir«, stotterte er. »Wenn Sie nicht gewesen wären…«

Ich winkte ab. »Alles halb so schlimm. Mein Name ist John Sinclair. Sagen Sie John zu mir.«

»Prentiss. Mike Prentiss.« Der junge Mann schluckte. »Und das Mädchen heißt Cindy Mallory.«

»Okay, dann können wir ja über gewisse Dinge sprechen, nachdem die Formalitäten erledigt sind. Am besten, wir setzen uns in meinen Wagen. Dort ist Platz für alle.«

Ich fuhr den Bentley noch näher an den Straßenrand und schaltete die Parkleuchte ein.

In Cindy Mallorys Augen stand immer noch die Angst. Sie zitterte, und Jane sprach beruhigend auf sie ein.

Cindy und Mike warfen des öfteren Blicke durch die Seitenscheiben nach draußen. Sie hatten Angst, das Gespenst könnte zurückkehren.

»Keine Sorge«, sagte ich, »die haben wir vertrieben.«

»Hoffen wir's«, sagte Mike.

»Möchten Sie eine Zigarette?« fragte ich und bot die Stäbchen an.

Mike Prentiss nahm eins, doch Cindy schüttelte den Kopf.

Ich ließ ihm zwei, drei Züge. Er saß neben mir. Schweiß glänzte auf seiner Stirn. Die Hände zitterten. Und er fing von selbst an zu erzählen.

»Es war so. Cindy und ich kamen aus der Disco-Hell.«

»Eine Discothek?« fragte Jane.

»Ja. Hier ganz in der Nähe. Also wir kamen aus der Disco-Hell und wollten allein sein. Ich fuhr mit Cindy zu dem alten Friedhof hinter der Lichtung. Seit vielen Jahren wird dort niemand mehr begraben. Nun ja, wir hatten vor, das zu machen, was man eben...«

Ich lächelte. »Sie brauchen uns keine Details zu schildern. Wenigstens nicht darüber.«

»Es ist auch nichts passiert. Plötzlich stand diese weiße Frau hinter mir. Sie hatte ein Messer, und Cindy warnte mich. Wir konnten gerade noch fliehen. Das Gespenst verfolgte uns. Wir rannten durch den Wald, und dann holte sie uns ein. Es war schrecklich. Cindy brach zuerst zusammen. Sie konnte nicht mehr. Ich stellte mich dem Gespenst. Aber es war stärker als ich. Wenn Sie nicht gekommen wären, John...« Er brach ab und hob hilflos die Schultern.

»Wo wohnen Sie?« fragte ich.

»In einem Dorf nicht weit von hier. Kilchanny. Es ist gar nicht mehr weit von Glasgow entfernt.«

»Und dann kommen Sie hierher zum Tanzen? Fahren nicht nach Glasgow?«

»Nein, die Disco-Hell ist super. Mr. Grimes hat da einen irren Laden aufgezogen.«

»Ist er der Besitzer?«

»Ja, er hat auch das Schloß gekauft.«

»Welches Schloß?«

»In dem sich die Discothek befindet.«

»Das ist mir neu.« Sagenhaft. Eine Schloß-Discothek. Ich konnte mir vorstellen, daß sie einen Anziehungspunkt bildete. Vielleicht noch mit leichtem Geistertouch. Originell, wirklich.

»Das Schloß liegt also ganz in der Nähe?« fragte ich.

»Ja.« Mike deutete nach vorn. »Sie brauchen nur die Straße weiterzufahren, dann kommen Sie daran vorbei.«

»Wunderbar.«

»Wollen Sie sich den Schuppen denn ansehen, John?«

»Natürlich.«

»Meinen Sie, er hätte etwas mit dem Gespenst zu tun?«

Ich nickte.

»Aber wieso?«

»Wissen Sie eine andere Erklärung, Mike? Haben Sie schon mal etwas von dem Gespenst gehört?«

»Ja, die älteren erzählen davon. Es soll den Geist einer Frau geben, der keine Ruhe auf dem Friedhof finden kann. Man nennt sie die Weiße Frau. Bisher habe ich das für Unsinn gehalten. Aber jetzt...«

»Dann liegt die Frau auf dem Friedhof begraben?« meldete sich Jane vom Rücksitz her.

Mike drehte den Kopf. »Soviel ich weiß – ja.«

»Wir sollten uns das Grab ansehen, John«, schlug die Detektivin vor.

Der Meinung war ich auch. Ich sah das Erschrecken in Cindys Augen. Mike schaute skeptisch. »Sie – Sie wollen auf den alten Totenacker?«

»Keine Bange, uns wird schon nichts passieren.«

»Allein bleibe ich nicht hier im Wagen«, sagte Cindy. »Da gehe ich lieber mit.«

Mike hob die Schultern.

Ich stieß schon die Tür auf. »Kommen Sie, Mike. Sie und Cindy können uns führen.«

»Okay.«

Wir nahmen allerdings noch Waffen aus dem Einsatzkoffer mit. Ich gab Jane die Gnostische Gemme, dazu eine Silberkugel-Beretta und auch die Dämonenpeitsche.

»Nein, trag du sie«, sagte Jane.

»Gut.« Ich hängte mir die Waffe an den Gürtel. Und eine Taschenlampe steckte ich ein.

»Das Grab der Weißen Frau ist uralt«, erzählte Mike.

»Wissen Sie mehr über die Dame?« erkundigte ich mich.

»Ich weiß nur, daß sie verflucht ist.«

»Den Grund kennen Sie nicht?«

»Man spricht über Gattenmord. Aber so genau kenne ich mich in der Historie nicht aus.«

Wir hatten inzwischen den Friedhof erreicht. Um besser sehen zu können, schaltete ich meine Lampe ein.

Der armdicke Strahl hüpfte über den Boden und strich geisterhaft über schiefe Grabsteine, die verwittert und mit Moos bedeckt waren.

Von den Gräbern sah man nichts mehr. Die Erde war abgeflacht. Das Gras wuchs kniehoch. Dazwischen schimmerten Unkraut sowie einige wilde Blumen.

Ich versuchte, Inschriften zu entziffern, doch es war mir nicht möglich. Selbst im Schein der Lampe gelang es mir nicht, die Namen oder Jahreszahlen zu lesen. Der Zahn der Zeit hatte bereits zu stark an den Grabsteinen genagt.

»Die sind mehrere hundert Jahre alt«, flüsterte Mike Prentiss.

»Sieht so aus«, erwiderte ich und stand auf.

»Das Grab der Gräfin liegt weiter vorn«, sagte Mike.

»Sie war eine Gräfin?«

»Ja, sogar eine ziemlich berühmte. Lady Florintha galt als brutal und hemmungslos.«

Jane Collins schritt mit Cindy Mallory neben uns. Das Mädchen sah noch immer ängstlich aus, ihr behagte die Atmosphäre nicht. Ich konnte es gut verstehen.

Das Grab der Lady Florintha war ziemlich groß.

»Es ist das größte auf dem Friedhof«, erzählte uns Mike Prentiss.

Ich ging um das Grab herum. Es hatte die Ausmaße eines kleinen Wohnraumes. Das Unkraut wuchs kniehoch, und auf dem Grab lag eine dicke Humusschicht aus verfaulten Blättern und Zweigen. Hinter dem Grab standen zwei große Ulmen, deren ausladende Zweige sich wie schützende Finger über das Grab breiteten.

Der Lampenstrahl traf den großen Stein.

Es war eine viereckige Platte. Die Inschrift war nicht mehr zu lesen, wie bei den anderen Gräbern auch.

Jane, Cindy und Mike standen still um mich herum. Sie hielten sogar den Atem an und waren von der Atmosphäre eigenartig berührt. Cindy schüttelte sich sogar.

»Aus diesem Grab ist der Geist gestiegen«, sagte sie leise.

»Haben Sie das gesehen?« fragte ich.

Sie schaute mich an. »Nein, aber das glaube ich. Was meinen Sie, Mr. Sinclair?«

»Möglich ist es.«

»Sie sind etwas Besonderes, nicht wahr?«

Ich lächelte. »Warum?«

»Sie besitzen seltsame Waffen. Eine Pistole, die Silberkugeln verschießt, geheimnisvolle Steine…«

»Ja, ich beschäftige mich mit unerklärlichen Dingen«, gab ich zu. »Es ist sozusagen mein Beruf. Ich bin Scotland-Yard-Beamter.«

»Und dann fahren Sie in dieser Gegend herum?«

»Wir hatten einen Fall am Loch Morar.«

»Dann waren Sie das, der das Ungeheuer erledigt hat?«

»Hat sich das bereits herumgesprochen?«

»Und wie. Es ist Tagesgespräch in der Umgebung. Leider weiß niemand genau, was vorgefallen ist.«

»Das ist auch gut so«, meinte Jane Collins.

Die Detektivin hatte schon die ganze Zeit über wie fasziniert auf das Grab gestarrt. Ich sah es an ihrer gerunzelten Stirn, daß es dahinter arbeitete.

»Was ist, Jane?«

»Dieses Grab fasziniert mich«, gab die Detektivin zu. »Überhaupt die ganze Frau. Ich möchte ihr Geheimnis ergründen…«

Ich schaute Jane Collins von der Seite her an. »Sei vorsichtig, Mädchen…«

Sie hob die Schultern.

Irgendeine Ahnung warnte mich vor diesem Grab. Es wirkte zwar harmlos mit seinem viereckigen Grabstein und der unkrautbedeckten Fläche, trotzdem ging davon eine Drohung aus, die ich nicht ignorieren konnte.

»Laß das Grab in Ruhe, Jane.«

»Warum?«

»Keine Ahnung. Aber damit stimmt was nicht. Ich spüre es.«

»Glauben Sie, daß die Weiße Frau wieder auftaucht?« fragte Cindy Mallory.

Darauf gab ich keine Antwort, da es mir nicht möglich war, mein warnendes Gefühl in Worte umzusetzen.

Aber Jane ließ sich nicht umstimmen.

Sie machte einen Schritt nach vorn.

Ich legte meine Hand auf ihre Schulter. »Nicht…«

»John!« Die Detektivin drehte sich aus meinem Griff und betrat das Grab.

Sie schritt auf den Grabstein zu.

Und da geschah es.

Plötzlich schrie Jane Collins auf. Im selben Augenblick gab der Boden unter ihr nach. Jane riß noch die Arme hoch und wollte sich irgendwo festhalten.

Zu spät.

Jane Collins wurde buchstäblich von dem geheimnisvollen Grab verschlungen…

Der Mond umwebte das Gemäuer mit einem fahlen Schein.

Für das grelle Licht jedoch sorgten starke Lampen. Sie waren an den Bäumen vor dem Eingang befestigt und schleuderten ihren weißen Schein auf die alten Mauern.

DISCO-HELL – stand über dem Portal. Die Schrift leuchtete rot und grün auf. Bei jedem roten Aufleuchten erschien an der Wand eine stilisierte Teufelsfratze, die eine Sprechblase ausspie.

In der Blase strahlten Worte auf.

DIESE HÖLLE IST SELBST FÜR DEN SATAN ZU HEISS.

Das waren genau die richtigen Sprüche, um Jugendliche anzulocken. Und sie strömten herbei.

In Scharen kamen sie aus den Dörfern der Umgebung in das zur Discothek umfunktionierte Schloß. Sogar aus Glasgow trafen Besucher ein.

Die Disco-Hell war in.

Zahlreich waren die Kleinwagen, Motorräder und andere Fortbewegungsmittel, die auf dem kleinen Parkplatz nebeneinander standen. Mr. Grimes, der Besitzer, bot das totale Vergnügen.

Betrat man das Schloß, geriet man in die rote Hölle. Lichtkaskaden explodierten, der Disco-Sound hämmerte in den Ohren, daß die Mauern des ehrwürdigen Schlosses erzitterten.

Mr. Grimes arbeitete mit Lasereffekten, mit farbigem gleichgerichteten Licht, das zu einer Melodie die passenden Figuren in den großen Raum projizierte.

Unter der Galerie befand sich die lange Bar. Hier hantierten vier Hilfskräfte unter dem warmen Licht der Spotlights. Sie sorgten für den Getränkenachschub.

Und getrunken wurde reichlich.

Dabei floß auch der Alkohol in Strömen. Schottland, ein Land des Whiskys, machte hier seinem Namem alle Ehre.

Die vier Lautsprecher hingen hinter Verkleidungen an der Decke. Und der Discjockey, der alles steuerte und leitete, hockte vor seinem Mischpult auf der Galerie. Von dort aus hatte er den besten Überblick.

Zwischen den einzelnen Aufnahmen heizte er die Stimmung noch mehr an.

»Und nun, ihr tanzwütigen Mimen, auf vielfachen Wunsch einer einzelnen Dame – Boney M. und seine russische Liebesmaschine Rasputin!«

Wüstes Klatschen zeigte an, daß das Volk mit der Auswahl zufrieden war.

Der Discjockey legte die Scheibe auf. Er hieß Teddy Baker, stammte aus Edingburgh und wohnte jetzt, zusammen mit dem Besitzer, Mr. Grimes, hier im Schloß.

Teddy war in. Man konnte ihn als schmalhüftig, scharf und verwegen bezeichnen. Mit seinen Sprüchen machte er die Girls reihenweise an. Dabei war er an und für sich keine besonders auffallende Gestalt. Ziemlich mager, dünnes schwarzes Haar und eine gebogene Nase. Aber er besaß den gewissen Charme, den die Werbeindustrie immer anpreist, und der kam gerade beim weiblichen Geschlecht sehr gut an.

Teddy trug schillernde Seidenhemden, die meistens bis zum Bauchnabel hin aufgeknöpft waren.

Er war der Star in diesem Disco-Rummel. Alles tanzte nach seiner Pfeife.

Der wirkliche Chef jedoch war Mr. Grimes. Er residierte in den

Räumen des ersten Stockes und überwachte den Laden auf seinen drei Monitoren.

Gab es eine Störung, griff er sofort ein.

Doch bisher war alles normal verlaufen, von einigen Schlägereien einmal abgesehen. Aber die gab es überall.

Auch an diesem Abend war Mr. Grimes sehr zufrieden. Sogar mehr als das, denn er hatte für die Nacht noch ein bestimmtes Experiment vor, von dem außer ihm nur noch einer wußte.

Teddy Baker, der Discjockey.

Und Teddy war vertrauenswürdig. Auf ihn konnte sich Grimes hundertprozentig verlassen. Schließlich hatte er ihn als Arbeitslosen von der Straße geholt. Mit seinem sicheren Instinkt hatte er sofort erkannt, welch ein Fisch ihm da ins Netz gegangen war.

Teddy Baker tat alles für seinen Boß.

Und das war wichtig.

Grimes wollte mit Baker sprechen, beugte sich vor und drückte eine Taste auf seinem Schaltpult nach unten.

Bei Teddy leuchtete eine rote Lampe auf.

Baker wußte Bescheid.

Der Gesang über Rasputin verstummte mit einem Mißklang. Es hörte sich an wie das Jaulen einer Katze.

»Freunde«, rief Teddy, »ich muß mal kurz weg. Auch ich kann die Sachen nicht ausspucken. Verlaßt mich nicht – bis später. Ich lege euch so lange einen LP-Heuler auf. Viel Spaß und heißen Touch!«

Bevor er die Platte auflegte, meldete er sich bei seinem Boß. »Ich bin schon unterwegs«, sprach er in ein Mikrofon, das ihn direkt mit Mr. Grimes verband.

Grimes wartete nicht gern. Er war überhaupt ein ziemlich ungeduldiger Mensch, leicht aufbrausend und grob bis hin zur Beleidigung.

Teddy warf einen raschen Blick auf die Uhr. Noch etwas über zwei Stunden bis Mitternacht. Denn um Punkt vierundzwanzig Uhr sollte der Zauber beginnen.

Der Horrortanz beim Disco-Fieber.

Teddy war gespannt. Verraten hatte Grimes nichts. Nur so viel, daß auch Teddy über das Rätsel des Schlosses informiert werden würde.

Baker eilte durch die Gänge. Er durchschritt hohe Türen und ging vorbei an der Ahnengalerie. Die meisten Bilder waren fort. Museen hatten sich dafür interessiert, aber auch Privatsammler.

Der Discjockey gelangte in den Teil des Schlosses, wo sich auch der Aufgang zum Turm befand.

Teddy bog jedoch rechts ab und stand vor einer der Türen, die zu Mr. Grimes' Büro führte.

Er klopfte an.

»Come in!«

Die Stimme hörte sich hart an. Grimes sprach immer so. Egal, ob er nun guter oder schlechter Laune war.

Teddy stieß die Tür auf, und sofort fiel sein Blick auf die Monitore, die das Geschehen aus der Discothek übertrugen. Die Paare verrenkten sich auf der Tanzfläche. Der Ton war abgeschaltet, und die Szenen wirkten irgendwie lächerlich.

Grimes kicherte. »Schließ die Tür, Teddy, und sieh dir nur mal die Gesichter an. Wie sie sich der Musik hingeben, diese Idioten.« Grimes saß auf einem hohen Lehnstuhl. Plötzlich schwang er herum. »Sind die Drinks fertig?«

»Ja, Sir!« Teddy war vor dem Schreibtisch stehengeblieben. Das Möbelstück wirkte wie eine Kommandozentrale mit all seinen Knöpfen und Hebeln.

Dahinter saß Mr. Grimes.

Er sah aus wie immer.

Ein wandelnder Fleischberg. Aufgedunsen, fett, mit kleinen, tückischen Äuglein. Die Lippen waren wulstig, die Nase ein Fleischklumpen, die Finger klein und dick. Grimes trug einen dunklen Anzug und ein weißes Hemd mit Stehkragen. Er hatte sich eine schwarze Krawatte umgebunden. In Griffweite lag sein alter Bowler, mit dem er seine wenigen Haare verdeckte, wenn er ausging. Insgesamt wirkte er wie ein Überbleibsel aus dem vergangenen Jahrhundert.

»Die Drinks sind also fertig«, knurrte er.

»Sie werden zehn Minuten vor Mitternacht serviert. Eine Runde auf Kosten des Hauses.«

»Wunderbar, Teddy. Wie steht es mit der Stimmung?«

Baker deutete auf die Monitore.

»Da kann ich selbst hinglotzen!« fuhr Grimes ihn an. »Ich will es von dir wissen.«

»Natürlich, Sir. Ich habe die richtigen Platten aufgelegt und die Leute eingeheizt. Sie sind happy. Man kann mit ihnen machen, was man will.«

»So muß das auch sein. Sonst noch was?«

»Nein, Sir, ich habe die Lage voll im Griff.«

»Sie ist übrigens wieder aufgetaucht, Teddy.«

»Die Weiße Frau, Sir?«

»Ja, die.«

»O Gott!« Teddy wurde blaß und schluckte. Unwillkürlich fuhr seine Hand hoch zur Kehle.

Grimes aber lachte. »Was hast du? Sie tut uns doch nichts. Nur anderen. Wir können unbesorgt sein.«

»Hoffentlich, Sir.«

Einer der dicken Wurstfinger zeigte auf Teddy. »Wenn du keinen Unsinn machst und dich ruhig verhältst, wird dich niemand angreifen, mein Freund. Du mußt nur tun, was ich dir sage.«

»Das werde ich beherzigen, Sir.«

»Na also.« Grimes lehnte sich in seinem Stuhl zurück. »Kurz vor Mitternacht werden wir noch einmal miteinander reden. Bis dahin laß mich allein.«

»Sehr wohl, Sir.«

Teddy Baker verbeugte sich zweimal und ging zur Tür. Er war froh, daß er auf dem Gang stand. Nach solch einem Besuch lief ihm immer eine Gänsehaut über seinen Rücken. Aus Grimes wurde er nicht schlau. Manchmal hatte er das Gefühl, daß dieser Mann gar kein Mensch war, sondern ein Dämon.

Vielleicht sogar der Satan persönlich…

Ich war entsetzt.

Fassungslos starrte ich auf das Grab, das sich vor meinen Augen geöffnet und Jane Collins verschlungen hatte.

Unglaublich...

Aber eine Tatsache.

Auch Cindy Mallory und Mike Prentiss konnten nicht glauben, was sie mit eigenen Augen gesehen hatten. Besonders Cindy war von dem Vorgang hart betroffen.

Sie zitterte und klammerte sich wie eine Ertrinkende an ihren Freund. Mike wischte sich mit dem Handrücken den Schweiß von der Stirn. Er atmete schwer und keuchend.

»Sie – sie war doch eben noch da«, flüsterte er.

Ich gab ihm keine Antwort, sondern begann, das Grab zu untersuchen. Meinen ersten Schrecken hatte ich überwunden, jetzt arbeitete mein Gehirn wieder klar und präzise.

Vorsichtig setzte ich die Spitze des rechten Schuhs auf das Grab.

Es geschah nichts. Ich drückte wohl ein paar Krumen Erde zusammen, doch das Grab blieb, wie es war.

Dann verlagerte ich mein Gewicht und wartete darauf, daß sich die Erde öffnen und mich ebenfalls verschlingen würde.

Ich täuschte mich.

Wohl sackte ich ein wenig ein, aber das lag an der Beschaffenheit des Bodens und nicht an Schwarzer Magie.

Das Grab war und blieb mir ein Rätsel...

Ich lief die Umrisse ab, in der Hoffnung, einen Kontakt zu berühren, der eine Öffnung des Grabes bewirkte.

Es war wohl mein Pechtag.

Alles blieb normal.

Resigniert stand ich neben den beiden jungen Leuten. Auch mein Kreuz hatte nicht angesprochen. Ein Zitat aus Goethes Faust fiel mir ein: Da steh ich nun, ich armer Tor, und bin so klug als wie zuvor. Als armen Tor konnte ich mich wirklich bezeichnen.

Jetzt war guter Rat teuer.

Ich war so durcheinander, daß Mike Prentiss die erste Idee hatte, nicht ich.

»Man müßte einen Spaten besorgen, um zu graben«, schlug er vor.

Ich schlug mir gegen den Kopf. »Mein Gott, warum bin ich nicht auf die Idee gekommen? Das ist die Lösung. Die vorläufige jedenfalls. Zudem weiß ich nicht, wo wir einen Spaten herbekommen sollen.«

»Den hole ich«, sagte Mike.

»Und wo?«

Daraufhin schwieg der junge Mann.

Von Cindy Mallory kam der Vorschlag: »Wir könnten doch mal in der Disco-Hell nachfragen. Die Discothek liegt schließlich näher als jedes Dorf.«

Die Idee war gar nicht schlecht. Nur – wer ging?

Unsere fragenden Blicke trafen sich. Ich wollte hier am Grab bleiben. Es konnte ja sein, daß Jane Collins irgendwann wieder auftauchte. Aus welchen Gründen auch immer.

Mike Prentiss ahnte, was in mir vorging, und er sagte: »Dann werde ich wohl gehen.«

Cindy erschrak. »Das ist zu gefährlich. Denk an die Weiße Frau.«

Mike winkte ab. »Die ist verschwunden.«

»Ich weiß nicht…«

»Was meinen Sie denn, John?« fragte mich der junge Mann.

»Ich bin dafür, daß Sie gehen. Sie kennen den Weg und sind rasch zurück. Sie können auch meinen Wagen nehmen.«

Er winkte ab. »Nein, nein, den Bentley nicht. Ich fahre nur Kleinwagen.«

Ich lächelte. »Okay.«

Mike und Cindy verabschiedeten sich. Das Mädchen warf sich in seine Arme. »Ich – ich habe große Angst um dich«, flüsterte sie. »Sei vorsichtig, Mike. Bitte…«

»Keine Angst, Unkraut vergeht nicht.«

»Wann sind Sie ungefähr wieder zurück?« erkundigte ich mich.

»In einer halben Stunde, wenn ich mich beeile. Vorausgesetzt, ich bekomme einen Spaten.«

Ich lächelte. »Gut, dann nichts wie weg.«

Mike Prentiss rannte los.

Cindy und ich schauten ihm nach. Das Mädchen weinte.

»Was ist?« fragte ich.

»Ich weiß auch nicht, Mr. Sinclair. Aber ich habe solch eine Ahnung, daß ich Mike nicht mehr werde wiedersehen…«

Jane Collins fiel!

Rasend schnell verlief dieser Fall, und die blondhaarige Detektivin schrie auf. Sie erwartete schon den harten Aufprall, da wurde ihr Fall wie von Geisterhänden gestoppt.

Jane schwebte.

Sanft landete sie auf einem kühlen Untergrund. Sie spürte die Kälte der Erde und schauderte.

Geduckt blieb die Detektivin stehen.

Absolute Finsternis umgab sie. Sie konnte nicht die Hand vor Augen sehen.

Wie in einer Gruft, dachte sie.

Einen Herzschlag später fiel ihr ein, daß sie sich tatsächlich in einer Gruft befand.

Eine Gänsehaut rann ihr über den Rücken.

Aber wehrlos war Jane Collins nicht.

Sie besaß noch die Beretta, mit der sie sich verteidigen konnte. Diese Gewißheit beruhigte sie etwas.

Tief atmete sie durch.

Die Luft schmeckte nach Erde und Moder. Ein typischer Grabgeruch umgab sie.

Jane schüttelte sich.

Wo war sie hier gelandet? Normalerweise gab es keine Gräber, die so tief waren. Irgend etwas stimmte hier nicht. Jane ließ ihre Waffe noch stecken. Bis jetzt drohte ihr keine unmittelbare Gefahr. Schlimm war nur die Dunkelheit. Und Jane hatte keine Zündhölzer oder ein Feuerzeug bei sich. Beides lag wohlverpackt in ihrer Handtasche.

Die Detektivin streckte beide Arme aus. Sie faßte ins Leere. Auch als sie drei Schritte vorging, spürte sie keinen Widerstand. Dieses Grab war noch größer, als sie vermutet hatte.

Oder befand sie sich gar nicht mehr in der Gruft? War sie vielleicht in einem unteriridischen Netz von Gängen und Stollen gelandet?

In einem Labyrinth, das unter diesem verlassenen Friedhof lag und die Heimat der Weißen Frau war?

Jane wußte keine Antwort auf die Fragen, und sie quälte sich auch gar nicht mehr damit herum. Sie wartete.

Zuerst tat sich nichts.

Jane schaute auf das Leuchtzifferblatt ihrer kleinen Uhr. Nach zwei Minuten hatte sie sich wieder beruhigt. Sie atmete normal, der erste Schreck war vorbei, und auch der Herzschlag hatte sich bei ihr stabilisiert.

Sie überlegte.

Wenn sie hier im Stockfinsteren stehenblieb und nichts tat, verringerte sich die Chance auf eine Rettung. Bestimmt wartete John oben am Grab.

Deshalb schrie Jane um Hilfe.

Die Echos der Schreie wurden von den feuchten Mauern verschluckt. Janes Stimme klang dumpf und leise.

Keine Chance, daß jemand sie hörte.

Janes Mut sank etwas. Um sich selbst zu beruhigen, nahm sie die Beretta in die Hand.

Das Magazin war mit sechs geweihten Silberkugeln gefüllt. Damit ließ sich schon etwas anfangen.

Außerdem befand sich die Detektivin nicht zum erstenmal in einer gefährlichen Lage. So leicht verlor sie ihren Lebensmut nicht.

Sie begann, ihr Gefängnis zu untersuchen.

Drei Schritte konnte sie zurückgehen, dann stieß sie mit dem Rücken gegen die Lehmwand. Rechts und links von ihr war auch nicht mehr Platz.

Aber wie schaute es vorn aus?

Jane setzte vorsichtig einen Fuß vor den anderen. Die Arme hielt sie ausgestreckt. Sie erwartete, jeden Augenblick mit den Fingerspitzen gegen ein Hindernis zu stoßen, und war deshalb überrascht, daß sie weitergehen konnte.

Nichts hielt sie auf.

Jane Collins befand sich in einem Stollen.

Wo führte er hin?

Die Detektivin hielt sich nicht mit langen Fragen auf, sondern machte sich an die Erforschung des Stollens.

Yard für Yard tastete sie sich vor.

Es blieb finster. Manchmal stießen ihre Fußspitzen gegen kleinere Lehmbrocken. Auch Steine knirschten unter ihren Füßen, und Jane

Collins blieb hin und wieder stehen, weil sie Angst hatte, daß jemand die Geräusche hörte.

Es kam jedoch niemand, der sie angriff oder ihr ans Leben wollte.

Alles blieb still.

Jane bewegte sich weiter. Sie wußte nicht, wo dieser Gang hinführte und ob es auch Nebengänge oder Stollen gab, doch ihr kam plötzlich eine schreckliche Idee.

Sie befand sich unter einem alten Friedhof. Und solche Labyrinthe sind die Tummelplätze für eine der gräßlichsten Dämonenarten.

Für Ghouls!

Als Jane Collins daran dachte, schlug ihr Herz schneller. Ghouls waren schlimm. Sie machten oft genug nicht einmal vor ihren eigenen Artgenossen halt.

Ob diese Dämonen schon auf sie lauerten?

Jane Collins packte die Beretta fester. Das kühle Metall der Waffe beruhigte sie etwas. Wenn die Ghouls tatsächlich kommen sollten, dann wollte Jane ihnen den richtigen Empfang bereiten.

Der Gang oder Stollen nahm noch immer kein Ende. Aber er wurde niedriger. Jane merkte es daran, daß sie plötzlich mit dem Kopf gegen die Decke stieß.

Sie blieb stehen, maß die Größe nach und zog den Kopf ein. Jane wurde noch vorsichtiger.

Und sie mußte sich tiefer bücken. Die Decke sank immer mehr dem Boden entgegen.

Jane hielt inne und dachte darüber nach, ob sie nicht lieber umkehren sollte. Aber in dieser verdammten Dunkelheit hatte sie keinen Orientierungspunkt.

Die Angst kehrte zurück.

Es war ein schlimmes Gefühl, allein unter den Gräbern in absoluter Finsternis zu sein. Eine Situation, die vielen Menschen in den Wahnsinn getrieben hätte.

Auch Janes Nerven flatterten.

Und das nicht zu knapp.

Sie mußte auf allen vieren kriechen, hinein ins Ungewisse…

Durch die Gänge, die den Ghouls vorbehalten blieben. Denn alles deutete darauf hin, daß diese Kreaturen unter dem Friedhof hausten. Die engen Gänge, die schmalen Stollen und der Geruch nach Moder und Verwesung.

Aber bisher war Jane noch keiner dieser Dämonen zu nahe gekommen. Der Gang wurde nicht mehr niedriger, er hielt seine Höhe bei. Hin und wieder streckte Jane die Arme aus. Dabei glitten ihre Finger über feuchte, lehmige Wände, und plötzlich verspürte Jane auch rechts und links keinen Widerstand mehr.

Entweder hatte sich der Gang verbreitert, oder aber es führten Querstollen ab.

Die letzte Möglichkeit stimmte.

Jane nagte auf der Lippe. In diesem verdammten Fuchsbau würde sie sich noch einmal rettungslos verirren.

Plötzlich hielt sie den Atem an.

Geräusche waren an ihre Ohren gedrungen.

Ein widerliches Schmatzen und Schlürfen.

Jane Collins' Haare sträubten sich. Sie wußte, wer diese Geräusche verursachte.

Die Ghouls!

Und sie waren verdammt nah...

Schweratmend erreichte Mike Prentiss den Parkplatz vor der Disco-Hell. Er war gerannt wie selten in seinem Leben und mußte sich etwas ausruhen.

Er beugte den Oberkörper vor, schlenkerte mit beiden Armen und rang nach Luft. Seine Lungen stachen, Seitenstiche quälten ihn. Kalter Schweiß bedeckte als klebrige Schicht seinen Körper. Sein Herz pumpte wie rasend.

Langsam nur beruhigte sich sein Atem.

Die Leuchtreklame flimmerte noch immer. Mike Prentiss hatte keinen Blick dafür.

Er stolperte auf die Stufen der breiten Treppe zu und stand vor der Tür.

Sie war verschlossen.

Mike wunderte sich.

Es war noch gar nicht so spät. Normalerweise blieb die Tür bis zur

Schließung der Disco-Hell am frühen Morgen geöffnet. Sollte dies ein Versehen sein?

Außerdem befanden sich auf dem Parkplatz keine Paare, wie das sonst immer der Fall war. Mike hörte jedoch den Widerhall der Musik. In der Disco-Hell schien also noch einiges los zu sein.

Mike Prentiss blieb nichts anderes übrig, als zu klingeln. Der Besitzer hatte nachträglich in die Tür eine Klappe eingebaut, die jetzt von innen angehoben wurde.

Ein Auge war auf Mike gerichtet.

Er erkannte Todd. Dieser Kerl war Mädchen für alles. Außerdem fungierte er als Rausschmeißer.

Es ging die Mär um, daß Todd die Hälfte seines Lebens in Zuchthäusern verbracht hätte. Der Typ dazu war er.

Todd öffnete.

Mike stolperte über die Schwelle.

Sofort knallte Todd die Tür wieder zu, schloß ab und steckte den Schlüssel weg.

Mike nahm davon keine Notiz. Er war viel zu aufgeregt, um dies zu bemerken.

Todds knochiges Gesicht verzog sich zu einem schiefen Grinsen. »Späte Gäste sind mir die liebsten«, knurrte er. Er hatte eine Stimme, die an ein Gewitter erinnerte.

Mike Prentiss holte noch einmal tief Luft, bevor er sprach. »Ich will nicht lange bleiben«, sagte er. »Ich brauche einen Spaten.«

»Einen was?«

»Einen Spaten.«

Todd lachte und schob Mike weiter in den Raum hinein. Er legte ihm dabei die Hand auf die Schulter, und der junge Mann merkte, daß es zwecklos war, sich gegen den Griff zu sträuben. Todd war viel stärker als er.

Nach wenigen Schritten schon nahm Mike die Disco-Hölle gefangen. Die laute, aggressive Musik hämmerte in seinen Ohren. Er sah die zuckenden Leiber der Tanzenden, die Lichteffekte stachen in seine Augen, und dann übergoß die rote Flut einer Scheinwerferkaskade auch ihn.

»Ich will einen Spaten!« brüllte er.

Todd grinste nur.

Mike Prentiss merkte, daß etwas nicht stimmte. Ein warnendes Gefühl machte sich in seinem Inneren breit. Er warf einen Blick auf die tanzenden Paare und wußte, daß er von ihnen keine Hilfe zu erwarten hatte, obwohl er viele von ihnen kannte.

Sie würden ihn auslachen, wenn er seinen Wunsch vortrug.

Mike drehte sich.

Todd schaute ihn an.

Zum erstenmal bemerkte Mike die gelben Pupillen des Mannes. Ein Schauder lief über seinen Rücken.

Von Todd hatte er nichts Gutes zu erwarten.

»Was willst du?« fragte der Knochige.

»Schon gut. Ich gehe wieder.« Mike Prentiss wollte an Todd vorbei.

»Davon habe ich nichts gesagt«, erwiderte Todd. Er sprach mit einer Stimme, die keinen Widerspruch duldete.

Mike versuchte es trotzdem. »Ich kann gehen, wann und wohin ich will. Verstanden?«

Todd grinste gefährlich. »Ja, im Prinzip schon. Aber heute nicht, mein Freund.«

»Und warum?«

»Weil Mr. Grimes es nicht will.« Todd deutete in den Raum hinein. »Alles, was hier getrunken wird, geht auf die Rechnung von Mr. Grimes. Vor Mitternacht darf niemand den Laden verlassen. Hast du mich jetzt verstanden?«

»Aber ich muß!« schrie Mike.

Todd schüttelte stur den Kopf. Er ging zwei Schritte zur Seite und baute sich so auf, daß Mike an ihm vorbei mußte, wenn er zur Tür wollte.

Prentiss versuchte es trotzdem.

Er sprang vor, lief zwei Schritte, doch da war Todds Bein. Über sich vernahm er Todds Lachen. Dann umfaßte eine Pranke seinen Jackettkragen. Wie eine Puppe zog Todd den jungen Mann hoch.

»Ich habe dir doch gesagt, Buddy, daß du hier nicht mehr rauskommst. Wenigstens nicht vor Mitternacht. Geht das in dein Gehirn nicht rein?«

Mike atmete schwer. Er sah die Augen des Mannes dicht vor sich und spürte, wie Angst in ihm aufstieg. Er sah, daß mit Todd nicht zu reden war. Der Rausschmeißer würde bis zur letzten Konsequenz gehen, wenn Mike trotzdem versuchte, die Disco wieder zu verlassen.

Todd drehte ihn um. Es war eine spielerische Bewegung, aber trotzdem voller Kraft.

»Amüsiere dich, Freund!« zischte er Mike ins Ohr und stieß ihn hart von sich, so daß der junge Mann auf die Tanzfläche zutaumelte.

Mike Prentiss verstand nicht. Er spürte aber, daß er sich in Lebensgefahr befand.

Was wurde hier gespielt?

Ich wurde unruhig.

Cindy Mallory erging es nicht anders. Ihre Nervosität verstärkte sich ebenfalls von Minute zu Minute.

Nervös kaute sie auf ihrer Lippe. »Eigentlich müßte Mike schon wieder zurück sein.«

Ich nickte.

Auch von Jane hatten wir keine Spur entdeckt. Kein Lebenszeichen – nichts. Ich hatte Angst um sie, schreckliche Angst sogar, aber der Zugang zu diesem Grab war mir versperrt. Ich brauchte eine Schaufel oder einen Spaten.

Verflucht auch!

Wieder umkreisten meine Gedanken das Problem. Was war geschehen? Jane Collins war auf das Grab getreten, und es hatte sie verschlungen. Eine Falltür konnte dies nicht sein, dahinter mußte sich schon ein anderes Rätsel verbergen.

Nur welches?

Ich war zu dem Schluß gelangt, daß dieses Grab vielleicht ein transzendentales Tor darstellte. Ein Tor in die andere Dimension, in die Dämonenwelt. Bei Jane hatte es reagiert. Bei mir nicht. Warum? Wenn es tatsächlich so war, wie ich vermutete, würde ich mit einer Schaufel auch nicht viel ausrichten können.

Aber noch fehlte mir der Beweis.

Cindy stieß mich an und sprengte damit meine Gedankenkette. »Ich laufe ihm entgegen«, sagte sie.

»Nein.« Ich schüttelte den Kopf. »Sie bleiben hier bei mir, Cindy. Es ist viel zu gefährlich.«

»Aber wenn Mike nun etwas passiert ist?«

Ich holte tief Atem, bevor ich die Antwort gab. »Er wußte, welches Risiko er einging.«

Cindy senkte den Kopf.

Ich hielt die Ungewißheit nicht mehr aus und ging einige Schritte zur Seite auf einen Baum zu.

»Was haben Sie vor?« rief Cindy.

Über die Schulter erwiderte ich: »Ich reiße einen Ast ab und fange schon an zu graben. Irgend etwas muß geschehen. Wir können nicht hier herumstehen und darauf warten, daß etwas passiert.«

»Ich helfe Ihnen«, sagte Cindy.

»Gut.«

Gemeinsam brachen wir zwei starke Äste ab. Es war Schwerstarbeit. Ich hatte schon darüber nachgedacht, ob irgendwelches brauchbares Werkzeug im Bentley lag, doch das war nicht der Fall.

Schließlich hielten wir jeder einen fast armdicken Ast in der Faust und gingen zum Grab zurück.

Gemeinsam stachen wir in die Erde. Es war eine Heidenarbeit, die jedoch im Endeffekt nichts brachte, denn ungefähr nach einer Viertelstunde hatten wir erst eine Rinne in die Oberfläche des Grabes gegraben.

Da warf Cindy ihren Ast weg und legte beide Hände vor das Gesicht. »Ich kann nicht mehr«, schluchzte sie. »Ich muß immer an Mike denken. Er – er ist noch nicht zurück...«

Auch ich ließ mein provisorisches Werkzeug sinken. Cindy hatte recht. Ich glaubte mittlerweile ebenfalls, daß ihrem Freund etwas passiert sein mußte.

»Wir müssen zum Schloß, Mr. Sinclair. Oder vielmehr zu der Discothek.«

»Das halte ich auch für das beste.«

»Dann wollen Sie nicht weitergraben?«

Ich hob beinahe hilflos die Schultern, denn als Held fühlte ich mich in diesen Augenblicken wirklich nicht. Im Gegenteil, ich kam mir vor wie der große Verlierer.

Jetzt schon...

»Dann lassen Sie uns jetzt gehen«, schlug Cindy vor. »Jede Minute, die wir vergeuden, ist verschenkt.«

Ich schüttelte den Kopf. »Wir gehen nicht, wir fahren. Schließlich steht an der Straße mein Wagen.«

Cindys Gesicht hellte sich auf. »Damit sind wir ja noch schneller.«

Doch sie wurde wieder ernst. »Aber was ist, wenn wir Mike unterwegs verpassen?«

»Das kann uns auch so passieren.«

»Stimmt.«

Ich warf noch einen letzten Blick auf das Grab, das angeblich die Ruhestätte der Weißen Frau sein sollte und in dem Jane Collins verschwunden war. Dabei schwor ich mir, Jane zu finden und zurückzuholen. Und wenn es aus der Hölle war.

Wir hatten den Friedhof noch nicht ganz hinter uns gebracht, als Cindy mich plötzlich anstieß.

»Da, Mr. Sinclair!«

Ich blieb stehen. »Wo?«

»Hinter den Grabsteinen. Dort hat sich etwas bewegt. Ich – ich habe es genau gesehen.«

Ich schaute nach, aber ich entdeckte die Stelle nicht. »Sie haben sich getäuscht.«

»Nein, Mr. Sinclair.« Ihr rechter Arm wies nach vorn. »Der kantige Stein, der links von dieser alten Ulme steht. Dort hat sich etwas bewegt.«

Wenn sie es sagte...

Ich ging hin.

Cindys Schrei ließ mich nach wenigen Schritten herumfahren.

Und da sah ich ebenfalls den Schatten. Er huschte an Cindy vorbei und verschwand hinter einem Stein.

Gleichzeitig sah ich auch andere Schatten. Sie wischten über den Boden und erhoben sich sogar in die Luft, um zwischen den Zweigen eines Baumes zu verschwinden.

Meine Körperhaltung spannte sich. Schatten lauerten hier. Und mit dem Begriff Schatten verband ich einen bestimmten Dämon.

Der Spuk!

Sollte er in diesem höllischen Spiel mitmischen? War er vielleicht der heimliche Herrscher über diesen grauenvollen Totenacker?

Der Spuk war König im Reich der Schatten. Wo er regierte, waren all die schwarzen Seelen vernichteter Dämonen gefangen. Er bewachte sie in ihrer Qual, in diesem unheimlichen Gefängnis der Ewigkeit. Aber die Schatten waren normalerweise nicht frei. Sie waren dazu verdammt, für immer in seinem Reich zu bleiben. Mit welchen Geschöpfen hatte ich es dann hier zu tun?

Meine Nackenhärchen stellten sich auf. Ein untrügliches Zeichen für eine im Hintergrund lauernde Gefahr.

Cindy trat dicht an mich heran. In ihren Augen leuchtete die Angst. »Ich spürte einen eisigen Hauch, als der Schatten an mir vorbeiwischte«, wisperte sie. »Mr. Sinclair, ich habe Angst. Schreckliche Angst sogar.«

Ich legte ihr eine Hand auf die Schultern. »Bleiben Sie ganz ruhig, Cindy. Ihnen geschieht nichts.« Ich spürte durch den Stoff, wie sehr sie zitterte.

Wer konnte es ihr verdenken?

Ich ging nicht zurück zum Wagen, sondern blieb erst einmal stehen. Fahl sickerte das Mondlicht durch die Zweige der Bäume und legte hin und wieder seinen silbrigen Schleier auf Grabsteine und Buschinseln. Vieles jedoch blieb im Dunklen. Und das waren die Horte des Bösen. Dort mußten sie lauern.

Wieder wischte ein Schatten durch die Luft. Er hatte zwar keine Gestalt, doch er erinnerte mich entfernt an eine Fledermaus.

Dann war es vorbei.

Ich zog die Dämonenpeitsche aus dem Gürtel. »Bin doch mal gespannt, ob wir die Burschen nicht kriegen!«

»Was haben Sie vor?« fragte Cindy.

»Das werden Sie gleich sehen.« Ich beschrieb mit der Peitsche einmal dicht über dem Boden einen Kreis. Kaum war er vollendet, ringelten drei Schnüre aus der Peitsche, die an Lederriemen erinnerten.

Wurde ein Dämonendiener der unteren Stufe oder auch ein Dämon selbst von dieser Peitsche getroffen, ging er ein. Das heißt, er löste sich in Rauch auf.

Um uns herum war plötzlich ein geheimnisvolles Wispern, Flüstern und Raunen.

»Hören Sie es?« fragte Cindy.

»Ja.«

Wir drehten uns.

Die Schatten hatten uns eingekreist. Sie huschten um uns herum, lachten böse und hämisch, waren blitzschnell und nicht zu fassen.

Da schlug ich zu.

Die Peitschenriemen pfiffen durch die Luft, trafen auch, aber sie stoppten die Schatten nicht.

Sie fuhren einfach hindurch.

Das war dumm.

Ich trat einige Schritte zurück, bis ich den Stamm einer Eiche im Rücken spürte.

»Was ist mit der Peitsche?« fragte Cindy.

»Sie hilft uns auch nichts.« Ich steckte sie wieder weg.

»Und was tun wir jetzt?«

»Keine Ahnung.« Ich beobachtete die Schatten weiter. Sie wurden von Mal zu Mal frecher. Hautnah wischten sie an uns vorbei, und auch ich spürte die eisige Kälte, die von ihnen ausging.

Nein, das war nicht normal.

Diese Schatten waren höllisch gefährlich. Sie mußten aus einer anderen Dimension stammen, sie waren nicht stofflich, trotzdem konnte ich sie sehen.

Ein Phänomen!

»Zurück zum Wagen«, sagte ich zu Cindy.

Das war leichter gesagt als getan.

Die Schatten wollten es nicht mehr.

Sie wurden aggressiv!

Cindy schrie plötzlich auf und ging in die Knie.

»Was ist?« fragte ich.

»Die Schatten – sie haben mich…«

Sie hielt ein. Plötzlich waren die Schatten überall. Wie Raubtiere schossen sie näher und griffen an.

Ich riß Cindy zu Boden.

Wieder hörte ich das Lachen, Flüstern und Kreischen. Etwas traf meinen Hinterkopf, und für Sekunden sah ich Sterne aufblitzen.

Ich wälzte mich herum.

Über mir stand eine schwarze Wolke. Eine Wolke, in der es gärte und sich bewegte.

Die Wolke kam tiefer.

Sie würde uns erdrücken. Wenn mir nicht bald etwas einfiel, waren Cindy und ich verloren…

Sie waren überall.

Jane Collins lief eine Gänsehaut nach der anderen über den Rücken. Aus allen Richtungen ertönte das Schmatzen und Schlürfen. Und sie nahm auch den Geruch der Ghouls wahr.

Ein bestialischer Gestank von Moder und Fäulnis durchdrang die Gänge. Jane Collins wußte, daß die Ghouls ihre Behausungen oft in leeren Gräbern hatten. Dort hockten sie zwischen ausgebleichten Knochen und warteten auf ihre Opfer.

Nachts entstiegen sie den Gräbern, doch tagsüber schützten sie sich vor der Sonne und der Wärme.

Beides war für sie Gift.

Jane Collins wollte wenigstens den Rücken freihaben. In diesen grauenvollen Augenblicken dachte sie nicht mehr daran, wo sie sich befand, sondern befolgte die Regeln der reinen Selbstverteidigung. Dazu gehörte es, den Rücken gedeckt zu halten.

Die Detektivin kroch bis an die Wand, lehnte sich dagegen und zog die Beine an.

Sie wartete.

Ihre Gegner wußten genau, wo sie war. Sie krochen näher. Der penetrante Geruch nahm zu.

Jane starrte in die Dunkelheit. Ihre Augen begannen zu tränen, aber sie sah nichts.

Die Finger der rechten Hand umklammerten die Beretta. Am liebsten hätte Jane gefeuert, doch ohne ein Ziel zu haben, wäre das nur Munitionsverschwendung gewesen.

Sekunden verrannen in dieser Hölle aus Finsternis und Angst.

Jane Collins wußte nicht, wie viele Gegner sie vor sich hatte, aber schon einer reichte ihr.

Plötzlich versteifte sie sich.

Sie spürte die unmittelbare Bedrohung.

Einen Lidschlag später fühlte sie die feuchte Berührung an ihrem Bein. Sofort kroch etwas hoch bis zu ihrem Schenkel, und in Jane Collins breitete sich Ekel aus.

Die rechte Hand mit der Waffe wanderte, bis Jane glaubte, den Ghoul im Visier zu haben.

Dann drückte sie ab.

Der Knall zerriß ihr fast das Trommelfell. Die Silberkugel fauchte aus dem Lauf, und für Bruchteile von Sekunden erhellte ein Mündungsblitz das unmittelbare Geschehen.

Jane Collins sah ihren Gegner.

Es war ein scheußliches Wesen, unförmig und über und über mit Schleim bedeckt.

Die Detektivin schloß die Augen, ihr wurde übel.

Die Masse verschwand von ihrem Bein. Dafür hörte sie ein langgezogenes Heulen, das schmerzhaft in ihre Ohren stach.

Der Ghoul verging.

Er hatte dem geweihten Silber nichts entgegenzusetzen.

Jane Collins war froh, daß sie nicht zuzusehen brauchte, wie der Ghoul starb. Die Geräusche reichten ihr auch so.

Einen Gegner hatte sie vernichtet. Sie hoffte, sich damit Respekt verschafft zu haben.

Bald war nichts mehr zu hören. Der erste Ghoul war tot, und das war die Hauptsache. Die Detektivin glaubte jedoch nicht daran, daß sich seine Artgenossen zurückgezogen hatten. Sie lauerten sicherlich im Hintergrund und würden ihr Opfer keineswegs aus den Augen lassen.

Die Angst fraß weiter in Jane.

Sie durfte gar nicht daran denken, wo sie sich eigentlich befand. Wenn sie das tat, würde sie den Verstand verlieren.

Jane robbte weiter. Wie ein Ghoul kroch sie durch die unterirdischen Friedhofsgänge. Jane erreichte auch Gräber, die den Ghouls als Unterschlupf gedient hatten.

Sie spürte Knochen unter ihren tastenden Händen und einmal sogar einen Schädel.

Das Grauen nahm kein Ende.

Janes Nerven begannen zu flattern, aber sie riß sich zusammen und kroch weiter.

Oft hielt sie inne und lauschte.

Kein Ghoul war ihr auf den Fersen.

Wenigstens vernahm sie keine Geräusche.

Plötzlich schrie Jane Collins auf. Sie war mit dem Kopf gegen eine Wand gestoßen.

Ende – aus. Es ging nicht mehr weiter…

Die Detektivin war gefangen.

Sie sackte mutlos zusammen.

Heiß stieg es in der Kehle hoch, wanderte weiter, und dann konnte Jane Collins die Tränen nicht mehr zurückhalten.

All ihre Angst, all der Schrecken mußte sich Luft machen. Wenn sie sich vorstellte, in diesem Labyrinth unter dem Friedhof gefangen zu sein, und das womöglich für alle Zeiten, konnte sie wahnsinnig werden.

Minutenlang ließ Jane den Tränen ganz freien Lauf. Dann zuckte ihr Körper nur noch unter leisem Schluchzen.

Im nächsten Augenblick erstarrte sie.

Jane hatte das Schmatzen und Gurgeln gehört.

Die Ghouls waren da.

Und sie kamen, um sie zu holen…

Mit fiebernden Blicken schaute sich Mike Prentiss um. Nur mühsam unterdrückte er die aufkeimende Panik.

Er war ein Gefangener.

Ein Gefangener inmitten der tanzenden Paare. In diesem glänzenden Käfig, in der Disco-Hell. Der Gedanke daran war so absurd, daß Mike ihn nicht akzeptieren wollte. Die hämmernde Rockmusik vernahm er mehr im Unterbewußtsein, auch das Lachen und Kreischen der Fans ging am linken Ohr rein und am rechten wieder raus.

Mike lebte in diesen Augenblicken in einer anderen Welt.

Fieberhaft durchwühlten seine Finger die Taschen nach dem Zigarettenpäckchen.

Er fand eine zerknautschte Packung, in der noch zwei Stäbchen steckten. Mike klemmte sich eine Zigarette zwischen die Lippen, zündete sie an und saugte hastig den Rauch ein.

Noch stand er am Rand der Tanzfläche. Aber er stellte sich auf die Zehenspitzen und schaute über die Gäste hinweg.

Sie amüsierten sich, als wäre nichts geschehen. Mike überlegte, ob er die anderen warnen sollte, doch er gelangte zu der Überzeugung, daß man ihm nicht glauben würde.

Sie hielten ihn sicherlich für verrückt.

Aber aufgeben wollte Mike Prentiss nicht. Es mußte doch eine Möglichkeit geben, aus dieser Disco-Hölle zu fliehen! Mike war nicht zum erstenmal da, und er kannte sich einigermaßen aus.

Er schaute sich um, sah, daß Todd ihn nicht mehr im Auge behielt, und schlug den Weg zu den Toiletten ein.

Mike drängte sich an den Tischen vorbei.

»Hi, Mike!« rief ihm ein junger Mann zu. »Bist du allein hier?«

Prentiss nickte und ging weiter.

»Was ist denn los, Mann? Du sprichst wohl nicht mehr mit jedem, du Stinker?«

Mike kümmerte sich nicht um den Schreier. Im Vorbeigehen drückte er seine Zigarette aus und steuerte die Tür an, auf der Gentlemen stand. Die Toilette für die Damen lag direkt daneben.

Mary Ireland trat Mike in den Weg. Sie lachte ihn an.

»Hallo, Meister«, sagte sie und blies ihm den Rauch ihrer Zigarette ins Gesicht. »Kennst du mich nicht mehr?«

Mike und Mary waren einmal zusammen gegangen. Kurz nur, aber es war eine heiße Zeit gewesen. Dann hatten sie sich getrennt.

Der junge Mann blickte auf und lächelte. »Hi, Mary«, sagte er.

Sie stieß ihn an. »Was machst du denn für ein Gesicht?«

Mike hob die Schultern.

»Bist du allein?« Mary ließ nicht locker.

»Ja.«

Mary nickte hastig, daß ihre schwarzen Locken nur so flogen. »Dann komm doch zu uns. Wir sitzen an einem Tisch ziemlich in der Mitte.« Sie zeigte an Mike vorbei.

»Nein, ich habe keinen Bock.«

Mary schlug ihm auf die Schulter. »Jetzt stell dich nicht so an, Mensch.«

»Mal sehen.«

»Also bis gleich.« Mary ging wieder. Das heißt, sie swingte davon, bewegte ihre Hüften im Rhythmus der Musik.

Mike Prentiss zog die Toilettentür auf.

Er gelangte in einen Raum mit zwei Waschbecken und blitzenden Spiegeln darüber. Eine Leuchtstoffröhre warf ihr kaltes Licht auf die Fliesen.

Einige junge Leute standen vor den Spiegeln und kämmten sich. Aus zwei Lautsprechern wurde die Disco-Musik selbst hierher übertragen.

Hinter einem schmalen Durchlaß lagen die Toiletten. Mike ging in eine der drei Kabinen und schloß hastig ab.

Ihn interessierte nur das Fenster.

Es befand sich direkt über der Toilette. Mike Prentiss schätzte die Ausmaße.

Das Fenster war zwar schmal, aber er glaubte, mit einiger Anstrengung hindurchkriechen zu können.

Zwei angetrunkene Gäste betraten laut grölend den Vorraum. Sie hämmerten mit den Fäusten gegen die Toilettentüren und schlugen auf die Klinken.

Mike Prentiss ließ sich davon jedoch nicht beeinflussen. Er kletterte auf den Toilettendeckel und streckte beide Arme aus, um den Fensterriegel zu erreichen.

Mit den Fingerspitzen berührte er das Metall. Mike unterdrückte einen Fluch und streckte sich.

Und er schaffte es.

Seine rechte Hand umklammerte den Griff.

Die Angetrunkenen verließen die Toilette. Sie machten dabei den gleichen Radau wie zuvor.

Mike atmete auf.

Er drehte den Riegel und zog daran.

Das Fenster klemmte. Wahrscheinlich war es jahrelang nicht mehr geöffnet worden. An der Form erkannte Mike, daß es auch nachträglich in das Schloß eingebaut worden war.

Beim dritten Versuch klappte es.

Das Fenster war offen!

Mike Prentiss wäre fast von der Toilette gestürzt, so viel Schwung hatte er drauf. Gerade noch konnte er sich an der Wand abstützen.

Frische Nachtluft strömte ihm entgegen. Eine Wohltat, verglich man sie mit dem Disco-Mief.

Jetzt gab es für Mike Prentiss kein Halten mehr. Er gab sich genügend Schwung und befand sich bereits im nächsten Augenblick auf der schmalen Bank.

Mike drehte seinen Körper hin und her. Zuerst streckte er den Kopf ins Freie, dann versuchte er, seinen gesamten Oberkörper durch die Fensterluke zu winden.

Er kam nicht weit.

Wie aus dem Nichts griff die kalte Totenhand zu und umkrallte seinen Nacken.

Mike Prentiss schrie auf. Es gelang ihm noch, den Kopf etwas nach rechts zu drehen.

Der junge Mann erstarrte.

Er schaute genau in das Gesicht der Weißen Frau!

Für eine Flucht war es zu spät. Die Wolke hatte sich auch zu den Seiten hin ausgebreitet und hätte uns immer erwischt, wohin wir auch gelaufen wären.

Wir hingen fest.

Cindy zitterte und weinte.

Ich aber wollte kämpfen. Oder mußte mir zumindest etwas einfallen lassen. Die wallende dunkle Schattenmasse schwebte etwa einen Yard über mir. Alles war in Bewegung, rollte und schwang hin und her, und das Kreischen, Lachen und Flüstern drang mir aus dieser verdammten Wolke schmerzhaft in die Ohren.

Silberkugeln nutzten nichts.

Die Dämonenpeitsche ebenfalls nicht.

Was dann?

Ich hatte noch das Kreuz.

In fieberhafter Hast knöpfte ich mein Hemd auf, zog an der Kette, und schon lag das silberne Kreuz frei.

Es war eine wirksame Waffe im Kampf gegen Dämonen und Geister. Es stammte aus Osteuropa, und die vier Haupterzengel hatten die Insignien des Lichts in die vier Enden eingraviert.

Wenn ich die Namen der Engel rief, aktivierte das Kruzifix die Kraft des Guten.

Bisher hatte ich die Namen nur in der größten Not ausgesprochen. Diesmal war es wieder soweit.

Ich rief die Namen.

Raphael, Michael, Uriel und Gabriel.

Meine Stimme hallte über den Totenacker und hörte sich um viele Male verstärkt an.

Noch eine Armlänge war die magische Schattenwolke entfernt, da reagierte das Kreuz.

Vier Strahlen schossen aus den Enden hervor und bohrten sich in die schwarze Masse. Sie rissen faustgroße Löcher in die Wolke, die sich rasend schnell ausdehnten und die Schatten buchstäblich zerfetzten.

Heulen und Wehklagen drang an meine Ohren. So ähnlich mußten die Geräusche in der Hölle sein.

Der Nachtwind trieb die Schatten davon. Sie zerflatterten und lösten sich auf.

Cindy und ich konnten wieder frei atmen.

Ich stieß das Mädchen an. Cindy lag auf dem Bauch. Sie hatte sich in ihrer Verzweiflung herumgewälzt und das Gesicht gegen den Boden gedrückt.

Sie schrie, als sie meine Berührung spürte.

»Es ist vorbei«, sagte ich mit ruhiger Stimme. »Die Wolke existiert nicht mehr.«

Jetzt erst wagte Cindy, sich herumzudrehen. Sie schaute mich an, und ich stützte sie, damit sie sich aufsetzen konnte. Sie sah sich um und warf sich dann gegen meine Brust.

»Mein Gott, ich hatte solch eine Angst«, schluchzte sie. Ihre schmalen Schultern bebten.

Ich ließ sie in Ruhe. Nach etwa einer Minute hob das Mädchen den Kopf. »Ich habe mich dumm benommen, nicht?«

»Nein, Cindy. Ihre Angst war ganz natürlich.«

Sie nickte.

»Wir wollten zum Wagen gehen«, erinnerte ich sie.

»Ja, entschuldigen Sie. Natürlich…«

Cindy hakte sich bei mir ein, als wir den Friedhof überquerten und auf die Straße zuliefen.

Ich blickte mich immer wieder um. So ganz traute ich dem Frieden nun doch nicht. Auch Cindy war nervös. Sie sah ebenfalls öfter über die Schulter zurück als normal, sagte aber nichts.

Meine Vermutung bestätigte sich.

Die Schatten waren noch da.

Aber sie hielten sich in respektvoller Entfernung auf. Sie lauerten, flogen große Kreise, ließen uns nie aus dem Visier. Einen erneuten Angriff riskierten sie nicht mehr. Mein Kreuz hatte ihnen doch zuviel Respekt eingeflößt.

Cindy und ich erreichten die Straße.

Dunkel und leer lag sie vor uns. Es war keine Menschenseele zu sehen. Die Fahrbahn verschwand in einem Tunnel der Finsternis.

Ich öffnete die Beifahrertür, und Cindy stieg ein.

Dann klemmte ich mich hinter das Lenkrad. »Wie weit ist es noch?«

»Fahren Sie immer der Straße nach.«

»Okay.«

Der Bentley rollte an. Geräuschlos fast. Zwei weitgezogene Kurven mußte ich durchfahren, dann folgte eine Gerade, und danach ging es in eine sehr enge Kurve hinein.

»Jetzt müßten Sie die Lichter eigentlich schon sehen können«, sagte Cindy.

Ich sah sie in der Tat.

»Vor der Discothek ist ein Parkplatz«, sagte Cindy.

Ich lächelte. »Fabelhaft. Scheint aber sehr ruhig zu sein.«

»Wieso?«

»Sonst sieht man immer Rocker auf ihren Feuerstühlen, doch hier ist nichts.«

»Ja, das ist seltsam.«

Ich erwiderte nichts darauf, um Cindy nicht noch mehr zu beunruhigen. Erst einmal abwarten.

Ich fuhr langsamer, da ich von der Fahrbahn abbiegen und in die Auffahrt lenken mußte, die zum Parkplatz führte.

Er war übersät mit Feuerstühlen und Kleinwagen. Eine glitzernde Chromparade präsentierte sich unseren Augen.

Aber kein Mensch ließ sich auf dem Parkplatz blicken.

Er wirkte wie ein Bild aus einem Science-fiction-Film.

Dafür hörten wir Musik. Sie wurde über Lautsprecher nach draußen getragen. Beim Auffahren sah ich die Sprechblase, die von der Teufelsfratze ausgespien wurde.

Diese Hölle ist selbst für den Satan zu heiß.

Ich konnte nicht lachen, da ich über diese Dinge ungern spaßte.

So schnell fand ich für den Bentley keinen Platz. Ich mußte rangieren und stellte den Wagen dann neben die Phalanx der Motorräder.

Wir stiegen aus.

»Es ist zu ruhig«, sagte Cindy. »Keine Stimmen, nur die Musik. Direkt komisch.« Das Mädchen schaute zur Discothek hin.

Auch ich sah mir die Disco-Hölle an. Sie war in der Tat in einem Schloß untergebracht. In der Dunkelheit konnte man über den Zustand des Gemäuers nicht viel sagen. Es mußte aber gut in Schuß sein, denn sonst hätte der Eigentümer die baupolizeiliche Erlaubnis niemals erhalten.

Das Schloß schmiegte sich an einen Wald. Der Wind rauschte durch die Baumwipfel, und der fahle Mond am nächtlichen Himmel gab dem Ganzen eine gespenstische Note.

Eine echte Horror-Kulisse.

Cindy nahm meinen Arm. »Irgendwie habe ich Angst, das Schloß zu betreten«, sagte sie.

»Warum? Sie sind doch schon oft hier gewesen.«

»Ja, aber da war noch was los. Ich meine, da haben sich auch auf dem Parkplatz die Fans herumgetrieben.«

Ich nickte. Mein Blick schweifte über die Tür hinweg. Dort waren einige Fenster hell erleuchtet.

»Wer wohnt da?« erkundigte ich mich bei Cindy. »Oder wird dort auch getanzt?«

»Nur im Erdgeschoß. Da oben lebt der Eigentümer, Mr. Grimes.«

»Was ist das für ein Typ?«

»Ein Millionär. Wo er herkommt, weiß niemand. Vor ihm fürchte ich mich.«

Ich fragte nach dem Grund.

Cindy verzog das Gesicht. »Man soll einen Menschen ja nicht allein nach dem Äußeren beurteilen, aber bei Grimes tue ich das. Er ist ein widerlicher Fettkloß. Unsympathisch – ich mag ihn einfach nicht. Außerdem sind seine Augen kalt. Dieser Mann hat keine Gefühle, Mr. Sinclair.«

»Wir werden ihn kennenlernen.«

»Hoffentlich läßt man Sie hinein«, sagte Cindy.

»Gibt's hier Gesichtskontrolle?« spottete ich.

»Nein, aber Todd ist der Aufpasser. Er ist Mr. Grimes treu ergeben und sieht sich die Leute genau an. Vielleicht hat er bei Ihnen Bedenken. Möglich wäre es.«

»Das werden wir ja gleich haben.« Mit Cindy zusammen schritt ich die Stufen hoch. Ich sah das verschlossene Guckloch und hatte eine Idee. »Ich stelle mich so auf, daß er mich nicht sieht«, schlug ich vor.

Cindy Mallory nickte. »Der Einfall ist gut.«

Dann standen wir vor der Tür, und ich setzte meinen Vorsatz in die Tag um.

Cindy klopfte, ich stand im toten Winkel.

Sekunden später war das Guckloch offen.

»Ich bin's«, sagte Cindy.

»Komm rein.«

»Danke.« Cindy ging vor. »Ich habe noch einen Bekannten mitgebracht«, sagte sie, als sie über die Schwelle trat.

»Der bleibt draußen«, sagte Todd.

»Aber…«

Ich hielt es in meinem »Versteck« nicht mehr länger aus und ging einen Schritt vor.

Todd und ich starrten uns an.

Und wir wußten beide, daß wir Feinde waren…

Vor sich hörte Jane Collins die Geräusche der Ghouls. In ihrem Rücken spürte sie die Wand.

Es war vorbei!

Der letzte Aus- oder Fluchtweg war ihr versperrt. Die Ghouls würden sich in den nächsten Minuten auf sie stürzen, und was dann geschah, daran wagte sie nicht einmal zu denken.

Sie hatte zwar die Beretta, doch mit den geweihten Kugeln konnte sie sich die Ghouls nur für eine Weile vom Leib halten. Außerdem sah sie diese Dämonenabart nicht, sie hörte sie nur.

Jane atmete schneller. Die Angst nagte in ihr. Manchmal glaubte sie, keine Luft zu bekommen und ersticken zu müssen. Ihr Herz raste.

Das Grauen war nah…

Immer lauter und widerlicher wurden die Geräusche. Das Schaben, das Schmatzen, das Kichern…

Die Ghouls waren sich sicher.

»Kommt nur!« keuchte die Privatdetektivin. »Kommt nur her. Ich werde euch…«

Sie verstummte, denn sie blickte in ein Augenpaar.

Jane Collins schwenkte die Waffe ein wenig nach links und schoß.

Wieder schoß der Mündungsblitz aus der Waffe. Jane hatte ihre Augen weit aufgerissen und sah im Bruchteil einer Sekunde die grauenhafte Gestalt.

Dann wurde der Ghoul von der Kugel zurückgestoßen. Ein schreckliches Heulen und Winseln war die Antwort. Es wurde noch übertönt vom Wutgekreische der anderen Scheusale.

Jane Collins hatte für ein paar Sekunden Galgenfrist.

Sie spürte die feuchte Wand an ihrem Rücken, drehte sich halb und preßte ihre Hand dagegen, während sie gleichzeitig mit der

Schulter zudrückte. Jane wußte selbst nicht genau, warum sie dies tat, auf jeden Fall gab die Wand nach.

Die Detektivin hielt den Atem an.

Ein wahnsinniger Hoffnungsfunke zuckte durch ihr Hirn. Sollte es doch noch eine Chance geben?

Sie drückte weiter.

Und die Wand bröckelte ab.

Vor sich hörte sie das Heulen der Ghouls. Jane kümmerte sich nicht darum, auch als es lauter wurde. Erst als sie die glitschige Berührung an ihrem Arm spürte, schrie sie auf.

Da brach die Wand.

Jane Collins stürzte. Instinktiv krümmte sie sich zusammen und rollte sich über die Schulter ab.

Sofort stand Jane auf.

Es war nicht mehr absolut finster.

Jane Collins schaute sich um.

Sie war in einem riesigen Grab oder einer Gruft gelandet. War sie vom Regen in die Traufe geraten?

Die Gruft war von Menschenhand angelegt worden. Auf einem etwa kniehohen Altar brannten zwei Kerzen. Ihre Flammen wurden von runden Schalen abgeschirmt, die nur an der Oberseite eine Öffnung hatten. Die Kerzen standen in zwei eisernen Haltern, an denen herabgelaufenes und erkaltetes Wachs seltsame Figuren gebildet hatte.

Jane schritt auf die Kerzen zu, schaute nicht nach unten und stieß gegen etwas Hartes.

Sie senkte den Blick.

Jane Collins sah die Knochen!

Malerisch verstreut lagen zahlreiche Knochengebilde herum. Blank und weißlich schimmernd.

Jane warf einen Blick zurück. Sie konnte sich vorstellen, woher die Knochen stammten.

Die Ghouls hatten sie übriggelassen.

Schaudernd wandte sich die blondhaarge Detektivin ab. Sie griff nach einer Kerze und zog sie aus der Halterung. Das gelang erst beim zweiten Versuch. Das harte Wachs wirkte wie Leim.

Schließlich hielt Jane Collins die Kerze in der Hand. Jetzt hatte sie wenigstens Licht.

Sie nahm sie in die Linke, während sie mit der Rechten weiterhin die Beretta umklammerte. Jane leuchtete zur Wand. Deutlich sah sie das dünne Brett, das sie mit ihrem Gewicht zerbrochen hatte. Es lag jetzt innerhalb der Gruft. Die Gangöffnung gähnte Jane Collins entgegen.

Jane schaute hinein.

Die Ghouls hatten sich nach den Vorfällen respektvoll zurückgezogen. Es war verständlich.

Der Optimismus der Detektivin stieg, obwohl sie sich nach wie vor in einer nicht gerade rosigen Lage befand.

Jane Collins war klar, daß diese Gruft eine bestimmte Bedeutung hatte. Und sie war sicherlich nicht nur von einem Eingang zu erreichen, sondern auch von einem zweiten.

Den mußte sie finden.

Jane Collins machte sich auf die Suche. Sie schritt die Gruft ab, fand keine Tür, entdeckte jedoch einen Gang.

Er war so hoch, daß sie bequem aufrecht gehen konnte und ihr Kopf nicht einmal die Decke berührte.

Jane leuchtete die Wände ab. Sie bestanden aus festem Lehm, und die Detektivin sah, daß hin und wieder Figuren in das Erdreich eingeritzt worden waren.

Mutig schritt sie weiter.

Schlimmer konnte es eigentlich gar nicht mehr kommen, denn was sie hinter sich hatte, haute einen nervenschwächeren Menschen sicherlich auf die Bretter.

Jane hatte es überstanden.

Der Gang beschrieb eine Rechtskurve. Und er stieg weiter an. Jane schätzte, daß sie sich bereits auf gleicher Höhe mit dem Friedhof befand. Wo endete der Stollen?

Hin und wieder blickte sich die Detektivin um, doch von den Ghouls war weder etwas zu sehen noch zu hören.

Das beruhigte sie.

Und plötzlich sah sie eine Tür!

Sie war aus Holz und sah verdammt widerstandsfähig aus. Dazu war sie noch verschlossen.

Jane Collins leuchtete das Schloß ab.

Es bestand aus Eisen, sah sehr alt aus, war aber noch intakt, wie Jane feststellte.

Nun war guter Rat teuer.

Aber Jane hatte schon immer Ideen gehabt.

Diesmal mußte ihre Haarnadel dran glauben. Jane hatte sich vor der Abreise die Haare im Nacken damit zusammengesteckt.

Jane zog sie hervor und bog sie zu einem Dietrich zurecht. Dann führte sie die Nadel vorsichtig in das Schloß ein, nachdem sie die Pistole erst einmal in den Rockbund gesteckt hatte.

Jane drückte sich selbst nicht nur beide Daumen, sondern auch beide großen Zehen, daß es klappte.

Zuerst sah es nicht danach aus. Die Detektivin werkelte an dem Schloß herum, führte die Nadel einmal nach links, dann nach rechts, schob sie vor und zurück, und so vertropften die Minuten.

Dann aber hatte sie Erfolg.

Das Schloß schnappte zurück.

Jane Collins drückte die Tür auf.

Mit schußbereiter Waffe betrat sie die hinter der Tür liegenden Gewölbe.

Die Detektivin war in einem gewaltigen Keller-Komplex gelandet. In einem etwas seltsamen allerdings.

Ein breiter, kahler Gang wurde von zahlreichen Nischen flankiert. Sie begannen etwa in Hüfthöhe und führten tief in das Gestein hinein. Sehr hoch waren sie nicht, etwa einen halben Meter. Aber Jane interessierte sich dafür, was in den Nischen lag.

Sie leuchtete in eine hinein.

Mit einem Aufschrei prallte die Detektivin zurück.

In der Nische lag ein Skelett!

Pfeifend saugte Mike Prentiss die Luft ein. Er hatte Angst, daß er bald gar nicht mehr atmen konnte, aber die kalte Hand ließ ihm noch genügend Spielraum.

Halb hing er aus dem Fenster. Er und die Weiße Frau starrten sich an.

Die Frau lächelte. »Du wolltest fliehen?« fragte sie mit ihrer dumpfen Stimme. »Nie wird dir das gelingen, denn dies ist die Nacht der Nächte. Bald wird der Horror-Tanz beginnen, und du sollst daran teilnehmen.«

Mike Prentiss war nicht fähig, eine Antwort zu geben. Er senkte den Blick, schaute zu Boden und dieser erschien ihm wie ein wogendes Meer.

Die Luft wurde ihm knapp. Mike röchelte. Da endlich ließ die Weiße Frau los.

»Geh wieder hinein!« zischte sie. »Du wirst dort gebraucht!«

Prentiss nickte. An eine andere Möglichkeit hatte er sowieso nicht gedacht. Er stützte sich mit den Händen ab und rutschte in die Kabine zurück.

Die Weiße Frau lauerte nach wie vor am Fenster und verschwand erst, als Prentiss' Füße den Boden berührten. Erschöpft lehnte sich der junge Mann gegen die Toilettentür. Es kümmerte ihn auch nicht, daß von außen die Klinke gedrückt wurde und eine barsche Stimme sich darüber beschwerte, daß besetzt war. Prentiss wollte erst einmal seine Ruhe wiederfinden.

Er atmete tief und fest durch. Dabei rieb er sich den Hals, und nur langsam verschwanden die Schmerzen.

Aber Mike wußte nun Bescheid. Er war ein Gefangener. Für ihn gab es keine Chance, aus der Disco-Hell zu fliehen. Verzweifelt vergrub er sein Gesicht in beide Hände. Hätte er sich doch nur nicht auf den Vorschlag eingelassen, dieses Schloß aufzusuchen. Alles sähe jetzt anders aus.

Seine Gedanken schweiften zu Cindy Mallory zurück. Mike wußte sie in guten Händen, und er freute sich darüber.

Aber war sie wirklich in Sicherheit? Gab es überhaupt noch einen sicheren Ort in der unmittelbaren Umgebung des Schlosses? Mike überlegte. Was hatte die Weiße Frau mit der Nacht der Nächte gemeint? Und welche Bedeutung hatte dieser Horrortanz? Für Mike Prentiss war das eine Rätsel ebenso schlimm wie das andere. Er hoffte nur darauf, daß alles ein gutes Ende nahm.

Mike fühlte sich elend.

Er schloß die Tür auf und verließ die Kabine. Seine Schritte waren unsicher, und auf seinen Lippen lag ein verzerrtes, unechtes Lächeln.

Andere Benutzer der Toilettenräume sahen ihm seinen Zustand wohl an. Sie grinsten, doch ihre Schlußfolgerung traf die Wahrheit nicht.

»Gesoffen, wie?« fragte einer.

Mike nickte nur und ging zur Tür.

Er gelangte in den Waschraum und hörte, wie zwei Gäste über Grimes' Einladung sprachen.

»Ist doch irre, daß es einiges umsonst gibt. Mann, ich habe jetzt schon einen sagenhaften Brand.«

Der andere lachte. »Frag mich mal.«

Beide verschwanden.

Mike ging hinter ihnen her. Er überlegte fieberhaft, was er unternehmen sollte. Aufgegeben hatte er noch nicht. Und diesen Freitrank wollte er auf keinen Fall zu sich nehmen.

Mike ging nicht zurück in das Lokal. Er hatte einen Entschluß gefaßt. Er wollte Klarheit haben.

Und die konnte ihm nur einer geben.

Mr. Grimes!

Todd war ein Bulle von Kerl. Ich war sicher, daß die Leute, die er nicht hineinlassen wollte, es kein zweites Mal versuchten.

Aber ich mußte rein!

Cindy Mallory war ein wenig zur Seite getreten. Sie kaute unruhig auf ihrer Lippe. Deutlich erkannte ich, daß sie Angst hatte. Es war ihr nicht einmal zu verübeln.

Todd schaltete auf stur. Er schien mit einem sicheren Instinkt zu merken, daß ich anders reagieren würde als die übrigen Gäste. Deshalb wollte er eine Gefahr für sich und seinen Boß schon von vornherein ausschließen.

»Sie bleiben draußen!« sagte er.

Cindy erschrak. Sie wollte etwas sagen, doch ich nahm ihr die Antwort ab.

»Welchen Grund gibt es, mich nicht hereinzulassen?«

»Ich bestimme es.«

»Sind Sie der Eigentümer?«

»Nein, aber ich habe das Hausrecht. Und jetzt hauen Sie ab.«

Das hatte ich nun nicht vor.

»Hören Sie zu, Mann«, sagte ich um eine Idee schärfer. »Ich begleite die junge Dame dort und betrete auch mit ihr zusammen das Lokal. Ob Ihnen das nun paßt oder nicht. Ich habe nicht randaliert und hier auch kein Lokalverbot.«

»Und?«

Als Antwort schoß seine rechte Faust vor. Blitzschnell und fast ansatzlos geschlagen.

Aber auch ich war kein heuriger Hase. Ich wich aus, bevor der Hammer mich treffen konnte.

Die Faust zischte an meiner Hüfte vorbei, und dann ließ ich die Handkante fallen.

Sie traf Todds Arm.

Der Schläger verzog das Gesicht. Er taumelte an mir vorbei, durch die offene Tür, verfehlte die oberste Stufe, stolperte und fiel. Er rollte die Steintreppe hinunter.

»Schließen Sie die Tür bis auf einen Spalt!« zischte ich Cindy zu und ging nach draußen. Mir war klar, daß dieser Todd noch längst nicht aufgegeben hatte.

Ich täuschte mich nicht.

Er stand vor der Treppe. Wuchtig – wie eine steinerne Figur. Sein Gesicht war verzerrt. In seinen Augen leuchtete der Wille, mich fertigzumachen.

Ich ging ihm entgegen. »Lassen Sie es sein, Mister«, warnte ich ihn. »Es hat keinen Zweck.«

Todd schüttelte den Kopf. »Hund!« keuchte er, griff hinter sich und zog ein Messer.

Ich ließ ihm keine Zeit, mich mit dieser heimtückischen Waffe anzugreifen, sondern sprang. Wie ein Panther flog ich über die Treppe und trat ihm mit beiden Füßen voll vor die Brust.

Beide gingen wir zu Boden, aber ich war als erster wieder auf den Beinen.

Todd schwang herum. Seine Hand mit dem Messer vollführte eine kreisende Bewegung. Die Klinge blitzte gefährlich. Ich duckte mich und fing den Arm ab.

Ein Judogriff, und Todd wurde zu Boden gehebelt. Das Messer ließ er los, als wäre es glühend heiß geworden.

Bevor er noch einmal angreifen konnte, gab ich ihm mit einem Schlag auf den Punkt den Rest.

Todd ging zu Boden. Die Zweige eines Gebüchs bremsten seinen Fall. Ich nahm das Messer und schleuderte es weit in die Dunkelheit hinein. Todd würde mir vorerst nicht mehr gefährlich werden.

Ich drehte mich um.

Cindy stand vor der Tür, direkt am Rand der Treppe. Selbst aus der Entfernung sah ich die Angst in ihrem Gesicht. Ich lächelte beruhigend, als ich die Stufen hochschritt.

»Ich dachte, der würde Sie töten«, flüsterte Cindy.

»So leicht geht das nicht.« Ich stieß die Tür auf und betrat unangefochten die Disco-Hell.

Cindy hielt mich noch zurück. »Aber was ist, wenn er aus seiner Bewußtlosigkeit erwacht?«

»Werden wir noch sehen«, erwiderte ich lakonisch.

Dann betraten wir endgültig die Disco-Hell, und ich muß sagen, daß ich überrascht war, denn so etwas hätte ich hinter den Mauern des Schlosses nicht vermutet.

Dieser Mr. Grimes hatte sich alle Mühe gegeben, was die Ausstattung anbetraf. Es fehlte nichts.

Von der Lichtorgel, die mit psychedelischen Farbeffekten spielte, über die gewaltige Glitzerkugel an der Decke bis hin zur perfekt ausgestatteten Bar.

Und die Fans tanzten.

Selbstvergessen, wie in Trance, drehten sie sich und hüpften nach den Rhythmen.

Da flogen Röcke, da platzten zu eng sitzende Jeans, und die Musik donnerte in meinen Ohren.

Wir blieben am Rand der Tanzfläche stehen und hielten nach Mike Prentiss Ausschau. Mehrmals passierten uns Kellner mit Tabletts. Die Typen wirkten verschlossen und sahen auch bleich aus. Wer nicht tanzte, hockte in Nischen und ließ sich vollaufen. Die Luft war mit Parfümgeruch, Tabaksqualm und Schweiß geschwängert. Atemluft war hier ein Fremdbegriff.

»Ich sehe ihn nicht«, sagte Cindy. Sie mußte laut sprechen, damit ich sie verstand.

Ich beugte mich zur Antwort hinunter. »Wenn er nicht hier ist, wo kann er dann stecken?«

»Vielleicht auf der Toilette?«

»Oder bei Mr. Grimes?«

»Das ist möglich.«

»Wo hat der Kerl seine Räume?« wollte ich wissen.

Cindy deutete zur Galerie hoch, unter der der Discjockey hockte. Er spielte an den Hebeln und Knöpfen seiner Anlage. Ich beobachtete den Knaben. Er war der Typ »Mädchenfänger«, sah aus wie Elvis Presley und trug sein Hemd bis hin zum Bauchnabel offen.

»Er heißt Teddy Baker«, klärte mich Cindy auf.

Ich nickte.

»Was wollen Sie denn jetzt tun?« fragte sie.

»Mr. Grimes besuchen.«

Cindy erschrak sichtlich. »Aber das ist gefährlich.«

»Mal sehen.« Ich suchte bereits nach einem Weg, um auf die Galerie zu gelangen.

Doch zu einem Besuch sollte es vorerst nicht kommen.

Plötzlich verstummte die Musik. Die Platte war noch nicht aufgelaufen, und der letzte wimmernde Ton schwang noch lange nach.

Dann verstummten auch die Unterhaltungen. Es wurde still. Beinahe wie in einer Kirche.

Teddy Baker reckte sich zur vollen Größe empor. »Und nun, liebe Fans und Gäste, der Höhepunkt unseres heißen Disco-Abends. Mr. Grimes, der Eigentümer, will zu euch sprechen. Denn was jetzt folgt, ist die Überraschung des Jahres!«

Baker machte eine Handbewegung, und der Lichtspeer eines Scheinwerfers folgte seinem Arm, um an der zur Galerie führenden Treppe hängenzubleiben.

Er riß dabei einen Mann aus der Dunkelheit.

Mr. Grimes, den Eigentümer der Disco-Hell!

Zum Glück war Mike Prentiss nicht zum erstenmal in der Disco-Hell. Deshalb kannte er sich einigermaßen aus. Er wußte zum Beispiel, wie man zu Mr. Grimes' Büro gelangen konnte, ohne dazu den Hauptaufgang benützen zu müssen.

Das Schloß war verwinkelt und verschachtelt. Angeblich sollte es zahlreiche Geheimgänge geben, doch davon wußte Mike Prentiss nichts. Er wollte sein Ziel auch ohne Geheimgang erreichen.

Es fiel nicht auf, daß er sich an den tanzenden Paaren vorbeidrückte und in einem Durchschlupf verschwand, der ihn in einen anderen Raum brachte.

Auch hier befanden sich Gäste. Allerdings solche, die ungestört sein wollten. In diesem Raum war aus der Disco-Hölle eine Lasterhöhle geworden, und die Paare saßen nicht, sondern lagen meist auf den gepolsterten Bänken. Die Posen waren eindeutig.

Mike Prentiss hatte dafür keinen Blick. Ihn interessierte die schmale Tür, die in den anderen Trakt des umgebauten Schlosses führte.

Mike Prentiss gelangte in eine Halle, deren Decke von dicken, runden Säulen gestützt wurde. Obwohl er sich bemühte, leise zu gehen, hallten seine Schritte an den Wänden nach. Fingerdick lag der Staub auf dem Steinboden. Es war deutlich zu erkennen, welchen Weg Mike Prentiss genommen hatte. An den Wänden bewiesen helle, rechteckige Flecken, daß dort früher Bilder gehangen hatten. Irgend jemand hatte sie jedoch weggeschafft oder einfach geraubt.

Schnell durchquerte der junge Mann den Saal. Durch die hohen Fenster sickerte Mondlicht und tauchte den riesigen Raum in einen fahlen, matt glänzenden Schein.

Als Mike die gewundene Treppe erreichte, atmete er auf. Nun lag die Hälfte des Weges hinter ihm. Auf Zehenspitzen schritt er die breiten Steinstufen hoch, erreichte eine quer durch die Halle laufende Galerie und drückte den rechten Flügel einer Doppeltür auf.

Nun stand Mike Prentiss in dem privaten Trakt des Schloßherrn. Es war ihm ziemlich mulmig zumute. Sein Herz klopfte schneller, und vom Magen her breitete sich ein unangenehmes Ziehen aus. Mike merkte, daß sein Gesicht schweißnaß war. Mit dem Handrücken wischte er sich wenigstens die Stirn trocken.

Das elektrische Licht wirkte irgendwie deplaziert. Wandlampen leuchteten den Gang vor ihm aus. Nachträglich gebeizte Holztüren führten zu den einzelnen Zimmern und Gemächern.

Mike wußte nicht, welche Tür zu Grimes' Zimmer gehörte. Er vergegenwärtigte sich jedoch die äußeren Umrisse des Schlosses, zählte nach und gelangte zu dem Schluß, daß Grimes hinter der dritten Tür auf der rechten Seite sein Büro haben mußte.

Mike Prentiss klopfte an.

Keine Antwort.

Der junge Mann überlegte. Er war den Weg nicht gegangen, um dicht vor dem Ziel umzukehren. Er wollte Grimes sprechen. Unter allen Umständen. Deshalb faßte er sich ein Herz, legte seine Hand auf die schwere kalte Klinke und drückte die Tür auf.

Ihm reichte ein Spalt, um hindurchschlüpfen zu können.

Vor ihm lag ein prächtig ausstaffiertes Zimmer. Ein riesiger Lüster hing an der Decke. Sein Licht brach sich in den zahlreichen kleinen Glaspaletten, die an den Streben des Lüsters hingen.

Der blaue Teppichboden dämpfte die Schritte. Barocke Möbel füllten das Zimmer aus.

Mike machte einen Schritt, den zweiten…

Dann hatten sie ihn.

Links und rechts von ihm tauchten sie auf, und bevor Mike noch irgendeine Abwehrbewegung machen konnte, packten die Hände zu. Wie Stahlklammern hielten sie fest. Mike hatte Mühe, einen Schrei zu unterdrücken. Doch als die beiden Männer seine Arme nach hinten rissen und er sich unfreiwillig verbeugte, stöhnte er laut auf.

Die Kerle lachten gemein.

Mike schielte nach links und rechts. Er sah nur die Hosenbeine der Männer. Die scharfen Bügelfalten stachen ihm ins Auge.

»Was wolltest du hier?« Der Kerl rechts von ihm stellte die Frage.

»Ich – ich wollte zu Mr. Grimes.«

»Und?«

»Ich habe ein paar Fragen an ihn.«

Jetzt lachten beide. »Mr. Grimes gibt sich mit Typen wir dir bestimmt nicht ab.«

»Aber ich muß ihn sprechen.«

Die Kerle überlegten. Sie ließen Mike jedoch in dieser Lage hängen, was auf die Dauer verdammt schmerzhaft war.

Dann kicherte der Sprecher. »Okay, Mann«, sagte er, »wenn du Mr. Grimes unbedingt sprechen willst, sollst du deinen Willen haben. Wir werden dich zu ihm bringen.«

Die Griffe wurden gelockert, aber nur so weit, daß Mike Prentiss gehen konnte.

Er konnte sich weiterhin nicht aufrecht halten, und es gelang ihm auch nicht, etwas von seinen beiden Bewachern zu sehen, die Hosenbeine ausgenommen.

Sie schritten quer durch den Raum. Die ganze Zeit über war Mike schon der seltsame Geruch aufgefallen, der die beiden Männer umgab. So roch es auf dem Friedhof. Irgendwie erinnerte ihn die Ausdünstung an verfaulte Blumen und Erde.

Arbeiteten die Kerle etwa auf dem Totenacker?

Hätte Mike die volle Wahrheit gewußt, wäre ihm sicherlich vor Angst übel geworden.

Vor einer Tür blieben sie stehen. Rechts daneben an der Wand befand sich eine Sprechanlage.

Mit der freien linken Hand drückte der Sprecher einen Knopf nach unten.

»Ja?« Aus den Lautsprecherrillen erklang die barsche Stimme.

»Wir haben hier einen Kerl, der unbedingt zu Ihnen will, Mr. Grimes.«

»Was will er?«

»Das sagt er Ihnen nur persönlich.«

Sekundenlang war nichts zu hören, nur Rauschen aus der Anlage. Mike Prentiss wollte die Hoffnung schon aufgeben, als Grimes' Stimme abermals ertönte.

»Schafft ihn rein!«

Nach dem letzten Wort war der Türsummer zu hören. Mikes Bewacher drückten die Tür auf.

Drei Sekunden später stand der junge Mann Mr. Grimes gegenüber. Und er bekam Angst vor seiner eigenen Courage. Grimes schaute ihn aus solch kalten Augen an, daß ein Frösteln über seinen Rücken lief und er seinen Entschluß, den Besitzer der Discothek aufzusuchen, schon bereute.

Wie ein Buddha thronte Grimes hinter seinen Monitoren. Die Bildschirme übertrugen das Geschehen aus der Discothek. Grimes drehte sich in seinem Sessel herum, nahm eine schwarze Melone und placierte sie auf seinen dicken Schädel. Mit den Wurstfingern der rechten Hand machte er eine unwirsche Bewegung. Ein Zeichen für die beiden Männer, Mike Prentiss loszulassen.

Mike atmete tief durch.

Die Kerle zogen sich bis an die Tür zurück. Dort blieben sie stehen wie Zinnsoldaten.

Grimes' und Mikes Blicke trafen sich. Mike lief eine Gänsehaut über den Rücken. Er konnte dem Blick einfach nicht standhalten und senkte den Kopf.

»Nun?« fragte Grimes. »Was ist? Warum bist du zu mir gekommen? Was willst du?«

Mike Prentiss räusperte sich, bevor er eine Antwort geben konnte. »Ich habe etwas erlebt...«

Das fleischige Gesicht des Dicken verzog sich zu einem Lächeln. »Sprich dich nur aus, mein Freund. Für gute Gäste habe ich immer ein offenes Ohr. Und ein guter Gast bist du schließlich. Ich habe dich schon oft unten tanzen gesehen.

»Ja, ja«, sagte Mike schnell. »Ich komme wirklich oft her.«

»Dann sind wir ja Freunde.« Mike überhörte den Spott, der in der Stimme mitschwang.

»Und deshalb wollte ich Sie bitten, Mr. Grimes, Klarheit in einer Sache zu schaffen.«

»Bitte sehr.« Grimes behielt den jovialen Ton bei.

»Ich war auf dem Friedhof«, begann Mike.

»Auf dem hier in der Nähe?« schnappte Grimes.

»Ja, Sir. Eine Bekannte von mir war ebenfalls dabei. Nun, wir wollten – wir wollten ungestört sein, aber da erschien plötzlich die Weiße Frau und wollte mich umbringen. Wir konnten fliehen, Cindy und ich...« Mike schluckte und nagte auf der Lippe. Er dachte darüber nach, ob er Grimes alles sagen sollte, doch er entschied sich dagegen. Nein, von ihrer Rettung brauchte Grimes nichts zu wissen.

»Rede weiter!« forderte er den jungen Mann auf.

»Ja, wir – wir konnten der Weißen Frau entkommen. Ich lief in die Discothek, um Hilfe zu holen, aber man verweigerte sie mir. Todd wollte mich nicht mehr gehen lassen. Er sagte, daß niemand von den Gästen hinaus dürfte...«

»Das stimmt, mein Freund«, bestätigte Grimes.

»Aber wieso?«

»Weil ich es befohlen habe!«

Mike Prentiss wankte einen Schritt zurück. Seine Augen wurden groß. »Sie?« keuchte er. »Sie haben...?«

Grimes nickte, und sein speckiges Gesicht bewegte sich dabei auf und nieder. »Ja, ich...«

»O Gott, das hätte ich mir denken können«, flüsterte Mike und schüttelte den Kopf. »Wie habe ich nur so dumm sein können.«

Grimes lachte lautlos. »Wir gehören zusammen«, erklärte er. »Ich habe mit der Weißen Frau einen Pakt geschlossen. Hast du auf dem Friedhof nicht noch mehr gesehen, Freund?«

»Nennen Sie mich nicht Freund!« keuchte Mike.

»Warum so unwirsch? Hast du nun was gesehen oder nicht?«

»Ja. Schatten.«

»Siehst du? Das sind die Seelen der Verdammten. Sie finden keine Ruhe. Es sind die Seelen derjenigen, die von der Weißen Frau getötet wurden. Und es waren viele.«

»Wer ist die Weiße Frau?« fragte Mike mit zitternder Stimme.

»Sie heißt Lady Florintha. Ihr Nachname ist uninteressant. Sie hatte sowieso mehrere, weil sie auch mehrmals verheiratet war. Nun, sämtliche Männer erlitten einen mysteriösen Tod. Lady Florintha schaffte sie alle. Sie vergiftete den einen, erwürgte den zweiten, ermordete auch ihre beiden anderen und ertränkte den letzten. Aber damit nicht genug. Jeder junge Mann, der in ihre Nähe kam, verlor sein Leben. Und die Männer verfielen ihrer teuflischen Schönheit. Sie konnte mit ihnen machen, was sie wollte. Hinterher brachte sie sie um. Ihr Ruf sprach sich rasch herum. Ein junger Priester wagte es dann, sich ihr entgegenzustellen. Mit Hilfe eines Freundes lockte er die Frau in eine Falle. Dann, als sie den Freund des Priesters töten wollte, wurde sie selbst umgebracht. Doch ihre Seele fand keine Ruhe. Die Weiße Frau spukt nach wie vor auf dem Friedhof herum, zusammen mit den Seelen ihrer verstorbenen Liebhaber. Sie begleiteten sie durch die Zeiten. Und erst wenn jemand die Weiße Frau erlöst, werden auch sie Ruhe haben.«

Mike Prentiss hatte genau zugehört. Jetzt fragte er: »Was haben Sie mit der Weißen Frau zu tun?«

»Ich?« Grimes lachte. »Ich suchte einen Platz, an dem das Böse existent ist. Denn nur dort fühle ich mich wohl, mein Freund.«

Mike Prentiss fragte: »Was sind Sie nur für ein Mensch, Mister?«

Grimes blies die Wangen auf. »Ein Mensch?« echote er. »Ich bin kein Mensch.«

Mike Prentiss machte ein verständnisloses Gesicht. »Was – was sind Sie dann?«

»Das ist nicht so leicht zu beantworten«, erwiderte der Discothekenbesitzer. »Aber wie gesagt, ich brauchte einen Platz, an dem das Böse regiert. Und ich habe ihn gefunden. Dieser Friedhof, über den die Seelen der Verstorbenen streichen, birgt nämlich noch ein Geheimnis.«

»Welches?« platzte Mike hervor.

»Er wird von Ghouls bewohnt. Denn es gibt keinen idealeren Ort als diesen alten Totenacker.«

Mike schluckte. »Ghouls?« fragte er kratzig.

»Kennst du sie nicht?«

»Nein.«

»Ghouls sind Dämonen. Schon im Mittelalter ist viel über sie geschrieben worden. Sie lieben die Leichen. Sie brauchen sie sogar, um existieren zu können.«

»Heißt das, daß…«

Grimes nickte. »Genau das!«

Mike Prentiss begann zu zittern. »Das darf doch nicht wahr sein«, hauchte er. »Sagen Sie, daß es nicht wahr ist, Mister. Ghouls, es gibt sie doch nicht. Es sind Phantasiegebilde irgendwelcher Horror-Autoren. Ich kann nicht glauben, daß so etwas Scheußliches existiert.«

»Dreh dich um!« befahl Grimes.

Mike wollte dem Befehl sofort Folge leisten, doch dann zögerte er. Er hatte Angst vor der schrecklichen Wahrheit.

»Mach schon!«

Mike holte noch einmal tief Atem. Nun fiel ihm auf, das sich der Modergeruch verstärkt hatte. Er war wesentlich intensiver geworden und verursachte bei ihm Übelkeit.

Mike drehte sich um hundertachtzig Grad.

Sie hatten sich verwandelt. Vor Mike Prentiss standen zwei schreckliche Ghouls!

Man konnte nur ahnen, daß sie einmal Menschen gewesen waren. Ihre Körper hatten sich auf eine grauenvolle Weise verändert.

Der von Mike aus gesehen rechte war um die Hälfte geschrumpft.

Dabei war sein Körper in die Breite gegangen, und er sah aus wie eine fette, widerliche Qualle. Gesichter, Arme und Beine konnte man höchstens erahnen, alles war in dauernder Bewegung. Dicker Schleim bildete die obere Schicht, in der es pulsierte und strömte.

Die linke war ebenfalls ein Schleimgebilde. Es sah aus wie jemand, der in einen Teig gefallen war. Von der Masse liefen Tropfen herab und klatschten zu Boden, wenn sie zu schwer wurden. Dort sammelten sie sich, glitten wie von unsichtbaren Händen geführt aufeinander zu, vereinigten sich wieder, um anschließend in den Originalkörper einzugehen.

In den Körpern war ein dauerndes Pulsieren und sich Hin- und Herbewegen. Strömungen liefen aufeinander zu oder entgegengesetzt. Gelb, grün und blau schimmerten die Farben. Mike konnte sogar die Adern innerhalb der Schleimgebilde sehen, in denen es rötlich pulsierte und strömte.

Der junge Mann glaubte seinen Augen nicht trauen zu dürfen. Was er hier sah, war der reinste Horror.

Wie festgeleimt stand Mike auf dem Platz, unfähig sich zu regen. Er atmete mit offenem Mund. Der kalte Schweiß rann ihm in den Hemdkragen, er merkte es nicht einmal.

»Das sind meine Artgenossen«, vernahm er hinter sich und wie aus weiter Ferne klingend die Stimme des Discothekenbesitzers. »Es sind Ghouls, mein Lieber. All meine Angestellten gehören dazu. Wir haben das Schloß und den Friedhof in Besitz genommen, nachdem wir selbst von der großen Dämonenfamilie verstoßen worden sind und eine neue Heimat suchten. Wir haben sie gefunden und denken gar nicht daran, unser Geheimnis preiszugeben. Diejenigen, die davon erfahren haben, werden sterben. In dieser Nacht noch wird sich die Magie der Weißen Frau mit der unsrigen vereinigen. Die Liebhaber der Lady Florintha sind zwar tot, doch ihre Gebeine liegen in diesem Schloß. Tief im Keller sind sie in Nischen aufgebahrt. Skelette, die tot aussehen, aber zum Horrortanz um Mitternacht wieder erwachen. So steht es geschrieben, so wird es sich erfüllen.«

Mike Prentiss begriff die Worte nicht. Instinktiv fragte er: »Warum das alles?«

»Weil er Seelen braucht.«

»Wer ist er?«

»Ein mächtiger Dämon. Ein Herrscher in der Schattenwelt. Er nennt sich der Spuk.«

Mike hatte noch nie davon gehört. Ihm war es in diesen Augenblicken auch egal, er wollte nur so rasch wie möglich weg. Aber da waren noch die beiden Ghouls.

Als hätten sie seine Gedanken gelesen, so setzten sie sich in Bewegung und glitten auf ihn zu.

Ja, es war ein Gleiten auf dieser schleimigen Schicht. Unhörbar, aber sie kamen näher.

Mike wich zurück. »Was wollt ihr von mir?« keuchte er.

»Dein Leben«, erwiderte Grimes hinter ihm kalt.

Prentiss wirbelte herum. »Nein – ich...« Er verstummte, denn er hatte Grimes angesehen.

Auch er war zu einem Ghoul geworden. Zu einem schleimigen, kugelförmigen Gebilde, das auf dem Sessel hockte, von dem regelmäßig Tropfen auf die Erde platschten.

Mike glaubte, den Verstand zu verlieren. Er wurde fast wahnsinnig, während sich die beiden Ghouls näherten und ihn in die Zange nahmen.

Noch zwei Schritte, dann hatte ihn der erste erreicht.

Da drehte Mike durch.

Er sprang mit einem gewaltigen Satz zur Seite, bekam einen Stuhl zu fassen, wirbelte ihn herum und drosch damit zu.

Das Möbelstück klatschte gegen die schleimige Masse und wurde von ihr aufgesaugt wie von einem Sumpf.

Der Ghoul fraß den Stuhl. Er verarbeitete ihn förmlich.

Das ging über Mikes Verstand.

Er schrie. Riß dabei die Hände hoch, spreizte sie und hatte eine mörderische Angst.

Etwas klatschte auf seine Schulter.

Lang wie ein Tentakel war Grimes Arm geworden und ungeheuer kräftig.

Mike schaute dem Ghoul in das zerfließende Gesicht, und schon kam der nächste Arm.

Der Ghoul zog Mike Prentiss über den Schreibtisch. Noch einmal stieß der junge Mann einen verzweifelten Hilfeschrei aus, dann hatte der Ghoul ihn überwältigt.

Mike Prentiss war nicht mehr zu retten.

Drei Minuten später hatten sich die Ghouls wieder verwandelt. Ihre Augen leuchteten.

Grimes schaute auf die Uhr. »Es wird Zeit«, sagte er. »Ich werde den Leuten sagen, daß der Trank angerichtet ist.« Er stand auf und schritt zur Tür.

Die beiden Leibwächter folgten ihm wie zwei Schatten.

Grimes war mir von Beginn an unsympathisch!

Es war sein Lächeln, das mir überhaupt nicht gefiel. Es war ebenso falsch wie die blitzenden Zähne eines Achtzigjährigen.

Grimes hatte eine Schau vor. Den Eindruck machte er mir zumindest. Hinter ihm sah ich zwei Männer. Sie traten jedoch nicht mit vor bis zur Treppenmitte, sondern blieben vor der ersten Stufe stehen. Sie lauerten im Hintergrund. Als Leibwächter.

Grimes ballte die Hände und hob sie in die Luft. Nun verstummten auch die letzten Stimmen. Selbst Teddy Baker hörte damit auf, hin- und herzuhüpfen. Er pendelte die Blicke auf seinen Boß ein.

»Ich freue mich, Freunde, daß ihr so zahlreich erschienen seid«, begann Grimes seine Rede. »Denn im Endeffekt sind wir ja alle zusammen eine richtige Disco-Familie. Stimmt's?«

Grölen und Beifall hielten sich nach seinen einführenden Worten die Waage.

Cindy stieß mich an. »Der Kerl macht die mit seiner Laberei betrunken.«

»Das befürchte ich auch.«

Grimes wartete den Beifall ab. Er genoß ihn wie eine Dusche. Sein schwammiges Gesicht zuckte, doch die Augen in seinem aufgedunsenen Gesicht blieben kalt und ausdruckslos.

Mir gelang es, für das Girl und mich einen besseren Platz zu ergattern. Nun hatten wir den Discothekenbesitzer voll im Blickfeld. Er drehte seinen Kopf. Obwohl ich rechtzeitig genug zur Seite schaute, hatte ich das Gefühl, sein Blick würde mich aufspießen. Grimes brauchte mich nicht unbedingt jetzt schon zu entdecken. Er kannte mich zwar nicht, aber ich paßte nicht zu den übrigen Besuchern und Gästen. Mein Alter lag ein wenig darüber, und in solch einem Schuppen fiel ich eben auf.

Ich war ein wenig in die Knie gegangen und erhob mich wieder, als Cindy sagte: »Er schaut woanders hin.«

»Danke.«

Grimes sprach weiter. »Ein Jahr genau besteht diese Discothek jetzt. Ein Jahr, das wir zum Teil gemeinsam verbracht haben. Ich war für euch da, ihr für mich, und als Zeichen meiner Dankbarkeit möchte ich euch für den Rest der Nacht einladen. Das heißt, alles, was ab jetzt getrunken wird, geht auf meine Kosten!«

Das waren genau die richtigen Worte für die Disco-Fans. Nun schäumte die Stimmung fast über. Die Gäste schrien, trampelten und kreischten. Vor allen Dingen waren die spitzen, sich überschlagenden Stimmen der Girls herauszuhören. Die männlichen Besucher pfiffen. Oft so grell, daß es mir in den Ohren wehtat.

Auf Grimes' Gesicht wirkte das Lächeln wie festgefroren. Kaum jemand achtete darauf, daß er seinen linken Arm hob und einmal mit den Fingern schnippte.

Es war das Zeichen für sein Personal.

Hinter der langen Theke war schon alles vorbereitet. Tabletts wurden hochgereicht, auf dem hohe Longdrink-Gläser standen, in denen eine gelbliche Flüssigkeit schimmerte.

Das also war der Freitrunk.

Mich interessierte es wirklich, welch ein Gesöff diese Gläser enthielten. Aber es selbst auszuprobieren, dazu hatte ich wirklich keine Lust.

Mein Blick wanderte weiter zu Teddy Baker. Der Discjockey hampelte hinter seinen Verstärkern herum, schaute einmal Grimes an und dann wieder die Gäste.

Schließlich drehte er das Mikrophon und bat um Ruhe.

Das Bedienungspersonal stand nach wie vor mit den Tabletts bereit. Ich warf einen Blick auf die Uhr.

Noch dreißig Minuten bis Mitternacht!

»Wenn ich nur wüßte, wo sich Mike befindet«, zischte Cindy.

»Er wird schon noch auftauchen«, erwiderte ich entgegen meiner Überzeugung. Ich rechnete nicht mehr damit, daß Mike noch am Leben war. Meines Erachtens war er in eine Falle gelaufen, aus der Grimes ihn nicht mehr hatte entkommen lassen.

»Ich werde Grimes fragen«, sagte ich.

»Wann?«

»Gleich. Er steht ja wie auf dem Präsentierteller dort auf der Treppe.«

»Ist das nicht gefährlich?« Cindy faßte nach meinem Arm. Diese Geste bewies, daß sie Angst um mich hatte.

Ich wich mit meiner Antwort aus. »Auch das Überqueren der Straße ist gefährlich.«

Doch erst einmal war Teddy Baker an der Reihe.

»Fans! Leute! Gäste!« rief er, und seine Stimme hallte durch den Saal. »Ich glaube, es ist an der Zeit, daß wir uns bei Mr. Grimes einmal bedanken. Nicht allein für den Freitrunk, nein, sondern auch dafür, daß er uns im letzten Jahr soviel geboten hat. Und dies in einer Gegend, die verdammt abgelegen ist. Denn wer hat schon den Mut, hier eine Discothek aufzumachen?«

Beifall!

Ich nutzte die Zeit und drückte mich näher an die Treppe heran. Somit waren es zu Grimes nur noch ein paar Schritte.

»Und deshalb«, so rief Teddy Baker weiter, »möchte ich hier und heute einen Toast auf Mr. Grimes aussprechen. Alle, die hier sind, danken Ihnen, Mr. Grimes!«

Der Dicke bekam es wirklich von allen Seiten. Sie ließen ihn hochleben, daß es schon peinlich wirkte und in mir langsam die Galle hochstieg.

Grimes kreuzte schließlich die Hände. Baker verstand das Zeichen und forderte Ruhe.

Sie trat auch ein.

»Und nun!« rief Grimes. »Die ersten Freidrinks!«

Jetzt war meine Zeit gekommen. Ich schob mich nach vorn und stand schon unten an der Treppe.

»Einen Augenblick noch, Mr. Grimes!« rief ich laut durch das Lokal. »Ich habe eine Frage an Sie.«

Urplötzlich stand ich im Mittelpunkt. Sämtliche Augenpaare schauten mich an.

Die Leibwächter traten zwei Stufen vor.

»Die wäre?« erkundigte sich Grimes lauernd.

»Ich möchte gern wissen, was Sie mit Mike Prentiss gemacht haben, Mr. Grimes…«

Der Dicke drehte sich langsam zu mir um.

Er stand über mir. Jetzt erst sah ich, wie sehr er schwitzte. Seine

Miefwolke, die ihn einhüllte, erreichte auch mich. Es war nicht allein der Schweißgeruch, der mich störte, sondern etwas anderes, das von ihm ausströmte.

Und ich kannte den Geruch.

Moder und Fäulnis...

So roch es auf dem Friedhof.

Sollte Grimes etwas mit dem Totenacker zu tun haben? Erinnerungen an den Fall des Totenbeschwörers wurden wach. Dort hatten wir es mit den sogenannten Nachzehrern zu tun gehabt, einer Mischung aus Vampir und Ghoul.

Gerochen hatten diese Bestien ähnlich...

Sollte mit Grimes kein Mensch, sondern ein Dämon vor mir stehen?

Ein Ghoul oder Nachzehrer?

Aber ich hatte keine Zeit, über irgend etwas nachzugrübeln. Andere Dinge hatten Vorrang.

»Wer sind Sie?« fauchte mich Grimes an.

Ich sah keinen Grund, meinen Namen zu verschweigen. »Ich heiße John Sinclair!«

Nichts an Grimes verriet, daß er mich kannte oder meinen Namen schon irgendwo einmal gehört hatte. Er antwortete nur: »Haben Sie sich verlaufen, Mister?«

»Nein, ich suche Mike Prentiss!«

»Ausgerechnet hier?«

»Ja.«

Der Dicke hob die fleischigen Schultern. »Ich kenne keinen Prentiss. Kann sein, daß er mal hier war. Bei mir verkehren so viele Gäste, daß ich unmöglich jeden Namen behalten kann. Und jetzt verschwinden Sie!«

Aus den Augenwinkeln sah ich, daß Grimes' Personal die Drinks verteilte.

Verdammt, mir zerrann die Zeit unter den Fingern.

Da griff Cindy ein. »Doch, Mr. Grimes, Sie müssen ihn kennen. Er kam hierher, um...«

»Halten Sie den Mund!« schrie der Fettkloß. Gleichzeitig gab er seinen Leibwächtern ein Zeichen.

Sofort setzten sich die beiden in Bewegung. Rasch kamen sie auf mich zu.

Grimes stand auf der Treppe wie ein fetter Buddha. Er lachte in diebischer Vorfreude.

Die wollte ich ihm versalzen.

Sie waren schon dicht vor mir, und abermals nahm ich den Modergeruch wahr.

Stärker als zuvor.

Gleichzeitig merkte ich ein Kribbeln auf der Haut. Mein Kreuz »meldete« sich.

Vor mir standen Dämonen!

Kalt schauten sie mich an. »Gehst du freiwillig, Mister?« fragte der rechte.

»Ihr wendet sonst Gewalt an, nicht wahr?«

Sie nickten.

Ich ging einen Schritt zurück und stellte mich auf die nächste Stufe. Nicht aus Feigheit, sondern weil ich Zeit gewinnen wollte. Ich hätte meine Beretta ziehen und der Sache eine Wendung geben können. Doch das war das letzte Mittel.

Zuerst hatte ich einen anderen Versuch vor.

»Todd wollte mich auch nicht hereinlassen«, sagte ich. »Jetzt liegt er draußen.«

»Wir sind nicht Todd.«

Ich nickte. »Natürlich.« Durch mein Reden hatte ich sie so weit ablenken können, daß es mir gelang, die Knöpfe meines Strickhemdes zu öffnen.

Die beiden achteten nicht darauf. Sie wollten mich nur aus dem Lokal werfen. Ich sprang von der Treppe.

Sofort waren sie da.

In diesem Augenblick riß ich das Kreuz hervor, hielt es in der Hand und präsentierte ihnen das geweihte Silber.

Die Wirkung war frappierend.

Alles konnten die Leibwächter ertragen, nur den Anblick des geweihten Kreuzes nicht.

Deutlich sah ich das Erschrecken auf ihren Gesichtern. Abrupt blieben sie stehen, heulten dann auf und rissen die Arme hoch, um die Augen zu schützen. Dann zogen sie sich zurück.

Für mich war es ein endgültiger Beweis, daß ich es hier mit Kreaturen der Nacht zu tun hatte.

Inzwischen wurden weitere Drinks verteilt. Die Gäste nahmen die Gläser, setzten sie an und leerten sie in einem Zug.

Sofort setzte die magische Wirkung ein.

Die Menschen veränderten sich.

Sie wankten plötzlich, als wären sie betrunken. Die Augäpfel rollten, verdrehten sich, die Haut wurde blaß, und die Gäste sahen so aus, als wären sie nur noch Marionetten, die nach den Befehlen eines anderen reagierten.

Cindy Mallory beobachtete dies alles. Sie hatte nichts getrunken, aber gesehen, wie die anderen verfielen. Es war schrecklich.

Plötzlich stand Teddy Baker neben ihr. Sie hatte ihn nicht kommen sehen. Er riß sie am Arm herum und drückte sie in eine kleine Nische.

Cindy war zu überrascht, um sich wehren zu können.

Baker hatte etwas mitgebracht.

Ein Glas mit der gelblichen Flüssigkeit.

»Trink!« fauchte er das Mädchen an und hielt ihm das Glas vor die Lippen.

»Nein!« Cindy schrie und schüttelte den Kopf.

Baker wurde gemein. »Verdammt, du sollst trinken!« Er preßte mit seinem Körpergewicht Cindy gegen die Wand. Seine freie Hand suchte ihre Haare. Baker wollte Cindy den Kopf zurückdrücken.

Ich hatte inzwischen einen Teilsieg errungen. Die beiden Leibwächter ergriffen die Flucht.

Doch ich holte sie ein, noch bevor sie ihren Herrn und Meister erreichten.

Mit einem gewaltigen Sprung überwand ich zwei Stufen und bekam ein Bein zu fassen.

Ein Ruck, und der Kerl fiel.

Blitzschnell war ich über ihm und preßte ihm das Kreuz gegen die Wange.

Sein Schrei ließ mich zusammenzucken. Dort, wo das geweihte Metall die Haut berührt hatte, hinterließ es einen klar sichtbaren Abdruck. Aber es bewirkte noch mehr.

Der Mann verwandelte sich.

In Sekundenschnelle wurde er zu einer schleimigen Masse, die sich jedoch nicht mehr manifestierte, sondern die Stufen der Treppe hinunterlief und noch auf dem Weg vertrocknete.

Der Ghoul existierte nicht mehr.

Da hörte ich den Schrei.

Cindy!

Ich ließ den zweiten Ghoul und seinen Meister, wo sie waren, und kreiselte herum.

Cindy kämpfte mit dem Discjockey. Er versuchte, ihr den teuflischen Trank einzuflößen, und er ging dabei nicht gerade zart mit ihr um.

Der Bursche würde sich wundern.

Die restlichen Stufen überwand ich mit einem Satz, kam gut auf und sah, wie es Cindy gelang, gegen das Glas zu schlagen, so daß die Hälfte der Flüssigkeit überschwappte.

Das steigerte Bakers Wut noch mehr.

»Du Hexe!« brüllte er. »Ich werde dich…«

»Gar nichts wirst du!« Meine Stimme traf ihn wie ein Hammerschlag. Und dann wurde er von meiner Faust getroffen. Teddy rotierte einmal um die eigene Achse und fiel.

Aber er war noch nicht fertig. Plötzlich zog er eine kleine vernickelte Pistole.

Ein wuchtiger Tritt schleuderte ihm den Ballermann aus der Hand. Teddys Augen wurden groß. Fassungslos starrte er der Pistole nach. Ich wollte noch nachsetzen, doch ein anderes Ereignis nahm mich und Cindy gefangen.

Musik spielte plötzlich.

Geigenmusik…

Wie auf ein Kommando hin öffneten sich zahlreiche Türen, die ich zuvor nicht gesehen hatte.

Und aus den Türen traten die Dämonendiener.

Es waren Skelette!

Das menschliche Knochengerüst war noch völlig erhalten. Durch den bleichen Schädel bot es jedoch einen schaurigen Anblick. Es dauerte ein wenig, bis Jane sich daran gewöhnt hatte.

Langsam flachte das Herzklopfen ab, und Jane wischte sich aufatmend über die Stirn.

Dann ging sie weiter.

Die Kerzenflamme zitterte leicht, als Jane Collins die nächste Nische ausleuchtete.

Wieder schaute sie auf ein Skelett.

Auch in der dritten und vierten Nische sah sie diese Knochenmänner liegen.

Jane Collins nahm an, daß dieser Keller nicht nur seinem eigentlichen Zweck diente, sondern auch ein gewaltiges Grab war. Eine Gruft, in der Skelette aufgebahrt wurden.

Aber weshalb?

Was hatte diese Aneinanderreihung von Knochenmännern zu bedeuten?

Vor der letzten Nische blieb Jane stehen und strich mit den Fingerspitzen über die Knochen.

Sie fühlten sich kalt an.

Schaudernd zog die blondhaarige Detektivin ihre Hand wieder zurück. Sie wollte sich nicht länger als unbedingt nötig in diesem Labyrinth aufhalten, sondern nach einem Ausgang suchen. Um die Skelette konnte sie sich später noch kümmern, falls die Knochengestalten überhaupt irgendeine Bedeutung hatten.

Jane Collins schlich weiter. Behutsam setzte sie einen Fuß vor den anderen. Der Gang schien in die Unendlichkeit zu führen, so lang kam er Jane vor.

Nischen fand sie keine mehr, dafür jedoch mehrere kleine, schulterhohe Türen, die jedoch samt und sonders verschlossen waren.

Jane Collins überlegte, wo sie sich befand. Sie rechnete genau nach und gelangte zu dem Schluß, daß sie vielleicht im Keller des Schlosses gelandet war. Jane hatte das Gebäude zwar noch nicht gesehen, aber es kam nicht selten vor, daß sich unterhalb der Schlösser regelrechte Labyrinthe von Gängen und Verstecken befanden.

Wie auch hier.

Plötzlich blieb die Detektivin stehen.

Ein Geräusch hatte sie gestört.

Ein Klappern und Schleifen…

Janes Nackenhärchen stellten sich aufrecht. Die Geräusche waren in ihrem Rücken aufgeklungen.

Das bedeutete Gefahr!

Waren die Ghouls ihr wieder auf den Fersen? Es konnte sein, wenn Jane auch nicht so recht daran glauben wollte.

Ihre Augen suchten nach einem Versteck. Doch der Gang breitete sich nach wie vor schnurgerade vor ihr aus. Keine Nische, kein Raum, in dem sie sich verbergen konnte.

Und die Geräusche näherten sich. Sie wurden lauter. Das Klappern nahm zu.

Auf einmal wußte Jane Collins, wer da hinter ihr herlief.

Die Skelette!

Zuerst durchzuckte Jane Collins ein heißer Schreck. Dann aber gewann die nüchterne Überlegung die Oberhand. Jetzt in Panik zu verfallen wäre absolut verkehrt gewesen. Sie mußte der Gefahr gelassen ins Auge sehen.

Jane Collins blieb stehen und preßte sich gegen eine Wand. Sie wechselte die Kerze in die linke Hand und nahm die Beretta in die rechte.

So erwartete sie die Skelette.

Und sie kamen.

Zuerst sah Jane nichts. Dann tauchten schemenhaft die bleichen Umrisse der Knochenmänner auf. Schnell waren sie auf Jane Collins' Höhe, und die Detektivin verfolgte aus weit aufgerissenen Augen die schaurige Prozession der Skelette.

Sie schauten nicht nach rechts oder links, sondern gingen stur ihren Weg.

Die Knochen klapperten oder schabten gegeneinander. Bleiche Totenschädel wippten im Rhythmus der Schritte.

Jane zählte mit. »Eins... zwei... drei... vier...«

Sie zählte insgesamt zwölf Knochenmänner, die hintereinander einem bestimmten Ziel zusteuerten, das Jane natürlich brennend interessierte.

Sie hatte die Angst überwunden, nachdem sie bemerkte, daß die Skelette ihr keine Beachtung schenkten. Endlich hatte der letzte Knochenmann sie passiert, und Jane Collins machte sich an die Verfolgung der Horror-Gestalten.

Sie hielt soviel Abstand, daß sie gerade noch die Rückfront der Skelette erkennen konnte, bevor diese in der Dunkelheit verschwanden.

Jane hatte schon viel erlebt, aber daß sie hinter einer Skelett-Prozession hermarschierte, war ihr auch noch nicht passiert. Wenn sie das erzählte, glaubte ihr keiner.

Bis auf einige Ausnahmen.

Der Gang schnitt immer weiter durch die Erde. Es gab auch schon Querstollen, doch die blieben von den Knochenmännern unbeachtet. Das Klappern der Gelenke und das Schaben der Knochen war für sie schon zu einer Begleitmusik geworden.

Nach etwa zehn Minuten blieben die Skelette plötzlich stehen. Jane merkte es zu spät und wäre fast aufgelaufen, doch sie konnte gerade noch anhalten.

War das Ziel erreicht?

Jane versuchte vergeblich, mit ihren Blicken die Dunkelheit zu durchdringen, sie sah nicht sehr viel. Sie überlegte schon, ob sie an den Skeletten vorbeigehen sollte, als diese sich wieder in Bewegung setzten. Aber sie gingen jetzt nicht nur geradeaus, sondern sie schritten die Stufen einer Treppe hoch.

Dann knarrte eine Tür.

Das Quietschen der Angeln erzeugte bei Jane Collins eine Gänsehaut. Schwacher Lichtschein fiel durch die offene Tür und ließ die bleichen Knochen aufschimmern.

Ein Skelett nach dem anderen stieg die Treppe hoch und verschwand durch die Tür.

Jane Collins folgte rasch.

Kaum hatte der letzte Knochenmann den Keller verlassen, da war Jane Collins auch draußen.

Sofort erkannte sie, wo sie sich befand.

In einem Schloß!

Und sie hörte auch die Geigenmusik, die von irgendwoher aufklang. Nach all den Abenteuern, die hinter Jane lagen, wirkte sie beruhigend auf Jane.

Die Skelette wandten sich nach links. Sie schritten durch den hallenartigen Saal, den Jane unschwer als Rittersaal identifizierte. An den Wänden hingen gekreuzte Speere, Helme und Schwerter. Ein langer, klobiger Holztisch teilte den Saal in zwei Hälften. Die Stühle links und rechts des Tisches hatten hohe Lehnen. Überall lag der Staub fingerdick.

Jane Collins brauchte nur ein paar Sekunden, um diese Eindrücke zu verarbeiten.

Dann ging sie weiter.

Als der kalte Hauch sie umfächerte, war es bereis zu spät. Jane wirbelte noch herum und riß die Waffe hoch – sie schoß jedoch nicht. Mit Silberkugeln konnte man der Weißen Frau nicht beikommen.

Kichernd sprach sie Jane an. »Wolltest du zu mir, Kindchen?« lachte sie und schaute mit ihren kalten Augen auf die blanke Klinge des Messers, das sie mit beiden Händen umklammert hielt…

Ich hatte keinen Blick mehr für Teddy Baker, keinen für Grimes und seinen Leibwächter, auch nicht für Cindy Mallory, die sich ängstlich an mich klammerte.

Mich interessierten nur die Skelette.

Wie normale Menschen betraten sie die Discothek. Ich fing an zu zählen und kam auf zwölf.

Zwölf Knochenmänner!

Und ich stand allein.

Ich glaube, daß jeder von Ihnen verstehen kann, wie mulmig es mir wurde. Wenn diese Skelette konzentriert angriffen, dann war ich verloren.

Aber sie attackierten die Menschen nicht. Im Gegenteil, sie verhielten sich ruhig.

Was taten die Gäste?

Es war kaum zu glauben, aber sie standen furchtlos herum, schauten die Knöchernen an und warteten. Ihre Augen leuchteten.

Das Poltern auf der Treppe ließ mich nach links schauen. Grimes jagte die Stufen hoch. Dieses Tempo traute keiner dem Dicken zu.

Oben auf der Galerie blieb er stehen. Mit beiden Armen winkte er. »Der Fluch und die Verheißung haben sich erfüllt. Heute ist der Tag, wo diejenigen tanzen werden, die die wahren Herren dieses Schlosses sind. Die Skelette. Sie werden sich die Menschen nehmen und den Höllenreigen beginnen. Horror-Tanz im Disco-Fieber. Nichts kann uns mehr aufhalten.«

Ich wußte nicht genau, was Grimes vorhatte, zog aber sicherheitshalber meine Waffe.

Cindy, die vor Angst zitterte, drückte ich von mir, lief ein paar Schritte zur Seite und hob Bakers vernickelte Pistole auf. Der Discjockey selbst hatte sich aus dem Staub gemacht.

Ich reichte Cindy die Waffe. »Können Sie damit umgehen?«

»Vielleicht.«

In zwei Sätzen erklärte ich ihr die Funktion des Schießeisens. Cindy nickte und nahm die Waffe an sich.

»Sehen Sie das bitte nur als letzten Ausweg«, sagte ich. »Und nun verstecken Sie sich.« Ich deutete nach rechts. »Am besten hinter dem Vorhang.«

»Was machen Sie?«

»Das sind Ihre Sorgen wirklich nicht, Cindy. Beeilen Sie sich. Die Zeit drängt.«

Cindy verschwand. Ich schaute ihr nach, bis sie hinter dem Vorhang Deckung gefunden hatte. Ich aber wollte mir den Veranstalter schnappen.

Mr. Grimes.

Über die Treppe kam ich am besten an ihn heran. Mit langen Sprüngen jagte ich die Stufen hoch.

Oben erwartete mich der Ghoul!

Der zweite Leibwächter war gerade im Begriff, sich zu verändern. Eine Schleimschicht quoll die Stufen herab. Der Körper war nur noch ein breiter Kloß.

Nicht zum erstenmal stand ich einem Ghoul gegenüber. Ich wußte, daß man sie mit einer Silberkugel töten konnte. Doch ich kam nicht zum Schuß. Das Schicksal hatte mir eine raffinierte Falle gestellt.

Auf dem Schleim rutschte ich aus.

Es war eine Bewegung, die wie eine Zeitlupenaufnahme aussah. Zuerst glitt mir mein Standbein weg. Ich wollte noch nach dem Treppengeländer greifen, verfehlte es jedoch und fiel.

Hart knallte ich auf die Stufen. Instinktiv rollte ich mich zusammen, bot somit wenig Angriffsfläche und rollte mich mehrmals überschlagend die Treppe hinab.

Es war mörderisch. Irgendwo schlug ich mit der rechten Hand hart gegen, verlor die Beretta und rutschte weiter bis zum Fuß der Treppe. Ich wußte gar nicht, wo oben und unten war.

Wie aus weiter Ferne hörte ich Grimes' Stimme. »Tanzt, Kinder. Tanzt den Höllenreigen. Dem Satan zur Freude…«

Gefährlicher als Grimes war im Moment der schleimige Ghoul für mich.

Und er war schnell.

Viel schneller, als ich gedacht hatte.

Er platschte die Stufen herab wie ein Ballon und hatte nur ein Ziel.

Er wollte mich mit Haut und Haaren verschlingen…

Jane Collins wich zurück.

Die Weiße Frau kicherte wieder und schüttelte den Kopf. »Du entgehst mir nicht, Kindchen. Mein Messer wartet auf dich!«

Jane blieb stehen. Die Angst, die sie in den letzten Minuten abgeschüttelt hatte, kehrte zurück. Sie war buchstäblich vom Regen in die Traufe geraten. Sie hatte die Weiße Frau bereits in Aktion erlebt und wußte, daß es gegen sie kaum ein Mittel gab.

Aber Jane wollte Zeit gewinnen.

»Warum willst du mich töten?« fragte sie.

Die Weiße Frau machte eine schlangengleiche Bewegung und schwebte näher an Jane heran. »Alle jungen Frauen müssen sterben«, erklärte sie. »Der Fluch will es so.«

»Welcher Fluch?«

»Der über meiner Seele liegt.«

»Wer bist du?« fragte Jane Collins.

»Du willst den Namen deiner Mörderin unbedingt wissen?« wunderte sich die Geistererscheinung.

»Ja, das möchte ich.

»Ich heiße Lady Florintha.«

»Wann hast du gelebt?«

»Vor einigen hundert Jahren. Ich war sehr lebenslustig. Das wußten auch die Männer. Viele wollten mich haben, und sie bekamen mich auch.« Jetzt lachte die Weiße Frau. »Aber das Erwachen war für sie schrecklich. Ich habe sie umgebracht. Egal, ob Ehemann oder Liebhaber. Alle starben unter meinen Händen.«

»Warum hast du sie getötet?« fragte Jane.

»Weil mein Herz nur einem gehörte.«

»Und der war?«

»Satan! Ich hatte mich dem Teufel verschrieben!« schrie die Weiße Frau. »Doch dann stellte man mir eine Falle. Ein junger Mann und ein Priester schafften es gemeinsam, mich zu töten. Der Teufel sah sich meiner Seele beraubt und rächte sich auf schreckliche Weise. Ich existierte als Geistwesen weiter und überlebte die Zeiten. Zuerst war es nicht einmal schlimm, aber dann, als die ersten Jahrhunderte verrannen, wurde der Drang immer stärker. Ich wollte mich für das rächen, was man mir angetan hatte. Jeder junge Mann und auch jede junge Frau, die in meine Nähe gerieten, mußten ihr Leben lassen.«

Jane schüttelte den Kopf. »Warum nur? Was haben die Menschen Ihnen getan?«

»Sie nichts, aber Satan. Ich wollte ihn gnädig stimmen, wenn ich ihm Seelen zuführte. Aber er bekam sie nicht. Meist waren die Menschen zu gut, die ich tötete, und die anderen Seelen holte sich der Spuk, der sich inzwischen mit den Ghouls, seinen Verbündeten, hier in der Nähe auf dem alten Friedhof eingenistet hatte. Ich irrte weiterhin umher, und Satan kannte kein Pardon. Aber eines Tages ist es soweit, dann wird er mich zu sich nehmen, und ich habe meine Ruhe. Für immer.«

Jane schaute in das bleiche Gesicht. Es wirkte plötzlich müde, aber Mitleid konnte sie mit dieser Erscheinung nicht haben. Dafür hatte die Weiße Frau schon zu viele Menschenleben auf dem Gewissen.

»Noch ist Zeit«, sagte die Detektivin, die trotz allem die Hoffnung nicht aufgegeben hatte. »Sie können sich ändern. Sie können dem Bösen abschwören. Vielleicht wird Ihnen der Herrgott verzeihen und Ihrer Seele endlich Frieden geben.«

Die Weiße Frau kreischte auf. »Erwähne den Namen nicht noch einmal!« brüllte sie und stach blitzschnell zu…

Auf einmal schwebte das schleimige Gebilde über mir. Aus der Kugel stach eine lange, breite Zunge hervor, die sich am Ende teilte und zu fünf Fingern auswuchs.

Wenn mich der Dämon packte, war ich verloren…

Sein Lachen übertönte die Musik. Er war verdammt siegessicher.

Die Schmerzen in meinen Gliedern nicht achtend, rollte ich mich zur Seite.

Der Ghoul schlug zu.

Neben mir klatschte der Arm zu Boden.

Ich war gerettet!

Bevor die widerliche Kreatur ein zweitesmal ausholen konnte, schleuderte ich ihr mein silbernes Kreuz entgegen.

Schmatzend saugte die schwabbelige Masse das geweihte Silbermetall auf.

Eine Sekunde geschah nichts.

Dann dröhnte plötzlich ein markerschütternder Schrei durch die Discothek. Der Ghoul wurde förmlich hochgerissen und zerplatzte, als hätte es ihn nie gegeben. Unzählige Tropfen wirbelten durch die Luft, doch noch bevor sie den Erdboden erreichten, wurden sie zu Staub und lösten sich auf.

Ich sprang auf die Füße. Himmel, das war mal wieder verdammt knapp gewesen.

Das Kreuz lag auf dem Boden. So, als wäre nichts geschehen. Ich nahm es an mich und suchte danach meine Beretta. Ich fand sie neben der Treppe, etwa in Höhe der drittletzten Stufe. Noch aus der gebückten Haltung heraus warf ich einen Blick nach oben. Dort stand Grimes.

Er beobachtete mich. Neben ihm hielt sich Teddy Baker auf. Auch er starrte auf mich nieder. Beide Männer hatten trotz ihrer unterschiedlichen Figur eins gemeinsam.

In ihren Augen leuchtete der Haß auf mich.

Als sie jetzt sahen, daß ich den Ghoul besiegt hatte, stieß Grimes den Discjockey an.

Teddy Baker verschwand.

Aber auch Grimes zog sich zurück.

Das wollte ich auf keinen Fall zulassen. Ich warf mich herum und flitzte wieder auf die Treppe zu, um die Stufen hochzuhetzen.

Doch dieser Schuft hatte noch einen Trick in der Hinterhand. Und den spielte er eiskalt aus.

Es begann mit einem Musikwechsel.

Urplötzlich wurde aus der sanften Geigenmusik ein fürchterliches Kreischen und Wimmern.

Das war das Signal für die Skelette.

Hatten sie zuvor mit den Gästen normal getanzt – allein der Anblick war schon makaber genug – so drehten sie jetzt durch. Jeder Knochenmann ließ seinen Partner los, und noch ehe ich die Treppe erreicht hatte, versperrten sie mir den Weg.

Verdammt auch!

Grimes stand auf der Galerie und lachte. »Ihr Freunde der Lady!« schrie er. »Zeigt ihm, was ihr könnt!«

Mit der Lady konnte er nur die Weiße Frau gemeint haben, aber das interessierte mich im Augenblick nicht. Ich mußte zusehen, wie ich mit den Knöchernen fertig wurde.

Die Gäste tanzten weiter. Allein, jeder für sich. Sie wiegten sich im Takt der Musik, wobei ich beim besten Willen keinen Rhythmus erkennen konnte.

Aber das spielte jetzt keine Rolle.

Grimes war noch nicht fertig. »Da steht er! Packt ihn!« Seine Stimme überschlug sich.

Schon griffen die ersten Hände zu. Ich hätte schießen können, aber noch ging es nicht um mein Leben. Ich wußte mir auch so zu helfen. Geschmeidig tauchte ich unter den greifenden Händen hinweg, sprang zu Seite – und prallte gegen eine Menschenwand.

Das hatte mir zu meinem Glück noch gefehlt. Grimes hatte es verstanden, die Gäste gegen mich zu mobilisieren.

Sie ließen mich nicht durch.

Ich mußte Gewalt anwenden.

Meine Fäuste bahnten mir eine Gasse. Hände griffen nach mir. Ich hörte keuchenden Atem, aber niemand sprach ein Wort. Alles geschah in einer nahezu gespenstischen Lautlosigkeit.

Ich kämpfte verbissen. Es gab nur einen Platz, auf den ich mich retten konnte.

Das war der Bartresen.

Ein kräftiger junger Mann stand plötzlich vor mir. Er wollte mir beide Hände ins Gesicht schlagen. Mit dem Ellbogen des rechten Arms blockte ich ab und ließ meine linke Faust vorschnellen.

Die Bahn war frei.

Auch Leute von der Bedienung stürzten sich auf mich. Sie waren weniger zart.

Ich mußte verdammt viel einstecken, teilte aber auch aus und erreichte den Tresen.

Kurz bevor ich mich hinaufschwingen konnte, tauchte hinter der Bar jemand mit einem Eispickel in der Hand auf. Es war einer der Mixer. Sein Gesicht war verzerrt, und ohne Vorwarnung schlug er zu.

Im letzten Augenblick nahm ich den Kopf zur Seite. Der gemeine Eispickel verfehlte mich. Dafür hämmerte die Spitze das Glas auf der Bar entzwei.

Dann stach meine linke Faust vor, und der Mann verschwand.

Ich schwang mich hoch. Jemand wollte mein Bein festhalten, doch durch einen Tritt verschaffte ich mir Luft.

Schließlich stand ich auf der Bar.

Ein Sprung, und es gelang mir, die gedrechselten Stäbe der Galerie zu packen.

Sofort zog ich die Beine an, da wieder zahlreiche Hände nach mir griffen.

Rasch hangelte ich mich höher. Ähnlich wie beim Stangenklettern im Turnunterricht.

Ich war schneller als die anderen. Jetzt noch ein Klimmzug, und ich konnte mich über das Geländer schwingen.

Da tauchte Teddy Baker wieder auf.

Und was er in den Händen hielt, war kein Spielzeug, sondern eine russische Maschinenpistole…

Jane Collins war zwar eine Frau, aber längst kein schüchternes Mädchen. Die Detektivin mit den langen blonden Haaren wußte sich ihrer Haut zu wehren.

Geschickt wich sie dem ersten gefährlichen Messerstoß aus.

Die Weiße Frau lachte. »Das wird dir nichts nützen, schönes Mädchen. Ich erwische dich noch.«

»Abwarten«, erwiderte Jane trocken und wunderte sich selbst über ihren Mut. Sie drehte sich dabei zur Seite und packte einen der hochlehnigen Stühle.

Schon zischte das Messer wieder heran.

Jane Collins riß den schweren Stuhl hoch.

Die Klinge zackte in die Lehne.

Die Weiße Frau fluchte.

Jane ging vor. Sie drückte dabei den Stuhl auf die Frau zu, doch sie vergaß, daß sie es mit einer Geistererscheinung zu tun hatte. Eine schemenhafte Bewegung nur, und Lady Florintha stand seitlich von Jane.

Mit dem Messer!

Jane ließ den Stuhl fallen, als wäre er glühend heiß. Die Kerze lag sowieso schon am Boden. Der kleine Glastrichter um den Docht herum war zerbrochen. Die Flamme brannte längt nicht mehr.

Jane rannte um den Tisch herum und auf die Wand zu, wo die

zahlreichen Schwerter und Lanzen hingen. Mit dieser Aktion überraschte sie die Weiße Frau. Bevor diese sich auf die veränderte Lage einstellen konnte, hatte Jane schon ein Schwert von der Wand gerissen und hielt es fest in der Hand.

Schwert gegen Messer. An sich eine klare Sache für die stärkere Waffe, das Schwert.

Aber Janes Gegnerin war ein Geist – und brandgefährlich.

Das Schwert hatte sein Gewicht, und damit richtig umzugehen war gar nicht so einfach. Jane packte den Griff mit beiden Händen. Lauernd standen sich die Gegnerinnen gegenüber. Keine wollte sich eine Blöße geben.

»Damit besiegst du mich nicht«, sagte die Weiße Frau.

Jane stach zu. Ein blitzschneller Ausfall. Und sie traf auch. Aber die Spitze fegte durch die Erscheinung.

Dann erfolgte der Konter.

Jane mußte zurück.

Sie war nicht schnell genug. Plötzlich blitzte die Klinge dicht vor ihrem Gesicht auf, fuhr vorbei, zerschnitt den Stoff an der Schulter und ratschte über Janes Haut.

Die Detektivin preßte die Zähne zusammen.

Als die Weiße Frau sah, daß Blut den Stoff tränkte, leuchteten ihre Augen.

Den nächsten Stoß parierte Jane mit der Schwertklinge. Metall klirrte gegen Metall.

Dann mußte sie zurückspringen und konnte nur mit Mühe einer weiteren Attacke ausweichen.

Wieder griff die Weiße Frau an.

Jane ergriff die Flucht.

Der Geist trieb sie quer durch den Saal. Jane Collins bekam es mit der Angst zu tun. Wenn es eben ging, parierte sie die gefährlichen Hiebe, aber die Waffe schien von Sekunde zu Sekunde schwerer zu werden. Jane hatte das Gefühl, zentnerschweres Metall in den Händen zu halten.

Noch hielt sie sich.

Es war nur eine Frage der Zeit, wann das Schicksal sie ereilen würde.

Ihr Atem ging keuchend. Verbissen wehrte sie sich. Sie blutete jetzt auch an den Handgelenken, und ihre Beine schienen bleischwer zu sein.

Die Weiße Frau hatte Jane schon bis dicht an die offenstehende Tür gedrängt, durch die auch die Skelette verschwunden waren. Sie wollte in dem Raum noch alles klarmachen und eine weitere Seele rauben.

Da griff Jane zu einer Verzweiflungstat.

Sie schleuderte das Schwert von sich.

Lady Florintha hatte nie damit gerechnet. Obwohl das Schwert sie nicht unmittelbar traf, wurde sie doch von dieser Aktion überrascht und abgelenkt.

Die Detektivin hatte für ein paar Sekunden Luft.

Auf dem Absatz schwang sie herum und sprang über die Türschwelle in den dahinterliegenden Gang.

Dann begann sie zu rennen.

In diesem Augenblick wurde vor ihr eine Tür aufgerissen, und ein schwarzhaariger junger Mann sprang auf den Flur. Trotz ihrer Panik erkannte Jane Collins, daß der Knabe eine Maschinenpistole in den Fäusten hielt.

Janes Beretta steckte im Rockbund.

Ohne sich dessen genau bewußt zu werden, klatschte ihre Hand auf die Waffe und riß sie hervor.

Im nächsten Augenblick überstürzten sich die Ereignisse...

Teddy Baker kam mir in diesen schrecklichen Momenten vor wie der Satan höchstpersönlich.

Und ich wußte, daß ich keine Chance mehr hatte, den Kugeln aus der Maschinenpistole zu entgehen. Ich hing an der Brüstung und klammerte mich noch verzweifelt fest. Ein Bein über das Geländer zu schwingen war nicht mehr drin. Baker würde mir die Suppe versalzen.

Ließ ich mich fallen, geriet ich den Skeletten in die Knochenfinger. Welche von beiden Möglichkeiten ich auch wählte, ich blieb immer nur zweiter Sieger.

All diese Gedanken schossen mir in Bruchteilen von Sekunden durch den Kopf. Und ich konnte nichts dagegen tun.

Teddy Baker schrie, als er die Maschinenpistole herumschwang.

Durch den Zwischenraum der Stäbe sah ich das gebogene Magazin, die Mündung pendelte sich auf mich ein.

»Jetzt schicke ich dich zur Hölle!« brüllte der Discjockey und hielt die Waffe schräg nach unten, um mich zu treffen. Schoß er vorbei, traf er unschuldige Menschen.

Ich wußte, daß er schießen würde. Es stand in seinen haßerfüllten Augen zu lesen.

Da peitschte ein Schuß.

Aber nur einer!

Plötzlich riß Teddy Baker seinen Mund auf. Gleichzeitig nahm sein Gesicht einen erstaunten, beinahe fassungslosen Ausdruck an. Ein kleiner Blutstropfen sickerte plötzlich über seine Lippen und lief am Kinn entlang. Baker ächzte, dann fiel er und schlug schwer hin. Die Maschinenpistole rutschte ihm aus den Fingern.

Ich hatte gar keine Zeit, mich zu wundern und die Person zu suchen, der ich meine Rettung zu verdanken hatte. Ich mußte erst einmal aus dieser mißlichen Lage.

Wie ein Kletteraffe kroch ich über das Geländer.

Und da sah ich Jane Collins.

Sie hatte geschossen.

Mit einer Silberkugel.

»Jane!« schrie ich ihr zu.

Sie rannte mir entgegen. Angst, Erleichterung und Hoffnung leuchteten auf ihrem Gesicht. Ich breitete die Arme aus, und sie flog hinein. Für wenige Lidschläge drückte sie sich an mich, dann drängte ich die Detektivin zurück.

»Die Weiße Frau«, sagte Jane plötzlich. Sie riß sich los und drehte sich um.

Lady Florintha war verschwunden.

»Weg«, sagte Jane. »Sie ist weg. Seltsam.« Sie schüttelte den Kopf. »Dabei wollte sie mich töten…«

Ich fragte nicht nach den näheren Umständen, denn dazu hatte ich keine Zeit. Ich wußte, Grimes hatte noch nicht aufgegeben. Bestimmt warteten noch einige Überraschungen auf uns.

Teddy Baker war tot. Das sah ich, als ich mich zu ihm hinabbeugte. Jane war blaß geworden. Ihre Augen flatterten.

»Ich wollte es nicht«, sagte sie. »Wirklich nicht…«

»Schon gut.« Ich erhob mich und nahm gleichzeitig die Maschinenpistole auf.

»Was willst du damit?« fragte Jane.

Ich hob die Schultern. »Frag nicht. Sag mir lieber, wo dieser Grimes ist.«

»Keine Ahnung.«

Ich warf einen Blick auf Jane, sah ihre zerrissene und verschmutzte Kleidung, sparte mir jedoch die Fragen auf. Andere Dinge waren jetzt wichtiger. Denn schon tauchten die ersten Skelette am Ende der Treppe auf.

Jane krallte sich an meiner Schulter fest. »Die tun uns nichts«, sagte sie hastig.

»Und ob«, erwiderte ich. »Mich wollten sie umbringen!«

Ich ging einen Schritt vor, so daß Janes Hand abrutschte. Dann hob ich die Maschinenpistole.

Ich wollte schießen. Diese Skelette waren keine Menschen, sondern makabre, untote Gebilde, die mit einem normalen Menschen überhaupt nichts mehr zu tun hatten. Ihre Seelen vegetierten dahin. Sie selbst waren einmal in vergangener Zeit die Liebhaber einer Frau gewesen, die ebenfalls keine Ruhe finden konnte.

Ich wollte sie ihr geben – wenn ich es schaffte.

Mein Finger überwand den Druckpunkt.

Plötzlich tanzten Mündungslichter vor dem Lauf der Maschinenpistole. Die Kugelgarbe durchschnitt die Luft und sägte in die Reihe der Knochenmänner hinein.

Die Kugeln zerstörten sie, obwohl sie nicht aus Silber oder geweiht waren.

Die Aufprallwucht reichte aus, um die Knochenmänner zurückzuschleudern.

Sie purzelten durcheinander und wurden bis hin zur Treppe zurückgeworfen, wo sie dann die Stufen hinunterrollten.

Ich ließ mich durch Janes ängstlichen Ruf nicht aufhalten, sondern lief vor bis zur Treppe.

Die Skelette waren zum Teil zerstört. Andere wiederum erhoben sich und formierten sich zu einem neuen Angriff.

Noch immer spielte die Musik. Die jungen Gäste der Discothek starrten zu mir hoch. Und dann ging plötzlich ein Ruck durch ihre Körper. Sie folgten den Skeletten und schritten auf die Treppe zu.

Nicht schnell, aber unaufhaltsam...

Ich mußte weg.

»Wir verschwinden!« rief ich Jane Collins zu.

»Aber wohin?«

Ich faßte sie an der Schulter. »Werden wir schon sehen. Diese verdammten Skelette lassen uns nicht in Ruhe, und jetzt sitzen uns auch noch die Menschen auf den Fersen. Sie sind magisch beeinflußt worden. Es gibt nur eine Möglichkeit. Wir müssen Grimes finden und ihn ausschalten.«

Zusammen mit Jane Collins rannte ich den Weg zurück, den sie zuvor gekommen war.

Wir erreichten den Saal, in dem Jane um ihr Leben gekämpft hatte. Die Spuren waren noch deutlich zu sehen.

Ich blieb stehen. »Grimes hat hier sein Büro bestimmt nicht.«

»Aber wo dann?«

Ich hob die Schultern. Noch hatten wir eine Galgenfrist. Bis die anderen uns erreicht hatten, dauerte es noch. Ich schaute mich um und sah die zahlreichen Türen, die links und rechts des Ganges abzweigten.

Wir befanden uns über dem Erdgeschoß. Und ich wußte, daß Grimes hier irgendwo seine Räume hatte.

Eine Doppeltür fiel mir ins Auge.

Jane Collins drängte schon. »John, bitte, wir müssen von hier verschwinden.«

»Moment noch!« Ich zog die Tür auf.

Ich hatte den richtigen Riecher gehabt. Ich sah einen Raum vor mir, der nur Grimes' Arbeitszimmer sein konnte.

»Komm her, Jane!«

Die Detektivin schlüpfte an mir vorbei, und ich schloß rasch die Tür.

Erst einmal waren wir in Sicherheit, denn soviel ich gesehen hatte, war unser Fluchtziel nicht entdeckt worden.

Daß wir uns in Grimes' Zimmer befanden, war klar. Ich sah es an den Monitoren, die in zahlreichen Konsolen verpackt, in der Mitte des Büros standen.

Alle Bildschirme zeigten das Geschehen unten in der Discothek.

Es war ein makabres Bild, das sich unseren Augen bot. Die Menschen drängten sich immer noch der Treppe entgegen. Sie sahen aus wie Marionetten, starr und maskenhaft. Ich schaute in junge Gesichter, sah fast noch kindliche Züge und dachte an Grimes, diesen widerlichen Dämon, der es geschafft hatte, mit Hilfe der Schwarzen Magie diese jungen Menschen in seine Gewalt zu bringen. Unwillkürlich ballte ich die Hände zu Fäusten und preßte die Lippen hart zusammen.

Jane Collins durchsuchte inzwischen das Zimmer. Die alten, rustikalen Möbel strahlten einen gewissen Charme aus. Jane war vor allen Dingen von der getäfelten Wand fasziniert. Sie war eingeteilt in mehrere Quadrate, und als Janes Finger an einer langen Holzleiste entlangfuhren, spürten sie plötzlich einen Kontakt.

Es gab ein Knacken, und im nächsten Augenblick fuhr ein Teil der Wand zur Seite.

»John!« rief Jane und riß mich damit von den Bildschirmen.

Sofort war ich bei ihr.

Grimes hatte das Schloß wirklich modernisiert. Vor uns befand sich der Einstieg zu einem Fahrstuhl.

»Das ist ein Ding«, sagte ich und drängte Jane in das Innere der Kabine, da wir vor der Tür bereits die Stimmen unserer Verfolger vernahmen.

Die Tür schloß automatisch. Ich hörte, wie das Holz wieder in seine Fassung zurückglitt.

»Und jetzt?« fragte Jane.

Ich hob die Schultern und suchte nach irgendwelchen Knöpfen. Es gab nur einen. Er schimmerte rot. Ich begrub ihn unter meinem Daumen, und schon ruckte der Lift an.

Abwärts!

Es war schon ein verdammt komisches Gefühl, nicht zu wissen, wo der Aufzug stoppte. Auch Jane war nicht gerade behaglich zu Mute, das sah ich an ihren Blicken.

Ich rechnete damit, daß wir in irgendeinem Verlies landen würden und dort ein Fluchtweg begann.

Der Aufzug hielt.

Unwillkürlich packte ich die Maschinenpistole fester. Ich richtete die Mündung auf die Tür, deren Hälften jetzt auseinanderschwangen und den Weg nach draußen freigaben.

Langsam und ruckweise geschah es.

Unsere Spannung wuchs.

Jane stand schräg hinter mir. Ich deckte sie mit meinem Körper, falls irgend etwas passierte. Auch die Detektivin hielt die Waffe schußbereit.

Dann standen die Türen still.

Vor uns gähnte ein dunkler Schacht oder ein dunkles Gewölbe. Doch in der Ferne glaubte ich, ein Licht schimmern zu sehen.

Das interessierte mich.

»Komm«, sagte ich zu Jane.

Wir verließen den Fahrstuhl.

Muffige, nach Moder riechende Luft schlug uns entgegen. Wir traten vorsichtig über die Schwelle und blieben abrupt stehen.

Eine Gestalt schälte sich vor uns aus der Dunkelheit.

Es war nicht Grimes, auch nicht die Weiße Frau, sondern jemand, den ich gut kannte.

Es war der Spuk!

Ich kann nicht gerade behaupten, daß ich angenehm überrascht war. Dafür waren der Spuk und ich zu große Feinde. Schon mehr als einmal hatten wir uns bekämpft, und als er jetzt vor mir stand, wurden mir doch die Knie weich.

Viel war von ihm nicht zu sehen. Er hatte keine feste Gestalt, sondern bestand aus einer hin- und herwogenden Schwärze. Sie war noch dunkler als der lange Kapuzenmantel, den der Spuk trug, und der bis auf den Boden reichte.

Er war Herrscher im Reich der Schatten. Das heißt, er regierte dort, wohin die Dämonenseelen verbannt waren. Denn auch für sie gab es eine Art Hölle, in der sie für alle Ewigkeiten darben und nie mehr herauskamen. Welche Qualen sie dort erleiden mußten, wußte ich nicht. Sie mußten aber ungeheuer schrecklich sein, und der Spuk kannte keine Gnade. Denn er war in diesem Reich der unumschränkte Herr. Und er stand loyal zu dem Schwarzen Tod, der wiederum die rechte Hand des Höllenfürsten war.

Ein wahrlich teuflischer Kreis.

»Du also, John Sinclair«, sagte er, und seine Stimme schien dabei aus dem Nichts zu kommen.

»Ja, ich.«

»Was willst du hier?« fragte er.

»Grimes!«

Der Spuk lachte. »Ihn bekommst du nicht. Und auch nicht die anderen Seelen. Denn sie gehören mir. Dieser Totenacker ist mir allein geweiht worden. Ich gebe die Seelen nicht her.«

»Dann muß ich sie mir holen«, erwiderte ich kalt. »Ich habe die jungen Menschen gesehen, die unter einen dämonischen Bann geraten sind. Ich werde sie nicht opfern, da sei gewiß.«

»Das brauchst du auch nicht.«

»Welchen Trick hast du jetzt vor?« fragte ich.

»Gar keinen, John Sinclair. Ich möchte mit dir einen Kompromiß schließen.«

Der Spuk legte eine Pause ein, um seine Worte wirken zu lassen.

Hinter mir flüsterte Jane: »Der will dich reinlegen, John. Glaub ihm nicht.«

Ich fragte trotzdem: »Welchen Kompromiß?«

»Ich hole mir die Seelen vom Friedhof. Und du störst mich dabei nicht mehr. Dafür werde ich die Menschen von ihrem magischen Bann befreien. Gehst du darauf ein?«

»Und Grimes?«

Schemenhaft sah ich die Umrisse der Gestalt und wie sie sich bewegte. »Grimes gehört mir!«

Es war wirklich ein Tauschgeschäft, das mir der Spuk da vorschlug. Er verzichtete auf Seelen, um andere mitnehmen zu können. Ich würde Menschenleben retten, mußte gleichzeitig aber Grimes laufenlassen. Eine haarige Sache. Der Spuk war verdammt gerissen. Sicherlich hatte er irgend etwas mit Grimes vor, was ich im Augenblick jedoch nicht wissen konnte. Und wenn er Grimes behielt, würde er irgendwann wieder auftauchen und ein neues Spiel beginnen.

Doch blieb mir eine andere Wahl? Das Leben von zu vielen Unschuldigen stand auf dem Spiel.

Nein, ich mußte auf den Vorschlag eingehen, obwohl dies nur ein halber Sieg war, aber ein Leben ohne Kompromisse gibt es nun mal nicht.

»Okay«, sagte ich. »Ich bin einverstanden.«

»Wie gut, daß du vernünftig bist, Geisterjäger«, erwiderte der Spuk.

»Und was ist mit deiner Gegenleistung?« fragte ich.

»Die Menschen sind in diesem Augenblick bereits frei. Du kannst wieder hochfahren, Sinclair. Bis zum nächstenmal. Schade, ich hätte dich gern in meinem Reich gehabt. Aber was nicht ist, wird noch werden...«

Bei den letzten Worten war seine Stimme leiser geworden. Dann verstummte sie ganz.

Im nächsten Moment bewegten sich die beiden Türhälften aufeinander zu. Doch bevor sie sich völlig schließen konnten, huschte jemand hindurch.

Die Weiße Frau!

Verflixt, sie hatten wir vergessen.

Sofort flüchtete Jane in die hinterste Ecke der Kabine. Aber die Weiße Frau hatte kein Interesse an ihr. Sie wollte mich.

»Hund!« schrie sie mich an. »Du hast ihm die Seelen gegeben. Seelen, die mir gehören! Dafür töte ich dich!«

Sie rammte das Messer nach unten. Ich konnte nicht rasch genug ausweichen, riß aber die Maschinenpistole hoch, und die Klinge klirrte gegen den Stahl der Mündung, von wo sie abrutschte und Funken warf.

Dann schleuderte ich die Waffe zu Boden.

Als der zweite, gefährliche Stoß kam, hielt ich bereits mein Kreuz in der Hand.

Die Weiße Frau schrie auf. Sie zuckte zurück, und ihre Hand blieb buchstäblich in der Luft hängen.

Das Kreuz bannte sie.

Ohne Furcht trat ich auf die Geistererscheinung zu.

Dann berührte ich mit dem geweihten Kruzifix die Weiße Frau in Höhe der Brust.

Plötzlich zischte Funken auf. Rasend schnell wanderten sie durch den nicht stofflichen Körper und bewirkten ein Veränderung.

Der Urkörper bildete sich zurück.

Die Umrisse verschwanden, nahmen feste Formen an, und für Sekunden entstand vor unseren Augen das Bild einer schwarzhaarigen, voll erblühten Frau.

Dann verfiel die Frau. Die Haut wurde grau, schrumpfte zusammen, nahm eine welke Farbe an und verging ganz. Sie trocknete aus. Staub rieselte zu Boden.

Zurück blieb – ein Skelett!

»Du hast die Weiße Frau besiegt, John«, flüsterte Jane Collins. Sie warf sich in meine Arme. Ich hielt die Detektivin fest, bis der Aufzug stoppte.

Die Türen schwangen zur Seite. Menschen schauten uns an. Junge Menschen. Im Moment war ich irritiert, dann aber lächelte ich befreit auf. Die Gesichter waren wieder normal. Der Spuk hatte sein Wort gehalten.

Jane und ich verließen den Aufzug rasch, damit die Maschinenpistole und das Skelett der Weißen Frau nicht auffielen.

Wir wurden mit Fragen bestürmt. Ich wehrte alle ab, ging zurück in die Discothek und rief die Polizei in Glasgow an. Dann bat ich die Gäste, den Raum nicht zu verlassen, bis die Polizei eingetroffen war.

Anschießend gönnte ich mir einen großen Schluck Orangensaft, gemischt mit einem Schuß Whisky.

Ich leerte das Glas auf einen Fall, über den ich nicht glücklich war und auch nicht sein konnte. Ich kam mir vor wie ein Verlierer. Der Spuk hatte mich in die Defensive gezwungen.

Das ärgerte mich.

Auch die Skelette waren verschwunden. Wohin, das konnte mir niemand sagen. Wahrscheinlich hatten sie sich aufgelöst.

»Du machst ein Gesicht wie drei Tage Regenwetter«, sagte Jane Collins.

Ich hob die Schultern. »Du kennst den Grund.«

»Aber das ist doch Unsinn, John.« Unwillig schüttelte Jane den Kopf. »Der Spuk ist zwar entkommen, aber du hast eine beträchtliche Anzahl von Menschenleben gerettet. Auch wer Kompromisse schließt, ist oft der Sieger.«

Ich schaute Jane an und lächelte. Sie hatte eigentlich recht…

Von Mike Prentiss fanden wir keine Spur mehr. Er hatte dieses Abenteuer mit seinem Leben bezahlen müssen, da war ich mir völlig sicher.

Cindy weinte viel, und ich überließ es Jane Collins, das Mädchen zu trösten.

Eins war jedoch sicher. Diesen Horror-Tanz würde ich so schnell nicht vergessen. Und auf den Besuch in einer Discothek konnte ich fürs erste auch verzichten.

ENDE

Der
unheimliche
Bogenschütze

»Du hast genug, Spider«, sagte Tim Lennox, der Wirt vom Lennox' Inn. »Hör auf zu saufen. Jetzt gibt's nichts mehr!«

»Ach verdammt.« Spider schleuderte den Bierkrug über den langen Tresen, daß er bis zur Kante rutschte, das Übergewicht bekam und zu Boden fiel, wo er zerbrach.

Tim Lennox schaute Spider an.

Spider grinste. Sie nannten den Waldarbeiter so, weil er dünn wie eine Spinne war. Seinen richtigen Namen hatte er vergessen, aber seine langen Finger und sein Körperbau erinnerten gewisse Leute eben an eine Spinne.

Er grinste. »Was ist, Tim?« fragte er mit unsicherer Stimme. »Hast du das im Ernst gemeint oder im Spaß?«

»Im Ernst natürlich.«

Spider kicherte hohl. »Dann sei froh, denn Spaß kann ich nicht vertragen.« Er lachte schallend über seinen eigenen Witz und schlug dabei mit der flachen Hand auf den Tresen.

Tim Lennox aber wollte seine Ruhe haben. Er verließ seinen Platz hinter der Theke und ging mit festen Schritten auf den letzten Gast zu. Lennox war ein kräftiger Mann. Er wußte sich zu wehren, wenn jemand Krawall machte. Und wenn solche Typen wie Spider nicht gehen wollten, dann schaffte er sie auf seine Weise aus dem Lokal.

Seine rechte Hand legte sich in Spiders Genick.

Der dürre Kerl ging direkt in die Knie, als er den Griff spürte. »Was – was machst du mit mir?« keuchte er.

»Ich will, daß du verschwindest, Spider! Zahl deine Zeche, und dann hau ab!«

Spider grunzte. »Meine Zeche zahlen?« wiederholte er.

»Ja, genau.«

Plötzlich kicherte der Dürre. »Aber ich habe keinen Penny in der Tasche.« Er lachte meckernd und amüsierte sich köstlich über das erstaunte Gesicht des Wirts. Der hatte Spider nämlich vor Schreck losgelassen, so daß sich die beiden Männer jetzt gegenüberstanden.

»Du hast wirklich keinen Penny, Spider?« fragte Tim Lennox drohend.

»Nein, wenn ich es dir doch sage.«

Tim Lennox geriet in Wut. Wuchtig rammte er seine Faust gegen Spiders Schulter. Er schleuderte den Kerl quer durch das Lokal auf die Tür zu.

Spider stolperte über einen Stuhl, verlor das Gleichgewicht und fiel lang hin.

Der Wirt kam ihm nach. »Raus!« schrie er. »Raus aus meinem Gasthaus! Verschwinde, du Stinker. Und laß dich nie mehr hier sehen, sonst setzt es was!«

Schwerfällig zog sich Spider an einem Stuhl hoch. Er nickte. »Ich – ich hau ja schon ab, Tim. Bin – bin bereits weg. Und dein Geld, das kriegst du auch. Wirklich.«

»Ja, ja.« Der Wirt nickte und hielt dem letzten Gast bereits die Tür auf.

Kühle Nachtluft wehte in den Raum. Dicht neben dem Gasthaus begann bereits der Scalford Forest, ein tiefer, urwaldähnlicher Wald, der einen Halbkreis um die Ortschaft Scalford und deren alte Burg bildete.

Die Burg thronte auf einem Hügel. Sie war schon einige hundert Jahre alt, aber noch sehr gut erhalten.

Spider blieb neben dem Wirt noch einmal stehen. »Das – das von vorhin war doch nicht so gemeint – oder?«

»Ich will dich hier nicht mehr sehen!« zischte der Wirt.

»Okay, ich gehe...«

Spider wankte hinaus. Er ging drei Schritte geradeaus und wandte sich dann nach rechts. An einer alten Wassertonne, die unter einer Dachrinne stand, lehnte sein Fahrrad.

Es war ein Drahtesel, bei dem wirklich nur noch die Räder intakt waren. Alles andere konnte man vergessen. Diese Blechteile wurden vom Rost zusammengehalten.

Vor sich hin brabbelnd, schob Spider sein Fahrrad auf den an der Kneipe vorbeiführenden Feldweg zu und warf noch einen Blick auf den Eingang.

Tim Lennox war verschwunden. Er hatte die Tür von innen geschlossen. Soeben löschte er das Licht.

»Arsch«, sagte der Betrunkene und stieg auf seinen alten Drahtesel. Beim erstenmal kippte er zur Seite, doch der zweite Versuch brachte ihn in den Sattel.

Das Fahrrad hatte einen sogenannten Gesundheitslenker. Es stammte noch aus den späten fünfziger Jahren. Eine Gangschaltung fehlte ebenso wie Vorderradbremsen und ein intakter Dynamo.

Spider fuhr den Weg nach Hause ohne Licht. Er kannte sich im

Wald aus. Schließlich hatte er dort seinen Arbeitsplatz. Seine Hütte stand ebenfalls im Wald. Er schlief im Holzfällerlager. Wenn er sich waschen wollte, was selten genug geschah, ging er kurzerhand zum nächsten Bach.

Spider war ein richtiges Naturkind.

Schrecken hielt der Wald für ihn keine parat. Außerdem: Wer sollte ihm schon etwas tun? Man kannte ihn ja, und Reichtümer gab es bei ihm sowieso nicht zu holen.

Spider war meistens pleite.

Auch in dieser Nacht.

Es war zehn Minuten vor der Tageswende, als er losradelte. Schimpfend, denn die Schmach wollte er dem Wirt heimzahlen, das hatte er sich fest vorgenommen.

Quietschend setzte sich der alte Drahtesel in Bewegung. Das Hinterrad war fast platt. Doch zum Pumpen war Spider zu faul.

Der Weg war nicht gerade sehr breit. Trotzdem fuhr Spider Schlangenlinien. Er eierte auf seinem Drahtesel daher, daß er dabei an einen Star aus der Stummfilmzeit erinnerte. Man konnte darauf warten, daß er aus dem Sattel kippte.

Doch das geschah nicht. Freund Spider hatte schon Routine. Er fuhr ja nicht zum erstenmal betrunken. Wenn er sich auch kaum auf den Beinen halten konnte, im Sattel blieb er immer.

Besoffen fahre ich wie ein junger Gott, so lautete seine Devise. Die meisten glaubten es ihm auch.

Als die kleine Steigung begann, wurde es schwierig. Die konnte Spider nicht nehmen und dabei im Sattel bleiben. Er mußte runter. Spider stieg also vom Rad und schob es kurzerhand neben sich her.

Die Bäume links und rechts des Weges zeigten das dichte Laub des Sommers. Sie hatten ihre Zweige ausgebreitet und bildeten damit über dem Weg ein natürliches Dach, durch das hin und wieder das Licht des Mondes schimmerte.

»Der – der Mond«, brabbelte Spider, und er überlegte krampfhaft, ob er nicht irgendein Lied kannte, das auf den Mond paßte, aber ihm fiel keins ein. Wohl einige schmutzige Verse aus der Militärzeit, doch auf die konnte er jetzt verzichten, denn es waren keine Zuhörer in der Nähe.

Er hatte nach einigen Minuten den höchsten Punkt erreicht.

Schweratmend blieb er stehen. In seinem Schädel brummte und sauste es. Das war bereits der Beginn des Katers.

Spider rülpste.

Und er hatte Durst.

Jetzt hätte er gern einen Schluck genommen. Er stellte sich vor, einen Krug mit kühlem Bier in den Händen zu halten, doch es war nur der Lenker, den er zwischen seinen Fingern hielt.

Der Weg senkte sich auf eine Kreuzung zu. Von dort führte links und rechts ein breiterer Fahrweg tiefer in den Wald hinein und auch zum Camp der Holzfäller.

Spider radelte los.

Jetzt wurde es schwierig. Erstens ging es bergab, und zweitens bildeten aus der Erde ragende Baumwurzeln regelrechte Stolperfallen, auch für Radfahrer, besonders für die, die nicht mehr nüchtern waren.

Spider bekam das zu spüren, als er über die erste querstehende Wurzel fuhr und ihm der Lenker fast aus den Händen geschlagen wurde. Er fluchte.

Fast wäre er vom Weg abgekommen, aber auch hier bewahrheitete sich das alte Sprichwort: Kinder und Betrunkene haben eben Glück.

Immer mehr näherte sich Spider der Kreuzung. Er hockte vornübergebeugt im Sattel und fühlte sich wie Niki Lauda in seinen besten Tagen.

Noch zwanzig Yards.

Fünfzehn…

Plötzlich glaubte Spider, verrückt zu werden.

Auf der Kreuzung stand jemand.

Eine Gestalt – jetzt, mitten in der Nacht!

Noch zehn Yards.

Spider bremste.

Er stemmte sich in den Rücktritt, so fest und hart, daß sein Drahtesel nach hinten wegrutschte und er Mühe hatte, das Gleichgewicht zu bewahren.

Dann rutschte sein Rad in den schmalen Straßengraben, der sich vor dem dichten Wald herzog.

Unbeweglich stand die Gestalt auf der Kreuzung. Sie schien aus einem Horror-Album entsprungen zu sein.

»Der unheimliche Bogenschütze!« raunte Spider, und er wurde schlagartig nüchtern, wobei er zusätzlich noch am gesamten Leib zu zittern begann.

Das Bild war tatsächlich grausam. Vom Mondlicht eingehüllt, stand mitten auf der Kreuzung ein riesenhafter Kerl. Er trug ein rotes Wams und über dem Oberkörper ein grünlich schimmerndes Kettenhemd, wie man es von den Rittern her kannte. Seine Füße steckten in halbhohen Stiefeln, die Hose lag wie eine zweite Haut an seinen Beinen. Der Kopf wurde durch eine Art Mütze bedeckt, die ebenfalls sehr eng anlag und nur das Gesicht freiließ.

Aber welch ein Gesicht!

Es hatte nichts Menschliches mehr an sich. Bleiche Knochen schimmerten dem Betrachter entgegen. Nur an einigen Stellen befanden sich noch Hautreste im Gesicht, die sich so stark über die Knochen spannten, daß man das Gefühl haben mußte, sie würden jeden Moment reißen.

Der Unheimliche sprach kein Wort.

Aber Spider begann zu zittern. Er hatte Angst, mörderische Angst. Er kannte die alten Geschichten und wußte genau, daß derjenige, der den unheimlichen Bogenschützen sah, dem Tod geweiht war.

Spider sah ihn…

Sekunden wurden für den Waldarbeiter zu Minuten. Er hatte auch nicht die Kraft wegzulaufen und sah zu, wie der Bogenschütze seine Waffe über den Kopf streifte.

Es war ein großer armbrustähnlicher Bogen…

Mehrere Pfeilschäfte ragten aus einem am Rücken festgeschnallten Köcher. Der rechte Arm des Monsters bewegte sich. Lange Finger holten einen Pfeil hervor, legten ihn auf den Bogen.

Spider wußte , was folgen würde. Er schüttelte den Kopf. »Nein!« keuchte er. »Ich will nicht… Bitte…«

Der Unheimliche spannte den Bogen, korrigierte die Zielrichtung um eine Winzigkeit…

»Neiinnn! Neiinnn!« heulte Spider. »Nicht. Ich will nicht sterben. Bitte…«

Der Bogenschütze schoß.

Pfffiii… Ein pfeifendes Geräusch ertönte, als der Pfeil durch die Luft schnitt.

Er fand mit tödlicher Präzision sein Ziel.

Spider brach zusammen. Er spürte den glühenden Schmerz, der seine Brust zu zerreißen drohte. Doch dann näherten sich die Schwingen des Todes und deckten ihn zu.

Spider, der Waldarbeiter, war tot.

Er lag auf dem Rücken, und der Pfeil ragte aus seiner Brust.

Der unheimliche Bogenschütze aber drehte sich um, ohne dem Toten noch einen Blick zu gönnen. Lautlos, wie er erschienen war, verschwand er wieder im Wald.

Zurück ließ er Opfer Nummer zwei.

Und weitere sollten folgen…

Bill Conollys Anruf erreichte mich kurz vor Feierabend. Ich hatte einen harten Nachmittag hinter mir, denn eine Schulklasse aus Germany war auf ihrer London-Tour zu einer Besichtigung ins Yard Building gekommen.

Was die Sechzehnjährigen alles für Fragen hatten! Sagenhaft. Sie verwechselten mich mit James Bond und wollten gar nicht glauben, daß der normale Alltag eines Polizeibeamten nur wenig Sensationelles bot.

Bei mir war es oft anders, doch das rührte daher, daß ich mich mit Fällen beschäftigte, die den Bereich des normalen Polizeirahmens sprengten.

Davon hatte ich den Schülern natürlich nichts gesagt.

Nach dem Besuch ging ich rüber zu Glenda Perkins. Sie ist meine Sekretärin und ein Girl, nach dem man sich schon die Finger lecken kann. Schwarzhaarig, gut gebaut und in allem perfekt. Auch im Kaffeekochen.

»Jetzt können Sie eine Tasse vertragen, John – oder?« fragte sie mich.

»Und wie.«

Glenda hatte die Maschine schon angestellt. Sie stand auf und schenkte mir eine Tasse ein. Dabei wandte sie mir den Rücken zu, und ich hatte Zeit, ihre Figur zu bewundern.

Glenda trug einen der geschlitzten Röcke, wie sie jetzt wieder modern waren. Die türkisfarbene Bluse lag eng um ihren Oberkörper, und darunter zeichnete sich deutlich der Verschluß des schmalen BH ab. Glenda hatte eine Wespentaille und Beine, die einen Kenner mit der Zunge schnalzen ließen.

Glenda drehte sich um und schritt mit der Tasse Kaffee auf mich zu. Ihre dunklen Augen blitzten, die Lippen verzogen sich zu einem Lächeln. »Woran haben Sie soeben gedacht, John?«

Ich nahm ihr die Tasse ab, probierte einen Schluck, nickte anerkennend und erwiderte: »An Sie, Glenda.«

Sie wurde rot.

Klar, Glenda war ein wenig verliebt in mich. Und wenn es da nicht eine blondhaarige Privatdetektivin namens Jane Collins gegeben hätte, wer weiß, ob ich dann bei Glenda immer so cool geblieben wäre.

»Und warum haben Sie an mich gedacht?« fragte sie.

Ich ging mit der Tasse Kaffee zurück in mein Büro, und Glenda schritt neben mir her. Bevor ich mir jedoch eine Antwort zurechtlegen konnte, klingelte das Telefon, und Bill Conolly war am Apparat. Er wählte immer direkt durch.

»Hallo, Tiger!« rief er in den Hörer. Seiner Stimme war anzuhören, daß er gute Laune hatte.

»Höchstens Bürotiger«, gab ich zurück. »Was gibt's?«

»Hast du heute abend Zeit?«

»Ja. Außer den Ohren liegt nichts an.«

»Okay, dann schwing dich nach Feierabend in deinen Silbergrauen und komm rüber.«

Ich lachte. »Ist das eine private Einladung, oder steckt wieder etwas dahinter?«

»Natürlich privat. Aus alter Freundschaft.« Bill brachte die Antwort so überzeugend, daß ich ihm nicht glaubte. Schließlich kannte ich das alte Schlitzohr lange genug.

»Rück schon raus, Dicker«, sagte ich.

»Wir müssen mal wegen des Wochenendes sprechen, John. Deshalb sollst du kommen.«

»Okay, ich bin dann in einer Stunde bei dir.«

»Fein. Und bring Hunger mit.«

»Worauf du dich verlassen kannst. Schließlich muß ich ja mein Spritgeld rauskriegen.«

Bill lachte und legte auf.

Ich leerte die Tasse, blickte auf meine Uhr und schaute zu Glenda Perkins hin.

»Wollen Sie jetzt fahren, John?«

»Ja, schließlich bin ich der Überstundenmeister. Und die dreißig Minuten nehme ich mir heraus.«

»Okay, dann viel Spaß.«

»Danke!«

Sheila Conolly, Bills reizende blondhaarige Frau, empfing mich an der Tür.

Sie hielt den kleinen Johnny auf dem Arm, der große Stolz der Conollys, und meiner auch, denn schließlich war ich sein Patenonkel. Der Kleine strahlte über sein rundes Gesicht, als er mich sah, und streckte beide Ärmchen aus.

Ich nahm ihn Sheila ab. Sofort drückte Johnny sein Gesicht gegen meine Wange. Sheila stand daneben und lächelte. Sie freute sich über ihren Stammhalter.

Natürlich hatte ich ihm etwas mitgebracht. Es war zwar nur eine Tafel Schokolade, aber Johnny freute sich trotzdem. Er begann sofort damit, die Verpackung zu lösen.

Mit seinen kleinen Fingern riß er sie auf und zeigte sie freudestrahlend seiner Mutter.

Sheila nahm Johnny wieder auf den Arm. »Du mußt gleich ins Bett, du kleiner Racker. Die Schokolade ist für morgen.«

Ich stand noch vor der Tür und lächelte. »Hallo, Mutter«, sagte ich, »willst du mich nicht wenigstens auch begrüßen?«

»Aber sicher.«

Ich erhielt zwei Küsse auf die Wangen und verdrehte verzückt die Augen.

Bill Conolly tauchte auf und drohte scherzhaft mit dem Finger. »Spann mir meine Frau nicht aus, du Geisterjäger, sonst sag ich's Jane.«

Ich trat hastig zurück. »Nur das nicht«, erwiderte ich in gespieltem Ernst.

»Dann komm erst mal rein«, forderte Sheila mich auf, und ich trat an ihr vorbei.

Sheila trug ein langes Hauskleid aus buntem Stoff. Ihre blonden

Haare fielen lang auf die Schultern. Sie hatte ein wenig Rouge aufgelegt und die Konturen der Lippen leicht nachgezogen.

Sheila sah phantastisch aus. Sie war zu einer vollerblühten Frau herangereift nach der Geburt des kleinen Johnny.

Er wollte vom Arm. Sheila ließ ihn zu Boden, und der Kleine krabbelte vor uns her in den geräumigen Living-room.

Bill zeigte auf seinen Sohn. »Du glaubst gar nicht, John, wie man auf ihn achtgeben muß. Schaust du mal nicht hin, hat er schon eine Decke vom Tisch gezogen oder irgend etwas anderes angestellt.« Bill strahlte. »Freude macht er uns trotzdem.«

»Das glaube ich.«

Bill und ich nahmen am Kamin Platz. Wir tranken Campari mit Orangensaft und streckten die Beine aus.

»Und worum geht es jetzt?« fragte ich.

Bill stellte sein Glas weg. »Nach dem Essen reden wir darüber. Das ist besser.«

»Wie du willst.«

Bill wollte noch einmal nachschenken, doch ich wehrte ab. Der kleine Johnny kam zu mir, und ich hob ihn auf den Schoß.

Da hatte er seinen Spaß. Er quiekte und juchzte, bis Sheila kam, ihn wegnahm und zum Essen rief.

Johnny aß mit uns. Er saß in seinem Stuhl, hielt einen Löffel in der Hand und spielte Dirigent.

Sheila hatte ein Fischessen zubereitet. Vom Rollmops bis zum Lachs war alles vorhanden. Und natürlich gab es Salate. Knackig frisch und mit den richtigen Soßen versehen, waren sie eine Gaumenfreude.

Mir schmeckte es ausgezeichnet, und auch das deutsche Bier, mit dem wir nachspülten, war Spitzenklasse.

Hinterher lehnte ich mich stöhnend zurück.

»Du ißt nichts mehr?« fragte Sheila.

»Nein. Sei mir nicht böse, Sheila, aber ich kann einfach nicht mehr. Es war zu viel.«

Bill grinste. »Kannst dir ja was einpacken und mitnehmen.«

»Ich heiße ja nicht Conolly.«

»Wieso?«

»Als du am Beginn deiner Laufbahn standest, hast du so manches Mal was mitgenommen.«

»Ich wurde ja auch als armer Student nicht unterstützt, sondern mußte in den Semesterferien hart arbeiten. Aber dafür geht es mir jetzt gut.«

»Den Kaffee gibt es am Kamin«, sagte Sheila.

Wir erhoben uns und gingen hin. Sheila hob ihren Sohn aus dem Stuhl und setzte den Kleinen dann in den Laufstall. Da war er gut aufgehoben.

Der Mokka konnte wirklich Tote lebendig machen, so heiß und stark war er.

Ich verbrannte mir die Lippen, und Bill lachte.

Wir flachsten noch ein paar Minuten herum, bis ich schließlich sagte: »So, nun rück mal raus mit der Sprache. Was hast du am Wochenende mit mir vor?«

Bill und Sheila wechselten einen Blick.

»Rede du«, sagte Sheila.

Bill nickte. »Okay.« Er zündete sich erst eine Verdauungszigarette an und begann dann zu berichten.

»Ich muß weit ausholen«, sagte er. »Du kanntest Sheilas Vater, den alten Hopkins?«

»Natürlich.«

»Und du weißt ferner, daß mein Schwiegervater nach seinem Tod der guten Sheila ein nicht unbeträchtliches Vermögen hinterlassen hat. Einige Chemiefabriken, Textilwerke und unter anderem auch Beteiligungen an verschiedenen Firmen. Hinzu kommt noch der Landbesitz in Mittelengland. Und darum dreht es sich. In Scalford, das ist ein Ort bei Nottingham, besitzt Sheila einige Wälder und ist unter anderem zu einem Drittel Teilhaberin an Scalford Castle, einem alten Schloß, das allerdings noch sehr gut erhalten ist, da wir genügend Geld investieren. Die Erhaltung verschlingt Unsummen, aber das spielt im Moment keine Rolle. Wichtiger sind die beiden anderen Teilhaber, denen jeweils die zwei übrigen Drittel des Schlosses gehören und die auch noch an dem in der Nähe liegenden Land beteiligt sind. Das heißt, ihnen gehört dort auch ein gehöriges Stück an Grund und Boden. Bisher lief alles blendend, bis wir in der vorigen Woche einen Anruf erhielten. Unser Teilhaber Jerry F. Custer war am Apparat.«

»Der Custer?« fragte ich.

»Genau der«, antwortete Bill. »Der Mann, der sein Vermögen

mit Würstchenbuden und Coffee-Shops gemacht hat. Ihm gehört ebenfalls ein Drittel des Schlosses und des umliegenden Landes. Custer rief also ganz freundlich an und bat uns, am Wochenende nach Scalford Castle zu kommen. Gilbert du Pré würde auch da sein.«

»Ist das der dritte Teilhaber?« fragte ich.

»Genau. Du Pré hat das Land geerbt. Frag mich nicht, wie er sein Geld macht. Man munkelt nur, daß er einer der größten Buchmacher der Insel sei.«

»Und was wollt ihr auf dem Schloß?«

»Darauf komme ich jetzt, John. Custer, der alte Gauner, hat erfahren, daß eine Schnellstraße durch den Scalford Forest gebaut werden soll, durch ein Waldgebiet. Die Bürger sind natürlich dagegen, denn die Umwelt soll nicht zerstört werden. Es hat schon Proteste gegeben, aber sie nutzten nichts. Der Minister will bauen. Nur braucht er dazu eben das Gelände, und das gehört nun mal zu einem Drittel uns. Custer will seinen Anteil verkaufen, zu horrenden Preisen versteht sich, du Pré ebenfalls, denn ihm ist es egal, was mit unserer Umwelt geschieht. Hauptsache, seine Pferde laufen. Und jetzt wollen diese beiden Typen uns auch dazu bewegen, den Anteil zu verkaufen. Denn wenn wir unser Veto einlegen, läuft nichts. Also verabredet man ein Treffen auf Scalford Castle, um uns dort zu überreden, die Pläne zu ändern.«

»Woran wir natürlich nicht denken«, erwiderte Sheila. »Eine intakte Umwelt ist mehr wert.«

Da stimmte ich ihr zu. Nur wußte ich nicht, was ich dabei sollte. Das sagte ich auch.

Bill lächelte spitzbübisch. »Du bist sozusagen der Joker in unserem Spiel, John. Mit diesem Schloß hat es nämlich eine ganz besondere Bewandtnis.«

Jetzt kamen wir der Sache schon näher.

»Und welche?«

Bill lehnte sich zur Seite und griff unter den Sessel, wo er eine zusammengefaltete Zeitung hervorholte. Mein Freund hatte sich wirklich gut vorbereitet. Er drückte mir das Blatt in die Hand. »Hier, lies selbst.«

Ich beobachtete Bill aus den Augenwinkeln und sah, daß er grinste.

Der dicke Hammer kam also noch.

Er war da, als ich die Zeitung aufschlug. Es war eine Ausgabe der Nottingham Post, und die Headline sprang mir förmlich ins Gesicht.

SCHON DAS ZWEITE OPFER DES UNHEIMLICHEN BOGENSCHÜTZEN! POLIZEI MACHTLOS! WER WIRD OPFER NUMMER DREI?

Ich las den Artikel. Der Schreiber hatte ihn reißerisch aufgemotzt. Er schrieb von einem mordenden Phantom, das nicht zu packen war und immer wieder auftauchte, wenn niemand damit rechnete. Letztes Opfer war ein Mann namens Spider gewesen, ein Waldarbeiter, der auf dem Nachhauseweg von einer Zechtour war.

Ich ließ die Zeitung sinken.

Bill Conolly hatte sich vorgebeugt. »Na, John, ist das nichts für dich?«

»Könnte sein.«

»Das könnte nicht nur sein, das ist so. Mit anderen Worten: Du fährst mit, John!«

Ich zögerte noch und schaute Sheila an. »Was meinst du denn dazu, wo du doch meinen und Bills Abenteuern sehr skeptisch gegenübergestanden hast?«

»Das tue ich auch jetzt noch, John. Nur – wir müssen leider nach Scalford Castle. Ich habe schon zugesagt. Außerdem will ich wirklich nicht, daß dort eine Schnellstraße gebaut wird. Wenn du es schaffst, den Bogenschützen zu stellen, wäre das wirklich gut.«

»Vorausgesetzt, es gibt ihn«, warf ich ein.

»Warum nicht?« rief Bill. »Das haben sich die Menschen nicht aus den Fingern gesaugt. Und sie haben ja schließlich den Toten mit einem Pfeil in der Brust gefunden. Den letzten, meine ich.«

Ich atmete tief ein. »Okay, du hast mich überzeugt, Bill.«

Der Reporter strahlte. »Wußte ich's doch. Willst du Suko auch mitnehmen?« fragte er.

»Nein. Er und Shao haben etwas anderes vor.«

Ich trank meinen Mokka. Er war lauwarm. Draußen wurde es inzwischen dunkel. Ein trüber Sommertag ging zu Ende. Geregnet hatte es zwar nicht, aber es war für die Jahreszeit – immerhin schrieben wir Anfang Juli – doch zu kühl.

»Was macht ihr eigentlich mit dem kleinen Johnny?« fragte ich.

»Den nehmen wir mit«, erwiderte Sheila.

Ich hob überrascht die Augenbrauen.

»Das Mädchen ist in Urlaub«, erwiderte Sheila.

Ich bedachte mein Patenkind mit einem raschen Blick. Es spielte friedlich in seinem Laufstall.

»Ich werde schon darauf achtgeben, daß ihm nichts passiert«, sagte Sheila.

»Das kann ich mir gut vorstellen.«

Wir verabredeten noch, daß wir mit meinem Bentley fuhren. Der Wagen bot mehr Platz als Bills Porsche.

Nach einer Stunde verabschiedete ich mich mit dem Versprechen, am übernächsten Tag früh auf der Matte zu stehen. Bill brachte mich noch bis zum Wagen.

»Du bist doch nicht sauer, John, daß ich dir das Wochenende verdorben habe?«

»Nein. Wenn der Bogenschütze tatsächlich existiert, bin ich dir sogar sehr dankbar.«

Bill lächelte. »Dann kann ja nichts schiefgehen.«

Die Köchin sah aus, wie man sich eine Köchin vorstellt.

Klein, rund, Übergewicht, rosige Wangen und herzensgute Augen. Sie herrschte über das Personal, das aus drei Kellnern, vier Stubenmädchen und zwei Küchenhilfen bestand. Hinzu kam noch Ed Morris, der Butler.

Und alle Bediensteten arbeiteten für eine Agentur. Roman Willard, der Schloßverwalter, hatte die Leute in Custers Auftrag engagiert und sie in der Küche versammelt.

Dort gab er seine Instruktionen.

»Mr. Custer möchte, daß alles glattläuft‹, sagte er. »Also, keine Pannen. Sie werden das tun, was Ihnen Mr. Morris sagt, und damit meine ich besonders die beiden Küchenhilfen, die beim Auftragen des Essens helfen. Ich hoffe, Sie wissen, wie das über die Bühne geht.«

Die beiden Küchenhilfen nickten. Es waren junge Mädchen, kaum zwanzig Jahre alt.

Roman Willard ließ seine Blicke über die wohlgeformten Körper wandern und leckte sich kurz die Lippen. Er hatte lange nicht mehr so etwas Knuspriges gesehen, und sicherlich würde er es schaffen, die eine oder andere herumzukriegen, denn auch bei den Stubenmädchen waren einige knackige Girls.

Roman Willard war ein rechter Schwerenöter. Mit knapp fünfundvierzig Jahren zählte er sich selbst noch nicht zum alten Eisen, sondern genoß das Leben oder versuchte es wenigstens. Sein graues Haar war so gekämmt, daß es die ersten kahlen Stellen auf dem Kopf verdeckte. Die gebräunte Haut bewies, daß sich Willard oft in der freien Natur aufhielt. Er hielt sich immer sehr gerade, ging leicht und federnd und schien mit seinen grauen Augen jeden durchbohren zu wollen.

Ein wahrer Gentleman, pflegten die einen zu sagen.

Andere wiederum hielten ihn für einen schleimigen Weiberhelden.

Ihm war es egal. Er hatte über das Schloß zu wachen, und diese Arbeit machte er gut. Willard stammte aus Scalford, er liebte das Land und die Umgebung, kannte alle Geschichten, die man sich erzählte, und war Mitglied in zahlreichen Heimatvereinen.

Eine halbe Stunde lang redete er. Dann – so hoffte er – hatten die Leute alles begriffen.

»Und beeilen Sie sich«, sagte er zum Abschluß, »die Herrschaften werden schon gegen Mittag eintreffen.«

»Ich werde schon dafür Sorge tragen«, erwiderte Ed Morris steif. Er trug einen Frack und hatte einen Gesichtsausdruck, der an Blasiertheit kaum noch zu überbieten war.

Ein echter Butler…

Roman Willard nickte noch einmal und verließ die modern eingerichtete Schloßküche. Kaum hatte sich die Tür hinter ihm geschlossen, so verschwand sein Lächeln und machte einem kalten, abweisenden, beinahe grausamen Gesichtsausdruck Platz. Willard schritt quer durch die große Empfangshalle, betrat den Rittersaal mit dem langen Speisetisch – hier sollten auch die Mahlzeiten eingenommen werden – und schritt dann in die Schloßbibliothek.

Zweimal drehte er den großen Schlüssel herum.

Die Schränke reichten bis zur Decke. Glas schützte wertvolle Bücher und Folianten vor dem Verstauben und dem Verfall.

Durch zwei hohe Fenster sickerte mattes Tageslicht. Die Bleiglasscheiben ließen nicht viel Helligkeit herein.

Im Schloß gab es über dreißig Räume. Die meisten Zimmer waren zwar voll möbliert, standen aber leer. Niemand wohnte in ihnen. Jetzt erfüllten sie als Gästezimmer ihren Zweck. Es gab mehrere Bäder. Sie waren nachträglich eingebaut worden.

Vor einem schmalen Regal blieb Roman Willard stehen. Seine Hand fuhr über die linke Leiste, fand einen winzigen Holzhebel und drückte ihn nach unten.

Das Regal drehte sich, nachdem es einmal geknackt hatte.

Eine Öffnung gähnte Willard entgegen. Die Tür zu einem Geheimgang.

Roman Willard lachte kichernd. Diesen Teil des Schlosses kannten nur er und der unheimliche Bogenschütze, der in den Tiefen des Schloßkellers lauerte und auf ein Zeichen wartete.

Der Verwalter blieb auf der ersten Stufe stehen, griff nach rechts in eine Nische in der Wand und holte dort eine starke Taschenlampe hervor. Er schaltete sie ein und zog die Tür zu.

Roman Willard schlich die Treppe hinunter. Obwohl ihn hier niemand hörte, bemühte er sich doch, möglichst leise aufzutreten. Eine alte Gewohnheit, die er nicht ablegen konnte.

Im Halbkreis führte die alte Treppe nach unten. Es roch nach Moder und Verfall. Manche Steine waren locker. Feuchtigkeit hatte sich an den Wänden abgesetzt und im Laufe der Zeit eine Schimmelschicht gebildet.

Sie schimmerte hell, wenn der Lampenstrahl sie traf.

Der Verwalter erreichte das Ende der Treppe. Mehrere Gänge zweigten von hier aus ab. Sie führten zu unterirdischen Verliesen, die, wenn sie erzählen könnten, schreckliche Geschichten über Folterungen berichtet hätten. Das Mittelalter hatte auch in Scalford Castle seine Spuren hinterlassen.

Mal huschte eine Spinne vor dem hellen Lichtschein davon, dann war es ein dicker Käfer.

Roman Willard betrat den mittleren Gang. Er war der breiteste und führte ihn zu seinem Ziel.

Die Gewölbe hier unter der Erde strahlten die Kälte des Todes aus. Das Grauen lauerte in jedem Winkel, in jeder Ecke, in jeder Nische. Spinnweben hingen wie Schleier an der Wand oder zitterten in der Luft.

Irgendwo tropfte Wasser.

Hier unten war das Reich des unheimlichen Bogenschützen. Hier mußte er irgendwo lauern. Er versteckte sich immer woanders, aber er wußte genau, wenn jemand kam.

Wieder passierte Roman Willard eine mannshohe Nische.

Da geschah es.

Plötzlich tauchte hinter ihm aus der Nische die Hand auf und legte sich schwer auf seine rechte Schulter.

Der Verwalter erschrak, blieb aber dann stocksteif stehen.

Ein hämisches Lachen erklang hinter ihm. »Ich hätte dich jetzt töten können.«

Willard lief eine Gänsehaut über den Rücken. Obwohl er mit dem unheimlichen Bogenschützen paktierte, hatte er doch Angst vor ihm.

Der Druck verschwand.

Roman Willard drehte sich um.

Das halbverweste Gesicht schimmerte grünlich leuchtend dicht vor seinen Augen. Gelbe Zähne bleckten ihn an. Der Bogenschütze hatte seinen Mund aufgerissen. Er hielt seine Waffe in der rechten Hand. Aus dem Köcher am Rücken schauten zahlreiche Pfeile hervor.

»Was willst du?« sprach das Gespenst den Verwalter an. »Soll ich wieder für dich töten?«

»Nicht für mich, für dich. Dir will man dein Reich nehmen. Darum zeige ihnen, wer der wahre Herr auf Scalford Castle ist.«

Der Bogenschütze nickte. Willard hatte genau den richtigen Ton angeschlagen. Wenn er dem Unheimlichen so kam, fraß der ihm aus der Hand.

»Was soll ich tun?« fragte der Bogenschütze.

»Noch nichts. Ich möchte nur, daß du dich bereithältst und beobachtest. Du kennst die Schlupfwinkel in diesem Schloß, und ich überlasse es dir, wann und wo du zuschlägst. Die Leute, die heute eintreffen, haben alle etwas mit deiner Vertreibung zu tun. Du kannst schießen, auf wen du willst.«

Der Bogenschütze grinste, und sein Gesicht wurde noch fratzenhafter, als er die lappigen Lippen auseinanderzog.

Was der Verwalter sagte, war voll und ganz nach seinem Geschmack. Endlich konnte er sich rächen. Er würde es diesen Menschen zeigen, diesen verdammten Kreaturen, die ihn verflucht und zu ewigem Leben verdammt hatten.

Die Rache sollte fürchterlich sein...

Roman Willard merkte, was in dem Unheimlichen vorging, und er rieb sich in diebischer Vorfreude die Hände. Diese Leute würden ihr Leben aushauchen und nie mehr auf den Gedanken kommen, überhaupt dieses Schloß betreten zu wollen.

»Noch einmal«, sagte er zu dem Bogenschützen. »Du kannst schießen, auf wen du willst!«

Aus der Kehle der monströsen Gestalt drang ein gefährliches Knurren. Er packte die Waffe fester. Zwanzig Pfeile steckten in seinem Köcher. Zwanzig Todesboten. Jeder Pfeil war genau ausgewogen, und er selbst war ein zielsicherer Schütze.

Der Verwalter nickte dem Unheimlichen noch einmal zu und zog sich dann zurück.

Roman Willard war froh, die unterirdischen Gänge verlassen zu können. Das war nicht sein Reich, obwohl er jeden Schlupfwinkel kannte. Hier fühlte er sich nicht wohl.

Bevor er die Treppe erreichte und nach oben ging, schaute er sich noch einmal um.

Die Konturen des Bogenschützen verschwammen in der Dunkelheit. Roman Willard hastete die Stufen hoch. Er legte die Taschenlampe wieder in die kleine Nische und drückte auch hier einen verborgenen Kontakt, der ihm die Tür öffnete.

Willards atmete auf, als er wieder in der Bibliothek stand. Seine Gestalt straffte sich, er zupfte seinen Rock zurecht und war wieder völlig der alte.

Seinetwegen konnte das Horror-Spektakel beginnen...

Die Gegend um Scalford war so, daß man sie mit dem Begriff ›Hier ist die Welt noch in Ordnung‹ umschreiben konnte. Grüne Hügel, dichte Wälder, saubere Dörfer, hier und da ein kleiner Bach, der gurgelnd eine Wiese teilte, kaum Industrie, dafür saubere Straßen.

Vor Nottingham fuhren wir ab. Bill saß neben mir, und seine Frau hatte es sich mit dem kleinen Johnny im Fond des Bentley bequem gemacht. Johnny war die Fahrt über sehr ruhig gewesen. Er hatte nicht geweint und nicht genörgelt, sondern gespielt. Manchmal hatte Sheila ihm Kinderlieder vorgesungen, und der kleine Mann lauschte mit offenem Mund.

Dann erreichten wir Scalford.

Ein sauberes Städtchen lag vor uns, mit kleinen Häusern, gepflegten Vorgärten und zahlreichen Geschäften. Wir mußten durch den Ort fahren und fragten dann einen Einheimischen nach Scalford Castle.

Der Mann beschrieb uns freundlich den Weg.

Ich fuhr weiter.

Wir passierten auch Lennox' Inn und gelangten auf eine schmale Straße, die mitten durch den Wald führte. Ich hatte die Scheiben nach unten gleiten lassen, so daß die frische Luft in den Wagen strömte. Die Vögel sangen, die Luft schmeckte nach Sauerstoff, und ich kam mir mit meinem Wagen direkt als Umweltzerstörer vor.

»Hier könnte man sogar Urlaub machen«, meinte Sheila, und der kleine Johnny krähte vergnügt.

Bill nickte. »Worauf du dich verlassen kannst. Aber die Fassade trügt. Denk mal an den Bogenschützen.«

Daraufhin schwieg Sheila.

Allein auf weiter Flur waren wir jedoch nicht. Ein paarmal schon war mir im Rückspiegel der feuerrote Mercedes aufgefallen, der mit wesentlich höherer Geschwindigkeit fuhr, als zugelassen war. Der Wagen schnitt die Kurven, kümmerte sich einen Dreck um Verkehrsregeln und näherte sich bedrohlich.

»Ist der wahnsinnig?« knurrte Bill, der das Fahrzeug ebenfalls im zweiten Außenspiegel bemerkt hatte.

Ich ging etwas vom Gas.

Das trompetenhafte Schmettern eines Dreiklanghorns zerriß die Stille um uns. Dann blendete der Mercedes hinter uns auf. Er wollte mich zwingen, ihn vorbeizulassen.

Doch so hatten wir nicht gewettet. Ich fuhr zwar äußerst links, mehr aber auch nicht.

Der Mercedes drückte sich vorbei. Er selbst rasierte mit dem rechten Vorder- und Hinterreifen dicht am Straßengraben entlang, ging aber mit der Geschwindigkeit nicht herunter. Die Reifen wühlten Gras- und Lehmstücke auf und schleuderten sie hoch.

Dann war er vorbei.

»Idiot«, sagte Sheila völlig undamenhaft.

Bill und ich hatten einen Blick in das Innere des überholenden Fahrzeugs werfen können.

Drei Typen saßen darin.

Einer von ihnen fiel wegen seiner weißblonden Haare besonders auf.

Bill räusperte sich.

»Der Mann ist mir jetzt schon sehr sympathisch«, kommentierte Sheila.

»Mir auch«, sagte ich.

Wir alle drei wußten, was wir von dem Blondhaarigen zu halten hatten.

Der Weg führte schon bald bergauf. Wir ließen den Wald hinter uns, und nach einer weitgeschwungenen Kehre sahen wir das Schloß auf der Hügelkuppe vor uns liegen.

Es bot einen phantastischen Anblick.

Die beiden alten Türme waren zwar verfallen, aber das Haupthaus stand noch. Es wurde von einer Mauer umgeben, die gleichzeitig den Schloßhof eingrenzte.

Auf dem Hausdach flatterte die Fahne Englands.

»God save the Queen«, sagte Bill, worauf Sheila, die Königstreue, meinte: »Du sollst nicht spotten.«

Ich fuhr wegen der Serpentinen langsamer. Hoch in der Luft kreisten zwei Bussarde und beobachteten mit ihren scharfen Augen, was auf dem Boden an Kleintieren herumlief.

Zwei Minuten später waren wir da.

Das Tor zum Schloßhof stand weit offen. Bevor wir hindurchfuhren, sahen wir das leuchtende Rot des Mercedes. Ein Kerl, der wie ein Catcher aussah, lehnte lässig am linken Kotflügel und kaute auf einem Streichholz.

»Herrliche Aussichten«, meinte Bill. »Den findest du sicherlich in eurer Kartei.«

Ich nickte.

Auf der großen Treppe erschien ein Diener im Frack. Er winkte mich ein, und ich stellte meinen Bentley neben dem Mercedes ab. Der Aufpasser bekam Stielaugen.

Der Motor verstummte, und wir stiegen aus.

Der Diener schritt auf unseren Wagen zu. »Welche Herrrschaften darf ich melden?« fragte er steif.

Bill sagte es.

»Sehr wohl, Sir.«

Sheila nahm Johnny auf den Arm.

Der Kerl am Mercedes grinste und sagte: »Brich dir ja keinen ab, du Stockfisch.«

Der Butler zuckte mit keiner Wimper. Er schritt neben Sheila auf den Eingang zu.

Ich hatte inzwischen die Kofferraumklappe geöffnet und stellte unser Gepäck heraus.

Zwei Bedienstete hatten dies gesehen. Sie liefen aus dem Haus und eilten die Stufen herab.

Weder Bill noch ich brauchten einen Koffer zu tragen. Doch um mein Handgepäck kümmerte ich mich selbst. Meinen Einsatzkoffer ließ ich nicht aus den Fingern.

Bill hatte mich mit angemeldet, und sein Wunsch war ohne Nachfrage akzeptiert worden. Dieser Gilbert du Pré hatte schließlich auch seine Leute mitgebracht.

Bill war mit den beiden Gepäckträgern schon vorausgegangen. Ich schritt als letzter und mußte an dem am Kotflügel lehnenden Kerl vorbei.

Er sprach mich an, als ich auf gleicher Höhe mit ihm war. »Bist du der Typ, der so jämmerlich fährt, Mister?«

Ich blieb stehen. Der Knabe grinste mich frech an. Er hatte einen Eierkopf mit spärlichem Haarwuchs und eine Gestalt wie ein Ringer.

»Im Gegensatz zu Ihnen halte ich mich an die Verkehrsregeln und habe meinen Führerschein auch nicht in einem Versandhaus gekauft«, konterte ich.

Das konnte der Bursche nicht vertragen. Er lief rot an. »Hör zu, Mister, du darfst alles, nur nicht frech werden, sonst poliere ich dir nämlich deine Schnauze. Und irgendwo habe ich deine Visage schon einmal gesehen. Du kommst mir bekannt vor.«

Ich blieb ruhig. »Gehören Sie zu Mr. du Pré?«

»Ja.«

»Dann werde ich ihm sagen, daß er seinen Wachhunden mal bessere Manieren beibringen soll.«

Ohne Vorwarnung schlug der Eierkopf zu. Ich ging jedoch schnell einen Schritt nach hinten, so daß der Schlag ins Leere zischte. Die nachfolgende Faust donnerte dann gegen meinen Koffer. Er hatte eine Stahlblecheinlage und war ziemlich stabil. Nicht gerade gut für die Knöchel des Schlägers.

Der Mann verzog das Gesicht.

»Dich mache ich fertig«, versprach er.

Er konnte seinen Vorsatz nicht mehr in die Tat umsetzen, denn der Butler erschien an der Eingangstür, um nach mir zu schauen.

»Ich komme!« rief ich ihm zu.

Der Schläger aber knurrte: »Wir sprechen uns noch, Mister, darauf kannst du dich verlassen.«

»Würde mich freuen.«

Leichtfüßig schritt ich die Treppe hoch. Jede Stufe hier hatte Geschichte. Der Butler hielt mir die Tür auf, und ich betrat eine Halle, in der bereits einige Personen versammelt waren.

Ich wurde bekannt gemacht.

Der Blondhaarige fiel mir besonders auf. Gilbert du Pré trug ein weißes Leinenjackett und eine dunkelblaue Hose. Sein Gesicht zeigte die Solariumbräune, die bei einigen Typen in ist, und sein Rasierwasser war so aufdringlich, daß mir fast schlecht wurde. Die kalten blauen Augen musterten mich abschätzend, und am kleinen Finger der linken Hand blitzte ein hochkarätiger Diamant.

Neben ihm stand sein zweiter Gorilla. Sein Gesicht schien nur aus Narben zu bestehen. Säure mußte ihm die Haut verätzt haben. Ich hatte schon öfter solche Leute gesehen.

Du Pré reichte mir die Hand. Ich erwiderte den Druck, lächelte und fragte gleichzeitig: »Gehört der Kerl da unten zu Ihnen?«

»Ja...« Er dehnte die Antwort, und in seinen Augen blitzte das Mißtrauen auf.

»Dann bringen Sie ihm demnächst bessere Manieren bei.«

»Was hat Atkins denn getan?«

»Das wird er Ihnen sicherlich selbst sagen.«

Der Kerl mit den Narben hieß Scarface. Wie auch anders. Denn Scarface bedeutet nun mal Narbengesicht. Der Mann übersah meine Hand. Der graue Anzug paßte nicht zu ihm.

Dann lernte ich Mason Price kennen und erfuhr, daß er als Anwalt fungierte.

Price war ein unscheinbarer Mann mit einem leichten Kneifer auf der Nase. Doch die Augen blitzten hinter den Gläsern hellwach.

Blieb nur noch der Verwalter.

Er hieß Roman Willard.

Ich merkte sofort, daß wir Feinde waren. Dazu brauchten wir uns nur anzusehen. Dieses Nichtleidenkönnen konnte auch sein Lächeln nicht verbergen.

Sein Händedruck war schlaff.

Nachdem ich alle kennengelernt hatte, erhielten wir einen Begrüßungsdrink.

Ein junges Mädchen in schwarzem, engem Kleid und mit weißer Schürze ging mit dem Tablett herum.

Die Augen einiger Männer blitzten auf, denn die Kleine strahlte wirklich einen brandheißen Sex aus.

Gilbert du Pré, der Engländer mit dem französischen Namen, hielt das Mädchen am Arm fest. »Habe gar nicht gewußt, daß hier so etwas Süßes herumläuft«, sagte er und warf Sheila anschließend einen Blick zu.

»Bitte, Sir, möchten Sie ein Glas trinken?« fragte das Mädchen. Es wußte nicht, was es tun sollte.

»Aber natürlich, Kleines. Wie heißt du denn?«

›Mein Name ist Polly.«

»Ach, wie hübsch.« Du Pré streichelte der Kleinen über den Rücken und ließ sie weitergehen.

Dann stand Polly vor mir. Ich sah Tränen in ihren Augen schimmern und lächelte.

Sie erwiderte das Lächeln.

»Alles klar?« fragte ich.

»Jetzt ja.«

Roman Willard schaute die Kleine ebenfalls an, als wolle er sofort mit ihr ins Bett gehen. In welch eine Gesellschaft waren wir da nur reingeraten?

Bill und ich wechselten einen Blick. Der Reporter hatte sein Gesicht verzogen. Es zeigte einen finsteren Ausdruck. Sheila stand neben ihm. Sie hatte kein Glas genommen, sondern hielt den kleinen Johnny auf dem Arm. Er war eingeschlafen und nuckelte an seinem Daumen.

Mason Price, der kleine Anwalt, fühlte sich als Sprecher für alle. Er formulierte den Begrüßungstext. »Seien Sie uns herzlich auf Scalford Castle willkommen, Ladies and Gentlemen. Ich hoffe, Sie werden sich nicht nur wohl fühlen, sondern auch zu einer Einigung gelangen.«

»An mir soll's nicht liegen«, trompete du Pré und trank sein Glas in einem Zug leer. Irgendwie hatte er an Sheila einen Narren gefressen. »Was machen Sie eigentlich hier, schöne Frau?« fragte er grinsend.

»Dieser schönen Frau gehört ein Drittel dieses Schlosses«, sagte Bill Conolly scharf. »Und jetzt verbitten wir uns Ihre Belästigungen, Mr. du Pré.«

»Kann die Süße nicht für sich selbst reden?« spottete er. »So vornehm, wie sie tut, ist sie gar nicht.«

Bill Conolly lief rot an.

Die anderen sahen betreten zu Boden. Keiner wagte, gegen den Kerl aufzumuksen. Außerdem fühlte er sich durch Scarface gedeckt. Du Pré brachte sein Gangstergehabe auch mit auf dieses Schloß.

Und das wiederum gefiel mir nicht. Ich bin ein toleranter Mensch, doch es gibt einen Punkt, da ist meine Toleranz vorbei. Dieser Punkt war nun erreicht. Jemand mußte diesen du Pré in die Schranken weisen, sonst drehte er noch durch. Mit dem Narbengesicht würde ich schon fertig werden.

Um zu Sheila Conolly zu gelangen, mußte der Buchmacher an mir vorbei. Als er auf gleicher Höhe war, sagte ich leise, aber doch laut genug, daß alle es hören konnten: »Jetzt reicht es, Mr. du Pré. Keinen Schritt mehr!«

Der Buchmacher blieb tatsächlich stehen. Langsam drehte er den Kopf nach rechts, damit er mich ansehen konnte. »Haben Sie da gekläfft, Mister?«

»Ich war so frei!«

»Scarface!« Der Befehl klang wie ein Pistolenschuß.

Und das Narbengesicht schlug zu. Beide Fäuste wuchtete Scarface von oben nach unten, wollte mich sofort entscheidend treffen und alles klarmachen.

Ich tauchte, drehte mich gleichzeitig zur Seite weg, und dann kam mein Konter.

In mir hatte sich eine ziemliche Portion Wut aufgestaut. Scarface hatte wohl nicht mit einer Gegenaktion gerechnet. Meine Rechte riß ihm den Kopf in den Nacken. Das Narbengesicht taumelte, fiel gegen einen Stuhl und klatschte darauf nieder. Sein Blick war leicht glasig. Trotzdem griff er unter sein Jackett.

Du Prés Befehl stoppte ihn. »Laß das!«

Narbengesicht gehorchte.

Der Buchmacher aber schaute mich an. »Das, Mister, haben Sie nicht umsonst gemacht«, flüsterte er drohend. »Dafür bekommen Sie noch die Quittung.«

»Die unterschreibe ich aber mit«, erwiderte ich. »Sie können es meinetwegen als Warnung auffassen, aber lassen Sie die Lady in Ruhe.«

Von draußen hörten wir das Klappen einer Autotür.

»Das wird Mr. Custer sein«, sagte der Butler und eilte zur Tür. Er zog die rechte Hälfte auf, und ich konnte einen Blick nach draußen werfen.

Ein schwarzsilberfarbener Rolls-Royce Silver Shadow war in den Hof gefahren.

Er gehörte in der Tat Jerry F. Custer.

Zwei Bedienstete eilten hinaus, um den Custers das Gepäck abzunehmen.

Ich ging zu Bill und Sheila.

»Ich hätte diesen Kerl auch zusammengedroschen!« flüsterte mir Bill zu.

Soeben erhob sich das Narbengesicht aus seinem Stuhl. Der Kerl warf uns finstere Blicke zu. Auf ihn würden wir verdammt achtgeben müssen. Wir hörten die Stimmen von draußen.

»Schaffen Sie das Gepäck nach oben!« Der Stimme nach war mir dieser Custer schon unsympatisch. Sie klang arrogant und überheblich. Eine Frau lachte girrend. Custer war mit Gattin erschienen.

Die Kofferträger schleppten sich einen ab, als sie durch die Halle gingen und die breite, nach oben führende Treppe ansteuerten.

Wir alle hielten den Atem an und warteten gespannt. Eine Minute später hatte er seinen Auftritt.

Jerry Fitzgerald Custer kam!

Er trat auf wie der King. Einen Schritt hinter der Schwelle blieb er stehen und schaute sich um.

Eisgraue Augen sahen uns an. Der Mund wies einen zynischen Zug nach unten auf. Der Kopf war kantig und das schneeweiße Haar zu einer Bürste geschnitten. Custer schätzte ich auf sechzig Jahre. Sein gut geschnittener grauer Anzug kaschierte den Bauchansatz.

Die Krawatte war taubenblau, bestand aus schwerer Seide und zeigte in der Mitte eine Perle.

»Guten Tag. Mein Name ist Custer«, sagte Jerry F. Dann deutete er auf die Dame neben sich und sagte: »Das ist meine Frau!«

Sie war bestimmt fünfunddreißig Jahre jünger als er, hatte ihr rabenschwarzes Haar zu einem Lockenturban frisiert, trug einen dieser modernen, flachen Hüte auf der Frisur und ließ von einem Schleier die Hälfte ihres Gesichts bedecken. Vielleicht fand sie es schick. Trotz des warmen Wetters hatte sie eine Nerzstola umgehängt. Sie hielt sie mit der linken Hand vor der Brust zusammen, und ich sah an den Fingern zahlreiche Ringe funkeln.

Dann machten die Custers ihre Runde. Sie gab jedem die Hand. Sheila war nicht gerade die Freundin von Mrs. Custer, das konnte man sehen. Die Frau flüsterte jedem ihren Vornamen zu.

Bei mir blieb sie etwas länger stehen und meinte: »Oh.«

Ich lächelte höflich.

»Mein Name ist Madelaine. Ich komme aus Paris.« Sie gab ihrer Aussprache einen zischenden Tonfall, der wohl auf die Französin hindeuten sollte.

»Wie angenehm«, sagte ich artig.

»Wir werden uns bestimmt noch öfter sehen, Mr. Sinclair«, sagte sie und ging weiter.

Ich verdrehte die Augen. Nur das nicht.

Sheila stieß mich an. »Die will was von dir«, sagte sie und lachte leise.

Ich nickte. »Das Gefühl habe ich leider auch.«

Bill grinste. »Trag es mit Fassung, du begehrter Junggeselle.«

Nur der kleine Johnny hatte von dem ganzen Trubel nichts mitbekommen. Er schlief selig.

Nachdem die Ehrenwerten vorbei waren, übernahm der Verwalter Roman Willard das Wort. »Ich danke Ihnen, daß Sie so pünktlich erschienen sind, Ladies and Gentlemen, und ich möchte Ihnen jetzt ihre Zimmer anweisen lassen. Ed Morris, der Butler, wird sie Ihnen zeigen. Bitte folgen Sie ihm.«

Die Gruppe schritt auf die Treppe zu. Ich hielt mich mit den Conollys am Schluß.

»Was sagst du?« fragte Bill.

»Schätze, es wird ein munteres Wochenende«, gab ich zurück.

»Darauf kannst du Gift nehmen.« Bill trug jetzt den Kleinen. Er war Sheila zu schwer geworden.

Sie wandte sich an mich. »Ich bin froh, daß du mitgekommen bist.«

»Ja, die Typen sind gefährlich.«

Unsere Zimmer lagen, wie auch die Räume der anderen, im ersten Stock. Es waren die letzten in dem langen, breiten Gang, der an seinem Ende einen Rundbogen aufwies.

Bevor wir in die Räume gelassen wurden, sagte Willard noch, daß er uns in zwei Stunden zum Dinner im Rittersaal erwarte.

Ich betrat mein Zimmer. Die Conollys bezogen das daneben.

Der Raum war sehr großzügig und modern eingerichtet. Eine Tür führte ins Bad. Auf einer antiken Kommode stand ein Fernsehapparat. Ein Stilbruch wie im Bilderbuch.

Das Bett hatte einen Himmel aus Brokatstoff und lud zum Schlafen ein. Ich stellte den Koffer ab und besichtigte das Bad. Die Dusche stach mir sofort ins Auge.

Ich fühlte mich nach der langen Fahrt verschwitzt, zog mich aus und stieg erst einmal unter die Wasserstrahlen.

Da hatte ich mich wirklich in eine illustre Gesellschaft eingekauft. Diese Typen, die ich kennengelernt hatte, waren schon schlimm genug. Nun kam aber noch eine unbekannte Größe hinzu.

Der unheimliche Bogenschütze!

Gab es ihn? Existierte er? Gesehen hatte ich noch nichts von dieser Horror-Gestalt, man mußte vielleicht die Dunkelheit abwarten. Da würde er sich unter Umständen zeigen.

Ich nahm mir vor, in der folgenden Nacht nicht zu schlafen.

Nach einigen Wechselduschen stieg ich aus dem Becken und trocknete mich ab. Die frischen Handtücher dufteten nach einem Parfüm, das mir gegen den Strich ging.

Als Kleidung wählte ich eine bequeme Jacke, Hemd und Cordhose. Sicherlich würde Custer im Smoking zum Essen erscheinen, doch das war mir egal. Ich mußte mich frei fühlen und wollte mich nicht in Gesellschaftskleidung einengen.

Dann öffnete ich den Koffer.

Dort lag alles bereit.

Beretta, Dämonenpeitsche, Silberdolch und andere Waffen. Die Pistole steckte ich ein und auch den silbernen Dolch, dessen Griff die

Form eines Kreuzes hatte. Wenn Bill Conolly sich bewaffnen wollte, würde er es mir schon früh genug sagen.

Ich klappte den Deckel zu und verschloß den Koffer. Anschließend trat ich ans Fenster und schaute nach draußen.

Einige Yards hinter dem Schloß fiel das Gelände ziemlich steil ab. Der Boden war dort felsig. Zähe Baumwurzeln hatten sich in die Felsen gekrallt und trotzten aller Unbill der Natur. Das Dorf Scalford konnte man nicht sehen. Es lag in der entgegengesetzten Richtung. Ich glaubte aber, in der Ferne durch das Grün der Landschaft einige rote Hausdächer schimmern zu sehen.

Dann entdeckte ich Atkins!

Er marschierte an der Rückseite des Schlosses entlang, schaute zufällig hoch, und ich sah keinen Grund, wie ein ertappter Dieb vom Fenster wegzutreten.

Unsere Blicke kreuzten sich.

Atkins' Gesicht verzog sich zu einer Grimasse. Er hob den Arm und ballte die Hand zur Faust.

Ich verstand die Geste. Mit ihm und Scarface hatte ich mir zwei Todfeinde geschaffen.

Trotz dieser Einsicht ließ ich mich nicht davon abhalten, eine Mütze voll Schlaf zu nehmen. Ich wußte nicht, was noch alles auf mich zukam, und da konnte es wirklich nicht schaden, ausgeruht zu sein. Ich lag kaum in dem weichen Himmelbett, als mir die Augen schon zufielen.

Die eine Stunde Schlaf hatte mir tatsächlich gutgetan. Pünktlich meldete sich der Wecker.

Ich stand auf. Die Kleidung hatte ich anbehalten. Ist zwar nicht die feine englische Art, doch wenn etwas passierte, war ich sofort einsatzbereit und brauchte mich nicht erst umzuziehen.

Ich wusch mir noch einmal das Gesicht, machte ein paar Lockerungsübungen und trat ans Fenster.

Es war bereits später Nachmittag. Die Sonne war weitergewandert und würde bald verschwunden sein.

Ich verließ mein Zimmer und klopfte bei den Conollys an.

Bill öffnete. »Komm rein«, sagte er.

Die Conollys bewohnten zwei Räume. Bill deutete auf eine geschlossene Tür. »Sheila macht sich noch zurecht.«

»Und Johnny?«

»Schläft wie ein Murmeltier. Der Kleine war müde. Kein Wunder nach der langen Fahrt.«

Ich hoffte nur, daß er auch die Nacht durchschlief.

»Möchtest du etwas trinken?« fragte Bill Conolly. Er trug einen dunkelblauen Anzug, der wie ein Smoking geschnitten war.

»Ein Martini könnte nicht schaden.«

Bill grinste. »Alles da.«

»Hat dich Sheila zu der Kleidung verdonnert?«

Der Reporter nickte. »Ja, es hat einen Kampf gegeben. Aber komm mal gegen die Frauen an.«

Ich nickte. »Da hast du recht.«

Wir tranken und rauchten eine Zigarette. Ich fragte Bill, ob er eine Waffe haben wolle.

»Nein, noch nicht. Ist ja nichts passiert.«

»Sicher.«

Die Tür zum Schlafraum wurde behutsam geöffnet, und Sheila kam.

Ich stand auf. »Mann«, flüsterte ich ehrfurchtsvoll. »Da hast du dich aber in Schale geworfen.«

»Man muß was tun.«

Sheila trug ein rotes, langes Kleid mit ovalem Ausschnitt. Er deckte den Ansatz der Brüste noch soeben ab. Um den Hals hatte Sheila eine schlichte Perlenkette gelegt. Das blonde Haar schimmerte seidig, war wohl frisiert und zu einer Innenrolle gelegt.

Die anderen Männer würden staunen, wenn sie Sheila so sahen.

»Können wir?« fragte sie.

Bill nickte. »Was macht Johnny?«

»Der ist nicht wachzukriegen.«

Wir verließen das Zimmer. Bill reichte seiner Frau den Arm. Ich blieb hinter den beiden, als wir den Gang hinunterschritten und auf die Treppe zugingen.

Wir waren die letzten.

Ed Morris, der Butler, erwartete uns am Ende der Treppe. Er zuckte mit keiner Wimper, als er Sheila sah, sondern deutete nur eine Verbeugung an.

Ein Gentleman der alten Schule, dieser Butler.

»Darf ich Sie in den Rittersaal begleiten?« fragte er.

»Sie dürfen, Meister!« Bill grinste.

Ed Morris ging voraus. Er hielt uns die Tür offen. Wir durchquerten einen Gemälderaum. Die Bilder an den Wänden zeigten wilde Schlachtszenen. Das Parkett glänzte, daß man sich darin spiegeln konnte.

Die große Flügeltür zum Rittersaal stand offen.

Die anderen Gäste hatten bereits an der langen Tafel Platz genommen. Alle Köpfe drehten sich, als Sheila und Bill Conolly den Rittersaal betraten.

»Ah, welch ein Glanz in diesem Schloß!« rief Gilbert du Pré in übertriebener Form. »Seien Sie uns willkommen.«

Auch die Augen des Verwalters glänzten, als sein Blick auf Sheila ruhte.

Custer schaute sie ebenfalls an, und nur Madelaine hatte den Kopf gesenkt.

Sheila stach sie glatt aus, obwohl sich Custers Gattin umgezogen hatte. Sie trug ein schwarzes Spitzenkleid, durch das viel von ihrer weißen Haut schimmerte.

Ed Morris rückte dem Ehepaar Conolly zwei Stühle zurecht. »Darf ich Sie bitten, Platz zu nehmen?«

»Danke.« Sheila lächelte.

Bill saß links neben ihr, während sie als rechten Tischnachbarn Gilbert du Pré bekam. Das behagte Sheila sicherlich nicht.

Auch für mich hatte man einen Platz reserviert.

Neben Madelaine Custer.

Ausgerechnet da. Ich machte jedoch gute Miene zum bösen Spiel und nahm lächelnd Platz.

»Ich habe Ihnen den Platz extra freigehalten«, bemerkte sie und gönnte mir einen sündigen Augenaufschlag.

»Wie nett.«

Meine Kleidung schien sie nicht zu stören, im Gegensatz zu den anderen. Jerry F. Custer und Roman Willard warfen mir mißbilligende Blicke zu, und du Pré konnte ich sowieso nicht leiden.

Ich saß mit dem Rücken zur Wand hin. Mir gegenüber hatten die Conollys und du Pré Platz genommen. Links neben mir saß das Ehepaar Custer. Roman Willard trug ebenfalls einen Smoking. Er hatte seinen Platz an der Stirnseite der langen Tafel.

Sie war festlich gedeckt. Allerdings gab es noch zwei freie Plätze. Einen auf jeder Seite.

Sie wurden drei Minuten später von du Prés Leibwächtern eingenommen. Atkins hockte sich neben mich, während Scarface gegenüber Platz nahm.

In seinem narbenbedeckten Gesicht zuckte kein Muskel, während Atkins mich anstarrte wie ein Tiger.

So, daß niemand es hören konnte, flüsterte er mir ins Ohr: »Ich werde dich noch fertigmachen, Mister. Darauf kannst du dich verlassen.«

Eine Antwort gab ich ihm nicht, dafür spürte ich Mrs. Custers Knie an meinem Bein. Sie rieb es leicht hin und her, und mir war längst klar, was sie wollte. Der alte Custer schien sie wohl nicht mehr bei Laune halten zu können.

Das Essen wurde aufgetragen.

Ed Morris stand an der Tür, als habe er einen Ladestock verschluckt. Seine Blicke glitten immer wieder durch den großen Raum und tasteten auch über die Galerie, die sich über mir befand.

Polly brachte Getränke, während zwei Männer die Vorspeise servierten.

Wir konnten zwischen verschiedenen Dingen wählen. Ich entschied mich für einen Spargelcocktail.

Er mundete vorzüglich, ebenso wie die Kresserahmsuppe, die auch Atkins aß. Sein Schlürfen fiel mir auf die Nerven.

Es wurde auch geredet, doch das eigentliche Thema, den Bau der Straße und den Verkauf des Schlosses, schnitt niemand an. Auch Custer nicht. Er war viel zu sehr mit seinem Essen beschäftigt.

Madelaine Custer hatte ihre Bemühungen noch nicht aufgegeben. Hin und wieder versuchte sie, ein Gespräch anzufangen, wobei sie manchmal wie unbeabsichtigt ihre Hand auf meinen Oberschenkel legte, sie aber sofort wieder zurückzog.

Manchmal drehte sie sich auch in meine Richtung, und dann klaffte der Tropfenausschnitt ihres Kleides stets ein wenig auseinander, so daß ich zwangsläufig einige recht nette Einblicke bekam.

Nach der Suppe wurde das Hauptgericht aufgetragen. Die Schüsseln standen bereits auf Warmhalteplatten bereit, waren aber noch abgedeckt.

Man verwöhnte uns mit Wild.

Zarter Reh- und Hirschbraten, dazu Waldpilze und mehrere Kompottsorten, mit Preiselbeeren garniert. Die Kroketten schmeckten mir nicht, das Fleisch dafür um so besser.

Neben mir fraß Atkins wie ein Geier. Die Kleidung machte es eben auch nicht immer.

Und dann stieß Sheila einen erstickten Schrei aus.

Augenblicklich hörten alle auf zu essen und schauten die Frau meines Freundes an.

»Was ist, Mrs. Conolly?« fragte Jerry F. Custer.

Sheila lächelte fade. »Oben auf der Galerie habe ich eine Bewegung bemerkt. Ein Augenpaar und...« Sie brach ab.

»Ach«, sagte Custer, »da ist niemand. Oder, Morris?«

»Nein, Sir, dort oben ist niemand«, entgegnete der Butler.

Mir entging nicht das wissende Lächeln des Verwalters, und ich fühlte mich auf meinem Platz plötzlich nicht mehr wohl.

Wußte Roman Willard mehr als die anderen?

Ich beschloß, den Verwalter nicht aus den Augen zu lassen.

Du Pré lachte plötzlich auf. »Wir sind ja in einem Schloß«, sagte er, »das hätte ich fast vergessen. Natürlich war dort jemand. Hier gibt es doch Geister.« Er schaute in die Runde, doch niemand stimmte ihm zu. Er senkte seine Stimme zu einem Flüstern. »Vielleicht ist es sogar der unheimliche Bogenschütze gewesen.«

Sofort ging Madelaine Custer auf die Bemerkung ein. »Der unheimliche Bogenschütze?« Sie beugte sich vor und stützte beide Ellenbogen auf den Tisch. Ich war vergessen. »Erzählen Sie, Mr. du Pré. Was hat es mit dem geheimnisvollen Bogenschützen auf sich?«

»Lesen Sie keine Zeitungen?«

»Nein, das überlasse ich meinem Mann.« Sie leerte ihr Weinglas mit einem Schluck.

Jerry F. Custer stieß sie an. Er trug jetzt eine Brille, und seine Augen funkelten hinter den Gläsern. »Laß die Fragerei, Madelaine.«

»Aber warum denn, Darling? So etwas finde ich ungeheuer aufregend. Wirklich.«

»Ihre Frau hat recht, Mr. Custer. Warum sollen wir nicht über das Gespenst sprechen? In den Zeitungen stand zu lesen, daß dieser geheimnisvolle Bogenschütze bereits zwei Menschen gekillt hat. Hier lauert ein Mörder, Mrs. Custer.«

»Aber Darling, davon hast du mir ja gar nichts erzählt«, sprach sie ihren Gatten an. »So etwas verschweigst du mir? Du weißt doch, wie gerne ich Horror-Geschichten höre und lese.«

»Es gibt keinen Bogenschützen«, knurrte Custer tief in der Kehle. »Das ist alles Quatsch.«

Bill und ich wechselten einen Blick. Sheila hielt den Kopf leicht gesenkt und schaute auf ihren leeren Teller.

Madelaine Custer war noch nicht fertig. Sie hatte in Roman Willard ein neues Opfer gefunden. »Aber Sie müssen doch mehr wissen, Mr. Willard. Sagen Sie es mir.«

Der Verwalter hob die Schultern und legte sein Gesicht in bedauernde Falten. »Die Zeitungen schreiben viel, doch ich selbst habe den unheimlichen Bogenschützen noch nie gesehen. Ich kenne zwar die Legende, die sich um ihn rankt, aber…«

»Erzählen Sie bitte.« Madelaine Custer zappelte wie ein kleines Kind.

»Später vielleicht, Madam. Wenn wir beim Dessert sitzen. Wissen Sie, dazu muß man die äußerliche Stimmung haben. Wenn es draußen dunkelt, wenn die Tiere des Waldes erwachen, wenn Sie das Schreien des Käuzchens hören…«

Madelaine verzog das Gesicht. »Huch«, sagte sie, »hören Sie auf. Mich gruselt es jetzt schon.«

Custer schüttelte nur den Kopf.

Roman Willard gab dem Butler ein Zeichen und sagte: »Sie können das Dessert auftragen lassen.«

»Sehr wohl, Sir.«

Doch dazu kam es nicht mehr.

Alle wurden überrascht – ich auch.

Ich hörte noch das pfeifende Geräusch, dann einen dumpfen Laut, dem ein Röcheln folgte, und im nächsten Augenblick fiel Atkins neben mir mit dem Gesicht in seinen Teller.

Sein Rücken bildete eine Krümmung. Und genau in der Mitte steckte ein Pfeil!

Ich federte von meinem Stuhl hoch, während die anderen wie erstarrt sitzen blieben.

Sie waren vor Entsetzen stumm.

Das Sitzmöbel hinter mir bekam Übergewicht und fiel um. Das dumpfe Geräusch war wohl das Startzeichen, denn Madelaine Custer fing an, gellend zu kreischen. Sie hatte die Arme hochgerissen, die Hände gegen die Ohren gepreßt und schrie wie verrückt.

Das hörte ich zwar, sah die Frau jedoch nicht, da ich bereits auf die Treppe zurannte, die hoch zur Galerie führte. Denn nur von dort konnte der Pfeil abgeschossen worden sein.

Auf halber Treppe vernahm ich den scharfen Ruf. »Scarface! Hinterher, los!«

Ich kümmerte mich nicht um du Prés Leibwächter, zog meine Beretta und rannte in einen Gang hinein, der parallel zu den untenliegenden Räumen verlief.

Die Zeit brannte mir auf den Nägeln. Aber auch das Gefühl einer Furcht spürte ich, denn ich hatte selbst gesehen, wie hinterlistig dieser geheimnisvolle Schütze reagierte.

Er schoß ohne Warnung – und in den Rücken.

In der Mitte des Ganges blieb ich stehen.

Von dem Bogenschützen sah ich nichts.

Dafür jedoch von Scarface. Er stürmte die Stufen hoch und hielt einen schweren Magnum-Revolver in der rechten Hand. Wie ein Irrer riß er die Türen auf und sprang jeweils in die dahinterliegenden Zimmer hinein, um sich dort umzuschauen.

»Lassen Sie das«, sagte ich, »es hat sowieso keinen Zweck.«

Scarface starrte mich an. Beide hielten wir unsere Waffen in den Fäusten. Mir schien es, als wolle er mich erschießen.

Ich hob die Beretta um eine Idee an…

Narbengesicht atmete tief ein, spie aus, drehte sich dann um und schritt den Weg zurück.

Ich folgte ihm langsam.

Es würde nichts bringen, jetzt wie ein Wilder zu suchen, denn in diesem Schloß gab es sicherlich zahlreiche Geheimgänge, durch die der Unbekannte hatte verschwinden können. Da konnte ich tagelang suchen, ohne zu finden. Ich mußte eben – wenn er sich noch einmal zeigte – schneller sein.

Das war alles.

Die Gäste sprachen erregt durcheinander.

Bill stürmte auf mich zu. »Hast du ihn gesehen?«

Ich schüttelte den Kopf.

»Verdammt«, knurrte der Reporter.

Sheila war blaß geworden. »Ich gehe hoch zu Johnny«, sagte sie. »Ich möchte ihn nicht allein lassen.«

Bill wollte sie begleiten, doch Sheila wehrte ab.

Ich gab ihr meine Beretta.

»Und du?«

»Im Koffer liegt noch eine zweite«, antwortete ich.

Sheila ging.

Der Tote lag noch immer so da, wie es ihn getroffen hatte. Gilbert du Pré war aufgesprungen. Er starrte auf den Rücken, wo der Pfeil steckte. Langsam breitete sich ein Blutfleck aus.

Madelaine Custer schluchzte hysterisch. Ihr Mann war grau im Gesicht geworden. Wie festgewachsen hockte er auf seinem Platz und schob die Unterlippe vor.

Scarface stand herum wie bestellt und nicht abgeholt, und Ed Morris, der Buttler, schluckte so sehr, daß sein Adamsapfel auf und ab hüpfte.

»Dann müssen wir wohl die Polizei benachrichtigen«, sagte Custer. »Übernehmen Sie das, Morris.«

Ich hatte gar nicht richtig hingehört, denn ich beobachtete Roman Willard.

Der tupfte sich mit einer Serviette die Lippen ab, und ich glaubte, in seinen Augen ein spöttisches Funkeln zu erkennen.

Was wußte er?

Madelaine Custer schluchzte auf. »Ich will hier weg. Ich will weg von hier. Jerry, bring mich nach Hause.«

»Halt den Mund, verdammt!«

»Sorry, Ladies and Gentlemen, aber die Telefonverbindung ist unterbrochen«, meldete der Butler.

Alle schauten ihn an.

»Ist das schon öfter passiert?« fragte Bill.

»Selten, aber das war immer nach einem Unwetter.«

»Dann hat also jemand an der Verbindung manipuliert«, sagte der Reporter. »Glänzend.«

Es wurde Zeit, daß ich mich vorstellte. »Sie brauchen die Polizei nicht«, sagte ich mit lauter Stimme, damit mich auch jeder verstand. »Ich bin Oberinspektor John Sinclair von Scotland Yard.«

Diese Mitteilung schlug ein wie eine Bombe.

»Ein Bulle«, sagte du Pré, »ein Bulle hat sich hier eingeschlichen. Nicht zu glauben.«

»Unter dessen Augen noch ein Mord geschieht«, gab Jerry Custer bissig seinen Senf dazu.

»Sorry, Sir, aber am Rücken habe ich leider keine Augen.«

Scarface sah mich mit einem Blick an, unter dem man frösteln konnte. Sein Haß auf mich war bestimmt noch schlimmer geworden.

»Und was machen wir jetzt?« fragte Custer. »Sollen wir das Schloß verlassen?«

»Nein«, erwiderte ich. »Erst müssen wir den Mörder haben.«

»Bis dahin sind wir vielleicht alle tot«, hielt er mir entgegen.

»Nicht, wenn Sie sich normal verhalten.«

»Und was heißt das?«

»Sie gehen auf Ihre Zimmer und...«

Plötzlich stürmte einer der Bediensteten in den Rittersaal. »Die Wagen!« rief er aufgeregt. »Jemand hatte alle Reifen zerstochen!«

Jetzt konnten wir wirklich nicht weg! Oder wir mußten zu Fuß gehen. Aber da würde sich wohl niemand trauen, denn der geheimnisvolle Mörder lauerte bestimmt nicht nur im Schloß.

So dumm es sich anhörte, aber der unheimliche Bogenschütze hatte uns in der Falle.

Verdammt auch.

Wir mußten zusehen, daß wir das Beste daraus machten.

»Wie ist es, Herrschaften?« fragte Roman Willard. »Hat jemand gegen Mr. Sinclairs Vorschlag etwas einzuwenden?«

Keiner.

»Gut, dann gehen wir jetzt auf unsere Zimmer.«

»Und treffen uns in einer halben Stunde unten in der Halle«, sagte Jerry F. Custer. »Wir wollen schließlich nicht vergessen, zu welchem Zweck wir hergekommen sind. Oder was sagen Sie dazu, Mr. du Pré?«

Der Buchmacherkönig hatte sich ein Zigarillo angezündet und paffte graublaue Wolken. »Mir ist das egal. Ich will das Geschäft über die Bühne bringen.«

»Okay, dann bis später.« Custer zog seine Frau vom Stuhl hoch und verschwand mit ihr.

Die anderen folgten ihm. Bill und ich blieben noch zurück. Auch der Butler stand an der Tür.

»Haben Sie eine Decke?« fragte ich ihn.

»Natürlich, Sir, ich hole eine. Einen Augenblick Geduld bitte.«

Ich schaute mir den Toten an. Wir hatten ihn nicht berührt. Mich interessierte besonders der Pfeil. Eine dünne Blutspur war von der Einschußstelle nach unten gesickert und vom Jackett aufgesaugt worden.

Mit zwei Fingern faßte ich den Pfeil an.

»Holz«, sagte ich zu Bill. »Dieser Pfeil ist aus Holz gefertigt und angestrichen worden.«

»Kannst du schätzen, wie alt er ist?«

Ich schüttelte den Kopf. »Nein, dazu müßte man eine Analyse durchführen.«

Der Butler kam zurück. Er trug eine Decke über den Armen. Ich nahm sie ihm ab und breitete sie über dem Toten aus.

»Eine Frage noch«, sagte ich, bevor sich der Butler entfernen konnte.

»Bitte?«

»Wo hat Mr. Willard sein Zimmer?«

»Er bewohnt nahe der Bibliothek einige Räume.«

»Danke sehr.«

Der Butler verbeugte sich. »Sir, wenn ich mir eine Frage erlauben darf?«

»Bitte sehr.«

»Werden Sie den Mörder fangen?«

»Das hoffe ich, Ed. Das hoffe ich sogar sehr.«

»Danke, Sir.«

Der unheimliche Bogenschütze war schnell wie ein Wiesel. Kaum hatte er den Pfeil abgeschossen, machte er kehrt und rannte in den Gang hinein.

Er schaute gar nicht nach, ob er auch getroffen hatte. Für ihn gab es keinen Fehlschuß.

Wie ein Schatten, ebenso rasch und lautlos, verschwand der

Unheimliche in einem der Zimmer. Der Einstieg an der halbhohen Holzwand war noch offen.

Blitzschnell tauchte der Unheimliche in den Einstieg, und sofort schloß sich die Wand wieder, nachdem er einen Kontaktknopf gedrückt hatte.

Nichts wies mehr auf eine Spur hin.

In der absoluten Finsternis kletterte das Monster über eine rostige Steigleiter hinab in sein Reich. Hier unten fühlte er sich am wohlsten. Jetzt brauchte er nur noch auf das nächste Opfer zu warten. Er hatte sich bereits eins ausgesucht…

Wütend rammte Jerry F. Custer die Tür seines Zimmers hinter sich zu. »Ein verdammter Shit ist das«, fluchte er. »Ich bin hierhergekommen, um ein Geschäft zu tätigen, und jetzt schießt da ein Irrer die Leute ab.« Er schlug mit der Faust auf eine Kommode. »Verdammt auch.«

Seine Frau starrte ihn an. Ihr saß noch immer der Schock in den Knochen. Sie kannte ihren Mann, sie wußte, wenn er diese Stimmung einmal hatte, war mit ihm kein vernünftiges Wort mehr zu reden. Da drehte er durch. Er hatte diese Wutausbrüche öfter. Mindestens jeden Monat einmal. Madelaine wäre am liebsten von ihm weggelaufen, aber das Geld hielt sie zurück. Wenn Custer nicht mehr bezahlte, mußte sie wieder in Soho strippen.

In Frankreich hatte sie Rauschgift geschmuggelt, sich dann aber im letzten Moment nach England abgesetzt, wo Custer sie getroffen und aus einer Laune heraus geheiratet hatte.

Custer wirbelte auf dem Absatz herum.

»Was stierst du so?« schrie er seine Frau an. »Glotzt hier wie ein Kalb!«

Madelaine schluckte. »Ich habe Angst«, gestand sie.

Custer lachte schrill. »Angst, was ist das schon gegen das Geschäft, das mir vielleicht durch die Lappen geht.«

»Du denkst immer nur ans Geld. Ich zähle wohl nicht.«

Custer lachte meckernd. »Doch, aber du kostest mich eine Menge Zaster.«

»Dann bin ich dir das nicht wert?« fragte die ehemalige Stripperin erstickt.

»Nein!«

Madelaine begann zu weinen. Sie wollte es nicht, aber plötzlich schossen die Tränen aus ihren Augen.

»Hör auf zu flennen!« brüllte Custer.

Die schwarzhaarige Frau schüttelte den Kopf.

Da drehte der große Jerry F. Custer durch. Er schlug zweimal zu.

Madelaines Kopf flog nach links und rechts. Auf ihren Wangen breiteten sich rote Flecken aus. Bevor ihr Mann jedoch ein drittes Mal zuschlagen konnte, machte sie auf dem Absatz kehrt, floh auf die Schlafzimmertür zu, riß sie auf, stürzte über die Schwelle und hämmerte die Tür sofort hinter sich zu.

Blitzschnell drehte sie den Schlüssel herum.

Custer war der Gelackmeierte. Die Tür wäre ihm fast noch gegen die Stirn geknallt, weil er hinter seiner Gattin herrannte.

Wütend blieb erstehen. »Mach auf, du Schlampe!«

»Nein«, klang es erstickt.

Custer hämmerte mit den Fäusten gegen die Füllung. »Los, öffne, oder ich mache dich fertig!«

»Dann tu's doch. Und damit du es weißt, du Mistkerl, ich verlasse dich. Ja, ich gehe!«

Custer lachte kalt. »Dann landest du wieder in der Gosse.«

»Lieber dort, als bei dir zu sein.«

»Bitte, ich halte dich nicht. Du mußt wissen, was du tust.«

Weinend sank Madelaine Custer auf das große weiße Doppelbett. Sie vergrub ihr Gesicht in beide Hände. Wäre sie doch nur nicht mit hergekommen. Sie hatte ja vorgehabt, zu Hause in London zu bleiben, aber ihr Mann drängte zu sehr.

Das war jetzt die Quittung.

Mit einem Ruck setzte sie sich wieder auf. So leicht wollte sie sich nicht abfertigen lassen. Nein, sie bestimmte den Zeitpunkt, wann sie verschwand.

Und das war jetzt.

Keine Minute länger wollte sie in diesem Schloß und mit dem Mörder unter einem Dach bleiben.

Leider hatte das Zimmer keine Tür zum Gang hin. Also kam eine Flucht nicht in Frage.

Die Frau stand wieder auf und schritt schwerfällig zum Fenster. Die Sonne sank dem Horizont entgegen. In den Tälern lagen bereits die ersten Schatten der Dämmerung. Aber noch war es hell genug, um alles erkennen zu können.

Da hatte sie die Idee.

Das Fenster!

Ja, sie konnte aus dem Fenster entkommen.

Es war sehr hoch, höher als in den normalen Häusern. Aber man hatte es nachträglich eingebaut, und relativ zum Alter des Schlosses gesehen war es modern.

Die Frau fand einen Riegel und wollte ihn nach unten drücken.

Er klemmte.

Madelaine stieß einen nicht gerade feinen Fluch aus und startete einen zweiten Versuch. Sie hängte sich mit ihrem gesamten Gewicht an den Riegel, hoffte, daß er nicht brach, und schaffte es, ihn zu bewegen.

Er wanderte knirschend nach unten.

Madelaine atmete auf.

Den ersten Teil hatte sie geschafft, doch der zweite, schwierigste, lag noch vor ihr.

Sie beugte sich aus dem Fenster und schaute an der Fassade entlang. Zum Glück verlief sie nicht glatt und fugenlos, sondern rissig und spaltenreich. Aber ein Sprung aus zehn Yards Höhe auf den felsigen Boden war unmöglich.

Madelaine konnte Halt finden.

Sie schaute an sich herab, sah, daß sie nicht die passenden Schuhe trug, und öffnete hastig einen ihrer Koffer.

Die ehemalige Stripperin hatte mehrere Paare Schuhe mitgenommen. Unter anderem auch welche mit relativ flachen Absätzen.

In die schlüpfte sie hinein.

Sie horchte noch einmal an der Tür, doch ihr Mann verhielt sich zum Glück ruhig. Er schien keinen Verdacht zu schöpfen.

Die Frau nickte und lief wieder zum Fenster. Das Kleid hatte sie hochgekrempelt und mit zwei Sicherheitsnadeln festgesteckt. So mußte es gehen. Sie warf sich noch eine leichte Strickjacke über die Schultern und kletterte dann aus dem Fenster.

Das Hinaussteigen war ein Kinderspiel. Dann hockte sie rittlings auf der Fensterbank und schaute in die Tiefe.

Jetzt bekam sie doch etwas Angst.

Madelaine hoffte auch, daß niemand aus einem der anderen Fenster blickte und ihr zusah.

Langsam schwang sie das linke Bein über den Rand. Dann drehte sie ihren Oberkörper, so daß sie mit dem Gesicht zum Fenster schaute, ließ die untere Körperhälfte in die Tiefe gleiten und klammerte sich gleichzeitig mit beiden Händen am unteren querlaufenden Fensterholm fest. Langsam glitten ihre Hände ab, während sie gleichzeitig mit den Fußspitzen Halt suchte.

Sie fand keinen.

Panik flackerte in ihr hoch. Sie konnte das Gewicht nicht mehr halten, zu kraftlos waren die Finger. Da schob sich ihr linker Fuß in einen Spalt.

Und der rechte fand auch Halt.

Madelaine atmete auf.

Dann schob sie ihren rechten Fuß aus dem Spalt und ging etwas tiefer. Sie hatte, als sie zuvor aus dem Fenster schaute, einen Sims entdeckt, der wie für sie geschaffen entlang der Wand lief.

Und den wollte sie erreichen.

Der Schweiß lief ihr in Strömen über das Gesicht. Schnell und unregelmäßig ging ihr Atem. Sie war körperliche Anstrengung nicht gewohnt und setzte all ihre Kraft ein.

Da erreichte sie mit dem rechten Fuß den Sims. Er paßte sogar in seiner vollen Länge darauf.

Die Frau hätte jubeln können vor Freude. Der schwierigste Teil lag ihrer Meinung nach hinter ihr.

Sie riskierte es und warf einen Blick in die Tiefe.

Nein, die Distanz war noch zu groß. Wenn sie jetzt sprang, konnte sie sich auf dem unebenen Fels wer weiß was brechen.

Also noch tiefer.

Madelaine kletterte weiter. Ihr rechter Fuß glitt vom Sims herab und tastete sich weiter an der Mauer entlang. Die Spitze suchte nach Rissen und Spalten.

Ein Vogel flatterte erschreckt auf. Er hatte in der Mauerspalte gesessen, in die Madelaine schon kurz danach ihren Fuß klemmte.

Der linke folgte.

Auch für den fand sie eine Stütze.

Madelaine wunderte sich über sich selbst. Nie hätte sie gedacht, die Klettertour so einfach hinter sich zu bringen. Zwar hatte sie einige Fingernägel verloren, und sie durfte auch nicht daran denken, was geschah, wenn sie ausrutschte, aber der Wille, von ihrem Mann wegzukommen, trieb sie voran. Er war ihr innerer Motor. Was hatte sie alles unter Custer zu leiden gehabt! Er hatte sie behandelt wie das letzte Stück Dreck, hatte sie gedemütigt und geschlagen, wann immer es ihm paßte.

Nun war sie ihn los.

Oder vielmehr umgekehrt.

Noch hatte sie niemand entdeckt. Keiner schaute aus dem Fenster. Alle Scheiben blieben geschlossen. Ein paar letzte Sonnenstrahlen fielen gegen das Gemäuer und tauchten den Körper der Frau in einen goldenen Schein.

Unten im Tal wallten bereits die ersten Abendnebel. Von den kleinen Bächen aus krochen sie über Wiesen und Felder.

Die Hälfte der Strecke lag hinter Madelaine.

Doch allein war sie nicht.

Jemand beobachtete sie.

Er hockte in einem Gebüsch, das einen geheimen Ausgang tarnte. Dieser Jemand war kein anderer als der unheimliche Bogenschütze.

Und er war bereit.

Ein Pfeil lag bereits auf der Sehne. Der Unheimliche brauchte nur noch abzudrücken. Die Spitze des Pfeils zielte genau auf die nach unten kletternde Frau.

Lange genug hatte der Bogenschütze sie beobachtet. Jetzt verließ er sein Versteck.

Laub raschelte, als er die Zweige auseinanderbog und sich vor dem Gebüsch hoch aufrichtete.

Der Pfeil lag bereit.

Und plötzlich konnte der Unheimliche nicht anders. Er mußte lachen. Das Gelächter erreichte auch Madelaines Ohren. Plötzlich rann eine Gänsehaut über ihren Rücken. Sie drehte den Kopf, soweit es ging – und sah den unheimlichen Bogenschützen.

Da begann sie, gellend zu schreien…

Ich brachte Bill Conolly bis zu seiner Zimmertür.

»Und du willst mit diesem Verwalter reden?« fragte mich der Reporter.

»Ja.«

Bill hob die breiten Schultern. »Was versprichst du dir eigentlich davon?«

»Kann ich dir auch nicht sagen. Aber der Kerl gefiel mir nicht. Oder vielmehr dessen Reaktionen. Er benahm sich anders. War nicht entsetzt, sondern sah mir eher zufrieden aus. Ich gehe jede Wette ein, Bill, dieser Mensch weiß mehr.«

Mein Freund nickte. »Soll ich nicht doch lieber mitgehen?«

»Nein, auf keinen Fall.« Ich war entschieden dagegen. »Dein Platz ist an der Seite deiner Frau und deines Sohnes.«

Bill schlug mir auf die Schulter. »Okay, mach's gut.«

Er verschwand in seinem Zimmer.

Ich ging eine Tür weiter und holte meine Ersatzberetta aus dem Koffer. Es war ein beruhigendes Gefühl zu wissen, daß sie im Holster steckte.

Dann suchte ich die Räume des Verwalters auf.

Sie befanden sich einen Stock tiefer. Ich mußte wieder durch den Rittersaal.

Der Tote saß als makabre Erinnerung an den geheimnisvollen Mörder noch immer an der Tafel. Die Decke war etwas verrutscht, und eine verkrampfte Hand ragte darunter hervor. Sie lag auf der Tischplatte, die weiterhin mit den Überresten der Speisen beladen war.

Wo die Bibliothek lag, konnte ich anhand der Richtungspfeile erkennen, die in unregelmäßigen Abständen an den Wänden hingen. Sie waren für die Besucher des Schlosses gedacht.

Ich brauchte Roman Willard nicht zu suchen, er kam mir bereits entgegen. Als er mich sah, blieb er stehen und runzelte die Stirn. »Ah, der Herr Oberinspektor persönlich. Was führt Sie zu mir?«

»Ich möchte mit Ihnen reden.«

»Bitte sehr.« Er deutete über seine Schulter. »Ich habe versucht, die Telefonleitung zu reparieren, aber ohne Erfolg. Da müssen Fachleute kommen.«

Ich lächelte. »Was nicht geht, das geht nicht«, sagte ich vage. »Aber vielleicht haben Sie für mich einige Minuten Zeit.«

»Natürlich, kommen Sie.«

Der Verwalter führte mich durch die Bibliothek in einen Raum, den er sich als Lesezimmer eingerichtet hatte. Zwei hohe Ohrensessel strahlten Gemütlichkeit aus. Ein dicker Teppich schluckte die Laute. Auf einem kleinen Lesetisch lag ein aufgeschlagenes Buch mit dem Rücken zum Betrachter.

Es war eine Originalausgabe von Lord Byron.

»Nehmen Sie Platz«, sagte der Verwalter und deutete auf einen der Sessel.

Ich setzte mich. Man saß wirklich bequem. Das dicke grüne Leder duftete.

Der Verwalter wollte eine Stehlampe einschalten. Es tat sich nichts. Willard schlug gegen seine offene Handfläche. »Verdammt, das hatte ich vergessen, das Licht ist ja auch ausgefallen. Wir müssen uns, so leid es mir tut, mit Kerzen begnügen.«

Es wurde immer lustiger.

Irgendwie paßte auch alles zusammen. Das alte Schloß, kein elektrisches Licht, nur Kerzenschein und ein geheimnisvoller Mörder.

Wenn das kein Grusel war.

Fast wie bei Edgar Wallace...

Roman Willard hatte mir gegenüber Platz genommen. Er trug nicht mehr seinen Smoking, sondern normale Kleidung. Eine sportliche Kombination aus grünem Cord.

Mir kam sein Lächeln falsch vor. Trotzdem ließ ich mir nichts anmerken.

»Sie wissen sicherlich, Mr. Willard, daß von den anwesenden Personen hier niemand als Täter in Frage kommt.«

Er hob die Hand. »Sie vergessen das Personal.«

Ich winkte ab. »Welchen Grund sollten die Leute haben, uns zu ermorden?«

»Stimmt.«

»Bleibt also nur noch einer«, fuhr ich fort.

»Der unheimliche Bogenschütze!« Willard nahm mir die Worte aus dem Mund.

»Ich sehe, Mr. Willard, wir verstehen uns. Und um diesen Bogenschützen geht es mir. Auch ein Gespenst mordet nicht ohne Motiv, und das möchte ich von Ihnen erfahren. Sie sind der Verwalter des Schlosses. Sie kennen seine Geschichte. Sie wissen über die Ahnenfolge Bescheid und können mir sicherlich mehr über den Bogenschützen verraten.«

Willard schaute mich an. Spott funkelte in seinen Augen. »Sagen Sie bloß, daß Sie als Polizeibeamter daran glauben.«

»Ich glaube daran.«

Er lachte auf. »Und dabei habe ich immer gedacht, ihr seid nüchtern denkende Menschen.«

»Wobei das eine das andere nicht auszuschließen braucht«, entgegnete ich ihm. Bewußt teilte ich dem Verwalter nichts von meiner eigentlichen Funktion mit. Falls er wirklich in der Geschichte mit drin hing, hätte ich ihn nur gewarnt. Und das wollte ich auf keinen Fall. Er sollte mich für einen normalen Polizisten halten, wenn ich schon dazu gezwungen worden war, mein Inkognito zu lüften.

Roman Willard kramte umständlich in seiner rechten Jackentasche herum und holte schließlich eine Blechschachtel hervor, in der sich Zigarillos befanden.

»Möchten Sie auch rauchen, Oberinspektor?«

»Nein, danke.«

»Okay.« Er zündete sich das Zigarillo an und begann endlich zu sprechen. »Vor etwa 400 Jahren herrschte hier der Earl of Nottingham. Er war ein regelrechter Tyrann, unterdrückte sein Volk und erpreßte hohe Steuern. Die Menschen verarmten, aber sie gaben nicht auf. Mutige Männer schlossen sich zu einer Widerstandsbewegung zusammen, und ähnlich wie es Robin Hood und seine Getreuen damals im Sherwood Forest vorexerziert hatten, griff auch der Club of Liberty die Obrigkeit und deren Diener an. Sie verstrickten sich in harte Partisanenkämpfe, und die Wälder um Nottingham waren ihre Schlupfwinkel. Schon bald hatte der Earl of Nottingham herausbekommen, wer der Anführer der Freiheitsbewegung war. Ein gewisser William Hunter. Dieser Mann galt als der beste Bogenschütze im gesamten Land. Wenn er schoß, dann traf er auch. Er dezimierte die Truppen des verbrecherischen Grafen um ein Drittel, bis der Earl of Nottingham es leid war. Er setzte eine hohe Belohnung auf den Kopf des Anführers aus, aber auch das Gold lockte die Jäger nicht. Hunter hatte seine Getreuen fest im Griff. Bis dann dieser Unfall passierte. Im Kampfgetümmel erschoß William Hunter aus Versehen einen, sagen wir, Geistlichen, der gleichzeitig als Magier am Hofe des Grafen tätig war. Doch der Geistliche hatte, bevor er starb, noch so viel Kraft, den Bogenschützen zu verfluchen. Nach diesem Fluch gelang Hunter nichts mehr. Bei der nächsten

Attacke wurde er überwältigt und dem Grafen vorgeführt. Der hielt einen Schauprozeß ab und ließ Hunter aufhängen. Von dem Fluch wußte er nichts. Der Tote wurde in dieser Burg verscharrt und geriet in Vergessenheit. Doch der Fluch schwebte nach wie vor über ihm. Zwanzig Jahre später geschahen die ersten Morde. Die Familie des Grafen und deren Nachkommen fielen seinen Pfeilen zum Opfer. Der unheimliche Bogenschütze rächte sich furchtbar. Er war zu einem mordenden Geist geworden. Wie die Geschichte berichtet, wird er so lange weitermorden, bis ihn jemand von seinem Fluch erlöst. Das ist eigentlich alles, Oberinspektor.«

Ich zündete mir eine Zigarette an. Ein paar Fragen hatte ich schon noch.

»Ist der Bogenschütze auch in den letzten Jahrhunderten aufgetaucht?«

»Soviel ich weiß – nicht. Er hielt Ruhe, als er das Geschlecht der Nottinghams ausgerottet hatte.«

»Aber jetzt schlägt er wieder zu«, sagte ich. »Wissen Sie den Grund, Mr. Willard?«

Der Verwalter hob die Schultern und wich meinem Blick aus. Er bot mir statt dessen etwas zu trinken an.

Ich nahm einen kleinen Whisky. Es war ein zwölf Jahre alter Sotch, und er schmeckte mir ausgezeichnet. »Sie haben immer noch nicht meine Frage beantwortet, Mr. Willard.«

»Was soll ich Ihnen darauf sagen? Ich bin nicht der Bogenschütze.«

Ich musterte ihn über den Glasrand hinweg. »Das weiß ich, Mr. Willard, aber vielleicht kennen Sie den Grund seines plötzlichen Auftretens.«

»Wie kommen Sie darauf?«

»Sie waren nicht sehr entsetzt, als sie den Toten sahen.« Ich sagte ihm jetzt direkt ins Gesicht, was ich dachte.

»So?«

»Ja. Meiner Meinung nach haben Sie sich sogar auf eine gewisse Art und Weise gefreut.«

Der Verwalter schoß förmlich aus seinem Sessel. »Sie wissen genau, was Sie da sagen, Oberinspektor?«

»Ja, das weiß ich.«

»Dann werde ich mich über Sie beschweren. Das ist eine Unterstellung, die Sie mir da ins Gesicht geschleudert haben. Sie haben keinerlei Beweise.« Er schnappte nach Luft. »Wie kommen Sie überhaupt auf diesen ungeheuerlichen Verdacht?«

»Darauf kann ich Ihnen eine Antwort geben. Sie hängt mit dem Straßenbau zusammen.«

»Das verstehe, wer will – ich nicht.«

»Sie bekommen schon eine Erklärung.«

Der Verwalter setzte sich wieder und blickte mir lauernd ins Gesicht.

Ich ließ ihn auch nicht lange im unklaren. »Es ist durchaus denkbar, daß Sie, auf welche Weise auch immer, den Bogenschützen und dessen Taten fördern. Denn wenn das Schloß und ein großer Teil des Geländes dem Straßenbau zum Opfer fielen, wären Sie, Mr. Willard, arbeitslos. Sie müßten normalerweise ein großes Interesse daran haben, daß das Schloß in seiner ursprünglichen Form erhalten bleibt. Und um dieses Ziel zu erreichen, greifen Sie eben zu diesem Mittel.«

Nach diesen Worten entstand eine Schweigepause. Im Zimmer war es immer dunkler geworden. Die Sonne sank, das Tageslicht wurde schwächer. Die Landschaft draußen versank im Grau der Dämmerung.

Dann fragte der Verwalter: »Und das ist wirklich Ihre Meinung, Oberinspektor?«

»Ja.«

Willard lächelte verzerrt. »Solchen Unsinn habe ich noch nie gehört. Sie haben wirklich eine rege Phantasie, Mr. Sinclair.«

Ich nickte. »Das gebe ich sogar zu. Aber nennen Sie mir eine andere Möglichkeit.«

Willard hob die Schultern. »Es gibt keine andere Möglichkeit. Ich weiß selbst nichts.«

»Das wiederum nehme ich Ihnen nicht ab.« Ich lächelte. »Es muß doch ein komisches Gespenst sein, das Autoreifen zerschneidet und die Stromversorgung unterbricht.«

»Was wollen Sie damit sagen?«

»Daß dieser Bogenschütze einen Helfer haben muß, ganz einfach. Und daß ich Sie in Verdacht habe, Mr. Willard, dieser Helfer zu sein.«

»Ich kann Sie davon nicht heilen«, erwiderte der Verwalter. »Sie können mich ja unter Beobachtung halten, und Sie werden sehr rasch merken, wie unsinnig und verleumderisch Ihre Behauptungen sind.«

»Es würde nichts dabei herauskommen, wenn ich Sie jetzt unter Beobachtung halte, Mr. Willard. Sie werden schon vorher alles geplant haben.«

»Danke für die Blumen!«

Meine Stimme wurde noch ernster. »Da ist etwas, was ich Ihnen noch sagen sollte, Mr. Willard. Ein Mord reicht mir. Pfeifen Sie Ihr Gespenst zurück, oder bringen Sie mich mit dem Bogenschützen zusammen. Ich will nicht, daß es noch mehr Tote gibt.«

»Kann ich was dafür?«

Dieser Kerl war ungeheuer stur. Andererseits, wer gibt schon gerne zu, daß er mit einem Mörder unter einer Decke steckt? Nein, ich mußte ihm anders kommen.

»Die Straße wird übrigens nicht gebaut«, sagte ich.

»Was ist das denn wieder für ein Trick?« Willard verengte die Augen zu Schlitzen.

»Kein Trick, sondern die Wahrheit. Mrs. Conolly verweigert ihre Zustimmung.«

»Was hat das mit mir zu tun?«

»Pfeifen Sie Ihr Gespenst zurück, verdammt!« wiederholte ich aufgebracht. »Ich will keine Morde mehr!« Hastig stand ich auf. »Es ist schon zuviel Unheil angerichtet worden!«

Wie zur Bestätigung meiner Worte hörte ich einen gellenden Schrei!

Den Schrei einer Frau!

Auch Jerry Custer hatte den Schrei vernommen. Und er kannte ihn. Denn so brüllte nur seine Frau.

Aber er war draußen aufgeklungen.

Custer schaltete schnell und lief zum Fenster. Mit einem Ruck riß er es auf und beugte sich hinaus.

Von seiner Höhe aus betrachtet sah es aus, als würde Madelaine an der Hauswand kleben und jeden Moment abstürzen. Sie war verrückt, einfach wegzulaufen, und dann noch auf diese Art und Weise.

»Madelaine!« schrie Custer. »Bist du wahnsinnig? Du kannst doch nicht...«

Dann sah er den Bogenschützen.

Hoch richtete der Unheimliche sich auf. Den Bogen hielt er bereits gespannt, und Custer sah die Spitze des Pfeils auf sich gerichtet.

Weit riß er die Augen auf.

Da zog der Bogenschütze ab.

Custer wollte ausweichen, doch er war plötzlich wie gelähmt. Der Pfeil raste ungeheuer schnell auf ihn zu. Er hörte noch das zischende Geräusch, dann spürte er dicht unterhalb der Kehle einen ungeheuren Schlag, bäumte sich auf und fiel im nächsten Moment in den unendlichen Schacht des Todes.

Der unheimliche Bogenschütze aber hatte ein weiteres Opfer gefunden...

Der Schrei war nicht innerhalb des Schlosses aufgeklungen, sondern außerhalb.

Irgend etwas Schreckliches mußte dort draußen geschehen sein.

Ich sprintete zum Fenster und riß es auf. Hinter mir hörte ich die Schritte des Verwalters, kümmerte mich aber nicht darum, denn zum erstenmal sah ich den unheimlichen Bogenschützen.

Und er schoß.

Unwillkürlich zog ich den Kopf ein, doch der Pfeil galt nicht mir, sondern einem Ziel über mir.

Ich drehte den Kopf.

Madelaine Custer stand unterhalb eines schmalen Simses. Sie klebte förmlich an der Wand, und es sah so aus, als würde sie jeden Moment abstürzen.

Die Frau befand sich zwischen den Stockwerken, während über ihr Jerry Custer tot im Fenster hing. Der Pfeil, der ihn getroffen hatte, zitterte noch.

In mir schoß ein unbändiger Zorn hoch. Wut auf diesen hinterhältigen Mörder, der unschuldige Menschen tötete. Die Beretta schien mir wie von selbst in die Hand zu springen, doch bevor ich schießen konnte, war der Bogenschütze schon verschwunden. Er war hinter einem Gebüsch untergetaucht.

Ich jumpte aus dem Fenster und mußte mich innerhalb von Sekundenbruchteilen entscheiden, was wichtiger war. Die Verfolgung des Bogenschützen oder die Rettung der Frau.

Madelaine Custer wankte. Lange würde sie sich nicht mehr halten können.

Ich steckte die Pistole weg und stellte mich breitbeinig hin.

»Springen Sie!« rief ich.

Es war ein verdammt schwieriges Unterfangen. Das Gewicht der Frau konnte auch mich zu Boden schmettern.

Noch zögerte sie.

»Machen Sie schon!«

Da ließ sich Madelaine Custer fallen.

Sie schrie dabei gellend auf. Ich ging noch einen Schritt vor. Der Körper raste auf mich zu – und…

Ein ungeheurer Schlag traf meine beiden ausgestreckten Arme. Gemeinsam mit Madelaine Custer fiel ich zu Boden, schlug mit dem Hinterkopf gegen den Fels und spürte, daß meine Haut auf dem Kopf aufplatzte.

Ich verbiß den Schmerz. Gebrochen oder verstaucht hatte ich mir zum Glück nichts.

Madelaine Custer lag neben mir und schrie wie am Spieß. Sie verstummte auch nicht, als ich sie anbrüllte. Erst ein leichter Schlag ins Gesicht – eine sichere Methode, eine hysterische Person zur Vernunft zu bringen – stoppte das Schreien.

Aus großen Augen schaute mich die Frau an. »Ihnen ist nichts passiert«, sagte ich.

Sie nickte. Ich glaubte jedoch nicht, daß sie mich verstanden hatte.

»John!«

Ich wandte den Kopf.

Bill Conolly stand am Fenster und winkte. Dann zeigte er nach links. In seiner Hand sah ich die Beretta schimmern.

Ich ahnte, was Bill wissen wollte.

»Er ist tot!« rief ich. »Der Bogenschütze hat ihn erwischt.«

Bill fluchte.

Auch Gilbert du Pré und sein Leibwächter Scarface schauten aus den Zimmerfestern.

»Was ist geschehen?« schrie du Pré überflüssigerweise.

Ich gab ihm keine Antwort, denn ich hatte andere Sorgen. Ich hatte mir die Stelle gemerkt, wo der Bogenschütze untergetaucht war, und die wollte ich mir ansehen.

Die Dämmerung nahm immer mehr zu. In den Tälern war es

schon fast dunkel. Als ich auf meinem Weg zum Gebüsch einen Blick auf das Schloß zurückwarf, sah ich im Zimmer des Verwalters flackerndes Licht. Der Mann hatte Kerzen angezündet.

Ich schluckte. Diese Nacht konnte hart werden, denn der Bogenschütze lief weiterhin frei herum.

Zwei der Gäste waren tot.

Wer stand als dritter auf seiner Liste?

Für einen Moment spielte ich mit dem Gedanken, alle anderen aus dem Schloß zu weisen. Aber war eine Flucht günstig? Trieb ich die Menschen, unter denen sich auch Freunde von mir befanden, nicht erst recht ins Verderben? Sie mußten, um die nächste Ortschaft zu erreichen, durch einen Wald. Und dort konnte der geheimnisvolle Bogeschütze hinter jedem Baum lauern.

Nein, es war besser, wenn wir im Schloß zusammenblieben.

Ich erreichte das Gebüsch. Nur ein paar Schritte weiter fiel eine Felswand steil ab. Meiner Meinung nach hatte der Mörder einen Fehler begangen, indem er sich so offen zeigte. An der Felswand war er sicherlich nicht hinuntergeklettert. Folglich mußte sich sein Versteck hier in der Nähe des Busches befinden.

Ich bog die Zweige auseinander und paßte nicht auf. Sie schnellten wieder zurück und klatschten mir ins Gesicht. Ein Blatt drang mir zwischen die Lippen. Ich spie es aus.

Wie ein Spurensucher im Wilden Westen suchte ich den Boden ab und fand sehr schnell, wonach ich forschte.

Die Eisenplatte war nicht zu übersehen. Als Quadrat war sie in den Fels eingelassen worden.

Hier also war dieser geheimnisvolle Bogenschütze verschwunden. Ein hartes Lächeln kerbte meine Lippen, als ich mich erhob. Ich hatte genug gesehen, aber ich würde über meine Entdeckung nicht unbedingt sprechen.

Vor allen Dingen sollte Roman Willard nichts erfahren.

Ich ging wieder zurück.

Madelaine Custer hatte sich aufgerichtet. Sie starrte zu ihrem toten Mann hoch, der noch immer mit der Hälfte seines Oberkörpers aus dem Fenster hing.

Sie erschrak, als ich ihr eine Hand auf die Schulter legte. Hastig drehte sie den Kopf. »Er ist tot!« flüsterte sie.

Ich nickte.

»Das – das wollte ich nicht.«

»Ich weiß, Mrs. Custer.«

Sie zog sich plötzlich zusammen, als würde sie frieren. Dann begann sie, über ihren Mann zu reden.

»Er hat mich aus der Gosse geholt«, erzählte sie. »Und er hat mich das auch spüren lassen. Ich war, wenn wir ausgingen, eine Frau, die was darstellte. Ich bin jung und sehe nicht schlecht aus. Custer konnte mit mir angeben, doch wenn wir allein waren, demütigte er mich. Ich habe ihn hassen gelernt, Mr. Sinclair. Aber den Tod habe ich ihm nicht gewünscht.«

Ich hörte ihr zu, obwohl mir die Zeit unter den Nägeln brannte, aber Madelaine Custer mußte ihre Sorgen einmal loswerden.

»Sorry«, sagte sie, »aber ich glaube, ich rede Unsinn.«

Ich schüttelte den Kopf. »Das reden Sie keineswegs. Es tut gut, wenn man über seine Probleme sprechen kann.«

Sie nickte. »Das stimmt.«

Ich bat sie, wieder ins Schloß zurückzukehren. Ich begleitete sie.

»In dem Zimmer bleibe ich aber nicht«, sagte sie, als wir das Gebäude betraten.

»Das brauchen Sie auch nicht«, erwiderte ich. »Es wird sich bestimmt noch ein anderer Raum finden lassen.«

Der Verwalter begegnete uns. Er war nicht allein. Das gesamte Personal stand ihm zur Seite. Jeder hielt eine Kerze in der Hand.

Als Willard mich sah, blieb er stehen. »Wir müssen für Licht sorgen, Oberinspektor«, sagte er.

Ich nahm ebenfalls zwei Kerzen. »Es ist Ihnen doch klar, daß wir Mrs. Custer ein neues Zimmer anweisen?«

»Natürlich. Es sind noch genügend frei.«

Wir gingen hoch in die erste Etage. Auf dem Gang trafen wir Sheila, Bill und die anderen Gäste. Scarface hielt jetzt eine Maschinenpistole umklammert. Mochte der Teufel wissen, woher er diese Waffe hatte. Der Kerl machte auf mich einen ziemlich nervösen Eindruck.

Ich unterließ es, ihn nach einem Waffenschein zu fragen. Andere Dinge waren jetzt wichtiger.

Bill und ich betraten das Zimmer des Toten. Andere wollten ebenfalls mit uns, doch ich drängte die Leute zurück.

»Wir können ihn nicht so liegen lassen«, meinte der Reporter.

Ich war seiner Meinung.

Gemeinsam hoben wir den toten Industriellen hoch und schafften ihn auf das Bett, wo wir ihn rücklings niederlegten.

Bill wischte sich mit dem Handrücken über die Stirn. »Wenn ich nur wüßte, wer der nächste ist«, sagte er.

Ich hob die Schultern.

»Sheila macht sich große Sorgen. Vor allen Dingen auch wegen des Kleinen. Ist denn mit dem Telefon nichts zu machen?« fragte er. »Wenn die Leitung wieder in Ordnung ist, könnten wir uns ein Taxi kommen lassen und Sheila mit Johnny wegschicken.«

»Es ist alles zerstört worden, wie mir der Verwalter sagte.«

»Du hast mit ihm gesprochen?«

»Ja. Und ich habe ihm auch einige unangenehme Fragen gestellt.«

»Wie hat er reagiert?«

»Überhaupt nicht. Er tat völlig unbeteiligt.«

»Schlechtes Gewissen?«

»Bestimmt«, antwortete ich.

Bill Conolly nahm eine Decke und legte sie über den Toten. »Was hast du vor?« fragte er.

»Ich hole mir den Mörder.«

»Und wie?«

Ich erzählte ihm von meiner Entdeckung.

Bills Augen wurden groß. »Das ist 'n Ding«, sagte er. »Wer weiß denn alles bisher davon?«

»Nur du. Willard habe ich nichts gesagt.«

»Das war gut. Wann willst du einsteigen?« fragte Bill.

»Ich warte noch, bis es völlig dunkel ist, dann gehe ich los.«

Mein Freund nickte. »Soll ich dich nicht begleiten?«

»Unsinn, du bleibst hier. Sheila und der Kleine sind schutzlos. Ich kriege das Gespenst schon.«

»Hoffentlich.«

Wir verließen den Raum wieder.

Gilbert du Pré regte sich schrecklich darüber auf, daß kein Licht mehr vorhanden war.

»Es ist eine bodenlose Schweinerei!« schimpfte er. »Und Sie, Willard, sind schuld! Man sollte Sie…«

»Keine Drohungen, du Pré«, sagte ich.

»Halten Sie sich da raus, Bulle!«

»Wenn Sie unbedingt Ärger haben wollen, dann können Sie ihn bekommen«, erwiderte ich.

Du Pré starrte mich an, als wollte er mich fressen. Neben ihm stand Scarface. Die Mündung der Maschinenpistole zeigte zu Boden.

»Und legen Sie die Bleispritze zur Seite«, befahl ich dem Narbengesicht. »Die Waffe könnte zu leicht losgehen.«

»Damit schieße ich diesen Bogenschützen in Fetzen!« zischte Scarface.

Ich grinste nur verächtlich. Normale Kugeln haben noch nie etwas gegen Gespenster oder Geister ausgerichtet.

Madelaine Custer kam aus ihrem Zimmer. Sie trug zwei Koffer und wandte sich an Bill Conolly.

»Kann ich nicht bei Ihnen und Ihrer Frau die Nacht über bleiben?« fragte sie ängstlich. »Allein fürchte ich mich.«

Bill hatte nichts dagegen. In der Stunde der Gefahr mußten alle zusammenhalten.

Die Frau war beruhigt.

Sheila nahm sich ihrer an. Die beiden Frauen verschwanden im Zimmer der Conollys.

Willard hatte inzwischen sämtliche Kerzen verteilen lassen. Sogar du Pré hielt eine in der Hand. Er fluchte, als ihm flüssiger Talg auf die Finger rann.

»Was machen wir jetzt?« fragte er.

Ich gab die Antwort. »Wir werden versuchen, die Telefonleitung zu reparieren, und aus diesem Grund möchte ich Sie bitten, bis zur Instandsetzung auf Ihren Zimmern zu bleiben.«

»Damit uns der Killer umbringen kann?«

»Sind Sie woanders sicherer?« fragte ich dagegen.

Darauf schwieg du Pré. Er gab Scarface einen Wink, und die beiden verschwanden. Hart knallte die Tür hinter ihnen ins Schloß.

Ich atmete auf, merkte jedoch, daß mich Willard beobachtete. Als sich unsere Blicke trafen, glaubte ich, um seinen Mund ein spöttisches Lächeln spielen zu sehen. Ich konnte mich allerdings auch getäuscht haben, denn die Lichtverhältnisse waren nicht gerade die besten. Da die Kerzen bewegt wurden, warf ihr Schein zuckende Schatten über die Wände. Sie tanzten hin und her und bildeten skurrile Figuren.

Ich ging auch, aber nicht auf mein Zimmer, sondern nach draußen, um mir die Wagen anzusehen.

Alle Reifen waren in der Tat zerschnitten. Auch die eines Range Rover. Dieser Wagen – das hatte ich zwischendurch erfahren – gehörte dem Verwalter. Ich hatte ihn nach wie vor im Verdacht, an den Morden beteiligt zu sein. Wahrscheinlich war er auch der Reifenstecher. Damit er nicht auffiel, hatte er seine Reifen gleich mit durchgeschnitten. Raffiniert gemacht.

Ich öffnete die Beifahrertür des Bentley und holte aus dem Handschuhfach eine Taschenlampe. Sie würde mir sicherlich gute Dienste erweisen, wenn ich in die Unterwelt hinabstieg.

Niemand kam mir entgegen, als ich das Schloß wieder betrat und in mein Zimmer ging.

Dort setzte ich mich ans Fenster und wartete.

Es wurde sehr schnell dunkel.

Ich saß noch immer am Fenster und schaute nach draußen. Da der Tag wolkenlos gewesen war, sah ich zahlreiche Sterne blitzen, zwischen denen, wie ein Wächter, der Halbmond stand und ein fahles Licht auf die Erde goß.

Das Gebüsch, hinter dem die Klappe versteckt lag, sah ich nicht mehr. Die Dunkelheit hatte es verschluckt. Ich konnte die Umrisse höchstens ahnen.

Gesehen hatte ich hinter dem Schloß niemanden. Auch nicht Mr. Willard, den Verwalter. Ihm traute ich jedoch zu, daß er auf mich lauerte, denn unser Mißtrauen beruhte auf Gegenseitigkeit.

Ich ließ noch eine Viertelstunde verstreichen und rauchte eine Zigarette. Den Durst löschte ich mit Mineralwasser.

Dann stand ich auf, schlich auf Zehenspitzen zur Tür und öffnete sie. Der Gang war leer. Hinter du Prés Zimmertür vernahm ich erregte Stimmen. Der Buchmacherkönig schimpfte mit seinem Leibwächter. Das ging mich nichts an.

Ich schlich weiter, erreichte die Treppe und ging auf Zehenspitzen nach unten. Leider war mir nicht bekannt, wo der Hinterausgang lag. Ihn groß zu suchen, hatte ich keine Lust, und so verließ ich das Schloß durch den Vordereingang.

Wie ein Dieb schlich ich durch die Nacht und hoffte inständig, daß mich niemand bemerkte, als ich zur Rückseite der Burg unterwegs war.

Ich mußte an der Küche vorbei. Hinter den beiden Fensterscheiben flackerten Kerzen. Ich riskierte einen Blick durch das Fenster.

Das Personal saß versammelt um einen Tisch. An den Gesichtern der Menschen erkannte ich, daß sie Angst hatten. Sogar Ed Morris, der Butler, hatte sich zu den dienstbaren Geistern gesellt.

Ich schlich weiter.

Erst als ich die Vorderseite abging, da merkte ich, wie groß das Schloß wirklich war. Mir kam die Zeit sehr lang vor. Und wer wußte schon, welche Geheimgänge sich unter dem Gebäude befanden? So ganz wohl war mir nicht, wenn ich daran dachte, welcher Weg vor mir lag. Aber es gab keine andere Möglichkeit.

Immer wieder blieb ich stehen und schaute zurück.

Niemand folgte mir.

Auch von dem unheimlichen Bogenschützen sah ich nichts. Es raschelte zwar hin und wieder im nahen Wald und in den Büschen, doch diese Geräusche wurden von Tieren verursacht.

An der Westseite wuchs der Wald bis fast an die Mauern heran. Zweige streiften meine Schultern, als ich dicht an der Mauer entlangschlich.

Ich erreichte die Rückseite.

Stille.

Tief atmete ich ein, ging ein wenig vor und warf einen Blick an der Schloßwand hoch.

Hinter den Fenstern der Gästezimmer bewegte sich ein rotgelber, unruhiger Schein.

Kerzenlicht…

Es hätte direkt romantisch sein können, wenn dieser Bogenschütze nicht gewesen wäre.

So aber konnte der Mörder jeden Augenblick zuschlagen. Der Gedanke daran machte mich kribbelig. Wenn er ein normaler Mensch gewesen wäre, hätten unsere Chancen wesentlich besser gestanden. So aber waren wir im Hintertreffen.

Überall konnte er lauern. Im Keller, in den Gängen des Schlosses und auch draußen.

Wenn ich daran dachte, wurde mir doch ein wenig mulmig. Denn ein hart abgeschossener Pfeil hatte fast die gleiche Wucht wie eine Revolverkugel.

Nichts geschah.

Völlig unbehelligt konnte ich die freie Fläche zwischen der Rückseite des Schlosses und dem Abgrund überqueren.

Dann stand ich vor dem Gebüsch. Aus dieser Deckung hatte der Bogenschütze seinen zweiten Mord verübt. Ich schaute an dem Gebüsch vorbei hinab ins Tal.

In der Ferne funkelten winzige Lichter. Der nächste Ort. Zwei helle Augen bewegten sich schlangengleich hin und her.

Ein Wagen, der über eine kurvige Straße rollte.

Wie weit weg war das doch…

Der leichte Abendwind säuselte durch das Blattwerk der Bäume. Irgendwo schrie ein Käuzchen.

Bevor ich mich bückte und in das Gebüsch hineindrang, schaute ich mich noch einmal um.

Ich war allein.

Die Taschenlampe brauchte ich noch nicht. Ihr Schein hätte mich nur verraten.

Dann sah ich die Platte.

Meine tastenden Finger fuhren über rostiges Eisen und fanden den schmalen Griff, an dem ich die Platte hochheben konnte.

Ich zog.

Himmel, das Ding war schwer.

Beim zweitenmal schaffte ich es. Die Eisenplatte kippte über. Ich fing sie ab damit sie nicht mit einem lauten Geräusch auf den Fels prallte.

Dunkel gähnte mir die Öffnung entgegen. Modrig riechende Luft strömte aus dem Schacht und in meine Nase.

Jetzt schaltete ich die Lampe ein.

Das rostige Steiggitter war nicht zu übersehen. Die Sprossen waren in den Fels gehauen worden. Sie sahen zwar nicht gerade vertrauenerweckend aus, aber ich hoffte, daß sie mein Gewicht hielten.

Jetzt gab es kein Zurück mehr. Ich mußte den Einstieg wagen.

Leicht ging ich in die Knie, behielt die Lampe eingeschaltet – und hörte hinter mir das Geräusch.

Ich wollte herumfahren – doch es war bereits zu spät.

»Bleib ruhig stehen, Bulle, sonst jage ich dir eine Kugel in deinen dummen Schädel!«

Der Mann, der diese Worte sagte, war kein anderer als Roman Willard, der Verwalter.

Er hatte mich überlistet!

Der kleine Johnny begann zu weinen. Klar, daß er durch den Lärm geweckt worden war.

Sheila stand auf und ging zu ihm. Sie versuchte, ihn mit Worten zu beruhigen, doch erst als sie ihn hochnahm, verstummte der Winzling.

Sheila kam mit ihm in den Living-room.

Als Johnny seinen Vater sah, lachte er.

Bill lächelte zurück.

»Ist das Ihr Sohn?« fragte Madelaine Custer.

Bill nickte stolz. »Ja.«

Die Frau lächelte verloren. »Ich hätte auch gern Kinder gehabt. Leider hatte das Schicksal für mich einen anderen Weg vorgesehen.«

Sheila setzte sich auf einen Stuhl. »Noch ist es für eine Umkehr nicht zu spät.«

»Das sagen Sie so.« Madelaine Custer sah schlecht aus. Die Tränen hatten Spuren in ihrem Gesicht hinterlassen. Sie war noch nicht dazu gekommen, sich zu schminken. Sie hatte aber auch keine Lust dazu. Ihr war alles egal. Wenn sie nur ihr Leben rettete.

Johnny quengelte wieder. Er drehte sich auf Sheilas Armen, und sie ließ ihn hinunter.

»Vielleicht hat er Hunger?« vermutete Bill.

»Soll ich ihm in der Küche etwas zu essen besorgen?« fragte Sheila.

Bill schüttelte den Kopf. »Um Himmels willen, nein. Ich lasse dich nicht allein gehen.«

Johnny krabbelte inzwischen auf Madelaine Custer zu.

Die Frau lächelte. Sie beugte sich vor und streckte ihre Arme aus, während Johnny seine kleinen Hände in die ihren legte.

»Er mag Sie«, sagte Bill.

Madelaine Custer schüttelte den Kopf. »Es ist seltsam, aber zum ersten Mal seit langer Zeit fühle ich mich richtig wohl, obgleich dieser schreckliche Mord an meinem Mann geschehen ist, aber ich kann einfach nicht trauern. Tut mir leid.«

»Daraus macht Ihnen auch niemand einen Vorwurf«, erwiderte Sheila Conolly.

Sie sah in dieser Frau nicht mehr eine Rivalin, sondern nur noch einen Menschen, der persönliche Schwierigkeiten hatte und Hilfe benötigte. Ja, man mußte Madelaine Custer helfen.

Johnny zog sich wieder zurück. Bill stand auf, hob ihn hoch, warf ihn in die Luft und sagte: »So, mein kleiner Racker, jetzt hole ich dir erst einmal etwas Gutes zu essen. Du mußt ja ganz verhungert sein.«

»Aber sei vorsichtig«, bat Sheila.

Bill setzte seinen Sohn ab. »Keine Angst, der Bogenschütze hat was anderes zu tun.«

»Denk auch an diesen du Pré. Er ist mir nicht geheuer. Ihn und dieses Narbengesicht mag ich nicht. Sie sind schlimme Menschen.«

Bill gab seiner Frau einen flüchtigen Kuß und ging zur Tür.

»Willst du nicht lieber die Pistole mitnehmen?« fragte Sheila besorgt.

»Nein, die ist bei dir besser aufgehoben.«

Der Reporter verließ das Zimmer. Wie ich, fand auch er einen leeren Gang vor.

Er schaute nach beiden Seiten und schritt dann auf die Treppe zu. Allerdings bemühte sich Bill nicht, besonders leise zu sein. Er wollte in die Küche.

Der Reporter hielt seine Augen offen. Roman Willard hatte überall Kerzen angezündet. Sie standen in hölzernen Ständern. Die Flammen brannten unruhig und flackerten.

Bill verlief sich einmal, dann aber fand er den Weg in die Küche. Er hörte Stimmengemurmel und klopfte an die Tür.

Das Murmeln verstummte.

»Ja, bitte?« ertönte die Stimme des Butlers.

Bill Conolly trat ein.

Das Personal schaute ihn an. Ed Morris erhob sich von seinem Stuhl und zog den Rock glatt. »Sie wünschen, Sir?« Auch jetzt hatte er seine würdevolle Haltung beibehalten.

»Ich hätte gern etwas zu essen, aber nicht für mich, sondern für meinen kleinen Sohn. Er hat Hunger.«

Ed Morris legte seine Stirn in Falten. »Sie können gern etwas haben, Sir, nur ist die Kühlung ausgefallen, da wir keinen elektrischen Strom mehr haben.«

»Ein paar Sandwiches reichen.«

»Das läßt sich machen, Sir.«

Polly sprang auf und holte aus der riesigen Kühltruhe Geflügel, Wurst und Käse. Sie belegte damit die Sandwiches, und als sie beim fünften angelangt war, winkte Bill Conolly lachend ab. »Es reicht, Miss Polly, wir wollen keine Kompanie verpflegen.«

»Ich gebe Ihnen noch eine Tüte.«

»Das ist nett.«

Der Reporter bekam seine Verpflegung eingepackt, bedankte sich noch einmal und ging.

Den Weg zurück kannte er jetzt. Er würde ihn in der Hälfte der Zeit schaffen, da war er sicher.

Bill war im Prinzip froh, daß Polly ihm so viel eingepackt hatte, denn auch er verspürte einen Bärenhunger. Und Sheila konnte sicherlich auch eine Stärkung vertragen.

Bill Conolly bog um eine Gangecke und sah vor sich den langen Korridor liegen, der ihn an einen Laufsteg erinnerte.

Er wußte, daß dieser Korridor in einen der Hauptgänge mündete, der ihn zu seinem Ziel bringen würde.

Ungefähr in der Mitte blieb Bill stehen.

Etwas hatte sich verändert.

Bill konnte zwar nicht sagen, was – alles schien normal zu sein, aber er spürte die aufkeimende Gefahr wie ein Seismograph die ersten Erdbebenwellen.

Da lag was in der Luft…

Jetzt bedauerte Bill Conolly es, seine Waffe nicht mitgenommen zu haben, aber, sich lange darüber Gedanken zu machen, dazu blieb ihm keine Zeit mehr.

Die Gefahr war da.

Auch in diesem Gang brannten Kerzen. Sie standen jedoch ziemlich weit voneinander entfernt, so daß es zwischen ihnen regelrechte dunkle Inseln gab. Bill blieb innerhalb einer solchen Insel stehen. Das Papier der Tüte knisterte. Der Reporter verzog wegen des verräterischen Geräusches das Gesicht.

Er spitzte die Ohren.

Bill lauschte auf Schritte, auf ungewöhnliche Geräusche, doch da tat sich nichts.

Und doch war etwas in der Nähe.

Lauerte…

Bill Conolly atmete tief ein. Vorsichtig ging er weiter. Dabei berührten nur seine Zehenspitzen den Boden. Er näherte sich wieder dem Rand des nächsten Lichtkreises, schritt an der aufgestellten Kerze vorbei, verursachte durch seine Bewegung einen Luftwirbel, so daß die Flamme anfing zu flackern.

Gespenstisch waren die Schatten, die über die Wände des Korridors glitten.

Aber der Bogenschütze zeigte sich nicht.

Bill atmete auf. Beruhigt wischte er sich mit dem Handrücken den Schweiß von der Stirn. Nur noch wenige Yards lagen vor ihm, dann mündete der Korridor in den Hauptgang.

Bill ging die letzten Schritte vor der Einmündung schneller. Er bog um die Ecke, machte einen Schritt – und blieb wie vom Donner gerührt stehen.

Vor ihm stand der unheimliche Bogenschütze!

Bill Conolly brauchte zwei, drei Sekunden, um die Überraschung zu verdauen, doch besser ging es ihm auch nicht.

Der Bogenschütze hatte ihn in der Hand – oder vor seiner Pfeilspitze.

Keine Chance für Bill.

Drei lange Schritte trennten ihn von der Horrorgestalt. Bill sah das rote Wams, dieses mützenähnliche Gebilde auf dem Kopf und darunter das halbverweste Gesicht.

Wie ein Denkmal stand der Bogenschütze dort. Kerzenschein geisterte flackernd um seine Gestalt.

Der Pfeil lag auf der Sehne und wurde ebenfalls an der Wand als Schatten vergrößert.

Der Unheimliche würde schießen.

Das war Bill klar.

Aber der Reporter wollte sich nicht einfach kampflos töten lassen. Er wagte den Angriff.

Aus dem Stand hechtete er vor und wuchtete sich auf den Bogenschützen zu.

Da ließ die Horrorgestalt die Sehne fahren.

Kräfte explodierten, wurden frei und setzten den mörderischen Pfeil in Bewegung.

Bill glaubte noch, ein Surren zu hören, dann bekam er einen ungeheuren Schlag gegen den Kopf…

Ich holte tief Luft und hätte mich dabei selbst in den Hintern beißen können.

Willard war schlauer gewesen als ich.

Ich hörte sein Kichern. »Laß dich nur nicht von dem Abstieg abhalten, Bulle. Ich freue mich darauf, mit dir in die Unterwelt steigen zu können.«

Das wurde ja immer besser. Dieser Typ besaß überhaupt keinen Durchblick. Wie wollte er mich in Schach halten, wenn er selbst die Steigeisen hinunterkletterte? Irgendwie überschätzte sich der gute Mr. Willard gewaltig, und ich sah wieder einen dicken Silberstreifen am Horizont auftauchen.

»Nur zur Information, Sinclair. Was ich in der Hand halte, ist eine Maschinenpistole.«

»Daß es kein Baumast ist, habe ich bemerkt.«

»Immer lustig, wie?«

»Es geht. Aber eine andere Frage brennt mir auf der Zunge. Wie haben Sie es eigentlich geschafft, ungesehen an mich heranzukommen?«

Willard kicherte. »Vielleicht bin ich ein Geist?«

»Geister schwitzen nicht.«

»Scheißer!«

Jetzt hatte ich ihn doch gekränkt. Natürlich suchte ich fieberhaft nach einem Ausweg, aber wenn der Typ tatsächlich eine Maschinenpistole in der Hand hielt, sah es für mich nicht sehr gut aus. Einen Mann, der eine einfache Waffe besaß, den konnte man leichter überwältigen, aber jemanden mit einer MPi, das war schon schlechter.

»Und ich soll also trotzdem in den Schacht steigen?« fragte ich.

»Sicher!«

»Was geschieht dann?«

»Das wirst du schon merken.« Seine Stimme klirrte.

Ich krümmte meinen Rücken und ging etwas hoch. Vielleicht

hatte der Kerl nur auf die Bewegung gewartet, ich weiß es nicht. Auf jeden Fall schlug er zu.

Ich spürte zwar noch den Luftzug und wollte den Kopf zur Seite drehen, doch es war schon zu spät.

Der Hieb mit dem Waffenlauf traf meinen ungeschützten Nacken.

Sofort gingen alle Lichter aus.

Willard und der unheimliche Bogenschütze aber hatten damit ihre beiden gefährlichsten Gegner ausgeschaltet. Jetzt hatten sie freie Bahn.

In einem anderen Zimmer vertrieben sich zwei Gangster auf ihre Weise die Wartezeit.

Gilbert du Pré hielt sich an einer Whiskyflasche fest, deren Pegel bereits auf die Hälfte gesunken war.

Scarface trank nicht. Er legte Karten, seine Lieblingsbeschäftigung. Die Maschinenpistole lag griffbereit neben ihm. Sollte irgend etwas geschehen, würde er sofort schießen.

Du Pré hatte Angst. Deshalb trank er. Und der Alkohol tat seine Wirkung. Die Angst schwand und machte einem Siegergefühl Platz. Wer wollte ihm denn schon was? Er war doch der King. Vor ihm zitterten zahlreiche Buchmacher. Und ein Gespenst, das gab es höchstens in Horrorromanen, aber nicht in Wirklichkeit.

Er nahm wieder einen Schluck.

Scarface quittierte dies mit einem besorgten Blick. Er kannte seinen Boß und wußte, daß er unberechenbar wurde, wenn er getrunken hatte. Dann kam er auf die wildesten Ideen.

Hart stellte du Pré die Flasche zurück auf den Tisch und stierte seinen Leibwächter an, der soeben seine letzte Karte aufdeckte.

Pik As.

Der Tod!

Scarface erschrak, ließ sich sein Gefühl aber nicht anmerken. Sein narbiges Gesicht zeigte keinerlei Regung.

»He, Scarface, was ist?«

Das Narbengesicht lächelte. »Nichts, was soll schon sein?«

»Du kannst mal für Unterhaltung sorgen.«

Scarface hob die Schultern.

Sein Boß rülpste und wischte sich dann mit dem Handrücken über die Lippen. »Hast du keine Ideen, du verdammter Penner?«

Das war wieder etwas, was Narbengesicht störte. Sein Boß beschimpfte ihn, wenn er betrunken war.

Scarface haßte dies. Er wagte jedoch nicht, seinem Boß dies mitzuteilen.

Du Pré grinste dämlich, verschränkte die Hände hinter dem Kopf und ließ sich rücklings aufs Bett fallen. »Wir sitzen hier dumm herum, und nicht weit von uns befinden sich zwei Weiber, nach denen man sich nur die Lippen lecken kann. Die eine Puppe, die schwarzhaarige, ist Witwe. Ich habe schon immer gern Witwen getröstet, und die Blonde ist auch super.«

»Sie hat aber einen Mann«, warf Scarface ein.

»Ach, mit dem werden wir spielend fertig. Wenn er aufmuckt, gib ihm eine Salve.«

»Du meinst, ich soll rübergehen?«

»Ja, hol mir die Puppen her. Wir wollen uns die Wartezeit verkürzen und verschönern. Der Balg wird sicherlich schlafen.«

»Was ist mit dem Bullen?«

»Wenn er was merkt, schick ihn auf die lange Reise.«

»Sinclair ist gefährlich. Ich kenne mich da aus, Boß!«

»Bist du eine Memme?«

»Nein, nur nicht lebensmüde. Außerdem schleicht hier immer noch der Killer herum.«

Du Pré richtete sich hastig auf. Zu hastig, denn er brauchte einige Sekunden, um klar sehen zu können, da sein Kreislauf plötzlich verrückt spielte.

Der Buchmacherkönig griff unter sein Jackett und zog eine Luger hervor. »Damit lege ich den Killer um!«

»Wird schwer sein, Boß!«

»Ach was!« Du Pré verengte seine Augen. »Ich glaube, Scarface, du hast Angst.«

»Nein, aber ich bin vorsichtig.«

»Soll ich mich nach einem anderen umsehen? Atkins war schon eine Niete, und du machst dir bald die Hosen voll. Das gibt's doch gar nicht. Schätze, dir geht's zu gut.«

»Ich bin nur vorsichtig. Atkins' Tod hat mir gereicht.«

Du Pré winkte ab. »Ach was, Atkins war eine Flasche. Du bist doch aus einem ganz anderen Holz geschnitzt. Weißt du was, Scarface? Ich erhöhe dein Gehalt um die Hälfte. Ist das ein Wort?«

»Sicher, Boß, nur ich habe vorhin die Karten gelegt, und die letzte Karte war das Pik As. Es bedeutet Tod!«

Du Pré verzog das Gesicht. »Kartenlegen, wenn ich das schon höre. Das ist der gleiche Quatsch wie dieses Gerede um Geister und Teufelsspuk. Wer sind wir eigentlich? Memmen?«

»Ich wollte dir nur geraten haben, Boß.«

Der Buchmacher nickte heftig. »Und ich rate dir jetzt, die Weiber zu holen.« Er griff wieder zur Flasche, setzte sie an und nahm einen kräftigen Schluck.

Scarface stand auf. Wohl war ihm bei der Sache nicht. Er hatte es im Gefühl, daß einiges schiefgehen konnte. Und auf sein Gefühl verließ er sich.

An der Tür drehte er sich noch einmal um und schaute zu seinem Boß hin.

Der wurde von zwei brennenden Kerzen eingerahmt. Sein Gesicht sah im Schein seltsam rot aus. Die Augen hatten einen schon glasigen Glanz. Du Pré war betrunken, daran gab es keinen Zweifel.

Die Maschinenpistole hatte der Killer mitgenommen. Er hielt sie in der rechten Hand.

»Nun geh schon!« zischte du Pré.

Scarface nickte und öffnete die Tür. Er schaute nach links und rechts.

Leer lag der Gang vor ihm.

Es war außerdem still, doch das Narbengesicht spürte, daß diese Ruhe trügerisch war. Er ließ seinen Blick nach rechts wandern. Schräg gegenüber hatte Sinclair sein Zimmer. Scarface wäre am liebsten hineingestürmt und hätte mit einer Salve alles geklärt. Doch er beherrschte seine Rachegefühle.

Wo die Frauen wohnten, wußte er.

Ein kaltes Lächeln kerbte seine Lippen, als er den Gang durchquerte und vor der Tür der Conollys stehenblieb…

»Ich kann mir nicht helfen, aber die Sache gefällt mir nicht«, sagte Sheila.

»Was gefällt Ihnen nicht?« Madelaine Custer richtete sich verwirrt in ihrem Sessel auf. Sie war eingeschlafen, trotz der Strapazen, die hinter ihr lagen.

»Bill, ich meine, mein Mann müßte längst zurück sein.«

»Ach, der wird schon kommen. Wie lange ist er denn weg?«

Sheila schaute auf die Uhr. »Etwas über zwanzig Minuten.«

Madelaine Custer erschrak. »So lange schon?« Sie wurde noch kalkiger im Gesicht. »Wie lange habe ich geschlafen?«

»Nicht viel kürzer.«

»O Gott.« Madelaine stand auf. Sie ging zum Fenster und schaute nach draußen.

Es war zu dunkel. Madelaine konnte nichts erkennen, obwohl sie ihr Gesicht direkt an die Scheibe preßte. Den kleinen Johnny hatte Sheila auf das halbrunde Sofa gelegt. Der Junge schlief bereits wieder.

Madelaine Custer drehte sich um.

Sheila war ebenfalls aufgestanden. Nervös nagte sie an ihrer Lippe. »Ob ich mal nachsehe?«

Hastig schüttelte die junge Witwe den Kopf. »Nein, bitte, lassen Sie mich nicht allein.«

»War auch nur ein flüchtiger Gedanke.« Sheila schaute an sich herunter. »Ich glaube, ich werde mir mal etwas anderes überziehen«, sagte sie.

Madelaine nickte. »Ich auch.«

Die beiden Frauen verschwanden im Schlafzimmer. Sheila schlüpfte aus ihrem festlichen Kleid und zog sich einen bequemen Hosenanzug aus Cord über.

Madelaine Custer begnügte sich mit einem grauen Faltenrock und einem roten Pullover. Sie sah direkt brav darin aus.

Rasch ging Sheila wieder zurück in den Wohnraum.

Johnny schlief weiterhin. Sheila war beruhigt.

Madelaine Custer kam und bot Bills Frau eine Zigarette an. Sheila rauchte höchst selten, aber jetzt nahm sie eine. Madelaine gab ihr Feuer. Die kleine Flamme zitterte.

Es schien, als habe sich ein elektrisches Spannungsfeld über das Zimmer gelegt. Zudem stand eine unausgesprochene Frage im Raum. Hatte Bill Conolly es geschafft, oder war er dem Bogenschützen über den Weg gelaufen?

Niemand wagte die Frage auszusprechen, und so verrann die Zeit.

»Ich bewundere Ihren Mut«, sagte Madelaine Custer plötzlich. »Ich wäre schon verrückt geworden.«

Sheila lächelte gekünstelt. »Keine Sorge, es kostet mich auch Beherrschung, ruhig zu bleiben.«

»Das glaube ich Ihnen. Sie wollten nicht verkaufen?«

»Nein. Ich finde, die Technik hat sich auf Kosten unserer Umwelt schon zu weit ausgebreitet. Wenn wir weiterhin nachgeben, wird es bald keine Natur mehr geben, und wir ersticken in unserem eigenen Dreck. So sieht es doch aus. Es geht nicht nur um die Straße. Wenn ich es zulasse, daß ein Teil des Waldes abgeholzt wird, nehme ich den Tieren ein Stück Lebensraum. Und das ist schlimm. Ich kann so etwas vor meinem Gewissen nicht verantworten.«

»So gesehen haben Sie recht. Allerdings hat sich mein Mann nie so recht darum gekümmert. Für ihn zählte nur das Geld.«

»Hatte er davon denn nicht genug?«

»Was soll ich sagen? Natürlich hatte er, aber er wollte immer mehr besitzen. Er hatte den Ehrgeiz, der reichste Mann Englands zu werden. Wollte alle überrunden. Die Quittung hat er bekommen.«

»Manche Menschen sind eben unbelehrbar«, sagte Sheila Conolly.

»Mehr als das, glauben Sie mir. Und ich habe mir fest vorgenommen, ein anderes Leben anzufangen. Sicher, ich werde erben, und mit diesem Geld werde ich meine eigenen Wünsche und Träume verwirklichen können. Ich glaube, das gibt mir mehr Lebensmut.«

»Ich wünsche es Ihnen«, erwiderte Sheila Conolly lächelnd und drückte ihre Zigarette aus.

Plötzlich zuckte Madelaine Custer zusammen.

»Was ist?« fragte Sheila.

»Ich habe vor der Tür ein Geräusch gehört. Das können Schritte gewesen sein.«

Sheila huschte zur Tür und legte ihr Ohr gegen die Füllung. Es waren in der Tat Schritte, die über den Gang schlichen.

»Ihr Mann?« fragte Madelaine.

»Nein«, gab Sheila flüsternd zurück. »Der würde sich nicht anschleichen.«

»Der Bogenschütze«, sagte Madelaine Custer erstickt.

Sheila Conolly rann eine Gänsehaut über den Rücken. Wenn

Madelaine wirklich recht hatte, waren sie verloren. Sheila warf einen Blick auf Johnny.

Der Kleine schlief.

Tief atmete sie ein.

Im selben Augenblick verstummten die Schritte.

Genau vor ihrer Tür.

»O Gott«, stöhnte Madelaine und preßte ihre Hand gegen die Lippen.

Da klopfte es!

Dumpf drang ein metallenes Klirren durch mein langsam erwachendes Bewußtsein.

Ich fühlte mich verdammt mies.

Mühsam öffnete ich die Augen.

Fackelschein!

Blakend und geisterhaft strich das Feuer über die Wände eines uralten Gewölbes.

Ich bekam einen Schreck.

Das Gewölbe war eine Folterkammer!

Und das Klirren?

Ich schaute nach links. Mein Arm hing halb erhoben vom Körper ab. Um mein Handgelenk steckte eine eiserne Manschette, die wiederum mit einer Öse in der rauhen Steinwand verbunden war.

Ein Blick in die entgegengesetzte Richtung zeigte mir, daß der rechte Arm auch gefesselt war.

Willard hatte mich angekettet.

Verdammt auch.

Wie er es geschafft hatte, mich in dieses Gewölbe zu schleppen, war mir ein Rätsel. Auf jeden Fall hing ich jetzt angekettet in dieser verdammten Folterkammer.

Und von Willard war nichts zu sehen.

Wollte der Kerl mich hier sterben lassen? Elendig verdursten und verhungern sollte ich? Zuzutrauen wäre es ihm schon, doch ich war sicher, daß er mir den Bogenschützen schicken würde.

Meine Beretta fehlte. Willard hatte sie mir abgenommen. Ich schaute mich um, obwohl mich jede Kopfbewegung schmerzte.

Die beiden rußenden Fackeln erhellten die Folterkammer mehr als dürftig. Die Marterinstrumente waren im Laufe der Jahrhunderte verrostet oder verfault. Ich glaubte kaum, daß die hölzerne Streckbank noch benutzt werden konnte, ebensowenig das Folterrad, an dem einige Speichen fehlten.

Die Daumenschrauben und die Eiserne Jungfrau, die aufgeklappt dastand, waren verrostet.

Ich schaute hoch zur Decke.

Das Gewölbe war so niedrig, daß ich nicht einmal aufrecht stehen konnte. Und die Luft war kaum zu atmen.

Probehalber zog ich an den eisernen Fesseln, doch sie hielten. Es rieselte höchstens etwas Rost zu Boden, mehr war nicht drin.

Allein und aus eigener Kraft würde ich die stabilen Ringe nicht loswerden.

Roman Willard, der Verwalter, hielt alle Trümpfe in seinen schmutzigen Händen.

Aber er war verschwunden. Ich fragte mich, wo er sich versteckt hielt.

Wahrscheinlich war er unterwegs, um den Bogenschützen herzuholen. Wenn ja, dann konnte ich einpacken.

Bei diesem Gedanken rieselte mir ein Schauer über den Rücken. Ich hatte die Treffsicherheit des mordenden Horrorwesens erlebt, und mir wurde unwohl, wenn ich daran dachte.

Ich saß auf dem Boden, aber die Stellung war unbequem. Ich rückte etwas zurück, bis ich mit dem Rücken gegen die Wand stieß. Das Anlehnen tat mir gut, und ich atmete auf.

Es war nicht absolut still. Das Pech der Fackeln schmolz knisternd und platschte manchmal zu Boden. Zudem bewegte sich oder knarrte immer etwas. Holz arbeitete, Schatten zuckten.

Die Tür der Folterkammer konnte ich nicht sehen. Sie lag im toten Winkel.

Ich drehte abermals meinen Kopf und sah mir die Stelle an, wo die Öse in die Wand geschlagen worden war.

Keine Chance, das Eisenstück herauszuziehen. Es war nachträglich einbetoniert worden.

Willard hatte vorgesorgt.

Ich hatte ihn von Beginn an für nicht ganz astrein gehalten, aber daß er solch ein Teufel war, hätte ich nicht für möglich gehalten. Zudem wurde er von einem noch schlimmeren unterstützt.

Der Bogenschütze würde keine Gnade kennen. Dämonen und Untote hatten nun mal keine menschlichen Gefühle.

Ich dachte auch an meine Freunde. Sheila, der kleine Johnny und Bill waren jetzt schutzlos. Ebenso wie Madelaine Custer. Du Pré und seinem Killer galt nur ein flüchtiger Gedanke. Dafür aber erinnerte ich mich an Mason Price, den Anwalt. Ich hatte ihn überhaupt nicht gesehen. War er klammheimlich verschwunden?

Rechnen mußte man damit. Er war sowieso eine undurchsichtige Figur in diesem verteufelten Spiel.

Und dann hörte ich das Kichern.

Es klang irr, siegessicher und gemein.

Und es war in dem Verlies aufgeklungen.

Ich drehte den Kopf ein wenig nach links, denn aus dieser Richtung hatte ich das hämische Geräusch gehört. Dort stand die Eiserne Jungfrau. Zwischen ihr und der Wand nistete die Dunkelheit.

Lauerte dort mein Freund?

Ja, er kam.

Die Umrisse eines Körpers schälten sich aus der Schwärze, und dann schlich Roman Willard auf mich zu. Als ihn der Fackelschein streifte, sah ich sein verzerrtes Gesicht, und ich bemerkte den nackten Irrsinn in seinen Augen. Willard hatte die Zähne entblößt. Die Lippen zeigten ein gemeines Grinsen.

Die Maschinenpistole hatte er sich über die Brust gehängt. Was er in der Hand hielt, war meine Beretta.

Die Mündung wies auf meinen Kopf!

Einen Schritt vor mit blieb er stehen. Sein Finger lag um den Abzug. Er brauchte das Glied nur zu krümmen, und die todbringende Kugel verließ den Lauf.

Nahezu schmerzhaft zog sich mein Magen zusammen. Wehrlos hing ich in den Ketten, und vor mir stand mein Todfeind.

»Ja, Bulle, da staunst du, was?« hechelte er.

Ich blickte ihn an. »Was haben Sie mit mir vor?«

Er lachte. »Kannst du dir das wirklich nicht denken?«

»Sie wollen einen Polizisten umbringen?« fragte ich ihn.

»Nein, ich nicht, das erledigt mein Freund William Hunter, den ich erweckt habe.«

»Dann sind Sie der Initiator?« fragte ich ihn.

»Genau. Ich wollte nicht, daß hier eine Straße gebaut wurde. Mein

Leben lang habe ich hier auf der Burg verbracht, und jetzt sollte alles zerstört werden? Niemals, sagte ich mir, und ich hatte Glück, daß ich eine alte Schrift fand, die sich mit Schwarzer Magie beschäftigte und mit der Auferweckung des Bogenschützen. Ich habe es geschafft. Er wird alle töten, die sich ihm und mir in den Weg stellen.«

Das waren große Worte, doch ich hatte keinen Grund, daran zu zweifeln. Den Beweis hatte der Bogenschütze bereits angetreten.

»Okay«, sagte ich, »gesetzt den Fall, Sie töten mich. Glauben Sie, daß Sie dem Gesetz entgehen können?«

»Was ist schon das Gesetz?« Mit der freien Hand winkte er ab. »Ich bin das Gesetz, wenigstens auf diesem Schloß. Hier geschieht nur das, was ich sage. Und wenn ich deinen Tod befehle, Bulle, dann wirst du umgelegt, da geht kein Weg dran vorbei!«

Warum sollte ich ihm nicht glauben? Ich brauchte nur in seine Augen zu sehen, um zu wissen, was los war.

»Wann kommt denn Ihr Bogenschütze?« fragte ich und gab meiner Stimme einen lässigen Unterton.

»Er hat noch zu tun. Schließlich warten genügend andere auf ihn.«

Mit stockte der Atem. Klar, diese Bestie würde keine Rücksicht auf Frauen nehmen.

Und auf Kinder?

Ich dachte an den kleinen Johnny, und plötzlich trieb es mit den Schweiß aus allen Poren.

Der Kerl erriet meine Gedanken. »Ja, Bulle, für deine Freunde sieht es schlecht aus. Ihr hättet zu Hause bleiben sollen, das wäre besser gewesen. Für euch.«

Er redete noch weiter. Er brauchte das einfach, um sein Triumphgefühl zu genießen.

Ich ließ ihn reden, denn wer redet, mordet nicht. Und ich hoffte auf eine Unvorsichtigkeit, aber den Gefallen tat er mir leider nicht.

»Haben Sie mich hier angekettet?« fragte ich ihn, als er zwischendurch Luft holte.

»Ja, das habe ich getan. Und ich persönlich habe auch die Ringe verstärkt. Beton hält ausgezeichnet, Bulle.«

Das wollte ich nur hören, denn nach dieser Antwort war ich sicher, daß er auch einen Schlüssel besaß.

Den Schlüssel zu meinen Handschellen.

Aber wie sollte ich den Kerl überwältigen?

Die Arme waren gefesselt, nur meine Beine waren frei. Aber auch Beine konnten zur Waffe werden.

Ich reizte ihn jetzt. »Warum schießen Sie nicht?« fragte ich. »Warum legen Sie mich nicht um? Sie sind zu feige, deshalb. Sie bringen es nicht über sich, den Finger zu krümmen, denn Sie würden sich vor Ihrer eigenen Tat erschrecken. Zum Mörder muß man geboren sein, das kann man nicht von heute auf morgen werden. Sie werfen Ihre Hemmungen nicht einfach über Bord. Sie nicht, Willard!«

Er wurde bleich. Das sah ich trotz den Fackelscheins, der durch das Gewölbe geisterte.

Stöhnend saugte er die Luft ein. »Noch ein Wort, Bulle, und ich tu's jetzt. Auf der Stelle.«

»Bitte!«

Ich reizte ziemlich hoch. Das Spiel stand auf des Messers Schneide. Ich konnte ebensogut als zweiter Sieger daraus hervorgehen. Zusätzlich besaß der Verwalter noch die Maschinenpistole. Wenn er die nahm, war ich sowieso verloren.

Aber die hing über seiner Schulter, und es war umständlich, sie abzunehmen.

Unsere Blicke trafen sich.

Halb offen stand sein Mund. Ein Speicheltropfen quoll über seine Unterlippe und rann am Kinn entlang.

»Das, Sinclair, war zuviel!« schleuderte er mir ins Gesicht. »Ich lege dich um und warte nicht mehr auf ihn!«

Er kam einen halben Schritt vor, zielte genau.

Jetzt mußte ich was tun.

Beine können zu Waffen werden, und das bewies ich noch in derselben Sekunde.

Mit einem gedankenschnellen Tritt säbelte ich ihm mit dem rechten Fuß den Stand weg.

Willard fiel nach links.

Dort lauerte mein anderer Fuß.

Der Tritt kam aus dem Kniegelenk und traf dort, wo ich treffen wollte.

Willard stöhnte noch einmal auf, fiel zu Boden, streckte sich und blieb bewußtlos liegen.

Ich atmete aus. Himmel, das hatte ich hinter mir. Ich war in

Schweiß gebadet, meine Kleidung klebte mir auf der Haut. Ich hatte selbst kaum damit gerechnet, daß ich es schaffen würde.

Aber es hatte geklappt.

Nun mußte ich an die Schlüssel kommen. Und das war schwierig genug.

Wiederum hatte ich nur meine Beine zur Verfügung. Ich rückte von der Wand weg, streckte mich und legte beide Beine über den Körper des bewußtlosen Roman Willard.

Noch ein winziges Stück konnte ich vorwärts rutschen, dann berührten meine Fußsohlen den Boden. Wenn ich jetzt die Beine anzog, konnte ich den Verwalter mit den Hacken an mich heranschieben.

Ich setzte alle Kraft ein.

Der Körper bewegte sich nicht.

Ein nächster Versuch.

Mein Keuchen erfüllte die Folterkammer tief unter der Erde. Ich spannte die Beinmuskeln, holte noch einmal tief Luft und drückte energisch gegen den Körper.

Er bewegte sich, rollte herum und lag jetzt näher an mir. Allerdings auf dem Bauch. So kam ich nie und nimmer an die Schlüssel heran.

Sie werden sich bestimmt fragen, wie ich es anstellen wollte, trotz der gefesselten Hände den Schlüssel in das Schloß der Kette zu schieben.

Es gab eine Möglichkeit. Meine Arme hatten genügend Spielraum, so daß ich sie nah an meinen Mund bringen konnte. Wenn ich mir den Schlüssel zwischen die Zähne steckte, mußte es eigentlich zu schaffen sein.

Eine andere Möglichkeit gab es nicht. In der Not kommt der Mensch eben auf die tollsten Gedanken.

Meine einzige Sorge bestand darin, daß Willard lange genug bewußtlos blieb, denn wenn er vorher aufwachte und ich ihn nicht ein zweites Mal ins Reich der Träume schicken konnte, war es aus.

Wieder gab ich meinen Füßen die nötige Kraft und rollte den Bewußtlosen auf den Rücken.

Ich schaute ihm ins Gesicht. Die Augen hielt er geschlossen, die Maschinenpistole lag quer über seiner Brust. Er atmete flach.

Ich rutschte wieder etwas zurück und streifte beide Schuhe ab.

Mit den Zehen zog ich auch noch meine Socken aus und war nun barfuß. Das mußte sein, denn die Füße sollten mir in diesem Fall die Hände ersetzen.

Ich winkelte mein Bein so weit an, daß ich den flachen Fuß in die rechte Jackettasche des Mannes schieben konnte. Probehalber bewegte ich die Zehen hin und her. Dann rutschte der Fuß in die Tasche hinein.

Und zum ersten Mal in diesem verdammten Fall hatte ich Glück. Mit der Zehenspitze stieß ich gegen einen kleinen Gegenstand aus Metall.

Der Schlüssel!

Vor Freude hätte ich schreien können. Jetzt mußte ich ihn nur noch aus der Tasche bugsieren.

Wie der übrige Körper, so waren auch meine Füße schweißnaß. Das gereichte mir jetzt zum Vorteil.

Metall klebt nämlich.

Den großen Zeh und seine »Nachbarn« spreizte ich, bewegte den Fuß ein wenig, und nach vier Versuchen hatte ich den Schlüssel soweit, daß er zwischen meinen Zehen klemmte.

Sofort zog ich den Fuß aus der Tasche.

Vorsichtig hob ich das Bein. Ich durfte den Schlüssel unter keinen Umständen fallen lassen, das hätte mich nur unnötige Zeit gekostet.

Ich zitterte, so sehr strengte ich mich an. Das Wasser rann mir in die Augen.

Würde ich das Kunststück tatsächlich fertigbringen und mich befreien können?

Den Oberkörper beugte ich meinem angewinkelten rechten Bein entgegen. Dann spürte ich das Reißen in den Schultergelenken. Die verdammten Ketten hielten mich zurück.

So gelenkig, daß ich den Schlüssel mit den Zehen in das winzige Schloß führen konnte, war ich leider nicht. Ich mußte es schon auf die andere, umständlichere Art versuchen.

Also das Bein noch höher.

Es war eine elende Schufterei. Manche Menschen bekommen ihre Zehen überhaupt nicht hoch bis zum Mund. Ich mußte dies in gefesselter Lage schaffen.

Ein Wahnsinn.

Aber es klappte.

Plötzlich steckte der Schlüssel in meinem Mund. Mit den Zähnen hielt ich ihn fest.

Ermattet ließ ich das Bein sinken. Jetzt mußte ich nur noch den kleinen Schlüssel um die eigene Achse drehen, damit er mit dem Bart nach vorn zeigte.

Im Gegensatz zu meiner vorherigen Leistung war dies direkt ein Kinderspiel.

Nun drehte ich den Kopf so weit nach rechts wie möglich. Auch die Kette spannte sich, bis es nicht mehr ging.

Die Innenseite der Hand zitterte direkt vor meinem Gesicht. Warmer Atem streifte die Haut.

Eine halbe Minute gönnte ich mir, um wieder neue Kraft zu schöpfen. Ich schielte dabei auch auf den bewußtlosen Verwalter. Er rührte sich nicht.

Zum Glück.

Nun wurde es haarig.

Es mußte mir gelingen, den kleinen Schlüssel in das Schloß zu schieben.

Koste es, was es wolle.

Ich strengte mich an und verfehlte beim ersten Versuch das Schloß. Nur nicht aufgeben. Der zweite Versuch. Wieder nichts. Ich begann zu zittern. Die ungewöhnliche Haltung bereitete mir verdammte Schwierigkeiten. Schließlich war ich es nicht gewohnt, so schief und krumm zu sitzen.

Dann der dritte Anlauf.

Es klappte.

Der Schlüssel schob sich in das winzige Schloß. Das Ende des Schlüssels klemmte jetzt zwischen meinen Zähnen. Jetzt mußte ich ihn noch herumdrehen.

Eine Drehung nur…

Da bewegte sich Roman Willard!

Im ersten Moment war ich geschockt. Ich hörte sein schweres Atmen und ein Stöhnen. Fast wäre mir der Schlüssel aus den Zähnen gerutscht. Wenn Willard jetzt erwachte und mich bei meinem Befreiungsversuch sah, würde er sofort schießen.

Von nun an zählte jede Sekunde.

Willard bewegte sich unter meinen Beinen. Er hob sie hoch, ich konnte nichts daran ändern, drehte aber verzweifelt mit den Zähnen den Schlüssel nach links.

»Verdammt!« Der Fluch war über Willards Lippen gedrungen.

Gleichzeitig öffnete sich die rechte Fessel.

Doch in diesem Augenblick bemerkte Roman Willard, was los war. Bevor ich reagieren konnte, rollte er sich unter meinen Füßen hinweg und sprang außerhalb meiner Reichweite auf die Füße.

Aus rot unterlaufenen Augen stierte er mich an.

Ich sah das, hatte eine Hand frei und war trotzdem zur Bewegungslosigkeit verdammt. Meine Beretta lag zu weit weg.

»Sinclair, du Hundesohn!« kreischte er und riß die Maschinenpistole über seinen Kopf.

Ein dämlicher Gedanke zuckte in diesem Moment durch mein Hirn. Jetzt stirbst du nicht einmal in Schuhen.

»Fahr zur Hölle!« schrie er und legte auf mich an...

Die beiden Frauen schauten sich an.

Sheila atmete tief durch.

»Was sollen wir machen?« wisperte Madelaine Custer.

Wieder klopfte es gegen die Tür. Diesmal jedoch lauter und fordernder.

Das war nicht der Bogenschütze, sondern ein anderer.

Sheila raffte allen Mut zusammen. »Wer ist dort?« fragte sie.

»Mein Boß will euch sehen!«

»Scarface«, ächzte Madelaine, »das Narbengesicht. O Gott. Jetzt sind wir verloren.«

»Abwarten«, erwiderte Sheila. Sie stieß Madelaine an. »Halte du ihn auf.«

»Und du?«

Sheila gab keine Antwort, sondern lief tiefer in das Zimmer hinein. Vor der Couch blieb sie stehen. Die Beretta lag unter einem Kissen. Hastig nahm Sheila die Pistole an sich.

Wieder meldete sich das Narbengesicht. »Wenn ihr die verdammte Tür nicht öffnet, schieße ich sie aus den Angeln.«

»Weg von der Tür!« rief Sheila Madelaine Custer zu. »Der macht ernst!« Sie stellte sich ebenfalls im toten Winkel auf. Die junge Witwe nahm sicherheitshalber hinter einem Sessel Deckung.

Und Scarface schoß.

Er jagte einen kurzen Feuerstoß rund um das Schloß der Tür. Die Kugeln fraßen sich durch das Holz. Splitter fegten in den Raum, und die Kugeln surrten wie bösartige Hornissen durch das Zimmer.

Sheila hatte den kleinen Johnny zuvor gepackt und auf den Boden gelegt.

Johnny wurde plötzlich wach.

Da schwang die Tür auf. Mit schußbereiter Maschinenpistole betrat das Narbengesicht den Raum.

Johnny begann zu weinen.

Scarface zuckte herum. Plötzlich wußte er, wo sich Sheila befand, und ein kaltes Grinsen umspielte seine Lippen.

»Komm raus, Süße, oder ich durchlöchere deine Deckung!«

Diese Warnung war ernst gemeint, das wußte Sheila Conolly. Dieser Mann hatte schließlich auch das Türschloß zerschossen, und wie leicht hätte eine verirrte Kugel jemanden treffen können.

Auch den kleinen Johnny.

Sheila preßte ihn an sich. Johnny verstand noch nichts. Er schaute in das Gesicht seiner Mutter. Die Tränen liefen an seinen kleinen, runden Wangen hinab.

An ihre Waffe dachte Sheila in diesem Moment nicht. Sie hatte sie in den Hosenbund geschoben. Der leichte Pullover verdeckte sie, und das Metall lag kühl auf ihrer Haut.

Das Narbengesicht blieb mitten im Raum stehen. Die Lippen hatte er zu einem zynischen Grinsen verzogen, die Augen bildeten schmale Sicheln. Er schaute sich um.

»Wo ist die andere?«

Sheila Conolly schwieg.

Scarface atmete tief ein. »Ich will wissen, wo die andere ist, verdammt!« fuhr er Sheila an.

»Hier!« Madelaine Custer erhob sich aus ihrer Deckung.

Scarface lachte glucksend. »Warum nicht gleich so, Baby? Du brauchst dich doch mit deiner Figur nicht zu verstecken.« Er lachte meckernd. Seine Maschinenpistole beschrieb einen Kreis. Der Finger lag am Abzug.

Sheila Conolly hatte Angst, daß er eine unbedachte Bewegung machen würde. Nicht wegen ihrer Person, nein, ihr ging es um ihren Sohn Johnny.

Deshalb sagte sie: »Legen Sie die Waffe weg, oder haben Sie Angst vor zwei Frauen und einem hilflosen Kind?«

»Weibern traue ich nicht«, erwiderte das Narbengesicht. »Sie sind schlimmer als Schlangen!«

»Sie müssen es ja wissen«, entgegnete Sheila kalt.

Durch schmale Lippen saugte das Narbengesicht die Luft ein. Seine Blicke wanderten an den Körpern der beiden Frauen entlang. Die Augen funkelten lüstern. Aber es störte ihn gewaltig, daß die Blondhaarige keine Angst zeigte. Im Gegenteil, sie drängte ihn noch in die Defensive.

Er packte die Waffe fester.

»Was haben Sie mit meinem Mann gemacht?« erkundigte sich Sheila Conolly.

»Wieso?«

»Haben Sie ihn…?«

An der Reaktion des Mannes erkannte Sheila, daß er Bill nicht umgebracht hatte. Er hätte sich sonst anders benommen. Höhnischer und triumphierender.

Aber was war dann mit Bill Conolly geschehen? Vorhin noch hatte Sheila an sein Zurückkommen geglaubt, doch nun waren ihre Hoffnungen geschrumpft.

Der Narbengesichtige nahm Sheila die Worte aus dem Mund.

»Vielleicht lebt er gar nicht mehr, dein süßer Mann«, sagte er und lachte. »Der Bogenschütze lauert schließlich auf seine Opfer. Das darfst du nicht vergessen, Baby.« Es machte ihm Spaß, Sheila Angst einzujagen, und er amüsierte sich köstlich über das angsterfüllte Gesicht der blonden Frau.

»Lassen Sie das!« Zum erstenmal mischte sich Madelaine Custer ein. »Sehen Sie denn nicht, daß…«

»Scarface!«

Der Befehl schallte über den Flur.

»Los, komm her, ich will die Weiber!«

Das Narbengesicht lachte. »Ihr habt ja gehört, was der Boß gerufen hat. Mitkommen.«

Madelaine und Sheila tauschten einen Blick.

Sheila Conolly nickte, und Madelaine Custer verstand. Sie ging auf die Tür zu.

»Du auch!« fuhr Scarface Sheila an.

»Nein!«

»Willst du eine Kugel?«

»Ich bleibe bei meinem Sohn!«

»Dann kannst du mit ihm zusammen sterben, Baby.«

Sheila holte tief Luft. »Sie würden wirklich ein kleines, unschuldiges Kind umbringen?« fragte sie scharf. »Sind Sie überhaupt noch ein Mensch? Nein, Sie sind schlimmer als dieser Bogenschütze, der...«

»Halts Maul!« schrie Scarface.

»O nein, ich werde nicht meinen Mund halten. Sie können es mir nicht verbieten!«

Johnny nahm seine kleinen Arme hoch und umschlang Sheilas Hals. Eng drückte er sich an seine Mutter.

»Laß deinen Balg hier!«

Sheila schüttelte den Kopf.

Plötzlich grinste das Narbengesicht. »Okay, Süße, dann nimm ihn meinetwegen mit.«

Madelaine Custer hatte von der offenen Tür aus die Diskussion mitbekommen. Und abermals bewunderte sie Sheila Conollys Mut. Sie hätte das nicht gekonnt. Aber diese blondhaarige Frau verteidigte sich mit ungeheurem Elan. Sie war in Madelaines Augen eine richtige Heldin.

Plötzlich spürte sie, wie heißer, alkoholgeschwängerter Atem ihren Nacken streifte.

Madelaine fuhr herum. Ihre Lippen öfffneten sich zu einem Schrei.

Gilbert du Pré lachte sie an. Es war ein blödes Lachen, das eines Betrunkenen. Du Pré mußte sich an der Gangwand abstützen. Sein Gesicht glänzte. Madelaine wußte, was dieser Mann von ihr und Sheila wollte.

Du Pré faßte sie an.

»Komm, Baby, stell dich nicht so an. Du bist doch sonst nicht so. Ich habe einen Blick für Weiber.« Seine Finger gingen auf Wanderschaft, und Madelaine wurde blaß.

»Gut, daß du da bist, Boß«, sagte Scarface. »Die andere will unbedingt ihren Balg mitnehmen.«

Du Pré starrte Sheila an. »Meinetwegen«, gluckste er. Dann zog er

Madelaine Custer zu sich heran. »Los, Süße, wir zwei gehen schon mal vor. Und zier dich nicht, sonst werde ich böse!«

Madelaine ging mit ihm.

Zurück blieben Sheila und das Narbengesicht.

Du Pré hatte die Tür offengelassen. »Da hinaus!« befahl Scarface rauh.

Sheila ging. Ihr blieb nichts anderes übrig. Eine Maschinenpistole ist eben ein zu überzeugendes Argument. Und wenn sie noch höher reizte, würde sie das Spiel verlieren, das war klar. Die Grenze hatte sie erreicht.

Sie nickte. »Gut, ich gehe.«

»Na endlich.«

Sheila schritt auf die Tür zu, und Scarface trat etwas zur Seite, damit sie an ihm vorbeigehen konnte.

Bills Frau ging über die Schwelle, zögerte einen Augenblick und warf Blicke in den Gang.

Er war leer.

Die Kerzen brannten. Ein Windzug bewegte die Flammen. Schatten zuckten über die Wände, und der Widerschein der Flammen lag auch auf den Gesichtern der Menschen und gab ihnen eine geisterhafte Farbe.

Keine Spur von Bill.

Aber auch keine von dem unheimlichen Bogenschützen.

Sheila war mit den verdammten Gangstern allein. Nie hätte sie damit gerechnet, daß dieser Ausflug zu einem regelrechten Horror-Trip werden würde.

Scarface drückte ihr die Mündung ins Kreuz. »Geh schon!«

Sheila setzte sich wieder in Bewegung. Die Tür zu du Prés Raum stand offen. Das Zimmer lag schräg gegenüber. Sheila hörte den Buchmacher meckernd lachen.

»Da hinein«, sagte Scarface.

Sheila Conolly wußte auch so Bescheid. Mit stolz erhobenem Kopf ging sie ihrem Schicksal entgegen. Der kleine Johnny jammerte. Sheila sprach beruhigend auf ihn ein.

Wenn nur ihm nichts passierte! Das war ihre größte Sorge. Diese Verbrecher würden auch auf den Kleinen keine Rücksicht nehmen, wenn es hart auf hart ging.

Sie betrat das Zimmer.

Du Pré lag auf dem Bett. In der rechten Hand hielt er eine Flasche. Madelaine stand neben dem Bett. Sie war blaß im Gesicht und zitterte.

Mit dem Fuß knallte Scarface die Tür zu.

»Ja, so ist es richtig«, lachte du Pré. Er zeigte auf Madelaine Custer. »Sie war früher Stripperin, Scarface. Ich bin dafür, daß sie uns mal etwas von ihrer Kunst zeigt. Los, Süße, zieh dich aus!«

Das Narbengesicht lachte glucksend.

Madelaine warf Sheila einen Blick zu, doch Bills Frau konnte ihr auch nicht helfen.

»Stell dich nicht so an!« brüllte du Pré plötzlich los. »In Soho hast du es auch nicht getan. Oder bist du jetzt eine Dame geworden, du mieses Flittchen?« Er packte eine leere Flasche und schleuderte sie auf Madelaine zu, traf aber nicht.

Das reichte Madelaine. Wenn sie jetzt nicht tat, was der Gangster verlangte, wurde es hart. Und gestrippt hatte sie ja schon. Zum Teufel, wenn es nur das war! Vielleicht konnte sie das Leben der Conollys retten.

»Schade, daß wir keine Musik haben«, sagte du Pré, »aber du schaffst es auch so, da bin ich sicher.«

Und die Frau begann. Mit einem Ruck warf sie ihr Haar zurück, öffnete die Lippen und zauberte innerhalb von Sekundenschnelle einen anderen Ausdruck auf ihr Gesicht.

»Ja, gut«, lobte du Pré.

Madelaines Hände fuhren vor ihrem Leib zusammen, fanden das Gürtelschloß und öffneten es.

Der Rock fiel.

Auch Scarface hatte nur Augen für die Frau. Sheila interessierte ihn im Moment nicht.

Das nutzte Bills Frau aus. Sie legte Johnny in einen Sessel und bedeutete ihm, ruhig zu sein.

Noch hatte sie ihre Waffe.

Doch es kam alles anders.

Niemand hatte draußen auf dem Gang die Schritte gehört. Aber dann wurde die Tür mit einem gewaltigen Tritt aus den Angeln gerissen. Sie krachte zu Boden, und als die anwesenden Personen erschreckt herumfuhren, starrten sie in das halbverweste Gesicht des unheimlichen Bogenschützen…

Schüsse peitschten auf.

Ein, zwei, drei...

Ich wartete auf den Einschlag der Kugeln, auf den heißen Schmerz, der den Tod ankündete, doch nichts geschah.

Ich wurde nicht getroffen.

Dafür der Verwalter.

Dreimal zuckte er zusammen. Er torkelte zurück. Schrie, brüllte, versuchte die Maschinenpistole hochzukriegen, doch es war vergebens. Die Kraft verließ ihn.

Er fiel auf die Knie. Die Maschinenpistole rutschte ihm aus den Fingern und klirrte auf das jahrhundertalte Gestein. Noch einmal hob Willard den Kopf.

Unsere Blicke trafen sich.

Ich las in seinen Augen keine Reue. Er hatte sein Ziel nicht erreicht und mußte dafür bezahlen.

Schwer fiel er aufs Gesicht.

Roman Willard war tot!

Ich zitterte am gesamten Körper, beherrschte mich jedoch und schaute nach rechts, wo die Tür war.

Dort stand ein Mann.

Mason Price, der Anwalt!

In seiner schmalen Hand wirkte der schwere 45er Colt viel zu groß. Noch immer trug er seine altmodische Brille, doch die Augen hinter den Gläsern funkelten hart.

Mit allem hatte ich gerechnet, nur nicht mit Mason Price. Welche unbekannte Größe war er in diesem höllischen Spiel?

»Schätze, da bin ich gerade noch zur rechten Zeit gekommen«, sagte er und steckte den Revolver weg.

»Das können Sie wohl sagen«, erwiderte ich. »Ich stehe in Ihrer Schuld, Mr. Price.«

Er winkte ab. »Lassen Sie das.« Er kam auf mich zu und nahm mir den Schlüssel aus der Hand. »Das ist bequemer«, sagte er, als er mir die andere Fessel aufschloß.

Endlich war ich frei.

Ich atmete auf, nahm meine Beretta an mich und zog wieder Socken und Schuhe an.

Mason Price schaute mir zu. »Jetzt sind Sie sicher auf eine Erklärung gespannt.«

»Ja.«

»Nun, ganz einfach. Ich hatte Willard schon lange im Verdacht, daß er etwas mit den Morden zu tun hatte.«

»Dann sind Sie gar kein Anwalt?«

»Nein, Kollege. Ich bin Polizeiinspektor aus Nottingham.« Er lächelte. »Ich wollte nur mein Inkognito wahren. Nach dem Mord an diesem Atkins sind Sie mir zuvorgekommen, denn ich hatte auch vor, mein Inkognito zu lüften. Aber das war nicht mehr nötig. Dafür behielt ich Willard im Auge. Daß ich so spät kam, dafür kann ich nichts. Ich kenne mich hier unten nicht besonders gut aus und mußte erst die Gänge absuchen. Nur gut, daß ich draußen den Einstieg fand.«

»Ja, das war wirklich gut. Aber sagen Sie, wie sind Sie auf Roman Willard gekommen?«

»Er hat genau den Fehler gemacht, den viele Verbrecher begehen«, sagte er. »Willard war sich seiner Sache so sicher, daß er auf den Putz haute. Er gab in Kneipen damit an, daß niemand das Schloß bekommen würde, dafür würde er sorgen. Dann passierten die Morde, und man erinnerte sich wieder an seine Worte. Allerdings konnten wir ihm nichts beweisen. Und so kamen wir halt auf die Idee, es mal auf eine andere Tour zu versuchen.«

»Die genau richtig war«, sagte ich.

»Sicher.«

Ich drückte Mason Price noch einmal die Hand. »Auf jeden Fall haben Sie mich auch getäuscht«, sagte ich.

Er lächelte spitzbübisch. »Das, lieber Kollege Sinclair, war auch der Sinn der Sache.«

»Und was halten Sie von dem unheimlichen Bogenschützen?« fragte ich.

Er schaute mich an und legte sein Gesicht in Falten. »Wenn ich ehrlich sein soll, nicht viel. Gesehen habe ich ihn noch nicht. Meiner Meinung nach ist Willard der Mörder.«

Ich schüttelte den Kopf.

»Sie glauben an Geister?«

»Ja.«

In drei Sätzen erzählte ich ihm, welch einen Job ich hatte, und plötzlich sah Price das in einem ganz anderen Licht.

»Wenn Sie das so interpretieren, dann müßte sich der Bogenschütze ja noch irgendwo hier herumtreiben.«

»Genau das meine ich.«

»Verdammt«, sagte Price. »Da denkt man...«

»Kommen Sie, wir haben keine Zeit mehr.« Ich drängte jetzt, denn ich hatte Angst um meine Freunde.

»Moment noch.« Mason Price bückte sich und hob die Maschinenpistole des Verwalter auf. »Man kann nie wissen...«

Ich hatte die Folterkammer bereits verlassen. Die Tür war so niedrig, daß ich mich bücken mußte, um hindurchgehen zu können.

Wir landeten in einem Gang, den ich noch nie in meinem Leben gesehen hatte.

Feucht, modrig und unheimlich.

Hier wiesen uns keine brennenden Fackeln den Weg, aber Price hatte eine starke Taschenlampe bei sich. Meine hatte ich verloren.

Wir beeilten uns. Willard war schon schlimm gewesen, aber ich stufte den unheimlichen Bogenschützen als noch gefährlicher ein...

Etwas klatschte in sein Gesicht.

Bill Conolly öffnete die Augen.

»Sir, Sir, was ist mit Ihnen?« Obwohl die Stimme direkt neben seinem Ohr aufklang, hatte Bill doch das Gefühl, als wäre sie meilenweit entfernt.

Der Mann, der gesprochen hatte, war der Butler.

Und er hatte Bill gefunden.

Ed Morris legte beide Hände unter Bills Schultern und wuchtete den Reporter hoch.

»Oh!« stöhnte Bill. Er tastete nach seinem Kopf. Eine klebrige Flüssigkeit benetzte seine Fingerspitzen.

Blut!

»Sie haben Glück gehabt, Sir«, sagte der Butler. »Etwas tiefer, und Sie wären tot gewesen.«

»Ich... ich habe ihn gesehen«, flüsterte Bill.

»Den Bogenschützen?«

»Ja, er hat auf mich geschossen. Wahrscheinlich dachte er, ich wäre tot, und hat mich deshalb liegenlassen.«

»Sie haben auch sehr geblutet, Sir.«

Bills Gesicht verzerrte sich. Er riß sich aber zusammen und bat den Butler, ihm hochzuhelfen.

Ed Morris zog ihn auf die Beine.

Der gute Bill Conolly schwankte wie ein Grashalm im Wind. Pfeifend saugte er die Luft ein. Mit der freien Hand stützte er sich an der Gangwand ab.

Tief atmete er durch, während der Butler ihn besorgt betrachtete.

Langsam ging es Bill Conolly besser, wenn auch sein Kopf noch rasend schmerzte.

Aber der Wille zu kämpfen war größer.

»Mein Gott, meine Frau«, keuchte er. »Sheila und Johnny sind schutzlos. Ich muß zu ihnen.«

»Sie können doch nicht…«

»Doch, ich kann«, erwiderte Bill Conolly, riß sich los und taumelte den Gang entlang.

Fassungslos schaute Ed Morris ihm nach.

Es war wie bei einer gut einstudierten Szene auf der Bühne. Nur war das Entsetzen echt.

Nicht gespielt…

Der unheimliche Bogenschütze hatte mit einem gewaltigen Tritt die Tür aus dem Rahmen gesprengt.

Jetzt stand er im Raum.

Und ein Pfeil lag auf seiner Sehne.

Madelaine Custer sah lächerlich aus, wie sie da mit heruntergefallenem Rock stand.

Sheila Conolly war an den Sessel getreten, in dem der kleine Johnny lag. Sie deckte das Kind gegenüber dem Bogenschützen mit ihrem eigenen Körper.

Gilbert du Pré saß auf dem Bett. Fassungslos. Wahrscheinlich begriff er gar nichts. Sein Mund stand halb offen, und der Speichel sprühte beim Atmen wie ein Regen daraus hervor. Er machte den Eindruck eines Idioten.

Blieb noch Scarface. Das Narbengesicht hatte sein Gesicht verzerrt. Der Mann stand leicht geduckt, als wäre er auf dem Sprung. Und das war er in der Tat. Er wartete nur darauf, dem Bogenschützen eine Kugelgarbe zu verpassen.

Eine, zwei, höchstens drei Sekunden dauerte die Erstarrung, dann hatte sich du Pré wieder gefangen.

»Schieß ihn ab!« befahl er seinem Leibwächter.

Und Scarface reagierte automatisch. Er schwang sich herum und riß den Abzug nach hinten.

Die Garbe ratterte aus dem Lauf. Rotgelbe Mündungsflämmchen tanzten. Todesboten, die die Kugeln begleiteten. Letzere trafen den unheimlichen Bogenschützen. Sie schüttelten ihn durch, zogen eine Naht quer durch seinen Körper, doch es geschah nichts.

Der Bogenschütze schluckte die Kugeln. Wo sie trafen, pufften höchstens Staubwölkchen hoch.

Scarface konnte es nicht begreifen.

Er stierte auf die Erscheinung. Die Augen wollten ihm aus den Höhlen treten. Dann schaute er auf seine Maschinenpistole, sah wieder den Unheimlichen an und schüttelte den Kopf.

Er begann durchzudrehen.

»Nein!« keuchte er. »Nein! Das darf nicht wahr sein. Ich habe doch geschossen. Ich habe doch geschossen!« Er brüllte den letzten Satz, warf die MPi weg und krallte beide Hände in sein Haar.

In dieser Stellung traf ihn der Pfeil.

Scarface wankte. Der irre Ausdruck in seinen Augen wechselte gegen einen erstaunten. Es schien, als könne er es nicht glauben, daß er getroffen worden war.

Ein Schrank hielt ihn auf.

Dann kippte das Narbengesicht zur Seite.

Drei Zeugen hatten diesen Mord mit ansehen müssen, und keiner hatte eine Chance gehabt einzugreifen.

Du Pré begann plötzlich durchzudrehen. »Verrückt!« keifte er. »Ich bin verrückt. Das darf doch nicht sein. Er ist doch erschossen worden, ihr habt es selbst gesehen. Meine Güte, ihr…«

Der Bogenschütze hatte gedankenschnell einen neuen Pfeil auf die Sehne gelegt und sie sofort gespannt. Bis jetzt zielte der Pfeil auf niemanden, doch dann drehte sich der Bogenschütze und nahm du Pré ins Visier.

Der Buchmacherkönig spürte plötzlich, was Angst ist. »Nein!« bibberte er. »Mach doch keinen Unsinn. Ich – ich habe dir nichts getan.«

In dem halbverwesten Gesicht bewegte sich nichts, als der Schütze den Bogen bis zum Anschlag spannte. Wenn er jetzt losließ, war du Pré verloren.

Da griff Sheila Conolly ein. Sie faßte unter ihren Pullover und zog die Pistole.

»Halt«, sagte sie, trat einen Schritt zur Seite und zielte schräg auf das Monster.

Der Bogenschütze bemerkte Sheila erst gar nicht. Als sie jedoch ihre Aufforderung wiederholte, wurde der Unheimliche aufmerksam.

Er drehte sich.

Die beiden Gegner starrten sich an.

Sheila hielt die Waffe in der rechten Hand, der Bogenschütze seinen Pfeil gespannt.

Bisher hatte er noch kein Wort gesprochen, und das tat er auch jetzt nicht. Er bewegte sich aber blitzschnell, um den Pfeil in Sheilas Richtung zu bringen. Das Geschoß sollte sie treffen.

Da drückte Sheila Conolly ab.

Das Silbergeschoß jagte aus dem Lauf, doch Sheila – nicht sonderlich geübt im Pistolenschießen – hatte den Schuß verrissen.

Die Kugel fehlte.

Sie fegte an der Schulter des Bogenschützen vorbei.

Zu einem zweiten Schuß kam Sheila Conolly nicht mehr. Denn sie stieß im Rückwärtsgehen gegen einen kleinen Hocker, warf ihn um und verlor selbst das Gleichgewicht.

Verzweifelt versuchte Sheila, Halt zu finden.

Sie schaffte es nicht.

Der Bogenschütze war schneller. Er blieb zwei Schritte vor ihr stehen und zielte genau…

Der Streifschuß machte Bill Conolly ungeheuer zu schaffen. Immer wieder drohten ihn die Wogen der Bewußtlosigkeit zu übermannen. Er taumelte durch die Gänge seinem Ziel zu. Bill ließ sich mehr vom Instinkt leiten als von seinem eigenen Wissen.

Die Wunde am Kopf war wieder aufgeplatzt. Die Schmerzen nahmen zu. Blut lief über Bill Conollys Stirn, rann ins Auge, und Bill wollte es wieder wegwischen, doch er verschmierte es noch mehr in seinem Gesicht.

Der Reporter wirkte wie ein Monster.

Er taumelte weiter.

Die Angst um Sheila, seine Frau, hielt ihn aufrecht. Er durfte jetzt nicht schlappmachen.

Weiter, nur weiter...

Stufen – eine Treppe. Bill torkelte sie hoch. An der Wand stützte er sich ab, saugte pfeifend die Luft ein, legte eine kurze Pause ein, weil die Wellen der Ohnmacht wieder drohten, über ihm zusammenzuschlagen.

Es war eine mörderische Quälerei.

Aber Bill hielt durch. Er ließ sich einfach nicht unterkriegen. Sheila und Johnny waren in Gefahr, das spürte er genau.

Bill trieb sich weiter voran.

Dann erreichte er den Gang, in dem sein Zimmer war.

Türen standen offen.

Bill wandte sich nach rechts. Er drehte sich um den Türpfosten, betrat das Zimmer, riß die Augen auf und stöhnte.

Der Raum war leer.

Keine Spur von Sheila und dem kleinen Johnny.

Wäre Bill besser auf dem Damm gewesen, hätte er zuvor die Schüsse gehört, so aber hörte er nur einen Schuß.

Aus Sheilas Beretta.

Trotz seiner bohrenden Kopfschmerzen wußte Bill Conolly Bescheid. Der Reporter kannte den Klang dieser Waffe. Und sie war ganz in der Nähe abgefeuert worden.

Sheila befand sich in Gefahr!

Bill reagierte. Er drehte sich und verließ das Zimmer. Wie ein Betrunkener taumelte er auf den Gang.

Der Schuß!

Wo war er aufgeklungen?

Bill Conolly sah die weit offenstehende Zimmertür schräg gegenüber, lief darauf zu, holte noch einmal tief Luft und torkelte in den Raum hinein.

Plötzlich sah er alles glasklar.

Und der heiße Schreck fuhr ihm wie ein Messerstich durch die Brust.

»Nein!« schrie Bill Conolly, raffte sämtliche Kräfte zusammen und warf sich auf den Bogenschützen, der seine Frau bedrohte...

»Das waren doch Schüsse!« Mason Price blieb stehen.

Ich nickte. »Kommen Sie.« Lange aufhalten wollte ich mich nicht. Die Zeit drängte.

Das unterirdische Labyrinth hatten wir hinter uns. Allein hätte ich mich kaum dort zurechtgefunden, jedenfalls wäre viel Zeit verlorengegangen.

Aber Mason Price, der angebliche Anwalt, kannte sich gut aus. Er hatte das Schloß bereits vorher durchforstet und auch die Räume unter der Erde nicht vergessen.

Dann trafen wir auf den Butler.

Ich stoppte mitten im Lauf.

»Was ist mit den anderen?« fuhr ich ihn atemlos an. »Wo sind Sie?«

»In – in ihren Zimmern, Sir!«

»Danke.« Schon war ich weiter.

Die Zeit drängte.

Mason Price war bereits vorgelaufen, doch ich holte ihn rasch ein. Er hatte zu kurze Beine, ich war schneller.

Schon waren wir im Rittersaal. Der Tote lag noch immer halb über dem Tisch.

Ich gönnte ihm keinen Blick, durchquerte den Saal und zog meine Pistole.

Wenn mir der Bogenschütze jetzt gegenüberstand, würde ich schießen.

Und dann erreichten wir den Gang, in dem auch unsere Zimmer lagen.

Endlich.

Ein Schrei!

Spitz und grell.

Von einer Frau ausgestoßen…

Mir rann ein Schauer über den Rücken. Sollten wir zu spät kommen? War schon alles vorbei?

Der Schrei war nicht in Sheilas und Bills Zimmer aufgeklungen, sondern in dem Raum, der von du Pré bewohnt wurde.

Ich war mit drei Schritten da, wuchtete mich förmlich durch die Tür, blieb stehen und ließ die Waffe kreisen.

Ich sah die Szene in Bruchteilen von Sekunden.

Bill hatte sich gegen den Bogenschützen geworfen. Er kämpfte mit dem Mut der Verzweiflung, obwohl ihm das Blut aus einer Kopfwunde über das Gesicht rann.

Sheila hockte geduckt am Boden.

Sie hielt die Beretta in der Hand, während der kleine Johnny neben ihr auf einem Sessel lag.

Sheila konnte jedoch nicht schießen, aus Angst, ihren eigenen Mann zu treffen, denn Bill und der Bogenschütze bewegten sich zu schnell.

Sie kämpften.

Aber es lag auf der Hand, daß Bill Conolly den Kampf verlieren würde.

Mit einem wilden, unkontrollierten Schlag wurde er herumgeschleudert. Jetzt hatte der Unheimliche freie Bahn.

Er legte an.

Da griff ich ein!

»Hier spielt die Musik, Dämon!« brüllte ich ihm ins Gesicht.

Plötzlich schien alles wie im Zeitlupentempo abzulaufen. Während Mason Price seine erbeutete Maschinenpistole von der Schulter riß und doch dabei zu langsam war, pendelte sich der Bogenschütze auf sein neues Ziel ein.

Auf mich!

Ich feuerte.

Er schoß.

Es war wie bei einem Duell im Wilden Westen. Ich hatte den Bruchteil einer Sekunde vorher abgedrückt.

Die geweihte Silberkugel traf ihn mitten in den Kopf, während der Pfeil neben meiner Schulter vorbeiwischte und im Türpfosten steckenblieb.

Aber noch jemand schoß.

Sheila Conolly.

Sie traf das Monster in den Rücken.

Die Kugeln taten ihre Wirkung. Der unheimliche Bogenschütze begann zu wanken. Die Arme mit der tödlichen Waffe senkten sich. Sein Aussehen änderte sich. Das halbverweste Gesicht zerfiel von einem Augenblick zum anderen.

Knochen blieben zurück.

Dann sackte das Monster zusammen.

Auch der Bogen wurde brüchig, ebenso die Pfeile mit dem Köcher. Alles zerfiel und wurde zu Staub.

Ein Monster, daß zu einem untoten Leben erweckt worden war, existierte nicht mehr.

Wir hatten gewonnen.

Ich ließ die Waffe sinken.

Bill schaute mich an. Er lächelte. Dann verdrehte er die Augen und wurde bewußtlos…

Es gelang uns, die zerstörte Telefonleitung zu reparieren. Jetzt konnten wir die Polizei anrufen.

Ich sprach mit den Kollegen in Nottingham.

Die Mordkommission würde in einer halben Stunde hier sein.

Mason Price war bei der Erledigung des Bogenschützen nicht zum Schuß gekommen. Er konnte immer noch nicht fassen, was er mit eigenen Augen gesehen hatte.

Ich grinste. »Glauben Sie nun an Gespenster?«

»Muß ich ja wohl.«

Sheila und Johnny waren keine Gespenster. Sie hatte den Kleinen auf dem Arm und kniete neben dem Bett, auf dem Bill lag.

Mein Freund lächelte schon wieder. Er würde bald auf dem Damm sein. Am meisten durcheinander war Gilbert du Pré.

Er sagte gar nichts, sondern saß auf einem Stuhl und zitterte. Um ihn würden sich die Kollegen kümmern. Schließlich hatte er mehrmals einen Mordbefehl gegeben.

Ich aber öffnete ein Fenster und atmete tief die klare Nachtluft ein.

Eins war sicher. Die Stunden auf Scalford Castle würde ich so schnell nicht vergessen. Und den unheimlichen Bogenschützen auch nicht. So gefährlich er auch war, in der Dämonenhierarchie war er nur ein kleiner Fisch.

Die Großen liefen nach wie vor frei herum.

Und das bereitete mir die größte Sorge…

ENDE

Band 73 911

Jason Dark

Vampir-Schrecken

Dieser Band enthält folgende JOHN-SINCLAIR-Romane:

Der Pfähler
Dracula gibt sich die Ehre
Die Vampir-Falle
Die Horror-Reiter
Die Ameisen greifen an
Der Totenbeschwörer
Das Trio des Teufels
Der Alptraum-Garten

Sie erfahren, wie John Sinclair sein Kreuz erhält. In Transsylvanien begegnet er Marek, dem Pfähler, und jagt den Vampir-Grafen Kalurac. AEBA – die Horror-Reiter – tauchen wieder auf, doch sie müssen vor Sinclairs Kreuz kapitulieren. Sinclair nimmt Myxin, dem kleinen Magier aus Atlantis, die Dämonen-Peitsche ab, und schließlich wird Johns Chef James Powell von der Königin geadelt…

BASTEI LÜBBE

Sie erhalten diesen Band im Buchhandel, bei Ihrem Zeitschriftenhändler sowie im Bahnhofsbuchhandel.

Band 73 194

Jason Dark

Geliebtes Monster

Originalausgabe

Maureen Wilder war eine außergewöhnliche und schöne Frau. Sie lebte zurückgezogen, war kaum bekannt und nur in der Nacht unterwegs.
Allerdings nie allein. Mit ihr im Wagen saß Maureens Geliebter – ein Monster, ein Wesen, gierig nach Nahrung, die aus rohem Fleisch bestand.
Bis es von einem Zeugen auf einem Schlachthof entdeckt wurde. Da war es mit der Anonymität vorbei, denn der Zeuge redete. Zudem noch in einer Talk-Show.
Das genau war der Beginn einer Jagd, die Suko, Bill und mir alles abverlangte …

BASTEI LÜBBE

Sie erhalten diesen Band im Buchhandel, bei Ihrem Zeitschriftenhändler sowie im Bahnhofsbuchhandel.